荣如德译文集

XI

上海译文出版社

田德里亚科夫《死结》《路上的坑洼》《3、7、A》
《审判》《六十支蜡烛》

前　言

三十年前，苏共二十二大之后不久，苏联文学界出现了一批在评价上有重大分歧的作品。其中有杜金采夫的长篇《不是单靠面包》，有介于短篇与中篇之间的小说《路上的坑洼》，后者是田德里亚科夫写社会道德题材的名作，也是标志着他的创作进入成熟期、形成自己独特风格的里程碑。

弗拉季米尔·田德里亚科夫一九二三年生于沃洛格达州。中学毕业时正值苏德战争爆发。他曾作为一名通信兵参加斯大林格勒和哈尔科夫的艰苦战斗，后因负伤未能随军直捣柏林。田德里亚科夫当过教师、共青团区委书记。一九四六年他考入苏联国立电影学院美术系，但只读了一年便转入高尔基文学院。一九四七年发表处女作，一九四八年成为苏共党员。

田德里亚科夫初登文坛时，苏联文艺正处在“无冲突论”的明显影响之下。然而从他发表第一部有分量的作品《伊凡·楚普罗夫的堕落》(1953) 开始，田德里亚科夫就敢于触及社会生活中一些比较敏感的问题。他和几位著名的报告文学作家（如奥维奇金、特罗耶波尔斯基、扎雷金）一起形成了后来被称做“农村散文”的重要流派。尽管他写过好几部长篇小说，但得到公认的代表性成就却是他的中篇创作。《不称心的女婿》(1954) 通过一个拖拉机手与岳家的冲突让人们思索这样一个问题：“如果人活着只顾自己，那究竟有多大意义？”上面提到的《路上的坑洼》(1956) 写一个卡车司机为了捞外快，在坑坑洼洼的道路上翻了车，致使一名乘客身受重伤。在众人的帮助下，本来伤者完全可以得救，可是被官僚主义耽误了宝贵的时间，终于不治身亡。在失事和救人的过程中，一些原来比较自私的人身上出现了耀眼的闪光点，而道貌岸然的“正人君子”却成了道义上的凶手。这篇小说相当集中地展现了作者的风格特点：情节在时空上高度浓缩；正负两极的思想感情短兵相接；人物面貌在特殊环境中得到充分显示。

本书所收的四个中篇是田德里亚科夫中年以后的作品。《3、7、A》中的木材流送站里来了一匹害群之马。这个刑满释放分子骗人钱财，还企图杀死工长，结果害人害己。此人固然死不足惜，但是吝啬的叶果尔又怎么会上钩的呢？廖什卡又怎么会陷入剧烈的内心冲突？游荡在这桩命案周围的是一个无形的恶魔，那就是人性中的贪婪。在小说的结尾廖什卡哭了，但还是必须及时向他伸出援助之手。《审判》的故事并不算太新奇：两人同时开枪，一颗子弹误伤人命。这部作品的价值在于作者对老猎人和建工局长这两个人物的处理不落俗套，尤其是后者。作者没有把杜迪辽夫写成高尚得难以置信的圣人，但是生活中真正做到实事求是已属难能可贵。此外，从小说的字里行间可以强烈地感到当事人的社会地位对办案人员的影响，可见“法律面前是否人人平等”是个道德上、艺术上很有开发前途的主题。《寿终》和田德里亚科夫一九五五年发表的小说《死结》着力刻画了几个难忘的区（相当于我国的县）和农庄一级的领导干部形象。叶弗拉姆皮·雷科夫把农庄的生产搞上去了。然而，表面的“先进”掩盖着他保守、专横、腐化的土皇帝本质，一旦他的侄子为了帮助毗邻的农庄脱贫致富与之发生了矛盾，这个“老先进”就无情地把侄子打下去。然而，叶弗拉姆皮·雷科夫的死是有象征意义的，作者在这里寄托着但愿雷科夫之流所代表的那个时代永远“寿终正寝”的殷切期望。《六十支蜡烛》是作者本人年近花甲时的力作，也可以说是他的“天鹅之歌”（田德里亚科夫已于一九八四年去世，终年六十一岁）。小说一开始就如异峰突起：一位桃李满天下的功勋教师在六十岁生日那天收到一封匿名信，曾经是他学生的投书人竟扬言要杀死他。老教师回首前尘，不得不承认自己曾不止一次“与良心妥协”。在近半个世纪的风风雨雨中，他不光培养了一批成为专家、学者乃至苏联英雄的学生，也在好些青少年人生历程的关键时刻扮演了极不光彩的角色。甚至他的女儿薇拉之所以会成为虔诚的东正教徒，他也负有不可推卸的责任。这篇小说的构思布局几乎是一个现成的电影剧本，但读者可以比电影观众更深入地直窥人物的内心世界。这个集子大概不会使寻求消遣者得到太大的满足，但是，我相信，认真读书的人会从中得到美学上的享受和思想上的启迪。

荣如德

一九八六年三月

目 录

死　结

［苏联］田德里亚科夫　著
荣如德　竺一鸣　译

第一部

1

一个闷热的六月之夜，柯美列夫开完了党员积极分子会议，从斯塔欣诺村苏维埃走出来，上了汽车，把下颌埋在胸前打起瞌睡来……

汽车开到肖拉河的桥边急转弯处，司机忽然感到斯捷潘·彼得洛维奇整个身体软绵绵地倒在他的身边。司机在桥上刹住了车，惊恐地摇摇他的肩膀，用勉强迸出来的声音叫了他一声。柯美列夫没有回答……

医生诊断结果为血管梗塞。

两天后举行了区委书记柯美列夫的葬礼。

在一座小松林里，十字架和钉着失去色泽的三合板木星的普通木制墓碑，杂乱无章地竖立在一株株矮松树中间。人们还没有来到以前，在这静穆的村镇公墓的墓地上，只听到啄木鸟发出响亮的咚咚声；在强烈的阳光下晒得发烫的草莓散发着令人心醉的香味。

柯尔松诺伏区没有乐队，人们只得默默地站在坟墓周围。从墓穴里透出一缕阴森森的地下潮气。啄木鸟躲了起来，一声不响。草莓浓郁的香味也在不知不觉中消散了。

“劳动者”集体农庄主席伊格纳特·格梅津和另外几个人一起抬着棺材，他小心地从肩上卸下杠子，用一顶揉皱的便帽拭了拭额上和剃得精光的头上的汗。

棺材停放在墓穴的边缘。肥硕、凝重的柯美列夫躺在棺材里，他那饱满的前额呈着死人所特有的暗黄色，从脚到胸前盖着毯子，上身穿一件在他生前人们经常看到他穿的黑色军便服。

区委第二书记巴耶夫踩着潮湿的沙地第一个登上了坟丘。他倦容满面，热得直冒汗，下巴上长着很触目的硬须。

伊格纳特·格梅津退到一边，开始打量那些来参加葬礼的人。他跟死去的柯美列夫，跟那些现在来给柯美列夫送行的人在一起工作有好多年了。

柩边站着伊格纳特的妹夫，区委宣传鼓动部部长巴维尔·曼苏罗夫。他肩膀宽阔，衣着齐整，跟平时一样打扮得很漂亮：麻布上装熨得笔挺，轻便皮靴上只微微沾着一些尘土。他垂下了长着鬈发的头，匀称的身躯保持着庄严的神态。

在他的背后，区委督导员绥拉菲姆·苏列普金伛偻着身子，让太阳晒着他那又短又硬的棕红色头发。他弓着腰的姿态，又伤心、又疲倦的脸色，甚至两只薄得半透明的招风耳，都说明他悲恸欲绝。但是伊格纳特知道：绥拉菲姆·苏列普金在准备讲话，现在准是在酝酿感情。不论大会小会，这个人总要说几句话。柯美列夫生前就管他叫“演说家绥拉菲姆”。

功勋教师阿尔卡季·马克西莫维奇·节连佐夫穿了件老人们爱穿的长外衣，装束齐整，举止拘谨，他忧郁而安详地凝视着前面。这时候他在想些什么呢？也许在想他已经是个老人了，迟早也要轮到他这样脸朝天躺着，冷漠地听着那些悼词；按照他那爱以哲学观点看任何问题的习惯，也许他正在计算：在宇宙范围内，人的生命是何等短促。

他的美丽的孙女儿卡嘉·节连佐娃就站在旁边，她比祖父几乎高出一头。这姑娘昂着头发梳得光溜溜的小小脑袋，眉毛浓黑的脸上神情严肃，一对大眼睛掩藏着惶恐——她不习惯在近处看到死人，死亡使她害怕。

灵柩的另一边是死者的家属。

两个女儿拉着母亲的裙子。小的一个约摸有六岁，她并不去看爸爸，只是向周围张望。哭得稀脏的小脸上看不到悲痛，只显出害怕的样子。大的一个颈上系着少先队员的领巾（她是从少先营里被叫来参加葬礼的），头埋在母亲腋下哭个不停。

柯美列夫的儿子已经是个成年的小伙子，今年就要中学毕业了，他直挺挺地站着，扶着母亲，并不流泪。但从他红肿的眼睛可以看出他在家里哭过，并且那苍白的脸和痉挛扭歪的下颚说明，他还没有把自己的悲痛全都哭出来，现在他把悲痛抑压、掩藏了起来，不让旁人看见。

母亲照乡下习惯裹着一方白头巾，巾角朝下，她攀住了儿子的身子才勉强站稳。她的脸哭得肿起来了。

她嫁给斯捷潘·柯美列夫的时候，他还是个普通的乡下小伙子。后来他担任了重要的工作，可是她还是跟以前一样，土里土气的，跟一般乡下女人一样喜欢说长道短，她最担心她的斯捷潘没穿上羊皮暖胸就去出差。她对柯美列夫的工作并不很关心，但她是为了他而活着的，除此以外她不能想像还有什么别的生活目的。可以感觉到，她很想放声大哭一场，像乡下妇女那样没命地喊一阵，把伤心事都吐出来，心里也可以松散松散。但这怎么行呢？周围的人都在肃立静听。

伊格纳特没猜对：在巴耶夫之后，出来讲话的不是绥拉菲姆·苏列普金，而是阿尔卡季·马克西莫维奇，他朝墓前跨了一步，向人们转过脸来。

老教师的声音有点含糊，不很高，而且镇静得在这种场合下使人惊奇，他开始说：

“我知道斯捷潘·彼得洛维奇热爱儿童。热爱儿童的人也就热爱人类的未来。热爱人类的未来——这可以说是超乎寻常的爱。同志们，他是爱你们的……”

阿尔卡季·马克西莫维奇的话仿佛唤醒了伊格纳特。

“爱我们？……的确是这样！”他想起了这个总是不慌不忙、行动比较迟缓的人。他每次到农庄来，总是把汽车停在路边，迈着缓慢的步子，摇摇摆摆地从一片田野到另一片田野走遍各个生产队。从来没有人听到过他抱怨自己的心脏衰弱或两腿酸痛。为了人们——嗯，老教师说得对——为了人们的未来，他没有吝惜过自己。

他是爱大家的！……所以，不只是柯美列夫的亲人——妻子、儿子、女儿，大家都应该把他的死看作自己的不幸。失去了的爱就是不幸。这个损失的最起码的代价是掉几滴眼泪。可是没有眼泪。大家的脸色都很忧伤，每个人都很难过，当然喽，举行葬礼的时候谁会高兴呢？

可是伊格纳特自己怎么样呢？……他也没有眼泪，直到现在听完了阿尔卡季·马克西莫维奇的话以后，他微微受到了良心的谴责。

柯美列夫在工作中忘记了自己，不注意自己的健康，医生的话他只当耳边风……现在大家听着阿尔卡季·马克西莫维奇的话，都以悲痛的沉默表示同意："是的，他是爱我们的……"只有柯美列夫的妻子把头靠在儿子的肩上，她哽咽得更厉害了。

灵柩下土前的一切事情都已经准备停当。

区军委，一个身材魁伟的汉子，不知怎的脸上露出威吓的神情，袖章上的金线闪闪发光，他亲自举起了手，然后又用力放下，喊了一声：

"放！"

于是志愿协助海陆空军协会的十个小伙子用步枪向空中齐射。吓得墓地深处的乌鸦在树上惊慌地乱飞乱跳。

柯美列夫的妻子瘫软地在撒满松果的地上坐下来，她再也控制不住自己，开始放声痛哭。儿子也忍不住了：他站在母亲身旁，眼望着墓穴，他那伤心得变了样的苍白的脸上热泪滚滚而下。

在场的每个人都依次走过去，拾起一把潮湿的沙土向墓穴里扔下去。巴维尔·曼苏罗夫和伊格纳特一起走了过去。他们两人丢下去的泥土同时轻轻地打在柩盖上。人们开始散了，男人们戴上了帽子。

柯美列夫的妻子躺在地上，妇女们围着她。她的哭声回荡在一座座长满甘菊、车前草和三色堇的坟茔上空。

“斯焦——普——希卡[1]！我——的——亲人啊！”

一个衰弱的老太婆拄着根拐杖，头巾裹得很低，一直盖到眉毛上，这是对过去生活念念不忘的人，每逢祖先的忌日——有时不在忌日——都要来上坟，她那暗淡无神的目光停在伊格纳特身上，问道：

“这是在葬谁啊，亲爱的？”

“区委书记柯美列夫，老奶奶。”伊格纳特回答。

“我也猜是个首长。还放枪哩。”老太婆朝墓穴转过脸去划了个十字，“上帝，接受你的一个奴隶的灵魂吧！”

这个请求是用枯涩的声音说出来的，老太婆认为这是她的天职。

通常，对于已故的人或者说好，或者不言语，但心里的想法却各有不同。

伊格纳特和巴维尔·曼苏罗夫两个人一起走出了墓地。两个人都默默无言。

柯美列夫是爱大家的，可是区里富裕的集体农庄却不多。拖拉机站培养不出专门人才。损坏的拖拉机常常闲置在田野里半年不动……

单纯的爱要比向人家证实自己的爱容易得多啊。

2

伊格纳特从自己的农庄到区中心来时，总耽搁在巴维尔·曼苏罗夫家里。

伊格纳特的光头因为冒汗而发亮，正午的暑热仿佛使他显得更加肩宽腰阔了，他摇摆着倾斜的宽肩膀跟着主人走进来，在沙发上坐下。已经很旧的弹簧不胜负担地发出一阵嘎吱嘎吱的声音，等他沉重的身体坐定后才沉默下来。

巴维尔的妻子安娜——伊格纳特的妹妹——朝房间里望了一眼，

---

① 斯焦普希卡是斯捷潘的爱称。——译者注

一本正经地问："你们俩都回来了？"说完就到厨房里去，那儿立即响起了碗盏盆碟的声音。很快从厨房里传来煤油炉的嗞嗞声，仿佛一个嗓子有点发沙的男高音歌手在歌唱。活着的人还是照样过日子——现在快到午餐的时候了。

巴维尔脱去了上装，只穿一件汗背心，反背着手在房间里踱来踱去。大概是受到父系方面的遗传，他身上混有鞑靼血统：宽大的脸膛，黝黑的皮肤，隆起的颧骨，鬈曲的头发，英俊轩昂的气概。这时，他的心情烦躁，同时脚步却很轻、很稳——脚一次也没有碰到房间里摆得乱七八糟的椅子，他微微伛着身子，一双灰色的小眼睛暗淡无神，失去了原有的光彩。

伊格纳特拭着胖脸上的汗，以了然的目光望着他，心想：又是什么恶魔附到他身上了……

"干吗这样坐立不安？"他终于开口问道，"一个人的死对你竟有这样大的影响？可惜柯美列夫……"

"我不是可惜柯美列夫，而是可惜自己。"巴维尔开始说，他停下了脚步，以弹性的动作转过身子，用极小的步子一步一步从房间的角落里向他走近。"我从柯美列夫的命运中看到了自己的命运！一个人像头牛那样工作着，不知道休息。出差啊，躺在桌子上过夜啊，绞尽脑汁的会议啊，老是为庄稼收成、采伐木材、执行供销合同的事担心啊……"

"嗳呀呀！工作使你害怕起来了。老弟，这是老头儿的衰弱症。三十五岁的人说这样的话未免太早。"

"我害怕的不是这个！我愿意担任任何工作，即使比柯美列夫的工作困难几倍我也干！但只要能够看到工作的意义。要有意义，伊格纳特！可是柯美列夫一次又一次的出差啊，开会啊，担心啊，好像都没有意义。自不量力地挑着这样一付担子，在工作中送了命，可是为什么呢？有什么能引起对他的回忆呢？什么'爱'啊，'忠心耿耿'啊——都是些葬礼时说的俗套话。上帝保佑我在生前死后都不要受这种褒奖。任何人死了，除去儿女和一抔黄土，还应该留下一点有用的东西。这就是事业，伊格纳特！或大或小的事业！可是柯美列夫做了些什么好事情呢？有什么能引起对他的回忆呢？难道在我前面的也是这种无意义的生活？这就是我害怕的事情！”

“你自己是自己的主人。你应该使自己的生活有意义。”

“主人？……这两个字就像一团破布！一池死水只要泛起一点泡沫，你只要一有什么超出常规的行为，人们就用它来堵住你的口，就像用塞子去塞住啤酒瓶一样。我不知试过多少次想做自己的主人，打十七岁起就开始找出路，寻觅宽广的前途，想干一番事业，可是一直东飘西荡。我离开偏僻的乡村，在办公室的坐椅上消磨了一年半的青春，我相信总能找到出路，出人头地。终于给我考上了一所新建的高等学校。我将领到地球物理学家的证书，将去作考察，在荒野里搭帐篷过夜，在静穆的工作室里写学位论文……美极了！我努力学习，一心钻研科学，常常只吃点面包喝点自来水充饥。轰的一声——战争爆发了！当时我才念到三年级，应征入了补充连，唱着‘战斗英雄去侦察敌情！……’的歌开上前线。我没有在后方虚度岁月，四年工夫升到了少校。整训时曾经代理过团长职务。不用瞒你，我幻想过将来去参加争取世界革命胜利的战斗，幻想过在曼苏罗夫将军的指挥下获得的胜利……战争结束了，组织上问我：‘是不是常备军官？’我说不是。‘请转入预备役。’再回学校去学完那些课程已经太迟了，再说对学问的兴趣也没有了。于是就到区委会来当宣传鼓动部部长。要是在别的地方，我也许能成为自己生活的主人。可是在这里，指示经常像雪片样飞来，各方面下命令，各方面来催促：要这么做，要那么做，别另想办法。这些指示是谁写的？是谁在下命令？就是像柯美列夫那样的人。你休想向他们表示你的独立思考的精神。”

在巴维尔黝黑的脸颊上泛起两片干巴巴的血润，颜色像红砖，在微微下垂的眼皮底下，一双暗得近乎深蓝色的眼睛在怪异地转动着。伊格纳特伸手挺足地坐着，把一双粗笨有力的大手叠放在显然在向外发展的肚子上，注视着巴维尔的一举一动。

“柯美列夫对自己的命运非常满意，”巴维尔还是那样激动地往下说，“对他来说，区委书记的地位已经是登峰造极的了。我明明感到自己有能力，很想有所作为，可是现在却像一颗蘑菇似的给寒霜冻僵了。我的成长，我的发展，并不决定于我自己。人家高兴就把你往前推一把，不高兴就把你搁在原来的职位上磨蹭。”

伊格纳特带着怀疑的微笑摇摇头。

“哦，老弟，你可算是个野心家。魔鬼附在你身上啦，叫你不得安静。你应该唾弃它才是，老老实实地生活、工作，这样会有好处。”

“生活、工作，这样会有好处？……在哪儿工作？……在宣传鼓动部吗？伊格纳特，你又不是小孩子，我的工作能有多大好处你是知道的——你知道得太清楚了！给庄员们做些关于建设社会主义、关于共产主义社会的报告，可是庄员们关心的不是崇高的理想，而是粮食和钱，他们干一年活的劳动日收入也做不起一条节日穿的裤子……我愿意大家得到好处！我愿意！可是怎么做呢？我有充沛的精力，有清醒的头脑，可是无用武之地……”

曼苏罗夫在椅子上坐下，胳膊支在膝盖上，弓起了背，涔着汗的褐色眼睑盖没了眼睛。有一会儿工夫他好像摆脱了一切烦恼，若无其事地在听厨房里的煤油炉有节奏的咝咝声。

伊格纳特依旧在旁边看着，他微微有些着恼地说：

“你何必这样沉不住气呢？不喜欢待在这儿，那么换一个地方不就得了？”

煤油炉的咝咝声戛然而止，寂静中响起了盆碟的声音。曼苏罗夫抬起蒙眬的目光望着伊格纳特。

“换一个地方……我已经不是十七八岁的小伙子，应该结束那种东飘西荡的生活了。叫我到哪儿去呢？又没有专业，学新的也晚了……我给捆在那张部长椅子上了。”

安娜走进来，郑重其事地说：

“我要张罗吃饭了。”

她是个直线条、瘦身材、高颧骨、尖下巴的女人，完全不像她那魁梧、肥硕的哥哥。她有一张苍白憔悴但相当动人的脸，脸叫蓬松、没有光泽的头发围了起来。现在，安娜腰里系了一条干净的小围裙，很稳当地在房间里走来走去，尖尖的胳膊肘紧贴在腰间，手腕向前伸出，这付样子活像她刚洗好了手要去把它们揩干似的。

“巴维尔一打开话匣子，不到深夜就别想把它关上。他到底要干什么呢，谁也不明白。伊格纳特，你跟他争论简直是浪费时间。明天你要考试了。这当然不会使你害怕，可是你得替我想想，别叫我为你红脸。”

伊格纳特站了起来。

“对，安努什卡[①]！”他转向巴维尔。“我对于自己的命运看得很简单：要是考不进农学院，我只好等着去过老爷爷的日子，跟孩子们一块儿坐在墙脚下用黏土做小笛子。要是明天我能跟柯美列夫的儿子一起通过考试，我就觉得很幸福了。”

巴维尔生气地朝旁边哼了一声。

3

还在年轻的时候，伊格纳特就在青年农民学校读完了八年级。不论怎么样总算受过教育——他不但懂得分数，就是代数、几何也略知一二。当时他也跟许多农村青年一样，认为不能呆在乡下耕田积肥。他起先到奥斯塔诺伏镇的消费合作社去当售货员：称称食盐和水果糖，把火油灌在瓶里。就在这个奥斯塔诺伏镇上，人们建了一座很大的碾粉场，伊格纳特就被派到那儿去当主任。从碾粉场又调到区食品工业管理处当主任。从那儿再调到粮站，也是当主任，后来又在区谷物采购站当主任……他成了个领导干部，小单位的主任，没有专业的人。每个区中心都可以遇到这样的人，不知怎的，大家都觉得这种人对于当主任有特殊的能力。

---

① 安努什卡是安娜的爱称。——译者注

格梅津就一直这样当着主任。他在区中心柯尔松诺伏镇的边上盖了一所房屋（屋架是从乡下搬来的），辟了一个菜园，养了一头母牛，做了五个蜂房。他每天早晨去上班，也常常出差，空下来在菜园里种种蔬菜。他有自己的房子，自己的奶牛，土豆是自己菜园里种出来的，蜂蜜也是自己养蜂场里酿出来的。

战争扰乱了他的宁静，但并没改变这种生活。

伊格纳特上过前线，回来的时候佩着上士的肩章和两枚“勇敢”奖章，还有由于受过一些轻伤而添上的袖章。他刚一回来，区执行委员会就想到他了：这不是伊格纳特·格梅津吗，应该叫他回到谷物采购站去当主任。

各集体农庄开始合并了[①]。区里许多只有一两个村子的小农庄，现在都合并成为有七个到十个村子的大农庄。区党委派了好多区干部到集体农庄去。伊格纳特也是其中的一个。

有一个也像伊格纳特一样的区干部，名叫米朗·苏霍青，在集体农庄里当了半年主席，庄员们自己提出来请他滚蛋。在他当主席的这半年中，生产队长们成天喝酒，女养猪员饲养的小猪死了很多，春播工作到六月才结束。区里只好把苏霍青调回畜产品采购站。

伊格纳特在消费合作社当售货员或者在谷物采购站当主任的时候，遇到收割时节见天下雨他就心痛，要是天气晴朗就非常高兴；当拖拉机站到了一批新拖拉机的时候，他总要跑去看看。他的父亲、祖父、曾祖父都是庄稼人，伊格纳特打心眼里认为自己也还是个庄稼人，虽然他在履历表上“个人成分”一项内填的是“职员”。

在他被选为农庄主席后的头些日子里，他就像在任何新的工作岗位上当主任一样行动起来。副主席安季普·柯什卡廖夫因为酗酒，被他撤职了。斯捷潘·洛日金三次进城去买铡草机的转动臂，每出差一次就要花掉两千卢布，回来时发牢骚，还赌神罚咒地说：哪儿也买不

---

① 为了适应新的农业技术和先进管理方法的运用，苏联党和政府于 1950 年提出了合并小集体农庄为大集体农庄的建议。——译者注

到这种转动臂。伊格纳特自己去买来了，一共只花了一千五百卢布零几个戈比，于是就控告斯捷潘·洛日金盗窃罪，把他交给法庭审讯。

伊格纳特年轻时候在消费合作社称水果糖、灌火油时那种诚实的性格，加上清醒的头脑——这就是他成为区里最大的“劳动者”集体农庄的主席后的全部本钱。但这是不够的……

这个农庄有四千公顷以上的耕地，可是收获量很低。这是什么缘故呢？需要了解。

这个农庄有九百公顷浸水草地，可是长出的草一年不如一年。这是什么缘故呢？需要了解。

这个农庄有一百头牛，这太少了，繁殖率很低。这是什么缘故呢？需要了解。各方面都需要了解！

一个青年农艺师阿廖欣被派到邻近的一个集体农庄，那个农庄几乎从农业集体化运动一开始的时候起就由老头儿费道西·穆尔根当主席。现在阿廖欣当了副主席。穆尔根跟过去一样不动声色地保持着庄重的神态，意识到自己几十年工夫建立起来的威信之可贵，经常坐了轻便马车来往在田野里作指示，下命令。阿廖欣老是用两条腿跑，出现在主席的马车刚经过的地方，提出修正意见：“费道西·萨威里奇说得很对，不过做起来最好是这样。”起先，庄员们都惊奇地摇着头说：“瞧，他纠正起萨威里奇来了，真是吃了老虎胆……”但是因为老主席很能容人，并不反对青年农艺师的意见，于是大家也就认为这是应该的了。

伊格纳特根据客观观察的结果，他明白了，在一两年内，最多不过五年，集体农庄还需要他，可是总有一天大家会觉得他这个人只有诚实的性格、清醒的头脑和一些随捡偶拾的零碎知识。也总会有那么一天，不管你愿意不愿意，得让位给那种“吃老虎胆”的人。因此必须去学习。

虽然他可以坚决要求派他到省集体农庄干部学校去学习，或者进农业技术专科学校函授班。可是在省农庄干校或者农业技专都要学习四年。在那里学四年，再加上农学院五年，可是伊格纳特现在已经是四十开外的人了，何况还要负担家庭，这怎么成？

柯尔松诺伏镇的成人夜校最高只有八年级。伊格纳特决定准备一下，以自修生资格去参加十年制中学的毕业考试。

4

从考试的头一天起就放在桌子上的一大束野花，早已凋谢散落。在深红色斜纹台布上排成扇形的考签、考试委员们严肃得不自然的脸色、在紧张的寂静中粉笔在黑板上划来划去的声音——这一切已经重复过很多次了。甚至激动的心情也习惯了。

十年级学生们在为领取毕业证书进行最后一门课程的考试。

今天轮到萨沙·柯美列夫受考。父亲的死、葬礼——这些都是再正当不过的理由，但它们不能使他免试。校长建议他明年补考，然而萨沙拒绝了。

大家屏息静气地注视着萨沙证实公式。这时候没有一个学生在推想：哪张考签已经被抽去搁到一旁，桌上的考签中哪张可能给他抽到。有这么一段时间，每个人都忘了自己的命运。在那些注视着萨沙的眼睛里，除了出于同情的忧虑——要是考不出怎么办？——以外，还闪现出纯粹是孩子气的好奇的目光：他将怎样自处？……

但是这种好奇心一点一点地消失了。萨沙的表现跟平时一样，只是他的声音比往常低了些。他顿住了两三回——这没有什么奇怪，他的几何本来就不特别好。

主考教师安娜·叶高洛芙娜——伊格纳特·格梅津的妹妹——一边听着萨沙答题，一边老是无缘无故地掠着她干燥的头发，从窗外射进来的阳光正好照在她的头发上。

“别慌，萨沙……别慌，想一想。”在她的话声中有一种请求的语调。

伊格纳特坐在教室里，跟大家一样又紧张又同情地仔细听那小伙子如何回答。看伊格纳特的样子在学生群中可真奇怪：脑瓜剃得精光，多肉的脸上皮肤粗糙，一双笨重的手搁在课桌上。

“有没有补充提问？”安娜问各位考试委员。

委员们摇摇头：没有，没有……

教室里掠过一阵轻微的响声，大家都松了口气——萨沙考试通过了。他努力不让人家看见脸上骤然涌起的红晕，在取下楦头不久的新皮靴的咯吱声中走出了教室。

“格梅津。”

伊格纳特费力地从窄小的课桌下把腿拔出来，在这群头发梳得光光的小姑娘和头发蓬松散乱的男孩子中间站了起来，他高大、笨重、背微微有些伛偻，他自己也由于感到跟周围的一切那么不相称而发窘。但当他走到桌旁站住，伸手去抽考签的时候，那种掩藏着的学生的激动神情就凝集在他脸上的一条条很粗的皱纹中了。额上和大鼻子上冒出了汗。但这仅仅是一眨眼的工夫，抽出考签皱纹就舒展开来了。

他走到黑板跟前，开始用粉笔笨拙而用心地画着一个像截得平平整整的大树桩似的东西。安娜一面听另一学生回答，一面常常用眼梢斜睨着黑板上的图，那图上渐渐布满直线、圆、拉丁字母，慢慢地愈来愈不像树桩，开始具备几何图形应有的复杂奥妙的模样。

“请解释吧，我们听着。”她终于把整个身子朝着图形转过去。

就像开会时那些缺乏经验的发言人一样，伊格纳特用拳头凑近嘴轻轻地咳嗽了一声——那句习惯的“同志们！……”差点儿就要脱口而出，但他突然以抱歉的口吻很快地说：

“圆台的侧面积等于二分之一乘它的两个底面周长的和再乘……”

校长在教室门口迎接了伊格纳特·格梅津，用力把他的手握了好久。

“祝贺您领到毕业证书。衷心地祝贺您……”

“谢谢，谢谢，”伊格纳特天真地微笑着，“我像是成熟得特别晚[①]，看来，什么时候结什么果，都是注定的。”

---

① 中学毕业证书俄语中的意思是“成熟的证书”。——译者注

到了这儿走廊里，他不再是学生了，他习惯地以平等身份跟校长交谈。

他们其实没什么可谈，可是校长舍不得一下子就和这个穿着褪色军便服的高大、结实、剃光头的人分手。他那魁伟的身躯好像一块被太阳晒得发烫的巨石透出热力，又好像草地散发出枯草的气息。

“您索性有始有终——留下来参加毕业晚会吧。跟青年人一块儿庆祝一番，怎么样？……”

“那不太合适……我有自己的庆祝办法……”伊格纳特兴奋地眏了眏眼睛，用指头在脖子上弹了一下[①]。

校长哈哈大笑起来，但同时也没有忘记向周围看一下——有没有学生看到伊格纳特这个在校内来说太放任的手势。

他们终于分手了，接着，楼梯在伊格纳特沉重的脚步下咯吱咯吱地响了起来。

楼下，萨沙 · 柯美列夫将身体靠在栏杆上站着。他迎着伊格纳特转过脸来。

“伊格纳特 · 叶高洛维奇，请等一等……我想跟您谈谈。”

“谈谈？……”伊格纳特觉得挺奇怪，“好吧，我听着，老弟。”

苍白、瘦削的脸上一双透明的、淡绿色的眼睛以严肃、要求的目光望着伊格纳特，饱满的、孩子气的额前，像牛毛一般倔强地直竖着剪得很短的头发。

“唉，这几天真够你受的了。”伊格纳特暗自想道。

“伊格纳特 · 叶高洛维奇，”萨沙紧张地低声说，一边把目光移开，“接受我到您的集体农庄去吧。”

“到农庄去？……”

“是的，去工作。”

“我听说你打算去考农学院。”

这一回萨沙的眼睛怅惘地闪出泪光。

---

① 暗示喝酒的意思。——译者注

“以后也许还能进农学院……妈妈现在是一个人了，还有两个小妹妹。”

伊格纳特急忙打断他的话：

“好吧。这件事慢慢再谈。你有空吗？……要是你高兴的话——我们马上就走。我的马在等我。”

5

马车出了镇。

伊格纳特一动不动地高坐在轻便马车上。被他挤在一边的萨沙，斜着眼睛偷偷地在打量那位农庄主席：一顶软便帽紧绷在大脑袋上，脖子给军便服的领子紧紧扣住，勒出一道深红色的印痕。

伊格纳特向两旁看了好几次，忧虑地摇摇头，叹了口气。

“唉，真不是时候……”

路旁的杨柳本来垂得很低的枝条，现在完全弯倒了——每一片叶子都疲惫地下垂着。长在路边的白色苜蓿花上，没有蜜蜂奔忙。听不见鸟儿啼鸣。四野里没有一点儿生气。淹没在一片绿海中的大地上空，笼罩着紧张的沉寂和荒芜的景象。空气很清爽，一丝风也没有。天上没精打采地飘浮着几朵貌若安静的白云，但是要下雨了，一定要下雨。

“你说要帮助妈妈？”伊格纳特打破了沉默。

“现在除了我，还有谁去帮助她？”

“可是你为什么决定到农庄去？为什么不进机关办事？文教科正需要一个人……”

“我要到农庄去。”萨沙的话里有一种生气、倔强的语调。

伊格纳特好奇地掉过头去仔细看了他一眼，然后又转过来，突然，沉寂下来的路上响起了他的洪钟似的声音：

“嗨，你这畜生！懒东西！走着，走着，马蹄老是碰到马蹄！……我揍你！……”

马儿抖擞起精神，石子路上响起了嘚嘚的蹄声，马车开始剧烈地摇晃……

很久很久以前，萨沙在一本书上看到这么一句话："房屋失火的时候，里边的钟还在走。"他看过就忘了。这句话被遗忘在脑海角落里，好像掉在冒着泡沫的漩涡中的一个鱼钩。

在父亲下葬那天，萨沙忽然想起了这句话。

在那一天里，他明白了，对于他，世上没有一个人比父亲更亲切、更宝贵。他比母亲更亲切……以前他不注意这一点，也没有珍视那有限的几次跟父亲坦白诚恳的谈话。

仿佛从很远很远的地方浮起了几乎已经忘却的童年回忆。

……萨沙才六岁。父亲携着他的手穿过一片翻耕过的田野。萨沙常常绊跌，他沿着犁沟边的土堆走很觉费力。最后几只乐而忘返的燕子悄然无声地上下翻飞，在渐渐向森林那边落下去的夕阳的红光中穿来穿去。一辆拖拉机在田野里蠕动着，马达发出均匀的响声，从烟囱里吐出混浊的紫烟直呛嗓子。时而可以听到石子给犁铧辗碎的声音。耕犁好似一只手张开五根铁指，泥土就像一条条浓黑的溪水，从犁下流出来。翻到沟旁的土堆在夕阳下闪着微弱的反光。

父亲停住脚步，弯下身去，满满抓起一把土，拿到自己脸前。拖拉机像个专心干活的庄稼人那样，一本正经地哼哧着渐渐去远。

"你可嗅得出泥土是什么气味？……"父亲问。

萨沙也抓起一把土，凑到鼻子下面。可是泥土只有泥土的气息。

"你年纪小，还不懂。我在你的年纪已经能懂了。从前，只有逢时逢节才有纯粹的面包吃，平时吃的面包都是掺谷糠的……我们要使面包像空气一样要多少有多少，使人们不必为面包操心。"

当时，并不是这些话——事实上这些话的确不太好懂——而是父亲慈祥的声音和跟平时不同的和蔼的脸色，使六岁的萨沙对土地产生了一种模糊的感激的心情。萨沙像捧着宝贝似的握着那把潮湿、松散的泥土，学着父亲的样小心地捻着，嗅着。泥土还是只有泥土的气息。

还有一段回忆……萨沙穿着略微嫌紧的上装、干干净净的衬衫，系着熨得平平整整的少先队红领巾，他挨着父亲暖呼呼的身体坐在轻便马车的干草上。父亲去出差，顺路送萨沙到卡耶姆柯伏村——在肖拉河绕圈子的地方——少年先锋营去。

浓雾渐渐扩散着，像充分发酵、溢出面槽的面团，从河边穿过灌木丛弥漫到潮湿的割草场。在初阳的曲折的光线下，在乳白色的茫茫大雾中，悬着一道绚烂的长虹。一只海鸥破雾而出，一飞冲天，好久还可以看到空中隐隐约约有个白点儿，一直到完全消失不见。

父亲近来常常过了半夜才带着闷闷不乐的脸色、深陷的眼睛回家，可是这时候连他也高兴起来了，他向四周看了一阵，发出一声兴叹：

“多美啊！”

马车进了村子。公鸡喔喔长啼，井上的绞盘没有涂油，发出秧鸡叫似的咿呀声。在一所屋子窗下的自留地上，竖放着一捆捆碧青的大麦。萨沙指着那些大麦对父亲说：

“瞧！真是怪人——还是青的就割了。”

父亲以生气的目光喝住了他，接着轻轻地说：

“萨施卡[①]，幸灾乐祸是不应该的。”

马蹄在早晨厚厚的尘土上轻轻踩过，发出津津有味的嘚嘚声，父亲在马蹄声中以严肃的口吻对萨沙说：战争累坏了各个集体农庄，去年夏天庄稼没割下都干死了，剩余的又给秋雨淋死；今年的收成估计不会坏，可是要维持到收割时节也很不容易。

好事情常记心头，坏事情容易忘怀。在柯尔松诺伏区，人们就不大乐意回忆战后紧接着来到的困难的一九四六年。

父亲讲着，马车驶过了村子，这时，愉快的早晨在马车周围渐渐揭开了序幕。轻而有力的晨风小心地驱散河畔的浓雾，把它往朦朦胧

① 萨施卡就是萨沙，都是亚历山大的小名。——译者注

胧的枞树林中赶去。在曲折的小径纵横交错的草地上，有些地方沾着露水，现出寒森森、灰蒙蒙的样子，有些地方闪着一片翠绿色。在那天，父亲头一次对萨沙说这样的话：

“我们的土地美极了。在这样美丽的土地上应该建设起美丽的生活。要是我倒下去了，完不成这工作——就要你来完成。萨施卡，要记住，你长大了可别去找轻松而收入多的工作。”

跟萨沙住在一起的就是这么一个可亲的人，他总是先天下之忧而忧，在谈体己话的时候会道出自己最大的愿望——在美丽的土地上建设美丽的生活，晚上吃晚饭的时候，看他老是疲倦不堪，没精打采，他喜欢把最小的女儿莲珈搁在腿上摇颠，一边以微微有点嘶哑的低音哼着那支始终不变的小调：

在森林中，在山路上，
叶高尔叔叔坐在马车上，——
穿着枫树皮编的鞋哟，
还有簇新干净的裹脚……
他的关怀是多么亲切。
他的性情是多么熟悉。

他的理想也已经成了萨沙的理想。

他是世界上所有的人中间最亲切的亲人。

可是现在只有潮湿的沙土散发出一股冷气，只有一座还没有长出青草的新坟……

萨沙扶着母亲沿着太阳晒得发烫的石子路回家去。她在墓地上已经哭了个痛快，现在不哭了，只是靠着儿子的肩膀常常病态地打着哆嗦。萨沙搀扶着母亲，勉强移动着两条不听使唤的腿，时而向四周看望。痛苦消失了，悲伤也消失了，剩下只是沉重而麻木的感觉——惶惑。他没有了！不在家里，也没去出差——哪儿也不在。今天不回来，明天也不回来，谁也不用等了……真不懂，真荒唐！

这时，他环顾四周所看到一切动静，显得异乎寻常地清晰。每一个细节都使他痛苦和惊奇。

一头短腿小狗神气活现地卷起了尾巴，尖叫着，欣喜若狂地从门底下跳出来，向一头猪仔冲过去。那猪仔带着厌烦的冷淡态度转过身去，把屁股对着小狗。

萨沙认识的电影放映员斯拉夫卡·卡拉乔夫正在自己家门口修篱笆，一边悠闲地轻轻吹着口哨，吹的是“柳布什卡”。

背后响起卡嘉·节连佐娃清脆、无忧无虑的笑声。她也是参加了葬礼从墓地走来……

小狗跳跃着，尖声叫着。斯拉夫卡吹着口哨：“柳芭，柳布什卡……”卡嘉笑着……一切都跟过去一样，一切都是老样子。可是父亲没有了。这到底是怎么回事？难道应该忍受吗？难道应该忘记吗？不！不可能！以后怎样过活呢？

回到家里，母亲使萨沙怔住了。

他小心地扶她坐到床上。母亲的面孔浮肿，四肢软弱无力，一双毫无表情的眼睛在儿子胸前望了一会儿，然后又抬起头来用哀求的目光看着他，以微弱的声音提出了那个也在折磨着萨沙的问题：

“萨申卡[①]，我们以后怎样过活呢？”她沉默了半晌，又哽咽了一阵，接着说：“抚恤金又能有多少。得给玛申卡买一件大衣了。”

母亲的话跟斯拉夫卡吹的“柳布什卡”，跟卡嘉幸福的笑声一样刺在他的心上：“抚恤金，大衣……爸爸已经死了！这是考虑买大衣的时候吗？”母亲说的“以后怎样过活”跟萨沙想的不是一回事。

一整天，他听到的尽是“面包还没买……饭还没做好……”这类平凡无聊的话，周围的现实生活使他惊异，也使他难过。就在这时候，他想起了那句话：“房屋失火的时候，里边的钟还在走……”这句话现在回想起来又是可怕，又是意味深长。他的心里起了火，发生了崩溃，整个世界在天翻地覆——仿佛一切活的东西都没有权利活下

① 萨申卡也是亚历山大的小名。——译者注

去了。可是活的东西还是活着，生活依然循序前进，依然是平时的生活，一丁点儿也没有改变。房屋失火，钟还在走。

但是这仅仅是一天的事。

第二天他起得很早，走到台阶上。光脚踏在潮湿的木板上觉得挺冷。在围着黑暗的齿形栅栏的院子里，每一块木片，每一根树枝都是熟悉的，可是在这个宁谧的清晨，院子却好像突然换了一付新面目。半个院子被邻屋的阴影所蔽。才露脸的太阳把暖和的光线温柔地泻在另外半个院子里。那阳光照在脸上怪舒服的。听雀儿在湿漉漉的菩提树丛中乱叫乱跳也怪舒服的。萨沙站着，眯着眼睛，心里在想父亲……

在吃早饭以前，他郑重其事地跟母亲商量了以后怎样过活的问题。他暂时不去考农学院，而是去找工作，不过不是到机关去工作，他要到集体农庄去……旁的地方不去。不必去计较在油脂工业管理处当一个助理会计有多少收入。父亲说过："别去找轻松而收入多的工作。"

母亲在吃饭的时候还动不动就掉眼泪——她看到本来父亲坐的那把椅子现在空着没人坐，总是不习惯。萨沙比她较快地习惯了。

但是，从前父亲说过的每一句话，对于萨沙都成了神圣的法律。

刚才伊格纳特·叶高洛维奇问：为什么要到农庄去，为什么不去考农学院？可是怎么能向他解释清楚呢？难道他会懂吗？

马车拐弯离开了公路。萨沙安静地坐在伊格纳特身旁，一条腿垂在车外碰着道旁的灌木，他怕伊格纳特又要重启话头。可是农庄主席不吭声，一边赶马，一边担心地望着天色。

一堆乌云从森林背后向空中爬上去，懒洋洋地扩展开来。夕阳从下面照亮着它，使这堆乌云有些地方呈着暗红色，因此更显得大雨将临。远处的黑林子从一端开始渐渐消失，像一大堆黑雪溶化在白蒙蒙的空气中。

"唉！下雨前赶不到了。"伊格纳特烦恼地干咳了一声。

"也许还能赶到……"

“赶不到了……”伊格纳特放松了缰绳。

被雨幕遮住一半的森林那边传来了隆隆的雷声。马儿鬼鬼祟祟地耸耸耳朵，放慢了脚步。草儿开始发出紧张而热闹的声响。灌木上的叶子起先只是零零落落地抖动，可是一阵风向树丛中袭来，把它们全部搂住，猛地一掀，把什么都搅乱了。

马背发黑了。过了一两分钟——雨点打在草地上发出的已经不是快乐的淅沥声，而是一片均匀、密集、愈来愈响的喧嚷声。牛毛细雨渐渐变成瓢泼大雨。

伊格纳特带着忧虑的神色开始在胸前的军便服上摸索。突然他从头上摘下便帽，把它捂在心口，就这么坐着，一只手拿住缰绳，另一只手把便帽按在胸前；不时发愁地望着黑压压、低沉沉的天空。大雨打在他那光溜溜的头上。

“您怎么啦？”萨沙不安地问，“心脏不舒服吗？”

“不，我的心健康得像公牛一样……我今天是穿了军便服出来的，口袋里放着党证。我怕它淋湿。宁可让脑袋淋雨。”

萨沙的手不自主地向上装的口袋那边伸过去——那里也放着一份证件——共青团证。不知怎的，这时候他对这个人产生了一种亲切和温暖的感激心情：伊格纳特在某一点上像他的父亲。

雨倾泻着。马儿微微晃着亮光光的臀部，走得很精神。伊格纳特和萨沙坐着，衣服都湿透了贴在身上，一个用一顶揉皱的便帽捂住心口，另一个把一只手掌按在胸前。

6

伊格纳特跟他的妻子倒挺配称，她也是又胖又高大，长着一张宽阔、红润的脸，她把萨沙弄得好窘。

“瞧，我们来了个多年轻的小客人！”她快乐地把手一拍。“伊格纳特老是把一些跟自己差不多的人带到家里来——秃顶啦、大胡子啦，全是些破烂。你倒是个挺合式的女婿。瞧，我们这儿有很多闺女。趁现在还不晚，随你挑一个。”

萨沙红着脸，怪不好意思地在桌旁坐下，斜眼瞅着伊格纳特的几个女儿。她们到出嫁的日子还远着呢：大的才十三岁光景，她帮着母亲做些零星事，跑起来只见一双黝黑的长腿摆动，她把眼珠骨碌碌一转，溜到地窖里去了；第二个大概刚上学念一年级，她很怕羞，躲在角落里，背后也许还拿着个洋娃娃；最小的一个不过四岁模样，她皱着眉尖，一本正经地在打量那位“女婿”。主人的儿子比客人先在桌旁坐下，他把下巴贴在桌面上，胖胖的，脸色红润，前额宽阔，活脱是伊格纳特·叶高洛维奇第二，只是仅及他的六分之一大。

“吃吧，”伊格纳特一边招待，一边挤到桌旁，“你听着。我们来谈谈正经事。”

他把一盆土豆、几条腌黄瓜推到萨沙面前，以开导的口吻开始说：

“像你现在这样，对于我并不是什么宝贝。只有一双手，再说你这双手现在还不结实，不灵巧。我需要的倒不是你的手，而是你的头脑。难道你在学校里的十年书就白念了吗？吃……一边吃一边听——同时可以做两件事情……我很欢迎你到农庄来，可是我要提出一个条件。今年你得进农学院。现在我跟你一样了。你是十年制学校毕业，我也是。我们一块儿去考函授班，一块儿向科学进军。好不好？……”

萨沙面前放着一只盘子，他直挺挺地坐着，目不转睛地凝视着伊格纳特。这敢情好！他所希望的就是这个，不过想得不大一样罢了——他打算暂时不考农学院，等干了一年活，各方面习惯了，然后再去考函授班……现在这样可没想到！一点也不耽搁，立刻就去考——这有什么不好？……他只是默默点了点头，代替了回答。

可是伊格纳特·叶高洛维奇大概全都明白了，所以很和气地微微一笑。

“吃吧，土豆快凉了……赶明儿我跟管理处的委员们谈一谈，给你安排好工作。我们要一个有头脑的养草专家。人们对于草地的看法还是老一套，他们认为这是天赐的财富，是上帝培植出来的。以为草是可以不劳而获的……”

“一下子就担任这样的工作？”

“不是一下子。暂时我们不给你专家的工资——要少一点。我们不要求很高。头一个时期先熟悉一下环境，看一些有关这门科学的书，准备考农学院。要是生产队长派到你，你就去干活……你别不好意思，我不是可怜你才为你安排工作，我是为我们农庄的利益着想。你一边工作，一边学习，过四五年，就有一个地道的专家在我们的培养下成长起来，又懂理论，又会实用，那才是我们所需要的。开始的时候在某些方面我们也许会感到失望，不过可以在将来补偿。这样好不好？”

“好。”

“那么现在先吃……孩子他妈，茶炉子生好了没有？”

萨沙给安顿在帷幕那边一张跟他的个子不相称的小床上睡觉。萨沙睡不着，手枕在头下躺着，谛听着这家陌生人家的种种声息渐渐归于沉寂。

在较远的一个角落里，伊格纳特·叶高洛维奇的大女儿细声细气地唱着歌哄小弟弟睡觉：

……小鸽子飞来了，
小鸽子咕咕叫……

唱了一会也静下来了。

地板咯吱咯吱地响着，伊格纳特的妻子在房间里走来走去，小心地收拾盆子和汤匙。她压低了嗓门问丈夫：

“干草淋湿了吗？”

“还好。”

“别磨得太晚了。你每夜都没好好睡。”

说罢，她打了个呵欠，走开了，在一刻钟前传来大女儿歌声的地方，一张床发出了一声呻吟。

一切都静下来了，只有每隔一段时间可以听到翻书的沙沙声——伊格纳特在看书。

萨沙小时候曾经幻想当一个军人，肩上斜挂着皮带，腰间佩带着手枪，胸前挂上勋章。不久，当他看了许多惊险书籍以后，决定要当远航船的船长：每天早晨站在船桥上，望着浩瀚的大海，等待陌生的海岸出现——那儿有奇妙的城市、异国的人民、听不懂的言语……

过去，他在家里做算术题，在教室里上课，在学校的走廊里飞跑狂奔，玩拉帕塔[①]——跟别的孩子、跟所有的人一样生活着，只等待生活解决一个问题："长大了做什么？"

这句简短的话有一种魔力。他就是为了追求这个问题的答案度过了十八个年头。

长大了做什么？……难道这个问题在今天晚上就这样简简单单地解决了吗？不做胸前挂满勋章的军人，不做被热带的太阳晒黑的船长，而是做一个普通的农艺师？

"就做农艺师吧……爸爸活着也会满意的。"

萨沙还没入睡，传来了一阵轻轻的敲窗声。地板在沉重的脚步下咯吱咯吱地响起来，伊格纳特·叶高洛维奇出了房门。可以听到过道里有压低嗓门说话的声音。

"轻声些，轻声些，别吵醒了孩子……给我在板凳上随便铺些什么。我住一夜，明天早晨就回镇去……"

这位深夜来访的客人走进了屋子，他的声音萨沙觉得挺耳熟。

"你打哪儿来，巴维尔？"伊格纳特问。

萨沙猜到那是区党委会的曼苏罗夫，父亲活着时他有时也上萨沙家去。

"打哪儿来？……还不是老地方！我是受区委委员小组的委托到斯塔欣诺村苏维埃去的。检查了一下割草准备工作做得怎么样。遇上

① 拉帕塔是一种投掷木棒击球的游戏。——译者注

了雨，浑身淋透了，现在已经干了……”那客人脱去靴子，咚的一声放到地上，一边继续不满地嘟哝着：“国家银行的老会计福米乔夫被指派为推动员[1]。柯美列夫留下的制度和办法还打不破……”

萨沙开始耸耳倾听。曼苏罗夫说最后几句话的口吻对柯美列夫没有一点好感。萨沙等着伊格纳特·叶高洛维奇反驳，为父亲抱不平——他是个正直的人，应该反驳，——但是他没有反驳。

“对于巴耶夫，又能要他怎么样呢？”伊格纳特·叶高洛维奇低声说，“他就是有点儿文化。柯美列夫好歹也是个性格坚强的人。跟他比起来，巴耶夫那样的人还差远哩。”

“我们还是跟过去一样派推动员下农庄。只是因为不好意思才换一下衔头。在柯美列夫以前叫专员，柯美列夫的时候衔头小些——叫代表，现在更好听了——叫政治报告员。破裤子随你怎样翻来翻去——总遮不住窟窿。差不多每个农庄主席头上都有一个推动员。像赶马似的赶着……你打算让我睡在哪儿？”

“你拿灯给我照着。我到过道里去拿铺盖。”

帷幕外的灯光不见了。萨沙躺着，一点也不敢动弹。炉子下面有一只耗子在胆怯地用爪子扒东西，发出了声响。门旁洗脸盆里的水一滴一滴掉在木桶里，每掉下一滴水，就像一声轻微的啜泣。

以前也曾听父亲说起，区里的情况相当困难，混乱的现象很多，但是萨沙怎么也没想到，这些混乱现象竟是他父亲的过失！

萨沙的脑海中又浮现出从犁沟旁抓起来的一把土，父亲的脸跟平时不同，和蔼而略带庄严的神情。难道这是忘得了的吗？

严峻的目光、颤抖的声音：“幸灾乐祸是不应该的……”

他还说要“在美丽的土地建设美丽的生活”！

父亲，他就是这么个人！他们竟敢这样诋毁他！难道他们对他更了解吗？他们只会冷眼旁观。没好好了解就这样随随便便、急急忙忙

---

① 推动员是受托推动和加速某工作进行的人。区委会通常在农忙时节派推动员到集体农庄去推动生产。——译者注

乱发议论。

萨沙紧握两拳，由于愤恨而全身麻木。

耗子怯生生地用爪子扒着，掉下的水滴有节奏地啜泣着。屋子里的人都睡了，周围一片静寂……莫非这一切只是一场梦？一个声音略微有点生气，这是一个疲倦的人的声音；另一个声音平静、严肃。这是不可能的，他们不能这样说话！

从外面推门进来的声音响得厉害。耗子立刻不作声了，水滴掉下来的声音也在人走进来的响声中消失了。

帷幕上人影幢幢。只听见铺在板凳上的被褥的声音。

萨沙激动得屏住了呼吸，侧耳倾听。

这回是伊格纳特·叶高洛维奇先开口继续刚才过道里的谈话，声音很轻，他好像在为萨沙的父亲辩护。

“人的品质？……问题难道在这上头吗？天地良心，柯美列夫是有这些品质的，这不容否认。他诚实、坦率……只要对人们有利的事，他都肯干，哪怕是赴汤蹈火……要是一个领导干部没有这些品质就糟了，但是，老弟，这是不够的。”

“老生常谈。”

“你听我说……部里把计划从莫斯科往下传：要播种多少冬麦。省里划算着各区分配多少任务。区里划算着各农庄分配多少任务。计划最后落到我们这些种麦的人头上。可是我们看到：气候不对头，土地又不适宜，这样的小麦在我们这儿怎么也长不出来。我该怎么办呢？立刻报告：由于种种原因，请容许修订计划。好的领导马上就会了解和支持修订计划，并且通知别处，以免造成混乱现象。不好的领导就会固执己见，说：上级的意图必须贯彻。好的领导两只耳朵都灵。不好的领导一只耳朵是聋的：自上而下的命令立刻听见；自下而上的建议却不大入耳。这就是品质……柯美列夫之所以不好，就因为他像春天的溪水老是朝一个方向流——自上而下。他爱人们，一心想为人们造福，可是又不信任人们。常有这样的事：爱某一个人，又不信任那个人。”

被褥发出一阵窸窣声——大约是客人就寝了。

“那么你说，”曼苏罗夫开腔了，“假如有人问你，是什么阻碍着这个区前进，你怎么回答？问题很大，甚至太笼统了一点……你大概能提出些意见吧？啊？……”

半晌的沉默。在屋子的另一边，一个小孩翻了个身，在梦中哭了起来。

“不错，”伊格纳特·叶高洛维奇说，“我可以提出一些意见。根据这些意见我正在自己农庄里尽可能试着改进。”

“有意思。”被褥的窸窣声停止了，客人在仔细地听。

“我主张修改从省里传到我们这儿来的那些计划。”

“说得确切些……”

“我们这儿的地方天生就应该做到牛奶像河一样从我们这儿流出去。有多好的浸水草地！有多好的干旱的谷地！……我们这儿干旱的谷地比得上南方的浸水草地。有草可以养奶牛，有土豆可以发展养猪业，此外还可以种麻。这才是我们这儿的土地的天才！可是我们的区偏偏被认为是谷物区，老是拿计划催逼：种粮食，种粮食！偏偏粮食长不出，秋天常常给雨打死……尽管这样，我们还是养牲畜——只能少养些，因为没地方，可是就连这些也饲养不起。再生草[①]是多宝贵的财富，可是眼看着烂掉，给雪冻死。称我们的心，可以多养一倍、两倍的牲畜！土地的天才不利用。不相信自己的眼睛，不相信庄员的忠告，反去相信一张从上面发下来的纸。修改计划——这就是我愿提请我们的领导考虑的问题。我也曾向柯美列夫提过。他听了，有时不说话，有时反对，他说：‘话是不错，可是计划不能改动。’”

“应该为坚持这个意见而斗争。”巴维尔·曼苏罗夫若有所思地说。

“对，应该斗争……可就是不知道该跟谁斗争。有时在会议上开

① 同一年内在割去草的地上所长出来的新鲜青草。——译者注

炮，轰！一看，落了空。没有敌人。谁也没有错。”

“应该斗争……”

谈话至此结束。

地板咯吱咯吱响着，伊格纳特到自己的半间屋里去了。床第二次发出呻吟声——他在妻子身边躺下了。

萨沙觉得浑身虚弱，他沮丧地望着黑暗的天花板。

“像春天的溪水老是朝一个方向流……不信任人们……人家向他提示……难道这一切都是真的？……谎话！不可能！……可是他们为什么要撒谎？会不会爸爸在什么事情上得罪了他们？可是他们的话里并没有怨恨……应该斗争……跟谁？要是爸爸活着，一定跟爸爸斗争！天哪，这到底是怎么回事呀？”

萨沙一动也不敢动，怕他们听见他的声音而发觉他没有睡着，想到这一点心也会凉的，他偷偷地哭了。眼泪向耳边淌下去，弄得耳朵痒痒的。为了不发出呜咽和呻吟的声音，他拼命咬紧牙关。血液有节奏地向两边太阳穴上迸涌：“爸爸！爸爸！爸爸！……”

甚至在埋葬父亲的时候，萨沙也没有这样难过。父亲死了，不见了，但他身后留下了最宝贵的东西——对他的怀念。现在连最后的一点东西——这可贵的怀念——也要埋葬了。什么也没剩下！活过了就没了，连能够引起回忆的东西也没有。这不可能！决不能同意！多可怕呀！再也没有比这更可怕的了！

血液怦怦地敲着脑穴。萨沙把眼泪往肚里咽。

帷幕那边，巴维尔·曼苏罗夫在干草垫褥上翻来翻去。有好几回，帷幕被火光照亮，那是他在擦火柴抽烟。他也睡不着，他也在为什么事情不安。

只有从另外半间屋里传来主人轻微而均匀的鼾声。他一下子就睡着了，他没有什么不安。

这鼾声引起了萨沙的反感，简直是憎恨。“睡得多舒坦……本来嘛，跟他有什么相干？……我不愿在这儿干活……我要离开这儿……”

7

一个人变老的第一个征兆不是头上出现白发，不是额上添了皱纹，也不是走过笔陡的楼梯后气喘吁吁，而是他开始回顾自己的往事：有的人感到懊丧和悒郁——年华虚度了；有的人觉得无所谓——跟大家一样，没有什么不光彩的事；也有的感到满意——这些年没有白过，在世上留下了足迹。

巴维尔·曼苏罗夫今年三十五岁，鬈曲的黑发中还没有出现第一根银丝，也不知道是否快要出现；虽然黝黑的前额上有几道皱纹，不过很浅，再说，男人脸上多几道皱纹又算得了什么。曼苏罗夫强壮、结实，他的强健的体魄坐在办公桌旁有时还觉得用武无地……还沾不到“老”字的边儿呢！

但是，近来巴维尔愈来愈担忧地频频回顾自己的往事。三十五岁了！就算能活到七十岁吧，也已经半世过去了。可是他做了些什么呢？给人们留下了什么呢？……

夜里跟伊格纳特的一席偶然的谈话，使巴维尔感到极大的不安。

这次谈话使他想起了另一次谈话。

不久以前，他跟拖拉机站的总农艺师特洛菲姆·契斯多杰洛夫到某农庄分布在各处树林里的生产队去。

那是一个灰溜溜的阴天，天空低沉，空气潮湿。但是鸟儿却在树上忙忙碌碌地跳来蹦去。鸟儿不躲起来，那就是说，不会下雨。

契斯多杰洛夫是个壮健的老头儿，肥软的脸上满是皱纹，花白的头发剪得很短，跟他一起走路可真够呛。他个子高大，腰板笔直，走起路来像辆汽车。巴维尔也不能算差，在军队里就习惯于行军，可是跟他一起走就得像小孩子似的连跳带跑才跟得上。老头儿一步一步走着，神情严肃，鼻子里哼哧着，并不说话，只是偶尔回过头来，两道粗硬的眉毛从上向下动一动（这算是微笑），使劲发着“O”这个音问道：

“累了吧，亲爱的？……那都是不习惯的缘故。对于农艺师最重要的是什么？你以为是头脑吗？……不，是腿。”

接着又是半天不开口，你又得费力跟上他。

跑了十五公里光景，到各处地里都走了一遍，办妥了所有的事情，到晚上还有不少时间，他们却已经在往回走了。

轮迹不太清楚的林间小道从松林里钻出来，开始在野树莓丛中间绕圈子。一株枞树倒下了，野草缠住了它的暗红色的枯枝；一个大树桩的腐朽的树心像一只碗，里边积着昨天下雨以后还没有干的污水。那边将是坡路，下面是一片田野，从那儿再走五公里有一个村庄——到那边可以歇一会儿脚。

他们走到坡路路口站住了……巴维尔很惊奇地向农艺师看了一眼。

“是这条路吗？特洛菲姆·萨维奇，我们别是迷路了？”

契斯多杰洛夫也站住了，不置可否地哼了一声，眼睛向前看去：一个湖！

他们早晨经过这里的时候，根本没有什么湖泊，连一条小溪、一个水洼都没有。可是现在，前边云空下面明明是一片平波如镜、蓝幽幽的湖水。

“我的天！……我们到底在什么地方？”巴维尔由于疲倦而有点着恼。

可是契斯多杰洛夫扬了扬眉毛，满有把握地向湖那边大踏步走去。

这是一个奇怪的湖泊……巴维尔一边走，一边仔细地看。湖岸一点不陡，又平又直，远处角落里有一株矮矮的灌木，可是水中却没有它的倒影……

直到走近了以后，巴维尔才禁不住轻轻地“啊”的叫了一声。这哪儿是湖！根本没有湖！也没有水。这是亚麻……一片普通的亚麻田，他们早晨也是打这儿经过的。

亚麻已经开始凋萎。它的小花失去了原来的浅蓝色，微微显得苍白了些。所以远远看来它们就像低垂的云空下的湖水。

“真见鬼！”巴维尔觉得十分诧异。“要是我一个人走，恐怕早就向后转了。清清楚楚是个湖——一点也不含糊。”

“是麻！”契斯多杰洛夫小心地折了几根柔软的麻秆，“他们这儿的麻长得挺密，就是矮了点……”

沉默寡言的老头儿忽然变得健谈了。

“我们这儿怎么能长得出好麻呢？”他开始发牢骚了，“奇怪的是到现在麻还没有在我们这儿断种。拿小麦来说吧，不管它在我们这儿长得多坏，我们种下了也有个底：是什么品种，有些什么特性。甚至每块地上都插着说明牌：这叫什么种，那叫什么种。可是亚麻在我们这儿连个名儿也没有。只知道是一种纤维用亚麻。可是纤维用亚麻的品种有十来种。要是你问我这是什么品种，我可说不上。也许我会说大概不是什么名种。甚至可能不是纤维用亚麻……从前，把亚麻搭在篱笆上，它的蒴果可以碰到地。柯尔松诺伏的麻布是有名的，过去莫斯科的商人也上我们这儿来批货。要是我们好好种麻，国家可以使我们富有。要是我们好好种麻，可以不用愁没有小麦、没有钱。可是我们偏偏轻视种麻。放着幸福的生活不理不睬……”

巴维尔跟在老头儿后面，农艺师话里那种沉痛、抱怨的声调使他很奇怪。

“那你为什么不说？把这个问题提出来嘛。”

“不说？……我嚷啊，嚷啊，嗓子都嚷哑了。很明显，鸡子儿打不碎石头。我桌子抽屉里有两份文件放在一起：一份是区执委会对‘五一’集体农庄超额完成亚麻干茎上缴计划的感谢信；另一份是同一个区执委会的决议，决议把‘五一’农庄和农庄的主席柯斯嘉·扎依采夫骂了个狗血喷头，说他们没有执行播种计划——少种了大麦和小麦，多种了亚麻。一只手去抓麻，另一只手又把它推开。我们这儿就是这样，可是你还说我不嚷。”

回想着这段谈话，巴维尔在伊格纳特家里硬硬的草垫上翻来覆去，好久不能成眠。

问题不在麻上，问题要大得多。

机器的马达里边有时可以听到一种不很响的咯咯声。没有经验的人对这声音毫不在意。可是机械师听了就会大大吃惊：那是曲轴的轴承发出的咯咯响声！要是不及时关上马达，旋紧轴承，马达就会出毛病，那时机器就得大修。不很响的咯咯声实在是预告机器快要出毛病的征兆。

自古以来以产麻著称的地区出现萎靡不振的麻——这同样是不祥之兆：柯尔松诺伏区的生活进行得不对头。

人们对这个征兆不予注意，不加理会，一声不响。为什么？

部里把计划往省里传，省里传到区里，区里传到农庄，轮子不停地转，一台完整的机器工作着，你要想改动它的操作规程——很危险，小心轧断了手！人们变得害怕真理了！

巴维尔跟伊格纳特一齐起身。他早饭也不吃就走了。在回家去的途中绕了一段路，到拖拉机站去了一次，碰到了契斯多杰洛夫，向农艺师要了他跟巴维尔谈起过的那两份文件。两份文件都是同一个人——区执委会主席苏多洛柯夫——签署的，它们的确互相矛盾，互相抵触。

拖拉机站的秘书兼打字员彼佳·西林——一个两颊丰满的小伙子——给巴维尔打了两份副样。

巴维尔回到家里，随手拿了一个空文件夹。这是个极普通的文件夹——当地的残废者生产合作社在成百地生产这样的夹子，——封皮上照例印着“第……号卷宗”字样，夹子已经用得很旧，紫色的带子已经褪得很淡，几乎不会弄脏手了。

巴维尔就把两份副样放在这个夹子里。

8

萨沙到天亮时才迷迷糊糊地睡去，他总共只睡了一两个钟点，这一两个钟点把他带到了家里。他梦见父亲好端端活着，把莲珈搁在膝上摇颠，可是不知为什么不唱裹着簇新脚布、穿着枫树皮鞋的叶高尔叔叔了，而是像装在房间角落里的扩音喇叭似的高声唱着："现在我是土耳其人，不是哥萨克……"

醒来一听，无线电真的在唱……他觉得很诧异，向周围一看，他到什么地方来了？黄颜色的天花板、旧得透明了的印花布小帷幕、跟他的个子不相称的小床：他不是在家里！就在这一瞬间他想起了：夜里，两个轻微的、平静的声音……萨沙跳起来，一边穿衣服，一边像有人来抓他似的东张西望："走！走！马上就走！一分钟也不要耽搁！……"

屋子里空荡荡的——客人也不在，主人也不在，只有伊格纳特·叶高洛维奇的一个女儿在帷幕那边教训小弟弟：

"干吗你把唾沫往猫儿脸上抹？它自己会洗脸。"

靠窗一张小桌子上放着一架廉价的收音机。就是它在唱……主人出去的时间不会太久，大概快回来了。

萨沙担心碰见什么人，急忙跑到台阶上。

太阳已经升得很高，不像早晨那样温和，而是相当炎热了，几只鸡热得昏昏沉沉，蹲在路上的尘土中。邻家的牲畜栏里有一头母牛哞哞地叫着，声音怪可怜的。

村子里一个人也没有。通向田野的路上静悄悄的。他可以立刻沿着这条道步行到公路那边，然后招呼一辆汽车，请求司机让他搭乘一下……就再也不回来。一刀两断，不就完了？

但是，有一个念头使萨沙停了下来："就这样不告而别吗？……这不是逃跑吗？……不，必须跟伊格纳特·叶高洛维奇谈一谈。我要公开地说：我全都听见了，全都明白了，我不能跟您在一起工作，我不需要您的帮助……开诚布公地说明白。那时随他骂我胆小鬼也好，骂我逃跑也好。"

萨沙在台阶的梯级上坐下来——伊格纳特·叶高洛维奇不会过自己家门而不入，迟早总要来的。

一头红色的母牛从邻家院子里走出来，脚步缓慢，神态庄重。简直不能相信，刚才就是它在那里哀求乞怜地哞哞叫着。一个老太婆举着根长长的枯树枝，跟在它后面出现。她很不满意地嘀咕着：

“反正不要他们自己操心……养了这么多牲畜……你跑哪儿去，该死的东西！瞧着，回头我非把你拴起来不可！”

她看到萨沙坐在台阶上，用手搁在眼前遮住太阳，挺不客气地把他打量了一番，然后又漠不关心地转过头去，自管嘟哝着说下去：

“她自己养了一身懒肉，一有什么就嚷：婆婆，婆婆……婆婆就得干这干那。她自己从不起一个早，从不操操心，这种娘们不知哪来的……”

老妪一双青筋暴现、几十年来给晒得变黑了的脚踩着地上的尘土，渐渐走远。

仿佛什么事也没有发生：一个陌生老太婆赶着牛打旁边走过，打量了他一番，又转过头去，把她们老太婆不顺心的事儿嘀咕了一阵，可是这一切使萨沙突然感到近乎窒息地难受。

他现在坐在陌生人家的屋前，坐在陌生人家的台阶上，陌生人在旁边走过，自言自语地埋怨着什么事情……有没有一个萨沙·柯美列夫活在这个世界上，他有没有遭到什么不幸，这跟那老太婆全不相干……村里家家户户的屋顶上，沿着阴暗处的木板长出了浅绿色的青苔，在每一个屋顶下面都住着人，人人有自己的高兴事，也有自己的不痛快……这个村后面又有别的村、别的镇，在很远很远的地方还有大大小小的城市。世界何其大，到处都有人，可是整个世界上却没有一个人能帮助萨沙。母亲？妹妹？她们自己也在等待他的帮助呢。世界是大的，可是你只是一个人！不管怎么样，你得自己作安排。

“你睡的时间太长。在我们这儿可不能这样！”

萨沙哆嗦了一下。

伊格纳特用脚踢开了栅栏门，跨到院子里，他穿着一件熨过以后还没有弄皱的、宽大的白衬衫，身躯魁伟，脸色红润，精神愉快。靴子踩在小径上铺的沙子上，发出咔嚓咔嚓的声音，他走过来，伸出一只手，说：

“我们喝杯茶就到草地上去……今天我们俩把每个角落都仔细看一看。”

萨沙侧着脸，实在不是出于自愿地握了握那只坚强的手。

“我想跟您谈谈……”

“我们一边喝茶，一边把所有的事情都商量好。”

“不，在这儿谈……我不在您这儿工作了。我要走。”

伊格纳特以温和、好奇的目光盯着他。

“这是哪股子顽皮劲？昨天苦苦要求，今天又要走了？小伙子，你可太任性啊。”

“夜里……你们谈起我爸爸……那些话……我全都听见了……”

伊格纳特长着稀疏的短睫毛的眼皮稍稍动了一下，温和的神情立刻一扫而尽；本来就极小的眼睛缩得更细了，像针孔那么大，目光变得锐利、坚定、严肃。萨沙眼眶里挤满了泪水——他是多么不愿意把目光移开，可是在伊格纳特这双眼睛前面要坚守下来又是多么困难。

“这么说，你没有睡……”伊格纳特若有所思地说，“要是我知道，也可以请你一同来谈。这是一次光明磊落的谈话。”他把一只温暖的大手搁在萨沙狭窄的肩上，“这没有什么值得生气的……”

但是萨沙生气地把肩膀闪开。

“你要走，我也不强留。走吧！不过要记住：你在生活中才走第一步，真正的第一步，就已经在躲避真理。要小心！这样不能成为真正的人。既然这样，你走吧。我爱莫能助，叫我有什么办法？”

没有人留他，只对他说：走吧。应该转过身去，回头说一声：“再会……”可是萨沙一动不动，垂着头，呆呆地注视着伊格纳特的靴子。

“躲避真理……”听了这种话不可能默默走开。必须反驳！可是怎么驳呢？……

必须留下来。不是永远，而是暂时。观察一番，证实了以后再走……

魁梧、肥硕的伊格纳特轻松、洒脱、大踏步走着。农庄主席一天的时间大部分是走掉的。现在一天刚开始，疲倦还在后头呢，这时候走路简直是一种享受。萨沙合着他的步伐，不自觉地踏着伊格纳特那种富有弹性的脚步。

正午前的太阳虽然晒得挺凶，可是空气中还残存着早晨的凉意，所以暑气还不十分厉害。风力很微弱，但可以感觉到有风。还没有熟透的麦穗轻轻摇动，发出飒飒声，好像人睡着时深沉的呼吸，这声音里夹杂着仓促、胆怯的沙沙声——那是鹌鹑在麦浪中跑来跑去。几只大野蜂在路旁微遭践踏的草上低回飞舞。它们很不满意地、故意使人心烦地嗡嗡响着，时常在声音最响也是最生气的时候停止飞行，以占领者的姿态粗暴、蛮横地刺进花蕊。这模样好像它们非常憎厌为自己觅食这种工作，因此把自己的怒气发泄在花上。

野蜂的嗡嗡声、互相碰着的麦穗的飒飒声、看不见的鹌鹑的鬼鬼祟祟的沙沙声，这一切在快步疾行的时候是无法一一分清的。但合起来就造成一种正常生活的气氛和周围世界有条不紊的感觉。

如果你心神安宁，在这时候你不自觉地会产生静谧的欢欣心情。这种心情只有一个解释：活在世上多好啊！没有第二个原因。

如果你心神不宁，那么这种对于周围动静的莫名其妙的好奇心会排除你的烦恼，使你感到安静。

萨沙每走一步，心里就轻松一点，为父亲抱屈的怨气渐渐平息下来。仿佛他一步一步地在摆脱夜里那次谈话的可怕印象。

伊格纳特转过头来，他满脸是汗，非常愉快，他兴奋地向一座高山摆了摆头，那座山下面长着黑沉沉的枞树，在高一点的地方长着白杨和野樱，更高的地方是一片枝叶拳曲的灌木丛。最高处是平坦坦、光秃秃的山巅。

“我们爬上去好不好？你先从高处看一看我们的农庄。也好了解一下情况。然后下山一直到尔查文卡草地去。”

这座山名叫大城山。附近几个村子里流传着关于它的传说。从前（到底在什么时候谁也不知道，大家只肯定一点——在很久很久以前），敌人侵袭柯尔松诺伏镇的森林地带。那是鞑靼人还是芬兰兵——也是没一个人知道。附近各村的庄稼人挑了一块最高的地方，四面用木桩密密围住，用石块、烧滚的松脂、燃烧的木头迎击敌人。据说还动用了猎熊的长矛。敌人被击退了，在他们被击退的地方，后来筑起了一座守卫城。

现在此地只有树桩、灌木和在阳光下晒成红色的野草。那座城连一点点遗迹都没有剩下。山就以城为名，并且承继了它的光荣。

山右边看得见在青翠的小树林中时隐时现的公路——全区最热闹的一条路。它把柯尔松诺伏镇跟火车站连接起来，它可以通到木材联合工厂，深入邻区舒玛科伏区。尘土飞扬、车辙累累的林间小道，长着蒲公英和黄色金盏花的草地小径——它们都像小河、小溪流向大江似的蜿蜒曲折伸向安有电杆的大路。那边，不论白天黑夜，引擎声一刻也不停。有载重三吨的吉斯牌卡车，有装着木材的木材运输车，还有风驰电掣的胜利牌小汽车，玻璃窗和车漆闪着亮光，喇叭尖声尖气地催促着动作迟缓的载重卡车。

公路是“劳动者”集体农庄的边界之一。

左边，在开始泛白的黑麦田和褐色的休闲地那边，在新拉美尼耶村和旧拉美尼耶村后面，有一片树林。透过浓密的针叶勉强可以看到林中有一块空地。那边也有田野，也有一个村子。这个村就叫大森林村。再过去，在这个村子后面，有一大片林中草地。因为它地处太远，所以叫做“库页岛”。在苔藓丛生的草丘中间，在长满香蒲的沼地附近，插着一根根木杆……

那边也是农庄的边界。

“劳动者”农庄土地的面积很大。一边是竖着电线杆的公路，汽车声昼夜不停，另一边……曾有这样的事：一头放出来吃再生草的牛会在密林里被发现，牛身上沾着草根土和青苔。它是被熊弄死了留下的，准备在这个星期内等牛肉“有了味儿”的时候再来“赴宴”。

伊格纳特站着抽烟，白衬衫在风中哗啦啦地飘，他叉开一双粗腿，牢牢地踏在干燥的草上，挺胸腆肚，风把他说的话和一缕缕的烟从唇边吹走。他慢慢地向萨沙介绍伸展在他们脚下的整个农庄。

这里那里有一些秃斑的小树林，在田野上歌唱的孤独的白桦，成堆密集的黑枞树，蓝色的、朦胧的、模糊的旷野……要看清楚这一切，就连这最透明的空气也还嫌太稠密，眼睛要穿透这仿佛无比稠密的空气极其费力。

登高常使人晕眩，远眺常使人不安，真不明白：这时候很想乖乖地低泣一番，或者大闹一场，拉开嗓门大喊，使宁静的气氛从沉睡中惊醒过来……

伊格纳特·叶高洛维奇对于这一切显然很习惯。他用靴跟把烟蒂在地上踩熄了，以平淡无奇的话结束了他的介绍：

“这就是我们的农庄。你将在这里工作。”

9

从前，柯尔松诺伏镇曾有“商人堡垒”之称。现在只有一些老头儿还记得五大商户的姓氏：舒平、里亚波夫、巴赫瓦洛夫、别兹诺索夫和柯斯丘科夫。这五大家族买卖木材、麻布、皮革、柏油。每个家主都发了财，总是恪守一成不变的老规矩：先造一批坚固得像牢狱似的平房做粮食铺，再造一幢两层楼的砖瓦洋房，房屋正面点缀着光线不足的小窗、适合主人口味的横写“8”字形和螺旋形石雕，最后，主人向上帝表示谢意。但是，即使在这方面，每一家族的主人也要保持独立。“祷告？哪儿去祷告？到米契卡·里亚波夫造的教堂里去祷告？难道我们巴赫瓦洛夫家就那么不爱体面？难道上帝薄待我们了吗？我们要盖一座自己的教堂，要盖得比米契卡的更好！”因此，在小小的柯尔松诺伏镇上却有一所教区学校和五座教堂。

柯尔松诺伏早就失去了过去的盛名，而且不知怎么的还没有树立起新的声誉。跟它一样的舒玛科伏在这段时间内却有了发展，变成了一个城市，虽然是个小城。在它附近建造了一座木材联合工厂。而以前一点不出名的普塔欣基村（在舒玛科伏旁边）成了铁路交叉点的枢纽站。柯尔松诺伏却只是一个农业区——全省各区中最不受人注意的一区——的区中心。

每天早晨，随着第一辆卡车在公路上扬起尘土，柯尔松诺伏镇上的雄鸡大合唱就开始了。一只眼的牧人叶美里扬爷爷开始集合畜群，他吆喝母牛，附带催促主妇们起床。白天，在区文化宫附近，山羊把通知柯尔松诺伏居民上映某新片的海报给咬烂了。晚上，在小树林中一片铺木板的小广场上，有人志愿演奏手风琴，青年们有的跳舞，有的成双成对地寻找着幽暗僻静的角落。年纪较大的居民——会计员、办事员、区商业科主任、区燃料供应科主任、区财务科主任等等，——卷起贴身衬衫的袖口，在挥汗干活，把土豆的周围培上土。

镇上没有互相不认识的人。每一个居民都认识所有的人，别人也都认识他。要是住在镇南头的玛丽雅·菲里波芙娜的山羊由于“不可救药的犟脾气”摔断了腿，或者小猪踩坏了几垄胡萝卜，这些新闻立刻就会被北头的阿芙多季雅·波里卡尔波芙娜得悉。

一般地说，大家安静、和平地生活着，邻居也和睦相处，每天听听新闻广播，喜欢在一起海阔天空地闲扯，谈谈关于氢弹或者摩萨台下台的事[①]。

巴维尔·曼苏罗夫过去的生活是在动荡不安中度过的。当军官的时候曾转战欧洲：到过布达佩斯、布拉格、维也纳。也曾经像俗语所说的那样，跟死神打过交道。不过，在我们这时代，这也算不了什么。

柯尔松诺伏区是他妻子的故乡。他是复员后跟她一起到这儿来的。

区委会没有人能把关于剩余价值的讨论会掌握得比他更好。连已

---

① 二次大战后，美国支持摩萨台出任伊朗首相。由于人民的压力，摩萨台在石油问题上引起美国不满，而后下台。新首相上台没四天，由于人民反对，便狼狈逃走。摩萨台重新上台。在人民的压力下，摩萨台屡次拒绝美国有关石油的“建议”，因此美国发动军事政变，扶植更反动的萨希迪上台代替了摩萨台。——译者注

死的柯美列夫对这位满腹经纶的宣传部长也有些忌惮。

柯尔松诺伏区的生活使曼苏罗夫感到很沉重：这里是那么平静，使人昏昏欲睡，甚至一些引起议论纷纷的非常事件也极其普通，譬如：区消费合作社揭发了盗用公款案，五个人受到审判；改建文化宫的经费拨下了近十万卢布，将要造一个侧厅，里边有新的电影场和食堂……仅此而已。

巴维尔在工作中也得不到愉快。看起来，鼓动宣传、做报告、组织政治学习和业余文艺演出——这些都是很有意思的事情，但围绕着这个工作却是雪片般飞舞的公文：讲题计划、关于开展群众文化活动的指示、关于理论学习的指示——单这些名目就够闹得你头昏脑涨。至于参考书，难道还有比那本所有的区宣传工作人员奉为法宝的“宣传员手册”更枯燥的东西吗?

坐在自己办公室里，面对着一付廉价的玻璃笔台，巴维尔时常这样想：“别的地方人们在开运河，建造几百万瓩的发电站……这才叫生活！可是在这儿，上个月作理论学习工作总结，这个月作关于报告员小组的工作总结。哪儿也去不成。”

巴维尔坚信只有一个办法可以改变他的生活：离开柯尔松诺伏，到北极圈外去，到处女地去，到远一点的地方去。

可是现在发生了一件意外的事。巴维尔·曼苏罗夫仍旧住在镇上，仍旧在原来的职位上工作，但已经不感到难堪的无聊。镇上那种寂寥、宁静的空气不再使他苦闷了。

在柯尔松诺伏区三年的工作中，他看到了各种各样的缺点，有的简直是严重的错误。不知什么缘故，仿佛不应该由他来指出这些混乱现象，而是应该由另一个万能的人来指出，并且纠正、整顿、改变柯尔松诺伏人的生活。他一直在等这么个人，有时心里嘀咕着：“那边到底管些什么的？……”好像那边的人不是普通人，而是能够洞察各种缺点的千里眼，是一挥笔就能纠正这些缺点的活神仙。

那天夜里，伊格纳特对他说：对于我周围的情况，我看得比上级清楚，我愿意提示他们，帮助他们，教会他们，我愿意自己纠正那些缺点，并且也在尝试这样做，只是力量太小，声音太弱，没法喊得让他们听见。

于是巴维尔·曼苏罗夫下了决心：“我要喊得叫他们听见！我能！我有足够的力量！”

伊格纳特·格梅津承认：“斗争……不知道跟谁斗争，有时也开炮——轰！一看，落了空。”

巴维尔却相信能找到造成这种现象的人。他要公开说出真理！为真理斗争，就是为幸福斗争！这决不会错。给人们带来不幸的真理是不存在的。

他跟以前一样常到各农庄去，有时也上拖拉机站看看，跟人们聊聊，但是现在，每次谈话中他认为有用的部分他都不放过。然后再去翻查汇报总结，进行调查研究，把一切都记下来……

有时他自己对自己的发现也感到惊奇。

一天，他看到了在柯尔松诺夫区的道路上是很平常的情景。一台联合收割机在洼地里凄凉地淋雨，把一座小桥钉得很稀的桥板压在泥泞的洼底。收割机周围的土被掘起了一些，轮下还露出没有抽去的木档：看得出，驾驶员们忙过好一阵子，但是这台沉重的机器陷得太牢太深。于是驾驶员们走开了——去找牵引车来把它拖出来。

在这以后，巴维尔到拖拉机站去了解，由于道路损坏而机器闲置的损失要多少钱，机器进行小修理、大修理要多少钱，甚至派牵引车的费用和燃料额外消耗这样的细节也不放过……据极不完全的统计，全区三个拖拉机站最近三年由于道路难行蒙受的损失达几百万卢布。不是几十万，而是几百万！可是修一公里木板路，如果只计人工（材料不用钱买，到处都有），大约只要两千卢布。用这几百万卢布可以修好区里所有的道路，拓宽田野，使联合收割机走得开。各拖拉机站由于道路恶劣虽然已经吃了三年苦头，可是如果不开动脑筋，天知道受罪还要受多久。这样下去，国家就会有几亿卢布白白浪费。这是计划与实际脱节。知道这样的事不声不响——这简直是犯罪！

但是巴维尔·曼苏罗夫不忙嚷嚷。到时候他会把所有的数字、所有的事实、所有的文件摊在区委书记面前的桌上。看他们敢不敢置之不理，敢不敢装聋作哑，敢不敢束之高阁。他，巴维尔·曼苏罗夫，是个党员，他将跟一些同他一样的党员打交道。必要时他将提醒他们党章上写着："压制批评是严重的违法行为。"法律在他这一边，力量在他这一边！他不是伊格纳特·格梅津，他不会开空炮，而要击中要害。

那个用旧了的、结着颜色褪得很淡的紫色带子的公文夹，放在巴维尔·曼苏罗夫的桌子抽屉里，慢慢地夹满了。斗争在前面呢！哪里有斗争，哪里的生活就有意思。

10

萨沙离家整整有一个星期了。两天工夫他学会了驾驭双马割草机；他把帽子拉到鼻子前面，赤了膊驾着割草机在草地上来来往往，在太阳下面晒黑了。手上添了许多擦去皮的黑色伤痕（割草机已经很旧了，它常常招来不少麻烦），拉美尼耶村的姑娘们准备吃午饭的时候，总是对他喊：

"萨申卡！好乖乖！上我们这儿来吧。我们很高兴跟新来的小伙子玩玩！"

现在萨沙听了这样的话也不脸红了。

萨沙住、吃都在伊格纳特·叶高洛维奇家里。农庄主席的妻子加琳娜·阿妮西莫芙娜给他喝才挤出来、还冒着热气的新鲜牛奶，做鳊鱼馅的饼给他吃。他睡在贮藏室里一大捆新鲜干草旁边，就在地上铺一条硬草垫。每天早晨公鸡把他叫醒。他老是觉得才躺下不久，没有睡够。他霍地跳起来，把上装披在光光的肩上，赤脚踏着冰凉的、露珠晶莹的草地向村外的小河边跑去。

黄土陡岸被燕子作巢弄得百孔千疮。下面一条狭窄的小河流向一个很宽的深水塘。活泼、忙乱的河水不安地摇晃着岸边的香蒲，把沙滩的泥沙从这里冲到那里；可是到了这个深水塘里，水就停下来休息养神，准备继续向前奔流。这个深水塘叫做林魔潭。白天，即使在当空的太阳逼射之下，这里的水也是黑沉沉的，不透一线微光。紧靠潭边的水，用两俄丈[①]的长竿也触不到底。

早晨，整个水塘都蒙在雾中。雾是那么浓，要是从上面往下看，仿佛林魔潭像一只大碗，盛着半碗蓝色的脱脂牛奶。你要是一鼓作气跳下去，起先头撞破浓雾，然后落到水中。浮出水面的时候，宛如童话里那样到了另一个世界：看不见岸，也看不见天，只有微弱的阳光从上面泻下来，那阳光也很神秘，不像是这个世界上的。可是水却暖得很，经过一夜还没有冷却。不过当你膝盖蹭着黏土的潭边爬出来时，胸口会冷得感到窒息，湿淋淋的身体会冒出气来。

伊格纳特·叶高洛维奇坐在桌旁等萨沙，桌上放着茶炉子。茶热得烫嘴，伊格纳特·叶高洛维奇不慌不忙地跟萨沙研究奥夫钦尼柯夫草地浸水的一角为什么今年的草长得这样糟。

“我认为，水把草的养料都冲掉了。应该上一点粪……”

茶罢，萨沙穿过村子向马厩跑去。饲养员鲁卡老头（他那暗红色的秃顶活像烧得通红的炉罐[②]）和两匹马已经在那里等他。两匹马一匹叫柳西卡，它嘴唇下垂，老是昏昏欲睡，直要到套上车时睡意才会消失；另一匹是极爱吃甜食的、矮矮的栗色小阉马，它有个奇怪的名字叫比亚塔克[③]。

这样生活着真好。干活、疲倦、睡觉，心里知道：你做下的劳动日将得到报酬，分收入的时候也有你的份，那时可以带些东西给母亲了。

但是，这种生活给伊格纳特·叶高洛维奇打断了。

“小伙子，是准备考农学院的时候了。你到家里去住一两天，拿了教科书就回来。往后白天干活，晚上我们一起学习。我知道，没习

---

① 一俄丈约合 2.13 公尺。——译者注
② 放在炉子里煮东西的罐子。——译者注
③ “比亚塔克”俄文是五戈比的铜子。——译者注

惯以前的确够呛，可是有什么办法呢？做小孩子的时代已经结束，成人的生活该开始了。”

于是萨沙乘车到家里去……

莲珈从门坎上奔过去，搂住哥哥的脖子吊起来，嘴里嚷着：“萨沙来了！”母亲喝住了她：“别吊！也不让哥哥休息一会……”母亲一边用手绢擤着鼻子，忍着叹息，立刻就去张罗吃的，只听见碗盏盆碟发出叮当的响声。大妹妹玛申卡跑去向邻居借酵母。甚至从前迎接父亲出差回家也没有这样隆重，因为父亲来去匆匆已经习惯了。而现在萨沙成了一家之主，这又是第一次出门回家，自然不同寻常。

萨沙也做得像个大人：他把莲珈的头发搔得蓬蓬松松，洗脸的时候又严肃又亲昵地对母亲说“别太张罗”；他平心静气听完了她的诉说——牲畜栏的板壁给一头小猪撞得不大牢了；邻居把木柴堆在篱笆旁边，柴堆倒下来，把篱笆给压坏了，也不想修理……“你爸爸死了，什么人都来欺负我们……”

萨沙拿了斧头、锯子、锤子走到院子里。他把牲畜栏的板壁加固一些，修好了篱笆，把邻居的木柴重新堆好，然后开始堆自己家的木柴……他做这一切的时候严肃地皱着眉头，装作没有看见有几个他认识的女人走到他家台阶上。母亲迎着她们出来，皮肉松垂的脸现出挺高兴的样子，她频频点着头听她们说。她们在母亲耳边说些什么也可想而知，总不外乎“你真好福气……生了这么个好儿子……瞧他多会理家……”这类的话。何必去注意她们呢？

晚上，一位女客人来看萨沙。

“你好，萨沙！我好久没看到你了。”

卡嘉·节连佐娃翻过矮矮的栅栏，几乎手都没有碰到栅栏，高高的鞋跟富有弹性地踏在满地木屑的院子里走过来，她伸出一只手。

“我们要谈一谈。”

萨沙不慌不忙地把一双沾着松脂的手在裤子上擦干，跟她握手答礼。

他们在台阶旁一条长凳上坐下。

革命前很多年，有一个人——不知是希腊人呢，还是亚美尼亚人——被终身流放到柯尔松诺伏镇来。有的说他从土耳其偷运呢料入境失了风；有的说不是呢料，而是禁书……可是，不管怎么样，这个柯尔松诺伏镇的新居民再也不从事政治或其他被禁止的活动了。他盖了座木房，逢到大冷天屋角都是霜；娶了邻村一个干活勤俭的穷姑娘做老婆（哪家不愁吃穿的人家肯把姑娘嫁给一个穷流放犯），耕种土地，到晚年他学会了制作毡靴的手艺，他承接各种活计：像袜子一样紧裹在脚上的拉毛毡靴也做，可以三年不打掌子的粗毡暖靴也做；生了几个孩子，死了以后被安安静静地葬在柯尔松诺伏镇的旧墓地里。卡嘉从母亲那里承袭了这个流放犯的血统。在学校念书的时候，同学们大多是在北方微弱的阳光下长大的：黑麦秸颜色的头发、灰色的眼珠、翘鼻子的脸。处在他们中间，她那种和本地人不同的艳丽色彩就已经显得很突出——在柯尔松诺伏的居民中，她简直是一个古希腊的美女！

浓密的黑发往后直梳，现出一个并不宽阔但是相当饱满的前额，齐整、硬直的双眉泛出一些暗蓝色，鼻梁上面长着一撮黑色的软毛，正好把两道眉毛连在一起；睫毛底下一对眼睛闪着水汪汪的光芒，鼻子中间微微隆起，鼻孔非常显著。近来她使萨沙有点害怕。

“我们在区团委研究了一下，决定建议你上我们那儿去工作。暂时先担任统计科的科长，慢慢再调你去搞少先队工作……”

卡嘉像大人看小孩那样看了萨沙一眼，可是萨沙态度很冷淡，甚至微微有些怒色。

这时候萨沙心里想：要是伊格纳特·叶高洛维奇听到了他们的谈话会怎么样呢？他一定会说：“蛋还没孵成小鸡，可已经想去领导别人了。”

“你想一想，你的前途多宽广，”卡嘉不慌不忙地说下去，“从团的工作到党的工作是一条笔直的道路。你还记得瑞妮雅·伏洛欣娜吗？是她把团证发给我的，现在她在省党委领导一个重要的部门……

我不懂你干吗不说话。要知道，再也没有比为党服务更崇高、更伟大的事业了。”

“崇高的事业？这很对……”萨沙不大乐意地说，“只是你自己把它搞坏了。”

“我不明白你的意思。”

卡嘉只大萨沙一岁，可是她总觉得自己比跟她年龄相仿的人大得多。在学校里，她一直是团组织的书记。如果需要代表青年在隆重的大会上讲话，总来指定她。毕业以后，她立刻被聘请到区团委会工作，可不是当什么统计科长，而是当督导员。将来她准是一位团委书记。这样的信任并不是每个人都能得到的……可是萨沙是个刚出校门的学生。他倔强地低头坐着，后颈上看得见一道凹痕，里边长着几根淡黄色的短发。

“我不懂你的意思……”卡嘉的话里透露出一种善意的、温和的责备口吻，她似乎想说：“那么你说说看——干吗这样固执？”

“这有什么不能懂的？你自己说的：这是崇高的事业，可是却把它交给我这样一个没有经过考察的人来做。”

卡嘉快乐、轻巧地笑了起来。

“我亲爱的萨申卡！你怎么没有经过考察呢？对你根本就没什么可考察的。你的历史再清楚也没有了。又没有出过国境，讲到社会关系，连个女朋友也没有。还说没经过考察！”

萨沙不以为然地哼了一声。

“亏你说得出来！……你已经习惯于凭表格衡量一个人：出过国境没有；有些什么社会关系……我在五天以前刚懂得怎样把马匹套上割草机。这哪能算经过考察！怎么能一下子就叫这样的人去做领导工作？”

“你的脾气怎么这样别扭？我可真没有想到。”卡嘉还是那样温和地拖长了声调说，但是一双掩藏住好奇心的明眸仔细瞧着萨沙。他穿着一件很皱的衬衫，从敞开的领子里露出男孩子的锁骨，可是一排细牙咬得紧紧的，明亮的大眼睛射出坦率的目光，看得你不好意思……卡嘉前些时候竟没有注意他变得那么快——他已经长成一个真正的男子汉了。

卡嘉那种大人对小孩说话的口吻和专注的目光，很使萨沙着恼。他开始生硬地说：

“像你这样，一定能当区团委书记，再进干训班学习一个时期，就会派你到区党委去当部长，也许能一直升为党委书记……可是像伊格纳特·格梅津那样，现在当农庄主席，将来还是个农庄主席。他才真正了解他那个农庄的情况。可是你将对他作一系列的指示，教他干这个干那个；其实，你连好好套一匹马也不会，怎么能对他作什么指示？……”

“不愿意就甭去，”她干脆地说，“这是你的自由。我们别谈这个了。”

“对，不谈了。”萨沙表示同意。

可是他们没有什么别的可谈。

像蜜一般纯净的夕阳余辉转暗了。白天，一堆薄木板在柴堆、浇菜的水桶和晒在篱笆上的狭长小地毯中间谁也不觉得。现在，在黄昏的凉爽空气中，它们就向整个院子宣布自己的存在——木板发出强烈的松脂气。

萨沙暗暗瞧着卡嘉，他想起了一件事。

……有一次，学生们在学校附近玩“拉帕塔”。上课的钟声打断了游戏。大家都抄最近的路——从围墙上的一个洞里钻过去——向学校的台阶跑去，男孩子在前面，女孩子笑着、喊喊喳喳说着话跟在后面。最后一个男孩子萨沙蹲在洞口，用身体把它堵住。

“不许走！你们绕圈子吧！”

女孩子们在他背后推了几下，跺了一会脚，没有恶意地骂了他一声“神经病！”就绕道跑去了。突然，萨沙凭他的后脑和背脊感觉到：卡嘉在向他走过来。她站住了，沉默了一会，然后发出命令：

“让开！”

萨沙转过头去一看：尖尖的下巴向上翘起，睫毛傲慢地垂着，在睫毛的暗影下是一双闪着神秘的水光的眼睛。让路——觉得耻辱；蹲着不动——不行。

“让开！”

“不让。”

“让开！”

萨沙坚持不下去了……她穿过了墙洞，而他却顺从地、保持着一定距离跟在她后面慢慢走去。卡嘉微微耸起肩膀，漫不经心地走着，她当然感觉到萨沙在看她的背影。

……卡嘉的肩膀哆嗦了一下，她说：

“冷得很。我走了。”

萨沙站起来，准备和她告别。但是卡嘉站在原地不动。

他们吸着木板的新鲜的松脂味，又默默地坐了一会。

“我该走了……”

可是她仍旧没走。

“要是可以的话，我送你一程……”

暮霭中，卡嘉的眼睛闪起了狡黠、神秘的光亮。

“总算给你想到了！你这个人真不会猜人家的意思。”

“你等一等，我去换件衣服，洗洗手。”

他向屋里跑去……换衣服的时候，他竭力不让母亲看见他脸上困惑的神情。

月亮把下巴支在一株老菩提树的树梢上。月光点点洒洒地落在地上的阴影中。时而从草地上飘来一阵湿润的轻风，那时洒落在地上的月影就开始懒洋洋地跳动。一团挺大的月影照在卡嘉的白衬衫上，好像一只浅蓝色的小手。

卡嘉默默无言，沉浸在深思中。

“你说，”她抬起了头，“有时候你是不是感觉到，现在这种生活还不是真正的生活？”

“童年时代的一个时期有过这样的感觉，”萨沙隔了一会回答说，“跟小朋友们在一起奔跑，游泳，钻到水底的暗木下去捉鳕鱼，可是夜里一个人躺在床上想着：会不会还有另外一种跟现在不同的生活藏在现在的生活里边？你大概也知道有一种孩子玩的团囡套桶[①]——打开了一层，里边还有一层……我老是等着：一觉醒来周围都变了样。肖拉河、鳕鱼、普里斯朗森林里的蘑菇——一切都不是真的，只是一场大梦。有时候简直害怕起来。听人家说，有这么一种唯心主义的学说：你活着，而周围的一切好像是梦境，或者是梦境一类的东西。”

但是卡嘉摇摇头。

“我说的不是这个意思……”

“那么是什么呢？”

“譬如说，你到农庄去了，在那儿干活……你以为这就是真正的生活的开始吗？”

“怎么不是呢？现在我不相信套桶那样的玩意儿了。既然毕了业——生活就开始了。”

“可是我老是等待着做一件大事，等待着接受一项不同寻常的任务，或者幻想着人家派我到某一个地方去。我知道这是自己在欺骗自己，可是我一直等着……”

“什么任务？”

卡嘉的脸向萨沙凑近了：连成一线的眉毛显得很严肃，黑暗中看不见她的眼睛，但可以感觉到那对眼睛在睫毛底下坚决而含有挑战意味地闪闪发亮。

“你别笑，我的确希望做一件惊心动魄的事情。如果党下命令：去死！我就去死！……你觉得可笑吗？一个天真的丫头在梦想建立功勋，还没有脱掉孩子气。”

---

① 这是一种俄罗斯的玩具——外面是一个画成团囡的圆桶，打开来里边有一个小圆桶，也许画着别的人物或动物，桶中还有桶，最里面的一个小得只及最外面的一个几十分之一。——译者注

“并不可笑，不过……”

“……不过这一切都是子虚乌有的空想。应该生活，而不是凭空乱想。对，萨沙，这绝对正确！但是这些话我听够了……”卡嘉突然冷静下来，叹了口气，“我真想去开垦处女地……”

“那为什么不去呢？”

“我想着，想着，又泄了气。我又会做些什么呢？我一不是拖拉机手，二不是机师，三不是联合收割机手，四不是挂钩工人……”

“但你是共青团的干部。那边一定也需要这样的人。”

“会派我这样的团干部到那边去吗？派去的都是城市里有多年工作经验的干部，可是我工作还不到一年。再说，千里迢迢到那边去仍旧做这样的工作，有什么意思？”

“那就应该学会驾驶拖拉机。”

周围一座座朝着芜草丛生的小天井开窗的房屋都已入了梦乡。月光慷慨地泻在屋顶上。电线杆由于寂寞和孤独，凄凉地低声吟哦缓慢的歌曲。

“我真羡慕你，”卡嘉在一阵沉默之后开始说，“你有决心到农庄去，而且真的去了，开始学习把马套上割草机。可是我一想到拖拉机、各种各样的排气管、肮脏的挥发油……就觉得平凡、渺小……也许，我没有坚强的性格。说老实话，我真羡慕你……今天我甚至暗暗觉得奇怪：想不到你已经是个大人了！”

忽然，卡嘉打断了自己的话头，急急地伸出手来说：

“再会吧。时候晚了。”

月影从她胸前滑到草上，混杂在跟它一样的一群月影中……

栅栏门呀的一声，鞋跟踏在干燥的小径上发出咯咯的声音。已经到了门口，她从黑暗中以嘲笑的口吻喊道：

“当心别自高自大！也许，我刚才说的话都不算数的。”

门闩咯的一声，门关上了。

萨沙站在洒落满地的点点月影中间，向黑暗里望着……他向前伸出一只手，在黑暗里划来划去，直到一点月影落在他的手心里。

“不算数？……嗨，那可不行。一言既出，驷马难追……”树枝微微晃动了一下，在已经被夜露浸润了的树叶中掠过一阵轻轻的沙沙声，仿佛一棵树从梦中醒来又睡去。月影从手心里滑走了。萨沙困惑地把手藏到口袋里。

空荡荡的公路上，给车轮碾磨得很平滑的石子闪出微弱的亮光。路中央有一个不知谁掉在那里的生了锈的木桶铁箍。

白天，区执委会的打扫女工克拉芙其雅的儿子沃夫卡，在萨沙家院子对面玩的可不就是这个铁箍吗？当时，这孩子倔强地哼哧着，试了半天，终于给他学会了——箍圈咯唧唧响着在石子路上滚了起来。一双乌黑的脚跑得飞快，只听见一阵欣喜若狂的胜利的喊声。

萨沙记起了这阵喊声和那双黑得跟在火堆里烤焦的土豆差不多的飞奔着的脚跟，他轻轻地笑出了声。

11

联合工厂里响起了像伤风病人说话似的汽笛声，惊动了枝头的寒鸦。

拖拉机站的院子里，有人把挂在电杆上的犁铧敲了九下。

邮递员库兹米奇背着塞满报纸的背包，习惯地弯着腰，从邮局的台阶上走下来。

区消费合作社的门打开了，一清早就从普里斯朗村（要不就是从苏哈列夫卡村）来的一对老夫妻——老头儿蓄着棕色的山羊胡须，老太婆目光锐利异常——开始挑剔地摸着扔在柜台上的一匹又粗又厚的呢料。

在“红色生活”理发合作社里，理发师苏达尔采夫——一些好饶舌的人给他起了个诨号叫“钝剃刀”——正在给到区上来的一位农庄主席刮胡子，一边开始跟他讨论一个问题：美国参议员麦卡锡在华盛顿还会玩出些什么花招来。

跟往常一样，柯尔松诺伏镇在早晨九点钟开始了一天普通的劳动。

巴维尔·曼苏罗夫穿了件干净衬衫，裤子熨得笔挺，颇像过节模样，腋下挟着个文件夹，大踏步向区委会走去。邮递员库兹米奇早晨见到他总是说：“把报纸带去吧。”老教师阿尔卡季·马克西莫维奇·节连佐夫拄着一根用得发亮的手杖，在木板人行道上慢慢走着，看见曼苏罗夫，把头上一顶草帽抬起一下，说：“早安。”从理发室走出来一个人，刮得精光的下巴透出了一点蓝色，巴维尔认识他是区里中心地带一个集体农庄的主席，就叫住了他，谈了一会关于天气、关于拖拉机站怎么也不肯给一个栓状齿轮的事。

这个平凡的早晨就连许多琐事也跟往日一般无二！人们跟他招呼，谈些关于什么栓状齿轮的话，可是他们不会想到：十分钟以后，他，巴维尔·曼苏罗夫，就要把文件夹放到区委书记的办公桌上。要知道这是他们生活中的一件大事啊！他的夹子里放着各种文件。它们将说明许多缺点的原因。既然原因知道了，错误揭露了，就得纠正，此外没有第二个办法。

公路上卡车驶过的时候，久经颠簸的车身隆隆响着。从各机关开着的窗里，已经传出了打字机的哒哒声以及打电话给很远的村苏维埃的喊声：

“肖拉河上游村！肖拉河上游村！……怎么插了个斯塔欣诺进来？姑娘，请叫他们别捣乱好不好！”

不久以前，巴维尔·曼苏罗夫对于柯尔松诺伏镇一天开始时这种忙碌的嘈杂声喜欢起来了。他突然觉到自己是柯尔松诺伏区全体居民的保护人，那种由于寂寞无聊而产生的幸灾乐祸的心情，消失得无影无踪了。

大约在一星期前，巴维尔把他的文件夹拿给伊格纳特·格梅津看。伊格纳特独自坐在房间角落里，开始看那些文件，不时地摇着头。

巴维尔到农庄里去走走。一小时后回来了。

伊格纳特坐在原来的地方吸烟，以忧虑的目光迎接了巴维尔。文件夹已经阖上了。

巴维尔坐下来，紧张地凝视着伊格纳特的脸。可是伊格纳特好像故意似的有好久一声不吭。他重新打开文件夹，对它垂下亮光光的大脑袋，若有所思地翻着那些文件。

伊格纳特把用小铁夹夹在一起的三张黄颜色的粗糙的纸一张一张翻过来。他仔仔细细地看着。巴维尔知道，这是长满灌木的荒草地统计表。在第三张下面，巴维尔写着："从这些材料可以看出，如果五年之内再不展开铲除灌木的斗争，本区的饲畜业将陷于绝境。"

一张浅蓝色的纸片——这是从练习本上撕下来的封面的一部分——从伊格纳特手里滑下来，掉在地板上。这张纸上写着某些农庄由于今冬缺乏饲料而不得不宰杀牲口的情况。伊格纳特伛下身去，由于血涌上来而涨红了脸，他拾起那张纸片，小心地放在原来的地方。

还有关于最近十年乳牛产乳量下降情况的材料……

一张一张的纸合成了一部篇幅很大但是很不愉快的"小说"，里边尽是些互相关连的不顺利和使人着恼的事实。纠正了一件，又发生了另一件……最近一个时期，妻子、工作、个人的安乐都不在巴维尔心上。在这些日子里，他生活的目的，就是一行一行、一个数字一个数字、一件事实一件事实地搜集材料，写这部可以使一些漠不关心的领导干部大吃一惊的"小说"……现在这工作完成了，材料已经足够。不知道伊格纳特的意见怎样？巴维尔需要有人助一臂之力，而伊格纳特的支持将是很有力的。不知他怎么说？……

"嗯，嗯，"伊格纳特拖长了声调说，"实事求是，不要滑头。把所知道的一切搜集在一块儿，嘿！——这就成了一枚炸弹。"

"你同意吗？"

"为什么不同意？……不过，老弟，你干吗单枪匹马一个人搞？"

"怎么是'单枪匹马'呢？这里头有契斯多杰洛夫的一份力量，有死去的柯美列夫、有苏多洛柯夫、有拖拉机站站长的力量，难道你的还少吗？我不过是个仓库管理员——做些搜集、分类工作罢了。"

“应该说是个收买破烂的。我自己所看到的都已经提出来了。人家要是知道，也许还会供给一些材料。”

“有些人会供给材料，可是有些人也许想阻挠……”

“他们也许会辩护……”

“还不晚。现在还可以让他们辩护。”

“那会怎么样呢？”

“我们一开始讨论，人们就会站到我一边来。很简单。”

“巴耶夫以前是柯美列夫的左右手。他可能不同意讨论。”

“可以迫使他同意。”

“谁去迫使他同意？你？他会对你说，这一切都不干你的事；他会把你的文件夹束之高阁，那时你打算怎么办？对他瞪眼睛、扬拳头吗？你吓不倒他。难道你到会议上去跟他纠缠，控诉他掩饰错误吗？你的叫喊又能打动谁？马克西姆·比亚杰尔斯基？费道西·穆尔根？柯斯嘉·扎依采夫？他们压根儿就没听到过关于这些文件的事。他们不知道的事情，叫他们怎么支持？既然做了这件事，就得有把握不让这些文件被锁到办公桌的抽屉里去！……”

伊格纳特把肥满的胸脯抵住桌子，巴维尔望着他，不禁想道：“老兄，你可真不简单。不管做什么事，都不肯轻举妄动……”

文件没有来得及让所有的农庄主席传阅，而且也没有这个必要。除了伊格纳特，还有三个人看过：加里宁集体农庄主席马克西姆·比亚杰尔斯基——他是个很少说话、做事谨慎 的人；“五一”集体农庄年轻的主席柯斯嘉·扎依采夫和区里最老的农庄主席费道西·穆尔根。

在巴维尔把文件夹拿回来以前两天，“第一个五年计划”集体农庄主席尼基塔·普洛霍罗夫来找伊格纳特·格梅津。他已经在什么地方听到，有一个文件夹在某些人那儿传阅，所以特地来打听一下。他没坐多久，大约半小时光景，蘸着口液把那些文件翻了一会，最后从桌旁站起身来，说一声“不早了吧……”就走了。第二天，巴耶夫遇到了巴维尔，就问：

“到处都在谈论一个什么文件夹的事。你发现了什么宝贝？为什么瞒着区委会做这件事？”

巴维尔向他解释，他不打算瞒着区委会做任何事情，一两天内他就会把一切都放到他——巴耶夫——的桌上。

是行动的时候了！

今天，巴维尔·曼苏罗夫打扮得齐齐整整，微带庄重的表情，拿着文件夹迈步向区委会走去。

12

在巴耶夫办公室桌上的玻璃下面，压着一张打字机打就的柯尔松诺伏区党委会委员名单。

第一个名字斯捷潘·彼得洛维奇·柯美列夫被划去了。

名单上第二个名字就是他——巴耶夫。

下面是负责柯尔松诺伏拖拉机站区段工作的区委书记阿格妮雅·巴甫洛芙娜·齐平娜，她现在兼区委会的第二书记。这个人每次在会上发言，开始时总是沉痛地自我检讨：“我要承担很大一部分的过失。我不想掩盖自己工作的缺点……我客观地观察，发现我对各项工作过问得太少了，简直是可耻……”在这种场合下，连区里工作的主要负责人巴耶夫不知怎的也会产生一种痒痒的感觉——感到自己也有过错，不由自主地想说几句话，把一些自己也不知道的错拉来检讨一番，负起一部分责任。在即将召开的会议上，不用说，齐平娜一定是先检讨一番，然后反对曼苏罗夫。

她后面的一个名字是区执委会主席苏多洛柯夫。在区委书记和区执委会主席之间分工不太明确。至少柯美列夫看不出什么区别。他履行自己的职责，也履行苏多洛柯夫的职责。苏多洛柯夫只在一些琐碎的事情上，譬如：催促运输部门把木柴送到学校去；作出修理文化宫屋顶或把人行道铺上新木板的指示，——才不征求区委书记的同意自己决定。不论巴耶夫说什么——苏多洛柯夫一定支持。

名单上第五个是巴维尔·曼苏罗夫。在这个问题上，他的意见已经很明白。

第六个是区报编辑彼尔瓦乔夫。这个年轻小伙子在党委委员小组会议上从来没有表现过特别的坚决性，他是不喜欢跟区委领导意见冲突的。

契斯多杰洛夫是个老党员，不久前由于多年的劳绩获得了劳动红旗勋章，在群众中很有威信。他大概会站到巴维尔·曼苏罗夫一边去。曼苏罗夫主张植麻，单凭这一点就足以得到契斯多杰洛夫的支持。

名单上最后一个名字不是打字机打的，而是用笔写上去的，那是区军委奥西普·奥西波维奇·普卡乔夫，一个随时听候调派的人，永远是候补委员。一年前，拖拉机站站长谢米亚金被撤去委员资格，普卡乔夫曾经暂时递补为正式委员。柯美列夫死了。叫谁来递补他呢?又是候补委员普卡乔夫。巴耶夫自己把他的名字从候补搬到正式，当然，这次也是临时的，到下届代表大会召开为止。普卡乔夫这个人——“跟大多数同志的意见一样”。

七个正式委员中，只有两个会赞成把曼苏罗夫搜集的材料公布出来。两票对五票。巴耶夫认为问题已经解决。

跟往常一样，开会前总是互相随便谈谈，在神态自若的外表下，可以感到大家都竭力防止无意间触及几分钟后要讨论的问题。区执委会主席苏多洛柯夫的头发花白，慈祥而宽阔的脸上看得出久经风霜，他是个酷爱马匹的人，他在谈着去年在全省驰名的“沙玛林公社”国营农场看到的一些马。

“门一开，冲出了这么个邪教神——眼睛像电炬，鬃毛蓬松松的，拖着两个拉住缰绳的结实小伙子飞奔……”

连巴耶夫也听得津津有味。

巴耶夫在当区委干部以前，一生中有过两项互相距离很远的职业：战前当植物教员；战时任步兵侦察排排长。说也奇怪，这两种工作在他的外貌上各自留下了痕迹。脸部皮肉松弛，下巴平坦，嘴的轮廓显出沉思的样子——上唇搭拉在下唇前面。这样的脸正适合以动人的声调讲解雌蕊雄蕊。但是，被太阳晒得黧黑的短脖子说明他孔武有力，长长的手臂上覆着一些黑色的汗毛，手像铁铲，手指弯曲——可以相信，在德聂斯德河①或普鲁特河②边的夜间，这双手曾经以铁一般的腕力掐死过不少疏忽大意的敌人哨兵。

他面前的桌上放着曼苏罗夫的文件夹，它的硬纸面弄得更旧、更脏了——它已经给委员们传阅过了。

巴维尔努力装出若无其事的样子坐在那里——腰挺得特别直，刚熨过的雪白的衬衫领子上面，青铜色的、漂亮的头抬得比平常高了一些。只有在苏多洛柯夫开始作极度生动的描写时，巴维尔才烦恼地垂下眼皮——该结束空谈了……

委员名单上排在最后的普卡乔夫少校到了。

“对不起，同志们，我有事耽搁了一会。”他庄重地说，在擦得雪亮的皮靴清脆的咯吱声中走到沙发那边坐下来，昂首挺胸，神态自若，一团和气，脸色红润，一方面固然由于他有着令人羡慕的健全体魄，另一方面是衣领太紧的缘故。

巴耶夫毅然移动了一下桌上的文件夹。

“我们开会吧，同志们。问题实际上大家都已经知道。这里是……”巴耶夫同样毅然地把文件夹推到原来的地方。“这里是一些关于本区缺点的材料，这些缺点主要表现在……嗯……计划方面，我这里顺便提一句，计划并不是我们决定的。曼苏罗夫要求对这些问题广泛展开讨论。”

第二书记齐平娜——她坐在一张很深的圈椅里，像蹲在窝里的一只鸟，两肩耸起，手舒适地放在腹上，她用甜腻腻的声音说：

“我看还是请今天这件事情的‘主角’曼苏罗夫头一个发言。”

---

① 德聂斯德河在乌克兰和莫尔达维亚境内。——译者注

② 普鲁特河在乌克兰境内，有一段流经乌克兰、莫尔达维亚及罗马尼亚交界处。——译者注

巴耶夫点了点头："我不反对。"

巴维尔料到有这一着，他站起来，身材端正，腰板挺直，默默地把一双变得黯淡的眼睛从这一张脸移到那一张脸上。

"我的话实在已经说了。全在这里！"他那洪亮的声音响彻了整个办公室。"要补充的很少。假如批评与自我批评不展开，假如不发动群众自下而上地指出错误，那么我们的计划必然盲目执行，必然要犯错误。作为一个共产党员，我要求讨论这些材料，"巴维尔伸出手去指着那个文件夹，"不光在委员小组这个狭小的圈子里讨论，还要在普通党员中间讨论！"

巴维尔坐了下来，还是那样挺直腰板。

农艺师契斯多杰洛夫要求发言。他颧骨隆起，身体笨重，坐在桌旁一张咯吱咯吱直响的单料椅子上觉得挺不自在，——那张椅子是本地联合工厂的产品，质量不太靠得住。

"亲爱的同志们，在这里多谈没有意思，"他以深沉的低音说，"曼苏罗夫抖出了我们的全部缺点。向群众瞒起这些缺点是不行的。将来还不是要群众来改正这些缺点的吗？……"他看到大家等着他还要说些什么，突然截断话头，"完了！"

区里的"集体农庄论坛报"编辑彼尔瓦乔夫霍地站起来。他个子矮壮，头很大，像一条浑身是劲的小公牛，他左右摇摆着前额宽阔的脑袋，激动地说：

"我也完全同意曼苏罗夫的意见！……"

巴耶夫对彼尔瓦乔夫凝视了半晌。

"就拿我们的报纸说吧。它在跟什么斗争呢？不过是批评批评挤奶员彼都霍娃工作吊儿郎当；生产队长洛夫楚柯夫酗酒就把他骂一通；此外就是哪儿的畜粪没运走啦，汽油没及时供应啦。尽在些鸡毛蒜皮的事情上做文章，若是此马来头大，就连颈皮也不敢抓一把。这样我们能纠正我们的缺点吗？不，不能！现在应该坚决、认真地拿起批评与自我批评这个武器了！"

"我很喜欢这种激昂的发言……对不起，您大概已经讲完了吧？”齐平娜没有站起来，而是在圈椅里坐得更舒坦些；她侧着头，脸带温和的笑容，一双明净的眼睛以坦率、诚恳的目光向在座的人扫视一周。“你们是知道我的。我总是有什么说什么。巴维尔·谢尔盖耶维奇搜集在这个文件夹里的那些缺点，也有我的一份过失。而且是极大极大的一份！但是，同志们，我不明白，彼尔瓦乔夫跟曼苏罗夫要抓谁的颈皮？”明净、诚恳的眼睛又把在座的人的脸一个个看过来。“省党委会？省执委会？也许是农业部？要知道，计划都是从那边传到我们区里来的。亲爱的同志们，必须非常严格地先把自己检查一遍，才能去抓某人高高的颈皮（请原谅，我借用了您的话）。譬如，我就不隐瞒，我们的区委会以及我个人……对，包括我个人在内！……（我并不打算推卸责任。）跟区里许多领导干部一样，我个人的过失在于对牲畜的饲料问题，尤其是对青贮料[1]问题注意得太不够了。我还要坚决地承担起过失，因为……”

齐平娜说这些话的时候一直带着温和的笑容，一双纯朴的眼睛望着大家，她是那么坦率地把区里一切严重缺点的过失全部承担起来，使巴耶夫，甚至使所有其他的人心头都轻松了不少——谢天谢地，事情总算还没有像巴维尔·曼苏罗夫所描写的那么严重。的确，区委会有不对的地方，省里的同志，甚至部里的同志也有不对的地方，人非圣贤，孰能无过，何必这样激动、这样认真呢？……

“同时要记住党和国家的纪律，”巴耶夫很有分量地说，“曼苏罗夫同志，你尤其要记住。你的批评很有意义，很大胆，但是也可能搅乱正常的秩序，使党的机构和苏维埃机构的工作陷于混乱，使纪律受到破坏。”

“对，完全正确！”苏多洛柯夫连忙附和。

巴维尔又站了起来。

---

① 青贮料是把草本植物的根、茎、叶切细后用发酵（青贮）方式获得的多汁饲料，营养价值很高，可贮存数年。如果适当配合其他饲料喂牛，可提高产乳量和出肉量。——译者注

“不，不对！”

于是展开了热烈的争论。契斯多杰洛夫的低音开始说话。彼尔瓦乔夫大声地向邻座的人解释军队纪律和国家纪律的区别。巴维尔·曼苏罗夫指责齐平娜：

“你的批评不是批评，而是变相地压制批评。就跟用圣油搽伤口一个样[①]！”

齐平娜安详、和蔼的表情一下子消失了，藏了起来；刚才那么诚恳地看着大家的一双明净的眼睛，被眼皮生气地盖没了。

巴耶夫把一只沉重的手放到桌上。

“够了，同志们。这种高深的理论争辩可能无止境地继续下去。”

他面前玻璃底下那张名单上的七个委员，有六个已经发了言。意见是分歧的：三个赞成曼苏罗夫，三个反对。只有区军委普卡乔夫端端正正坐在沙发上，上装的扣子全部扣紧，他保持着慎重的缄默。

“你的意见怎么样，奥西普·奥西波维奇？”巴耶夫问他。

“纪律总是纪律……我同意您的意见，巴耶夫同志。”

委员小组会议宣布结束。在擦得雪亮的皮靴清脆的咯吱声中，区军委普卡乔夫头一个离开了区委书记的办公室。

13

在柯尔松诺伏镇边沿离公路不远的沙丘上，巍立着一棵松树。它在旷野里长大，当年也曾叱咤风云。直到现在还可以看到它昔日雄姿的余威。异常粗大的树干需两人合抱，树干上结节累累，活像巨人的肌肉由于过分紧张而凝滞不动。较低的树枝都有小松树的树干那么粗，它们自由豪放地伸展开来，几乎盖住整个沙丘。但这究竟已是余威了……凹凸不平的厚树皮犹如久抗劲风、变得毛糙的岩石，已经被

---

① 意谓：表面上固然没有害处，但好处也不会有。——译者注

腐蚀得发酥，有些地方脱落了，露出被树蠹蛀空的、黑色的树身。树枝已经干枯，向四处叉开，宛如巨人瘦骨嶙峋的手死死地扭绞着，作着神秘莫测、声泪俱下的哀求姿势。旷野、阳光和雨水已经不能引起这棵树的欢欣。只有树梢顶端一小部分又硬又老的松枝还保持着奄奄欲逝的一息。这些筋骨显露的枯枝支撑着这付苟延残喘的局面，保存着最后的一线生机。就是从那些老松枝上，也还有种子像羊皮纸剪成的小蝴蝶似的飞下来，有松果掉下来；一棵几乎已经死了的树，不知是出于习惯还是倔强，还在开花结果，顽强地履行着大自然托付给它的责任——传宗接代。

据说，某些民族各有自己的圣树，人们把供奉放在这些树下。对于萨沙来说，柯尔松诺伏镇边上的那棵古松就成了这样的圣树。

萨沙的生活表面上过得很单调：早晨到蒙着浓雾的林魔潭去洗澡，白天在草地里干活，晚上跟伊格纳特一起坐下来看书——快要到农学院去参加考试了。日子一天一天地过去——大家都循着同样的次序生活。

但是，每天都有一些勉强可以发现的、旁人谁也不会注意的欢乐和意外的事。

萨沙在黑麦地里走着，折了一棵麦穗，开始细细地看——穗子差不多已经结满了，绿油油的麦穗毛刺刺地扎着手心。这样的麦穗他见过上千次，也在手里拿过上千次，可是今天看到它觉得挺稀奇。瞧，这就是大自然的造物，这就是粮食！人间的祸福都是从它而起，在世上并排同行。多少贵族之家毁在熊熊的火焰中，难道不是为了这样的麦穗？多少农民起来反抗，有的在笞杖下惨死，有的在镣铐的锒铛声中经过弗拉其米尔城被流放到西伯利亚去，还不是为了这样的麦穗？整村整村的人离乡背井，在不滑润的车轮的咿呀声中浪迹异乡，沿途留下坟冢处处，还不是为了这样的麦穗？他——萨沙·柯美列夫——的父亲搞垮了自己的身体，还不是为了这样的麦穗？瞧，就是这棵毛刺刺的黑麦穗，自古以来受着汗珠、眼泪、鲜血的灌溉。它——这毛刺刺的黑麦穗——是宝贝，也是苦难；是哺育者，也是杀人者！一阵风吹过，田野里响起均匀而森严的喧嚷声。喧嚷吧，麦浪，喧嚷吧！你的喧嚷声是多么熟悉而珍贵，人间的哺育者啊！不管你的穗子使人想起什么情景，可是风吹穗响的声音总是给人带来安慰、欢乐……

要是在别的时候，这种在一棵普通的麦穗面前所感到的惊奇心情很快就会遗忘，因为平时也常有各种各样的胡思乱想……但是现在萨沙却记住了这心情，把它珍藏在心坎深处："慢慢儿我要告诉她……"

他拿着大镰刀割完一生中第一片草地，累得浑身是汗；在大森林村那边的"库页岛"上，他曾在火堆旁蚊群飞舞之下过夜；在木匠丰蒂柯夫的指导下，他学会了"掏木材的心"——所有这些微不足道的快乐和胜利他都珍藏在心里，对自己许下诺言："慢慢儿我要告诉她……"

每天晚上将近十一点的时候，伊格纳特·叶高洛维奇拉着链子掏出一只沉甸甸的暗银怀表来，咔嚓一声打开表盖看一看，说：

"今天到这儿够了。"

接着，在地板的咯吱声中，他穿过帷幕走到老婆那儿去，哼哧着脱去靴子。

他满以为在他发出"够了"的命令后，萨沙就会照他所叮嘱的那样去闩上过道的门，然后顺着斜坡向上走到贮藏室里，钻进被窝直睡到天亮。

但是事实上常常不是这样……萨沙闩上了门，到贮藏室里拿了件上装……轻轻地推开正对斜坡的门，竭力不使它发出响声，然后跳到院子里。到了街上，他才把上装穿起来，穿的时候常常左手伸入右袖，右手伸入左袖。

到公路拐弯的地方，他气喘吁吁地停下来等顺路的汽车。有时萨沙把手一举，跟司机打一声招呼就搭上汽车；有时他认为这些小事何必去惊动辛劳的人，所以不等邀请，就在汽车开过的时候跳上去。在到柯尔松诺伏镇之前上陡坡的时候跳下汽车，既不打算跟司机道别，也不说声"谢谢"，因为司机们照例比较讲究实际，他们喜欢你在

“谢谢”之余再加五卢布的车费。

夜里，在月光下，那棵松树的老态几乎看不出来。错综交叉的秃枝好像还活着。在夜空的背景前，它们那种凝滞不动、激昂悲壮的姿态使你敬畏之心油然而生。粗壮的树干上，凹凸不平的皱纹被明暗显著的线条衬托得越发清晰，使你联想起古代贤明的哲人。夜里，在月光下，这棵老树真美……

夜阑人静，萨沙常常把自己仅有的财富带到松树下来，他的财富就是最近几天内一件件印象鲜明的事情，就是组成他那份小小的幸福的一切。

卡嘉坐在布满树根的高低不平的地上，薄薄的连衫裙的裙裾铺在树根上，她听着……

附近沼地里的秧鸡咔喇咔喇叫着，松树高耸在空中，掩住了月亮和星星。整个世界上只有他们俩。没有第三个人！幸福就在其中。

萨沙跟卡嘉在一起回味着一棵普通的麦穗所引起的惊奇，回味着割草以后的疲倦以及由于学会了木匠的奥妙艺术——“掏心”——而感到自豪的心情……

甚至林魔潭的晨浴、温暖着他的太阳、吹凉他湿淋淋的背脊的清风，——一切极其平淡的欢乐他都想告诉给她听，希望也引起她的欢乐。只恨未生妙舌，常常找不到适当的言词，无法表达全部感情于万一！……

尽管不能把心底里的话和盘托出，却老是觉得夜太短……

在老松的枯枝中间，天空开始发白，熹微的晨光渐渐展现出古松的龙钟老态。公路上传来第一辆汽车的响声。在灰蒙蒙的微光下，卡嘉的脸露出了倦色，但也因此而显得可亲、熟悉，可是很奇怪——疲乏的脸上一双黑眼睛却是神采奕奕，闪着兴奋的光芒。

她站起来，用纤细的手指把散乱的头发掠到耳边，微微抬动一下睫毛，意思是：“该走了……”

也不亲昵一番，也不说几句不平常的话，只是动一下睫毛，但光凭这么一动，假如可能的话，萨沙也愿意扑倒在她脚下——管它东方发白，管它白天降临，管它时光飞逝！最好忘掉一切，就这样躺在她脚边，永不分离。实在舍不得分手啊！

……三小时以后，伊格纳特·叶高洛维奇已经来推萨沙的肩膀了，伊格纳特每次都觉得很奇怪：

“你怎么睡得这么死，简直要用拖拉机来拉了……醒醒吧，老弟，醒醒吧——茶炉子在桌上了。我们去干活不应该比庄员们晚。”

直到肯定萨沙已经被推醒、不再把头蒙在被里了，伊格纳特·叶高洛维奇才转过身去，临走的时候说：

“空气新鲜，睡起来也香。”他沿着不大结实的坡阶走下去，一边作更深一层的猜想：“空气正新鲜，小伙子正年轻……”

14

他们俩三天没见面了。

萨沙有时跟生产队长们一起坐在管理处开会，有时站在草堆上从辽什卡·里亚普诺夫的木叉上接过一捆捆的干草，晚上跟伊格纳特·叶高洛维奇讨论碱性化合物的特性——他时时刻刻都感到，前面有一段幸福的时间在等着他。人们跟他谈话；要是他心不在焉，人们就生气地对他吆喝；大伙儿有事也跟他商量，坐在一块儿聊聊——可是谁也没想到，他是跟大家不同的，他是特殊的、幸福的。他前面有愉快，他前面有欢乐！因此，萨沙跟大伙儿相处得更和睦了。他在打铁场捡到一个有五根齿刺的捕鱼叉的叉头，把它送给了爱嚷嚷的辽什卡；对于老是逼着他看书的伊格纳特·叶高洛维奇，有时感到他是那么慈祥亲切。萨沙觉得所有的人和他自己比起来都是受委屈的——怎么能不好好对待他们呢？……

他计算着：还有两天——这比两年还长；还有一天——那就是说，明天可以见面了。终于盼到了天明——早晨到了！只要把这十二个小时打发过去就行了。昨天就寝时的心情是没有希望的——知道不会有奇迹出现，前面是黑夜，是死一般寂静的时刻！而今天就不必尝这种苦味了。

早晨到了！……窗外一株白桦的树干向着太阳灿然发光，它年轻美丽，体态轻盈，树梢耸向还没有完全醒过来的、白茫茫的天空，浸着夜露的桦叶渐渐被微风吹干，晨妆的白桦真是妩媚动人。

伊格纳特·叶高洛维奇把一只空茶杯和托碟推开，一双视而不见的眼睛漫无目的地望着窗外的白桦，心事重重地摸了摸光溜溜的前额，叹一口气，说：

“区消费合作社仓库答应供应我们一些板条钉。老弟，你得上柯尔松诺伏镇去一趟……你干吗瞪眼睛，难道我额上印着个银卢布不成？……除了你，叫我差谁去呢？又可以去看看你妈，又可以办事情。”

萨沙垂下眼睛，望着杯子里还没有喝完的茶，免得让伊格纳特·叶高洛维奇看出他的惊奇、困惑和欣喜。叫他上柯尔松诺伏镇，而卡嘉就在那儿。不用等待，不用计算离约会还有多少时间，去拿了钉子，就可以见面了……晚上的约会还是照旧。哦呵，伊格纳特·叶高洛维奇自己也不知道给了我多好的一份礼物……

伊格纳特·叶高洛维奇从口袋里掏出一个用旧了的红皮大票夹，郑重其事地一张一张抽出六张揉皱的十卢布钞票，放在桌面上。

“钱在这里。付了钱别忘记拿发票。那边的仓库主任是叶戈尔卡·克留夫采夫，向他买市场上缺货的商品，他喜欢人家塞一点‘小意思’给他。要是他向你暗示，只管结结实实地骂他。我们买的是合法的商品，不是干违法勾当……”

午饭前萨沙已经拿到了钉子，并且装上了马车，还跟叶戈尔卡·克留夫采夫——一个长着一张戆直的圆脸和一双狡猾的眼睛的小伙子——一起每人喝了一杯啤酒。他把车赶到自己家的院子里，把马卸下，扔下点干草给它，母亲叫他吃饭被他斩钉截铁地拒绝了，他换了件干净衬衫，走到街上……

这天天气很热。给太阳晒得滚烫的石子路上尘土厚积，散发出汽油和机油的气味。在栅栏下一条狭长的阴影里躺着几只热得发昏的狗。只有山羊穿了点缀着牛蒡花的皮袄，固执地沿着篱笆走来走去，希望能发现一些可吃的东西。

一个累得脸色变黑的老太婆，拿着一只用一块褪色头巾遮住的篮子，走到一家人家开着的窗子下面，像唱歌似的叫问：

“主人啊！嗳，主人啊！请原谅我不知道怎么称呼……要不要买一点新鲜的草莓？……”

开着的窗子里没有人应声。老太婆等了一会，又继续走去，一边望着一家家的窗户。

萨沙两手插在口袋里，不慌不忙地走着，眼睛却激动地凝视着前面。到了柯尔松诺伏镇见不到她——绝对不可能有这种不公道的事情。应该见到她！

应该是应该，可是总有点怀疑……山羊、栅栏下热得发昏的狗、尘土、寂寥……瞧，区委会对面一片被吃光、踩烂的小草坪上坐着三个集体农庄庄员。他们在一张报纸上摆着面包、鸡蛋、皱皮的腌黄瓜，没精打采地咀嚼着；他们的眼睛像听到口令似的一齐向萨沙这边懒洋洋瞟过来。在区委会的台阶旁太阳晒得正凶的地方，有两个女人不知在闲扯些什么，手里挥着小提包。其中一个穿着花布无袖女衫，晒黑的脚穿一双后跟歪斜的白色凉鞋；另一个是矮胖子，裹在一身毛线的连衫裙里——怪不得看她直冒汗，有病的人真可怜。

近来萨沙只有在月夜里松树下看到卡嘉：苍白而严肃的脸上，一双眼睛闪着不安的光，一条露到肘部的纤细的手臂搁在连衫裙轻飘飘的裙裾上……是啊，跟普通人不同的她，这时候如果出现在这幅炎热而寂寥的图画里，这简直是不可想像的。萨沙觉得，要是她真的出现了，那三个在慢慢地吃东西的农庄庄员非吓得呆若木鸡不可……

但是，事实上她并不住在别的地方，她就住在此地，时常在街上走，谁也不觉得奇怪……现在她到底在哪儿呢？怎么跟她见面呢？

三个庄员中的一个站起来，一边继续咀嚼着，一边走到萨沙跟前，问：

“小伙子，你是本地人吗？”

“有什么事吗？”

“我们想问问你，这儿有没有人要牛肉？……一条牛摔断了腿，只好把它宰了。这么大热天，要是搁到赶集的日子卖，肉就要发臭了。”

“我不要。”

那庄员抹了一下面颊上涔着汗的胡子，不大有劲地自言自语道：

“还是去问问那两位妇女吧。”说着有气无力地向两个女人那边走去。

萨沙目送他走过去……突然，萨沙浑身震动了一下——一个女人听见那庄员的声音回过头来，她竟是卡嘉！她也看到了萨沙，就迎着他走过来。

他好久没在日光下看到她了。也许是由于这个缘故，也许是由于她的头发梳得太紧，卡嘉的脸看来圆得有些俗气，黑得近乎粗野。鼻子两边眼窝下面的皮肤给汗水浸得油光光的，身上穿着晒得褪了颜色的花布无袖女衫，光脚上穿一双旧凉鞋，眼睛里没有原来那种深邃、神秘的色彩。他等着的不是这样的卡嘉，然而她毕竟是卡嘉。

“你好。”

“你好。”

两个人都不作声，尴尬地微笑着，你望着我，我望着你，仿佛不是三天没见面，而是久别重逢。

“你的鼻子脱去了一层皮，所以刚才我没认出来。”她高兴地说。

这句极平淡的话使萨沙清醒了过来。他是在等待像前几次松树下的约会那样的见面。在松树下，每一句话听来都不同寻常，带着一种尽在不言中的、意味深长的秘密。可是现在的卡嘉不是松树下的卡嘉，没有向空中皓月伸出苍劲枯枝的松树，只有浮土厚积的街道、散发出汽油味的石子路、踱来踱去的山羊。哪儿谈得上什么尽在不言中的秘密……

“你到这儿来有事吗？”卡嘉问。

“有事。现在就要回去了……”

“有什么新闻吗？”

新闻照例有的，只是在这儿街道中央急急忙忙地说不大好。于是萨沙回答：

“没什么特别的新闻。你们这儿怎么样？”

“你记得你自己说的关于曼苏罗夫那个文件夹的事吗？……”

怎么不记得？这个夹子放在伊格纳特那儿的时候，萨沙曾经看了一下，后来连同其他的新闻像泄露大秘密似的告诉了卡嘉。可是现在，关于这个文件夹的事，听起来丝毫也不比那庄员卖牛肉的话有意义些。

“记得，怎么样？……”

“刚才我就是在跟齐平娜谈这件事。你大概不知道昨天区委会举行了委员小组会议，会上讨论了那些文件。”

“听说过。是伊格纳特·叶高洛维奇告诉我的。按照官样文章讨论了一遍。”

“官样文章？……萨申卡，你那位伊格纳特·叶高洛维奇眼光太狭窄。他只顾自己。”

“卡嘉，你不了解他。”

“我知道讨论那些文件对他自己有某种好处。”

“不是对他有好处——是对大家有好处。对费道西·穆尔根、马克西姆·比亚杰尔斯基……对所有的集体农庄主席、集体农庄庄员，对全区都有好处。”

“照你这样说，区委会违反全区利益了吗？真滑稽。谁能相信这话？”

“现在的情形是这样……”

“萨——沙！”卡嘉由炎热而微露倦色的脸一反往日的坦率开朗，眼睛不信任地圆睁着，声音低到跟紧张的耳语差不多。“你不相信区党委会？你怎么敢这样？你好好想一想你说了些什么！”

“事实是他们错了。”

“谁？区委会？！”

“难道这不可能吗？”

卡嘉直挺挺地站在萨沙面前，她那紧紧挤出许多皱纹的嘴唇，反常地抽搐着。

“你知道对于我最神圣的是什么？”她轻轻地问，“对党的信任！如果我能证实这种信任，那对于我就是幸福。哪怕要用生命的代价！……不信任党的人就是我的敌人！是我的仇人！不共戴天的仇人！”

“我对党的信任不比你对党的信任差。”

“区党委会委员小组是全区党的领导，委员小组这样决定了，可是你不同意。还说：‘他们错了，他们按照官样文章处理了这个问题……’你这样是信任党吗？完全不是！你只信任你的伊格纳特·格梅津……”

“区党委会委员小组还不是整个的党。你自己也知道，党有几百万党员，伊格纳特·格梅津也是其中的一个……”

“假如他们不再信任委员小组，那会怎么样呢？手应该听头脑的支配。假如每一个伊格纳特·格梅津都起来反对，那将造成什么局面？纪律就会涣散，党就要被削弱。”

“假如他们肯听听伊格纳特·格梅津的意见，只会变得聪明些。而变得聪明些是不会反而软弱的。”

“唉，我对你一点办法也没有！”卡嘉失望而烦恼地跺了跺脚，带着懊丧的神色扭过头去，对那几个农庄庄员看了好久，看他们把吃剩的食物放到一个旧的皮背包里去。

卡嘉在三年级的时候就被选为班长，她当过少先队辅导员，当过团委书记。领导上要求她：要注意使同学们遵守纪律，提高老师的威信。于是卡嘉就注意着……从童年时代起，威信、纪律对于她就是生活的支柱。现在居然有人企图动摇这些支柱。而且不是别人……竟是萨沙！

“萨沙，”她冷冷地说，“你别见怪，我要对你说……要是你父亲活着听到了你这话，难道他不会因儿子跟区党委会闹对立而生气吗？”

“我不是跟区委会闹对立！”萨沙动火了。

“怎么还说不是？伊格纳特·叶高洛维奇不是孩子，他是个有经验的人，他很容易把你这样的人征服……你做了他的俘虏。可耻！你出卖了对父亲的纪念。”

萨沙没有马上回答，他涨红了脸，茫然若失，默默地站了半晌，眼睛看着卡嘉，最后带着嘶哑的嗓音迸出一句话：

“你怎么敢这样？……”

“我不想侮辱你，但是事实如此……”

“你已经侮辱了我！这是不公平的！我，也许……”

“你要明白……”

但是萨沙急遽地转过身去：细长的背脊挺得很不自然，一顶便帽可怜而困惑地在脑勺上翘着……他好像有人在背后轻轻推着似的踏着踉跄恍惚的脚步，走开了。

“萨——沙！”卡嘉轻轻叫了他一声。

萨沙头也没回。

在这一天剩下来的全部时间里，萨沙觉得非常痛苦。以前，他心里有一个自己的小太阳，温暖着他，向他招手说：生活吧，等待吧，快乐吧，前面有礼物，前面是幸福。如今还等些什么？到哪儿去？人们照旧在工作、说话、争论，像过去一样地生活着。对于萨沙来说，周围已经变成一片空虚，可是这跟他们却毫不相干……

尽管这样，到晚上他还是忍不住不去赴约。

……看见松树了，弯弯的月牙儿纠缠在紊乱的枯枝中间。萨沙激动得气喘吁吁，但脸上仍保持正颜厉色——别让她以为他已经忘了白天所受的侮辱。萨沙开始走上沙丘。她在这儿吗？她来了没有？怎么跟她见面呢？她大概裹着头巾，躲在树下。那时他就走过去说：“我们不要感情用事，我们拿出成年人的样子来谈一谈……”

但是松树下空无一人；富有弹性的粗树根像无数条伏卧不动的蟒蛇，交叉伸展在黑魆魆的地上。萨沙在树根上坐下来，背靠着凹凸不平的树干。

也许她不过是来迟一点罢了……现在她一定在夜深人静的镇上急急忙忙地走着，鞋跟笃笃地敲在干燥的地上……

跟以前几次约会时一样，沼地上依然传来秧鸡咔喇咔喇的叫声，松树依然在当头庄严地伸展着瘦骨嶙峋的树枝，透过重重树枝能看到较大的几颗星星。周围的一切还是照旧，一点也没有改变。就是缺了个卡嘉。

上一次，她抱住两膝抵在颏下，全身缩做一团抗御夜里的潮气，她坐在他面前，恬静，安详，看不清脸上的表情，连眼睛、眉毛都看不清，但是总感觉到她在注意地看着他。

她说：你出卖了父亲，出卖了对他的纪念！……真的出卖了吗？……生活是很复杂的，有人认为生活是这样的，有人认为不是这样，可是在任何情况下，真理只有一个。真理是要去寻找的，真理只有一个，路只有一条：使生活变得更美丽。父亲和伊格纳特·叶高洛维奇不是对立的——他们都是自己人！她不懂得……必须向她耐心解释，急躁不得。

萨沙坐着，谛听着夜的寂静中有什么声音。他旁边的牛蒡张开了像耳朵一般宽阔的叶子，它们也在凝神谛听夜的寂静中有什么动静。但是只有秧鸡在沼地上发出凄凉的咔喇咔喇的叫声。

时间在过去，萨沙渐渐地明白：卡嘉不会来了。但他仍旧坐着，继续怀着某种希望……

就在这倚树枯待的几小时中，萨沙明白了一条他从来也没有想到过的、极简单的真理。他明白了，今后他跟卡嘉不能仅仅在松树下度过夜晚，在秧鸡的叫声中用目光交谈，他们还将发生争论、不谅解、怨怼，甚至有意无意的侮辱。他还明白，以后的会面将不同了。不管怎么样，卡嘉总还是卡嘉，不能就此与她绝交。

松树巍然站在萨沙的当头，它沉默，冷淡，它经历得多了。一点点小痛苦根本不会使它惊奇。

第二天早晨，伊格纳特·叶高洛维奇告诉他，农学院的函授班已经开始招生，应该动身去应考了。

15

巴耶夫认为，关于曼苏罗夫的文件夹的事，跟任何大事情一样，他有责任向省党委会汇报。再说，关于这些文件的事，已经有不少流言从一个集体农庄传到另一个集体农庄。这些流言难免有渲染、夸张、歪曲之处。在会议上，可能有人要向巴耶夫问这个问那个。在这种情况下，答复只有一种方式：文件夹已经送到省党委会去了。

巴耶夫把督导员苏列普金叫了来。

如果在春天冰化道泞的时节，需要到离柯尔松诺伏镇很远的肖拉河上游村苏维埃去检查一下各集体农庄播种的准备工作做得怎么样，或者需要在那边的党员大会上讲几句话，总是派唯命是听的绥拉菲姆·米朗诺维奇·苏列普金去。他不会托辞有病或者家里有事而不去，寸步难行的泥泞、遥远的路程都阻挡不住他。他到各农庄的马厩去视察，摸摸种子，看看工具，对农庄主席们斥责几句，用“我要汇报上去！”吓唬吓唬他们。回去以后（路上又得候机会，有时搭顺路的汽车，有时坐一程马车，有时只得步行），他必然一五一十详细汇报：准备好了什么，还缺少什么，指示都已经转达。

要是问他：

“省报上刊载了巴尔契哈区的农庄庄员们的倡议……您把这事跟庄员们谈过没有？”

他会回答说：

“我没有接到命令。要不然早就……”

绥拉菲姆·米朗诺维奇只做命令他做的事，不超出命令的范围。不过，假如当他办事完毕回来的时候，怒气冲冲的上级要他立刻往回走："去，把这件事办好！以后别再像算盘珠那样拨一下动一下。"——绥拉菲姆·米朗诺维奇会一声不吭地掉头就走，不畏道路泥泞，或步行，或搭顺路的车辆，他一定去改正错误。

他是雇农出身，他入党的时候，现在的区委书记巴耶夫还是个小孩子呢。所有这些年来，苏列普金没有受过一次党的处分，但也没有什么特殊的功劳。因为他此外一无所有，绥拉菲姆·米朗诺维奇就认为这一点也是值得自豪的了。"在党的面前，我清白得像一块玻璃。"——他经常这样谦逊而庄重地说。

年复一年地过去，苏列普金只养成一种爱好——他很喜欢在会议上发言——但这也是情有可原的。

大家都惯于见到他在军服外面罩一件泛出暗红色的上装，从袖内露出一双庄稼人的手，又长又宽，脸跟上装一样泛出暗红色，被阳光晒得失去了光泽——两道毛茸茸的肥皂色眉毛下是一双安详的小眼睛，额上皱纹很多，一头短发跟铁丝差不多硬……有时绥拉菲姆·米朗诺维奇也会沉思，不过这是很少见的，在这种时候，短发就开始前倾后仰地"散步"。

现在，苏列普金已经站在巴耶夫面前。

"您叫我吗，尼古拉·盖奥尔吉耶维奇？"

"你上省委会去一次，把这些材料送去，"巴耶夫从抽屉里拿出文件夹，"在那儿等回音，了解一下省委会的意见。任务很重要，所以派你去，要不然早就邮寄了。"

"什么时候走？"

"马上就准备动身。"

"明天早晨六点有一趟火车。"

"那就搭这趟车走。"

"好。"

"你知道这夹子里是什么东西吗？"

“当然知道，我听说过。”

“省委方面可能要跟你谈谈，你就把委员们的意见转达。对了，委员小组的决议附在这里。我个人认为，这样的攻讦超过了必要批评的范围，会造成工作中的混乱。总而言之，意见都在里头！……”

苏列普金小心翼翼地接过那个文件夹。

农学院的宿舍里挤满了函授班的考生。伊格纳特好容易才给萨沙交涉到一张铺位，自己只好宿在旅馆里。

早晨醒来，伊格纳特在穿靴子的时候，隔开一张铺位看见一头短而硬的红发从枕头上抬起来。

“嗨！绥拉菲姆·米朗诺维奇！你怎么会在这儿？”

“你好，伊格纳特·叶高洛维奇，”苏列普金很高兴地应道，“区委会派我出差来的。”

半小时以后，他们一起走出旅馆。伊格纳特穿着一件宽大的上装，下身是马裤，脚上是一双柔韧的小牛皮靴子，衣裤熨得笔挺，都是刚穿没多久的，靴子擦得雪亮，正合一个难得到省城来的集体农庄主席的身份。绥拉菲姆·米朗诺维奇穿着黑色的节日服装，腰身很紧，裤子又窄又短，腋下挟着个饱鼓鼓的旧公文包。

“看来你要把那些轰动一时的文件交到省委会去？”伊格纳特问道，一边斜睨着他的公文包。

“当面交给第一书记。”

“巴耶夫希望省委会代他把曼苏罗夫搜集的材料埋掉，是吗？”

“我什么也不知道。我的任务是转交文件，听取意见。”

“要是问到你的意见呢？……”

绥拉菲姆·米朗诺维奇像仙鹤踱步似的踏着缓慢的步子，在晒得很烫的柏油人行道上走着，他沉吟了半晌，然后庄重地说：

“我个人的意见是这样：巴维尔·谢尔盖耶维奇对计划所进行的攻讦，超过了批评的范围，会造成工作中的混乱……”说到这里，他轻轻地叹了口气。

“不错，这倒是个新的见解。常言说得好：‘吃谁的饭，听谁的话。’”

但是，天生的好好先生苏列普金是不大容易惹恼的——他并没有理会伊格纳特的嘲笑。

走到离省委会大楼不远的地方，伊格纳特在一家理发店门口站住，他请苏列普金略等片刻，自己走了进去；他出来的时候，剃得光光的脑袋泛着青光，他变得严肃、整洁，仿佛把原来温和随便的神情留在理发店的玻璃门里边了。

他就这样走进了省委会。垂着光溜溜的大脑袋，身上散发出廉价香水的香味，肥硕而笨重，——使人有这样一种感觉：必要的时候他能把任何一扇门打破，——伊格纳特走到凉爽的过道里，以坚定的步子沿着宽阔的楼梯走上去。苏列普金仍像仙鹤踱步似的跟在他后面拾级而上……

有一种豪迈的话，——它们本身具有极大的力量，如果说得适时，就能够激励人的勇气和胆量。这样的话好像种子，它们结出的果实就是人类的伟大功勋。

但也有另一种话。这种话谈不上什么美，也感觉不到豪迈和坚强。它们不显著，灰溜溜的极其平淡。这种话不是从演讲台上发出的，说这种话没有慷慨激昂的表情。使用它们的人一般都不十分尊重这种话，总是很随便地用歉疚、枯燥、怨怼、客气或者干脆没有任何情感的语气说这种话。但尽管如此，这种话自有其独特的威力。殷切的愿望、沸腾的热情、顽强的意志、年轻人的毅力——全都能被类似这样的话抑压下去。

这些话中间有一个字占着相当重要的位置，那就是骤然听来毫无恶意的一个动词：“等”。它本身已经可以派用场，同时从这个字还产生了一些类似的字眼。

在省党委会，伊格纳特·格梅津跟苏列普金得到的答复都是简简单单的两句话：

“请等一等，我们研究研究再说。”

于是他们就开始等待。

伊格纳特参加了考试，他挤出时间到某些商业部门和建筑工程部门去接洽了一些集体农庄的事务，常常到省委会来询问，可是那边老是对他说：

“请等一等。”

在这句话的影响下，绥拉菲姆·苏列普金一天比一天泄气，出差费已经用完，于是伊格纳特·格梅津带他到大学生的食堂里去吃饭，还请他喝点啤酒提提精神。

可是，在柯尔松诺伕，巴维尔·曼苏罗夫焦急地等待着省委会的决定……

16

省城 K 市是个极普通的城市：有柏油马路，也有胡同里的石子路；有高楼大厦，也有只有四扇小窗的年久小屋；有一座歌剧院，三所高等学校，几座博物馆、电影院，一个体育场，一个水上运动场；有无轨电车和公共汽车；还有一段悠久的历史——革命前，曾有许多著名的作家和社会活动家被流放到这里来……

对于这个城市和它的居民来说，街上出现了一个瘦长小伙子根本算不了一回事。这小伙子的脸跟一般乡下人一样黧黑，一顶便帽拉到兴奋、明亮的眼睛前面，他穿着斜纹哔叽的上装，袖子嫌短了些，一双结实的牛皮靴子擦得极到家。在成千上万个行人中，他好像是从别处冲来的一粒极小的沙子。

但是，对于这个小伙子来说，在他的还很短的一生中，进城是件了不起的大事。

到现在为止，萨沙只出过柯尔松诺伕镇一次。那已经很久了，还在战前，他跟家里人一起到住在列宁格勒郊区的姑妈家去作客。那次旅行留给他的印象只有一座火车站上的拼花地板，还有一个蓄着花髭和络腮胡的严厉的看门人。

萨沙只从书本和电影上知道，在“库页岛”放牧地的树林以外有一个伟大而热闹的世界。他只从书本上知道，有许多比他们的肖拉河大的河流，在许多城市的房屋中间，可以像在密林中一样迷失方向，那边的房屋本身就很不平常——其中每一座都可以容纳像柯尔松诺伏这样的市镇的全体居民，如果要住满它，还得加上附近各村的人。世界上有沙漠，有海洋，有高山（跟它们比起来大城山又算得了什么！）。在静静的柯尔松诺伏镇，路上的每一块石头、岸边的每一株灌木都是熟悉的，当你在这里知道世上有沙漠、海洋、高山的时候，世界就显得跟儿童读物中的童话故事一样令人难以置信。钻进西夫卡-布尔卡[①]耳朵的伊凡努什卡的奇遇，跟无边无际的大海、咸得不能喝的海水——难道不是同样难以置信的奇谈吗？……

现在萨沙跨过了这个伟大世界的门坎。尽管这个城是国内最平凡的城市之一，有些地方灰尘很多，有些地方泥泞难走，有些地方的偏僻小巷简直像柯尔松诺伏镇，但这终究是个城市！萨沙看不到城内的缺陷，只觉得什么都新奇——高楼大厦、商店的橱窗、柏油马路、络绎不绝的汽车，甚至对散发着汽油味的空气也感到新奇。

这个城市不仅是通向广阔世界的大门，它还是通向他——萨沙——新生活的门。离市中心不远，一座灰色的大楼的窗子像无数眼睛直视着街道，高大的门前挂着一块黑底白字校牌：“省立农学院”。这座大楼是他的命运、他的希望、他的未来的幸福。人们将从这儿注视他——“劳动者”集体农庄的庄员萨沙·柯美列夫，注视他五年，注视他怎样吸取智慧和经验。这座大楼是他的新的保护人，是一个陌生的、暂时还有些可怕的老师。将来，萨沙在这座大楼的培养下毕业以后，那时才开始真正的成年人的生活。

头几堂考试萨沙考得比伊格纳特·叶高洛维奇好。伊格纳特羡慕地说：

---

① 民间童话中马的名字。——译者注

“年轻人的头脑究竟灵敏。我这个脑袋瓜里装了许多其他的事情，一时掏不出需要的东西来。”

在城里，萨沙感觉到有了新的力量，还产生了一种新的、以前不知道的心情——对自己的尊敬。他现在有了重要的事情，他在这里是征服者。不是从前在书上看到的那种征服者，他不是来掠夺世界，不是来掠夺荣誉，他是来争取自己的前途。

第二部

1

初春的阳光透过两重模糊的玻璃窗，用一幅幅金黄色的灰尘织成的布把办公室隔开，然后平静地停留在钉在墙上的一幅全区平面图上。在一张宽阔的黄色晒图纸上，用红墨汁勾画出与邻区的分界线。如果仔细看一下，柯尔松诺伏区的轮廓有点像童话里的大熊的脚印。在东部分界线沿着巴拉斯柯维尤什卡小河曲折伸展的地方，有一个突出的尖嘴，好像熊的爪子……

蓝色的条纹表示江河溪流，墨团表示湖沼，斜线表示耕地，小圆圈表示村落，圆圈旁写着村名，纸上也有不染墨汁的地方——那算是森林，是图上的“空白点”。它们从四面围拢来，排挤着田野，把村落赶向河边……

太阳照耀着平面图。

“冬天过去了……”巴维尔·曼苏罗夫一边抽烟，一边想，纸烟头上升起的烟在阳光与尘土中徐徐消散。他时常不耐烦地望着窗外湿漉漉、亮闪闪、散落着畜粪的石子公路，他在等汽车。

这年冬天发生了意想不到的事……

冬季作物已经播完，庄稼已经成熟，收割期开始了——一切都照老规矩进行。巴维尔·曼苏罗夫仍旧在宣传部工作，组织讨论会，汇报报告会和讲演会的进行情况，下农庄去督促农庄主席。他时常去找伊格纳特·格梅津。伊格纳特像蚂蚁一般忙碌地安排自己农庄里的各项事务：挖青贮坑，浇上水泥，在收割时候他还抽出一部分人去割再生草……跟巴维尔谈话的时候，他常常生气地摇着剃得光光的脑袋：

“老弟，看样子我们又开了空炮，没有斗争的对象！”

省委会对于一切有关文件夹的催询的答复总是：

“等一下吧。”

最后，不但巴耶夫和忙得不可开交的伊格纳特忘了这事，甚至巴维尔自己也不去想他的文件夹了。他尽可能把要求他做的事做好，悒郁地寻思着怎么离开柯尔松诺伏。

可是在柯尔松诺伏，每天早晨叶美里扬爷爷还是迎接家家户户放出来的牛。人们还是在菜园里掘土豆。每逢星期天，办事员、会计、各办事处的主任用篮子和切菜刀武装了自己家里的全部成员，出发到树林里去采蘑菇，让在办公室的椅子上坐了一星期的筋骨舒展活络一番。一切都是那么熟悉。一切都使人腻烦。巴维尔·曼苏罗夫觉得自己简直像弃儿一般孤苦伶仃。怎样才能离开柯尔松诺伏呢？

晴朗、温暖的初秋拖得很长，早晨，收割后干燥的田野上张着银白色的蜘蛛网，澄净的空气好像停止了流动，片片落叶发出飒飒的微响，木板屋顶上覆着薄霜。初秋过后，早晨渐渐觉得晓寒逼人了……

直到那时才从省委会来了简短的正式答复：曼苏罗夫同志搜集的材料已经转到中央。

巴维尔·曼苏罗夫知道了这消息后，一语不发。伊格纳特嘲笑着说：

“他们化了这么多时间原来是作这样的壮举！”

可是巴耶夫突然对巴维尔表示极大的尊敬，他认为，既然省委会这样郑重其事，把材料转到中央，可见这件事不是闹着玩的。

还在报上刊登中央关于制定农业计划的新决议以前，巴维尔就被紧急召往省委会，使他惊奇的是：省委会居然谈起了文件夹的事，并且请他写一篇文章在省报上发表……

从那时起，曼苏罗夫的生活起了巨大的变化。他本来是个不被人注意的区干部，只有在一些汇报中偶尔提到他的姓名，现在他突然一跃而为党内的知名人物了。

省报发表了他写的几篇关于制定计划中的缺点的文章。

省委第一书记库尔甘诺夫在作报告时常常援引巴维尔的文件夹中的例子。

省委会建议柯尔松诺伏区委会重新考虑委员小组的成员问题。

在一次特别会议上，伊格纳特·格梅津被选为党委委员。巴耶夫经过这次事件后情绪大大低落，他提出请求解除他的书记职务，并且表示愿意回到学校里去当生物教员。

巴维尔·曼苏罗夫当选为第一书记。

他担任新工作的第一天早晨是不易忘却的。窗外，细小、干燥的雪花没精打采地落到柯尔松诺伏镇的屋顶上，落到公路上，落到行人身上，落到过往的卡车上。静穆、微弱的雪光照到办公室里：铺着绿色呢子台布的桌子，桌上笨重的大理石笔台，柯美列夫坐了四年多、巴耶夫坐了几个月的椅子，现在都要为他服务了。

巴维尔在这把椅子上坐下来。他将在这个位置上着手进行的伟大事业，使他产生了快乐的预感。尽管目前还不很明确该摧毁什么，该怎样行动，但这不要紧。主要的是——他现在是区里地位最高的人：他头上既没有柯美列夫，也没有巴耶夫。在这以前，他做了些什么呢？他只是冷静地观察——这个不对，那个不好，观察到了，并不是漠不关心地转过头去，仅此而已……

漠不关心是人类恶习中最可怕的一种。

漠不关心通常不被认为是坏事。因为，潮湿本身还不是霉烂，它只能助长霉菌的繁殖。但是，潮湿的地方就容易发霉。

同样，漠不关心会助长坏事，是坏事的温床，是使坏事得到养料的媒介。漠不关心不可避免要造成灾祸，漠不关心能使生活发霉！

他——巴维尔·曼苏罗夫——决不容忍自己周围有漠不关心的人，他要向他们宣战。为了那些此时在区委会窗外雪花飘舞下行走的人的幸福，应该不惜自己的一切——这必须成为他的口号！

那天早晨，巴维尔希望像以前搜集每一个数字、每一件事实放到文件夹里去那样，一步一步地使柯尔松诺伏区的生活出现崭新的面貌。

但是，从他担任新工作的头几天起，他就感觉到——捷径难走。

就在柯尔松诺伏区以巴拉斯柯维尤什卡河为边境与邻区分界的地方，就在一个突出的尖嘴像大熊爪子的地方，有一个边远的“觉悟”集体农庄。在这个农庄靠近的地方，就是木材采伐作业区。但是这个采伐区在另一个省里（巴拉斯柯维尤什卡河不仅是区的边界，而且还是省的边界），因此，“觉悟”农庄每次采伐木材就得派大批人马走百余公里，穿过整个柯尔松诺伏区，到魏里卡亚车站旁的林工分局去。这对农庄是一项极重的负担。只要用简单的算术算一下就知道了……“觉悟”集体农庄要付路费给每一个去采伐木材的人：一天路程一个卢布，以便在路旁的村子里可以把马匹安顿在院子里，向人家讨些茶水，在暖屋子里宿一宵。一昼夜一个卢布换这些方便不能算贵，没有一个组织付出差费付得这样清苦的。但是，每一个冬季，农庄先后要组织六七个车队到森林里去，每个车队有二十辆车。这些车队在寒冬腊月里，沿着被雪盖没的道路，从“觉悟”农庄拖到魏里卡亚车站，路上要走一星期，有时要走十天。把这些卢布算一算就是一笔可观的数目——一千卢布。至于在路上马的饲料、人的伙食要花多少钱，那就更不用说了……马匹这样长途跋涉是多么疲乏，到了森林里不能好好干活，春天连耙也差点儿拖不动，这笔损失更是无法估计……“觉悟”农庄一直感到极大的不便。事实上这一切是很容易避免的。巴拉斯柯维尤什卡河隔岸就是木材采伐作业区，它虽然属于别省，可是这有什么关系呢？那边又不是为别的国家采伐木材，也是为自己的国家……

巴维尔·曼苏罗夫知道了这事，极为不平：他认为这是劳民伤财，对农庄是一宗毫无意义的负担，是恶劣的形式主义在作怪！……他打了个报告到省里，却遭到冷冰冰的拒绝：“我们不能把自己的劳动力交给别省支配。”曼苏罗夫打了个电话给省委第一书记库尔甘诺夫。他回答的大意如此：“我们自己完不成计划，你还要用人力去支援别人。”但是巴维尔并不罢休，他亲自到省委会去面见库尔甘诺夫，继续向他解释：人们在近家的地方干活比较好，能给国家砍伐更多的木材，从国家观点来看——这是绝对有利的！

出乎巴维尔意料之外，库尔甘诺夫竟然表示同意：

“好。既然你认为对国家更有利，就把劳动力给别人。不过木材采伐计划我们一立方米也不让你减少。要是你能完成计划，就把劳动力给别人。要是木材采伐计划完不成，我们决不饶过你。”

于是巴维尔哑口无言，——区里的木材采伐工作本来就搞得不大好，何苦再去自寻烦恼；为邻省某个素昧平生的区委书记减轻工作，而给自己增添麻烦，这有什么乐趣？弄得不好谁知道会造成什么结果：可能丢掉职位，可能他朝思暮想、跃跃欲试的壮志宏愿都将化为泡影。万一重新派一个新的巴耶夫或者新的柯美列夫来代替他担任领导工作，这甚至对“觉悟”农庄也是不利的。为一些小事情去冒大险实在犯不上。

车队还是跟以前一样，从巴拉斯柯维尤什卡河边，沿着被雪盖没的道路，穿过全区到老远的林工分局去采伐木材……

在春天即将到来的时候，巴维尔跟契斯多杰洛夫、伊格纳特·格梅津以及其他几个农庄主席拟订了播种计划，计划中亚麻占着很重要的位置。他们计算了一下，根据这个计划，劳动日的收入马上可以提高，庄员的口袋里将塞满钞票。但是省里又回答得很干脆：

“你们要扩大植麻面积的愿望我们表示欢迎，但是缩减谷物播种面积我们严格禁止。”

“怎么办呢？总不能把麻种到天上去吧？……”

“你们自己看吧，但是谷物播种面积不准侵犯。”

又只得忍痛让步。

虽然巴维尔·曼苏罗夫在区里还没有做出什么突出的成绩，但是省里对他仍旧有很好的印象：有毅力，能独立思考，从各方面的表现看来——他一定能使柯尔松诺伏区摆脱落后的状态。

但是巴维尔·曼苏罗夫懂得这种表扬的代价，他不会骄傲自大，不会目空一切。让他们去表扬：这样可以提高他在群众中的威信，并且，如果感觉到人家对你抱着友好的态度，在新的职位上似乎能坐得更稳些。

所有这些不顺利的事都是暂时的。不看清楚要想一箭中的是很难的。反正火药筒里有的是火药，精力也充沛。只是不要把精力消耗在小事情上，要养精蓄锐干大事业……

窗外春意盎然。气窗上一小块蓝蓝的天、明媚的阳光、屋上的雪融化后滴下来的晶莹的水珠——这一切固然使他快乐，但是对新的胜利的期待更使他兴奋。胜利一定来到！巴维尔对胜利抱着神圣的信念。

“冬天过去了……真好！”

屋顶上稀里哗啦滑下一大块没有完全融化的雪，把窗外的阳光也遮住了一刹那的工夫，接着不知在下面什么地方沉重地着了地，发出的声音好像释去重负似的松了口气。真见鬼！连这也使人高兴！

巴维尔的助理伊凡·萨姆桑诺维奇从门外探进头来，他那皱纹很多的尖削的前额，像小伙子一般爱俏地搭拉着一绺稀疏的花白头发。

“巴维尔·谢尔盖耶维奇，汽车在门口了。”

“好。”巴维尔回答一声，脚下像装着弹簧似的站起身来，他准备着坐车、步行、几夜不睡、不知疲倦地工作再工作、生活再生活。

2

养牛场的两扇门大敞着。天气晴朗，阳光普照。干燥的木条墙壁亮闪闪的，可是门洞深处却异常黑暗，仿佛夜神缩成一团，在养牛场的屋顶下躲避阳光；里边的空气也不像户外那么轻松、新鲜而滋润，想必是浓重而黏腻，跟松脂差不多。

乳牛一头接着一头从黑洞洞的门里走到阳光下来。它们消瘦的、披着一片片棕色碎毛的身体（现在正是脱毛季节），带出了强烈的牛粪臭味和新鲜牛奶的浓重气息。

好多天的禁闭生活结束了。在狭小的牛栏里，脚下是践踏不堪的麦秸，上面是低低的天花板，刷着的白粉已经变成灰色；白天，朦胧的日光从模糊的小窗外透进来，夜里，灯光微弱暗淡；放了太久而变硬的干草发出难闻的尘土气味；——这一切都已经过去了。等着它们的是受露水滋润的、多汁的青草，在密密的枞林里可以避开火辣辣的太阳，站在小河里可以洗澡，让暖和的水浸到齐腹，懒洋洋地摇摇头，晃晃身体，摆脱牛虻的骚扰……

那些牛走出来的时候，只有最初的几步是一样的。它们的脚蹒跚地踩在才解冻的地上，走一两步，停一会，小洼里的水光、明朗的天使它们睁不开眼睛，各种各样的气息使它们鼻不暇接，它们垂着头，以迟钝的目光向自己近前方看着。但是过了一眨眼的工夫，每一头牛都各各不同地表现出自己的性格。有一头牛一直站着，直到后面一头牛撞到它身上的时候，才像醉汉那样踉跄地走上两三步，接着又呆呆地站住了。另一头牛昂着头，发出断断续续的、嚎哭似的哞哞声——它是在欢迎艳阳春日，庆幸重获自由呢，还是这一切使它不安，那可闹不清楚。还有一头牛突然野性勃发，显示出它身上有着野种祖先的倔强血统——它把尾巴向背上一甩，不大灵活地并足快步向前奔去，逃也似的离开了养牛场黑洞洞的门。只听见女饲养员们在它后面叫喊：

“呜，你这个没头脑的畜生！你疯啦？”

只有一头角弯到额上、名叫巴雷妮亚[①]的老牛，晃着干瘪的乳房，毫不迟延地走出门来，走到一个雪堆旁停住了脚步，马上困倦欲睡地阖上灰白、粗糙的眼皮。融雪发出令人心醉的气息，从天上泻下来的阳光把万物洗得灿烂辉煌，但这一切都没有使它动心——只要暖和就行了……一只寒鸦立刻飞到它背上，神气活现地摇摇头，跳了一下，又跳了一下，开始啄那脱落的牛毛。巴雷妮亚也不晃动一下它那折坏了的畸角。

---

① “巴雷妮亚”在俄文中是“夫人”、“太太”的意思。——译者注

伊格纳特·格梅津只是默默地向走到他跟前的巴维尔伸出一只手，接着就掉过头去继续看那些牛。养牛场门口那种跟节日赶集时差不多的闹声和大好春光都不在他心上，两道金黄色的雏毛似的疏眉蹙得很紧，厚厚的下唇不屑地向外噘出，下巴埋在棉袄敞开的领子里。

巴维尔问他：

“你在生什么气？瞧你站着那付神气。”

“没什么值得高兴的事。难道这种景象你觉得喜欢吗？”伊格纳特以眼神示意叫他看漫步徘徊的牛群。

“那又怎么样呢？牛总是牛，冬季过后照例总有些脱毛生疥。”

“脱毛生疥倒不打紧。我又不要把它们排成仪仗队去受检阅。可是你能不能给我找出一个好的乳房？”

巴维尔对那些牛打量了一番——牛都不很大，肚子却不小，荐骨相当狭窄。离他最近的一头牛的乳房缩得跟一个小拳头差不多。

“我们这儿的牛不是优种。这是事实。”

“为了青贮饲料我调动了不少劳动力。不是我夸口——我藏起了许多宝贝。可是我这样干为了谁呢？为了这些猫儿。它们是些贪食的家伙，是把食料变成粪土的能手……嗨，你这畜生瞎了眼啦？！魔鬼附到你身上啦！”

“贪食的家伙”中有一头年轻的花母牛打旁边很快跑过；要不是伊格纳特闪得快，也许要给它撞倒了。

“你知道他们开的支票什么时候才能兑现？”伊格纳特一边望着那头脚步并没有放慢、愈跑愈远的牛，一边问道。“怎么老是只听楼梯响，不见人下来？”

“这星期省里要召开饲畜工作会议。看他们怎么说……你也要去出席的。”

伊格纳特只是不置可否地哼了一声，打断了谈话：

“我们坐马橇到库特里亚维诺去吧，怎么样？”

于是他们向村里走去。

靠近村子的地方是一片宽广的空地。前年，这里长着荨麻和牛蒡，有些地方可以看到矮矮的桧柏丛和白桦的树桩，每到春天，树桩四周会冒出淡红色的泡沫。现在，松软未融的雪堆中间竖起了一座座遮着油毛毡的木板帐篷，整个空地就像荒凉的、住过吉卜赛人的野宿地。每一座帐篷下面都挖着一个坑。坑里藏着不同品种、不同质量的青贮饲料。在庄员们口中，每一品种都已经有了名称：豌豆茎叶做的青贮饲料叫作“蜜糖”，因为它是甜的；向日葵做的青贮饲料叫作“索洛玛特”[①]，因为它既好吃，又富营养；荨麻和树枝做的青贮饲料粗糙难吃，所以叫作“丘立卡”[②]。

伊格纳特转身面向巴维尔。

“要是再不饲养优种牛来代替现在那些只会制造大粪的畜生，即使有了这么多家私，”伊格纳特指着那些坑，“我还是跟蹲在一听红焖猪肉罐头上的饿老鼠差不多：下面是一大堆财宝，就是没法使用。要是姑娘的脸长得跟土罐子一个样，你把她怎么打扮也是白费……噢，萨施卡在那儿？”伊格纳特打断了自己的话头，眼睛望着村里街道的尽头。“哎——嗨！到——这——儿——来！……这小伙子跟鳗鱼一样好动。让他溜走了——那你白天打了灯笼也甭想找到他。”

巴维尔几乎整个冬季没看见过萨沙·柯美列夫。现在立刻引起他注意的，不仅是萨沙的肩膀宽阔了，不仅是他的旧上装肩部已经太紧（虽然春寒料峭，可是他已经穿得很单薄）——使他惊奇的还有萨沙脸上一些不可名状、难以捉摸的变化：脸部的轮廓似乎比以前显得坚定了，那也许是因为眉毛变得清秀了些，而且眼睛也变了样——本来是澄净、透明的，现在好像黯淡了些。

“我已经把马套好了。”萨沙说，他那低沉的声音使巴维尔感到突兀。

他大概没法安安静静跟他们并排走，所以一会儿弯下身去抓起一

---

① 苏联北方某些省份把浇黄油的燕麦粥或小麦粥叫作“索洛玛特”。——原注。

② 有这么一种把面包屑浸在酸酒或盐水里做成的简陋的食品，叫作“丘立卡”。——译者注

把雪，捏成一个雪球向栅栏的一根柱子上掷去，因为没有掷中，他脸上掠过不悦的神色；一会儿又用靴尖挑起一个旧的车轮毂，把它踢开；一会儿踮起脚尖从低垂的树上折下一根光秃秃的小树枝，把一个芽苞夹在指头中捏碎了嗅了嗅……仿佛对他的身体最重的惩罚就是停止活动。

“想不到你长成这么个出色的小伙子啦。”巴维尔忍不住说。

萨沙只是不好意思地侧过身去，一边走，一边顺手摇摇篱笆的木桩——试试牢不牢。在这以前，伊格纳特的脸一直保持着不满意、气鼓鼓的样子，这时候却笑逐颜开。

“当然喽，我们都在成长……”他代萨沙回答说，言下不无得色。

3

在巴维尔·曼苏罗夫办公室里的那幅平面图上，在晒图纸上没有涂上墨汁表示森林的空白处，有些地方可以看到标有名称的圆圈，圆圈周围是表示田野的线条；所有这些森林和田野只靠一条蜿蜒曲折、极细极细的线和外界保持着联系。这是森林里一些新辟的小村庄，人们谈到那些村落时通常说：“四周是密林，只见一线天。”它们借以和外界保持联系的线，就是一条简陋的村间土道，只有人的脚、马车的轮子和拖拉机的履带才能通过。

对于区的领导干部说来，每一个这样的林中小村就是一处不易痊愈的创伤。有四十人左右孤零零住在那里，为了从拖拉机站派联合收割机到他们那儿去，为了考虑把他们并入哪个集体农庄比较妥当等问题，真是伤透脑筋。

库特里亚维诺村恰好在“劳动者”农庄和“光明大道”农庄中间。它距离两者都很远。在各农庄开始合并的那年，库特里亚维诺并入了基础较好的“光明大道”集体农庄，那里的主席是年纪大、经验足的费道西·穆尔根。

库特里亚维诺村里都是些没头脑的人：春天不忙播种，秋天收割落后，老是向国家要求贷款，花掉了也不想还。自从划归费道西·穆尔根领导以后，他们老是去麻烦他："费道西·萨威里奇，粮食吃光了……费道西·萨威里奇，能不能先借一点儿……"心平气和、素来谨慎的费道西·穆尔根虽然嘴上不说，心中对他们却切齿痛恨，把这个在僻远的森林里的生产队叫做"库特里亚维诺自治共和国"，以此向区领导暗示：你们无法叫库特里亚维诺村的人服从你们的意志。

"光明大道"集体农庄现在已经大大扩展了，地窖村、苏托洛科伏村、伊瓦什金松林村是这个农庄的台柱和核心，在那里，没有比"鬈发人"[①]更难听的绰号了。"老弟，你是个地道的鬈发人，没说的……"被人家说这种话的人知道，这绝对不是对外貌的赞语，而是干脆把他看作只知伸手要这要那的不知羞耻的人、天下最没出息的二流子、完全不中用的窝囊废。

巴维尔·曼苏罗夫建议把库特里亚维诺转划给"劳动者"集体农庄。

"费道西年纪大了，工作方法还是老一套，现在只要他能把自己的农庄搞好已经够了，别叫他再拖这辆破车。而你的农庄正在蓬勃发展。你有充沛的精力，一定能把库特里亚维诺拉起来。"巴维尔对伊格纳特说。

从新拉美尼耶村经过放牧地到库特里亚维诺，通常说有十五公里地。可是有谁测量过这些树林里的道路究竟有多长？

马儿在树林里努力拖着雪橇已经有两个钟点了。底木一会儿在泥浆里滑过，一会儿在坚硬的雪地上摩擦出声，一会儿陷在浑浊的水坑里。幸亏雪橇的底木不比车轮：哪儿都行得通，在哪儿也不会抛锚……

路愈来愈窄，树林愈来愈高，愈来愈密，愈来愈荒僻。在一个地

---

① 俄语"鬈发人"和"库特里亚维诺人"两词很接近。——译者注

方马橇绕过了被暴风掀倒的许多树木——粗大的松树干互相交叉地横在那里，向上翘起湿得变黑的树根。森林里任何东西都不如被狂风吹倒的树木那样能引起强烈的粗犷的印象，这幅杂乱无章的图画保留着自然界暴力摧残的痕迹。过了这地方，马橇又在人工铺就的道路上行驶，你会怀疑这是不是在做梦。你会情不自禁地担心：道路快要中断，马儿将要拖着雪橇冲过树桩、草丘、倒下的腐朽树干，在乱七八糟的地上拖一阵……再过去就没有路了。

但是密林中透出了一线浅蓝色的亮光，在它隐没后又出现另一条亮光，这一条比较阔了……马橇走上了满盛稠泥浆的车辙，上面有些地方覆着厚厚一层像盾牌似的冰粪。道路穿过冬麦地。在冬麦地那边看得见几座普通的乡下房子的屋顶，少不得还有一株树梢直耸高空的白桦。那就是库特里亚维诺！

萨沙还从来没到过这种林中小村；马橇快到那里的时候，他好奇地观察着，他想应该在某些地方看到穷乡僻壤的痕迹。但是道路却通到一个普通的村口：经过这个冬季，村口的篱笆陷了下去，小圆木钉成的门也沉低了一些，好客地开得笔直，村里都是一座座的木屋……

“他们还有电灯哪！”萨沙惊奇地说。

一根根漆成黄色的电线杆伸向宽阔的村道深处。

“费道西·穆尔根置了一台蒸气发电机，”伊格纳特解释着，“电灯亮了一个冬季，后来发生了什么故障。那时费道西给库特里亚维诺村的人闹苦了，不愿再理他们，库特里亚维诺村的人也不希罕那发电机……现在电杆还在，家家屋里还有灯泡……”

伊格纳特自己虽然到这儿来过不止一次，可是现在他也很快地转动一双眼睛向四周看着，眉间紧紧蹙成一道皱纹，——不管怎么样，他所看到的一切都将由他来管理了。

“哎——哟——哟！”他叹了口气，“你们看，割草机在哪儿过的冬。”

“光明大道”集体农庄主席费道西·穆尔根还没有到，不过他就要来的。

生产队办事处的屋子在各农庄合并前是农庄管理处，在这里迎接客人的是生产队长萨瓦蒂·柯巴乔夫，不过他的绰号“风干小鳊鱼萨伏什卡”知道的人更多；他是个宽额大头、身材矮小的人，刚刮过胡子的脸上皱纹很多，两道眉毛不时跳上跳下，一双小眼睛老是骨碌碌地转动。巴维尔不认识他，但伊格纳特经常在自己农庄里看到萨伏什卡。伊格纳特并不掩饰自己的惊奇心情，他开门见山地问：

“这是怎么搞的？你会当生产队长？”

“我自己也闹不清楚，”萨伏什卡毫不气馁地以孩子般的尖细声音回答，“大伙儿都拥护我。”

伊格纳特不大相信地摇摇头说：

“倒没看出……你还是个要人呢。”

风干小鳊鱼萨伏什卡天生没有多大力气，不会干庄稼活，他自己也明白这一点；他是一个在农村中通常叫作“饭桶”的人。不但农庄的事他不管，就是自己家里的事他也不操心。耕自留地、种土豆的时节到了，可是萨伏什卡却到处串门子，先讨点烟叶卷支烟抽，然后……

“我说老弟，你那儿有没有不用的木板？……你问我做什么用？春天到了。白头翁飞来了，该把鸟棚钉好。”

于是他就整天劲头十足地钉鸟棚，也不去理睬老伴，老伴站在台阶上骂他骂得全村人都听见：

“好人哪，你们大家来看看！家里连一个干瘪蒜头都找不出来！我跟了这个没出息的杀才一生受苦！……老天爷！你几时才能把他送回老家去呵？”

萨伏什卡有一个儿子，是个英武的军官，这个漂亮的小伙子偶尔也回家来过假期，他那缝着金线袖章的笔挺的军服使村里的姑娘们都为之倾倒。萨伏什卡把他引为莫大光荣，不管跟什么人说话，他总要意味深长地提到“我那个小子”。他跟他的老伴就靠儿子寄来的钱过活。

在周围这一带，没有人比萨伏什卡知道更多的滑稽野闻和恐怖故事。在任何地方，只要有两三个人聚在一起，萨伏什卡就会开始用他那孩子般的尖声音讲起故事来。

现在，大家在等候费道西·穆尔根来到，萨伏什卡带着一点卖弄的口吻开始说：

“这回你们也明白了，上我们这儿来不是件容易事。巴维尔·谢尔盖耶维奇，我看得出，您没坐您的汽车，而是乘普通的马橇到我们这儿来的。我们是在森林里长大的……你们听说过是什么妖魔把我们赶到这儿来的吗？没有？那就难怪了。伊格纳特·叶高雷奇[①]，我们库特里亚维诺村的人跟你还是打一个根子上长出来的呢。你原籍是奥斯塔诺伏镇，我们也是。大约在一百五十年前，奥斯塔诺伏有个女人叫菲奥克拉，外号叫“妖婆”。至于为什么叫她妖婆——那自有一段话说。她结实得厉害。我们那儿的男子敢一对一跟熊搏斗，可是她一拳就能把他们打倒。她的丈夫体弱多病。她逼着丈夫干娘儿们的活：挤牛奶、烤面团时守在炉边、洗衣服，她自己耕田、割草、开荒。她性情古怪，生活跟别人不一样，什么都跟大家相反。人们因为头脑不开通，开始疑神疑鬼，说：这准是个妖婆，准是个森林女妖怪，小伙子们，得跟她捣一下蛋！于是就跟她捣蛋了：把牛放到地里去，把一头小公牛的腿打断，这还不算，后来竟用橛子把她的一匹马戳死了。这下菲奥克拉忍无可忍，她打听到了这事是谁干的……戳死那匹马的是一个小伙子，镇上第一名捣蛋鬼……兄弟们，你们猜怎么着？菲奥克拉在大白天里把这个小伙子抓住，把他的头夹在胯下，当着众人的面，还当着姑娘们的面，把他的裤子扒下来，在光屁股上结结实实打了一顿……那小伙子挨了这顿打，后来就此一命呜呼。菲奥克拉把家用东西装上了车，再叫丈夫坐上，自己拖着车到森林里去了……人们在后面啐骂：‘妖婆应该到森林里去，到了森林里你高兴在哪儿住下都行，你这个撒旦的后代。’菲奥克拉挑了一块僻静幽美的地方，一边是松林，另一边是白桦，枝叶一株比一株拳曲……”

---

① “叶高雷奇”是“叶高洛维奇”对话中的简称。——译者注

萨沙听得津津有味，巴维尔觉得无聊，伊格纳特担心耽搁得太久天要黑下来，不时向窗外望着。他头一个打断萨伏什卡的话：

“哦！费道西驾到。”

“光明大道”集体农庄主席穆尔根挺着大肚子，一双短脚成八字形撇开，每走一步，就要喘一口大气，他走进了屋子向巴维尔伸出一只肥软的手，再跟伊格纳特握了握手，略加迟疑后也向萨沙伸过手去，至于对萨伏什卡他连正眼也不给一个。

“秧鸡草地那边的洼地给水淹了，好容易才走了过来。像我这大把年纪，从一个草丘跳到另一个草丘已经不行了……”他从头上摘下一顶皮帽，用手绢抹了抹前额和圆圆的脸。

在合并前，穆尔根的集体农庄一直是周围各农庄的庄员所羡慕的。在那些年代里，不但是柯尔松诺伏的消费者，甚至在省城的市场上主妇们也常常问：“‘光明大道’有没有猪肉运到？”

合并后，“光明大道”农庄显然受了一些影响①。过了三年还没有恢复以前的水平。

现在穆尔根挺出肚子凛凛然坐着，只有一双聪明的淡红色小眼睛，透过微肿的眼皮的狭缝，紧张地看着大家的脸。他知道，不管怎样，他终究没把库特里亚维诺搞好，而现在只得把这个村子转交给格梅津。而这个格梅津又是什么人呢？他当农庄主席还不满四年。费道西·萨威里奇担心区委书记曼苏罗夫会来一句带刺的暗示：“现在这个包袱从你肩上卸下了……谢谢人家的帮助吧。”在晚年再听这样的话是好受的吗？……

但是巴维尔只说：

“我们去看看这儿的情况。萨威里奇，你把所有的事情都谈出来，不要保留。”

“虽然我说不出什么能叫你们欢喜的事，但我得把一切都谈清

---

① 一些基础较差的集体农庄合并到基础较好的农庄后，总的生产水平不可能马上达到最好的农庄的水平。——译者注

楚。”穆尔根站起身来，漫不经心地对萨瓦蒂摆一摆头。“你先到玛尔法·卡尔波芙娜那儿去跑一趟，叫她回头别忘了烧茶。人家要在这儿待一整天哩。”

“这事好办，我会转告她的，”萨瓦蒂一本正经地说，“不过你们在参观的时候，我来给你们作个向导该不是多余的吧？”

“去，叫你上哪儿就上哪儿。我自己会领人家看你这份产业。”

萨瓦蒂带着明显的憾意跟客人们分了手，他认为：跟他们还是初会，本来很可以谈谈的。

“在这儿当生产队长的竟是风干小鳊鱼萨伏什卡，你们不觉得奇怪吗？”穆尔根开始说，他每走一步，就喘一口大气。“我派过好几个人来当生产队长……起先派尼基大·奥波兹尼科夫。他受了一个月光景的罪，后来他来见我，把帽子往地上一扔，说：‘随你怎么样，我要离开库特里亚维诺。现在正是收割时节，可是他们全都到林子里去采野果。找一个人比登天还难！’你们想想，他大清早就守在窗下，不放他们到林子里去，——可是他们会耍花招溜走……后来派伊凡·米申去，也是一个样。可是在会上库特里亚维诺村的人老是嚷嚷：‘不要外人！我们要从自己村里选一个生产队长……’于是就选了这个小丑。这是个对他们非常方便的人……这儿的人都给森林宠坏了……养活他们的不是土地，是森林！他们采些野果，拿去卖掉。一小杯树莓要卖一卢布，这种树莓可以从这里整车整车运走。他们还打野禽，在湖里捕鱼。穷急了他们连麋鹿也杀了吃[①]……天高皇帝远……这儿代表法律和政权的就是生产队长。所以别人在这儿都待不下去……所以他们要选萨伏什卡，因为他是个老好人……人家要借农庄的马耕自留地，他不拒绝；他既不禁止大家采卖树莓，也不督促大家干活，因为他自己就不喜欢干活。他们在这个萨伏什卡庇护下畅所欲为，可是那个笨蛋还以为人家尊敬他而得意哩。他一定向你们吹过牛：‘大伙儿都信任我……’伊格纳特，你听着……我说这些话不是

---

① 在苏联为了保护麋鹿繁殖，不准随便猎杀。——译者注

吓唬你，而是把我得到的教训告诉你。”

土地由于傍晚的霜冻而变硬了，马儿拖着雪橇愈来愈费力。只好多步行一会。大家都不作声。后来巴维尔问：

“你不懊悔自己背上这个包袱吗？”

伊格纳特不以为然地冷冷一笑。

“你以为我会打退堂鼓？”

“目前还不晚……我说实话，虽然是我提出的建议，可是现在我也开始犹豫了。你的农庄正在一日千里地发展。将来也许能成为全区的旗帜，现在一下子背上这黑锅……”

“这黑锅我不背，费道西也得背；不管怎么样，总得有人背上……”

“问题就在这里。可是库特里亚维诺对你总是不会有好处的。哦，准把你闹得叫苦连天……”

“我接受这个生产队不是想得到好处。我是可怜他们。他们长期憋在森林里大大落后了，自己挣扎不出来。对于费道西——他自己也说——不能寄予很大的希望。现在他自己立脚也不稳，再叫他去拖库特里亚维诺这辆破车，说不定自己也要栽到泥塘里去。还是我们来试试吧……旁的人也没有了。”

“既然这样，再好也没有。我们一定感谢你。”

“那倒不必。我不打算跟别的农庄划清界线。”

“那么你究竟打算怎样改变这些森林人的命运呢？”

“怎样改变？”伊格纳特重复了一遍。“很简单。把他们地里种的庄稼全都去掉！种庄稼不合算。我把一部分土地圈为草地，一部分种上块根植物[1]。盖一座好好儿的养牛场，挖一些青贮饲料坑，装配一座榨油房，我要从库特里亚维诺往外运黄油。他们这儿的放牧地

---

① 块根植物是根可食、叶茎可做饲料的植物（如胡萝卜、甜菜、白薯、萝卜等）。——译者注

大，草要多少有多少，青贮饲料藏起来够全区的牛吃……”伊格纳特沉默了一会后，又说：“这是远景计划，目前先得把他们拉起来……我需要优种牛繁殖留种，要优种牛！”他以坚决的语气结束了自己的话。

巴维尔笑了起来。

“你把优种牛看成万能灵药。老听你说：‘给我优种牛——问题就解决了！’”

伊格纳特没有答话，他跨了两大步赶上马橇，扑到上面。

“坐上吧！这里是斜坡，马拖起来不费力……”

曼苏罗夫跟萨沙也扑上去跟他坐在一起。

辕杠咿呀咿呀地响着，底木嚓嚓地滑得直响，笼罩在暮霭中的森林沉默着。

4

萨沙有时模糊地感到，生活的激流在向他冲击，使他简直来不及清醒。每天都有新的事物出现。

不久以前，他偶尔在报上看到：“某农庄超额完成青贮饲料计划……”他觉得世上再也没有比这样的句子更乏味的了。这种字眼灰溜溜的，毫不醒目，这种字眼不会在心头留下任何印象。

但是，过了一些日子，他就带着一种焦躁、殷切的心情在报上寻找：有没有青贮饲料的消息？人家是怎样做的？为什么报导得这样简单？只写两三行，仿佛挺不愿意谈这个问题……

伴随着新事物一起来临的还有不安和焦虑。

集体农庄在割草，农庄在贮藏干草。这几天每个人都提心吊胆地望着天空：要是哗喇喇下一场雨，草就要烂掉，到冬天拿什么喂牛？到那时要是有麦秸还好，可是万一连麦秸也不够怎么办？那就只好趁牛还没饿死把它们宰掉。人是靠天吃饭的。

到秋天，已经割过的草地上长出茂密的再生草——可以割第二次，这真是好草。能收两倍的干草敢情不坏！割是能割下的，可是怎么晒干呢？秋天的阳光是很弱的，还常常下雨。割也罢，不割也罢，都得烂掉——眼看着好东西白白浪费，可是有什么法子呢？人是靠天吃饭的！

在罗戈伏沼地，许许多多大小水洼周围长着的香蒲数不清有多少公顷。牛不到那边去，它们不吃香蒲，因为太硬，叶子的边缘跟剃刀一样锋利，能把舌头、牙龈、嘴唇割出血来。这种草毫无用处。又如：拉美尼耶田野那边的荨麻丛又有多大用处？很多人认为：世上不知有多少无用的东西在生长繁殖，着恼也没用，那都是天意。

但是，当你了解全部情况、事实使你睁开眼睛以后，这一切看法都改变了。

把再生草割下，埋在坑里，踩得结实些，把坑口封得严密些——这不是什么了不起的难事。不用看天色、等太阳；下雨、潮湿、晓寒都不碍事。到了冬末就把充分发酵、发出酸酒味的再生草挖出来，放到饲槽里，那些牛将吃得津津有味。就连香蒲、荨麻都可以变成牛奶、牛肉……

伊格纳特·叶高洛维奇贮藏了三十七坑青贮饲料。每个坑里有三十至四十吨。算一算地下藏着多少宝贝，这简直是空地上的一个积攒集体农庄财富的大扑满！

银行里的几十万卢布存款、养牛场里代替手车推粪的新型架空运粪道，小伙子们的自行车，姑娘们的绸衣裳，盖铁皮的屋顶，播送音乐的无线电收音机——青贮饲料能使这一切都成为现实！在美丽的土地上建设美丽的生活，这就是父亲的理想！难道萨沙能对这样的事无动于中吗？……

伊格纳特·叶高洛维奇依旧每天晚上没事就跟萨沙在一块儿看书，他像遵守法律一般恪守着这一条。书本上的知识萨沙比伊格纳特吸收得快。不过萨沙只是看了就记，不管看到书本上怎么写，他都无条件地相信；而伊格纳特却时常自言自语地跟书本辩论：

“这书是怎么写的？青贮塔[1]比青贮坑便宜？难道青贮塔的保温、修理不要用钱吗？……青贮塔的桶板每年要裂开来。这样的修理贵得要命……”

于是他一下子举出一大堆具体例子，萨沙听后对书本上看来的知识也表示怀疑了。

他们的焦虑和不安是共同的，他们一起幻想，一起学习，一起工作，新的事物对于萨沙也是通过伊格纳特·叶高洛维奇逐渐认识的。

萨沙从城里回来以后不久，就跟卡嘉重归于好了。

在那次龃龉以后萨沙独自度过的一个夜晚，对他来说也就是跟老松树诀别的一夜。除了连绵的秋雨、寒冷的严冬使他们不能再在老地方相会以外，还有别的原因。他们的关系起了变化，变得平常了些，但并不因此而冷淡，相反，出现了一种朴实的友谊。这种友谊用不着向人们瞒起，他们不用在黑夜里躲到大道一边的松荫下去发展这种友谊。

老松树完成了它的使命，现在已经没用了。

卡嘉有时叫萨沙上她家去玩。他们跟卡嘉的爷爷——萨沙过去的老师阿尔卡季·马克西莫维奇——一起喝茶。卡嘉脱去衬衫、围裙，换上一件法兰绒罩衫，头发齐齐整整束在一起，脸色绯红，她很乐于担任好客女主人这个对自己来说是新的角色，她殷勤地招待萨沙：

“萨沙！你怎么啦，像个姑娘家似的？吃呀，这是果酱，这是千层糕！别老叫人家敬你。”

茶罢，阿尔卡季·马克西莫维奇喜欢不点灯坐在昏暗的房间里娓娓清谈，发些哲学议论，话题总是很玄奥高深：他谈到宇宙，谈到人类的智慧，谈到未来……

“周围世界的无穷性并不使我痛苦。相反！在这无穷的宇宙中我看到了运用人类力量的无穷潜力。是的，是的，朋友！世界上只有一

---

① 青贮塔是青贮饲料的塔形大桶。材料是木料、砖头、石块等。桶身需具有防水、保温、抗酸等性能。青贮塔的一般容量为75—300吨。——译者注

个上帝，那就是人！”

桌上没有收去的茶杯闪着模糊的微光。老教师深沉的话声勾起了对某种巨大无比而又高不可攀的东西的幻想，这种幻想使人感到又甜蜜、又渺茫。卡嘉盘腿坐在一张笨重的旧沙发上，若有所思地抚摸着一头名叫方姆卡的猫，这是一头懒猫，裹在它那厚厚的毛皮大衣里，一双圆眼睛露出轻蔑、怀疑的神气。萨沙虽然不回过头来，但他在捉摸卡嘉的目光。在这个人口极少的家庭里，他感到舒适和安宁。

一连几次这样的访问，使任何人都有理由把萨沙和卡嘉看作一对未婚夫妻。萨沙时常看到母亲眼泪汪汪。她常常语无伦次地解释：“我没什么，好孩子，没什么……只要你不把妈扔下不管就好了，没有你的帮助我们是过不下去的……”近来她在埋头编结一条羊毛围巾——恐怕是给未来的儿媳妇的礼物吧？

在农庄里，有一个非常活跃的拉美尼耶村的姑娘娜斯嘉·巴克鲁申娜对萨沙颇表好感。

她长得又矮又瘦，苍白的脸在阳光下并没有晒黑，在村里许多丰满、健美的姑娘中间，骤然看来，她似乎没有一点出色的地方。可是大家都知道，彼得·杰明——现在是海军军官（头上戴着白顶军帽，军服笔挺，腰间挂着海军短刀），这样的对象当然是姑娘们所爱慕的，可是他经常有措词热烈的信寄给娜斯嘉，说一定要娶她。大家也知道，娜斯嘉也不见得特别有意于他，她同时还使村苏维埃的秘书米嘉·戈里科夫、拖拉机站的农艺师费奥多尔·彼尔洪诺夫、司机尼基塔·舒连柯夫神魂颠倒。此外还有林工分局的一个工人小组长时常从二十公里以外来跟她谈话，那人年纪已经不轻了，谁知道，也许已经有了家室。由于这些情形，拉美尼耶村那些丰满、健美的姑娘都暗暗恨着娜斯嘉。

尽管娜斯嘉的身材长得很不匀称，简直跟小孩子似的，然而一对熟瓜似的、沉甸甸的乳房却异常触目，瘦削的脸上长着两片滋润、猩红的嘴唇，上唇有一块凸起的肉异样地柔软、娇娆。

打萨沙到农庄来的头几天起，娜斯嘉就时常逗他。那次割草的时候就是她在对他喊："上我们这儿来吧！我们很高兴跟新来的小伙子玩玩！"

后来萨沙听惯了这种叫喊，甚至学会了怎么回答。有一个时期娜斯嘉不来跟他纠缠了。

可是近来不知是什么魔鬼又把她向萨沙这边推过来。有时在管理处看见了，她就毫不拘束地挤到他跟前，说：

"你忙着上哪儿去呀！看也不让人看看你。过来，亲爱的，我们坐在一块儿聊聊。"

在这种场合下，一个大胡子的管委会委员曾经忠告萨沙：

"留神啊，小伙子……别靠近她，要咬人的。这姑娘惹不得啊！"

5

省里牛的繁殖率不高，产乳量低，有五个区因为夏季多雨而饲料发生恐慌，冬天只得把牲畜宰掉。省里的饲畜业处境相当困难。

为了这个问题，省里特地在市立剧场召开了一次饲畜工作会议。

天花板很高的休息厅布置得挺漂亮，枝形挂灯金碧辉煌，但是在这天晚上看不出什么节日的气象。衣帽管理员的脸色极其平淡，也没有拿着一叠叠节目单的服务员穿梭似的来来往往，人们也是平常装束。天花板上明亮的电灯光照耀着斜领衬衫、军便服、牛皮靴子，也照耀着熨得笔挺的上装和裤子。男人很多，也有少数女人。人们大多三五成群聚在一起吸烟谈话，而不是成对地走来走去。

墙上接近天花板的地方挂着许多伟大作曲家的画像：李斯特、贝多芬、莫扎特、格林卡、柴可夫斯基……在这些艺术大师的画像下，听到人们以关切的口吻说着放牧地、挤奶量、幼畜、青贮饲料、精选料等现实生活中的字眼会感到挺奇怪……

最近一个时期以来，巴维尔·曼苏罗夫对省里这种会议产生了好感。他穿着一身笔挺的服装，昂着鬈发的头，微黑的宽脸膛随时准备以开朗、友善的微笑迎接任何人，他踏着轻松、稳健的步子在休息厅里走来走去，看到认识的人便点头招呼，或者交谈一番。不少人掉过头来看他，在背地里低声谈论：

“他是不是柯尔松诺伏的区委书记？”

“就是他。”

“样子还年轻……”

省委会的工作人员逢到这种日子通常总是个个都忙得不可开交，只见他们匆匆忙忙穿过休息厅、观众席到台上去，不过他们还是挤出一两分钟，停住脚步跟曼苏罗夫交谈几句。

大的工业区——像苏姆科伏区、克留恰耶伏区、葛拉兹诺伏区——的区委书记，都是些上了年纪、稳健持重的人，不久前他们还不知有巴维尔·曼苏罗夫其人，现在也很友善地招呼他，把他当同等地位的人一样看待。

一些较远的、不大受人注意的区的区委书记，在人丛中寻找巴维尔，小心地挽着他的衣袖，拉他到角落里，跟他商量，向他诉苦。对于他们来说，巴维尔已经是老大哥了。

柯尔松诺伏区的代表们单独聚成一群，他们是：伊格纳特·格梅津；费道西·穆尔根——他刚在食堂里灌饱了啤酒出来，宽阔的脸泛着甜菜般红润的光彩；奥加雷舍夫——“第一个五年计划”农庄的饲畜专家；加里宁农庄主席比亚杰尔斯基——一个瘦削的、相貌像苦行僧的人，可是一双蓝眼睛的犹豫而温和的目光跟他的相貌格格不入；还有挤奶员拉斯波波娃——她佩着一枚旧的、还是战前获得的列宁勋章。

刚才省执委会主席车尔尼雪夫作了个报告，他说：省里将运到大批优种牛。以前，这种牛只有小批运来，并且分配方式也很机械。只是由省的农业部按区估计一下：这儿分配多少头，那儿分配多少头，不管愿不愿意接受，既然派定了，就得收下，不要也得要，不得托辞缺乏饲料！今年，接受与否应该由区的领导工作人员决定，他们应该自己估计自己区里各农庄的力量。

费道西·穆尔根的颏下叠起厚厚一道肉褶，他一边注视着自己大肚子上的钮扣，一边以习惯的不满口吻嘟哝着：

“我们知道这种牛。前年派给了我三头霍尔莫戈尔斯克种[①]。不用任何文字说明就看得出来，这些牛是优种里的优种：牛背宽得像一张吊床，每头牛的乳房都像大袋子。不过我给它们折磨得叫苦连天。你得给它们吃浸水草地上的草。见了不好的草它们不愿吃，直摇头。可是，我的农庄被包围在干旱谷地中间，浸水草地素来少得可怜……再说这种牛不是白给的，也要花钱买，而且价钱很贵……”

饲畜专家奥加雷舍夫像受了委屈似的提出不同的看法：

“不管怎么样，我们迟早得把我们那些瘦牛换上奶多肉肥的好牛。现在有这样的机会——应该接受！难道你要我们拒绝吗？”

“我们的牛瘦，这是事实，”穆尔根也同意，他并没发窘，“但是它们怎么会瘦的呢？是我们的饲料不好！这样的饲料我们的牛还能忍受，可是优种牛就不肯将就，那时你别想挤它们的奶，也别指望它们下好崽。亲爱的，你忘了一句古话：牛奶是舌头上挤出来的[②]。”

伊格纳特·格梅津不说话，但是从他全神贯注地抚摸着光脑袋的神气可以看出——他已经在心里盘算接受多少头牛，把它们安置在什么地方。穆尔根的担心对他的影响最小。

巴维尔·曼苏罗夫会意地看着伊格纳特，心想：“真是一个会打算的精明人……他的预见确实有道理！没有白白贮藏那么多青贮饲料……他一定会大胆接受优种牛，培养出一大群优种牛来！”

“巴维尔·谢尔盖耶维奇！您好，亲爱的……”贴邻的舒玛科伏区的区委书记走到巴维尔面前，这是一个个子不高、活跃好动的人，头顶上秃去了一块，方方的，有手掌那么大。他挽住巴维尔的胳膊，把他拉到一边，还没站住就说：

---

① 霍尔莫戈尔斯克种是二百多年前在阿尔汉格尔斯克省霍尔莫戈尔斯克区培养出来的优种牛。——译者注

② 意谓：要多挤奶，就得喂好料。——译者注

“您知道库尔甘诺夫准备讲些什么吗？”

舒玛科伏区的区委书记有一件惊人的本领：他能用一些别人不知道的办法比人家早五分钟详尽地打听到省委会的新闻。得悉这些新闻后他从不卖关节。

“他将说（这当然是指省委第一书记库尔甘诺夫），区里领导干部的工作将以该区接受多少优种牛来衡量。接受得多——就是好干部，那就是说他们区里有饲料，有安置牲畜的地方。接受得少——对你就有另一种看法。现在省里希望把这种牛在省里塞得愈多愈好。牲畜的总头数一下子就增加很多——这可不是闹着玩的。而且对肉类供应也不能抱很大希望，他们不会让你宰很多老牛的。因为需要数字，数字！可是这些数字将套在谁的脖子上呢？我们！”舒玛科伏区的区委书记拍了拍自己短短的颈项。“我决不盲目冒进，决不。随他们用什么眼光看我，斜看也好，正看也成。现在我区里很难在某一个农庄找到一把干草。我们正在巴巴地等着青草——我们的灵芝草——长出来。要是优种牛死亡，那可不得了！噢，对不起，我要到自己人那儿去了。得跟他们商议商议。在这种问题上一个人作出决定有点可怕。可是总得决定，他们又催着……”

舒玛科伏区的区委书记从巴维尔那儿跑开，路上跟一个头发斑白、穿军便服的高个子男人撞了个满怀，他连忙挽住了那人的手臂，开始激动地对他讲起来，大约内容跟刚才对巴维尔说的一样。那高个子男人带着宽容、忍耐的神气听着他说。

巴维尔认识这个头发斑白的人，他有一张朴实的工人的脸，肩膀平直而宽阔，具有预备役军官的英武气概。这个人是克留恰耶伏区的党委书记兹奉卓夫。巴维尔看到舒玛科伏区的区委书记忙着向他报告消息，不禁暗暗发笑：“小黄雀在向大鹰诉苦了。兹奉卓夫要担什么心？……他区里有许多第一流大农庄——那是全省的骄傲。他们那儿不但不愁没饲料，连优种牛也不太缺乏。库尔甘诺夫的话对他不会有影响……”

高大的兹奉卓夫很温和但很坚决地摆脱了舒玛科伏区区委书记的

纠缠，他点了点头就走开去了。巴维尔·曼苏罗夫以尊敬、羡慕的眼光望着他那笔直、宽阔、紧绷着一件绿色上装的背影，心想：“没关系，过一个时期看看我们谁爬得高。大材不会永远小用……”

巴维尔回到自己人那儿。

“争论得差不多了，”他说，“马上就要开始讨论。待一会我得发言。现在应该把一切都商量妥当……”

铃声打断了他们的小组会……

付出一笔巨款，一下子改善养畜业的情况，这有什么不好呢？这是一种巨大的诱惑，但是区里并不是所有的地方都有足够的饲料，养牛场对接受优种牛没有作好准备，而且饲畜专业的干部力量也相当薄弱。不，不能接受太重的任务。

巴维尔在自己座位上坐下来，他下了决心——绝不轻率冒进。

舒玛科伏区的区委书记发言。他说，有这么多的牛来到是省里的一件大事，这件大事可能在经济上起革命的作用，但虽然如此，对于接受优种牛的问题，仍旧要小心谨慎，多加考虑……

省委书记库尔甘诺夫从主席团席位上冷冷地插了短短一句话：

“您主张多加考虑是不是因为去年烂掉了干草？”

“这一点也应当估计在内，阿列克谢·符拉其米洛维奇。”舒玛科伏区的区委书记回答说。

“估计今后还会烂掉干草吗？”

舒玛科伏区的区委书记无言对答，大厅里响起一阵对他不友善的轻微的笑声。巴维尔·曼苏罗夫也跟着大家一起发出责备的笑声。舒玛科伏区区委书记的高低不平的前额，在强烈的电灯光下由于冒汗而闪闪发亮，他站在台上全身缩做一团，急着想结束自己的发言，把一些话省去了，结果说得语无伦次：

“……把千万头优种牛分配给我们省！这种坚决的措施说明了我们社会主义经济的强大力量！……”

“具体谈谈自己区的情况！”库尔甘诺夫又插了一句。

“我们区，”舒玛科伏区的区委书记鼓足勇气接嘴说，“我们区不能不响应……我们要尽最大的努力……”

“具体些！”

“应该承认，我们还没有充分……”舒玛科伏区的区委书记满头大汗、慌慌张张地继续说。

他发言完毕，手忙脚乱地把发言稿抓在一起，跑下讲台，在人丛中消失了……

主席宣布：

“现在由柯尔松诺伏区党委书记曼苏罗夫同志发言！”

巴维尔站起来，以轻捷而坚定的步伐沿着铺有柔软地毯的狭窄通道向台上走去。在某一排座位上，一个坐在靠通道边上的人，穿着羊皮暖胸，颧骨隆起的脸显得颇有毅力，那人或者是个集体农庄主席，或者是个基层饲畜专家，他向邻座的人转过头去，说：

“我们看看他的决心怎么样？”

巴维尔听见了这句话。

坐在主席团桌旁的库尔甘诺夫以鼓励性的微笑迎接着巴维尔。省委书记的全付神气——昂着头，目光坦率可亲——说明他满怀信心地期待着，他认为：曼苏罗夫敢下决心，他不会辜负上级的信任，也许还能使大家吃惊呢。

巴维尔感觉到，他没有把刚才坚定的决心——不轻率冒进，不提出保证——全部带到台上来。他茫然沉默了半晌，努力集中注意力看着大厅。从灯光辉煌的大厅深处，几百张晃动隐现的面孔紧张地盯着他。

紧张的静寂威严地要求着：你说，我们听着，看你用什么使我们惊奇。在这阵静寂中，在人们的耐心等待中可以感到对他的尊敬。人们无意间仿佛在命令他说出一分钟前清醒的头脑警告巴维尔不要说的话。他没有勇气不服从他们，没有勇气使他们失望——不可能！

巴维尔镇定而庄重地说出习惯的第一句话：

“同志们！”

他不慌不忙地开始谈到舒玛科伏区区委书记刚才也谈过的事情：今天的会议必须解决一个最棘手的问题，毫无疑问，优种牛将改善本地牛的血统，提高乳肉的产量……

他一边说，一边恐惧地觉察到：大厅里热烈的情绪在低落，寂静的空气起先是纯洁的、透明的，现在似乎变得浑浊了。可以听到一排排座位上有轻微的响声和小心的咳嗽声。他感觉到省委书记将从主席团桌旁提出严格的要求："具体些！"

巴维尔突然对自己干巴巴的、没有生气的声音感到一阵厌恶。不，他不是舒玛科伏区的区委书记，他是曼苏罗夫！

骤然间，他像受了打击而起来反攻似的挺直身子，昂起了头，全身被台上的脚灯照亮，他英俊轩昂，皮肤黝黑、颧骨宽阔的脸好像闪出了决心的光芒，声音变得洪亮、抑扬、威严：

"我们陷在泥塘地里，一直梦想着爬上山去！现在人家来帮助我们了，向我们放下了梯子，可是我们却在犹豫，动摇——踏上去还是不踏上去？我们害怕摔下来。由于这种顾虑，我们几乎准备放弃这次得救的机会！"

大厅里重又响起了嘈杂的声音，但是这阵新的噪音跟刚才那种冷漠的轻微响声和咳嗽声是截然不同的！一排排座位上那些一半沉浸在黑暗中的脸，仿佛在靠近，在努力向前伸过来听巴维尔的激动人心的话。

而巴维尔愈往下说，就愈是清楚地懂得——他不能报出微不足道的数字。

于是他说出了一个数字——五百头，大厅里爆发出热烈的掌声。

散会以后，在剧场的衣帽间旁已经没有井然的秩序了——人们你推我撞，大家都急急忙忙。许多人有汽车在等候，虽然天快黑了，但他们还得赶五六十公里路各自回到区里去。一个身材高大、穿羊皮暖胸的男子抱着一大堆大衣和大氅，向角落里挤过去，一边喊着：

"快来呀！连主人一起卖也行！"

在这阵忙乱中，有一个人走到已经披上大氅的巴维尔跟前，那是库尔甘诺夫。他个子不高，身躯挺直，动作灵活而迅速。他紧紧握了一下巴维尔的手，说：

“你这一炮开得响，没有缩手缩脚。你做事有胆量。当然喽，能者应该多劳。但是我们要求全部优种牛不能有一头水土不服。你要是有一句怨言，掉一滴眼泪，我们都不理睬。记住！”

语调是半玩笑的，声音是兴奋的，但是巴维尔从省委书记的话里体味到一种相当严厉的警告口吻，他明白了，他们决不容许他收回自己的诺言。

他也同样半玩笑和兴奋地回答：

“我不敢保证，阿列克谢·符拉其米洛维奇，遇到困难也许要抱怨叫苦的。”

费道西·穆尔根听到了这席谈话，在库尔甘诺夫走开后，他不让巴维尔看到自己不以为然的目光，嘴里咕噜着：

“叫苦的总是我们这些农庄主席……”

巴维尔勉强按捺下火气，冷冷地打断了他：

“不过请你别叫得太早……为什么格梅津不打算叫苦呢？而你当农庄主席的资格还比他老呢！”

伊格纳特·叶高洛维奇已经穿好衣服，他站在旁边一语不发。

6

肖拉河在草地上绕着一个个圈子涓涓地流。夏天，小河就整个儿躲到茂密的柳树丛中去，像手缩在皮大衣的袖管里，一点也看不出。一年四季，小河是非常平静的。不活泼的、浑浊的河水难得在石滩上自由自在地发出潺潺声，大部分时间在满是睡莲叶、入了梦乡的深潭里休息。只有在开春的时候，娴静的小河才突然发作。它被夹在两岸的柳林中间觉得很挤，它需要广阔的空间。草地——这才是它的天下！那时，道路、灌木丛、树桩——全都浸在水底下了。大约有三天，肖拉河浑浊的水面上急速地飘浮着失去了光泽但还不愿融化的冰块，飘浮着弯曲多节的树根和从黑色顶棚上掀落下来的熏黑的木条，有时甚至有屋架的一部分——两三排牢牢钉在一起的木条。

小河发脾气通常只有三天，顶多五天，过后……水就退了。肖拉河悄悄地流到自己原来的河床里去。只有散落在灌木丛中的脏冰块，以及突出在柳林外的一根被折断的枝条、树皮被剥蚀的松树干，还保留着小河一度发威的痕迹。

肖拉河重又像待字闺中的姑娘，恬静而谦卑，河水又恢复懒洋洋的样子。

春汛过后，草地上留下无数小小的水洼：有深的，有浅的；有宽的，有长的；不过颜色都一样，蓝莹莹的，仿佛天空裂成了无数碎片，给散扔在覆着寥寥几簇浸湿了的隔年残草的地上。

太阳以很快的速度温暖着这些水洼，于是里边立刻起了动静。脚很长的水黾漫无目的、只求迅速地在平滑如镜的水面上跑，乌黑有光的水虎在灵活地呈"之"字形游泳。洼边一只从冻结状态中得到解放的青蛙，已经探出了它那眼珠凸起的尊容。

大蜘蛛的智慧委实惊人。它会向空中放出很长的蛛丝，让风儿托着，于是蜘蛛就好像扬起了风帆，张开了脚从水洼的一边向另一边迅速地蹚过去。水面仿佛给一艘极小极小的快艇划破，变成微乎其微的波浪向两边分开。

从水洼边看过去，一点也看不出蛛丝，蜘蛛本身一动也不动，同时又不停地在水面上蹚着，这仿佛是一种奇迹。

卡嘉好久不明白其中的奥秘，直到萨沙捉住了这样一只蜘蛛、发现了蛛丝以后，才疑团冰释。

深蓝色的天空，天幕前跟太阳一般高的飞鸟，潋滟的水光，温暖的空气中似玻璃碎裂的声音，腐烂的气味，泥土的气息，蛙背色的苔泥，湿漉漉的草木——这种种春天的景象使卡嘉熏然欲醉。

他们坐在一座解冻后已经干燥的小山丘上。卡嘉蜷着腿，她穿着一件浅色连衫裙，全身被刺目的阳光照亮，略微显出有气无力的样子：肩膀懒洋洋地垂着，颈脖的斜度和微弯的背脊接连起来，但是一双望着地面的眼睛不耐烦地转动着，牵动着眼皮。她的神情困倦懒散，同时又像焦急地期待着什么……

萨沙近来开始觉察到，当只有他跟卡嘉俩在一起的时候，他会感到很局促，他们之间那种朴实的感情在渐渐消失，出现了一种紧张、拘束的心情。

就像现在，她坐在他面前，显得异常美丽，激动地等着他说不平常的话。他是知道这些话的，他早就打算说了，但是难以启齿！……要是卡嘉不那么激动，也许他下决心要容易些……

“你从来没有过这种感觉吗？……”萨沙把话头拉得很远。

卡嘉抬起睫毛，以眼神向他提出一个无言的疑问：“什么感觉？……”

“……看起来好像没有什么特殊的事情，可是有这样一种感觉：这一刹那将留在脑海里永生不忘……在这一刹那还没来到前就预感到了……”

无言的疑问并没有从卡嘉脸上消失，她的眼睛在代她说：“不懂……”

“譬如我现在坐着，我准确地知道——我将记住这一天：记住这些蜘蛛和那株白桦树……瞧，空气从地面上升起来，透过空气看那白桦好像白桦在蜷缩……没有什么特殊的地方，没有什么了不起的事，但是，只要我活一天，我就一天不会忘记这株白桦。这时候周围总好像有什么东西存在着。你没感觉到吗？”

萨沙看到：卡嘉开始领悟了，但是她很狡猾，装做并不在期待什么的样子，假意把这席话也看得极平常，眼睛没有表情，望着旁边，只有两颊透明的皮肤下泛起淡淡的嫩红色。

“现在，就在这一刹那，你特别使我喜欢……我喜欢你手撑在地上的模样，喜欢你耸起肩膀的姿态，你的脸，你的手，你的两膝……（卡嘉急忙遮住露在裙外的结实的膝头。）你看着我，听我说话的神情——都使我喜欢。除非太阳变黑，否则我永远也不会忘记……呸！

我好像尽是在胡说八道……”

萨沙转过头去，眉尖紧锁。卡嘉轻盈地抬起身子，坐近了些，拿起他的手，努力想看清他低垂的面孔，她带着惊讶的口吻轻轻地说：

“你真是个怪人……刚才还在谈关于青贮饲料的事……一会儿又心血来潮说起这种话来。”

“卡嘉！……我早就想说了，你也知道我想说什么……”

“说什么？……”

“你明明知道！我要你做我的妻子！是说这话的时候了！”

他说得很生硬，好像在生气，几乎有些粗鲁。卡嘉动也不动，她并不觉得奇怪，而是呆呆地望着水洼里的水，重又陷入深思。一条梭鱼犀利的脊梁对角穿过平滑的水面。它做了俘虏，现在，几百公尺沐浴在阳光里的草地把它和亲爱的河隔开。水洼将一天一天、一小时一小时地干涸，直到变成一个狭小的坑潭。镇上的孩子们将跑来搅动本来已很浑浊的水……那活泼、敏捷、坚强的梭鱼将在孩子们的光脚中间、在许多贪婪地伸出的手中间顽抗，挣扎，可是没有出路，只有一个下场……它将被孩子们用柳条穿着鱼鳃胜利地带回镇上去；那时，凸出的、黯淡无神的鱼眼睛将冷漠地望着太阳，像瞎了一般。

长久的沉默使萨沙心里起了疑团：卡嘉不回答，她不愿意，为什么？……难道她真的像他一直所想像的那样喜欢他吗？……如今他向她求婚了，可是她心里又怎么想呢？……

萨沙脸色苍白，但仍强作镇静望着卡嘉，等着，他听得见自己的心在胸膛里怦怦跳动。

卡嘉终于抬起眼睛，对萨沙端详了半天——他的头发被太阳晒得失去了光泽，天庭很饱满，嘴唇倔强地噘出，揉皱的衬衫领里露出细长的脖子……

“丈夫……”她诧异地说，“难道你就是我的丈夫？每一个姑娘对未来的丈夫都有很多幻想。不用瞒你，我也想过……而且是很愚蠢的幻想……我想像中的他，应该英俊、魁梧、强壮，带一点忧郁的神情，不大容易了解，最主要的是——神秘。这纯粹像临睡前听奶奶讲的童话！他住在哪儿，在作什么伟大的事业，我跟他的生活道路将在什么地方交错？……想不到，他不是什么伊凡王子，却是个萨沙·柯美列夫……丈夫……亚历山大·斯捷潘诺维奇……”

“你老盯着我看干吗？……难道以前还没看够？”

“从前我看到的是萨施卡，现在不同了。”

萨沙跳了起来，说：

“去你的！”

他把脸藏在一边，开始在近处徘徊。卡嘉意识到自己的力量和优势地位，用一双温暖、带笑的眼睛注视着他，她相信他不会生气，不会离开她，哪儿也不会去。

“我们走吧！”

萨沙不等她站起来，自管转过身去，像有人在背后推着似的踏着歪斜的步子走去。卡嘉依旧带着微笑望着他的背影，一边软绵绵地站起来，挺直身子，脸色红喷喷的，像一朵鲜艳的花，在阳光下站了一会，突然从小丘上奔下来，踏着轻巧飞快的碎步追上了萨沙，搂住了他的脖子……

他们俩像小孩子似的手拉着手在春日方酣的草地上走着，怪难为情地互相都不愿给对方看到自己的脸……

蓝色的水洼、郁苍苍的枞林、笼罩在绿色氤氲中的轻盈的白桦树林点缀着给暖空气熏得显得柔和的、散发着潮湿气味的大地，在灿烂辉煌的天空下，大地得到了休息。

柯尔松诺伏镇的一座座阴暗的小屋子曝晒在太阳下，让阳光吸干春天的潮气。在这大地上，在这天空下，柯尔松诺伏镇占着极不显著的地位，但这里跟所有的地方一样，有普通的，也有不平常的世上乐事；有不足道的，也有伟大的人间幸福！

萨沙很晚才从柯尔松诺伏回到农庄里。

春天，新拉美尼耶村街道上的泥浆要很久才干。必须双手攀住篱笆，沿着狭窄的道边才能从一户人家门口走到另一户人家门口。就在泥浆道的边上，正当两手都没有空而脚又苦于找不到稳当的立足点的时候，萨沙跟迎面走来的一个人撞了个满怀。

“是谁？我们两个人谁后退呢？”萨沙兴奋地喊了一声，他已经看出那人是娜斯嘉·巴克鲁申娜。

她把狭小、柔软的身体紧挨着篱笆，向前跨了两步，从斜射在稠泥浆街道上的阴影中走出来；她那带着椭圆形小下巴的鹅蛋脸凑得很近。萨沙清楚地看到她上唇那块凸起、娇娆的软肉。

“好乖乖，想不到会在黑暗的路上碰到你。我早就盼着这样的会面了，”娜斯嘉像耳语似的低声说，她的胸脯贴着篱笆，既不打算退后，也不打算向前走，“干吗东张西望的？难道到现在你还怕我？……去，我又不拉住你，去吧！别害怕，我不会像野狗似的来追你。”

今天是萨沙感到幸福的一天，今天他觉得世界特别美好，人们也特别善良；不论碰上谁，他都愿意走过去说几句好听的话，感谢他这样的好人活在世上……现在，他对娜斯嘉情不自禁地感到一种不可名状的歉意。

“你好像在生我的气。何必呢，娜斯嘉，”他温柔地说，“我对你没有什么不好的印象，也不愿你有什么不痛快……”

“你不愿我不痛快？……萨申卡，这对我还不够。你得为我祝福……你瞧瞧我——我又不丑，又清白……”她挨得更近了，肩膀抵着他的身体。“你干吗不理我？今儿个你得保证不再躲我，要不然我就把你缠住，你看怎么好？……”

热腾腾的呼吸、愈挨愈近的嘴唇使萨沙的思绪开始混乱了。

“娜斯嘉，”他嘶哑地说，“别缠我……何苦呢？……”

“我知道，柯尔松诺伏的一个吉卜赛姑娘把你迷住了。本来嘛……我是个乡下姑娘，人家是有学问的，时常做报告，一双白手只沾墨水……”

“你还是让我走吧。”

“不，你让。让我，让我！别怕弄湿了脚。”

于是萨沙闪开了些，让娜斯嘉走过去。

她已经在黑暗中消失了，却还在背后喊道：

“我怎么也不放过你！我就有这股倔强劲儿！不达目的决不罢休！”

萨沙只是气咻咻地耸了耸肩膀。

7

卡嘉有时也去看看巴维尔·曼苏罗夫的妻子，安娜·叶高洛芙娜曾是卡嘉以前的老师，现在只能算是朋友了。

安娜正在做针线活，膝上搁着一件紫色绸衣，她抬头迎接刚走进来的卡嘉，把线咬断，互相问了好，安娜说：

“昨天买了件连衫裙，我在把它改得更合身些。”

卡嘉在旁边坐下，细细地看那件衣裳。

“肩部没有接缝……裙子是三幅的，尖角朝上——俗气得很……”

“照我看这样正好。我讲究打扮的时代已经过去了……唉，你瞧，我们连一面像样的镜子也一直没买。不知道配身不配身……卡嘉，你穿一下，让我以旁观者的角度看看。”

“我穿起来恐怕嫌紧……”

不过卡嘉还是接过了那件衣裳，把它抖开来。安娜带着一点忧郁的神色注视着她——从卡嘉穿着凉鞋的微黑的脚，一直看到像柔软的黑色羽毛似的突出在一付小耳朵旁边的浓密的头发。

“恐怕要嫌紧……安努什卡，你等一下，我到另外一间房里去换。”

但是安娜拉住了她：

“不用了。”

“为什么？”

“我不要看了……这件衣裳会使我讨厌的。”

“那是为什么呢？”

安娜微笑着叹一口气。

“你真不聪明……我们女人都是见美生妒的。你是一个漂亮的姑娘，我就是在年轻时候也没有你这样漂亮，现在更比不上了。”

卡嘉满脸通红，心里高兴得很。

“那么你怎么知道这件衣裳好看不好看呢？还是让我穿起来你能看清楚些……”

安娜这才勉强松手，让卡嘉把衣裳拿去。

卡嘉虽然年轻，肩膀和背部却比安娜宽。那件连衫裙在她身上看来的确嫌紧些，不过腰部并不皱拢，很平整，这样更能显出腿部的弹性。

安娜绝望地垂下了手。

“我早就知道……你还是别脱下吧。现在我讨厌看到自己穿这件衣裳。”

安娜的颧骨较高，一双手很细，脖子似乎太长了些，肩膀、胸脯都狭窄，她以羡慕而带有悒郁的目光看着卡嘉在她面前左右前后转来转去，一只眼睛斜瞅着镜子。卡嘉长得高大、匀称，紫色绸衣更衬出她手上柔嫩、浅黑的皮肤之美，她脸上的幸福的红晕始终没有消失过——谁不爱感到自己的美丽呵！

“安努什卡……”卡嘉亲昵地搂住安娜，让她坐在沙发上，然后自己小心地坐下来，免得把裙子弄皱。“我要出嫁了……”

“嫁给柯美列夫吗？……萨沙？”

卡嘉怪不好意思地点了点头。

“他比你小？”

“只小一岁。这有什么关系？”

“他还是个孩子。可是你的模样已经是个跟你的年龄不相称的大人了。”

“安努什卡，别这样，别说了。我什么也不爱听。”

“不，我不是这个意思！我又不劝你改变主意……不过你得记住一点：在这种问题上任何微小的、不显著的错误都可能造成无限的痛苦……虽然，有经验的人曾经劝过我们每一个人，可是谁也不听他们的话。你就当我这是说的废话，你全忘掉吧。既然爱上了——就嫁给他。”

卡嘉一边静心听安娜说，一边注视着她；等安娜说完后，她小心地问：

“安努什卡，发生什么事了吗？”

安娜垂下了头，耸耸肩膀，说：

“谁知道……他工作完了回家，总是一声不吭，在不得已时才说一句：‘我要喝杯茶。茶好了没有？……’发生了什么事？不知道。可怕就可怕在这里，卡嘉……”

卡嘉听着，她只感到一种普通的不安，就跟一个幸福的人同情别人的痛苦时那样。应该说几句话，安慰安慰她，可是又不知该说什么。

正在这时候，院子里的栅栏门砰的响了一声，台阶上响起了脚步声。

“是巴维尔……真是说到就到。”安娜叹一口气，从沙发上站起来。

他带着跟平时一样的坚毅神情走了进来——头发散乱，漂亮的脖子上敞着衣领，眼睛严肃地闪闪发亮。他看到了卡嘉，严峻的脸变得和气了些。

“噢！我们有客哩……您好。”

卡嘉一看到这个她不了解的、富有毅力的人就有点害怕。她马上想起自己穿着别人的衣服，肩部和胸前挤成许多可笑的皱裥，不由觉得难为情起来了。她避到隔壁房间里去的时候，背上仿佛能感觉到巴维尔·谢尔盖耶维奇专注的目光。

她出来的时候穿着自己的一件普通的浅色连衫裙，头发突出在耳边，脸上现出绯红的窘色，睫毛犹豫地颤动着。

“卡嘉，别走，坐一会……”安娜说。

“看样子像见了我害怕，是不是？”巴维尔微微一笑。

他准备洗洗脸和手，上装脱去了，衬衫袖子向上卷起，肩膀宽阔，脸带笑容；刚才安娜说他是一个沉默寡言、令人望而生畏的丈夫，卡嘉觉得一点也不像。

卡嘉走了。好像有什么东西妨碍着她留在这儿。从巴维尔·谢尔盖耶维奇来了以后，她就无缘无故地感到非常拘束。

卡嘉慢慢地向家里走去。她想起了巴维尔颧骨宽阔、轮廓端正的脸和蓬乱的硬头发，胳膊肘以下都露在袖外的手臂肌肉颤动，揉着一条厚毛巾，他的目光坦率、亲切、开朗而愉快，但在这种愉快的目光深处隐藏着一颗不安的火星。

卡嘉已经不是头一次注意到这颗火星了。当他们偶尔在办公室里谈话或在会议上见面的时候，卡嘉老是感到巴维尔·谢尔盖耶维奇看她的目光跟看别人的目光不一样……不过也许这都是胡思乱想。谁不乐意设想像曼苏罗夫这样的人对你会另眼看待呢？他是个高人一等的、不平凡的人，对于这一点卡嘉绝不怀疑。可是也因此见了他更怕羞了。

8

巴维尔相信，只有不安分的人才能推动生活前进。

那个把尖石缚在长棒上的原始人一定有一颗闲不住的、爱好探索的心。那个人一直苦于自己的一双手力气不大，他要强过其他的猎人。这一点使他不得安宁：迫使他动脑筋而终于想出了办法——他做成了一支长矛！打猎的时候他能比别人更快地把穴居熊[①]打倒，于是他就成了强者。不安分是强有力的标志！

闲不住的人发明了机器，使大陆布满铁道线，使城市般的巨大船舰在海上行驶，使铁鸟在空中飞翔。安分、稳健的人只能屈服在不安分的人无坚不摧的力量之下。他们只得挥着大汗按照指示从矿石中炼

---

① 穴居熊是第四纪（地史最后时期）中期居住在现今欧洲地带的一种猛兽。——译者注

出金属；按照指示车造机器的零件；按照指示铺设枕木、凿掘隧道、敲钉木桩、在河上修筑水坝……安分人的力量完全隶属于不安分的人，完全受不安分的人支配……

巴维尔·曼苏罗夫的看法就是这样。

一种模糊的不安分的心情使他一生从未得过安宁。这种心情可以用一句话来表示，那就是："不对头！"

他生长在乌拉尔的一个偏僻乡村里。学校里的老师、村里图书馆的书籍、电影放映队偶尔来放映的一些影片（像《阿勃列克·扎乌尔》和《红色的小鬼》等，这些影片现在大家都已经忘记了），这一切在巴维尔面前展现了一个诱人的世界。这个发现引起了他离开乡村的愿望。他觉得周围的一切都不对头；真正的、美丽的、神秘的、对头的生活还在未来的路上。

中学毕业后，他在林工分局工人消费品供应站办事处当办事员，他感到苦闷、不安——觉得这不对头，不是真正的生活。

于是他就到城市里去，尝试了钳工、装配工等专业，甚至还当过一星期的电影院经理，但这一切都不对头，他在追求着另一种、暂时还只有一个模糊概念的生活。

他考进了高等学校。听讲、考试、到克拉斯诺雅尔斯克边区去实习……这样的生活对头还是不对头呢？假如照这样下去，他能不能在生活中找到归宿呢？不知道。因为战争爆发了……

前线跟安静是不相容的。在这里不用担心生活会停滞不前，也不用担心会感到单调腻烦。每天有新事物，只要活着，你就目不暇接。甚至死亡在那边也是说到就到的，人们不等候它，也不准备迎接它。巴维尔在前线当了两天排长。第三天雅曾柯中尉牺牲了。巴维尔受命指挥他的一个连，四个月以后升为营长，再过一年又被调往团参谋部……但不久又复员了，部队生活留给他的只有由于现在没有用处而藏在箱底的少校肩章、一件军官上装和一条只得在平日把它穿破的漂亮马裤。闲不住、不安分的心情重又产生了：到哪儿去？干什么工作？又是不对头。

现在，追那头神秘的青鸟[①]已经追得够了：现在可以领导、行动、显示自己的才能了，英雄已经有了用武之地。现在已经不是在柯美列夫或者巴耶夫的监督下工作，而是做自己的主人、别人的领袖了。

在省里开完会回来以后，巴维尔起先有些茫然。他提出了保证要养好五百头优种牛。仔细想来——责任不小，如果急流勇退，去见省委书记坦白承认“我错了！”这样做好不好呢？

费道西·穆尔根要他这样做，其他很多农庄主席也要他这样做。甚至伊格纳特·格梅津（他一直殷切地盼望自己的农庄能分配到优种牛）也像存着戒心似的对这个问题避而不谈，显然，他被巴维尔提出的保证弄得很为难。

但是，不安分的心情只有跟大胆结合的时候才能成为力量。假如那个原始人是个懦夫，他就不能发明长矛。懦夫即使有了长矛也没用。缺乏大胆精神的不安分只会变成无谓的忙碌。

费道西·穆尔根早就丧失了不安分的能力，也不能怪他：他已经是六十开外的人了，在这个年纪再闲不住、不安分就受不了啦。

伊格纳特是个有头脑、能力强的汉子，而且不能说他缺乏决心，但是，像一只大熊似的，要他作剧烈的晃动有些费力。有时在举步之前，他要站一会，想一想把脚踏在哪儿好。

到底听谁好呢？听费道西还是听伊格纳特？还是听自己？

危险性是存在的，但是不冒险怎么能干大事业？而这件事是伟大的！五百头优种牛分配给区里各农庄，一年后就可以开始传种。饲畜业将大大发展，农庄将富裕起来。这不是显著的成绩吗？省里将要谈论，报上将大事宣扬，连莫斯科也将知道柯尔松诺伏区的光荣。这险值得一冒。

不，他——巴维尔·曼苏罗夫——提出了保证决不打退堂鼓。他要斗争：“成败在此一举。”

---

① 传说中象征幸福的鸟。——译者注

不知是不安分的心情在作怪呢，还是有别的原因，但是巴维尔总是感觉到——他跟妻子一天比一天难以相处了。

他是在部队里服役的最后几天中认识安娜的。当时团部驻在符拉其米尔省的一个小城市里。许多军官，有的不耐烦，有的掩藏着对未来感到渺茫的心情，一天天等着编入预备役，军事教程进行得不大上劲，大家都闷得慌。有家室的互相邀请到家里去玩纸牌，光棍们每天晚上把钮扣和皮靴擦得雪亮，到一座树木稀疏的小公园里去。林业专科学校的女学生和城里两所十年制中学的女教员也常到那里去。

他们就是在这座小公园里遇见的。整洁、沉着的安娜很喜爱诗，她的干燥、松软的头发垂在黑色连衫裙的雪白、笔挺的衬领上，面色柔嫩、透明，在刚从战壕的泥浆、前线的窑洞里走出来的巴维尔看来，她体现着家庭的安乐。整洁的服饰、姑娘用的无可疵议的衬领，立刻令人想到窗上的帷幕、床边的地毯、架子上一排排的书、台灯柔和的灯光——总之，令人想到一个人在前线野营生活中最想念和眷恋的一切。

现在这一切都已成了过去。一些甚至比家庭安乐更动人的事也已经成了过去。以前，他出差的时候虽然常常为了马车拖延载运种子而发脾气；开会的时候也常常听到令人生气的指责，譬如说区委宣传部里的柯罗勃科夫没有掌握好宣传员的小组讨论等等，但巴维尔知道家里有一个贤淑的妻子在等着他，她会聪明地表示由衷的同情，而不是仅仅表面上敷衍一番，她一定已经准备好一本好看的书，使他忘掉没有轮子的马车和宣传部里的柯罗勃科夫。

在事业尚未占据他的全部生活以前，这一切都是好的。在柯尔松诺伏的生活条件可能范围内，安娜把自己小小的住所布置得整洁雅致，在家里，她一直是善于让巴维尔忘却烦恼的。

但是如今整个生活都改观了，而安娜却依然故我。头一个时期，巴维尔还跟以前一样跟她谈谈，发发牢骚：

“鬼知道那是怎么回事！我从索洛金诺到上庭院村——没见到一座像样的桥。收割期眼看快到了，联合收割机要从这些桥上经过。而苏多洛柯夫就跟算盘珠一样，你不拨，他就不动。”

安娜还是像从前他埋怨破车的时候那样对他说：

“犯得着动这么大的火吗？”

过去她这样说是对的：倒霉事意外地落在他头上；马车没准备好并不是他的过失，可是得由他负责。可是现在，他在哪儿都是主人了，甚至桥梁、马车都跟他有关。值得担心，值得动火！可是她不懂这个道理，也不愿意懂，只是跟以前一样安慰安慰他。巴维尔突然发觉他们过去和现在都过着不同的生活。她对他的工作情况不感兴趣，他也从不关心安娜在学校里做些什么。她有时也发发牢骚：“我们的教导主任尼基达·彼得洛维奇排了个荒唐的课程表。我在一星期中竟开了四扇天窗[①]”，或者“娜达丽雅·伊凡诺芙娜在提问时要求学生回答得像书本上一样准确，实际上是在助长死背书本的风气……”——对于这些话，巴维尔一直当耳边风。

他们之间的联系已经很少：铺地毯的房间、共同的伙食……合一个屋顶——仅止于此了。

有一些完全破裂的家庭，丈夫和妻子实行分居：丈夫有情妇，妻子有情夫。这是道德败坏的行为，人人都看不起。但也有不同的情形：表面上夫妻过着正常的生活，但他们的目光不一致，利害不一致，互相不了解，同床异梦，可是又偏偏天天要在一张桌子上见面，履行着夫妇的义务，互相束缚着度过许多天，许多月，许多年。这种现象却谁也不感到奇怪、气愤，相反，这种现象被认为是正常的。

巴维尔忽然开始注意到安娜老了，她那过去柔嫩、透明的脸变得黯淡了，她的手肘太尖了，她的眼皮已经覆上了许多无法掩饰的皱纹……

当安娜穿上那件不久前他看见卡嘉·节连佐娃穿过的连衫裙时，她的老态更加触目。唉，她们之间真是不堪一比！

---

① “开天窗”是教员的行话，意思是指课与课之间的空当，对教师或学生来说是一种时间的浪费。——译者注

9

去年夏天，在紧靠“库页岛”放牧地的杰米扬诺夫森林里一个极偏僻的地方，堆着一垛干草。冬天没法把它运出来，因为雪积得很厚，马稍一离开扫清的道路立刻就会整个身子陷在雪堆里……到了春天，雪融路泞，谁也没想去把干草运来。现在林子里干燥了，伊格纳特·叶高洛维奇想起了杰米扬诺夫森林里那垛干草——总不该浪费有用的东西吧，于是他关照萨沙：你去运来。

萨沙想带辽什卡·里亚普诺夫一起去。那个小伙子虽然喜欢嚷嚷，可是干活不含糊，跟他一起去不会拖延时间。可是辽什卡被调到丰蒂柯夫的木工组去了，他正在把木条钉成屋架，一边跟所有的人吵骂。

第一田间生产队的队长叶符拉姆比·诺根不时地拔着浓密的胡子考虑了很久，派谁去合适，忽然暗暗一笑，说：

“好吧，小伙子，我给你找一个热闹的伙伴，你跟这个人在一起不会觉得寂寞……你什么时候去？下午？……这个人会在马厩那边等你。我的话说出算数，决不骗你。”

萨沙没注意他在暗暗发笑，直到下午走到马厩门口看见了那个伙伴，才想起刚才诺根说话时的暗笑。

两匹马已经牵到外面，套好了两辆车，车上放着杠棒、木叉、绳子——一切应用的东西都没有忘掉，甚至还有一包干点心用一块绣着挺好玩的小龙的手绢包着扔在木档上。马旁边站着个娜斯嘉，她穿着一双旧靴子，一条已经有裂痕的皮带紧紧束住一件长长的、不合身的男子上衣。她以快乐、挑逗的目光对萨沙看了一眼。

“我们慢慢儿开始走吧，斯捷潘内奇[①]？”

---

① 斯捷潘内奇就是斯捷潘诺维奇，是萨沙的父名。农村里通常单用父名称呼年事较长的人表示尊敬。这里是娜斯嘉跟萨沙开玩笑。——译者注

“你去？”

“难道这也不合你的心意吗？”

“我要求大胡子给我一个小伙子。”

“可惜现在小伙子非常缺乏。”

“见鬼！谁有闲工夫去跟你扯淡！你还是回家吧……我一个人去。”

“亲爱的，谁能放心得下把两匹马交给你啊？要是你一个人去，在奥斯特洛夫洼地那边它们不摔死才怪。”

萨沙明白，不管愿意不愿意，他得带娜斯嘉一起去。如果现在跑去找生产队长要求换人，他一定又会像刚才一样暗暗地笑着说：“她哪样不好？她劳劲力强，赶马使叉都不比小伙子差。”这样做只会惹人嘲笑，招来闲话。

森林里的道路各种各样都有。有大热天尘土厚积、下了雨布满水潭的村间土道，路上的车辙又深又脏，到处是大大小小的坑洼。这些路上行人较多，它们从一个村庄通到另一个村庄，一天总有好几辆马车经过，有时在这些路上甚至可以看到汽车的轮迹。

有的路通往被砍去树木的林中空地和牧放地：这些路上轮辙清晰，里边还没有长出野草，轮辙之间的草略微受到马蹄和牛蹄的践踏……这种路上不是每天都有车轮滚过的，但一星期里总有人乘车经过一两次。

有的路通往草地：这些路上的车辙不很显著，里边长着一些柔软的小草。只有在割草时节才派它们的用场。

但还有一些道路……有时，在洁净的天空中很难区别那是一片飘浮着的云彩，抑或仅仅是一团雾气；同样，有些地方你也分不清这是道路还是疏林。看不见车辙，地上长着干净、未经践踏、像天鹅绒一般柔软的小草；在照你猜测应该是道路正中心的地方，常常悠悠然长着几株幼嫩的小枞树……一年中不过有这么两三次：一辆马车偶尔在树林里咿咿呀呀地经过，压折小枞树的树梢；或者一辆雪橇拖过，辗平地上的积雪。其余的时间，不管晴天雨天，这里一切有生命的东西都充满了活力，没有人或车扰乱它们的宁静。

这样的路常常只有开端，可是谁也不知道尽头在哪儿。路会在人们的眼睛不知不觉中变成普通的树林。

这样的路很容易“走糊涂”，常常连人带马迷失路途。

有时，在这样的路上还会碰到一些意外的森林奇遇：一株古松倒下来，而且还倒在树木最密的地方，那时既绕不过，又跳不过，把它推到旁边去又推不动，因为这株结束了自己一生的老松重得厉害，那时就只有一条路：往回走。此外还有一些非常危险的地方……

杰米扬诺夫森林中有好多这种无名的、轮迹罕至的道路，其中一条路上的奥斯特洛夫洼地就是这样一处险地。那里看起来没有任何可怕的、不平常的景象，跟普通的洼地一样，没有峭壁陡坡，整个洼地长满了灌木丛，可是当你车上装着东西要想通过这片灌木丛时，就知道它的厉害了……

去的时候，萨沙跟娜斯嘉驾着空车通过洼地并不困难。真奇怪，娜斯嘉一路上话也不说，在后面一辆车旁边走着，只偶尔对萨沙喊几声：

“靠右边一些！迷了路我们就出不去了！”

要是她跟平时一样淘气、活泼，萨沙跟她在一起也许会好受一些。

林中一片空地的一头是苍郁、茂密的枞树林，另一头是明朗淡雅的白杨丛，空地上堆着一垛干草，颜色变黑了，草堆向一边倾斜，像一个在晒太阳的苦老太婆。整个林子只有这一垛干草——其余的早已运走了。

马匹自动走到草堆前面，没停下脚步就把嘴鼻往干草里钻。

“耐不住了！”萨沙喝道。他把两匹马的头抬起来，把它们嘴里的嚼口拿出来，自己从草堆中间抽出一把还没有烂掉的干草，扔在两匹马的脚边。

“你瞧，猫头鹰！”娜斯嘉轻轻叫了一声。

在草堆顶上长杆旁边栖息着一只红褐色的鸟，惊恐地睁着一双盲眼，生气地竖起羽毛。萨沙从车上抓起一柄木叉向它戳去。那猫头鹰扑开阔而短的、里边呈浊黄色的翅膀，唰地飞起来，悄悄地穿过空地，飞进茂密的枞林。可以听见它在枞林里乱冲乱撞的声音。

“真是树林里的妖怪！给你吓跑了。”娜斯嘉兴奋地开口说，一边以疑问的目光紧盯着萨沙看，等待他说话。

但是萨沙并不理她，他爬上去扒开草垛。于是娜斯嘉又沉默了。在萨沙用叉把干草挑到车上的时候，她始终一语不发。

……车上装着东西通过灌木丛就比较困难了。一会儿这辆车、一会儿那辆车危险地侧向一边，仿佛眼看着就要翻倒。萨沙跟娜斯嘉用肩膀把车抵住，对着马儿吆喝。有几次他们的手碰到了，萨沙就连忙把自己的手抽开，掉过脸去不看娜斯嘉……

到了下奥斯特洛夫洼地的坡路前，他们停住马车。萨沙在地上干枯的树枝中挑了一根尖头的粗木棒，把它插在后轮的车辐中间——作刹车之用，然后牵住缰绳。

“我们慢慢儿下去，”他叮嘱娜斯嘉说，“你走在后面看着。万一有什么你就喊。”

一辆晃晃荡荡的马车缓慢而犹豫地在灌木之间往下爬。

“慢一点，慢一点，亲爱的……慢慢儿拉，别冲。”萨沙对马儿说。

车在坡路中途停住了。萨沙生气地把马抽了一鞭，马儿急剧地跳动起来，马蹄践踏着灌木的桠枝，然后又安静下来，马肚子一胀一缩地鼓动着。

“这儿矮树下有一个坑，车轮陷了下去。怎么办，我想不出法子。”娜斯嘉在车后说。

萨沙停了马，在倾侧的马车周围绕了一圈，皱着眉尖说：

“我把车往后退，你把木档抽掉。我们不用刹车蹚下去。”

“坡路陡得很。我们会把马腿摔断的。”

“可是我们总不能把干草卸掉呀……”

萨沙推着马鼻，响亮地喊得整个森林都听得见：

"啧，啧！往后退！往后退！"

颈轭歪到马耳朵上了。有几次萨沙觉得钉铁的马蹄险些儿踩在他腿上，——只要它用力跺上一脚，你就残废了。

"退！啧，啧，亲爱的！……喂，你把木档抽去了没有？"

娜斯嘉在后轮那边弄得手忙脚乱。

突然车身一晃，不知什么东西发出一阵清脆的破裂声，萨沙连忙闪开，但车杠的尖头已经碰着了他的肩膀，把他撞在一旁。马儿的鼻息声、灌木的折裂声和娜斯嘉的哭喊声混成一片……躺在地上的萨沙只看见高高的一车干草当头塌下，干草倒下时遮住了半面天，把他紧紧压在灌木中潮湿的地上，又软又重，压得他气也喘不过来。

一切都归于沉寂。

萨沙顾不得灌木的树枝钩破他的上衣，从干草底下爬出来。娜斯嘉垂着苍白的、没有一丝血色的脸，颤动着嘴唇看着他。

"谢天谢地，你还活着。我以为你给压死了……我早就说过……"她像痛哭以后的小孩子断断续续地喘了一大口气，小心翼翼地扶他站起来，"大概摔痛了吧？"

刚才她眼睛里那种惊慌的神情还没有消失，但在短短的黄睫毛下，已经闪起一种充满柔情、分外体贴的喜悦的目光，眼睛里的泪花差点儿夺眶而出了。

"还好。"萨沙困惑、犹豫地回答。

那匹马的脖子套在折断的颈轭里躺着费力地喘气。他们把马卸下了，扶它站起来，给它四面抚摸了一番。马没有受伤，可是马车的一个后轮只剩下了轮毂和几根翘起的车辐。拖住车皮的绳子断了，干草在灌木丛中散落一地。

马儿把破车从洼地中拖了上来。在生气的吆喝声和马儿费力的鼻息声中，他们小心翼翼地把第二辆车蹚下去，接着又同样小心翼翼地，随时准备着用木棒刹住车轮，时走时停地拉出了洼地，把它停在那辆破车旁边。

"你去把干草拿上来，我去找一棵小桦树，砍一根木档装上去代替轮子。”萨沙说着从绳子底下捡起一柄斧头。

蓝幽幽的暮霭带着凉爽的潮气从地面徐徐升向发出轻微的簌簌声的树梢。森林一分钟比一分钟变得阴暗、严峻、冷漠。斧头砍在树上的声音在寂静中显得分外响亮。

萨沙肩上扛着一棵小白桦的树干回到马车旁边。掉在洼地里的干草已经在一辆空车旁堆好。

“娜斯嘉！”萨沙喊了一声。

没有回答。只有从干草堆里传出一阵啜泣声。

“娜斯嘉，你怎么啦？”

草堆里露出娜斯嘉的一双后跟扭歪了的旧靴子。

“真要命……出了什么事？你干吗哭？”

娜斯嘉坐起来，头巾上、散乱的头发上全是干草，脸色憔悴而疲乏，她穿着弄皱的男子上衣和粗笨的靴子，模样儿十分可怜。

“你干完了，我们就走。”她轻轻地说。

“我哪儿得罪你了？”

“既然你自己知道得罪了我，还问什么？”

她重又掩面哭起来。

“娜斯嘉……”

“娜斯嘉怎么样？”她突然撂开两手。“你看吧，你高兴吧！我在淌眼泪！你总满意了吧……不是我自己吹牛，我可以把随便哪个小伙子迷住，可偏偏叫你把我给迷住了……你到底用的什么魔力？难道追求我的人还少吗？……”

“娜斯嘉，你要明白……”

萨沙小心地碰了一下她的手。娜斯嘉的手很瘦小，手背上皮肤柔嫩，手心里却很粗糙。她抓住萨沙的手拉到自己身边。

“我夜夜梦见你。弄得我心神不定……你一定以为我不要脸，不怕羞……老是缠着你……可是，既然我爱着你，叫我又有什么办法呢？我任谁也没这样爱过。刚才你给压在干草下面，我的心差点儿停止了跳动。要是马真的把你踩死，我早就躺在你身边一块儿死了……

我想到自己这样惹人厌烦，人家连正眼也不给一个，知心的话儿也不说一句，想着，想着，就哭起来了……”

萨沙从娜斯嘉的衣服上感觉到温暖和强烈的干草气息。娜斯嘉湿润、火热的脸颊贴在他的颊上。

“娜斯嘉，你疯了？！……”

“不错，我疯了……我神魂颠倒，没有你我活不成。哪怕只有一会儿你属于我就行了……你真是铁石心肠，在你身上连一丁点儿人间的欢乐都找不到……”

她紧挨着他，火热的嘴唇寻觅着他的嘴唇，一团迷雾绕住了头脑，五光十色的圈圈像无数猫头鹰的眼睛在眼前闪动……娜斯嘉的耳语声仿佛从很远的地方传来：

“有时候我这样想：要是你把我撕成一片一片，把我的骨头折断敲碎，我也许会哭，但不是由于疼痛，而是由于幸福……”

娜斯嘉不说了，只有颤动着的嘴唇烫着他的脸——默默地苦苦哀求着……

回到村里，萨沙卸去了马，也不把它们的脚缚住，让它们沿着村子走去，把两车干草放在马厩门口，自己像小偷那样蹑着脚步向伊格纳特·叶高洛维奇的屋子走去……

一座座村屋生气地瞪着眼睛——那是夜间黑洞洞的、闪着湿润的微光的窗子。人们似乎还没有睡，每扇窗里好像都有好奇的人在望着他。

可耻的事情发生了。往后还有什么脸去见卡嘉？还能用什么代价补偿过失。要是不对人说，能把丑事隐瞒起来吗？人言可畏，要瞒也瞒不过去……即使人家不说闲话，自己的良心也不能原谅自己！

第二天，在管理处门口他碰见了娜斯嘉。她穿着雪白、宽舒的衬衫，黑色的裙子紧紧裹住狭窄的大腿，娜斯嘉像一头有洁癖的家猫似的一步一步移动着穿着时式鞋子的脚，在农庄管理处泥泞的院子里走着。

大森林村的老牧人“无难事”爷爷，跟往常一样带着三分醉意，他看见了娜斯嘉，摊开两手大惊小怪地说：

“我的娇嫩的小花苞！一点儿也不假，真像一颗小花苞……”

娜斯嘉在看得出神的老头儿身边溜过，向萨沙投来一个骄傲、胜利、温柔的微笑……

可是萨沙却由于羞耻、痛苦和对她的憎恨而打了个哆嗦。

10

魏里卡亚车站的月台用木板铺就，站房是木条钉成的，它恐怕自从建成以来从未见过今天这样的大场面。

沿路紧挨着停着大批载重卡车：有受尽颠簸的载重一吨半小卡车，有雄赳赳的三吨吉斯牌卡车，甚至还有一辆车身很高、以柴油作燃料的五吨卡车——那是每一个农庄主席永远羡慕的运输工具。卡车的拦板用一俄寸[①]厚的木板加高了，防止牛摔出车外……这里还停着好几辆从车轮到油布顶篷都沾满尘土的“加齐克”牌小汽车，有几辆漂亮的“胜利”牌小汽车也被尘土抹上一层疲乏困顿的色彩。此外，有各种各样的轻便马车，有几辆旧式的旅行马车，也许还是农业集体化以前造的。有的马只备有马鞍并没套车。林工分局的村子里已经有许多山羊跑到马旁来揩油吃干草。赶车人挥鞭把它们赶开。从那个村里还出现了一大群男孩子，他们贪玩好奇，调皮捣蛋不下于山羊。

农庄主席们三五成群地站在那里，个个都心事重重。其中有几个单独站在一旁，这几位农庄主席都是比较突出的，他们所领导的农庄受到大家的尊敬：像身材魁梧、肩膀往下搭拉的伊格纳特·格梅津；脖子给衬衫领子勒得通红的费道西·穆尔根；瘦削的马克西姆·比亚杰尔斯基，他昂着头的模样令人望而生畏；年轻的柯斯嘉·扎依采

---

① 一俄寸等于 4.4 公分。——译者注

夫，他的衬衫不束在马裤里——活像古董画片上的美男子……

车站上的矮树丛中人头挤挤，有戴制服帽的男人，也有不裹头巾、头发散乱的女人，有穿靴子的，也有干脆光着脚的——那是有些人把裹脚布解开了，让脚跟吹吹风，凉快凉快，然后再裹上。

有两大群妇女：一群坐在阳光强烈的地方，脸上直冒汗，她们把头巾拉到肩上，偶尔交谈一两句话；另一群也在阳光里，不过她们都站着高谈阔论，旁人看来还以为十来个人在一起讨价还价呢。

各农庄来的姑娘和小伙子们在站房旁边没有太阳的地方，时常听到他们哈哈大笑。卡嘉·节连佐娃也在里边。

一株枝叶繁茂的白桦树下放着一张桌子。桌旁有两个人，一个是饲畜专家贾契金，另一个是区里的主任兽医彼尔米亚科夫，两个人都穿着白色工作服。柯尔松诺伏每一个主妇都认识贾契金——他会巧妙地给猪仔拔去出得不正常的牙齿。头发微红、脸上长着些雀斑的彼尔米亚科夫似乎不大耐烦——他老是在自己的口袋里寻找着什么东西，一边含糊地嘀咕着：

“这班家伙简直只比死人多一口气。难道他们的列车开到阴曹地府去了不成？”

贾契金坐在一把歪斜的椅子上，神态自若，他聚精会神、津津有味地吸着烟，每吸一口就把烟从长着不少汗毛的大鼻孔里喷出来。

区里的领导干部随同戴红帽子的站长从站房的门里走出来，他们是：曼苏罗夫、苏多洛柯夫、齐平娜……

站长把红帽子摘下来，拿在手里匆忙地转了几下，突然摆脱了跟着他的人，向仓库那边跑去。人们在后面纷纷向他责问：

“喂，站长！我们还得守着你的门槛待多久哇？”

“他们的茶炉子[①]八成是陷在泥塘地里了。”

“你只要吹一声哨子——我们用马去把它拖起来。”

“说不定是牛在拖火车头呢。”

---

① 指火车。——译者注

站长不回答，只是耸耸肩膀。从他冒汗的脸上看得出来：区的领导同志们惹他生气了。

“快来了，快来了，同志们！”巴维尔·曼苏罗夫大声说着向农庄主席们走过去。“再过五分钟就看得见了。准备欢迎吧。”

大家都活动起来，矮树下的人也纷纷站起来。那些光着脚躺在那里乘凉的人急忙开始裹脚穿鞋。

今天到魏里卡亚车站来迎接第一批优种牛的人数是空前的，从来也没有这么多的人在此地迎接过任何一位要人。

列车照理应该在清晨到达，可是不知在哪儿耽搁了……已经有三列货车和一列客车开过去了。客车停靠时，有些人跳下车来，跑到引颈鹄望的庄员们跟前，问：

“你们卖不卖牛奶？”

庄员们回答他们说：

“等一会儿，等牛到了就挤。”

庄员们以响亮的笑声送走了那些旅客。

终于盼到了……

气喘吁吁的火车头后面拖着一节节长长的浦尔曼式车厢[1]。列车车身从头至尾剧烈地震动了一下，缓冲器发出了碰撞声。车停了。从每节车厢微微推开一点的门里都有人在向外看，他们多半是女人。

不知从什么地方，好像从车轮下面钻出来似的，出现了一个皮肤微黑、灵活异常的小个子，戴一顶未漂白的麻布硬舌帽，身上一件也是用未漂白的麻布做的军便服，衣服在路上磨蹭得很旧了。他跟曼苏罗夫、苏多洛柯夫交谈了几句，然后挟着个行军包一跳一蹦地向桦树下的桌子那边走去。

庄员们、主席们蜂拥在车厢旁边，向黑洞洞的，发出牛粪臭味、干草气味和牛奶味的门里张望着，跟随运员们攀谈起来。

“你们是打很远的地方来的吧？”

---

① 按照美国芝加哥近郊浦尔曼车厢制造厂产品仿造的车厢。——译者注

“打科米[1]来……”

“难为了你们，打北方给我们运牛来。”

“应该的，你们自己的牛不够。”

“北方的集体农庄牛一定很多喽？”

“不，这些牛都是国营农场和市郊区集体农庄的。”

“想来一定舍不得吧？”

“有什么舍不得？……我们那儿饲料有困难，得从外地运来，你们这儿自己有干草……”

“自己有是有，不过也不太多。你们的牛大概很难伺候，不知道它们不吃哪种料？”

“不难伺候……配料很普通。”

“我们是这样配料的：夏天让它们在草地上散步，自己吃草；冬天喂些麦秸，最好用燕麦秸，要不然黑麦秸也行。”

“上面一定要求为这些牛订出配料比例，因为这不是普通的牛。”

“说得是啊……”

第一节车厢门开了，安好了搭板。那些给关在颠动摇晃的车厢里饱受旅途劳顿的牛，这时看到耀眼的阳光、密麻麻的人群，一下子愣住了，它们顺从地走到阳光下，很快就又站住了，像喝醉了似的站也站不稳。周围忙碌的人群映在它们忧郁而驯良的大眼睛里，变成许许多多激荡的影子。

伊格纳特·格梅津用肩膀在人丛中打开一条路，走到前面，叉开了腿，手插在口袋里站着。他皱眉蹙额，脸色冷漠，眯着一双小眼睛，目光锐利、仔细。

“嗯，嗯，”他自言自语地说，“骨骼大，肉多……在路上瘦了一些……”

---

① 科米是俄罗斯苏维埃联邦社会主义共和国欧洲部分东北部的一个自治共和国，首都塞克堤夫加尔。——译者注

几个女人在他腰间挤着，她们高声交谈，从挤奶员的角度评论着那些牛。

“我的牛妈妈，好乖乖！这奶多大呀！就跟面粉袋差不多。”

“现在是空的，等胀满了奶……至少能挤一维德罗[1]。”

“你们看看它们的肚子——都像怀着小牛似的……”

“这些无底洞不知装得下多少饲料。总有一天它们要把我们活活吞下去，亲爱的！”

“要是把你吞下去——准得噎死。”

“哦，你这个死鬼！可给你找到嗤笑的机会了。”

在妇女们冒着汗、严肃而又兴奋的脸上，有一种茫然不知所措和掩藏着恐惧的神情。看到这些牛，哪一颗庄稼人的心，尤其是女人的心，能保持平静？这是些多么好的牛啊！宽阔的牛背微微弓着，肚子向横里扩张，每一头牛在突出的荐骨和腹部之间都有一个凹痕——那是因为路上辛苦了。有几头牛的乳房上有许多软而深的皱纹——刚挤过奶。谁要是不能凭理智了解，那么单凭一颗世代相承的爱牲畜的心就立刻能感到：这是财富！但正是这财富使人担心……本地的花斑牛你即使早晨把它们赶到牧放地去，到晚上才想起给它们挤奶也无所谓。它们自己会找东西果腹。可是怎么能用花斑牛的食料来饲养这些贵夫人呵？……

“把它们带到兽医那儿去！还耽搁些什么？以后看的日子长着呢。”人们七嘴八舌地说。

“的确……这样让车空等恐怕要罚款的……”

人们动起来了，大多数人跑到车厢那儿去，一部分去把牛带到一旁。

两小时后，在静静的魏里卡亚车站旁，密密麻麻的牛群蠕动着，昂着有角的头哞哞地叫；妇女们已经在用一种日常工作时说话的口吻交谈：

---

① 一维德罗约合 12 公升。——译者注

“玛丽雅！玛丽雅！你把那头灰蓝色的牛赶回来！它想回家了……”

“家远着呢，好乖乖，远着呢！来吧，来吧！”

最后几节车厢也快卸完了。

小小的车站食堂里，所有的饮料都喝光了，架子上只剩下几盒高级纸烟——“北方巴尔米拉”、“黑塞哥维那之花”[1]——和几方巧克力糖。

在离矮矮的水塔不远的地方架起了一堆篝火，火上在煮一桶给大伙儿吃的土豆，站长看了大为不满。

小孩子们高兴地嚷着奔来跑去，山羊往密麻麻的牛群里钻……

牛群哞哞的叫声、嘈杂的人声、缭绕在车站旁树木枝条间的篝火烟、淡淡的焦味、强烈的牲畜汗粪臭气……仿佛一大群牧民在魏里卡亚车站歇脚，养精蓄锐，准备继续前进。

巴维尔·曼苏罗夫没法在一个地方坐稳。他一会儿离开兽医跑到车厢那儿，亲自扳住牛角，小心地引它们沿着摇摇晃晃的搭板走下来，一会儿又从车厢那儿跑去找伊格纳特，找着了兴冲冲地问：

“怎么样？看准了没有？……好好看，仔细挑吧，最好的牛给你……”

可是伊格纳特的眼睛一刻也舍不得离开一头白色的大公牛，拍拍它的肚子，摸摸它的毛，用指甲拨去粘在毛上的泥巴和牛粪。在公牛身上几处没有给车厢里的垃圾和铁道上的煤渣弄脏的地方，雪白的牛毛下露出淡红色的、透明的皮肤，脖子上、胸前和短短的腿上都有又厚又硬的筋肉在滚动。这头公牛应该分配给“劳动者”农庄，这时候去跟伊格纳特谈话才没意思呢，他只回答“是”或者“不”。公牛翻起布满血丝的眼球，斜瞅着未来的主人，使劲地用蹄子扒土；它弯着倔强的粗脖子，把皮肤扭成许多细小的皱纹。在它那粉红色的、比孩

---

① 都是苏联纸烟的牌子。——译者注

子皮肤还要嫩的鼻孔里扣着一个大铁圈，圈上拖着一条铁链，一头拴在树干上。

年轻人在篝火旁煮土豆。领头的是卡嘉·节连佐娃。浑浊的开水倒掉了，桶里的土豆倒在草地上，一堆热腾腾的土豆滚开来。姑娘们铺开两条头巾，把一块块切得很大的面包放在上面，盐放在纸上。

费道西·穆尔根哼哧着打旁边走过，他扭着给领子勒紧的粗脖子回过头来，以羡慕的口气说了一句：

“这倒不坏……”

“是不坏……接受我加入你们一伙吧！”巴维尔·曼苏罗夫快步走过来，脱下在车厢里蹭上了石灰还不知是面粉的上衣，把它扔在一旁。

“五一”农庄的挤奶员芳妮雅·戈洛霍娃眉毛很淡，神态庄重，每一个动作都会牵动脸颊，她把裙子折拢些，在身边让出一块地方，说：

“请坐，不要嫌简慢……”

说着庄重大方地抿紧嘴唇，真像个命名日[①]宴会上的女主人。

卡嘉突然意识到这时自己在羡慕芳妮雅。

巴维尔·谢尔盖耶维奇把火热的土豆从这只手里扔到那只手里，眼睛在微笑，嘴巴紧张地半张着，他急促地喘着气，露出一口洁白整齐的牙齿。“我的天哪，他简直像个孩子！”他也许感觉到了卡嘉在看他，所以抬起了头，他浅黑的颧骨上泛起一阵赭红的血色。卡嘉急忙把脸转开去。

就在这时候，旁边响起了一个女人的刺耳的尖叫声：

“姊妹们快来呀！亲人们快来呀！”

接着是男人的怒骂声、清脆的铁链声、碎裂声、频促的哞叫声。

刚才用链条紧拴在树上的那头白色大公牛撞歪了兽医的桌子，弯

---

① 正教徒和天主教徒都是以圣徒、天使的名字命名的，教会纪念某圣徒、天使那一天，就是同名的教徒的命名日。通常命名日被看得比生日更隆重。——译者注。

着短脖子把头垂得很低，在草地上拖着链条、挺出额角盲目地向前跑去。

“抓住它的链条！抓住链条……它就会安静下来的。”

“谢辽加！你死到哪儿去啦？”

“别打那一头过去，冒失鬼！你想找死吗？”

“天哪！亲人哪！从后边走过去呀，我的亲人！”

伊格纳特·格梅津帽子也不戴，脑瓜在阳光下闪闪发亮，他分开众人，从后边向公牛跑过去，一反平时的凝重迟钝，很灵活地弯下身去抓那根拖在草地上的链条的末端……可是那条牛好像嗅到了后面有人，它骤然转过身来，把伊格纳特撞倒在地上。

“唉——呀——呀！我的天哪！这下要给它踩死了！……”

笨重、高大的伊格纳特像个顽皮的孩子，矫捷地打着滚躲开了牛蹄。他大概已经抓住了链条扯了一下。公牛疼得嘶哑地狂吼起来。它不去理睬还没从地上站起来的伊格纳特，以一种缓慢的、仿佛土地也随之震动的腾步向麇集在一起的人们冲过去。这不知有多少普特[①]的庞然大物伸出短短的、像被砍了下来的牛头当撞槌逢人便撞。人们绊跌了，又爬起来，四散逃窜。在坚硬、突出的额头下面，一双血红的眼睛里燃烧着狂暴的火焰。

一个女人冲到坐在熄灭了的火堆和铺在地上的几方头巾周围的青年男女中间，她头巾掉下了，头发也散乱了。

“可把我吓死了！救命啊，好人哪！”

卡嘉看到巴维尔·曼苏罗夫突出的颧骨变得像铁铸的一般，他挺直了身子，仿佛长高了不少，马裤和柔韧的靴子紧紧裹住他的一双微微弯曲的腿，他以矫健的脚步迎着喊声和哭声走过去。

现在公牛面前有一个人——饲畜专家贾契金。他的屁股很大，行动很不灵活，穿着弄皱的工作服惊慌失措地跳来跳去，像在舞蹈的样子，一边渐渐后退，但又不敢背向公牛。他手里拿着个文件夹，他挥

---

① 一普特合 16.3 公斤。——译者注

着夹子想把牛赶走，可是公牛停止了奔跑，改走小步，头渐渐紧逼过来。人们对贾契金叫喊：

“别挥动夹子！你这样它火气更大了！”

“往旁边跳，往旁边跳！”

“你快跑呀，傻瓜！”

“哦！这个人完蛋了！”

贾契金终于转过了身子，像兔子似的一纵一跳逃开去了，转身时工作服敞开着的衣襟碰到了短短的牛角。公牛晃了一下，接着就追了上去，但由于身体笨重，它不能马上跑得很快。

贾契金的肚子撞在车站的栅栏上，人翻了过去跌倒在地上……用薄板钉成的不大牢固的栅栏被撞得粉碎，公牛就从这地方冲了过去。

“哎哟！”人们同声倒抽了一口冷气。

贾契金还没来得及爬起来。他给沉重的牛头一撞又栽倒在地上，迟钝、笨拙地打了几个滚。公牛猛地一冲撞在车站站房的木条墙上，它楞住了，莫名其妙地站了一两秒钟，然后转过身去，还是那样疯狂可怕；沿着扣在粉红色鼻孔里的沉重的铁环流下黏腻的鼻涕。完全丧失理智的眼睛在寻觅新的牺牲品。

直到这时，大家才发现巴维尔·曼苏罗夫一个人站在离公牛很近很近的地方。牛也看见了他，身子向着他晃了一下，它庞大、雪白的身上给汗涔得亮光光的，肚子紧张地一胀一缩——眼看着快要冲上去把他撞倒在一堆碎木片中……

巴维尔向前跨上一步。公牛猛地把头向上一掀。可是掀了个空——角没有碰到巴维尔，它突然没命地吼叫起来……但在这声嘶哑的狂吼中包含着疼痛和乞怜。巴维尔拉住了扣在粉红色的牛鼻孔里的铁环。

公牛驯顺地伸长了头跟着曼苏罗夫走。只有宽胀深缩的肚子流露出勉强抑压下去的愤怒。

贾契金脸朝下躺在被撞坏的栅栏旁，工作服向上翻到肩胛骨上。从文件夹里掉出来的纸散落在他周围的草上。他费力地抬起头来，迸出了一声呻吟——不知是含糊地骂了一声呢，还是在叫谁……大家想起了他，于是向他这儿跑过来……

伊格纳特·格梅津怪不好意思地摸着剃得光光的脑袋上的青肿痕迹。

卡嘉站了起来以后，一直就没移动一步。她伸长了脖子，竭力想在围住公牛的人群中看到巴维尔·谢尔盖耶维奇。

牛被一批一批地装走和赶走了。车站很快就变得空荡荡的。戴红帽子的站长来回地走着，看着一堆堆牛粪和撞坏的栅栏直摇头。照他的意思，根本不让装牛的列车在这儿停车，让它离得愈远愈好。这个车站实在太小，站房对面就是让轨线……

卡嘉是驾着区团委的单套轻便马车来的，这是一匹温和、驯良的母马，名叫波果查雅[1]。坐在马车上，手里拿着缰绳，亲热地吆喝着："啧——啧！我的宝贝！走快一点！……"——对于卡嘉来说，这简直跟小孩子做游戏一样有趣。

在仓库后面、公路直通森林的地方，卡嘉看到巴维尔·谢尔盖耶维奇若有所思地站在路上，他的上衣披在肩上，胳肢窝里挟着贾契金的文件夹。他踏着迅速而坚定的脚步迎着她走过来。

"叶卡杰琳娜·尼古拉耶芙娜[2]，请收留我这个弃儿吧。"他把一只手搁在马车的前档上，望着她的脸，带着歉疚的神情微微一笑。"我的汽车把贾契金送到林工分局的诊疗所去了。等我张罗完毕，人都走光了……"

"请上来吧，请上来吧。"卡嘉急忙在塞满干草的车上把身子移动一下，在身边让出了一个座位。

路上他们不谈优种牛，也不谈集体农庄，什么正经事都不谈。巴维尔·谢尔盖耶维奇把缰绳拿到自己手里，把一只穿着小牛皮靴子的

---

① "好天气"的意思。——译者注

② 这是卡嘉的正名连父名。——译者注

脚伸到车外，他说，他一生中已经第二次遇到这样的疯牛了。小时候有一次他跟父亲在劈柴。忽然有一头也是这样疯狂的牛冲了出来。父亲丢了斧头（免得冒冒失失把它砍死了——那可要赔的），滚到洼地里。他，巴维尔，吓昏了头爬到树上，那牛就开始用角来撞这棵树——一棵小白桦树。

“那时我想，它迟早会把我摇下来，或者把树连根撞倒。那时天地森林全都旋转起来了……”

到柯尔松诺伏镇的路并不很短。巴维尔·谢尔盖耶维奇还讲到北乌拉尔密林中的野树莓丛：“有时候骑马走进去，我们的马是白的；回到家里——马肚子和马脚都染红了，靴子也给树莓的汁水沾湿了。”他还讲到楚索瓦雅河粗犷的美，讲到他曾在那儿打过仗的顿河草原区，那里有很多随风飘[①]。

以前，卡嘉不知为什么总觉得他性格孤僻，——其实不然，他挺纯朴，挺健谈。可见，有时候对人的估计是很不准确的……

11

夜晚，区委会和区执委会的大楼里阒然无人。白天经常挤满人的走廊里现在鸦雀无声。大办公厅里几张桌子上放着一架架套着套子的打字机。各办公室的烟灰缸里插着烟蒂（整整一天内吸剩的烟蒂全在这里），电话默默无言……由此足证：人是多么善于点缀屋子啊！人们一走，四面角落里就散发出难忍的文牍气——搁了很久、积着厚厚一层灰尘的纸张气味，化学墨水的气味，总之都是专办公不住人的屋子所特有的气息。

整座楼房里只有一个地方还有一点生气。在第一书记办公室前小小的外房里，灯一直点到深夜。这里每晚有人值班。区委会全体工作

---

① “随风飘”是一种草原植物，成熟后风一吹就成球形小草飘得很远。——译者注。

人员，甚至住在区中心的普通党员都要轮流值班。

值班不是什么大难事。带一本书，高兴就坐着看看书，不高兴就对书打盹。有电话来，只消问一声是谁，有什么事，然后打个电话到第一书记家里。其实，夜里电话是难得有的……

到夜里两点钟，值夜女工友克森妮雅·伊凡诺芙娜来了。当值班人收起自己的书，穿上大氅的时候，她在椅子边上正襟危坐。值班人走了，克森妮雅·伊凡诺芙娜就解开头巾，打着呵欠用手摸摸几个柜橱上的锁，然后走到第一书记办公室里去，那里有一张软绵绵的沙发。她不把值班室里的灯关熄——让人家在街上看得见；办公室的门让它开着——要是有电话来她也听得见。

卡嘉在这里值班已经不是第一次了。

她把一本夹着一张糖果纸的书打开来，开始看书：

在这黑夜的护翼下，
你能听到敌人听不到的一切……

卡嘉抬起眼睛，看一只三角形的灰色飞蛾沿着台灯的毛玻璃灯罩爬来爬去，她看出了神。

她的生活中正在酝酿着一种不可理解的变化。她跟萨沙经常约会有半年多了……镇外的古松、争吵、和解，乃至于“我要你做我的妻子……”这样的话也说了。她就等着这句话，等了很久了。她心里常常想摆脱这念头：“这都是胡思乱想……我跟他只不过常见见面罢了，没别的……”但是，如果对某一个小伙子中了意，哪个姑娘能不想这件事？她从第一次约会就开始想了，尽管这念头只在脑海中一闪。先是想，然后是在二者之中选一——或者从此绝望，或者从一次约会等到第二次约会，从一个黄昏等到第二个黄昏。这种等待是特殊的，它不痛苦，不难堪，怀着这样的心情生活会觉得轻松，仿佛每分钟都在等待着惊人的消息。

现在这一切已告一段落，话已经由萨沙说出了口，等待阶段结束了。在这以后应该发生一桩巨大的事件，在这以后卡嘉的生活应该完全改变，变成一种新的生活……已经过去将近一个星期了，然而一切都还照旧，不见萨沙来……可是话明明已经说了！

不过最可怕、最奇怪的不是萨沙的突然不见。可怕的是另一件事……那就是：她一点不因萨沙不来而感到不安。可是她应该激动，应该心神不定，应该气愤，如果自尊心允许的话，就该去找他……他发生什么事了？他现在是怎么想的？难道他对自己说的话后悔了吗？……

但是，她并不找他，也不激动——淡然置之。要是萨沙来了，重申自己提出的要求，她会高兴吗？现在，只要一想起这，她就会感到茫然若失。

她的生活中正在酝酿着一种不可理解的变化。还是不想的好……

在这黑夜的护翼下，
你能听到敌人听不到的一切……

灰色的飞蛾在灯罩上爬，它仿佛在仔细地、一公分一公分地研究着这个灯罩。

一片寂静……这幢房屋总共只有二层楼，楼上楼下长长的走廊里和很多房间里一个人也没有，当然不会有声响。静悄悄的，可是只要仔细倾听一下，就能听到：楼梯上有神秘的咯吱声，天花板顶上有什么东西发出轻微的劈啪声。房子已经老了，它还是商人里亚波夫为了自己和家人住而建造的，有一部分房间他用来当写字间和其他各种用途，在这以后又重建和修葺过几十次，但终究很老了。老房子里随时可能有一些地方裂开、塌落……

有一种感觉老是跟卡嘉纠缠不清：她随时都觉得好像有人要来，因此无心看书，一直侧耳倾听……时间已经将近午夜十二点，有谁会来呢？电影早散场了，人们交谈着，一边走一边告别，在这里门口走过。等克森妮雅·伊凡诺芙娜来还早哩……不，应该看书。

你能听到敌人听不到的一切……

现在到底几点钟了？卡嘉的手向电话那边伸过去，可是她的手还没碰到听筒，电话自己大声响了起来，仿佛要使整幢空房子都听得见。卡嘉打了个哆嗦："你的嗓门可真不小啊……"

"我是值班人……"

一个陌生的男低音疲乏地问：

"曼苏罗夫不在吧？"

"您是哪一位？从哪儿打来？"

"我们是林工分局……这么说，他不在？……好吧，既然不在，那就算了。"

"如果有要事，我可以打电话到他家里去。要不要打？啊？……"卡嘉勉强抑制着不耐烦的口气。

可是疲乏的男低音说：

"已经打过电话了，他不在家。"

在很远的地方，三十多公里以外的林工分局办事处里的听筒放下了。卡嘉非常不乐意地也放下了听筒。她跟外界的联系断绝了。电话重又默默无言，重又变成桌上一件没有生命的东西。

"你能听到……"不，她怎么也看不下去，她在激动，她在等待……为什么刚才这个电话使她这样激动？林工分局的人对她说了些什么话？……哦，对了！他说巴维尔·谢尔盖耶维奇不在家……那么他到底在哪儿呢？时间已经半夜了。如果猜想这么深更半夜他会到这儿来，这简直可笑……"原来是这样！你这明明是在等他，你明明是在倾听——楼梯上有没有响起他的脚步声？"

灰色的飞蛾在灯罩上觉得烫了，它飞起来，开始在台灯上边跳起舞来。卡嘉低下头去看书。

"我亲爱的朋友们，我要帮助你们！

我准备着

我经得起一切考验。

命令吧。”

楼下的门砰的一声响。卡嘉的心往下一沉：这是真的门响还是她神经过敏？楼梯上响起了稳重，缓慢的脚步声。在这幢空荡荡的老屋子里，一切声音都能听得清清楚楚。可是，来的人是谁呢？要不要跑出去？要不要去问？会不会真的是……

卡嘉急忙垂下头来看书：

周围愈来愈静，愈来愈静……

脚步声已经到走廊里了。门马上就要打开。难道真的是他？……

门开了。他走了进来。

卡嘉弓着腰装做在看书，她以迷惘、乞怜的目光迎接了巴维尔·曼苏罗夫。

“值班吗？……有没有人来过电话？”

他的声音冷淡而沉着，神态如常——看样子只是顺便走进来看看罢了。

“有……林工分局打来的……问您在不在……”

“噢。”

巴维尔在桌旁坐下。借着从灯罩下面射到他脸上的灯光，卡嘉看到，在疲倦的垂着的眼睑下，他眼睛里的神情很不安、很紧张，他自己也感到这一点，所以把目光避开。卡嘉满怀恐惧等着他抬起眼睛。

“我在你这样的年纪，”巴维尔安详地、以不高的声音开始说，“我从学校到西伯利亚大森林去实习……那里的风景真美……”

“他说这些话干吗？”卡嘉心想。

“那是一种粗犷的美……可是兴致全给一种东西扫光了——就是一种蚊子似的小虫。在日常生活中也是这样。一切都好像挺顺利，可是一些琐碎的小事就跟虫子一样讨厌，你会觉得痛苦到忍无可忍的地步……”

“他说这些话干吗？”卡嘉心里的疑云愈聚愈浓。

“你怎么不说话呀？……”

卡嘉还是不开口——叫她怎么回答好呢？

“这也难怪……你能对这个问题说些什么呢？你还刚开始生活。”

巴维尔·谢尔盖耶维奇说着，可是眼睛还是没抬起来，只偶尔小心地用眼梢瞟一下。

“我不懂。”卡嘉惶惑地说。

他的眼睛立刻抬了起来，目光如炬，眼白、瞳孔都染得血红，他的手搁在卡嘉的开始发抖的手上，把它向桌上紧压，不容她反抗。

“我不爱我的妻子了……我很痛苦。我不知怎么才好……现在你明白我为什么对你说这些话了吧？”

哦！这可不是萨沙……这时候她感到可怕，怕极了。但是，即使用世上最大的欢乐来换她这种恐惧，她也决不肯换。应该对他说些不同意的话，应该闪开……可是甭提了……她连动弹一下的力气都没有。她整个儿在你面前了。任你怎样摆布吧。

12

过去，要是谁家下了一头牛崽，他们家里就喜气洋洋。邻居都来道贺：“恭喜你们添丁了……”

柯尔松诺伏区“添丁”了。优种牛来到了每一个集体农庄。似乎应该高高兴兴——富裕的生活就在眼前了！但是过了不久，在好些个农庄，有好些人发现一个骤然看来不足为虑的现象：优种牛放到新鲜草地上去（在放牧地和林中小道两旁草已经长得很密了），它们没精打采地站着，饥饿的眼睛向左边看看，右边望望，凄婉地哞叫着，连一根草也不吃。

它们都是在国营农场和靠近极北边区的市郊区集体农庄的牛栏里

喂外地运来的干草、发芽的谷子、青贮饲料小小心心饲养大的，它们根本不知道什么放牧地，从来也没看到过绿油油的青草。

离春天还有很久，许多农庄的干草都已经用完了，最后一点剩草也已经在播种时节给耕马吃得一干二净（它们要在地里干活，总不能让它们吃麦秸呀），在青草长出以前想尽办法东拼西凑地应付着：喂燕麦秸，把黑麦秸切细蒸熟。好容易渡过了难关，挨到了青草长出来。这种情形不是头一遭了。

可是就在这几天，通常各农庄已经不太担心牛的饲料问题的时候，被指定照顾优种牛的女饲养员们开始眼泪汪汪地常到管理处去哭诉："看在上帝分上，把我们解职了吧。我们用手捧着饲料喂它们，它们理也不理……这样下去，出乱子的日子不远了……"

区委会、区执委会打电话给省里各单位，问他们什么地方买得到干草，赊欠现付都要。可是，自从新牛大批运到省里以后，已经有许多区向省里提出这样的要求。拖拉机站和区执委会只收到一些通知，上面不厌其详地写着该怎么饲养新来的牛，还附着经过精密鉴定的配料比例：粗料多少，水分多的饲料多少，富有维生素的红萝卜多少。区里的领导同志们看着这些英明指示，只会皱起眉头苦笑。

全区没有一个农庄主席不羡慕伊格纳特 · 格梅津："他藏足了青贮料，现在只要一坑一坑地打开就行——他的苦处不多……"难怪他们要羡慕……要是死了一头普通的"只会造粪的"牛，顶多批评一顿，吹毛求疵地盘问一番，可是现在这些优种牛是特殊的，哪怕只死掉一头——少不了受审判。

上帝保佑别叫我头一个倒霉，万一谁开了头炮，那时所有的怒气全都要发泄在这个不幸的人头上了。

各农庄主席都在尽可能支撑和对付着，要什么就签字给什么——要燕麦给燕麦，要大麦给大麦，连藏着以防万一的一些剩余的春小麦也被从谷仓里动员出来喂优种牛了。

但是，不幸的事是很难避免的。从费道西 · 穆尔根的农庄里传来了头一次噩耗。女饲养员普拉斯柯维雅 · 克里库申娜凭单领到了燕麦，喂给饿了两天的母牛卡拉梅丽吃了，然后，不知是出于她愚蠢的好心肠呢，还不知是忘了，竟饮水给它喝了。夜里，她没命地去敲门找已经睡了的费道西·穆尔根——差些把玻璃从窗框上给敲下来。卡拉梅丽腹痛如绞，眼看快要死了。当时立刻派人骑马去请兽医。大清早，兽医来了，他说："晚了。"于是他开了死亡证明书，走了……

13

最可怕的是等候处分。

在区委委员小组开会前四天，费道西·穆尔根就变得憔悴了，脸色变得枯黄了。

他感觉不到自己有什么过失。是普拉斯柯维雅昏了头。娘儿们的头脑真是空心的——在农村里干了一世的活，连这样一点简单的道理都没想到。牧场主任库尼青也有责任，——他疏忽了；饲畜专家鲁巴什金也没及时提醒……

他，费道西·穆尔根，不准备把过失推在普拉斯柯维雅或者库尼青的身上。把罪过一古脑儿推给这笨娘们是卑鄙的，人家有一大群小孩，丈夫在前线牺牲了。可是袒开胸膛说："你们打吧，我照单全收！"这也完全不必要。

曼苏罗夫关心的只是一点：惩戒一下犯错误的人，以便发人深思。可是用普拉斯柯维雅作例子不能起惩戒的作用——因为她不过是个普通的庄员。反正有一条不成文的规矩，出了什么事，负责的总是农庄主席。

记得从前"布尔什维克"农庄（现在已经并入"劳动者"农庄）里一个坏蛋——仓库管理员——在播种时节用烂种代替了选种。有一百公顷地颗粒未收。谁负责呢？主席季莫非·伊瓦什柯。

在恰巴耶夫农庄里烂掉了一千公担蔬菜。责任应该由旁人——签订合同的工人消费品供应站的主任们——承担。这些家伙一辆汽车也不派来，结果在法庭上受审的是阿列克赛·谢米昂诺维奇·波普雷贡采夫……

不，费道西·萨威里奇，你是一匹识途的老马，你是知道棍子从哪一头打下来的。他们将要抓住你的颈皮。只有一点可以救你，那就是萧萧白发和在主席职位上二十余年无可指责的工作！

费道西几夜没睡好，他在细细地回忆自己的一生。六十五个年头过去了，各种各样的事都经历过了……似乎应该学乖了，应该能预测到不幸的可能发生，但是，常言说得好：学到老，学不了……

穆尔根沉重的身体在床上辗转反侧，回忆着生活曾经怎样教导过他。哦，这条路真长啊，这条路真不好走……

他父亲是个木匠，又会修砌炉子——“一手好本领，可惜不长进。”本来可以好好过日子，可是他老是喝酒。每两个月中总有一次把钱喝得精光，还要欠债，——将来干活抵账，——然后提着手风琴的一只耳朵神气活现地叫嚷：“哼，谁敢跟我萨威尔卡·穆尔根作对！”他是在三圣节[①]狂欢时喝醉了酒被人打死的。

他身后留下了一座拆去屋顶的房子——他本来准备重盖的，可是木板给他喝掉了——还有普里瓦任诺草地后面一小块土地。

费道西可不像他的父亲。夏天老在地里，借人家的马耕田。冬天到各镇各村去给人家修砌炉子，也能挣一点钱，可是他舍不得买东西——每一个戈比他都积起来，准备买一匹马。他要做事事不依赖他人的主人。“等我买了马，可以轻松些了……”现在你看他横阔竖大，他这是到了晚年才发胖的，从前他又瘦又干，像砂岩上一棵弯曲多节的松树，干活的时候不遗余力。难得有几夜睡四小时以上，甚至在节日里也不肯休息。

他终于做主人了。

早上起来走到院子里：一匹马用蹄子踢着牲畜栏的板壁——尽管马儿不肥，而且老了，肚子像酒桶，但总是自己的！一头牛在喘

---

① 三圣节是纪念圣父、圣子、圣灵的节日，在复活节后第七个星期日。——译者注。

气——牛也是自己的！几只羊在羊圈里发出窸窸窣窣的声音——羊也是自己的！做主人了！总算熬出头了！但是他并不觉得轻松，只是想："太少！要多些！"

他不怜惜自己，也不怜惜老婆。她生了两个只差一岁的儿子——巴什卡和斯乔帕卡，另外还有三个都死了。她要照顾孩子，要管理家务，还帮助丈夫干活。"玛特寥娜，加把劲！我们不是有钱人，不能成天躺在床上！"玛特寥娜就加劲干着，连死的时候也没躺着——她在把一只容量接近二十公升、盛着牲畜饮料的铁锅端到炉台上去的时候摔倒了就没起来……费道西后来续了弦。

两个儿子长大了，费道西就成天逼着两个儿子干活。院子里已经不止一匹大肚子马了，现在有两匹高头大马跟一匹一岁的小雄马、四头牛、一群羊……可是……"太少！要多些！"

起初发生了一件不痛快的事——两个儿子受不了父亲监督下的苦役逃跑了。他们是在冬天到城里去做工的，去了就没回来。

他被认为是个富裕中农——他不愿雇人干活，一切都是亲自动手。马笼头上每一行针脚都是他自己缝的，马背上每根发亮的毛也都是自己侍弄的，没法儿挑剔，他不是剥削者。

村里人不喜欢他。他对同村的人也不特别怀着敬意。他对富人侧目而视，对二流子也瞧不起。他只谨记一条箴言："世界虽大，相处总嫌太挤。离人愈远，愈能得到安静。"然而不是别人，正是他的两个亲生儿子回来以后（他们都已经在军队里服过兵役），开始号召庄稼人联合起来建设新生活，组织大家庭，加入集体农庄！当时，他认为这简直是荒唐、愚蠢、可怕。

从很早的时候起，舒平诺-波戈斯特村的拉符鲁什卡·席林就是费道西的死对头。费道西曾经打算买下一座磨坊——拉符鲁什卡出高价把他压倒；费道西看中了尔查文卡小河边的草地——拉符鲁什卡抢先租下了；费道西想开马具作坊，买了很多皮革，从新拉美尼耶村请了个老头儿达尼尔卡·彼斯东做帮手，可是拉符鲁什卡在这件事上也从中捣乱——他自己也开了一爿马具作坊，还把达尼尔卡挖走。当皮革开始腐烂的时候，费道西气得直咬拳头。他要跟席林斗是斗不过的。他们俩见面不打招呼，谁也不理谁，可是当集体农庄搞起来的时候，他们却变得很投机了。在拉符鲁什卡面前，费道西毫不掩饰地骂自己的两个儿子。

要不是有一天早晨在奥斯塔诺伏镇苏维埃的台阶旁发现费道西的大儿子斯切潘[①]被人打死，事情还不知道会怎么样呢。斯切潘的头盖骨被人从后面很近的地方用霰弹打得粉碎。

当时，费道西在怀里藏着一柄斧头到处找拉符鲁什卡，可是……这狗杂种逃走了。

在那一天，费道西第一次向自己提出一个问题：他活着为了什么？

为了什么？

有些人爱生活就是爱生活。他们爱清晨的朝露，爱雷雨前紧张的静寂，爱一边出太阳一边下大雨的天气，他们爱万里彩虹悬在洁净如洗的空中……他们无私地爱着这一切，仅仅因为这一切美丽，因为这就是生活。

这样的生活费道西不懂得，也不愿意懂得。

对于他，草上露珠自然是好的，这就是说将有一个好天气，也就是说，他，费道西，来得及把自己放牧地的草割完。

一切都静寂下来，雷雨快要降临——这就糟糕，上帝保佑别下冰雹把庄稼打坏。

一边出太阳一边下大雨——这好极了！庄稼正干得厉害，早就该让土地解解渴了。

至于彩虹——那是可有可无的东西。它高兴就让它挂着，对谁也没有妨碍。

费道西自私地爱着生活，“太少！要多些！”这个念头使他不能安宁。

他活着是为了财产。

---

① 斯切潘就是斯乔帕卡，后者是小名。——译者注

斯切潘死后，他向自己提出了这样的问题：要财产干什么？是为了吃饱肚子吗？不。没有很多财产他也能得到粗茶淡饭，而对于山珍海味费道西素来不感兴趣。

是为了儿子吗？不。他的儿子就是为了这个离开他的。

结论是：他活着没有目的！未来的生活显得空虚了，只有躺着等死——别的什么事也没有了。

但是费道西没有死，生活起了新的变化……

他把积攒了几十年、从自己和妻儿身上榨出来的血汗家私全都交给了集体农庄，马、牛、羊——一切都交了出去。既然生活已经结束，还有什么舍不得的。

那时，他的巴什卡当了农庄主席。虽然人家不能把他玩弄在股掌之上——他已经是个党员了，可总还是个不大懂事的孩子。他经常跑来向他父亲讨教："爹，这件事你看咋办？这件事你给出个主意好不好？……"费道西每次都帮他忙，给他出主意，没旁人的时候常骂他："你们的政权真是荒唐，怎么能让你这种毛孩子担任这样的工作……"他自己当一个普通的庄员。尝过自己的家庭苦役的滋味以后，他觉得在集体农庄里干活简直像在玩儿。干起活来挺轻松，不过他不是衷心愿意干活，仅仅是觉得不干活生活太无聊罢了。

他记得第一次在大会上被叫到一张红桌子那边去当着大家的面领奖的情形。奖品很菲薄——一块做衬衫的小点子印花布。可是费道西却弄得稀里糊涂。过去，他干活干得愈多，就愈是容易听到人家说："这家伙胃口真大，老是嫌不够，将来非噎死不可！守财奴！"人们由于妒忌而议论纷纷。而现在却对他说："谢谢你，费道西·萨威里奇。请别嫌菲薄——这小点子印花布你收下吧。"唉！人真是个谜！……

在父亲的指点下，巴什卡已经渐渐掌握了农庄的业务，可是这小伙子忽然想去学习了。在一次会议上，他——费道西——意想不到竟被选为农庄主席。大伙对他说："你是个精明能干的人，你是看不惯混乱现象的，我们都记得你把自己的家理得挺好，现在希望你为大众出一把力……"

这是二十一年前的事。

他的往事仿佛像疮痂脱落似的一笔勾销了……战时，他领导妇女们克服困难，每年支援前线两千公担粮食，还有许多油、肉！……当时农庄只有两个小村子。他打了入党报告，被一致通过接受入党。

他们农庄两个村子生活得挺和睦，像一家人一样，可是对邻近的村子有些瞧不起——那些集体农庄搞得都不大好，爱向人家借贷，常常得代它们一会儿补缴供销计划中的不足部分，一会儿补缴国防基金……穆尔根农庄里的人不大喜欢拖拉机和联合收割机，因为机器干活要用实物付酬。马匹就好多了：不管叫它们干什么活，收入都进自己的口袋。

学到老，学不了……现在看来，他工作得并不好，成绩很差。他把整个农庄挑在自己肩上，既然当了主席，就应当是整个农庄的一根主梁。从前农庄只有两个村子，三百公顷耕地，他张罗着，凭他的头脑应付了过来。如今农庄扩大了，还是他当主席；土地已经不是三百公顷，现在乘马车一天还来不及绕行一圈；想不到年纪大了，在平地上也会绊跌了。

不单要用自己的头脑生活，还得叫别人开动脑筋。农庄里有一个农艺师阿廖欣——这是个出色的小伙子，可是其余的人什么事都要等主席开口。所以搞得饲料不够，所以出了乱子……

要是这一关能平安渡过，他一定派一部分饲畜干部去进修，他要从自己农庄的小伙子里头培养一批有本领的拖拉机手，他要叫庄员们独立思考，不要光等指示。只要这场祸别把他从主席职位上挤掉。要是挤掉了，费道西·穆尔根就完了，年龄不容许他东山再起，那时就只好躺下来等死。要是不挤掉，他还要做一些成绩出来让人家看看老头儿的能耐。他一定要做一些成绩出来！……

14

两间不很大的房间。一间的窗子正对木板人行道，窗外不时可以看到柯尔松诺伏镇行人头上的制服帽和硬舌帽。卧室唯一的一扇窗紧靠着菜园里的一株高高的花楸。卧室里放着一口老式衣柜，镜子前面摆着大大小小的香水瓶，一张双人床上的枕头铺着镶花边的枕巾；由于一株花楸立在窗前，卧室里白天老是笼罩着一片恬静的朦胧，即使现在，当花楸上的叶子还不很茂密的时候也是这样。傍晚和夜里，可以听到玻璃窗外慰人愁思的沙沙声……

餐室里有两张桌子：一张在罩有浅蓝色灯罩的电灯下面，这是一张餐桌，经常铺着干净的台布；另一张是很小的写字台，上面放着一叠叠的书。安娜就在这张桌子上改课卷。巴维尔喜欢把椅子移到沙发旁边，放上个烟灰碟，躺在沙发上看书。

安娜和巴维尔在这两间房里，在这些熟悉的物件中间住了整整四年。他们的生活相当朴素，从不引起邻居的好奇和责难，就像一般的教师、区干部以及柯尔松诺伏其他一切没有多大奢望的知识分子一样地生活着。

这些年来，安娜对生活一直很满足：整洁、舒适——这是她在暇时亲手安排的；晚上看看书，生活上没有多大欠缺，还需要什么呢？当然，没有孩子是件遗憾的事，但这样可以把更多的精力用在工作上面，用在学生身上……要是没有学生，老呆在家里的生活不知有多么无聊。学生给她带来了欢乐、烦恼，使她每天都很疲劳，但唯其因为每天疲劳，回到干干净净的家里才能感到休息的幸福。劳动，适度的疲劳，安静的休息，感觉到自己是个有用的人——其余什么也不要了，只要能这样过到晚年就好了。平淡的但是真正的生活乐趣大概就在其中。

可是巴维尔却失去了这种乐趣。他的命运愈顺利，在生活中得到的愈多，他身上就愈是清楚地显现出一种不可理解的闲不住和乖张的性情。

过去，这种乖张的性情并未波及安娜，并未波及他们的家，——他只是跟偶尔来坐一会的伊格纳特争论几句，有时下班回来闷闷不乐，但只要脱下上装，穿上旧马裤，趿上拖鞋，就不再皱眉蹙额了。

他穿着过膝的睡衣，和颜悦色，坐在浅蓝色的灯罩下悠悠然喝茶，喝完茶躺在沙发上，翻翻报纸和杂志，有时听听外边风声萧萧，冷雨敲窗，他说：

“这天气……恐怕要变了……”

在这句随便说出的话里可以感到精神上的协调和安逸。天气变也罢，不变也罢，反正他的周围总是温暖、清洁、干燥，刷白的天花板上总留着浅蓝色的灯罩影，桌下阴暗处总有一头猫在玩弄台布边上的穗子。安宁不受骚扰，房屋不受骚扰，家庭——虽然是只有两个人的小家庭——也不受骚扰！

但是，近来巴维尔出门很早，回来很迟，下班回家喝茶也不换衣服，有时出差回来甚至穿着棉裤喝茶，不像回到了家里，简直像一个路过走进来坐一会的客人。家里穿的旧马裤搁在衣橱最低一只抽屉里不穿，拖鞋在沙发下面蒙上了厚厚的灰尘。从前他很爱整洁，现在常常忘了把靴底擦干，走进卧室的时候在发亮的油漆地板上留下许多脚印。他已经没工夫听窗外的风雨声，没心思珍惜家庭的逸乐……

安娜明白——他工作忙！当区委书记可不是闹着玩的，整个区都在他的肩膀上。她明白，不但嘴上不埋怨，甚至心里也不责怪他。但在他对自己的家这样漫不经心的态度中，终究可以感到对她——安娜——的疏远和冷淡。要知道是她把地板擦得发亮的，是她的悉心安排才使房间里经常保持温暖和舒适，她希望浅蓝色的暗影和摆得很雅致的桌子能使他，也使自己感到满意、愉快。他享受着她的力量创造的小小的幸福而无动于中，由此可以看出一种不很显著的隔阂。家庭的稳固基础微微动摇了，在某种意义上说，他们开始分居了。

等一股热潮过去，巴维尔的工作上了轨道——那时一切都会好的，一切都将跟过去一样。生活中常有一些暂时的不和谐的情形。安娜相信这一点，所以她还安心。

但是日子一天天过去，巴维尔跟家庭的距离却愈来愈远，随着也不知不觉地跟安娜疏远了。起先他只是没有时间脱衣服换马裤，一走到门口就说：“安努什卡，我饿了，你给我弄点吃的……”后来这句话变得较短了：“安努什卡，弄点吃的……”最后，他走进来只说一个字了：“吃！”把帽子往钉上一挂，在桌旁坐下。“吃！”——他心目中没有妻子，没有安努什卡，不管你是谁，马上拿来，只要吃。

安娜还是自己安慰着自己：工作把他累坏了，他什么都忘了，当然，这很糟糕，但别的也没什么……等过一个时期，一切都经常化了——他就会跟从前一样。

她这样自己欺骗着自己，一直到四月里的一个星期天。

通常巴维尔星期天是不休息的，——有时到农庄去，有时跟非假日一样坐在区委会。但在这个四月的星期天，他却待在家里。

春天已经降临了。雪融化以后道路变得泥泞，窗下的木板人行道简直浮在绿油油的水塘里，太阳笑靥迎人。这天，巴维尔起身时似乎精神挺好：洗脸的时候鼻子里快乐地哼着，他走到台阶上去擦靴子——一边吹着口哨。洗净了手，穿上擦得雪亮的靴子，喝了杯茶，看了一份报纸，坐在窗边对来来往往的行人看了半天。忽然安娜感觉到他们之间无话可谈，这使她大吃一惊。她随便说了些临时想到的话：春天到了，该买一点土豆下种；他，巴维尔，该做件大衣了，因为一件旧的出差时常穿已经穿破，穿着皮茄克到省里去总不太像话……巴维尔三言两语回答着表示同意，一边仍旧看着窗外，最后，他站起身来，说：

“我出去透透空气。”

他走了，安娜觉得轻松了一会儿——心头不那么别扭了，但她随即吃了一惊：这算什么，他们变成陌路人了吗？……在这以前，她一直抱着希望——慢慢儿一切都会恢复原状的。但是日子一天天过去，而他们一天比一天疏远。时间——唯一的希望、唯一的救星——叛变了，它没有使他们接近，相反使他们更疏远。

也许，巴维尔事实上没事情可做，要不然他不会这么早回家。还是不回来的好……他跟以前一样躺在沙发上，跟以前一样把放烟灰碟的椅子挪近些，拿了本书……一切都跟以前一样——他躺着看书，安娜在自己的桌上批改作业，可是安乐和宁谧的气氛没有了。巴维尔默默地翻着书页，小桌子上安娜面前的一只闹钟在忙忙碌碌地把一秒钟一秒钟编结成一条无穷长的线。安娜听着柔和的滴答声，她觉得闹钟这架平凡的小机器一方面用看不见的小轮子计算着时间，另一方面却是一个轮齿接着一个轮齿，一毫米接着一毫米，坚决无情地把她跟巴维尔之间的距离愈拉愈远。要想很随便地开口说话却是一秒钟比一秒钟困难。趁现在还不晚，应该做些什么，应该解释一下……可是叫她如何开口呢？……

要不要马上站起来，走过去，在他身旁坐下，把自己心里想的、担忧的事对他说？……要不要说？……可是他不会明白，他将耸耸肩膀——表面上明明什么也没有改变。如果责备他冷酷，责备他忘记了她的存在……他会回答说工作把他吞噬了，他挑着一付不轻的担子，他没有时间研究千变万化的女人心肠。

在这个漫长、难堪的星期天以后，巴维尔只有吃饭的时候和夜里在家。而安娜注意到自己照镜子比往常照得勤了，她发现自己为眼边出现了皱纹而苦恼。即使在结婚前，当风流倜傥的曼苏罗夫少校追求她的时候，安娜也未曾这样殷切地希望赢得他的好感。她开始讲究衣着，买了一件新的连衫裙、两件新的衬衫，虽然她自己明明知道这是愚蠢的、无聊的，这是傻丫头玩的把戏。有一天早晨，当她穿上一件新的紫色连衫裙时，她发现巴维尔脸上有一种勉强看得出来的厌恶神情……

怎么扭转、怎么挽救这种情况呢？！她毫无办法！

世上再也没有比无言的鄙视更可怕的了。粗野的詈骂、当面的嘲笑也不能使人感到比这更大的侮辱。对待詈骂和嘲笑至少还可以表示愤懑，起来反抗。可是受到无言的鄙视就毫无办法。如果你不愿像个泼妇，那就只得忍受一切委屈。

安娜忍受着。

最近，就在几天以前的夜里，巴维尔回家特别迟。安娜给他开门的时候，立刻就发现他走进来时不像平时那么坚决，挂帽子的动作也不是那么爽快，而是躲头藏面地在墙上摸钉子摸了半天才挂好的，然后侧着身子，生怕不留神碰着安娜，走到房间里，说：

“睡吧，睡吧，你站着干吗？……”从他的声音里安娜捉摸到一种交织着歉疚、不安和媚谀的口吻。

一种猜测像鞭子把她猛抽了一下。不过，她早就料到这一着了——照这样下去，迟早总会发生这种事的。

“你站着干吗？快去睡……”巴维尔说这话时已经有些着恼了。

“巴维尔……”安娜轻轻地说，“你是不是在另外一个女人那里？”

他们没点灯——柯尔松诺伏发电站过了夜里一点钟就停止发电，——安娜在黑暗中看到巴维尔打了个哆嗦。

“你怎么啦？你神经错乱了吗？”

“就算是吧。我猜错了……请原谅……那么我想谈谈别的事……”

“还谈什么？晚了。这不是时候。”

“不，是时候！你说，出了什么事？为什么你把我看作外人？为什么我要每小时、每分钟忍受无言的鄙视？是什么原因？”

“你疯了，说真的。我不明白你要什么？”

“别撒谎！你非常明白！太明白了！”

“你别嚷好不好……”

“我沉默了好久。我再也忍不下去了！够了！……我有作为一个人的尊严。这一点你忘了……”

“我不愿意听蠢话，尤其在这种时候。”巴维尔拉高了嗓门。

“不，你得听下去！你得回答我！这种沉默的游戏做得够了！……”安娜首先把嗓音提到叫喊的高度。

他们两个人都开始喊叫，互相责备，安娜哭着，扭绞着两手。这是他们共同生活中第一次勃豁，在这种无聊的口角以后双方都会对自己感到厌恶。

这一夜巴维尔就躺在沙发上。第二天早晨，他皱紧眉头，由于没睡好而精神不振，匆匆喝了一杯茶；他苦恼着，但不是因为受到良心的谴责，而只是因为这杯茶是安娜烧的，——虽然事小，但也是一种依赖，也是她给的一种恩惠。

晚上尤其难堪。窗外公路上晚行的汽车轰隆隆开过，青年们大声谈笑着走过，邻居教导主任尼基达·彼得洛维奇家里来了客人——彬彬有礼的克鲁比扬诺夫斯基夫妇两位教师，只听见他们在台阶上擦鞋底，礼貌周到地寒暄着。

“阿格妮雅·费奥多洛芙娜身体好？”

“托福，托福……丹涅琦卡好？”

“还好，只是最近有点儿咳嗽。”

两间房里只有安娜一个人，周围静悄悄的，只有在卧室里可以听到窗外的花楸在沙沙地响。不用等，谁也不会来。最近连伊格纳特也不来了。这倒反好……见了他会勾起她诉苦泄郁的愿望，可是这又有什么用呢？在这种事情上谁也帮不了忙。何苦使家丑外扬。过去卡嘉还常来看看她。现在她快出嫁了，哪还想得到安娜……孤独啊！……巴维尔在区委会里。可是，他真的在那儿吗？也许在她不认识的一个可恶的女人那儿……唉，这都是胡思乱想！她怎么会变得这样疑神疑鬼？他今天显然有心事，早晨甚至还说了几句话，好像说死了一头牛。但是，这种不幸事在区里难道就这么严重？一头牛——何必大惊小怪！为什么他提起这事？往常他是不会提起的。这不会没有原因！好像他还躲避着她的目光……现在他在哪儿？在做什么？这样下去简直可以叫人发疯……

安娜毅然站起来，穿上羊毛衫，把头巾披在头上。

不，不，她不打算去侦查巴维尔在哪儿。尾随、监视——她还没有，也决不会堕落到这般地步！让他随心所欲地生活，他高兴干什么就干什么。她只是需要去透透空气，这个黄昏似乎很暖和……

但是安娜散步却不是到河边去，也不到小树林里去，而是在中央大街上散步。走过区委会门前的时候，她甚至瞒着自己向二楼的窗子投了一瞥。她最关心的两扇屋角的窗里射出平静的灯光，好像一个正在埋头工作、心事重重的人的眼睛。那边在开会。孤独会使一个人头脑里出现各种各样的胡思乱想！

安娜心里轻松了一些，她还走了一会，然后往回走到家里去……

可是家里迎接她的是一片寂静，屋子里空无一人，疑云重又弥漫在心头……

15

区委委员小组会议开了两小时。费道西·穆尔根冒了两小时大汗，垂头丧气地听着责备，有时提出反驳，为自己辩白，有时承认错误。没有比及时承认错误——虽然是出于无奈——能更快赢得原谅。大家的声音立刻放低了，责备的口气不再那么严厉了，目光也比较温和了。

散会后分别的时候，曼苏罗夫对他说：

“岁数把你救了。我们可怜你的白发。要是事情出在别人身上，问题要简单得多。不过你要注意——这样的事要是再发生一次，跟你谈话的将不是我们，而是检察官了！”

马车在下面等着，穆尔根神色阴郁地走下楼去，一边在想：警告，而且还是严重警告，这么一大把年纪受这种处分可不是好受的。但他内心深处却感到轻松：事情有可能搞得更糟，现在总算是不幸中之大幸，他还留在主席职位上。这件事简直想起来就可怕……警告就警告吧，严重警告就严重警告……是有点委屈，但现在他要结结实实教训一下自己农庄里的庄员们，他要放下架子去向伊格纳特·格梅津学习。你瞧着，再过一年，警告就会撤销。现在，可怕的担忧已经结束，谢天谢地！……

诚然，除了警告以外，还有一件倒霉事。死牛要赔钱，而且这头该死的牛还不是普通种——它值四千多卢布。一个零数是可以弥补的，牛肉可以卖一点钱……可是四千卢布整数哪儿去弄？按照法律应该由普拉斯柯维雅偿付。可是叫她怎么拿得出来？这事得跟农庄管理委员会的委员们好好商量商量……

费道西哼哧着费力地爬上了马车，身体动了几下，在枯萎的三叶草上坐好（“唉，想不到落到这般地步，连农庄主席的马也吃不到一把干草”）。马儿兴冲冲向家里走去。

车出了镇，费道西让马车沿着道边走，免得在石子路上颠荡，自己打起盹来。马车动不动就要倾斜。昏昏欲睡的穆尔根把虚胖的身体整个儿侧向一边，他不时以嘶哑的声音喝着：“啧——啧！你这瞎眼的畜生！”喝了一声，重又打起盹来。

费道西住的村子以亮闪闪的灯光迎接了他，灯光从窗前茂密的树叶中透出来。

“奇怪，”主席立刻就觉得不对头，“已经过了半夜，怎么灯还亮着？”

地窖村和苏托洛科伏村是由一座小型水力发电站供电的，这座水电站造在从前的磨坊所在地。按照费道西·萨威里奇的指示，夏天十一点以后停止供电，水电站要上锁。何必让发电机空转呢？夜里谁需要点灯？这样大家可以早些睡觉，也就可以早些起来干活。

“格里什卡·茨维都什金这小子自作主张，”费道西心想，“八成是小伙子和姑娘们要跳舞央求他开灯的。哼，我要给他大大亮一下！要是你们忍不住脚痒，就点煤油灯跳舞……”

黑暗中栅栏门砰的一声响，有一个人冲了出来向前跑，只听见一个不很响的、抑制着惊恐的女人声音说着：

“天哪！天哪！这可是你的主意啊！为什么你降下这种祸灾啊？”

“难道又出了什么事不成？”费道西立刻凉了半截，他把马抽了一鞭，喊道：

“阿芙多季雅！是你吗？……你在说什么？……”

“萨威里奇！我的亲人哪！又出乱子啦！又出乱子啦！”

费道西追上了阿芙多季雅，他把马勒住。

“你别没头没脑胡说。好好儿讲！哪儿出了乱子？出了什么乱子？”

“哦呵！我们真是苦命啊！这回连你也不会饶过了……”

“你这没头脑的婆娘，真要急死人了！”

“我的亲家娜塔丽雅……”

“又是养牛场出了事？”

“是在那里，亲人哪，又是在那里……”

费道西不再问下去了；他像小伙子一样矫捷地站直身子，马车因此发出一声呻吟，摇晃了起来，他用足力气挥鞭赶着马儿快跑。

养牛场里本来光头很小的灯泡换上了一百支光的大灯泡。强烈的灯光照亮了好久没刷白粉的木条墙壁和践踏得很脏的、好久没刨的地板。在这不习惯的亮光下，所有的牛都激动得站了起来，紧张地打量着聚在一起的人们，轻轻地哞叫着。牧场主任特里方·库尼青放肆但又胆怯地骂着，也不顾忌有女饲养员在场，把父母神明全部骂遍。一看到费道西·萨威里奇一只脚跨进门槛，他一句话没说完马上就不响了——他知道老头儿痛恨下流的骂人话。

人们给主席让开一条路。一头名叫符拉加的新牛躺在践踏得很脏的草垫上，草垫上面铺着新鲜麦秸，它像一条正在休息的狗，垂着向前伸出的头。它的呼吸很急促，肚子一胀一缩，背上的皮痉挛地牵动着。一只水汪汪的大眼睛凝视着人们，睫毛沾湿了好似一支支极小极小的箭，一颗细小的泪珠沿着鼻上短而硬的毛慢慢地淌下来。

大家给费道西·萨威里奇镇静的声音惊住了。他短短地问了一句：

“喂了燕麦？”

“没喂燕麦，萨威里奇！但愿这燕麦再也不要害人了！……”饲养员娜塔丽雅边哭边说，她把揉皱的头巾角从眼睛那儿拉开。

库尼青打断了她的话：

“可是比喂燕麦更糟！这次是喂的从柳什鸟伏运来的干草。”

“嗯，嗯，不是喂的燕麦……”

费道西·萨威里奇给强烈的灯光照得眼睛也睁不开，——一双本来就很小的眼睛眯成了两条线，——他像局外人那样无动于中地看着那头病牛。他不骂人，也不是把自己的愤怒掩藏了起来。他没有愤怒，可是所有站在旁边的人看来，这却比大发雷霆可怕得多。

库尼青压低了嗓门急急忙忙解释着：

“萨威里奇，这干草是那批浸过水的草堆里的……你总记得，水把沙子冲进了干草。有沙子，还有淤泥。这批干草糟透了。我们把它运来是准备塞草垫的。可是这头牛把它当饲料吃了。”

“要是我知道，难道我会让它……”娜塔丽雅抽噎着辩解说。

“闭嘴！”库尼青喝住了她。

“嗯，嗯，对……这批草塞草垫合式……”主席重复着说。

“你怎么啦？”库尼青问了一声，他已经给主席的反常态度吓坏了。

妇女们都目瞪口呆。

库尼青没等到他回答，重又心急慌忙、结结巴巴地往下说：

“我们马上派人去请兽医……伊凡开了卡车去的……你怎么没碰见他呢？……”

“嗯，嗯……没碰上，没有……我们走岔批了……”

忽然，费道西·萨威里奇在完全绝望之余迸出了一句话：

“你们没用刀……把我宰了……”

说罢，他身子晃了一下走开了，在一辆运粪的手车边上坐下来，把宽阔、臃肿、被一件褪色上装紧紧绷住的背部朝着大家。大家都看到他的背脊哆嗦着，主席短发苍苍的头愈垂愈低。

饲养员娜塔丽雅胆怯地用头巾角掩住嘴巴，以尖细的声音哀哀痛哭……

16

饲料没有。这次连青草也不解决问题。等收第一批干草还早哩。优种牛中的病疫一天天渐渐成为普遍现象了。穆尔根的农庄里死了牛，“火花”农庄也死了牛……有人开始表示不满，很多人在怀疑：他——巴维尔·曼苏罗夫——到底做得对不对？

他已经做的和继续在做的事情只能称之为一种冲锋。也许他太急了一点，也许他过于冲动了，但是木已成舟——冲锋的时候不能半途却步。对于那些想在中途躺倒的人应该毫不留情。

省委会目前还信任着他。没几天以前省报上还作为工作主动、坚决的榜样提到他的姓名。可是，如果死牛现象继续发生，那么首先是省委会，接着是一切不懒于说话的人，都将开始责备："吹牛专家！毫无根据就轻举妄动的冒险家！"如果仅仅是责备还好哩……每死一头牛就是几千卢布的损失；姑且不谈钱，优种牛还是致富的希望，是通向未来幸福的桥梁。要是这座桥由于他的过失坍塌了，那就别想得到饶恕——党证将被收去，还可能受审判。他——已经受到大家重视和尊敬的巴维尔·曼苏罗夫——将带着他的壮志雄心身败名裂。

冲锋在继续，他身先士卒！他冒着极大的危险，但是回顾和犹豫已经晚了。现在没有动摇的余地！

关于"光明大道"农庄死了第二头牛的消息巴维尔·曼苏罗夫是在早晨得悉的，中午，费道西·穆尔根自己来到了他的办公室里。

穆尔根挺直腰板，个子也仿佛比平时高了，只是面孔似乎扁了一些。当他不待邀请自己在一把椅子上坐下来的时候，巴维尔看出他身上起了变化：肩膀一下子萎靡地下垂了，眼睛下面出现了浮肿的痕迹。

穆尔根有半晌不开口——他爬上楼梯后还没喘过气来，——眼睛看着旁边，终于以轻微的但是内心显然很紧张的声音开始说：

"请审判吧，巴维尔·谢尔盖耶维奇……想不到事情会搞成这样。"

他从垂着的眼皮底下抬起一双疲倦的眼睛，遇上曼苏罗夫冷漠的目光后又避了开去。曼苏罗夫不吭声。

"这几天我回顾了一下往事，"穆尔根低声、小心地继续说，他好像在一条拉紧的绳索上行走，"我发现我的一生过得很无聊，漫长而无聊。里边唯一有意义的就是集体农庄……在六十五个年头中，这二十……"

“简短些，费道西·萨威里奇。你想得到怜悯吗？这是空想。”

穆尔根仔细看着曼苏罗夫，——巴维尔伸长了脖子，颧骨像两支石矛，嘴唇不自然地紧闭着，说话的时候嘴唇好像很不愿意张合，——老头儿长叹一声。

“我想谈谈我的一生，可是关于自己的一生没法谈得简短……就这样，除了农庄，我什么都没有。叫我放下农庄，我不是吓唬你说，——这等于叫我死。叫我上哪儿去？……做一个普通的庄员——老了，甚至跟妇女们去除草也不行了。干别的工作我不会。那只有一条路：躺在神像下面瞪出眼睛……”

“说得干脆些！别拐弯抹角！你怕被撤职是不是？”

“我怕，巴维尔·谢尔盖耶维奇。比死还怕。”

“那么你以为，如果一个农庄主席比死还怕丢掉他的职位，我们就会出于怜悯把农庄信托给他吗？他不能教会饲养员和饲畜干部照顾牲畜，他不能及时贮备饲料，他的农庄里死了牛——好像这一切都无所谓，只要不担心，只要在主席位置上坐稳，是吗？”

“巴维尔·谢尔盖耶维奇！”穆尔根抬起沉重、矮壮的身体站起来，一双小眼睛露出阴郁的目光。“我比死还怕离开主席的职位，是因为我和农庄已经没法分开；通过这样的教训我要拼着这付老骨头把一切都纠正过来，把农庄、把人们往好里拉。我不是请求怜悯——我是请求信任！请求像信任一个人、一个共产党员那样信任我！”

“共产党员？……你做的事已经玷污了共产党员这个称号！你要人家原谅你，姑息你吗？别的吊儿郎当的人看到这样就会高兴，他们会说：没关系，区委会里的人都是软心肠，什么都肯开脱。不，我决不袒护你！我要坚持立刻撤除你的主席职务！……这还不算完。我们还要你把党证拿出来！”

曼苏罗夫站在穆尔根对面，他瘦长、挺拔、英俊，鬈发搭拉在眉毛上，眼睛又大又黑。虚肿、萎靡的穆尔根又坐到椅子上，把白发苍苍的头顶呈现在曼苏罗夫的目光下。

“我今年六十五岁，”他面对地板慢慢地说，“经过了这种事……

巴维尔·谢尔盖耶维奇，归根到底，两头牛，尽管是最好的优种牛，总不见得比人更宝贵吧？要是把我撤职，我就全垮了！全垮了！”

“问题不在于牛！要是原谅了你，别人就会草率马虎。不，请别见怪，我们将报告司法机关，我们要让区报批判你的草率的工作态度……你怎么不觉得可耻，穆尔根同志？你想一想——你居然会来哀求乞怜……”

穆尔根好容易站起身来。

“对……可耻……”

他的皮帽子从膝上滑下。穆尔根没留意，他自己的靴子在上面踩了一脚。

“可耻……”他嘶哑地重复了一遍，还想说些什么，可是他痉挛地吸了一口气，挥了挥手。他弓着腰，垂头丧气，靴底的掌子在油漆地板上沙沙地拖着向门口走去，走到门口，肩膀在门框上撞了一下……

巴维尔动了怜悯之心：“的确，老头儿什么也不剩了……”但他坚决地转过头去不看那扇被小心翼翼地微微打开的门。“别三心二意。要是这样一个当了二十多年农庄主席的人也摔下去，别人就更不敢马虎了。”

穆尔根的破旧的皮帽子掉在地板上，给靴子踩扁了。巴维尔把它捡了起来放在屋角的保险箱上，心想：“他会回来拿去的。”

但是，穆尔根已经一去不返了……

第二天清晨，“白鼻”——经常为主席代步的一匹驯良的老母马——没拉着车，只套着解去皮带的颈轭，拖着辔革回到地窖村，直接走到马厩前。人们纷纷从地窖村冲出来，到森林里去寻找……

费道西·穆尔根被发现躺在一株桦树下，脸孔埋在腐烂的隔年落叶里。桦树的一根桠枝吃不住他身体的重量折断了，但是从“白鼻”的颈轭上解下来的一根很长的生皮轭带紧紧切入了他粗壮的脖子。

17

过去，生活着没有注意到自己幸福到了极点，没珍惜这份幸福，以为应该这样，非这样不可。可是如今垮了……而且垮得那么荒唐，那么愚蠢！……最近一连串的事件，甚至穆尔根的死，都没使萨沙激动，因为他自己的不幸填满了脑海，没留下余地考虑别的事情。

譬如在街上碰见了辽什卡·里亚普诺夫，跟他谈起盖屋顶用的木板，谈起从河边运一些石头去作养猪场的屋基倒不坏——河边浅滩上有很多“跟小牛差不多”的大圆石，——可是萨沙心里老是想着：“我的事要是他全知道了会怎么样？……”他怀着鬼胎看着辽什卡红得像被开水泡过的脸，自己冷汗直淋。他们很要好，要是辽什卡知道了他的事，固然没有理由生气，但他一定要乱说乱讲，惹得大家取笑，他是没有恶意的，仅仅是开开心罢了。“哈哈！那丫头把你降服了！……呵呵！你不是已经有对象了吗！……你这小子真有一手！一点也不慌张……那么你的柯尔松诺伏的未婚妻怎么办呢？……她不怨恨吗？她受得了吗？……”

每次想到这里，萨沙简直要发出无望的绝叫。他不是为自己害羞。如果事情局限在他一个人身上，嘲笑、不堪入耳的字眼、侮辱性的讽刺——他全能忍受，不皱一皱眉头。这本是活该：闯下了祸，玷污了自己，自作自受。可是问题在于他不仅玷污了自己，还玷污了卡嘉！

他曾经像等待生活中最大的欢乐那样等待跟卡嘉相见。他曾经为卡嘉害过多少相思！仅仅为了卡嘉这样美丽、纯洁的姑娘活在世上，他就应该感谢她。是的，她是纯洁的！简直无法想像她会染上污点。

然而，人们可能嘲笑她，说她的坏话，嚼舌根糟蹋她。由于谁的不是呢？由于他——她那么爱、那么信任的萨沙·柯美列夫——的不是。难道能发生这样的事？！世上没有比这更可怕的了。

为了不让任何人知道，萨沙甚至尝试着采取过去决不会想到的办法。他开始讨好娜斯嘉。谁知道这不怕羞的姑娘会做出些什么事来！万一什么地方得罪了她，或者由于她自己的轻率无知，她可能当众宣布这件事，而且会头一个笑起来——嘻嘻哈哈，把裙子一晃就完了，污点沾不到她身上，可是卡嘉将要受尽嘲笑。那时你纵然把自己的头发都拔下来，纵然把自己毁了认错也来不及了。

萨沙竭力跟娜斯嘉表示亲热，努力用微笑回答微笑。但是娜斯嘉不是用几个微笑就能收买得到的。在管理处的台阶旁，或者傍晚时分在养牛场附近的街上，她常常抓住机会跟他单独谈谈。她挺出一边的肩膀，挤眉弄眼地看着他，问：

“我看得出来：你近来加倍躲避我了。难道我无论如何配你不上？还是不合你的心意？”

一次两次还可以硬硬头皮强笑着搪塞过去，但是每天要见面好几次可受不了。萨沙痛恨她挤眉弄眼的怪样子，痛恨她矫揉造作的声音，痛恨她上唇凸起一块娇娆软肉的嘴，痛恨她瘦削柔软的身上一对结实、充满挑逗意味的乳房。对于他的不幸，她是有责任的，可是现在还得嬉嬉哈哈跟她答腔，还得赔着笑脸，这种惩罚简直不是人受的。

有一天，萨沙在一堆堆运来准备盖养猪场的木材旁边走，娜斯嘉挡住了他的去路，他生硬地说：

“你听着，以后别来缠我。过去的已经过去了。”他沉默了一会，接着以威胁的口吻说：“要是你声张出去，引起卑鄙的嘲笑——我就宰了你，我说到就做到！”

娜斯嘉正准备作一个照例的微笑，可是这个微笑在脸上僵住了，嘴唇哆嗦了一下。她茫然沉默了半晌。

“唉，你这地道的傻瓜。”她终于沉痛地说了一句，然后侧过身去，走了一步又站住了，她微微转过头来。萨沙看得见她的一面脸颊和从头巾下滑出来搭拉在额上的头发。她说：“你怕我说出去让人家笑你吗？……甭怕。凡是心爱的一切都舍不得让人嘲笑……你只管放心。”

说罢，她把肩膀一耸，匆匆地走了。

要是在别的时候，萨沙会感到惭愧，会可怜娜斯嘉，但是如今在一辆满载货物的大车上多搁一个包裹已经无所谓。惭愧和痛苦本来已经够多的了。虽然这种做法不太光彩，但娜斯嘉总可以不来和他纠缠了。

可是，第二天娜斯嘉又走到他跟前，她撇着嘴唇，眼睛里藏着恶毒的嘲笑，她说：

“你干吗不去看看柯尔松诺伏的吉卜赛姑娘？是不是她把你撵走了？……”

萨沙不愿意跟她说话，他转过身去离开了娜斯嘉。可是她在后面对他喊道：

“别痴心妄想了！真是癞蛤蟆想吃天鹅肉。小钩子也想钓大梭鱼！”

他出了村子往田野里走。通红、强烈的夕阳渐渐失去它最后的威力，恐怕要起风了。在天空的另一端升起了月华。它好像整天躲在河里避开太阳，现在爬了出来，脸色苍白，像浸饱了水。灌木的树枝像浓密的鬈发，还披着轻盈的、浅灰色的春装，老远看去，仿佛一缕缕在天空玩腻了的云彩降到地上来休息。

萨沙垂着头，两手插在裤袋里沿着留作休闲地的田野走着，田野已经开始杂生着节节草和苦菜。有些地方泥土没有干，还粘靴子。

娜斯嘉这话是什么意思？……“癞虾蟆想吃天鹅肉……小钩子也想钓大梭鱼……”难道这事已经传到卡嘉耳朵里了？……那可完了。以后得绕一公里路避开她。没脸见她……怎么，绕道躲避卡嘉?！这不是完蛋了吗?！难道这是可能的吗？没有快乐的生活就是没有希望的生活。要知道甚至现在，当他心里愧恨交并的时候，他还没有失望——他希望一切都会过去，希望得到她的宥恕……卡嘉怎样会知道的？村里谁也不知道，一点风声也没有，要是有流言蜚语，那么新拉美尼耶村的人一定首先把它传开。一定是娜斯嘉在撒谎！撒谎！……卡嘉什么也不知道……

但是她会猜想……难道不容易猜到吗？他有好几天没去见她了，一直躲在新拉美尼耶村。卡嘉自尊心很强，仅仅由于他不露面、忘记她这一点，她就可能闹出意想不到的事来……

做一个懦夫躲起来行吗？出路只有一条：到卡嘉那儿去，去跟她见面。去——那就意味着把实情对她和盘托出，承认错误。承认错误！但这等于在她心上吐一口痰！等于对她说：这就是给你的礼物，请你爱一个肮脏的人吧。难道这样还能指望得到原谅？那时即使满身是嘴也辩不清。自己鄙视自己，自己憎恨自己，凭什么想得到别人的宽容？……

还没有作休闲翻耕的田野呈现着一片凄凉景象，毫不动人。融雪时浸在水里的土地现在差不多都干燥了，有些地方土地的表皮出现了裂纹。在凹凸起伏、不很干净的地面上长着一块块的莠草，像生在狗身上的疥癣。田野仿佛在生病，它躺在粗糙的表皮下面，让那些佝偻萎靡的节节草、软绵绵的苦菜；那些在饲料草地上没有容身之地的垃圾杂草僭夺正派植物的地位长在它身上惩罚它，这实在是极其难受的。田野经受着煎熬，它等待着有朝一日铁锌把它的土翻松，铲除所有的垃圾，给它带来自由和健康。

萨沙走着，什么也看不见，什么也不注意，但是，昏昏沉沉地笼罩在大地上空的暗红色的落日余辉、宽广而凄凉的田野，自然而然地压迫着他的心灵。本来就很忧郁、惶惑、动荡的心情变得更加不安了。又一阵无可挽回的绝望涌上了萨沙的心头。

他在躲避，他不敢去见卡嘉。而卡嘉对他的行为一天比一天觉得莫名其妙，无法解释。他也一天比一天陷得更深，更难和她相会，更怕见她的面。有什么可等的呢？……等卡嘉渐渐忘却他，等自己渐渐习惯这失去的爱情吗？可耻！可怕！不可能！必须去！……必须去找卡嘉。必须把一切都告诉她。必须放下自尊心请求原谅……现在还有什么自尊可言，萨沙已经没有资格谈自尊心了。必须请求原谅……然后随她怎样发落……

萨沙走上了公路，开始等顺路的汽车。

18

自从那次夜会曼苏罗夫以后，卡嘉在苦恼中彷徨了很久——她做得好还是糟？……

好还是糟？……

夜里，当她在自己床上翻来覆去睡不着的时候，她觉得她做得很糟，简直糟透了。她陷在悔恨的苦海中。

卡嘉的爷爷跟他的妻子索菲雅·库兹明尼奇娜共同生活了二十八年，跨过“银色婚礼”[①]的门槛。在卡嘉的记忆中，他们老两口始终互敬互爱，直到奶奶死去。索菲雅·库兹明尼奇娜常常温柔地嘀咕着：“凯申卡[②]，亲爱的，我的脚一点也不冷。”阿尔卡季·马克西莫维奇却像一只严厉的公鸡监督着她：“索菲雅！如果你愿意使我安心，你应该听话。把脚裹起来，坐到炉子旁边去。”

卡嘉的父母在一起生活总共只有四年。但是卡嘉听别人说，她父亲简直像溺爱小孩那样爱她的母亲，母亲的突然死亡对他是一次残酷的打击，当时人们甚至经常看住他，怕他去寻短见。

爷爷常这样说：“我们的家可不像俗语说的那样[③]，我们家里没有丑儿。节连佐夫家的人不做见不得人的事。”

可是卡嘉撇开了一切体面，卡嘉将是节连佐夫家中第一个遭人物议的人。还有，叫萨沙怎么办？……节连佐夫家所有的人素来是诚恳、忠贞、直爽的。过去，卡嘉跟萨沙约会，对他表白过自己的爱，最后还答应做他的妻子，他相信她，她却欺骗了他。糟啊，她做得糟透了，她没有理由辩白。

当天夜里和第二天白天，她是这样想的。

---

① 结婚二十五周年纪念称为“银色婚礼”。——译者注

② 凯申卡是阿尔卡季的小名。——译者注

③ 俄语中有一句谚语：“丑儿家家有。”——译者注

但是，在考虑这件事的同时，卡嘉不禁老是想起曼苏罗夫。他一分钟也不走出她的脑海。她想起他那对同时含着命令和央求目光的暗淡的眼睛，她想起他脸上坚毅的神情有时变得犹豫、羞怯，他的皮肤浅黑的手一会儿威严地紧握她的手，一会儿又变得温柔体贴。她想起他热情的低语、以男子的烦恼口吻诉出的苦衷，说他觉得困难，觉得痛苦……

这些回忆连同悔恨，连同意识到自己做了件糟糕事的心情，在卡嘉心中引起了恐惧。恐惧又产生愤怒。他怎么敢这样看、这样说？他凭什么干出这样的事来使她受罪？他年纪比较大，头脑比较清楚，他应该明白自己做的是什么事！她想为自己辩白，从自己良心上卸去一部分——哪怕是一小部分——过失，推到别人身上。卡嘉在心里责备巴维尔·谢尔盖耶维奇……

如果第二天晚上他走到她面前，她可能转过头去不理他，虽然她已经陷入迷惘和惶惑的深渊。但是曼苏罗夫没来。卡嘉知道，区里工作的紧张阶段开始了，巴维尔·谢尔盖耶维奇没有空，区委会里直到深夜还有灯光。

他没来，他忙着……是不是仅仅由于工作忙而没时间想到卡嘉呢？……不，不！如果是这样的话，当时他为什么以那种由于激动而变得暗淡的目光看着她呢？瞬息的冲动不会使这个坚毅的人的脸上出现羞怯的神情，还有他的手，他那急促的低语，以及那些关于他觉得生活着很困难的话……难道他不是真心？怀疑到这一点是愚蠢的。这样做作，这样撒谎是不可能的！既然是真心，那就是有爱意……可是她爱不爱他呢？难道她这样不知自爱，竟会投入一个不爱的人的怀抱？决不！一万个不！她也爱他！既然爱他，那有什么不好呢？何必让悔恨和羞惭折磨自己呢？

突然，周围的生活对卡嘉起了新的变化。过去，不管发生什么事，卡嘉一直淡然置之。优种牛运来了，她高兴；牛在这儿水土不服，她发愁；但仅仅是像大家一样，像每一个有觉悟的柯尔松诺伏居民一样高兴和发愁，如此而已。可是现在，她开始从他的角度，从巴维尔·曼苏罗夫——受托领导全区工作的人——的角度来看问题了。

没有饲料喂牛。怎么办？向庄员们作些什么建议呢？哦，这时候巴维尔多困难啊！

穆尔根农庄里死了一头牛。这不会是崩溃的开始吧？想起来真可怕。可是比所有的人更担心的当然是他……

穆尔根那儿死了第二头牛！这个主席怎么这样粗枝大叶！巴维尔，亲爱的，他要把你连累了，你教育教育这个老傻瓜吧，好好教育教育！……

天哪！事态一天比一天严重！穆尔根上吊了！一切都要巴维尔承担，什么都推在他身上！这个人多痛苦！为人们造福是多么困难……

我是多么自私啊！还要在心里责备他不跟我会面，责备他把我忘了……他现在哪儿顾得上我呵。让他不来会面吧，让他暂时忘记我吧，我原谅，我明白……我已获得了爱一个承担人间一切疾苦的人的幸福。这是得来不易的幸福！我不放弃这份幸福。前些日子我认为自己做得糟了而苦恼，现在想来简直是愚蠢、荒唐。

爷爷说得对："我们家里没有丑儿。"

卡嘉想起了自己的家。

卡嘉的奶奶跟阿尔卡季·马克西莫维奇一样在学校里工作，她是心绞痛发作死在教室里的，她没有来得及上完一生中最后的一课。

卡嘉的母亲是个医生，有一年夏季酷热，在遥远的肖拉河上游村苏维埃发现痢疾流行。她到那边去抗疫，不料自己给传染上了。每天十八小时、二十小时的繁重工作毕竟把她拖垮了——病魔夺去了她的生命。

卡嘉的父亲在一九四二年冬天牺牲在斯大林格勒附近。

爷爷在学校里工作了将近三十个年头……

卡嘉一直把自己的家引为骄傲，她一直幻想着一种最大的幸福——为一件不平凡的事业献出自己的生命，建立功勋！

但是她一个小姑娘能做些什么呢？不平凡的事业轮得到她去干吗？她一直在等待特殊的机会……可是生活偏偏是那么平淡，连一点小小的波折也没有……

机会终于来了，瞧，这就是她的功勋——她的爱！她不光是在爱着一个男人——未来的丈夫。她是在爱着一个把生命献给群众的人。她不要求对自己特别关心。不！要求他关心就是束缚他。她只有一个要求——一个小小的要求！——就是让他知道有她在无限地信任着他，爱着他，为了他——仅仅为了他——而活着！因为，为了他活着就是为群众活着！

她，卡嘉，不是节连佐夫家的丑儿。她的思想纯洁，她的良心纯洁！不管怎么样，糟糕的事不会发生。

可是萨沙怎么办呢？……有什么办法呢，萨沙……她的生活起了根本的变化，他们过去的爱情现在想来不过是一场游戏罢了，可是这一切能跟他解释清楚吗？……

19

一座不高的小房子，窗里的灯光透过灌木丛射出来，菜园的栅栏门的铰链已经松懈，一条车辙累累的窄径通到门口；旁边有一棵老菩提树……熟悉的地方！从前是那么亲切，现在更要亲切一千倍。

卡嘉就在这里，在灌木丛后面的窗里。她生活着，生存在世界上。这不是神话，也不是臆想——她的脚不久前在这条小径上走过，她的手在栅栏门毛糙的把手上摸过……

萨沙小心翼翼地推开了门，走到院子里。由于不知道会发生什么事，他的心脏几乎有一瞬间停止了跳动："怎么见面呢？说些什么呢？……"

在红色醋栗丛和木条墙壁之间很容易走到窗前。从前，萨沙有时突然从农庄到镇上来，他总是敲边上的一扇窗——轻轻地敲两下。在这扇窗旁边就是卡嘉的小桌子……

窗上张着帷帘，但在窗帘和窗框之间有一道隙缝……萨沙贴着窗子，看到小写字桌的熟悉的一角：一本厚厚的、翻得很旧的书，书上有一双手，这是她的手！瘦瘦的腕关节，纤细的指骨，这双手现在有一种安静和沉思的表情。卡嘉在想什么？……现在他们之间只隔着玻璃和窗帘。卡嘉，卡嘉……萨沙轻轻敲了一下。书上的手猛地一震，惊悸地握紧了，但是仍搁在书上一动不动——她在听……萨沙的心跳得那么响，大概房间里也听得见。卡嘉，卡嘉！……手渐渐松开了，这双手的全部动作表明——卡嘉听到了敲窗声还以为是自己神经过敏，实际上没有人敲窗。

萨沙又敲了一下。她的手立刻离开了书。窗帘撩起了，他们四目相遇，萨沙隔着玻璃看到了卡嘉的脸。

“卡嘉。”他无声地叫着。

窗帘又放下了，透过比刚才大了一些的隙缝可以看见房间的一部分，墙上挂着那幅熟悉的复制名画“西诺伯之战”[1]。卡嘉的爷爷踏着老人的步伐在画前走过。

萨沙攀住矮树脚步踉跄地向房门口跑过去。

门好久好久没打开。它显得那么淡漠，门环在月光下泛着微弱的亮光——里边毫无动静。“卡嘉在哪儿，她听见没有？她猜到了没有？是不是她不愿意出来？……嗳，还要等多久？卡嘉！卡嘉！……”

门内发出一阵小心的声响。门环颤抖了一下，开始转动，咯的一声，门嗲声嗲气地呀的一声，好像在说：“我——在——这——里……”

卡嘉走了出来，她裹着一条白围巾，——看不清脸，也看不清手臂。萨沙喉咙里好像给什么东西卡住了，他费了很大的力气才嘶哑地迸出一声：

“卡——嘉！……”接着就沉默下来端详着她颀长的身材，她的头低垂着，十指尖尖的手从围巾角下露出来垂向两膝。

卡嘉眼睛望着地下开口说：

---

① 1853 年 11 月，杰出的俄国海军上将那希莫夫（1802—1855）率领俄国黑海舰队与土耳其舰队战于西诺伯海湾。这次战役对 1853—1856 年间的克里木战争的全部进程具有重大影响。——译者注

“你来了也好。我要告诉你……”

“卡嘉！我要自己把一切都告诉你！一切！”

“应该由我告诉你！”卡嘉提高了嗓门。“请你原谅我，现在我明白了——过去我只是沉醉在幼稚的游戏中……我对你说不上爱……唉，说不说反正都一样！……萨沙，我求你——以后再也不要来找我。”

“卡嘉，你先听我说……”

“何苦互相折磨呢……我现在真正爱上了……另一个人。”接着，卡嘉如释重负地说，“完了。”

临了，她还在黑暗中从半开着的门里匆匆地添上一句：

“我希望你能了解。”

这一回关门的声音很刺耳，仿佛惊恐地叫了一声：“哦！”

门环晃了好久。萨沙莫名其妙，他不思不想，也不觉得痛苦，头脑里和心里只是一片空虚，他凝视着这个门环，直到它完全晃停为止。

走到栅栏门边他站住了，背靠在树干上——两腿软弱无力。两小时前苍白、湿漉漉的月亮这时光华焕发，精神抖擞，它侧着脸，显出挺满意的样子……

记得第一次他跟卡嘉就是在这扇栅栏门旁分的手。那时地上也洒落着点点月影，微风一吹就懒洋洋地跳动起来……一团月影像一只浅蓝色的小手温柔地抚弄着卡嘉的白衬衫。不过那时的月亮还要圆一点，还要亮一些……

第三部

1

穆尔根从头上摘下来的皮帽子放在办公室角落里的保险箱上。曼苏罗夫简直把它忘了，因为这几天他没坐在办公桌旁：他到地窖村去了几次，回答预审推事的问题，亲自参加葬礼，亲自主持全体庄员大会，会上选举了年轻的农艺师阿廖欣当主席。

曼苏罗夫忘记了那顶帽子，但是穆尔根的事是忘不了的，每天直要到深夜才能不想。

他老是想起老头儿弓着腰、一下子变得畏缩的背影，想起他拖着有气无力的脚步在地板上发出轻微的沙沙声。老是想起他的话："我就全垮了！……"脑际老是萦绕着那个嘶哑的声音："可耻……"老是想起他走到门口身子一晃肩膀撞在门框上的情景……

说实在的，他打心眼里可惜这老汉。真可惜！但即使到了现在，曼苏罗夫还不愿承认自己有错。他没有权利把口气放软些，把尖角磨平些，他没有权利抑制自己对他不加责备，饶恕他的错误，从而纵容新的失职事故发生。他按照应该做的那样做了！

可是，谁要听这些辩解？发生了不容许发生的事，必然要追究责任。省委会一定要过问。这件事他恐怕要受到报应……只要他们认为他对此负有间接的责任，就不会让他继续担任党的工作。他们会扣上许多帽子："教育方式不够灵活……对人缺乏深刻了解。"唉，真是屋漏偏遭连夜雨！

这几天，曼苏罗夫突然觉得需要跟一个人谈谈，不是泛泛交谈，而是推心置腹地畅谈一番。因此，当某一天晚上伊格纳特·格梅津忽然到他办公室来的时候，他高兴非凡。如果说巴维尔有朋友的话，那就是他——伊格纳特。虽然最近一个时期他们的友谊似乎渐渐变得淡薄——见面的次数少了，见了面也说不上三句话就分手。再加上巴维尔跟安娜的关系又搞得不好，而伊格纳特终究是她的亲哥哥，这一点使巴维尔不可名状而又不由自主地感到有些惶恐。

“我看到你这儿有灯光……”伊格纳特隔着桌子伸过手去，一边说了这句习惯的话。

他面色黝黑，肩膀宽阔，身体结实，头剃了不久，头上有一些呈圆形微微凸起的地方，闪闪发光的脑袋像涂了蜡似的，真想用手去摸一摸。这种类型的人仿佛天生的不会犹豫彷徨，不会茫然失措，他们经常是那么稳健、坚定、镇静。伊格纳特正在一步一步不慌不忙、稳稳当当地把农庄往上拉。饲养优种牛的不顺利，像穆尔根的死那样的非常事件，——这一切都像在老远的地方绕过，碰不到格梅津剃得光光的头顶。巴维尔暗暗怀着妒羡的心情细细看着伊格纳特。

“你来使我很高兴。非常高兴。”

“我来是有公事……”

“去他的公事！让我们坐下像普通人那样谈谈，哪怕只谈这么一次也好。我们不谈饲料资源，而是随便聊聊，用昨天的一场小雨当话题也行。你知道，伊格纳特，工作是多么困难……偏偏还加上费道西这件事……表面上好像我有威信，人们都尊敬我，可是仔细一想——我就像大海里的小船一样孤独。”

“为什么会这样？是不是因为当了领导人了？”

“不知道。我好像并没骄傲自满，也不自高自大。”

两个人都不作声。其实，不谈公事他们已经不会了。以前，伊格纳特常常邀巴维尔到他那边去钓鱼——在大森林村外一个湖里很容易用袋形网捕到鲫鱼，——他们坐在一块儿对酌，各人按各人的方式回忆在前线的经历。现在由于事务忙碌，他们已经很久没去钓鲫鱼，没在一块儿喝一气了……

巴维尔正想叹一口气说："得了，有什么事，说吧。"可是伊格纳特站起来问道：

"你这是什么东西？"

他向前走上一步，从保险箱上拿下穆尔根的那顶帽子。他那柔软多肉的脸变得坚定严肃，现出一种陌生的正颜厉色。

这时候帽子的出现对于巴维尔自己来说也是很意外的。两个人默默地对帽子看了一两分钟：帽子的皮已经泛出红色，磨得很旧，显然，这顶帽子为它的不讲究美观的主人服务过不少年了；帽舌松垂，由于经常抓弄已经变黑——是他的手抓的！——里边的帽圈给汗浸得很脏，现在还保留着渗透帽内的汗味。他活在这件旧东西里。前天刚送他入土的巴维尔和伊格纳特看到这种生前遗物，都觉得很奇怪……

"是他忘记在这儿的……我把它捡了起来放在那儿。我想等他回来还给他……没想到竟还不成了。"巴维尔低声解释着。

"嗯，嗯……他没戴帽子就走了出去。"伊格纳特皱着眉头说。

"伊格纳特……你怪我吗？"

"怪你什么？怪你做错了这件事吗？你批评他又不是要他跑去上吊。"

"有些人一定会认为……"

"不一定……"

接着又是一阵难堪的沉默。伊格纳特还拿着帽子在手里转，从这一边看到那一边，可是巴维尔真想恼怒地阻止他："放下吧！这又不是什么玩意儿……"

"你说实话，"伊格纳特终于把帽子搁在一旁，"你是不是想把费道西当稻草人[1]？"

"这跟稻草人有什么相干？我只有一个目的——让其他的人更认真地对待自己的工作。"

---

[1] 暗喻作为儆戒别人的例子。——译者注

“轮子没涂油，车走不利索——不能怪马。”

“你别叫人打哑谜……”

“这哪儿是哑谜。巴维尔，你在牛的问题上冒进了。”

“这种话我听到过。这是普通的怕事言论。”

“老弟，我什么也不用怕。我能让自己农庄的牛吃饱住暖，决不让一条牛死亡，还要使繁殖的牛崽全部成活。”

“那你还担心什么呢？”

“我不是为自己担心。我是为‘火花’农庄的尼基塔·鲍奇柯夫、为‘红霞’农庄的鲁希尔尼柯夫、为所有的农庄担心。我看到他们的牛情况都很严重。”

“不劳费神。我们自己会操这份心。”

“‘我们’是谁？”

“区委会。”

“我是区委委员。为什么我应该比你少为区里的工作操心？”

曼苏罗夫冷笑一下，说：

“看来你不比我少操心，而是多操心。没什么可说的，值得表扬，值得大大表扬。”

“你要注意：新生的败草容易拔掉，刚犯的错误容易改正。”

……不，过去的友谊有了裂痕。他们谈了一下关于割草、关于拖拉机站至今还没有把割草拖拉机调度妥当的事（伊格纳特就是为这件事来的），最后很冷淡地分了手。

曼苏罗夫着恼地想着：“我一个人担着风险，可是周围的人都皱着眉头冷眼旁观……伊格纳特啊，伊格纳特！你怎么不明白：牛运到了，已经都分配好了，现在再回头——省里岂不要掀起轩然大波……”

穆尔根的帽子放在桌上。怎么处置它呢？放在身边总不是办法。扔掉吧？不知怎么的下不了手。差人带给费道西的老婆吧？……那时地窖村里的人又会怎么想呢？区委书记差人送来了死去的主席的帽子——说不定又会编造出一些流言来。再说这帽子又不是值钱东西。

巴维尔把它塞在办公桌的最下面一只抽屉里，用钥匙锁上——眼不见为净。

2

巴维尔·曼苏罗夫被省委会叫去了，这原是他意料中事。

如果他被撤职，他将做什么呢？到哪儿去呢？在自己动荡的一生中，他始终没有获得一种专业。他既不是工程师，又不是农艺师，也不是教师，虽然是个军官，但也编入了预备役。他能到哪儿去就职呢？……八成要把他调去当一个工业品生产合作社主任，或者塞到某食品工业部门的死气沉沉的办公室里去……

但在走进库尔甘诺夫的办公室的时候，巴维尔表面上很镇静，头不昂不垂，端正大方，当他从门口走到一张桌子跟前的时候，他的皮鞋后跟在拼花地板上发出清脆的响声。

都市的阳光夹着许多灰尘猛烈地射进宽大的窗子。库尔甘诺夫坐在那儿，没穿上装，刚换的衬衫在涔着汗的脖子上敞开了领子。平时很灵活的、小瞳孔咄咄逼人的一双眼睛，现在疲乏地从微垂的眼皮底下向外看着。库尔甘诺夫因炎热而困顿的脸、他那掩住眼珠的褐色厚眼皮、他不穿上装单穿一件衬衫的很随便的样子——说也奇怪，这一切都使巴维尔·曼苏罗夫安心。简直很难相信，这个上了年纪的（直到现在巴维尔才感到库尔甘诺夫年纪不轻了）、看来很平常的人竟能左右他的命运。不知为什么，巴维尔觉得，似乎一定得有不平凡的排场，并且省委书记必须摆出不是随随便便而是一本正经的样子，才能和他的职权相称。

在正对巴维尔坐的那个地方，是一张会议桌，桌上铺有红色的呢子台布，上面放着一座不知什么建筑物的大模型：墙壁用很小的木条钉成，屋顶上的缩型石板瓦跟真的没有什么两样，从开着的小门里伸出铁轨，上面有一辆小货车，一根根电线杆上装有小灯泡，建筑物本身是成“T”字形互相毗连的两座房屋。巴维尔·曼苏罗夫看着这个模型，时而用眼梢斜瞅着库尔甘诺夫，开始平铺直叙事情的经过，既不激动，也不辩解，仿佛不是在报告一件非常事故，而是在介绍干草的收获情况。

……饲料缺少。是的，这是事实。但是当饲料的难关差不多已经渡过的时候，穆尔根的养牛场里发生了死牛事故，而且接连两次——祸不单行。作为区委书记，他当然不能熟视无睹。在委员小组会议上，他，巴维尔·曼苏罗夫，不否认作了尖锐的发言，不这样又有什么办法呢？……总而言之，原因总是有的，不过这样悲惨的结局却像晴天霹雳一样全出意外。他不准备辩解。如果省委会和区里的共产党员认为一切应归咎于他，这也可以，他接受……

库尔甘诺夫一面听，一面看着地，只有他的眼皮每隔一些时候慢慢地抬起来，一双小眼珠咄咄逼人地、像在寻找什么似的直盯着巴维尔的脸。每在这样的时候，巴维尔的手心里就给汗涔得黏答答的，但是他经受住了这目光，继续保持着平稳的声调。

“那么你害怕什么呢？”库尔甘诺夫突然问，“是不是觉得自己多少要负一点责任？”

巴维尔耸了耸肩膀。

“一个人自杀了——这当然可怕……至于责任，鬼知道，也许是有的。”

库尔甘诺夫的眼皮又抬了起来。巴维尔产生了一种不舒服的感觉，好像有人在他鼻梁上紧紧按上一块冰冷的金属。

“责任是有的。不可能没有责任。”库尔甘诺夫的声音是那么坚定和严肃，就像他的目光一样，“人已经死了，你怎么辩解也是不行的。你的党员的良心怎么说呢？你自己问自己：你该受什么处分？”

巴维尔不吭气。

“说呀！”

“我愿意接受任何处分。”

“这是一桩极可耻的事件！是一桩非常事件！不过你有几分错——还不清楚。这种事情不是用警告处分能解决问题的。开除党籍——没有根据，重要的是：作为一个共产党员，作为一个人，你应该意识到自己良心上的重负……”

巴维尔听着，眼睛看着那不知名的建筑物的模型，他感觉到一块大石正在慢慢儿、慢慢儿从他心上搬走。“危险过去了。他承认了我没有错。本来嘛……让他骂几句吧，这是他的职责……”

“这是一次沉痛的教训，要记住！”库尔甘诺夫抬起身子，从桌子后边走出来。

巴维尔已经想告别了，但是省委书记用手在建筑物模型的屋顶上亲切地抚摸了一下，接着以跟刚才完全不同的声调说：

“你真一点好奇心都没有。瞪着眼睛看了半天也不问一声是什么东西。”

“我不懂。”巴维尔带着抱歉的窘色重新细细地看那模型。“养牛场？不是。养猪场？也不像……”

“是啊！我们对周围的事物知道得太少了。这种建筑物在鲍尔夏果夫的集体农庄投入生产已经一年多了。他把这个玩意儿寄给了我——可能仅仅是作一件礼物，也可能是教训教训我：学学吧，慢慢也教别人开动开动脑筋……”

巴维尔注意起来了：鲍尔夏果夫的集体农庄是非常有名的。鲍尔夏果夫本人是公认的天才。他只念到三年级，连教会小学也没毕业，可是人家不止一次地请他到季米里亚捷夫学院[①]去给教授们作报告。这大概又是什么革新的创举，报刊又要大事宣传。倒不妨打听打听。

“亲爱的，这不是养牛场，也不是养猪场，这是一座厨房工厂……对，对，是一座工厂！你瞧！……”库尔甘诺夫揭去石板瓦顶，开始讲述饲料蒸煮锅、高温蒸气管、机械操纵部分。“总而言之，只要把一车东西——譬如麦秸吧——运到这门里，过一小时就有

---

① 是以俄国伟大的自然科学家季米里亚捷夫（1843—1920）命名的农学院，即莫斯科农学院。——译者注

一辆辆小车沿着铁轨把完全不像麦秸的饲料分送到各处去。鲍尔夏果夫在笑：又可以制造铁钉，牛又能吃得津津有味。产乳量提高了。一头牛的饲养成本降低了一半。抽水用电，切细饲料用电，分送饲料也用电。人只要在蒸煮饲料的坑边停住小车把它翻倒就行。”

库尔甘诺夫紧紧抓住巴维尔的胳膊，让他在自己身旁坐下，然后以坚决而愉快的目光望着他的脸，继续说：

“这就是应该走的方向！优种牛有了，还有原有的饲料资源——干草、青贮料等等，现在我们需要把饲料资源扩大。这种饲料车间就能帮助我们做到这一点。那时，一列列装满牛肉、黄油的火车将从我们省里开出去，而且价钱便宜！你们的区在接受饲养优种牛方面走在前面，你们也就应该首先响应鲍尔夏果夫的创举。”

“饲料车间……不错，这东西很令人羡慕，”巴维尔嘴里同意，但兴头显然不大，“不过造价太贵，我们的集体农庄大概是盖不起的。”

“你们有电力。这是基本条件。谁也不要求你们明天立刻盖好饲料车间。你们一点一点地盖起来，但要盖得结实，作长远打算。不过你们可不能光说不做。要做就得在最近期内马上动工兴建饲料车间……”

车轮滚过接轨处隆隆地响着，火车渐渐离开城市。在去西伯利亚的旅客中自有一种习惯的气氛。这种气氛在巴维尔走进车厢以前就存在；他到了魏里卡亚车站要下车，但这种气氛还要继续下去。卧铺房间里响着骨牌声；人们听了笑话哈哈大笑；也有的捧着书本在打瞌睡……

巴维尔站在窗边。穆尔根事件本来可能不这样了结。他，巴维尔，现在似乎应该松一口气了，但是不，他并不觉得轻松……好多农庄的养牛场墙坍壁倒，到冬天优种牛将要受冻。哪有力量盖什么饲料车间！这事情不对头。可是库尔甘诺夫的意思不能违拗……他会劈头提出问题：“力量不够吗？……当初为什么包下那么多牛？为什么不好好估计自己的力量？……”那又怎么回答呢？……

还有那个伊格纳特……他只要一开口，就逼着你承认冒进。你要是承认了，省委会就会打下雷来，那时区委书记曼苏罗夫不被扯得稀烂才怪。盲目接受大批优种牛，饲料不足，甚至穆尔根的死等老账都要翻出来。死结愈扣愈紧，怎么解开它呢？

窗外掠过一幅幅熟悉的景色：宽广的草地懒洋洋旋转着，一座座静静的小村庄曝晒在阳光下，一块块休闲地像衣服上红布打的补丁，尘土厚积的公路上有一辆受尽苦难的破卡车在行驶。有时可以看见割草机、扒草妇女们穿的花衣裳、扎成了捆的干草以及堆了一半的草垛。

周围是宁静、和平的生活。要是跟大家生活在一起共享欢乐多好啊。可是偏偏不能。

3

萨沙默默地忍受着生活中第一次重大的委屈，对所有的人都瞒得紧紧的。尽管这委屈没有使他红润的脸颊变得苍白，尽管夜夜失眠没有使他憔悴，尽管在管理处听到某一个生产队长说了句俏皮话，他也跟着大伙哈哈大笑，但是心里的痛苦并不因此而减轻。

娜斯嘉·巴克鲁申娜胜利了。一天晚上，她走到萨沙跟前，萨沙自己把她带到河边去……

伊格纳特·格梅津把萨沙调到“劳动者”农庄的一个新的生产队——库特里亚维诺村——去了。

从开春到割草时节没有很多日子。库特里亚维诺的生活有了变化，但是变得不多。生产队长风干小鳊鱼萨伏什卡换上了彼得·米罗申。这个米罗申身材瘦长，两条腿像两根细长的木棒，细脖子上有一个尖尖的、活像吞了块碎石似的喉结（为了这个脖子和鸭子叫似的粗嗓音，库特里亚维诺村的人在背地里都管他叫“老雄鸭”）。他是去年从部队复员到集体农庄来的，他已经自愿延长过兵役期，但是只当上一名上士。他蓄着稀疏的红褐色小胡髭，经常拈弄着，从不认真动怒，可是库特里亚维诺村人却有点怕他。他们连林子里也不常去了，也许是因为林产收获期还没有到，蘑菇和野果还没有长出来。这年春天，库特里亚维诺人不按老规矩播种：这年大麦和小麦只种很少一部分，大部分土地种上了向日葵、饲用芜菁以及取茎叶作饲料的豌豆。米罗申天天把人们集合起来挖青贮坑。库特里亚维诺人咕噜着："成天把沙子翻来倒去，好像这样我们的面包就能堆成山似的……"可是到每个月月底就有一辆辆马车从新拉美尼耶村运面粉来（这面粉不是用手推磨子，而是食品工厂的碾粉机磨出来的），米罗申按照名单发劳动日的收入，那时他们就不嘀咕了，从此大家都自动要求去挖坑……伊格纳特认真要使库特里亚维诺成为一个饲畜生产队。

从前，在久远的古代，这片森林中有几个很深的湖，长满香蒲的小溪把它们互相连接起来。年深月久，这些湖干涸了，缩小了，变成许多沼泽。有一些沼泽到夏天水变成惨绿色，臭气冲天；有一些甚至在大晴天里水也是乌黑的，跟煤焦油差不多。

湖干涸以后，湖岸就变成一块块小小的草地，每逢春天浸水一次。当大家各自单干的时候，每家的主人都小心照料自己的地，时常把伸展出来的灌木铲去。加入集体农庄以后，库特里亚维诺村的人们把这些本来已被灌木挤得够呛的小草地荒芜了。割草简直无从下手。只在这里那里割一些在跟灌木比高度的野草，但也都是些很硬的莠草。

萨沙跟庄员们一起整天挥着镰刀，挑选没给灌木长没的草地。他们决定不到村里去，就在这儿树林里过一夜，明天再能割多少就割多少，以后不再来了。费那么多劳动力从灌木底下挖出这可怜的几捆草太不合算。

在一处干燥的地上烧起了一大堆篝火，火堆上吊着两个桶——一个桶里在煮咸牛肉汤，另一个桶里在煮可供所有这一大群人喝的茶。篝火一会儿很旺，火焰裹住两个桶，一会儿降弱。黑夜也随着一会儿后退到旁边，把被火光映成微红色的白桦树干向前推出；一会儿又靠拢来，吝啬地把树干藏起来。在桶边忙着的妇女们的人影，在熊熊的火光下显得很雄伟，映在树梢上的影子时而滑到黑暗中。影子动荡着，仿佛要把暗红色的森林全都搅混。

萨沙跟生产队长米罗申一起躺在旁边一捆才割下的新鲜青草上。米罗申仰天躺着，把尖尖的膝头向星光熠熠的天空曲起，以沙哑的声音说：

“我看了他们所有的资料……资料上记载着草地有一百一十公顷。一百一十！可是他们平常在这儿割多少草呢？不撒谎，顶多只割五十公顷。就是靠近村子的一些草地。计划是根据什么布置给他们的呢？不用说，一定是根据资料上的一百一十公顷。”

“我们能割多少，就报多少……”

“割多少报多少？……唉，你真是年纪轻不懂事。他们准把你的颈皮一把揪住狠狠地抖：为什么不完成计划，为什么不割完？计划上是一百一十公顷，可是你割了多少？……那时你怎么说？”

“事实怎么样，就怎么样说。”

“好吧，好吧，你就说。你是管理处派来领导这里的割草工作的。我的事情是挖青贮坑，照料田地。”

在篝火旁边，前任库特里亚维诺生产队长、现在是一个普通庄员的风干小鳊鱼萨伏什卡，挤在妇女们中间，亲切地以孩子般的细声音（这是很灵验的征象——他要讲故事了）滔滔不绝地说着：

“我说乡亲们，割我们的草要懂窍门，单靠熟练是不够的……铁匠乔姆卡·克留柯夫割草是怎么割的，你们听说过没有？”风干小鳊鱼得意洋洋地左右摇摆着皱纹很多的脸，他的眼睛给烟熏得直淌眼泪。“达丽雅，你总该记得乔姆卡吧……这个乔姆卡认识一种草。草的名字叫‘都姆卡’……”

“姊妹们，注意啊，萨伏什卡又要胡说八道了！”

“让他去嚼舌根吧。反正吃晚饭还得等一阵子。”

“讲吧，萨瓦蒂，我们听着。”

“是这样，”等大家静下来以后，萨伏什卡还是用那种亲切的细声音继续说着，“有这么一种草，看起来一点也不稀奇。我的乡亲们，乔姆卡就认识这种草……他是怎么认识的呢？乡亲们，这说来话长……有一天，他躺在他的铁铺门口，大约是酸酒灌得太多闹肚子了。忽然他看见路上有一辆马车过来，车上坐着个吉卜赛老太婆，她吸着旱烟袋，手里提着缰绳；一群吉卜赛小孩子像鸭子似的跟在车后跑。那吉卜赛老太婆勒住了马，说：‘漂亮的小伙子，我的马一块蹄铁掉下来了，你给敲一下吧。我给你钱，不会让你吃亏的。’乔姆卡干活熟练，这点活自然要不了多少工夫：他把马卸开了，把马蹄举起来夹在自己两条腿中间，敲了几下——好了。他说：‘给钱吧，老太婆。’吉卜赛老太婆从地上拔出一把草递给他，说：‘你收下吧。’乔姆卡抓起锤子要打她：‘你敢开我的玩笑？我送你回老家去，你这个老妖婆！’可是那老太婆扼住他的手，在他耳边叽叽咕咕说了几句，乔姆卡马上软下来了。就这样，乡亲们……那吉卜赛老太婆带着一群吉卜赛小孩子走了。乔姆卡拿了一只桶，把那种草拔了很多，然后倒水进去把草浸湿，放在铁铺里的炉子上烧……乡亲们，乔姆卡给自己打了一把镰刀……他是这样打的：铁烧红了，他就拿出来，火红的铁照亮了整个铁铺，他把它放到桶里煮草的汤里去，嘴里念念有词……这样反复搞了七次。烧红了放下去，烧红了放下去……打好以后，他带着镰刀到树林里去。他只要一挥——镰刀就像穿过空气一样把树干劈断：碰上灌木，灌木倒下；碰上白桦，白桦倒下——什么也阻挡不住。镰刀不会被任何东西钩住，连最小的草也纷纷倒下，简直跟剃头刀剃的一般干净。镰刀也不会变钝。乔姆卡临死前没把它交给大家——他把镰刀扔在河里。据说，在那个地方，河水沸腾喷涌了三天……你们说这事稀奇不稀奇？……”

萨伏什卡得意洋洋地向四下环视。

“你看到过那镰刀没有？”

“是他帮乔姆卡打的呢。”

“乔姆卡打镰刀，他念咒语……”

“他念起来不会比吉卜赛老太婆差。”

“提起吉卜赛人，还有另外一段故事。那时我还小哩……”

萨沙干了一天不习惯的活累得很，这时候每一根骨头里都有一种甜津津、酸溜溜的滋味，两只手像铅浇的一般放在身旁；这样一动不动地躺着，吸着夹杂潮气的烟味，在风干小鳊鱼急得上气不接下气（他怕人家打岔）的话声中想想自己的事情，这正是一种莫大的享受。

这时候卡嘉在他脑海中退到老远老远的角落里；她在过去的、另一个世界里。树背后悄悄升起的月亮给缠在一株高大枞树的黑色针叶里，它待在那儿不动了。黑暗中看不见的蚊子在头上嗡嗡地骚扰，有十来只是小蚊子，声音很尖细，一只的声音很沉着，大概是老蚊子。它老是想蹲在萨沙的太阳穴上——要是能把这讨厌的东西打死多么痛快啊，可是挥了一天的手臂沉重得要命，怎么也举不动。

萨沙的思想老是没精打采地环绕在库特里亚维诺草地这个问题上。严格说来，这个生产队根本没有草地，草地全给灌木长没了。米罗申真是怪人，他在担心人家问起为什么没有割完时怎么办。既然没法割，有什么可要求的……明天他就叫所有的割草人回村里去，让米罗申派他们去做需要做的事。他会向伊格纳特·叶高洛维奇汇报……

思想慢条斯理、昏昏欲睡地萦绕着，一个在休息的人，头脑里常有这样的思想。最好把棉袄披在身上，再把大氅盖上，两膝抵着下巴睡一觉……他们在那边搞些什么？怎么一顿晚饭还没做好？

萨伏什卡的故事终于停止了。萨沙和已经开始打盹的米罗申被叫到火堆那边去吃晚饭。

萨沙睡眼惺忪，头发蓬乱，他刚从黑暗中走到篝火的火光里来，频频眏着眼睛，人家把一只盛着热腾腾浓汤的深汤盆搁在他膝上。汤发出一点沼泽苔泥的气味。

篝火熄灭了。割草的人们把草一捆捆抱过来铺在地上准备睡觉。风干小鳊鱼萨伏什卡躺在灌木丛中，他翻来翻去睡不着，不时发出树枝折断的声音，他大声说：

“姊妹们！我一个人冷得很，你们到我这儿来吧，挤在一块儿背上能暖一些。”

“跟你在一块儿有什么味道，要是你年轻些就好了。”

“玛丽雅，你来，你会知道有没有味道。我来给你抚摸软绵绵的身体。”

“睡吧，老山羊，你享这份福气的时代过去了。你听，有哪个年轻人肯跟你搭碴儿？”

剩下的只有甜蜜的呵欠声、咳嗽声、嘀咕声、愈来愈低的女人细语声……

4

森林割草期过后，甚至新拉美尼耶村也仿佛活跃起来了。斧头在新养牛场的墙上敲着。在那边，人们正从车上把砖头卸下来。建筑组长丰蒂柯夫一边把干瘪的肚子上的裤钮扣好，一边生气地对姑娘们喊着：

“我再也不要你们干活了！堆砖头要跟放小孩儿一样小心！可是你们都乱扔一通，我要让你们尝尝厉害！”

面孔晒得黧黑、身上沾满油污的拖拉机手们走来走去，一排房屋后面响着马达声……热闹非凡。农庄中心毕竟不同于偏僻的边村库特里亚维诺。

萨沙才一星期没到这儿，可是已经有许多新闻迎接他了。

当他到库特里亚维诺去的时候，人人都心事重重，因为优种牛的眼睛开始出脓，挤出的奶也有一股难闻的气味。大家都伤尽脑筋——这是怎么回事？……

原来这谜底挺简单，由于饲槽收拾得不干净，第一批没吃完就把第二批青贮料倒下去跟剩下的混在一起。现在饲槽一天洗三次……

萨沙还知道，很多过去不要吃青草的牛也开始乐意吃割下的三叶草了。但是直到现在它们还不肯自己去吃放牧地的草。它们惯于让人家喂，这习惯看来不容易改变。伊格纳特·叶高洛维奇设立了一笔奖金，奖给第一个使优种牛习惯于在户外自己吃草的饲养员。

萨沙是在伊格纳特·叶高洛维奇的“茅棚”里找到他的，生产队长们把农庄主席的办公室——用木板隔开的、只有一扇窗户的房间一角——叫做“茅棚”。

“我刚想起你。来吧，你就谈谈库特里亚维诺的情形，那边的人动起来了没有？”

萨沙告诉他：一大半草地给灌木长没了，没有长没的都已割完，他让人们干别的活去了。

伊格纳特·叶高洛维奇很为难地干咳了一声。

“我也料到了。”他从抽屉里拿出一些表格来。“情况要上报，可是怎么报告呢？由于库特里亚维诺我们少割了六十公顷草地。”

“应该报告草地给灌木长没了。”

“向谁报告？他们明明知道。草地给灌木长没的农庄不少。”

伊格纳特·叶高洛维奇拿起钢笔，若有所思地蘸了蘸墨水。

“不管怎么样，剩下的只得用笔在纸上割完了。”

萨沙看到，伊格纳特·叶高洛维奇在一张蓝色的、纸质不很光滑的表格上填上了日期，然后以坚强的腕力写上一个数目字——60。

“伊格纳特·叶高洛维奇！这不是欺骗吗？”

“是欺骗，萨沙，是欺骗！我签字的时候简直觉得自己是个伪造货币的罪犯。”

“我不懂……那你为什么这样做呢？”

伊格纳特·叶高洛维奇把表格搁在一边，把一双笨重的、青筋外露的手放在桌上，眼睛接触了萨沙困惑的目光开始说：

“我本来不愿让你知道这种玩意儿。很不愿意！可是生活终究是生活，不应该回避生活。那些监督我的人习惯于靠数字营养自己。要是你报上的数字不到原定的计划，他们立刻就会惊慌起来，一份比一份严厉的公文、电话通知就会像雪片一样飞到我们农庄来：‘为什么没有完成计划？’‘你们连累了全区！’‘你们把农庄搞垮了！’跟他们解释我们不会连累全区，农庄不会搞垮，计划也不会因此受多大影响，——这全是白费。你得把他们需要的数字给他们，否则就看不出一切顺利。”

“难道这样就不是欺骗了吗？自己良心过不去啊！”

“好吧，我就凭良心，照实办。那时我将被拖去开大大小小的会议，将被他们指着鼻子骂。这还不算糟透。他们将不信任我，派专员来检查，而对于某些人数字就是上帝。他们将像影子似的老跟着你，命令你做不准备做的事，你要做的偏偏不让做，使你受尽束缚。而一切都是为了一个小小的数字。写上或者不写上，稍稍虚报一点或者硬着头皮实报——库特里亚维诺草地上的灌木不会因此除掉，割下的干草不会增多也不会减少。如果有害处，对生活有妨碍，——即使头破血流也要进行斗争。你相信我，无论是指责，无论是专员来检查，都吓不倒我。可是现在——只要孩子不哭，随便让他玩什么都行。”

萨沙坐着茫然若失，神色沮丧——他在一生中不知听过多少遍：要诚实，要坦白，不要昧着良心做事……可是现实生活中却不完全是这么回事，真是莫名其妙……

伊格纳特·叶高洛维奇对萨沙凝视良久，然后抱歉地长叹一声，说：

“有什么可说的呢，事情是不好……有些人信任数字甚于信任人。”

这次谈话萨沙不久就忘了。他哪有心思记这些事……

绰号“无难事”的快乐老牧人是个酷爱杯中物的酒鬼，他听说了奖金的事，每天晚上从大森林村走来，闯到农庄主席的“茅棚”里，跟伊格纳特·叶高洛维奇纠缠不清：

“这用不到什么奖金！你只要给我半瓶伏特加，把你的优种牛放到我的牛群里来，包管它们吃起草来像拔鸡毛一样爽快。这有什么难！”

他老是来纠缠，最后决定让他试试——说不定能搞出些名堂来。果然，过了几天，“无难事”牛群里的优种牛跟本地的牛一样起劲地吃草了。

奖金没有发给“无难事”自己，而是给了他老伴。可是“无难事”还是挤出了一份，一连两个晚上神气活现地在管理处门前夸口：

“我说话一向算数。在养牛的事情上我能压倒大学教授！叶高雷奇！嗨，主席！你相信我！我跟你要把农庄搞得轰轰烈烈。我们的日子要过得天天跟过节一样！”

5

从省委会来了封信。巴维尔·曼苏罗夫早就料到会来。信上扼要地说明：饲料车间有哪些好处和优点，在鲍尔夏果夫的农庄里这种饲料车间如何增加了收入，全省各区都应该响应这一创举，饲料车间的建造应该得到重视云云。

信是很平常的，但是巴维尔·曼苏罗夫看完了信，却开始在办公室里踱来踱去，仔细思量……

毫无疑问，饲料车间很有利，饲料车间好处多。不过当初泥炭钵不也是很有利、好处多的吗？但是那件事似乎应该引为教训……

种黄瓜、西红柿和白菜不像种黑麦或大麦那么简单——种麦子只要把种子撒在地里等它长苗就行。种蔬菜的人在早春把秧苗插在温室里，天气一开暖就把秧苗拔出来移植。在拔秧苗移植的时候，不能碰坏细得像头发丝似的根子。对于庄稼人干惯粗活的手来说，这简直是镶嵌珠宝一般的细工。而且秧苗离开温室的故土，一下子被移到陌生的田野土地上——这样一个急剧的转变，不是所有的植物都经受得起的。照例有很多秧苗枯萎，干死。这是极繁重、极细致的劳动，还常常遭到巨大的损失。在这种情况下，泥钵就是救星。

用畜粪和泥捏成或压制成大小跟多边玻璃杯差不多的长方形小柱。把种子插进去。这种插了黄瓜、西红柿或早白菜种子的泥钵跟其他秧苗一起放在温室里……让又细又乱的根子在肥沃的泥钵里爬满，让幼芽向上蓬勃地长起来。到时候不必用粗糙的手指折断头发丝似的根子把它从泥土里拔出来了。

泥钵是好东西！毫无疑问是好东西！

三年前，柯尔松诺伏区收到一封跟现在这封差不多的信，信中介绍了泥钵的许多优点。柯尔松诺伏的领导干部为了表现他们善于迅速响应学习先进的号召，立刻行动起来。严格的指示纷纷飞向各集体农庄："组织大量生产！"计划层层往下布置："限某日到某日必须做好多少泥钵……"计划中泥钵的数字拖着长长一大串的圆圈。农庄主席或者分段[①]农艺师如因故未能大力开展泥钵生产，就被叫到区委会、区执委会去受训斥。人们有的用手捏制，有的在特制的工作台上用模型压制，仓库、住房、农庄的办事处里都堆满了泥钵。有的干脆像一座座小山似的堆在街上冻着。全区沉浸在"泥钵狂热"之中。

一部分泥钵由于气候不好而损坏，变成一堆堆泥土；一部分积压着没用，因为没有那么多温室和蔬菜的种子。一部分顺利地移植出去了。早春，不但可以在温室里看到抽出绿芽的潮湿的矮泥钵，而且在农庄主席办公室的窗台上，在庄员家里的长凳上也可以看到。

到开春后才知道：蔬菜种植计划虽然扩大了，但扩大得不多。既要植麻，又要种谷物，种土豆，这样一来，种黄瓜、白菜、西红柿的土地就不够了。于是又有一部分已经吐出挺拔芽苗的泥钵始终没和田野见面。

到了秋天，黄瓜、白菜没人买。柯尔松诺伏的人口不多，每家都自己有菜园。工业企业单位总共只有一个木材联合工厂，但这个厂也不在本区，而在邻区，在它上头打不了多少主意。此外，农庄主席怎么也不肯降低售价，因为需要收回那些由于气候不好而损坏以及由于用不到而扔掉的泥钵的成本——做这些泥钵是化了劳动的。

许多农庄派人到魏里卡亚车站去向林工分局的工人们兜售，忍痛规定亏本价格：一个半卢布一公斤黄瓜。可是沿铁路从南方各区运

---

① 苏联某些农业区为便于领导，常把一区按拖拉机站的分布情况划成几个区段，一个区段又划成几个分段。——译者注

来同样的黄瓜每公斤却只要八十五个戈比[①]……

收购单位不到柯尔松诺伏区来收购蔬菜，一方面因为在价格方面不能让步，另一方面运输也困难，柯尔松诺伏区离铁路相当远。蔬菜在腐烂。一个农庄主席阿列克赛·波普雷贡采夫受了审判。大多数农庄用高价的蔬菜喂猪和牛……

泥钵是好东西，但是它们使柯尔松诺伏区的集体农庄吃了大亏。

饲料车间也是好东西。可以相信——鲍尔夏果夫从饲料车间得到的收入不小。

但是鲍尔夏果夫的农庄里有几百万资金周转。他们那儿的养牛场早已机械化，早已造起贮水塔，埋好水管，农庄里什么都有，只缺饲料车间，所以现在造了饲料车间。可是柯尔松诺伏区的农庄里还经常提出这样的问题：怎样把牛崽栏的屋顶再盖好一些。

事情并不太难——选一个地方，把木材运去，买些建筑材料，就可以上报：饲料车间已经动工兴建。可是以后怎么办？……很可能这些饲料车间不能完工，很可能到冬天优种牛在百孔千疮的旧牛棚里生病。其实最好把修理这些破牛棚的全部人力物力干脆用去盖新的。柯尔松诺伏区内各农庄的计划、打算以及全部生活都可能被这些饲料车间搅乱。

应该提出不同的意见，应该争取独立思考！

争取？……

如果已故的柯美列夫在那时提出来：“我反对泥钵！”——他一定被扣上“保守落后”的帽子。而对于保守落后的人谁都愿意批评指责，显示自己拥护先进。

可是“泥钵狂热”失败了，却谁也不因此责备柯美列夫。责备什么呢？他做了要求他做的一切。谁来指责？那些过去表扬他有决心、有魄力的人来指责吗？他们跟柯美列夫本人一样认为：没有办法，生活是复杂的东西。

---

① 一百戈比等于一卢布。——译者注

如果巴维尔·曼苏罗夫反对建造饲料车间……甚至不必反对，只要对之表示冷淡，那时一碰到倒霉事他就要被指着鼻子骂：“是你不好！都是由于你工作不力，由于你的因循落后！不顾我们的一再提醒……”那时候，纵使你满身是嘴也别想辩白翻案。

如果你大力盖养牛场，挖青贮坑，造青贮塔，如果你尽一切力量使优种牛冬季不受冻——这不会算作功劳。养牛场是普通的东西，谁也不会觉得惊奇。而饲料车间是新事物，如果你响应了，立刻会引人注意，大家都将看到你是多么能干！要是将来发生了不顺利的情况（事实上必然会发生！），省里只会觉得奇怪：唉，柯尔松诺伏区真不走运……不走运的是区，而不是曼苏罗夫！省里将认为：区委书记曼苏罗夫尽了最大的努力，在这件事上他甚至表现了主动、坚决、积极的精神。你只要积极响应——出了问题总怪不到你……

巴维尔激动、烦躁而又悄然无声地从一个角落踱到另一个角落，只有小牛皮靴子发出轻微的咯吱声。

“哪个傻瓜愿意伸出脖子去挨刀？”他想，“造饲料车间就造饲料车间！万一能靠它们赚钱，倒是很可观的，不是一小撮一小撮，而是一大把一大把。要压倒其他所有的区，要使鲍尔夏果夫自己听到了也由于惊奇、妒羡而晕厥……只得这样做，别无他法……”

巴维尔·曼苏罗夫来回踱着，他的影子不安地从一面墙上滑到另一面墙上。

6

区委会楼上的两扇窗里点着灯。严肃、明亮的灯光照亮了带有黄颜色绝缘瓷瓶的电线杆的顶端。每隔一定时间，有一个影子一会儿在这扇窗上一闪，一会儿在另一扇窗上掠过。

那边，在这两扇窗里边，是他！

一小时前，人们看了夜场电影散出来，打这儿走过，现在街上空荡荡的，只有小树林里传来手风琴的声音，以及区委会院子里有人在搬动木板发出声响。

卡嘉站在街道边上，鬓角倚着区委会墙外的一根电线杆望着窗子，贪婪地注视着巴维尔·曼苏罗夫时隐时现的影子。电线杆发出有节奏的哀鸣，唱着没有词儿的歌诉述自己的身世，它的意思没有一个过路人猜得到，也没有人愿意知道。卡嘉在这哀婉的歌声中默默沉思。

巴维尔知道她怎样爱着他吗？知道她瞒着所有的人站在窗下痴望着他吗？他怎么会知道呢？……要是他知道多好……他们总共只接近过一次。幸福没有再来！当时她不懂得，不反抗，她顺从了，但不是欣然顺从，而是怀着恐惧的心情。姑娘家愚蠢的恐惧心使她没好好尝到幸福的滋味。哦，要是这事从头来一遍多好！……

最近几天，他们在大庭广众之前见过几面。他们互相交换着目光，谈几句无关紧要的话……但就连他对她所说的一些关于青年饲料贮备队的话，对于卡嘉说来也是珍贵的礼物。

有一次，她拿了一张共青团报告员的名单给他看。那时只有巴维尔·谢尔盖耶维奇一个人在办公室里。他对名单看了好久，皱着眉头。卡嘉站在旁边觉得很拘束。最后，他抬起头来，抓住卡嘉的手，说：

“生活安排得多么不如意啊。”

这时办公室门外有了声响，卡嘉把名单留在巴维尔·谢尔盖耶维奇桌上，连忙退了出去，头差点儿撞在走进来的苏多洛柯夫身上。

她后来把这句奇怪的话玩味了好久。他所说的“不如意”是指什么意思？大概是说，镇上有许多房屋，柯尔松诺伏周围有宽广的田野，却没有他们约会单独谈谈的地方。巴维尔·谢尔盖耶维奇又不能到卡嘉家里来，卡嘉也有好久没去探望安娜了。学柯尔松诺伏的小伙子和姑娘们的样，在河边或小树林里约会，究竟不便。巴维尔·谢尔盖耶维奇不是孩子，他是个有声望的人，更何况已经有了妻子！给人们看见了会引起多少胡思乱想和流言蜚语啊！

卡嘉倚在电线杆上望着窗子的那几分钟，对于她算是代替了约会。她这时无所不思，无所不想！她怀着新的希望，她有了新的心愿。

她有好多次想跑到巴维尔跟前去，但是这样做可不容易，因为巴维尔常跟别人一起从区委会出来。于是卡嘉只得回家，每次都感到一种交织着失望、轻松和不安的复杂心情。失望是因为没见到面；轻松是因为当她想走过去以前，她受着难忍的折磨，她激动、羞怯，而现在这一切都过去了；不安是因为一个晚上接着一个晚上白白地过去，而他们的距离愈来愈远……

卡嘉天天安慰着自己：明天一定去见他，可是每次寄托在明天的希望都成为泡影。有一次，伊格纳特·格梅津到巴维尔·谢尔盖耶维奇那儿去了。卡嘉等到他出来。格梅津气呼呼地走过去，没看到紧偎电线杆的卡嘉。过了一刻钟，窗里的灯光熄了，心事重重的巴维尔走到台阶上。他低着头很快地走开了。应该追上去，应该叫住他，但是喉咙里好像给什么东西卡住了，两条腿在地上生了根。为了这件事直到现在卡嘉还不能饶恕自己。

从一切迹象看来，现在只有巴维尔一个人在办公室里。等他出来的时候，卡嘉一定走过去。除非今天见面，否则永远不见！不过现在激动还早，——时候还不晚，巴维尔还不会马上从办公室里出来……

只听见：小伙子们拉着手风琴从小树林里走来，区执委会看马厩的老头在院子里为了一柄铁铲在跟女工友吵嘴；一切都平平常常，谁也不关心这两扇窗子里边有些什么动静，里边坐的是谁。而他却在为他们操心，这是他的职责！

瞧，现在他在办公室里来回踱着，他在考虑问题。

他气概轩昂，肩膀宽阔，长着浓密鬈发的头经常傲然昂起，步伐轻松而坚定，——即使不看见人，在想像中也会对他欣赏起来。他是区里党的领导人！人类的美和壮丽的未来，从当少先队员的年龄起就激动着心灵的一切，——全部体现在他身上！他似乎是爱她的……爱的！这是她的伟大的骄傲，伟大的喜悦！

忽然，卡嘉心里发凉了。她感觉到有人站在后面注视着她。卡嘉回过头去。在离她十来步的人行道中央，有一个个子不高的女人——脸色苍白，黑色上装翻领处露出的衬衫在黑暗中醒目异常。那女人看到卡嘉回过头去，就小心地向她走过来。卡嘉认出那是安娜。

“你好……卡嘉。”

安娜低沉、冰冷的声音在“卡嘉”这两个字上顿了一下。围着浓密头发的瘦削的脸上看不出任何表情，只有一双眼睛射出强烈的光，在卡嘉脸上停了一瞬间的工夫，随即又向亮着灯光的窗上一扫，然后漫无目的地凝视着夜的黑暗。

卡嘉只点了点头答礼，但那时安娜已经把头转开去，没有看到她点头。

“你在等待？……”安娜简短地问，“你在守候？……”

她的声音还是那么冰冷，没有恶意，也不恼怒。卡嘉又无言对答。她站在电线杆旁，挺出胸脯，仿佛想用身体挡住安娜，保护着某种宝贵的、正遭到威胁的东西。

安娜慢慢地朝她转过身来，不客气地打量着她：卡嘉紧张的脸似乎在等候打击，眼睛呆滞不动，结实的胸脯给衣服绷紧，半露的手臂挪到后面。

“漂亮……年轻……你为什么干这样的事？”

“安娜……”卡嘉费劲迸出第一句话，可是又哽住了，她自己听听自己的声音也觉得陌生、枯涩，“你要怎么样？”

安娜叹了一口气。卡嘉向她迎上一步：

“你要骂我，责备我吗？……随你的便：你可以鄙视我，憎恨我——我愿意忍受你的责骂，忍受人们的责骂，忍受一切人、一切人的责骂！”

“你为什么干这样的事？”

“你知道为什么。你知道！”

“我是知道的……可是你不知道……你不了解他。虽然你在破坏我的生活……对，你在破坏。我年纪已经不轻，另外找一个丈夫重新安家，对于我已经是不可想像的难事。孤孤单单地生活谁愿意？……

但是你不单在破坏我的生活，还在破坏你自己的，卡嘉——你自己的生活！”

“我什么也不要听。”

“不，你得听……你觉得他体贴、敏感、真诚。是的，他是体贴的，但只是体贴他自己的不幸、自己的痛苦。他敏感，也许可能，但只是在关心他个人的得失方面。他身上也有真诚……但这是这样一个人的真诚，他相信自己生来就是为着比周围的人干更大的事业。”

“撒谎，撒谎！你好不知羞！”

“你是在恋爱的狂热中。可是你要记住，等你醒了过来，爱情已经完结，但那时已经晚了，生活已经不堪收拾了。”

“你可以骂我，咒我，可是别诬蔑他！”

“别嚷。嚷的应该是我。受委屈的是我，不是你。”

“……你诬蔑丈夫，为的是不失去他！……”

“我不是诬蔑！……”

“那你为什么不把他撇下，为什么你要挽回失去的爱情，为什么你天天晚上监视我？……”

“因为我爱实际上的他。我可以原谅他。你爱的是臆想中的巴维尔。可是到你看出了真正的巴维尔时，你不能原谅他了……清醒一下吧，卡嘉。”

“我不要听！不要听！……”

安娜没理她，她从卡嘉的肩膀上边望着区委会的窗子，目光在卡嘉的脸旁滑过。卡嘉紧靠着电线杆，眼睛闪着泪光，在深沉的夜色中，苍白的脸泛出了淡绿色，她呆立不动，默默无言。她不敢回头，但是她明白，曼苏罗夫办公室窗里的灯熄了。巴维尔马上就要走出来。

“是啊，对于你会不会明白，我本来就不抱多大的希望。目前，”安娜提高了嗓门，“我总是他的合法的妻子。能够向他走过去的是我，不是你！”

安娜脚步踉跄地向区委会的台阶那边走去。卡嘉回过头去，看着她狭窄的背影渐渐在黑暗中消失，听着她的脚步声、裙子的窸窣声，她感到安娜害怕跟丈夫见面，她没有坚定的决心。

为了不听见他们夫妇俩的谈话，为了不让巴维尔看到她，卡嘉突然离开电线杆，飞也似的向家里跑去。

一直到深夜，她始终瞒着爷爷把脸埋在枕头上啜泣，她哭是由于受到了侮辱，由于对巴维尔的爱，由于一种不可名状的对他的怜悯。不管人家对她有什么想法，不管人家说巴维尔什么坏话，她始终爱他，爱他，爱他！

7

铺着红布的长桌上放着几十双手。前面，伊格纳特·格梅津粗大、戆直的手和马克西姆·比亚杰尔斯基筋骨坚硬的手相对放着。“五一”农庄的主席柯斯嘉·扎依采夫的手宽大、漂亮、有力，十个指头交叉绞在一起，两只手不耐烦地互相揉搓着像在打仗。从这双手可以看出——它们的主人对他现在所听到的话不以为然，“田野”农庄的主席杜迪林采夫一双毫无表情的白软小手规规矩矩地交叠着，像个模范的一年级小学生。可是他旁边却仿佛故意要显得突出似的放着达丽雅·捷列兴娜的一双手——她的手很大，跟一般妇女的手不同，皮肤粗糙，指头短壮。这双手自出娘胎跟土地打过很久交道，至今这双手用叉挑重达一普特的干草捆，仍要比在纸上签一个农庄主席的姓名更轻松些。在长桌尽头的几双手，露在磨破的衣袖外面，都没有什么特征。

巴维尔·曼苏罗夫在作关于必须在各农庄大力兴建饲料车间的报告，他不看人们的脸……据说，看一个人的手可以猜到他的性格。未必吧！伊格纳特·格梅津的手是在座人的手中最戆直的一双，可是巴维尔·曼苏罗夫这时候最怕的恰恰是伊格纳特。

万一不仅伊格纳特，而且所有这些不同性格的手的主人都起来反对造饲料车间，那怎么办？……

这不可能！区党委赞成建造，省党委也赞成。谁愿意招惹麻烦？此外，柯美列夫在生前就根深蒂固地给大家培养成一种习惯：上级有指示，就得服从。

他们不应该反对！只是伊格纳特的大手仍旧使巴维尔·曼苏罗夫提心吊胆。

他说完了，把文件搁在一边，这才把眼睛从铺着红布的桌上抬起来望着大家的脸。

伊格纳特白里泛青的光头垂得很低。马克西姆·比亚杰尔斯基长着软骨鼻子、布满深刻皱纹的干巴巴的脸似乎无动于中，但仅仅是似乎而已。当巴维尔·曼苏罗夫的目光落到他身上时，比亚杰尔斯基的眼皮迅速而自然地把眼睛盖上："休想，你不会知道我在想什么的……"大部分农庄主席在躲避区委书记的目光，只有杜迪林采夫皙净、红润的脸上一双眼睛活泼地迎上来，努力想和曼苏罗夫的目光接触。

开会讨论问题的时候照例从冷场开始，大家都要沉默这么一两分钟。就在这阵沉默的当儿，巴维尔·曼苏罗夫感到一种模糊的惶恐——他现在一个人面对大家坐着，而这些人对他很冷淡。他们低下头去，把目光移开，——他们在想些什么，伊格纳特·格梅津的光脑袋里和马克西姆·比亚杰尔斯基梳得很平滑的稀疏的头发下在酝酿些什么责备的话？……也许是轻蔑，甚至也许是憎恨……

"请容许我说两句话……"

从农庄主席们背后的角落里站起一个人来，那是绥拉菲姆·苏列普金。棕红色的短发倒向一边，接着又倒向另一边，诚恳而天真的、没有光泽的眼睛向在座的人巡视了一周。

"同志们！我们应该齐心合力为巩固集体农庄制度献出自己的力量。同志们，我们的任务是发展饲畜业。我们的责任是用我们的血一滴一滴地灌溉繁荣的未来……"

大家通常总是像对待一种必要的仪式那样对待苏列普金的发言，——必须挨过这么一段时间，让他讲完坐下，他的话对谁也不会产生影响。巴维尔·曼苏罗夫还在柯美列夫活着的时候就不喜欢这位好好先生式的督导员——区委会何必要这样的干部！——后来甚至想把他解职，叫一个有热情、有头脑的人来代替他的工作，可是一直没工夫这样做，再说苏列普金自己也不给人以对他不满的理由，他始终是那么忠心耿耿。

但是现在看到他那伛偻的高身材，听到他那训练有素的抑扬顿挫的声调，巴维尔·曼苏罗夫突然感到一阵轻松，因为他知道这个人不会提出反对意见，他一定支持……

苏列普金好像猜到了他的心愿，每一句话都在抚慰着他的心：

“同志们，兴建饲料车间是伟大的事业。兴建饲料车间是当前的首要任务……”

这个碌碌无能的人，他这时候在那些保持着阴郁的沉默的农庄主席中间，不知不觉地成了曼苏罗夫的朋友。巴维尔对他的每一句话都微微点头表示赞同，仿佛在说：“不错，不错，说得对。”

具有无比谦逊美德的苏列普金坐了下去。接着站起来的是杜迪林采夫。这位农庄主席长着一张浑圆、柔软、白净的脸，轻微的话声扣人心弦；在历次运动中，他总是第一个响应号召，总是提出很高的保证，但是并不经常做到这些保证，那时就诉苦，说这个缺乏，那个不够，小心翼翼地贯彻他的宗旨——少缴些给国家，多存些在谷仓里；在庄员们那边也过意得去，在区领导方面也应酬一番。

“巴维尔·谢尔盖耶维奇说得对，饲料车间能够挽救饲畜业的情况。我双手赞成动工兴建……”

巴维尔·谢尔盖耶维奇又点着头：“不错，不错，说得对……”不过杜迪林采夫的发言已经使他有点儿担心了。这家伙很狡猾——他说得太肉麻了会激起公愤的。到那时他就坐着耸耸肩膀：“我怎么？我是同意巴维尔·谢尔盖耶维奇的看法的。”可是巴维尔·谢尔盖耶维奇只好气得两眼发直……

果然不出所料。杜迪林采夫在歌颂饲料车间的时候仿佛顺便带上一句，盖饲料车间比盖新的养牛场重要。这实在荒唐。巴维尔·谢尔盖耶维奇还来不及纠正，伊格纳特·格梅津已经从桌旁站了起来，他把整个身体转过去向着正想坐下去的杜迪林采夫问：

“你相信现在盖饲料车间能给你的农庄带来好处吗？……你不必回答。我知道——你不相信！那么你自己呢，巴维尔·谢尔盖耶维奇？……”伊格纳特转身向着曼苏罗夫。

“我相信！”巴维尔慌忙地回答，“我相信一定会有好处，不过不是在目前，而是在将来。”

“将来？这是不是到冬天当我们的优种牛在没加修理的养牛场里冻死的时候？”

伊格纳特·格梅津的手在这以前一直显得那么戆直，这时握成了一个沉重的拳头，开始骇人地在桌上悬空摇晃。

“谁也不相信这种好处，无论是我，无论是杜迪林采夫，或者你自己，曼苏罗夫同志！也许苏列普金一个人除外……既然不相信，那为什么偏要坚持，偏要郑重其事地证明它有好处呢？无非是想用这种饲料车间在省委会面前炫耀一下。同志们，试问这是在干什么：是在安排生活还是在玩牌？如果这是玩牌，那么是危险的。这场牌戏中的赌注是全区的福利。可不能拿这样的赌注开玩笑。”

“照你这样说，省委会在做游戏？”巴维尔·曼苏罗夫忍不住了，“我们到底根据谁的主张办事？”

“省委会对于我们区的情况了解不够，而对于你这种人过分信任了！可是你陷入了困境，现在又想用不正当的手段挣脱出来……”

“请注意，我们不是在这里讨论个人问题。”巴维尔·曼苏罗夫沉着地插了一句。

“你为了在省委会面前使自己处在更有利的地位，不惜把所有农庄的饲畜业当作赌注，这难道是个人问题？”

曼苏罗夫霍地站起来，腰板挺直，胸膛挺出，昂着头，眼睛里燃着阴暗、险恶的火花，声音冰冷：

“格梅津同志！请不要把倾轧情绪带到讨论中来。否则我将不得不剥夺您的发言权。”

“用不到剥夺，我已经说完了。我再重复一遍：在我们这种情况下，现在谈建造饲料车间是一种危险的投机！”

伊格纳特·格梅津坐了下去。

现在大家都看着曼苏罗夫的脸——有的怀着恐惧，有的带着愠怒的神色，有的则怀着好奇心。

“让我发言。”马克西姆·比亚杰尔斯基站了起来。

他个子瘦长，肩膀不宽，脸孔像苦行僧，只缺一部雪白的长须，他掏出一本用得很旧、变得厚厚的笔记本，慢条斯理地把眼镜架在软骨鼻子上，不慌不忙地开始说：

“同志们，请你们听一听这些数字……”

巴维尔·曼苏罗夫凝视着马克西姆·比亚杰尔斯基干瘪肚子上的裤带铜扣，一边听着……盖一座饲料车间要多少木料，多少人工，材料加上运费要多少卢布，多少戈比，一年各项收入有多少……这样一算，修理牛崽栏屋顶的钱不够了……他——巴维尔·曼苏罗夫——不愿听这些，他不愿意懂得！他只懂得一点：饲料车间是挡箭牌，饲料车间是护身符，不造饲料车间，他只得光着身子站在省委会面前，可是在发生了费道西·穆尔根事件以后得步步留神。他本来希望他们不表示反对，希望大家不敢反对。可是他们反对了！这都要怪伊格纳特，他真是自不量力。好吧，伊格纳特·叶高洛维奇，看来我们得认真较量较量。你会知道我巴维尔·曼苏罗夫的厉害！

8

巴维尔知道：伊格纳特比谁都坚信，接受过多的优种牛是一个错误；他坚信曼苏罗夫冒进了，而且又不敢向省委会承认这一点。

伊格纳特坚信费道西·穆尔根没犯多大的错误，坚信他的过失被夸大了。

此外，伊格纳特是唯一看到曼苏罗夫办公室里那顶帽子的人，他猜得到老头儿自杀前那次谈话的性质。只要伊格纳特愿意，穆尔根事件就会被重新提起。万一真的那样，人们就要对巴维尔·曼苏罗夫表示极度的怀疑。

伊格纳特经常提起饲料不够……他还谈到饲养牲畜的房屋没有作好过冬准备……

以前，巴维尔一直安慰着自己——他们好歹总是自己人，老朋友的交情多少能起些作用……在见面的时候，巴维尔总是强装笑脸，拍拍伊格纳特的肩膀，谈谈他们的亲谊关系：

“我跟你可不是泛泛之交啊……”

他自己也没觉得自己一直过着提心吊胆的日子，他怀着一个希望——希望伊格纳特不碰他，原谅他。可是他碰了，而且碰得那么厉害！当着大家说：“想用不正当的手段挣脱出来……”

现在，巴维尔·曼苏罗夫想起伊格纳特就切齿痛恨。恨他的一切：恨他低沉、缓慢的声音，恨他灰色小眼睛洞察秋毫的目光，恨他剃得泛出青光的头顶，连他坐的姿势也恨——胳膊向两边伸开，拳头夹在两膝中间，本来就很宽阔的身材更显得横阔竖大。是座铜像，不是人。

农庄主席联席会议没有作出任何决定。可是时间不等人。省报上每天都在报导：某某区某某农庄动工兴建饲料车间。柯尔松诺伏区动作迟缓，柯尔松诺伏区落后掉队。省委会必然会渐渐构成一种印象：曼苏罗夫工作不力……

第二次召开这样的会议已经没有意义。农庄主席们又将站起来撑住伊格纳特·格梅津宽阔的腰板。

巴维尔·曼苏罗夫开始个别召见农庄主席，跟他们作个别谈话。

“可以进来吗？”

马克西姆·比亚杰尔斯基用手抚摸着头发，侧着身子挤进门来，他弯着腰，眼睛在寻找放帽子的地方。

巴维尔·曼苏罗夫从桌后站起身来，他穿着熨得笔挺的麻布上装，胡子刮过不久，伸出手迎过来说：

“进来，进来，马克西姆。来，我们坐下谈谈。”

他一只手抱住这位农庄主席的肩膀，把他拉到沙发旁让他坐下，然后自己坐下来，把穿着小牛皮靴子的一条腿搁在另一条腿上，咔嚓一声打开烟盒。

“抽烟。我把你叫来谈什么问题，你知道吗？”

“我猜得到，巴维尔·谢尔盖耶维奇。”比亚杰尔斯基叹了口气，把中间弓起的鼻子向旁边转开去。

他感觉到——决斗马上就要开始，可是取胜很不容易。这不是在会议上，在会议上左右都坐着跟他自己一样的人。他们会插一两句同意的话，他们会用目光鼓励他，他们会发言支持他——打破顾虑，不用害怕。可是在这里孤掌难鸣。透过书橱玻璃看得见厚厚的书脊，两架电话机闪着黑色和咖啡色的漆光：一架是本地的，通各农庄和区里各组织；另一架直通省里。这里有一种庄重的气氛，一切都使人感到这里进行着重要的事务联系，这里进行着关系重大的工作。巴维尔·谢尔盖耶维奇表面上挺和气，也不以狡黠的目光看人，但是他会在任何时候站起来说：“作为区党委书记，我认为……”

“你是坚决拒绝建造饲料车间的喽？”巴维尔·曼苏罗夫问，他把“坚决”这两个字稍稍说得重一些。

“巴维尔·谢尔盖耶维奇，您自己想想……”马克西姆·比亚杰尔斯基急忙从口袋里掏出那本厚厚的笔记本来。

但是巴维尔·谢尔盖耶维奇不让他把笔记本打开。

“我全明白……你以为我不知道你们的困难吗？人手缺乏，贷款吧，本来就已经欠了不少……好！我们决定不造，落在别的区后面，向省里承认：请原谅，我们没有力量克服困难……”

“应该解释，巴维尔·谢尔盖耶维奇。这种事人家能了解的……”

“解释？你是上了年纪的人，老党员了。你总明白‘不能够’这句话不是我们说的。必须跨过‘不能够’这一关……”

巴维尔·曼苏罗夫把烟灰抖在地毯上，摇摆着擦得雪亮的靴尖，平心静气地说着，毫不费力地推翻比亚杰尔斯基本来就不够坚决的反对意见。渐渐地，马克西姆·比亚杰尔斯基明白了——决斗垮台了，反抗也没有意思了。

“伊格纳特·格梅津是个有头脑的精明人，”巴维尔·曼苏罗夫不慌不忙地说下去，他仿佛没注意到比亚杰尔斯基的神态沮丧，“但是对于跟他很接近的我来说（你总知道我们还是亲戚），他这个人至今还是个谜。我告诉你一件事：过去，格梅津自己要优种牛，现在得到了；可是人家也得到，他就不满意。我大概不止一次听他说过：‘我们区冒进了，接受了太多的牛……’现在他反对造饲料车间，但是我相信他将逐步准备盖造。将来他自己把饲料车间盖好，你们只好张大了嘴看着发呆：‘好一个精明人，自己跑得多远！’我不能肯定地说，但是我总感到这个人好虚荣，他要强过所有的人，生怕别人分享荣誉。这种虚荣心对于一个共产党员来说是可耻的……”

一小时以后，马克西姆·比亚杰尔斯基带着怅惘的心情离开了曼苏罗夫，他保证开始兴建饲料车间。

再过十五分钟，又有一顶晒得褪了颜色的便帽探进曼苏罗夫的办公室，那人问：

“可以进来吗？”

于是巴维尔·曼苏罗夫又迎着走过去。

“啊，尼基塔·福米奇！进来，进来……”

谈话重又开始。

伊格纳特·格梅津以为农庄主席们会站起来围绕他形成一道木桩栅栏。巴维尔却希望有足够的力气动摇这道栅栏。但他毕竟懂得——这还不能算是胜利……

马克西姆·比亚杰尔斯基将开始兴建饲料车间：运木料，打屋基，而没有屋顶的牛崽栏将使农庄主席的良心受到谴责……再说也堵不住所有人的嘴——管理处的委员们、庄员们一定要指责：“你做得不对。饲料车间我们不忙盖，牛崽栏迫切需要修理……”难道能肯定马克西姆不会重新开始犹豫吗？要是他开始犹豫，他将去找谁商量呢？不会找区委书记，因为区委书记不会支持他变卦。他只会去找伊格纳特·格梅津，一定的……

暂时一切都平安无事。各农庄在向银行贷款，采伐木材。很平静……但是火星还未尽灭，巴维尔·曼苏罗夫还没有把它踩熄。谁能担保这火星遇到机会不重新燃起燎原之火？

伊格纳特·格梅津终究是心腹大患！……

9

共青团证在萨沙·柯美列夫的口袋里放了五年。五年——这是一个不短的时期，这是萨沙过去全部生活的四分之一。

两星期前，“劳动者”农庄召开了一次党员大会。到会的有伊格纳特·叶高洛维奇，他脑袋胡子都刮得光光的，但没有平时那种憨态，神情很严肃；叶符拉姆比·诺根胡子垂在记录本上；饲养员玛丽雅·古里亚耶娃不时怀着妇女紧张的心情望着萨沙；还有彼得·米罗申、费奥多尔·古里亚耶夫、伊凡·波任科夫——三个都是退伍军人，伊格纳特·格梅津把他们叫做“近卫军。”

萨沙跟他们一起在桌旁坐下。

鬈发的生产队长彼得·米罗申当主席。他站起来，干咳了一声，对萨沙严厉地看了一眼，他宣布：

“日程上只有一个问题：接受亚历山大·柯美列夫为预备党员的问题。”

大家要求萨沙谈谈自己的历史。以前入团的时候人家要他谈历史，他曾经感到茫然；现在谈历史还是跟以前一样困难：学校毕了业，如今在集体农庄工作，全部历史就是这么一点点。

大家听了都表示同情：

“不要紧，小伙子，这不是办不到的事情。你的历史还会充实起来的。”

大会读了介绍，按照党章提了几个问题。一致通过……

共青团证在袋里放了五年，五年——四分之一的生活！现在要跟它告别了。

萨沙坐在区委会大办公厅里等候曼苏罗夫接见。待会儿曼苏罗夫将要把预备党员的党证发给他。

刚才有一个高高的小伙子走进曼苏罗夫的办公室，他是林工分局的木材曳引机操纵手。他在进去以前一直把便帽夹在两膝中间，有两三次侧过头来用目光指指第一书记办公室的门，神秘地问萨沙：

“朋友，你可知道那边要不要口试政治？”

现在只剩下他一个人了，萨沙从口袋里把团证掏出来翻开了。团证还很新，好像昨天刚领到，五年来没有沾上一个墨渍，也没有折出一道皱纹。他爱护着它，干活去不带在身上，怕汗湿了团证会泛黄。现在简直有点可惜——它太新了，好像没见过世面似的。团证的年龄只表现在许许多多紫色的印章和照片上——一个头发蓬松的男孩子，鼻子翘着，眼睛圆圆的像一只小猫头鹰……

萨沙记起了第一次拿到这张团证的那一天。区团委书记瑞妮雅·伏洛欣娜把团证交给他的时候说：“要记住你现在是什么人了！”当时街上秋风萧瑟，细雨扑面，公路上铺的石子泛着水汪汪的亮光，天气完全不像节日。跟萨沙一起领到团证的还有巴什卡·瓦尔卓夫。他们是在不同的班级里念书的，有着不同的朋友，既没有在夜间一块儿牧过马，也没有一块儿钓过鱼。而当时他们走出区团委会，相对一看就明白了：他们到死也不会忘记这个灰溜溜的雨天，忘不了潮湿的石子路，忘不了到现在还在耳际响着的话：“要记住你现在是什么人了！”他们将永远记住这一天，永远记住一起领团证的同志。他们尴尬地微笑着伸出手说：“恭喜你……”“也恭喜你……”

母亲看到团证以后说：“手不干净不要去拿，你会把它弄得稀脏的，那时就没什么可看了……”

父亲把团证拿在手里说：“萨施卡，你可长大了。现在你是我们的助手了。”

萨沙自己有好几天没法安下心来。只要旁边没人，他就把团证从口袋里掏出来细细端详，百看不厌：灰色的封面，列宁的像，翻开来——在长长的号码下写着姓氏、名字、父名。他一生中还从来没有过证件——这是第一份。

萨沙曾经竭力想像着，很多年以后这张团证将是怎么样的。萨沙在想像中看到它已经很旧，角都翘了起来，谁知道——也许还溅上了血迹，他的血！未来跟这张团证联系在一起。到那时他是多么想看看它啊！也许，他将把团证藏在战士的军帽里渡到敌人盘踞的彼岸；也许，异乡的河水将漫漶区团委的紫色印章；也许，火热的弹片将打中他的胸膛，撕去灰色封面的一角……

再过一两分钟就要领到预备党员的党证了，团证得交还团委会。可惜它还是那么新，只在边上有一点点泛黄。

巴什卡·瓦尔卓夫的团证大概不是这样。他考进了工艺学校，现在听说远在诺伏西比尔斯克工作，那边的生活要热闹得多……

那个小伙子——木材曳引机操纵手——红光满面地从办公室里走了出来。他十分珍惜但又手忙脚乱地把证件往口袋里藏。

“他问我是不是经常看报，”他以信任、兴奋的口吻对萨沙说，“还问报纸是不是经常送到，有没有中断脱节现象？……”接着又低声说：“朋友，快去吧，他请你进去……”

萨沙走进办公室，尴尬地问了声好，在门口犹豫不前。

“柯美列夫同志，请过来……”

巴维尔·谢尔盖耶维奇·曼苏罗夫从桌旁站起来，鬈发的头向右肩微微侧着，伸出手来紧紧地、豪放地握了握萨沙的手。

“请坐。”

萨沙危坐在椅子边上。他跟刚从这里出去的木材曳引机操纵手一样，等待着区委书记提出一些不寻常的、深奥的问题。

“在农学院学习吗？”

“是的，在函授班。”萨沙回答的时候身子凉了半截，心想：“他会不会因为我是个大学生而问……譬如问关于经验批判主义的问题？那我可答不上来了……”

“在几年级？”

“二年级。”

“毕业后准备从事什么工作？”

“您问从事什么工作？当然在农庄里工作。”

“那么现在你在农庄里做些什么呢？”

“譬如不久前就在割草。”

“割草的时候你担任什么工作？光割割草吗？”

“有时候就光割割草。是管理处把我派到库特里亚维诺生产队去的……”

“这一年库特里亚维诺的情况怎么样？……”

“不用隐瞒，他们的草地给灌木长没了。有六十公顷没法割。”

萨沙渐渐安心下来了——他提的问题都很简单，很具体。

“给灌木长没了？可是报表上写着全割了。”曼苏罗夫觉得很奇怪。

“有什么办法呢，”萨沙不自觉地学着伊格纳特·叶高洛维奇的口吻，无可奈何地摊开两手，“只得违背良心说谎。”

“虚报了？”

这句话说得非常匆促，曼苏罗夫的目光由表面的和蔼变得专注、尖锐。萨沙感到一阵局促，仿佛曼苏罗夫揭露了他的谎言。

“是的。”他茫然回答说。

“是伊格纳特·叶高洛维奇·格梅津的主意？”

“是的。”萨沙又回答说，他感到事情有些不妙。

还好，曼苏罗夫的问话至此结束了。他站起来，从桌上许多文件中拿起一份咖啡色封面的证件，他的脸色变得庄重，声音变得洪亮：

“亚历山大·斯捷潘诺维奇·柯美列夫！从现在起，您是苏联共产党的预备党员了！我希望您能光荣地承担起共产党员的称号。请拿着您的证件！”

萨沙怀着激动的心情接过证件。

“请容许我向您祝贺，柯美列夫同志。”萨沙只觉得这句话在自己头上响。

萨沙把目光从党证上移开，他见到一只向他伸过来的手。他握住了它，用力握着……

在回农庄去的路上萨沙不慌不忙，不催马赶路，他想独自待一会，想一想。

迎面驶来一辆卡车，跟萨沙的马车擦肩而过，发出一股热烘烘的汽油味，像一匹拼命赶路的马发出的汗臭。卡车的引擎声在后面愈来愈低，渐渐去远。马儿懒洋洋地走着，颈轭的前桡也懒洋洋地晃动着。萨沙眼睛望着前面，但是他看不见桡木。他的思想在遥远的地方，它们像一条平静的溪水沿着萨沙的一生流着……

……柯尔松诺伏的文化宫，台上总共只有两盏小电灯。黑暗的大厅里孩子们、家长们的脸在往台上看……萨沙单穿一件上装，没戴帽子，觉得挺冷。他站在台上，凝视着黑暗的大厅，一只手举到头上，和别的孩子们一起跟着辅导员念：

“我是苏联少年先锋队队员，我在同志们面前……”

孩子们不很齐整的宣誓声中混进外面暴风雪的咆哮，狂风把铁皮屋顶上的积雪刮得漫天飞舞。

他们宣誓完毕。辅导员迦丽雅 · 彼卡廖娃要给每个宣誓的孩子系上红领巾。但是台上突然出现了萨沙的父亲，他穿着高统毡靴，沉重的皮袄的领子上覆着一层雪。他走到台中央，摘下帽子，把它高高举起，以响亮的声音兴奋地告诉大家：

“同志们！我们的军队突破了列宁格勒封锁线！这是伟大的胜利！”

人们立刻欢呼，鼓掌。萨沙在大家的欢呼声中甚至高兴得在台上跳起舞来了，但是谁也不阻止，谁也不注意。

“少先队员们，我祝贺你们！”父亲向已经不齐的队伍转过身来。“你们在值得纪念的日子里戴上了红领巾！”

大家高呼“乌拉”。父亲随手拉住近旁的玛莎 · 茹拉符廖娃，把她抱起来吻了一下。

辅导员迦丽雅首先给萨沙的父亲系上红领巾。他敞开皮袄的钮扣站着，红领巾的边贴在湿漉漉的羔皮领子上，脸跟领巾一样红红的，也许是由于兴奋，也许是由于不好意思，也许只是冻得发红——他是名誉少先队员。

大概从那天起，萨沙就开始了走向党的道路。他希望能快些长大。对于他来说，“长大了”“成年人”这些字眼是跟“党员”分不开的。现在他长大了，他跨过了党的门槛。父亲现在要是活着，他一定会说：“你不是助手了。你跟我一样了。”

差不多已经熟了的黑麦忍不住酷热，弯向地面。闷得很。到晚上恐怕要下雨。

萨沙想起去年他跟伊格纳特·叶高洛维奇在这条路上遇上了雨。他记得，那时伊格纳特·叶高洛维奇从头上摘下便帽捂在心口，不让党证淋湿。虽然是件小事，可是它深深印入了他的心坎……

现在伊格纳特·叶高洛维奇在等他……昨天晚上做完功课，他俩一起走到台阶上，坐在满天繁星之下。伊格纳特·叶高洛维奇抽着烟，蹙额皱眉，他在想心事，大概是件不太快乐的事情。

萨沙问他在想什么。

“我在想关于正直的问题，萨施卡。”伊格纳特·叶高洛维奇回答说。

“你怎么突然想起关于正直的问题来了？”

“不是突然。是生活使我想起的。”

“那么你认为怎样才是正直呢？”

“我认为，不把手伸进人家口袋的人还不能算正直，要抓住别人的手、不让它伸进人家口袋的才算正直。后者比较难。明天你去领党证，你可以回忆一下这一段话。”

回忆这一席话并不难，现在他就回忆起了，可是萨沙不太明白：去抓住谁的手？谁在把手伸到人家口袋里去？伊格纳特·叶高洛维奇葫芦里不知卖的什么药。

10

伊格纳特·叶高洛维奇这时候没空。省报的一位记者坐在他的

“茅棚”里，以一连串的问题苦苦缠着他。

外勤记者伊里亚·罗玛茨基最初的少壮朝气，已经随着一头浓密的头发一起消失了。代替它的是头顶上一处秃斑，目前还由剩下的几根干燥的黑发掩盖得相当成功。罗玛茨基已经开始有点儿发胖，但动作还相当敏捷，青春的活力也还没失去。他很珍视报社的工作，但一方面继续写着赞美“蓝眼睛的幸福”和“金色发波”的抒情诗。虽然他的爱人是个很明显的黑发女子，但她原谅丈夫对蓝眼和金发的偏爱，因为她坚信他是个规矩人。

伊里亚·罗玛茨基认为自己是个有经验的记者、搜集材料的能手。在这方面他恪守一条理论，这条理论的大意如下：在我们的生活中主要的是新的、正在成长的东西，而不是旧的、逐渐消亡的东西；我们生活中的新事物总是优秀的，那就是说首先应该表现的只是优秀的农庄、优秀的人物；落后的农庄、落后的人物是旧的、逐渐消亡的东西，是不值得注意的。

因此，在到柯尔松诺伏区来之前，伊里亚·罗玛茨基还在城里就打听到，那边的优秀农庄之一是“劳动者”集体农庄。

司机尼基塔·舒连柯夫是到火车站去领自动喂水器的各种装置的，他把这位记者连带他的雨衣、摄影机和一只久经风霜的小手提箱送到新拉美尼耶村。

伊里亚·罗玛茨基的帽子歪戴在脑后，穿着一套又旧又小的衣服，打着一个又脏又皱的领结，他就这样来到伊格纳特·叶高洛维奇的面前。

还没有见到这位农庄主席之前，罗玛茨基已经根据道听途说的印象爱上了他。怎么能不爱呢——这是他未来的一篇特写的主人公哩。

“您得原谅——我要耗费您一些时间。我是特地来跟您谈谈的……”

每一个陌生人总会引起伊格纳特微微的困窘，何况这位又是在报上写文章的记者。伊格纳特抱歉地微笑着说：

“我不知道能不能做一个聪明的谈话对手……”

罗玛茨基已经在以评估的目光打量着未来一篇特写的主人公，心里在盘算怎样描写他的外貌：“身材魁梧、结实，像一棵野生的树……聪明的、俄罗斯型的脸……”

在农庄主席的“茅棚”里坐定以后，罗玛茨基开始提出习惯的几个问题：

“优种牛的情况怎么样？”

“还好，我们不叫苦。”

“农庄主席格梅津不是那种喜爱炫耀自己成绩的人。他回答的话很简单……”罗玛茨基在打腹稿。

“饲料准备得怎么样了？”

“去年贮下的青贮料还够吃，今年也已经贮存了。青贮料和干草的问题我们可以不用愁。”

“……但是根据三言两语的回答，已经可以想像到，农庄经营得井井有条……”记者准备把这几句写到他未来的那篇特写中去。

“你们在兴建饲料车间方面一定是走在前列的喽？”

伊格纳特·格梅津耸耸肩膀，说：

“暂时还不打算。”

“这怎么能呢？”

“我们现在首先需要装备一座新的养牛场，里边有自动喂水器、电气挤奶器，总之包括一切机械化设备。此外还打算盖一座养猪场。”

“那么饲料车间呢？”

“暂时还太早。”

“根据你们这样的条件拒绝先进事物？！不，不，我难以想像。”

“先进事物不是野果可以摘下来往口袋里放。譬如说，原子能发电站是比水力发电站更先进的东西。但是现在我们国内还在大规模建设水力发电站。一切都有个轻重缓急，我们将来也会盖饲料车间的。”

伊格纳特·格梅津胸脯抵着桌子，开始耐心、详细地对记者说，为什么农庄现在比较迫切需要的是造机械化的养牛场，而不是兴建饲料车间。

罗玛茨基带着淡淡的怅惘从格梅津那儿出来。

他喜欢经常重复一句话——“深入体验生活”，他相信每次出差是在作这样的体验。但是，体验生活总是没有时间，他不能在一个农庄多耽搁。他自己观察、了解得不多，倒是经常无意间听别人的意见然后当自己的说出来。这种搜集他人意见的工作，他真诚地认为就是“体验生活”。

编辑部里所有的人都确信，饲料车间在任何场合下都是有好处的。罗玛茨基也确信这一点。如今伊格纳特·格梅津——在省里受到尊敬的农庄主席——提出了相反的看法。罗玛茨基开始动摇了。

“要是在专栏上发表一篇特写，用一件一件的事实证明，兴建饲料车间不是在任何地方都能作为首要任务提出，那会怎么样呢？……”他已经想像得到——这篇特写将引起轩然大波，将引起热烈争论。责任秘书索洛庆采夫无疑将反对发表这篇特写——他是个谨慎唯恐不周的胆小鬼。部主任柯罗尔科夫却喜欢具有战斗性的文章。

但是，光凭伊格纳特·格梅津一个人的意见是不够的。

罗玛茨基要求把他送到柯尔松诺伏镇去。两小时后，他已经坐在曼苏罗夫的办公室里了，他小心地转述着刚才的一席谈话。

“您认为怎么样？”巴维尔·曼苏罗夫打断了他的话，“格梅津的意见对不对呢？”

“我认为有一部分道理。”

“一部分？嗯……”

罗玛茨基连忙纠正：

“也许可以说很有道理。”

“你们报刊工作者，”曼苏罗夫不慌不忙地以庄重的口吻开始说，“常常从放大镜里看生活。对于你们，只要某一个农庄主席把脚动一动，你们马上就会大声宣布：某某同志以坚定的步伐向共产主义迈进！”

“我不隐讳，不隐讳，各种情况都有。”

“伊格纳特·格梅津是个有头脑的精明人，是个聪明的庄稼汉。四年工夫他把农庄整顿得大大改观了……”

“对，对，我也注意到这一点。他对饲料车间的看法也有一定的道理，您说对不对？”

“但是，这是一个性格复杂的人……”

“可是看起来似乎挺纯朴……”

“这个人反对公认的可贵的创举，仅仅是因为他不愿意有竞争的对手……”

巴维尔·曼苏罗夫从桌后走出来，开始在办公室里从墙边到桌旁来回踱步，他说得很响，很有把握，仿佛在向记者口述他未来的那篇特写。罗玛茨基抿紧嘴唇，一双灵活的眼睛注视着来回踱步的区委书记，聆听着他的每一句话。

“他心地正直，是个正派人，庄员们因为他能坚持原则而尊敬他，但是他有一个弱点——要把自己表现得比实际上好，要在各方面走在第一，——这个弱点使格梅津做出了一些相当不名誉的行为。仅仅几小时前，‘劳动者’农庄的一个庄员来领预备党员证件的时候告诉我，格梅津曾经把虚假的报表送到区里来。”

“这是怎么回事？”

“很简单。他们的草地有些地方被灌木长没了。格梅津不把灌木之间的草全部割去，他干脆填了个数字。严格说来，他欺骗了区委会，欺骗了党，欺骗了国家！……”

“对不起，告诉您这件事实的那个庄员姓什么？”

“柯美列夫。亚历山大·柯美列夫。他是已故区委书记斯捷潘·柯美列夫的儿子。是个相当有头脑的小伙子。他一方面在农庄里工作，一方面在农学院函授班学习。今天我刚把党证发给他。”

“好，好，我听着……”

当天，罗玛茨基就离开了柯尔松诺伏区。路上，在车厢里，他非常激动，技痒难忍，急于想发挥他的创作天才。

他打算以会见“劳动者”农庄主席作为特写的开始，叙述一下农庄主席给他的印象——“魁梧、结实，像一棵野生的树……”他不打算隐瞒格梅津是个有头脑的精明人，他受到庄员的尊敬，这样先引起读者对他的好感，然后一笔一笔地揭示他的本质：好虚荣，不愿其他农庄和他的农庄齐步前进，顽固地反对先进事物，甚至会作出不名誉的勾当……这是一个经过精密构思塑造出来的复杂的形象！这回可给他搜集到了精采的材料！

11

柯尔松诺伏拖拉机站在一座旧教堂里。楼下是打铁场，那里放着一座小型熔铁炉。在圣门后面，从前是祭坛的地方，现在是站长办公室。荒凉的钟楼成了鸽子的安乐窝。教堂台阶上平时伸手挺足地坐着拖拉机手、司机、来办事情的农庄庄员们，他们把皮烟袋敬来敬去，自己卷纸烟抽。

萨沙到这儿来接洽派一架灌木铲除机到库里特亚维诺生产队去的事情。站长不在。他说在午饭前回来。萨沙就跟别人一起坐在台阶上，听着关于草地、燃料、装配轴承等等没精打采的谈话……

一个姑娘拿着一叠报纸，走到铁栅栏旁张着铅丝网的阅报栏前，不慌不忙地把过期的报纸换上新到的，她向坐在台阶上的人们喊了一声：

“有闲工夫嚼舌根，还是来看看报吧！上面有关于我们区的文章。”

“光明大道”农庄的一个小老头儿第一个跳跳蹦蹦地踏着碎步向姑娘走过来。

“等一下，漂亮的姑娘。留一张没用的报纸给我们卷烟抽。”

他接过一张报纸开始卷纸烟，一边把身子凑近阅报栏，一动不动地看着。

“去看看报上登些什么。”一个拖拉机手懒洋洋地站起身来。

不一会儿，阅报栏旁已经聚着一大群人了。

拖拉机手把身子弯得很低，屁股翘起，上面打着两块补丁，活像一双惊奇地瞪出的大眼睛，他念着：

“‘善于精打细算、组织能力很强的农庄主席格梅津千方百计地反对先进事物。原因何在呢？……’”

“唉，这就是不顺上级意思的下场。”

“嗯，这一棍子够他受的了。”

“轻一点，死鬼！好好听。谢辽加，你往下念。”

“‘原因何在呢？……原因在于格梅津同志从彻头彻尾的利……利己主义的打算出发……’”

萨沙感到耳边某人呼吸的热气，他全身缩做一团听着，听着，可是不十分明白：究竟出了什么事？一直到现在，他从未听人说过伊格纳特·叶高洛维奇是个不老实的人，也从未听人说过他为了个人的利益要手段，连半句这样的暗示也没有。所有的人对他只有尊敬。如今突然来了这样的指责！不折不扣地把他说成各集体农庄的敌人。是非黑白全部颠倒！真理何在？什么才是可以相信的呢？

拖拉机手谢辽加结结巴巴的声音仿佛从很远的地方传来，许多费解、纷乱的思绪在萨沙脑中翻腾，妨碍着他迅速地抓住事情的本质。突然萨沙打了个哆嗦——拖拉机手念出了他的姓名。念了以后就哽住不响了。站在萨沙周围的人开始窃窃私议，他觉得有许多紧张的目光射到自己身上。

“‘……庄员亚历山大·柯美列夫’”拖拉机手继续往下念，“‘在从区党委书记曼苏罗夫手中领取预备党员证件……领取预备党员证件的时候，说他不能隐瞒这样一件事实……事实，就是农庄主席格梅津曾经以虚假的报表交到区委会和区执委会……’唉，我的圣母！想不到他用了欺骗手段。这真不像他干的事。”

“什么事实？我没说过！我什么也没说过！”萨沙愤怒地叫喊

起来。

“闭嘴吧，朋友。回头再发你的脾气。”后面有一个声音截住了他的话头。

“‘虚假的报表……’嗳，你们这帮家伙把我闹糊涂了……我念到哪儿了？对了，在这儿……‘“劳动者”农庄的草地有部分给灌木长没了。格梅津非但不……’”

萨沙两条腿发软了——他站不稳，也听不下去了，他要走到旁边去坐一会，清醒一下……但是萨沙不敢动弹，他一直听到完。

拖拉机手念完了。人们散开了，慢慢地向教堂的台阶那儿走去。

“挨整了。”

“小题大做。”

“是不是小题大做——现在讨论已经晚了。既然报上也登了，还说什么？”

“现在，看样子他主席是当不成的了。”

“还用说……全省各处栅栏上都贴着报纸。”

萨沙走到一边，他在铁栅栏的砖基旁的草地上坐下来，脸朝下躺下去。旁边传来了谈话声。人们很随便地谈论着，并不怕他听见。

“你们瞧——这小伙子好像挺难受。”

“他有什么难受的。反正挨整的不是他，是主席。”

“可是伊格纳特却一直像好心的老牛喂小牛似的培养他。”

“这叫做恩将仇报。”

“年纪轻轻的，可是已经懂得怎样踩在别人头上往上爬了。”

萨沙站起来离开了那儿。

沿尔查文卡小河的一条小路一会儿离开河岸，一会儿又紧靠水边。它跟公路一样可以通到新拉美尼耶村。不过公路是穿过洼地、山坡、田野辟出的捷径，小路却像小河一样调皮，老是拐弯抹角。走小路到新拉美尼耶村要远一倍。

在被流水颠动的芦苇上面，几只蜻蜓停在半空中似在沉思。鹡鸰摆动狭长的尾巴，在露出水面的石块上跳来跳去。太阳照耀着灌木，照耀着小河以及河里逍遥悠闲的鱼腥虾蟹。

迅速的脚步、忙碌的尔查文卡河畔的幽静景色都不能使萨沙感到安慰。

他是伊格纳特·叶高洛维奇的助手、同志，差不多是他的儿子。他过去和现在都相信伊格纳特·叶高洛维奇是个正直的人。他这时候会对萨沙有些什么想法呢？他一定在想：萨沙背后乱说，暗中挑拨，想不到他竟这样来答谢我对他的全部关怀！人们已经在说："恩将仇报……踩在别人头上往上爬……"踩在别人头上！不是踩在别人头上，而是踩在伊格纳特·叶高洛维奇头上！他何尝想往上爬？这是怎么搞的？曼苏罗夫没有懂我的意思。这事明明只有他可能说出来，只有他一个人！

小河中央躺着几块大石头。它们有许多细小的洞孔，披着绿色的黏液，道貌岸然，但是老态毕露；尔查文卡的河水轻佻、活泼地轻拍着这些石头，惹得它们怪痒痒的，小河仿佛在愉快、温柔地向石头劝说着什么。

千万不能去见伊格纳特·叶高洛维奇！可耻。可怕。他的目光可怕，他的声音也可怕，即使他不说话，一句也不责备他，难道就不可怕了吗？不能见面，不能到新拉美尼耶村去。可是人们会怎么想呢？……要知道那边住着的人是了解伊格纳特·叶高洛维奇的。既然旁人也说"恩将仇报……"那么村里人又会怎么说呢？甚至娜斯嘉也应该唾弃他……

小路钻进了灌木丛，地上透出一股腐烂的气息。他一步一步地走近新拉美尼耶村。他为什么还在往那边走？他不能在那边露脸！

不能？……那就应该停下来，挑一个偏僻的地方，在阴暗处的草地上躺一会……河水在石块中间潺潺地流，蜻蜓平稳地停在半空中，鹡鸰在跳来跳去。应该看着这一切，听着流水声，什么都不想，一直躺到夜里。到夜里就回家见母亲，收拾行李，拿一点钱——明天一早搭第一辆汽车到火车站去远奔他乡。把一切耻辱留在这里。

小路从灌木丛里钻了出来，插进了黑麦田。今年的黑麦长得很高，麦穗直打眼睛……他继续在走。他走着。到哪儿去？去干什么？不能去！

不能去？……躲起来？……那时伊格纳特·叶高洛维奇一定会认为——他没脸见人逃跑了；那时他一定会说——我培养了一个卑鄙的浑蛋，如果他这样说，他说得对！

萨沙加紧了脚步，麦穗打着他的面孔……

事情的演变出乎意外地简单。萨沙怀着一颗几乎停止跳动的心推开了农庄主席“茅棚”的门。伊格纳特·叶高洛维奇以平静的目光迎接了他，点一点头——那就是说“坐下”，一边继续在写什么东西。一只粗糙的大手用一支小学生用的钢笔一个字母接着一个字母地小心地写着。最后，他把一张纸推开，点起一支烟，他说：

“好吧，你说说，到底是怎么回事？”

萨沙睁大了眼睛，以惊奇和感激的目光凝视着伊格纳特·叶高洛维奇。伊格纳特·叶高洛维奇微微一笑：

“你以为我会发怒吗？”

“伊格纳特·叶高洛维奇！事情完全不是这样……完全不是这样……”

“你说吧。我知道不是这样。”

萨沙顾不得次序颠倒，开始急急忙忙地转述跟曼苏罗夫谈话的经过。

“无耻！”

“伊格纳特·叶高洛维奇……”

“我不是说你无耻，是曼苏罗夫无耻……萨施卡，在我们的生活里有许多框子。在这些框子里常常很难得到发展——因为它们太窄了。譬如要买一批盖屋顶用的石板瓦，银行里有钱，可是偏偏不给——因为没有造入预算。要种三叶草——不行，因为指示上没有规定。就拿这些报表来说……库特里亚维诺的草地十年前就给灌木长没了，可是报表上要求把它们也算上。谁没有规避过这些预算、指示、报表？我规避了。审判我——我负责；可是为了我以及别的农庄主席往后再也不必走弯路绕道，就应该把这样的问题提到日程上来；要纠正生活中的不良现象。但是，曼苏罗夫所需要的难道是这个吗？对于他来说，党的工作不过是一架梯子，靠了这架梯子便于爬到一切人头上去罢了……好吧，巴维尔·谢尔盖耶维奇，是彻底谈一谈的时候了……这个，萨沙，你拿去看看：这是我写给省委会的信……”

萨沙把那张纸接到手里。

12

印在粗糙的报纸上的字力量真大。

所有认识伊格纳特·格梅津的人似乎都不同意那篇文章。很多人甚至很气愤，也有很多人出于一片好心表示惋惜：

“不知是谁耍了一下笔杆，瞧，把一个农庄工作老手一棍子打垮了。”

“这样的打击任谁也经不起。”

人们惋惜伊格纳特·格梅津，而被惋惜的人无意间都被认为是软弱的、可怜的，大家对这种人会失去信心。

伊格纳特自己跟过去一样地生活着。清早到田野里去——看看是不是开始重点选割的时候了。白天随时可以见到他在新养牛场的工地上——那边正在铺水泥道，安装自动喂水器。他依旧是那么和蔼安详，满怀信心，把软软的便帽往光溜溜的头上一戴，踏着坚实的步子在村子里走来走去。天天看到他的那些人，渐渐开始忘记报上那篇文章。只有萨沙耿耿于怀，安不下心来。

在萨沙的家和学校之间的一片空地上，现在盖起了镇消费合作商店和许多仓库，从前这儿有一株白杨。萨沙每天要在它旁边经过好几回，可是他一直不注意。在夏季里有一天，刚下过雨，由于沉重的密云垂得很低，空气里荡漾着淡淡的暮色，路上散布着闪着微光的水塘，萨沙偶尔向那株白杨看了一眼。看了一眼以后他站住了：纤细的树干泛着金属的寒光，挺秀的树叶轻盈地围着树干，树叶的颜色跟树干很相称——是一种不鲜明的银白色，——白杨树活着，呼吸着，沐浴在潮湿、浓重的空气中。许多年来，他每天在白杨旁边跑过好几回，可是一直没注意到它这样美，即使站着看一小时、两小时——一点也不会看厌。这真是一个大发现！

有时候对人的美也会感到同样惊异。

萨沙认识伊格纳特·叶高洛维奇不是一天，不是一月，而是一年多了。仿佛他已经没什么能使萨沙惊奇的了；仿佛他要说些什么话，做些什么事，萨沙预先就能知道。但是这一件平凡的事——他看到报上这篇文章以后非但不动怒，不冷淡，而是以一句普通的话迎接了他："你说说，到底是怎么回事？"——这件事却使萨沙非常惊异——伊格纳特·叶高洛维奇没经解释就明白了。萨沙满以为受了委屈、自尊心受到伤害的伊格纳特·叶高洛维奇不知要把他怎么样。可见这纯粹是以小人之心度君子之腹。萨沙应该是了解他的，他们住也住在一起……

愤怒一天天地增长——一个多好的人受了诬蔑！真理何在？为什么大家不表示愤慨？……

有时候他产生一种愿望：到区委会楼上曼苏罗夫的办公室里去，当面以憎恨的语气把所知道、所想的一切都说出来。这当然是愚蠢、幼稚的做法，是无济于事的。

难道不是这种愿望促使他向卡嘉道出全部底蕴的吗？

自从那天晚上见了面，卡嘉把门砰然关上走开以后，他们没交谈过一句话。萨沙只在老远的地方看到过她。

有一次，她矫捷、迅速、像有什么要紧事情似的从区委会的台阶上跑下来。风吹动淡颜色连衫裙的裙裾打着她皮肤浅黑的脚。她突然扭过头来，向开着的窗子里对谁说了句话。

另一次……他到电影院去。熨挺的衬衫弄得肩膀怪难受，汗湿的手在口袋里揉弄着电影票。迎面走来一群姑娘。在花花绿绿的衣裳和披在肩上的丝头巾中间，有一个姑娘的脸唰地映入他的眼帘——梳得很光滑的头发、洁白的前额、平直的眉毛、又熟悉又淡忘的脸！……一双发亮的眼睛颤动了一下滑到旁边去了。她打他身边走了过去……

在这样的会面后总有一两天不得安宁——他坐立不安，常常扔下一件事情去干另一件事情，老是觉得缺少什么，老是在寻找什么。过了几天，才渐渐安下心来。

一些隐隐约约的流言传到萨沙耳朵里，说卡嘉爱的不是别人，就是曼苏罗夫；说她每天晚上对着他办公室的窗子“望穿秋水”，而曼苏罗夫忙得根本没注意她。萨沙违拗着自己的愿望听人家说着，他将信将疑，暗暗骂着自己：“跟我有什么相干？现在她向着谁的窗子望穿秋水都与我无涉。”

这一次萨沙是到区团委会去交还自己的团证。这件事早就应该办妥了。

去的时候正好是午饭时间。第一间房间里一个人也没有。风从窗外吹进来，拂动桌上的纸张。他向第二间房间里张望了一下。卡嘉咬紧牙关用一个指头在打字机上打一份什么文件。她看见了萨沙，于是萨沙走进去，眼睛望着别处，说：

“你好。我想来交还团证。”

“你好。”

她不像以前那么活泼，带着羞怯、歉疚的神情……萨沙一下子在心坎深处闪起了一线希望：也许她懊悔了，也许她愿意跟我重归于好……

“这是团证……”萨沙把自己的团证放在桌上。

卡嘉接过了团证，看着上面的照片，不好意思地微微一笑，她说：

“要不要把照片拿去留个纪念？”

“不用。”

“那么如果我拿呢？”

“你要它有什么用？”

“萨沙……”她抬起一双诚恳、善良、含着请求意味的眼睛。萨沙不禁哆嗦了一下——难道她真的愿意重修旧好？……但是他猜错了。虽然卡嘉的声音跟目光一样诚恳、含着请求的意味，但她说的完全不是他所希望听到的话。“萨沙……难道我们就不能做普通的好同志吗？”

“说这些话干什么？……团证由你收下，还是等克列申采娃来？”

“你入了党……不久以前我听巴维尔·谢尔盖耶维奇·曼苏罗夫向苏多洛柯夫谈起过你。他很夸奖你……”

“我不需要曼苏罗夫的夸奖！”

“为什么？”

于是萨沙爆发了。他把从伊格纳特·叶高洛维奇那儿听到的以及自己所想的一切都说了出来。

“……他是个一心往上爬的野心家，不是一个真正的党工作者！他干的不是工作——是阴谋！别那么看着我——我不怕！我还要当面对他说！全都说出来！毫不保留！”

卡嘉的眼睛睁得圆圆的。它们先是充满了恐怖，继而闪出了怒火，最后，她的嘴唇轻蔑地扭曲起来，善良、温和的脸立刻变得严厉、刻薄。

“你这个卑鄙的小人，”她打断了萨沙的话，“我知道你为什么这样说。我知道！是因为怀恨！是出于私仇！你听信了流言……我还以为你是个正派人，还要跟你做同志呢……走开！走——开！我不愿听你的话……”

13

像黑天鹅弯着脖子，台灯把一圈明亮的灯光投在绿色的呢子台布上。在光圈之外的两架电话闪着黯淡的微光。整个办公室里笼罩着一片昏暗。办公室被照亮的一角是巴维尔·曼苏罗夫第二个家，甚至不是第二个，而是唯一的家了。

只要在办公室里，在可以不必担心有谁会来的夜晚，巴维尔才觉得自己是完全自由的。

这时候他在翻阅一些文件，一边慢慢地想着：

“这一下很容易在你自己的窝里把你的颈皮抓住了。我要责成‘劳动者’农庄党支部召开支部大会。我们要谈一谈。是时候了……谁敢袒护的尽管站起来！谁敢对抗社会舆论？谁敢为一个被批评得体无完肤的人辩护？世上哪有以卵击石的傻瓜。那时你，伊格纳特·叶高洛维奇，将觉得怎么样啊？……那时我们再畅谈一番。我不是跟你过不去，我只要你别在我的脚边纠缠……”

巴维尔用一支很粗的铅笔在日历上记下：“叫‘劳动者’农庄的诺根来一次。”

“也许不必闹到召开大会的地步吧？我来跟伊格纳特碰一次头，让他觉得缰绳已经操在我的手中……”巴维尔继续想着，他随即坚决地放弃这个打算，“他不会懂的——他冷酷、固执、自信。这样只会引起一些不必要的麻烦——与事有害。”

在什么地方有一份资料——是去年伊格纳特交给巴维尔放在当时他那文件夹里的一张纸条。他记得上面顺便提到过饲料蒸煮锅的好处。伊格纳特去年拥护饲料蒸煮锅，今年又反对饲料车间。这是个有意思的资料，也许很有用处……

巴维尔拉开一只只抽屉，在里面翻寻。当他的手伸到最下面一只抽屉里的时候，突然触到了一件硬东西，他把它拿了出来……灯光落在穆尔根的压扁的皮帽子上。

黑暗的窗外全镇在沉睡中。只有个别夜行的人的脚步声在木板人行道上笃笃地响着，渐渐在远处消失。楼下时常发出一些莫名其妙的咯吱声和劈拍声。

巴维尔把帽子放到灯下。在办公室的文件堆中看到这件东西实在很奇怪——粗糙，坚硬，帽舌皱软，帽圈上的线缝有些裂开了，里子给汗浸得变成棕色，这顶帽子还保存着一个在世上走完了自己路程的人的生命痕迹。

巴维尔甚至已经忘了帽子放在这儿。他已经忘了很多事情……恐怕是因为回顾往事不太痛快吧？……

“不顺利的事不是我一个人碰到……我们的邻居舒玛科伏区里也在闹饲料荒！区委书记班尼柯夫每月被叫到省委会去开会，已经受到了警告处分。苏姆科伏区的彼尔洪诺夫威信很高，可是在春天几乎有三分之一的农庄没有劳动力，人们都去参加纤维素联合企业的建设去了，播种工作就此拖垮，——现在他已被解除职务……不久前报上还批评索鲍良诺的区委书记以区委委派的专员包办代替农庄主席的工作。再说，在柯美列夫当书记的时候，难道不愉快的事还少吗？……大家在工作中都有困难，但是某人的良心上悬着一条人命的事却没有过。这种事没听说过……只有你一个人，巴维尔·谢尔盖耶维奇，创造了纪录……一个人！……如今就请你欣赏这顶帽子吧……

“我要强过一切人，要为本区取得首席地位。实指望——我将被发现、重视、提拔到省里去。在柯尔松诺伏区的经验的基础上取得全省工作的胜利……这并不是白日做梦。大材不应该小用。大概，管理国家的人就是这样成长起来的。

“这就是我的愿望。但是事与愿违……

“前途如何？用这种踉跄恍惚的脚步还要走多久？结果将是怎样？……”

由于这些问题愈想愈想不通，由于那顶皱瘪的帽子隐隐引起良心责备，巴维尔·曼苏罗夫觉得自己是个无用的、被遗弃的人。他现在坐在这四面墙壁中间，像穴里的田鼠，在挖着什么，策划着什么……也许可能把伊格纳特从自己的道路上推开，可是再过一个星期不会有另一个伊格纳特起来吗？总不能永远打架啊。这样下去总有一天会举起双手认输：“算了！再也没力气了！”但愿能调到别区去，到那边一切都重新开始，到那边要变得聪明些……

忽然，巴维尔听到有人在推门进来。他神经质地震动了一下，抓住帽子，用手遮住耀眼的灯光仔细看过去。

门口站着卡嘉。看到巴维尔·曼苏罗夫发现了她，卡嘉坚决地向前跨上一步。

“我再也忍不下去了……”她轻轻地说出这句话，在沙发上坐下。昏暗中，在她苍白的脸上一双焦虑的大眼睛显得分外明亮。“我要听听您自己的意见……”

“你怎么啦，卡嘉？”

“巴维尔·谢尔盖耶维奇，人们在说您的坏话……说您……不，我说不出口……您说：是不是有理由责备您，哪怕是一点点小小的理由？我需要知道，这跟我有关……”

巴维尔·曼苏罗夫看着卡嘉，心里觉得很诧异：近来他东奔西走怎么忙成这个样子？把她忘了……他与她之间的关系不是普通的瞬息冲动所造成，这不单纯是一个有妇之夫的失检行为，但也不是真正的爱情……真正地爱他做不到，正像他做不到很多别的事情一样。她难道能明白这一点吗？……她坐在那儿，裹着头巾，肩膀痉挛地一耸一耸，眼睛里充满了痛苦和焦虑。她在为他焦虑——真是个绝妙的人。

“巴维尔·谢尔盖耶维奇，您为什么不开口？”卡嘉像耳语一般但声音不很轻微地重问了一遍，她身子向前探出，激动、紧张到了极点——眼看着就要从她坐的沙发上跳起来。

“卡嘉……”巴维尔温柔而忧郁地说，他还不知道对她说些什么，承认些什么。他手里拿着穆尔根的帽子，迟疑一会以后，他把帽子递过去，说：“你瞧！”

“这是什么？”卡嘉从头巾里伸出一双柔荑般的手。

“你认不出吗？”

“认不出。”

“这东西是费道西·穆尔根在自杀前几小时遗忘在我办公室里的。”

卡嘉全身震动了一下。

“我还承认：如果我跟他谈话的态度不那么生硬，可能他至今还活着。”

“巴维尔·谢尔盖耶维奇……”

“我是人，不是上帝。我可能犯错误。我愿意为人们造福，我知道，缺乏大胆精神，不进行坚决的冲击，就争取不到人们的幸福。于是我大胆地干，坚决地冲击，可是我周围都是些漠不关心的人。我开始跟他们斗争，我明白，不采取坚决无情的办法不行。我对一个人说了几句生硬的话（才几句话！）——可是……一个人就没有了，只剩下他的一顶帽子在我手里……我不是铁打的，有时候我也会感到失望。我困难啊，卡嘉。”

巴维尔需要怜悯，现在他得到了。卡嘉站起来，她的脸在昏暗的办公室中显得苍白、痛苦，一双眼睛战栗地闪着微光。

“要是我能够帮助您，”她以颤抖的声音说，“我将认为这是我生命中的伟大功绩。但是我能做些什么呢，我能做些什么呢？”

“谢谢你，卡嘉。良言慰藉也是帮助。”

“您对于我高于一切人。能跟您永远在一起，永远都助您，这就是幸福……任凭人言可畏——不要紧，不要紧！——这不能改变我的态度！……您不知道您对于我意味着什么！您对于我不仅是爱情。比这更伟大！您是我的希望！也许，我这样老缠着您是愚蠢的……可是我顾不得这许多！您要知道！……我已经沉默好久了……”

帽子从卡嘉手里跌落了，她把脸埋在手里急遽地转过身去。头巾一飘掀动了桌上的纸张。巴维尔没叫住她。他一动不动地坐了好久，听着她的鞋跟在楼梯上笃笃地响着跑下去。他感到惭愧……

她爱他吗？是的。但是她爱的不是真正的他——而是另一个他！生活着真困难。也许，当着所有人的面坦白承认一切会轻松一些？……人们会说：你走了邪路，把工作搞得一团糟——现在忏悔了。不，莫斯科是不相信眼泪的……尽管单枪匹马……总得前进！退却已经晚了！

巴维尔离开办公室的时候把穆尔根的帽子带走了，半路上，他把它往不知哪家的篱笆后面长得密密层层的荨麻丛里一扔。躺在这儿吧，你这不吉利的纪念品，直到给雨淋得烂掉为止……

第二天，“劳动者”集体农庄党支部书记叶符拉姆比·诺根被叫到区党委会去。

夜晚，叶符拉姆比·诺根来到伊格纳特·格梅津家里。他踌躇地拔着胡子，转着一双凸出的黄眼珠，他对萨沙说：

“小伙子，去睡吧，我跟叶高雷奇要在这儿谈几句秘密话。”

萨沙走了出去，于是叶符拉姆比把胡子一直凑到伊格纳特的脸旁，开始对他耳语：

“你的事情不妙啊……我本来不应该对你说这话。要是曼苏罗夫知道了，非把我研成粉末不可。他要我们召开党支部大会讨论你的问题……”

“那又怎么样呢，随他去……你们尽管讨论。”

“唉！随他去……你又不是萨施卡，总知道事情的利害出入！”

“难道你们都是三岁小孩不成？你们不会坚持真理吗？”

“在这样的光景，把我们挤扁也不难。报纸把你整了吗？整了。你反对先进事物了吗？证据全在——你反对了。还有那报表的事。这件事可大也可小。要是我们插进去，就会被认作跟你一鼻子通气，不把我们结结实实整一通才怪。”

“你怕被认为跟我一鼻子通气？”

“要是能证明你没错的话，我也不怕。可是怎么个证明法呢？连报上也肯定说你是怎么样怎么样的人……我劝你，”叶符拉姆比怕伊格纳特打岔，开始急急地说，“别再自不量力。要是你承认错误，检讨一番，做得虚心些——这阵风就会过去，你相信我这话。要是你硬挺，坚持——事情就愈闹愈大。比你更结实的牛也被折断过角呢……”

伊格纳特不屑地望着诺根歉疚地转动着的眼睛。

“你是一个胆小鬼。不该选你当支部书记。我带着党证可不是为了要花招保全它。我领党证的时候提过保证：要是看到集体农庄事业的道路上有障碍，就不惜精力，不惜生命——一定要把它拔掉。现在曼苏罗夫成了障碍。我可不能向这障碍打躬作揖。去吧，你记住我的话。”

他们分了手。

14

村外正是夕阳无限好的时候，暗红色的余辉透过低矮窗户射到木条墙壁上。偶然飞来的一只黄蜂在玻璃窗上乱撞，作着顽强而无望的挣扎。

会计、出纳、农庄办事处里全体工作人员今天提早下班，有人来访就请他们回去，因为里边要举行不公开的党支部大会，旁人可能会打搅。

现在到会的有三个人：叶符拉姆比·诺根、伊凡·波任科夫和萨沙·柯美列夫。叶符拉姆比不时把胡子贴在窗上向外望：有没有汽车扬起尘土，曼苏罗夫应该快要来了。

叶符拉姆比为了开会特地穿上干净的斜领衬衫，斑白的胡子向两边分开，在褐色的、布满干瘪皱纹的脸上，有一种牙痛病人常有的左也不好、右也不好的痛苦表情。他坐不稳，身体在板凳上扭个不停，他向波任科夫无休止地唠叨着：

“我曾经打算离开农庄。我想让老婆留着看家，自己到木材工厂去。后来谁把我留住了？他，伊格纳特。现在我虽然不是过着公爵的生活，可是照样牛不缺干草，小猪不缺饲料，钱一天天多起来，里边没有一个铜子不义之财。去年还给小子买了一辆自行车。要是没有伊格纳特，我买得起吗？买不起。你想想——我能不尊敬他吗？这是个无价的好人……”

伊凡·波任科夫把他的宽肩膀抵在窗与窗之间的壁上，垂着方方的头，你猜不透他究竟在听什么——是在听叶符拉姆比说话呢，还是在听黄蜂嗡嗡地在窗上乱撞。

“我像爱亲生父亲一样地爱他。他给我安排了生活。有了他，我好像年轻了许多……可是现在……”

波任科夫默默不语。叶符拉姆比虽然没听到他表示同情，也没听到他表示反对，但还是往下说：

“曼苏罗夫亲手交给我几张纸。他说：你根据这个发言，要坚持原则，把私人感情完全撇开。可是这几张纸比报上那篇文章更凶，把伊格纳特简直骂得狗血喷头……”

波任科夫还是不开口。叶符拉姆比迟疑了半晌，对他瞟了一眼，叹一口气：

“唉！待会儿我要发言，可是伊格纳特坐在旁边，眼睛直看到我的心底，——一想到这，我说不出有多难受。怎么办呢？……一点办法也没有。虾儿啊虾儿，既然掉在沸水里，只好红一下脸了！不说又不成。要是逆着上级的意图做——区委会要问我：你跟报纸争论，你对抗社会舆论？好，让我们研究研究你的出发点是什么！”

波任科夫还是不吭气。萨沙坐着，头发蓬松，他时而皱着眉头、怒形于色地看看坐立不安的叶符拉姆比。

“我问你，叶符拉姆比！”萨沙叫了他一声，“我在会上可不可以发言？”

“当然可以，当然可以！”叶符拉姆比震动了一下，他听到有人叫他已经很高兴了。“你只是没有表决权。发言你可以尽量地发。”

“那我就发言。”萨沙面色阴沉地说。

“不过，小伙子，要记住：党的会议可不是生产队的碰头会。不要凭着年轻人的一股血气胡说八道。每一句话都要记录下来，记录要上报，领导上一个个字母都要看过来的。”

“我就是要他们一个个字母都看过来。我要说，你在会前怎样夸赞伊格纳特，而到了会上又是怎样颠倒是非。我要证明——你在向党支部大会撒谎！”

伊凡·波任科夫动了一下，他很感兴趣地看着萨沙，不慌不忙地伸手去摸皮烟袋。叶符拉姆比的一双凸出的黄眼珠茫然凝视着萨沙。

他的胡子哆嗦着，半晌说不出话来。

“烂掉你的舌根，”叶符拉姆比骂了一声，但并没有恶意，“你要明白，你这没孵足日子的小鸡，我是要救叶高雷奇，要救他！他虽然年纪不轻了，可也还是个吞了老虎胆的冒失鬼——一心想用额头撞穿墙壁。现在需要的不是撺掇他，而是劝阻他，让这阵风平安无事刮过去，让他继续当农庄主席……‘我要证明你撒谎！……’得了吧。是我撒谎吗？报上也登了出来，全省都知道了。伊格纳特已经被一片大海包围——我跟你是没法把这片海里的水喝干的。”

“这话我也要说。”

“你只会死挺着：我要说，我要说。你以为我们就不如你这奶臭没干的小子正直？”

“不把手伸进人家口袋的人还不能算正直，要不让别人这样做的人才算正直。”

“唉！……”

但这时候台阶上响起了靴子声，门打开了，人们一个接着一个走进来。伊格纳特以低沉、平静的声音问：

“你们干吗不开灯，开冬季晚会吗？快开灯。”

灯开了，办事处里一下子热闹起来了。

“米罗申在哪儿？他向我吹牛，说他带来了一车新闻。”

“他恐怕是把马牵到马厩里去了吧？”

“我在这儿，在这儿。没有带着新闻逃跑。”

借着黯淡的灯光，米罗申在低低的门楣下别扭地伛着身子跨进门槛。他走过来，跟波任科夫并排坐下，腰板挺直，甚至坐着也显得很长，细脖子上有一个尖尖的喉结，胡髭给烟草熏成红褐色。

“新闻是有的……不过我不知道新闻是好是坏。”

“有什么就说什么，是坏消息也不揍你。”

“省委第一书记亲自到我们区里来了。”

“库尔甘诺夫？”

“是他。个儿不高，有点儿胖，脸不带笑。目光照例是严厉的。”

“来得正是时候！不妨请他到我们这儿来做客。”

“也许他能把一些结解开。”

“他跟曼苏罗夫同坐一辆汽车。肩挨肩坐着，就像我跟波任科夫这样。”

“那当然，总不是你陪他坐车。”

“曼苏罗夫会对他说得天花乱坠。”

“曼苏罗夫看见了我，关照停车，他出来挽住我的胳膊，把我拉到一旁，他对我说：我今天不参加你们的会议了……”

“不来了？他信得过我们？不见得。”

“你觉得扫兴吗？依我说，他不来可以少受一些拘束。”

米罗申转过头去，对叶符拉姆比说：

“他还叫我转告：会议最好取消，因为伊格纳特·叶高洛维奇的问题将要由更高级的……怎么说的？……噢，对了，将由更高级的组织解决。”

“哦呵！……这倒是新闻，弟兄们。”

叶符拉姆比听了这新闻，嘴唇奇怪地垂了下来。他用一双凸出的眼珠对米罗申注视片刻，突然，素来谨慎、一向尊重上级的诺根爆发起来了：

“这到底是怎么回事？他这是捣的什么鬼？一会儿坚持召开支部大会，还塞给我几张纸，现在又像一匹野马似的跳开去了。”

“因为库尔甘诺夫来了。”

“他怕事情弄僵。”

叶符拉姆比还是不甘休：

“可是叫我怎么打发这些纸？保存起来还是拿去喂猪？我看着就是一肚子的气！”

众人的喧哗突然被萨沙响亮的声音打断：

“同志们！党支部大会应该照常进行！我们来讨论这几张纸！按照我们自己的方式讨论！”

“去你的！”叶符拉姆比喝住了他，“耗子也管起猫来了……”

“嗳，嗳，叶符拉姆比，你肝火别那么旺，”米罗申说，“这小伙子的提议满有道理。同志们，你们看怎么样？”

在大家大声说话的当儿，波任科夫始终若无其事地坐着一语不发，现在他把烟蒂在长凳边上捺熄了，短短地说了一句：

“这个主意不错。”

大家有半晌都不说话，你看着我，我看着你。

“伊格纳特·叶高雷奇，你看怎么样？”米罗申问。

伊格纳特·格梅津站在他那“茅棚”的门口，硕大的身躯堵住了两扇狭窄的门。他慢慢地把沉重的大脑袋向萨沙那边转过去，脸不带笑，严肃而又亲切地看了一会。

“这个意见很好，很及时。”他表示同意。

叶符拉姆比顺从地在桌旁坐下，习惯地用手指把胡子分开，他说：

“既然这样……那么谁做记录？”接着他像恍然大悟似的问道：“你们到底是开玩笑，还是认真建议讨论曼苏罗夫给我的这几张纸？……”

这样开会对于他是不习惯的、新奇的，并且还有点儿可怕，因为这与……“不一致”，“不配合”。

15

清晨四点钟，柯尔松诺伏镇还在沉睡中。连公路——最不知疲倦、最闲不住的劳动者——也在休息。路上尘土积得厚的地方清晰地印着最后一辆卡车留下的轮胎齿痕。行人的脚步还没把它们踩乱，早晨车辆的轮子还没把它们辗平。这是昨天一昼夜留下的痕迹，新的一天还没有把这痕迹磨掉。

四点半，白桦的树干泛出了绯红色。桦树围在幼嫩的菩提树（它们只及白桦胳肢窝那么高）中间，从这些桦树的树梢上，飞起一群寒鸦。寒鸦在空中叽叽呱呱相骂了一阵，飞到空荡荡的公路上，在这里它们变得很庄重，摇摇摆摆地走着，一本正经地从一个地方飞到另一个地方。

第一个行人——储蓄所瘦长的出纳员安古廷·米特洛方内奇——大踏步走过，把寒鸦四散惊飞。他手里提着一只熏黑的小桶，伛偻的肩上挂着钓竿。他天天早晨要去钓鱼。人老心不老……

五点整金鸡三唱，主妇们开始起床，像在任何标准的俄罗斯村庄里一样。主妇们头发蓬松，刚离开暖暖的枕头的脸颊还是红红的，她们乒乒乓乓提着水桶到井边去打水。

六点钟，第一辆卡车开过，松弛的车板被无情地抖得格啷啷直响。卡车扬起的尘土渐渐落在天井里潮湿的树叶上。

一缕缕炭烟从炉子烟囱里徐徐升向洁净如洗的天空。

在一座房屋的栅栏门里面发出震耳的响声，好像整整一打双筒枪发疯似的一齐放射。那是斯拉夫卡·卡拉乔夫在踏动他的摩托车的风门。他在一个月以前买了这辆车，直到现在还陶醉在幸福中。每天晚上风驰电掣地满镇飞这么一阵他还不过瘾，要是早晨一睁开眼睛不听一会引擎的声音，他就一天不得劲。他觉得引擎的啪啪声、歇斯底里的隆隆声、像打喷嚏似的排气声比任何音乐都好听……

时间给了人们平凡而珍贵的礼物——睡眠。给人们睡眠就是给人们精力。

为了使人们更愉快地接受这礼物，造物主把人们醒来的时刻点缀得像过节一般：草绿得分外可爱，空气分外地新鲜，甚至门上的铁闩，甚至木条的墙壁，甚至公路上磨得光光的石子——你只要用手碰一碰，上面的露水立刻会使你感到沁人的凉意。人啊，起来吧，到洗得干干净净的、为你准备的世界里来吧！带着饱满的精神起来吧！

曼苏罗夫一夜没睡好，早晨起来头疼得很。见鬼，他哪有心思欣赏美丽的早晨，哪有心思欣赏窗前灌木上未干的露珠？又是一天开始了……要是能跳过它多好……

打从库尔甘诺夫到区里来的时候起，已经一个星期过去了。他跟曼苏罗夫见面的时候态度相当严厉，他把格梅津来信的事告诉了曼苏罗夫，并且警告他说："只要信上写的有三分之一是事实，那就只得怨你自己。"这样的客人来得真不是时候，但是库尔甘诺夫顺口说的一句话安慰着巴维尔："在没有走遍全区完全摸清情况以前，我一步也不让你离开我……"他们将在一块儿坐车到各地去，那就有时间忏悔、诉苦，然后也就有可能谈妥一切。不应该就此服输认命……

巴维尔真不走运……

第二天早晨，他跟库尔甘诺夫一起出了柯尔松诺伏镇，在汽车开进塔罗瓦特卡村之前，巴维尔看到了伊格纳特·格梅津。伊格纳特从轻便马车上探出前身，在跟一个小伙子说话。那小伙子的衬衫不束腰带，身材结实，他坐在一辆载货马车前端一根长松木上。他的一匹毫不出众的马在车杠里打盹，全不理睬格梅津那匹精壮雄马不安的鼻息声。反正迟早库尔甘诺夫要跟伊格纳特见面，所以巴维尔指着他对库尔甘诺夫说：

"也许您需要跟格梅津谈谈。瞧，他就是格梅津。"

他以为库尔甘诺夫不会愿意在路上谈话的。

但是库尔甘诺夫停下了车。

就在大路边上，格梅津和省委书记作了一席简短的谈话，曼苏罗夫默默听着，那个结实的小伙子好奇地从散乱的额发下看着他们。

"格梅津同志，您的信还需要附上具体的证据。我什么时候可以得到这些证据？"

"有一部分您马上就可以得到，库尔甘诺夫同志。"

"这么快？"

"要不了五分钟。"

"原来这样……好吧，那么我们就听一听这五分钟的证据。"

"不用听。我们去看一看就行。"

伊格纳特·格梅津在前面，库尔甘诺夫跟着他；曼苏罗夫跟在库尔甘诺夫后面，他已经隐约猜到是怎么回事而忐忑不安；再后边保持一定的距离跟着那个小伙子，他一边走，一边把衬衫束到裤腰里去，——他们一行四人，离开大路，向迷迷糊糊躺在晨光下的一座养牛场走去。

养牛场的墙壁摇摇欲坠，高处的几排桁木用粗木条撑着。

格梅津停住脚步，向养牛场摆一摆头，说：

“请看……这种现象在我们这儿不是很个别的。”

“这种现象应该纠正，不应该欣赏。”库尔甘诺夫说。

“问题就在这儿，应该纠正。亚科夫！”伊格纳特对站在一旁的小伙子叫了一声，“你说：你在把木材往哪儿运？”

结实的小伙子亚科夫尴尬地低下了头，用靴跟在地上挖着一个小坑，他说：

“谁都知道往哪儿运……我们在那一头盖饲料车间，我就把木材往那边运……”

库尔甘诺夫向亚科夫转过头去，把他从头到脚打量了一番，然后问：

“照你看，这个饲料车间你们几时可以完工？”

小伙子犹豫起来了。

“明年不知道能不能……这大概农庄主席知道。”

“明年……那么什么时候修养牛场呢？”

“还修什么。干脆拆了盖座新的还便宜些呢。”

库尔甘诺夫跟伊格纳特分了手，路上他一语不发，直到看见一辆载重卡车扬着尘土迎面驶来，他说：

“巴维尔·谢尔盖耶维奇，您把那辆车叫住。”

当莫名其妙的曼苏罗夫走到路上把卡车叫住以后，库尔甘诺夫平静地说：

“您搭这辆车回去吧。我决定一个人到各农庄去走走。”

他们就这样分了手。

库尔甘诺夫坐着汽车在区里到处走。在普辽索村和庭院村之间，他的戛斯牌小汽车出了毛病，他向拖拉机站另外借了一辆车继续到各地视察；他到过哪些地方，准备往哪儿去，在视察什么，你都猜不到。

巴维尔只听到一些片断的流言……

库尔甘诺夫把“劳动者”农庄的一切工作进行了一次彻底的检查——有意思！

库尔甘诺夫在已故的穆尔根的农庄里待了一整天——这也不是平白无故的。

库尔甘诺夫到处都在了解饲料青贮问题和养牛场过冬的准备工作……

终于，前天电话铃响了：“召开全区党员积极分子大会，准备关于牲畜过冬问题的报告。”

一切都清清楚楚了。

昨天晚上库尔甘诺夫到区委会来：他微微晒黑了，在柯尔松诺伏区的空气里脸色红润了一些，穿着马裤和一双笨重的靴子。

现在他跟柯尔松诺伏的居民一起在迎接早晨……

他可猜得到这时候巴维尔·曼苏罗夫的心理活动？可能猜得到。不过，牧羊人未必能明白羊的心意。应该跟他彻彻底底谈一谈，而不是像羊那样……

巴维尔梳洗完毕，坐下来准备喝一杯茶。安娜已经梳好头发，穿好衣服，坐在桌旁。一件浅色印花布连衫裙上有许多天真的淡蓝色小花，她穿着这件衣服显得年轻了些。她已经习惯于对一切不闻不问，现在她跟往常一样默默无言。

不知是惶恐，还是忧郁的孤独感使巴维尔突然明白——尽管她离他那么远，可是世上毕竟没有更亲近的人了。一个也没有了！

“安娜，”他小心地说，“我今天要挨整了……”

安娜以疑问的目光对丈夫看了一眼。

“……周围所有的人都受了你哥哥的影响……”

她沉默了很久，最后终于问道：

“你对我说这话干吗？”她等了一会，看看他是不是要说什么，然后又添上一句：“也许这会有好处。”

巴维尔默默地喝完了一杯茶。

自己的妻子也不为丈夫分忧，那么从别人那儿还能得到什么同情呢？除了他自己，谁也不能保护他。得跟库尔甘诺夫彻底谈一谈，没有别的出路。

巴维尔在街上走，他穿着熨得笔挺的夏季上装，靴子擦得雪亮，跟平常一样打扮得挺齐整，态度庄重。突出的颧骨、眼睛下面疲惫的晕圈都没有影响他保持习惯的尊严表情。

人们遇见了他，跟平常一样恭敬地跟他打招呼。

16

经过不少洼坑累累的村间土道；到过许多村庄，有的村庄围在田野中间，有的伸展在活泼泼的小河岸边，有的淹没在土豆茎叶的大海里；接触了无数的群众——老妇们、姑娘们、小伙子们；跟吸自卷纸烟的男人聊聊家常……通过这一系列的了解，省里遥远的一角——柯尔松诺伏区——的情况一天比一天清晰地展现了出来，而这个省的领导者就是他——库尔甘诺夫。

在这次视察所接触到的形形色色的人物中间，最后一个是拖拉机站的总农艺师契斯多杰洛夫。库尔甘诺夫在某农庄管理处碰见了他，就要求契斯多杰洛夫领他到田野里去看看。

“我恐怕要把您催得很累。我不会走慢路。”契斯多杰洛夫的眼睛从下垂的眉毛底下望出来，把省委书记从头到脚仔细打量了一番。

“我们瞧瞧谁会把谁催累。别看我的肚子。老兄，我是个猎人，走惯山里的羊肠小道，打过野山羊。”

“既然这样，那么走吧……”

他们从一片田野走到另一片田野，作着一般的谈话：谈到无机肥料不够，谈到散布在森林里的土地太分散了，机器耕种这些土地相当困难。

在回去的路上遇到了雨，这阵雨短而急，两个人都淋得湿透，可是库尔甘诺夫热得很——走路走热了。

凝重的夕阳浸在紫色的雾气中。在黑色的地面和低沉的积云之间，血红的晚霞像一条火河夹在两岸中间汹涌翻腾。

他们在亚麻田里走着。亚麻开的花早已凋谢，现在每一个绿色的蒴果上都挂着雨珠，弯向地面。这些雨珠每一颗都从奔流空中的火河那里偷来一小部分亮光，只是极小极小的一点点，因为一颗水珠总不能偷比一颗水珠更多的光。周围是一大片黑暗的麻田，千千万万的蒴果闪着柔和的亮光。无论你往哪儿看——到处都是一盏盏羞怯的灯火齐齐整整悬在离地面不高的地方。它们撞在靴统上就不见了……

这几天，不安的心情一分钟也没离开过库尔甘诺夫。现在，或者是由于自然界的呆滞和沉寂——这一点被亚麻蒴果上亮晶晶的雨珠衬托得尤其明显，——或者是由于同路的伙伴不爱多说话，不打搅他的思想，所以不安的心情更加增长了，紧紧地挤压着库尔甘诺夫的心。

他认为自己是个原则性很强的领导者——不赏识善于阿谀的人，也不利用自己的职权打击那些敢于提出反对意见的人。过去，他在工作中一直心安理得：他认为自己了解人们，人们是他的。

但是现在，在柯尔松诺伏区，这种心安理得的情绪一点一点地消失了。他突然感觉到自己错了，感觉到自己对人们并不是一直都很了解的。

他过去认为：谁要是忠心耿耿完成任务，遇到困难不发牢骚，那就是真正的领导者。曼苏罗夫一切都执行，曼苏罗夫从不诉苦，不但如此，他还善于迅速领会省委会的任何意图。对这样一个人有什么可怀疑的？……

然而，优种牛被安置在破破烂烂的牛棚里，冬天迫近了，可是……汇报上却写着：饲料车间已开始兴建，运到多少木材，哪些农庄已经动工……

契斯多杰洛夫大概明白了库尔甘诺夫沉默的意思，他回过头来，说：

“是啊……有时候，老远看来也会把蹲在栖木上的公鸡当作雄鹰。”

“这是对我的暗示吗？”库尔甘诺夫问。

契斯多杰洛夫的浓眉向上掀起，露出了藏在深陷的淡黄色眼睛里的冷笑。

“这不是什么暗示……既然您在区里从这头到另一头到处奔走，那就是说问题很严重。”

“的确严重，”库尔甘诺夫承认说，“不用隐瞒——我是被蒙蔽了。”

“唉，被他蒙蔽的不止您一个人哩！您住在城里还情有可原，可是我们跟他生活在一起，天天接触，可就是没注意会发展到这般地步。我自己起初也竭力拥护他。”

“您怎么会上钩的呢？”

“他用亚麻作钓饵。当时他坚决主张种麻，搜集了很多材料：由于何种何种原因麻长得不好……原来他需要的不是提高麻的产量，而是提高他自己在区委会的地位。”

“为什么你们不报告省委会？”

契斯多杰洛夫干咳了一声，微微震动被烟草熏黄的硬髭，眉毛底下射出责备的目光。

“猜不到吗？……”

“猜不到。”

“还不是有顾虑！信任曼苏罗夫比信任别人——譬如说信任我跟伊格纳特·格梅津，——对您更为有利。”

“这为什么？”

“因为甩绳子牵着曼苏罗夫的不是别人，正是省委会。您要他做正经事，可是他按照自己的方式玩着花样。”

“我现在自己来了……正在了解情况……我不站在曼苏罗夫一边。”

“现在一切已经非常清楚。要是您上个月来，那时曼苏罗夫的事情还刚刚出现几道裂缝，他在您这样一个外来的人面前，不用费多大力气就能把裂缝遮盖起来。”

夕阳暗下去了。潮湿的麻还打着靴子，不过亮晶晶的雨珠已经看不见了。大自然把自己的一些小玩意儿玩赏一番以后，把它们藏了起来，准备下次再玩。

“照您这么说，省委会该负责任？”库尔甘诺夫打断了片刻的沉默，不悦地对老农艺师暗暗打量着。

契斯多杰洛夫个儿瘦长，还伸长了喉结很大的脖子。在泛着青铜色的夕阳的背景前，清晰地现出他侧面的轮廓：一个大鼻子从毛茸茸的浓眉下弯弯地伸出来，鼻梁中间有一根隆起的软骨；唇髭修剪齐整；下巴上长着相当硬的胡碴子。

契斯多杰洛夫没有转过头来，他以平静的声音向着空气中回答：

“您自己就认为这样，要不然这几天您会坐在曼苏罗夫身边。”

库尔甘诺夫默默地听完了他的指责。

17

整个下午，文化宫里将召开党员积极分子会议。晚上，柯尔松诺伏的业余文工团将为参加这次会议的人演出节目。

在舞台下面的半地下室里有两间房间。木条墙壁上挂着满是灰尘的假发，一口公文橱里放着戏装，角落里放着一面顶上有铜铙钹的大鼓——在需要制造打雷效果时就把它抬到上面去。有一支搁着不用的喇叭。有一架老式小风琴。还有一座带穿衣镜的化妆台，镜子上布满了发锈的点子。

每次演出之前，区消费合作社的仓库管理员瓦西里·瓦西里耶维奇·鲍罗夫斯科夫总在这两间房间里忙着张罗一切。虽然他年纪已经不轻（瓦西里·瓦西里耶维奇四十开外了），有一大堆孩子，老婆又很凶，他都不在乎，甚至战争带给他的残疾——他少了一条腿——也抑制不住他对神圣的艺术的热爱。尽管头上已经发秃，尽管瘦骨嶙峋的身子靠拐杖支撑着才能行动，但他还狂热地幻想着有朝一日能扮演哈姆雷特。他常常热泪盈眶地对人念着："我爱莪菲莉霞，四万个兄弟的爱合起来，还抵不过我对她的爱！"①

现在，他在那些蹩脚演员中间绕来拐去，看到一点点不对头的地方就要发脾气，双手捧住头上的秃斑（那时拐杖就掉在地上）嚷着：

"你们把长襟外衣拿来干吗？恰茨基穿长襟外衣？！你们简直是野蛮人！"②

卡嘉讨厌这种演出前的忙乱现象。大厅里嘈杂的人声模糊地传到这里的半地下室来，出席会议的人陆续来了。

最近几天时常听到一些不利于巴维尔·谢尔盖耶维奇的话。人们不懂得巴维尔·谢尔盖耶维奇是一个勇于探索的人。探索是不可能不犯错误的！今天她老远看见萨沙，他跟他那伊格纳特·叶高洛维奇一起来开会。他本是一个真诚、老实的小伙子，可是落到了格梅津手里，如今也跟着他随声唱和。这个格梅津只要看他的外貌就可以知道是个自命不凡的人：红红的脸膛，魁梧的身材，走起路来肩膀大摇大摆，神气活现。萨沙走在他旁边——穿着肥腿裤，帽子顶在脑勺上——也自负得很。在这些人面前巴维尔·谢尔盖耶维奇一定能捍卫住自己。

人们陆续到会，卡嘉也该到大厅里去了。

她沿着一张吱吱作声的狭梯爬到堆着许多旧布景的台上。这里散发着干漆、灰尘和一切剧场后台不住人的地方特有的气味。人愈来愈多的大厅里的全部声响：嚓嚓的脚步声、说话声、椅子的咿呀声——在这儿听起来已经不是模糊的了。后台和摆着铺红布的主席团长桌的地方只隔着一道帷幕。

从歪立着的、白粉剥落的三合板柱子后面，卡嘉突然看见两个人。矮壮、叉开两腿稳稳站着的省委书记库尔甘诺夫，反背着手，

---

① 这是莎士比亚名剧《哈姆雷特》第五幕第一场哈姆雷特在墓地看到莪菲莉霞的尸体时的道白。——译者注

② 恰茨基是俄国伟大的作家格里鲍耶陀夫（1795—1829）的著名喜剧《聪明误》中的人物，应穿燕尾服。——译者注

以等待的目光从下到上望着曼苏罗夫。巴维尔·谢尔盖耶维奇身子挺得笔直，好像下了很大的决心，他也以专注的目光紧逼着库尔甘诺夫。卡嘉看他脸上的表情就明白，他们之间正在进行一席不愿旁人听见的谈话；她明白这时候走过去非常不便，还是等他们谈完的好。

“我很想对您说几句话，”曼苏罗夫以轻微而清晰的声音说，“最近几天一直找不到时间能让我们单独谈谈。”

卡嘉看得见他那消瘦的脸和尖锐突出的颧骨，一双眼睛在疲倦的褐色眼窝里失去了熟悉的坚定的神采，他的目光在库尔甘诺夫脸上彷徨，仿佛在探索着什么。一阵强烈而又温柔的怜悯涌上了卡嘉的心头——他在遭受着苦难，可是谁也不了解他，除了她——卡嘉，所有的人对他都不关痛痒。

“为什么我们不能当着人们的面谈呢？”库尔甘诺夫表示不同意。他那生硬的、不友善的口吻刺痛了卡嘉。

“阿列克谢·符拉其米洛维奇，我觉得，有些事情不预先交换一下意见就提出去公开讨论是不理智的。”

库尔甘诺夫只看了一下表，这是向他暗示有话快说。

“我很难过，”曼苏罗夫继续说，“但是不得不承认……阿列克谢·符拉其米洛维奇，我十分坦白、同时也很沉痛地对您说：是的，我明白了——格梅津是正确的……完全正确……”

“完全正确？……他为什么这样说？格梅津不可能完全正确！”卡嘉心想着，她的怜悯添上了恐惧，“难道他害怕了？不可能！他不是这样的人！”

“我在接受优种牛的问题上冒进了。我的过失在于不听忠告，没有估计主观力量，没有急流勇退……在建造饲料车间的问题上我排斥了恳切的诤谏……”

“接受优种牛问题上做得不对，建造饲料车间的问题上也不对？……他在说些什么？”卡嘉缩做一团，惊恐地注视着曼苏罗夫，他仍然用那种低沉、坚定的声调往下说：

“现在您看到了，阿列克谢·符拉其米洛维奇，我在您面前什么也不隐瞒，谈出了心里的一切。可以责备我过去不老实，我一直在千方百计地敷衍塞责，生怕上级对我产生不好的印象，可是现在我要公开地说……”

“公开说话的时候不是躲在角落里的，曼苏罗夫同志。表白心迹应该在那边表白！”库尔甘诺夫向幕外摆了摆头。

一切都莫名其妙。巴维尔·谢尔盖耶维奇的行为太奇怪了，而库尔甘诺夫不觉得奇怪，这一点也太奇怪了。难道听着这样的话能无动于中？难道能不惊奇？

“到那边去说有的是时间……”巴维尔·曼苏罗夫疲乏的脸上掠过一层激恼的阴影，但随即消失了，他的声音开始有些失望，“阿列克谢·符拉其米洛维奇！谁不愿意做一个正直的人？走错了一步，背上撒谎的恶名，谁会觉得轻松？您应该帮助我放下包袱。不要一脚踢开，不要往死里踩……请相信我，让我离开柯尔松诺伏到别的地方去，我一定要洗清污点，我要以最坚决、最热烈、最愉快的心情忘掉过去！”

“这么说，您要我把您调到别区去？”

“请把我调走，帮助我扔下柯尔松诺伏的一切……”

“说得明白些，您是在要求帮助您向人们隐瞒一切见不得人的丑事。”

卡嘉麻木无知地站在作道具用的柱子后面听着。

听到库尔甘诺夫末了一句话，巴维尔·曼苏罗夫把腰一挺，眼睛变得暗淡，嘴不自然地闭紧。

“随您的便，您高兴怎么解释我的要求，就怎么解释，我要求——这是我的权利——给我机会重新做一个正直的共产党员。”

“正直的共产党员？……对于一个共产党员来说，犯错误不算罪恶，隐瞒错误才是不可饶恕的罪恶！您在好几个月内掩饰、隐瞒错误，现在居然有脸向我要求：请把我连同过去的罪孽隐藏起来，请帮助我做个干净人。不成，曼苏罗夫同志！”

“好……不成……但是我的错误……您要我把我的错误在那边说给大家听？”曼苏罗夫向幕那边摆摆头。“好，我说。我说：我成了这样的人，让大家审判。可是谁应该对我成了这样的人负责？是谁鼓励我自不量力地接受那么多优种牛？我在谁的默许下坚持建造饲料车间？我在危险的小路上爬着，可是，是谁用言语、纸条、好心的同情壮我的胆？我只好把一切都说出来，库尔甘诺夫同志！”

个儿不高、两腿叉开稳稳抵住地板的库尔甘诺夫，反背着手站在那儿，他蹙额皱眉地望着曼苏罗夫，领带紧紧扣住他的衣领，他那粗脖子上的青筋扭绞成一个个结子。

“很好，”他镇静地说，“您如果说出来很好。我不打算隐瞒自己的错误。不仅您说，我自己也要说。请您放心，我会要求对我作无情的审判！难道您以为这样能把我吓倒？您以为我会在恫吓手段面前屈服？您以为我会同意向人民隐瞒自己的过失，同时连带也隐瞒您的过失？您错了，不是所有的人都跟您是一丘之貉！……待在这儿干吗——请吧，人家在等我们呢！”

库尔甘诺夫向幕那边走了几步又站住了，他重又回过头来对曼苏罗夫说：

“马上就是您的报告。别忘了在报告里提到您刚才向我建议的那桩事儿。”

他在幕外消失了。

曼苏罗夫笔挺的肩膀瘫软了，轩昂的气概不见了，他一动不动地站了一会，然后侧着身子，反常地微微抬起一个肩头走到幕外去了……

咳嗽声和低语声静了下来。幕外的大厅，整个宽敞的区文化宫笼罩在一片全神贯注的寂静中。只有主席团桌上发出纸张的沙沙声……

在后台黑暗的角落里，在许多卷起了放在地板上的布景中间，在许多盾牌、窗、门、钉子露在外面的方梁中间，卡嘉蜷缩着身子，衣裳蹭着三合板柱子上的白粉，像一个小女孩迷失在这乱七八糟、尘垢厚积的布景道具堆里，她哽咽着，泣不成声。

18

每天傍晚，窗外柯尔松诺伏镇一座座屋顶上空总可以看到彩霞夕照：有时是柔和的金黄色，像阳光刺破溪水，一直照见溪底的沙砾；有时是很浓的、不透明的颜色，像开始发黑的青铜；有时是怕人的血红色，使人感到沉重、窒息；有时则带着漫天烟柱似的火云，像怒发冲冠的天神。

每一个黄昏，夕阳就要换一次颜色，没有相同的。但夕阳下的一幅轮廓画却始终都一样：两座屋顶，一座高些，一座矮些；一座开着扇天窗，一座竖着根短烟囱；两座屋顶之间是野樱树叶构成的很简单的花边图案，还有一个钉在高杆上给白头翁住的鸟棚。

彩霞夕照天天闪着千变万化的珠光宝气，而它下面这幅图画却似宝石四周的镶边始终不变，由于这个缘故，连从无相似的夕阳本身也仿佛有了一种不易捉摸的、共同的特征，这个特征就是无能为力。它们怒发冲冠也罢，使人窒息也罢，温柔抚慰也罢，可是每天傍晚夕阳下面总是这两座竖烟囱、开天窗的屋顶，总是这些野樱的树叶，总是这个钉在细长杆子上的鸟棚。

巴维尔·曼苏罗夫的情绪也是这样，——一会儿怒发冲冠，一会儿满怀怨恨，一会儿灰心失望，但它们有一个共同点——无能为力。

从那次党员积极分子会议以后已经过了一个星期，会上所有的人都无例外地一致谴责他。会后的头几天又召开了区委会全会、委员小组会；在这些会上，又是一连串的责备加到曼苏罗夫头上，他被解除了区委委员职务，被解除了区委书记的职务……然后库尔甘诺夫回到省里去了。会议所引起的议论渐渐归于沉寂。齐平娜暂时调到第一书记办公室办公。这次急剧的变化把她吓得比巴维尔·曼苏罗夫更厉害，现在她用一切力量这样做着领导工作：使人们尽可能少看见她这人，少听到她的话。遇到一点点小事，有时甚至什么事也没有，她就打电话到“劳动者”农庄去征求伊格纳特·格梅津的意见。她甚至十分乐意授权给他在一切文件上签字，如果允许她这样做的话。

被大家遗忘了的巴维尔·曼苏罗夫坐在家里等着，等着，等得苦不胜言，至于等什么——他自己也不知道。他几乎足不出户。像过去那样穿着烫得笔挺的麻布上装、带着庄重的神态出现在镇里的街上已经不能了，——人们将在背后冷笑、耳语。

他惯于东奔西走，过惯了动荡的生活，惯于连续几星期忙得连吃一点东西也没有工夫，可是现在得坐在这儿——四面都是墙壁，等于一座没人看守的监狱，最可怕的是无所事事……无所事事之所以可怕，是因为它能纵任一个比一个愁闷的思绪在脑中肆意泛滥。

白天躺在沙发上，老是想着一个念头，简直会想得发狂。

傍晚，他侧着身子不正对窗户坐下（免得被一些过分好奇的人从街上看见），偷偷地看着夕阳，看着柯尔松诺伏镇上的动静。孩子们在街上奔跑，卡车扬着灰尘驶过，头正腰直、一丝不苟的老教师节连佐夫从学校里走回家去，遇见熟人总是微微举起帽子；谁也看不见躲在窗边的曼苏罗夫，谁也跟他不相干。对于那些生活在窗外的人来说，巴维尔·曼苏罗夫已经死了……

可是巴维尔还活着，想着，苦恼着，成千遍地咀嚼着摔这一跤的滋味。

人人都向他猛攻！连乳臭未干的萨施卡·柯美列夫也发了言。这小子涨红了脸，在台上结结巴巴地话也说不清楚，可是也跟着格梅津摇旗呐喊……快咽气的大熊连小牛也要用角去撞它。那么伊格纳特呢？……巴维尔对伊格纳特倒没有多大的怨恨。他们作了搏斗。没什么可说的，他力气大，在光明磊落的战斗中把他——巴维尔——打败了。如果要问巴维尔恨谁，那就是库尔甘诺夫。哦，巴维尔对他恨极了！

库尔甘诺夫身上一干二净。不是他，而是曼苏罗夫接受了太多的优种牛；不是他，而是曼苏罗夫开始对农庄主席们施加压力。不是库尔甘诺夫，而是曼苏罗夫跟费道西·穆尔根谈话后他自杀了。不是库尔甘诺夫，而是曼苏罗夫信口开河吹嘘造饲料车间的好处。错尽错绝的是他——巴维尔·曼苏罗夫，他一个人。

他——巴维尔——曾经想把责任推到库尔甘诺夫身上，但是白费了心机……

库尔甘诺夫不隐瞒自己的缺点，他在人们面前承认："我对他过分信任了！我把他从视野里放走了。我没有及时注意这个问题……"真奇怪，他愈是检讨自己，那一堆过失、错误、罪孽就堆得愈高，不过不是堆在他肩上，不，是堆在曼苏罗夫的肩上。

哦，他是多么恨库尔甘诺夫！他受到了奇耻大辱，他遭到了穷追猛打，他的前途只有十字架一座，这悲剧、苦楚能向谁诉？只得哑巴吃黄连。但是，假如在自己摔倒的时候能拖住库尔甘诺夫的衣襟同归于尽，他死也瞑目。现在，他——曼苏罗夫——被打死了，只有报复能使他重生，能唤起对自己的尊敬，能给他正视人们的勇气。

但这都是空想。他——巴维尔·曼苏罗夫——在下面；库尔甘诺夫在上面，跟过去一样清白，跟过去一样不被怀疑。写信给党中央？……那边一定要仔细看一看：是谁写来的？啊，曼苏罗夫，被群众从领导岗位上撤走的区委书记。暗算！诬蔑！……对库尔甘诺夫的每一下打击最后还是要落到你自己本来就受够了苦的头上，曼苏罗夫同志！你无能为力。暂时还是安安分分在家里坐着，在窗框后面躲避人们，等候人家想起了把你叫去继续追究或者施一点点可怜的恩惠。大恩大德已经休想了……

今天的夕阳慢慢地、寂寞地抖开它的袈裟，——颜色干而黄，只有上端一片透明的嫩绿色使人看着眼睛舒服，在这片绿色中有一朵极小的、灰溜溜的云彩在打盹。窗外有一群孩子在公路边上玩耍。他们把一块木板横搁在一根很粗的柴上，在木板的一端放着一小撮木片。他们在木板上一踏，木片就四下飞开。一个男孩子跪在地上爬着把飞开的木片捡起来。其余的孩子就躲起来——有的躲在邻屋的栅栏门后面，有的躲在角落里，有的躺在栅栏下。当他们在一起的时候，只听见一片喧哗，等到大家躲了起来，就寂静无声了……

巴维尔·曼苏罗夫并不感兴趣，他冷漠地看着这场游戏，头脑里继续想着痛苦的念头。

今后他将怎样生活呢？他干些什么呢？他没有任何专业，谁也不需要他。他走进了死胡同。

安娜从学校里回来了，她在学校里帮助将在秋天补考的学生准备功课。她踏着小心的脚步走到桌旁，放下了书，到卧室里去了。从那边传来衣服的窸窣声。一分钟后，她穿着印花布的罩衫，依旧那么轻悄悄地走到厨房里去。煤油炉子嘶嘶地响了起来，飘来一股煎大葱的香味。

巴维尔没有向安娜诉苦，不跟她作开诚布公的谈话，他们跟过去一样大部分时间不说话。他坐在家里，哪儿也不能去，而她在他身边。单凭这一点巴维尔已经感激她了。安娜不向他表示同情，一举一动尽量不使他注意；她老是忙着自己的事：一会儿看书，一会儿缝衣，一会儿做家务事。但是比起过去的一些日子来，在她身上勉强可以注意到一种关切以及甚至是谅解的态度，但不是对他，而是对他的不幸的谅解，他的不幸是她不可能不看出，也不可能不同情的。

现在巴维尔坐在原来的地方一动也不动，仍旧那么心不在焉地看着孩子们做游戏，只是他的思绪稍稍起了一些变化。但是思绪并不因为起了变化而平静一些。

她需要他……她会照顾他，关心他。谁知道，也许还得仰仗她的关切，甚至仰仗她——一个业务水平较高的教师——的一份薪水。一个左右人们命运的人物在他的壮志宏愿、崇高理想变成了镜花水月以后，只落得依靠不久前还被他瞧不起的妻子过活……

巴维尔早已经在注视那群小孩中最顽皮、最会吵的一个男孩子，一件宽大的、褪了颜色的汗背心挂在黝黑瘦削的肩上，一顶不知哪儿弄来的圆顶帽直压到眼睛上。

“你找到我了没有？找到了没有？……当心我揍你！”从关着的窗外传来响亮的声音。

巴维尔不知怎的被男孩头上那顶滑稽的帽子吸引住了，那顶帽子常常滑到他鼻子上，使他神气活现地翘起下巴。在暮色中从老远很难看清楚，但是，巴维尔觉得那帽子好像是皮的。干吗他要想到这上头去？……

“瓦西卡！瓦西卡！”一个女人声音在叫，“我满街满镇找你，你这小鬼！快去把羊从草地上赶回来！你叫我到夜里给它挤奶吗？”

那男孩子停止了争论，擤了一下鼻涕，挺利索地把手在裤子上揩干，顺从地向发出生气的声音那儿走去。当他在窗前走过的时候，巴维尔觉得一股冷流从脖子顺着背脊钻到腰里：“见鬼！我碰上幽灵了！”他在男孩的头上认出了费道西·穆尔根那顶皮帽子的残骸。帽舌被拉去了，但是，破旧、压扁的帽顶是那么熟悉，那么难忘，认错是不可能的。

“瞧你头上戴的什么鬼东西，你这个小瘪三。马上给我扔掉！马上扔掉，听见没有！”

不是宿命论——一个男孩子捡到了巴维尔扔掉的帽子，这没什么大不了；也不是害怕人们认出了会引起流言蜚语——他现在全不理会这些；使巴维尔·曼苏罗夫感到惶恐的完全是另一种原因。使他感到惶恐的是良心的责备。良心压倒了被侮辱的剧痛，压倒了受委屈的怨怼，甚至压倒了对库尔甘诺夫的憎恨。

他耍花招、闯穷祸的时候，甚至对自己也装模作样，说是为了群众的利益不得不坚决无情，不得不要求严格……荒唐！委屈侮辱可以忍受，壮志未酬可以顺从，最痛苦的是要经常记住自己曾怎样装模作样，怎样想尽办法翻山过关，怎样撒谎，撒谎，对一切人撒谎，包括自己在内。他撒谎都是白费的，什么目的也没达到，什么补偿也没有得到！如今你将终身鄙视自己。鄙视一生。这生活真该诅咒！走穆尔根的道路岂不好些……只要从墙上取下猎枪，插上装着霰弹的弹药筒就行；他能给后世人留下些什么呢？不是关于丰功伟绩的纪念，而是一个结局悲惨的故事以及某种像帽子之类的纪念品……

门那边厨房里传来某人破竹似的陌生声音。安娜向房间里探进头来，以抱歉和不习惯的温和的口吻说（她已经很久没跟他这样说话了）：

“巴沙[1]，有人来……要拆电话。”

在可以使他想起过去紧张的工作、想起他曾经掌握过的职权的一切事物中间，只剩下了一件东西——电话，一架旧式带柄的匣型墙机。有什么可说的，他已经不是区里的领导人了，他不需要打电话到任何地方去，也没人会打来。巴维尔只点了点头，意思说：“让他们拆吧。”

走进来一个小伙子——脸色红润，没有胡髭，戴一顶邮电员的制服帽，肩上斜挂着一个背包。他大概多少有点明白，他的来到对于前任区委书记是不太愉快的，因此他有点儿窘，而由于窘困又紧皱着眉头。

“你们这儿的电话机件是否完好？”他问，目的是要表示：我什么也不知道，我只管技术问题。

巴维尔还没来得及回答，沉默了那么多天的电话突然响了起来，仿佛在抗议有人要把它从待惯的地方拆走。

“喂，”邮电员拿起听筒以严肃的声音说，他随即把听筒递给巴维尔，“您的电话。”

齐平娜匆促、不安的声音在电话里通知他：

“巴维尔·谢尔盖耶维奇，来了一份库尔甘诺夫签字的电报。要您到省委会去。立刻就去……”

“好，”巴维尔应了一声，然后挂上听筒，对邮电员点头示意，“拆吧。”

到省委会去就到省委会去。现在没什么可怕的了。

他带着无所谓的冷淡神情看着那小伙子旋下插座，把电话机拆下，露出没有变色的糊壁纸的鲜艳、清晰的图案，看着他把电线绕在听筒上。巴维尔觉得他把这一切做得很慢，慢得令人着恼。

邮电员走后，巴维尔竭力不去看原来装电话的地方，那里两根割断的电话线像一个大蟑螂莫名其妙地翘起它的触须。

---

① 巴沙是巴维尔的小名。——译者注

19

幽闭于四壁之中的生活结束了。从柯尔松诺伏到魏里卡亚车站得坐汽车。颠簸摇晃的卡车车厢里挤满了集体农庄庄员和林工分局的工人。虽然是灰溜溜的阴雨天，但总比家里呼吸舒畅。风从潮湿的再生草地吹来，霏霏细雨时断时续。人们的谈话总离不开天气、快熟的庄稼、渐渐长大的土豆这些话题……

巴维尔·曼苏罗夫立刻感到自己好像复活了。他觉得昨天的思绪已经不太沉重，处境已经不完全走投无路，绝望也是没有理由的，至于自杀的念头更是愚蠢、荒唐。

到了车站，在火车开动以前他想走走，让筋骨松动一下。雨下大了，这雨倒反舒服。巴维尔沿着木板月台来回踱着，给雨淋湿了，可是他却觉得这是一种享受。他仿佛重新发现自己没有老，还很强健，步伐还挺轻松，每一块肌肉里都充满着精力。

在车厢里，他周围都是不认识的人。他们没一个人知道他的底细。他可以跟他们随便交谈，像普通人之间交谈一样，这一点给巴维尔带来了一种新的、过去所不知道的乐趣。

到了省城，他在车站雇了一辆出租汽车。车在街上走，他以什么也不在乎的神气向车窗外面望着。但是汽车在把他送到省委会去，跟库尔甘诺夫见面的时刻在渐渐迫近，巴维尔又开始陷入不安。他还希望并非一切都已无法挽回……

昨天巴维尔就下定决心，他要昂首阔步走进库尔甘诺夫的办公室，要满不在乎地跟他说话，对于不客气的责备也要不客气地回敬。他已经没有什么会失去，也就毋需害怕。唯一的安慰是发泄一下最近几天郁结在心头的愤恨。

但是，巴维尔一推开门，走进大得像学校健身房似的办公室——窗子跟天花板差不多高，长长的、庄严的会议桌上铺着红呢，好像旧时宫廷中沙皇出来坐朝时走的、铺着地毯的甬道，——看到里边坐着一个跟办公室、长桌、高窗的格局比起来显得太小的人，巴维尔立刻就感到犹豫、惶悚。巴维尔很希望并非一切都已无法挽回，可是坐在办公室那一端的那个身材不高的人是举足轻重的，有太多的事情要取决于他。惶悚排挤了愤恨。

曼苏罗夫微昂着头，挺起肩膀，踏着轻软的步子，让靴子敲在拼花地板上发出清脆的响声，他走到库尔甘诺夫面前，不卑不亢地问了声好。

“请坐。”库尔甘诺夫点点头说。他刚刮过胡子，雪白的衬衫领软软地围住粗壮的脖子，褐色的眼皮微阖着，使人完全看不透眼睛的表情。库尔甘诺夫瘦小的手跟他结实的身体不大相称，他的手在翻着一些文件。

“曼苏罗夫同志，”库尔甘诺夫抬起毫无表情的眼睛——既没有轻蔑，也没有宽宥，“我认为，您在相当程度上记取了这一次咎由自取的教训……”

巴维尔垂下眼睛，不让库尔甘诺夫看到眼睛里的喜悦，心想：又在对他谈“教训”了，那就是又意味着“今后”……

“或者也可能，您直到现在还认为自己受了委屈，直到现在还想把过失推到省委会方面，是不是？”

“我错了。完全错了。我得到了应得的教训。我很难过……此外我没什么要说的，阿列克谢·符拉其米洛维奇。”巴维尔轻轻地回答。

库尔甘诺夫的眼皮垂下了，现在又看不出——这回答使他满意呢，还是省委书记故意掩藏着愠色，什么也不相信，丝毫也不同情。

“我们本来可以采取一般的办法：给您一次警告，本着党的纪律严加处分。随您去怎样生活。我们可以把您从党的工作岗位调走，去搞基层行政工作。但是！……”库尔甘诺夫提高了嗓门，他停下来考验一下曼苏罗夫的耐心。

曼苏罗夫紧闭着嘴唇等那“但是”下面的文章。不过心上一块大石头已经卸去了：既然决定不把我塞下去搞基层工作，那么“但是”

应该是否极泰来的预兆……

“但是处分是最容易的。我们不打算采取简单化的办法。领导者最神圣的责任是爱护干部。您犯了一连串的错误，做坏了很多事情，还想卸脱干系，把自己的过失推给省委会，把一盆脏水往库尔甘诺夫身上泼……尽管如此，我们还记得您是个有头脑的人，工作热情，有办事能力，我们希望您能把这份热情转到对国家有利的事业上去……因此，曼苏罗夫同志，省党委决定不对您表示绝望，还是要进行教育。我们准备送您到高级党校去学习。但是要记住：谁也不能使您成为一个真正的、具有高度原则精神的领导者，如果您自己……”

巴维尔·曼苏罗夫俯首恭听。党校……他自己也想不出比这更好的出路了。他未必再会回到这个省里来，而跟柯尔松诺伏区的人则八成是要永别了。愿他们留着过好日子，他一点也不留恋……一切顺利，一切好得不能更好了。

不过在分别的时候，库尔甘诺夫不理会巴维尔向他伸出的手，只是冷冷地点点头就侧过身子去了。

巴维尔的脚步踏在拼花地板上，他在心里带走一点淡淡的轻蔑：“好一付道学面孔。表示他有高度的原则性——个人关系不妨碍他保持客观……亲爱的，你是害怕我不肯忍气吞声，怕我告你的状。”

在接待室里，他面对面碰见了正在等候库尔甘诺夫接见的伊格纳特·格梅津。巴维尔像一分钟前库尔甘诺夫对他自己那样对伊格纳特点了点头——冷冷地、带着不显露的轻蔑神情。伊格纳特也只是略略点了点剃得光光的头作答。

“他到这儿来干吗？莫非要推荐他去担任我的职位？如果这样，这倒是一份绝妙的礼物。让他自己也来打一阵仗，别再像过去那样只知道挑剔指责别人……至于库尔甘诺夫，库尔甘诺夫服输了。真想不到！……”

巴维尔兴奋非凡，有点给自己的好运气弄得稀里糊涂，他沿着省委会的走廊去办理到党校学习的手续，心里反复说着一句话：“他服输了，服输了……”

晚上，巴维尔安心躺在旅馆里的床上，不慌不忙、冷静地研究经过的一切，这时他才发现过去在无所事事的时候或是在经常的紧张探索中始终没有想到的一点。

不，他的估计是不正确的：库尔甘诺夫完全没有在他面前服输。库尔甘诺夫一定知道不值得害怕一个被撤职的区委书记。他懂得，巴维尔·曼苏罗夫的任何抨击很容易用来回击巴维尔·曼苏罗夫自身。有一件东西比受了委屈的曼苏罗夫的怨愤可怕得多。这东西叫做干部名册。

这份名册上有他——巴维尔·曼苏罗夫——的名字，而且还不是排在末尾的。他的履历、关于他的意见、鉴定，一切向干部科说明区委书记曼苏罗夫是怎么个人的材料都是无可指责的。上面没有一个字母说他不好，没有一个标点否定党的领导干部曼苏罗夫的工作成绩。相反，一切文件——军政治部的鉴定，当巴维尔·曼苏罗夫还是当区委宣传部长时柯美列夫作的鉴定，还有省委会推荐他当柯尔松诺伏区委第一书记的材料——一致地、用同样的措辞写着：积极主动，工作热情，善于思考，政治上成熟……万一中央派一个检查组来调查一下，看到这样的鉴定，再了解到曼苏罗夫没有受到任何警告性处分就被撤职，一定要质问：“你们这是什么对待干部的态度？为什么不进行教育？为什么不加爱护？他犯了错误，工作不能胜任？那么你们以前在做些什么，为什么不及时进行帮助？……”

而这一切都要牵连到库尔甘诺夫自己，他没人可指，没人可推，他将自己红脸，自己应付，忍受责备。最可靠、最安全的解决办法就是不声不响、不跟材料矛盾地摆脱曼苏罗夫，把他调出本省，而最方便就是送去学习。

巴维尔·谢尔盖耶维奇，你还很愚蠢，还没有经验。苦恼，气得发狂，绝望到想自杀，这一切都是活该。你忘了有一个伟大的救星——订在卷宗里、经过很多人签字的纸。它比库尔甘诺夫更有力量，它比你自己更有用处。

库尔甘诺夫不仅不能挡你的路，他甚至还要关心你，使你在未来的道路上不受到太大的阻碍。他不会让你带着不好的鉴定到党校去，他一定会写上几句好话，尽管不是由衷之言，但总是好话……

巴维尔·曼苏罗夫思来想去，他既不感到特别高兴，也不怎么受到良心谴责。他认为：说到高兴吧——他又不是胜利者；说到气愤吧——似乎也不必，因为事情已成定局；他的得救也是合情合理的。

20

萨沙是跟伊格纳特·叶高洛维奇一起到城里去的，他到农学院去了一趟，跑了几个企业部门，问问能不能买到自来水管、抽水机、电气设备。至于伊格纳特，这几天他一直在省委会。

已经是夜里了，直到上火车之前，萨沙才知道省委会推荐伊格纳特·叶高洛维奇担任区委第一书记。他本来是区委委员，在群众中有威信，同时还在农学院函授班学习——各方面的条件都合格。

这是个重要的消息，而对于“劳动者”农庄更是件大事，不过也并不是很愉快的。走掉这么一位农庄主席——这可不是闹着玩的。

萨沙希望整个夜里一直到魏里卡亚车站都不睡觉，即使这样恐怕也还来不及把一切都讨论到，把一切都谈到。但是伊格纳特·叶高洛维奇默默不语，心事重重，甚至有些闷闷不乐。萨沙以等待的目光注视着他的一举一动，可是格梅津爬到上铺的铺位上，对萨沙说：“睡吧，老弟，睡吧。早晨比晚上头脑清爽。”他翻了一会儿身，时而可以听到他叹息和哼哧的声音，后来声音没有了——也许是睡着了，也许是在车轮的隆隆声中陷入了深思。

直到去柯尔松诺伏的路上，在一辆装着一方方葵子饼的三吨卡车上，他们才开始详谈。

雨一个劲儿地下了不知多少天（下得真不是时候——现在正是收

割季节）。在低沉而灰溜溜的、看不到一线晴霓的天空下，汽车经过潮湿的、暗绿色的再生草地，经过庄稼已经开始弯向地面的田野，经过由于潮湿而树叶泛出红色的灌木丛——周围的一切都显得没精打采，好像给雨淋得疲乏了。

萨沙和伊格纳特躺在硬得像石头的葵子饼上，两人合盖着一件油布雨衣。伊格纳特告诉萨沙：

“省委会要把曼苏罗夫送去学习。”

“我也听说了。怎么会这样的？”

“事情就是这样。把旧靴子刷刷干净，擦得雪亮，然后说：走吧。那时他带着党校的结业证件走起路来胆子更大了。既然在这件事情上对他这么便宜，将来他难道会小心谨慎吗？你看着：现在他是离开了区委书记的职位，可是在党校学习完毕后他会升得更高。”

“为什么要这样，为什么？库尔甘诺夫到我们区里来过，他自己也批判了曼苏罗夫……”

伊格纳特·叶高洛维奇不回答。他把下巴搁在手上躺着；便帽拉到眼睛上，眼睛从帽舌下面眺望远方暗蓝色的森林。

“库尔甘诺夫不会跟群众过不去。”萨沙重复着说。

“是的，他不会跟群众过不去，可是更不会跟自己过不去……我们的意见不是命令，他在我们面前可以承认错误，可是在上级面前这样做就不能不担心了。犯得着为了曼苏罗夫闹得天翻地覆吗？还是平安了结的好。萨施卡，对人们漠不关心的态度其根源大部分是担心个人的得失。”

他们又沉默了。卡车在路面坎坷不平的地方颠簸得很厉害。笨重的格梅津一动不动地躺着，仿佛在盖着油布的葵子饼上生了根。萨沙一只手攀住车板，给车颠得直皱眉头。

“这么说，你要离开农庄了？”萨沙开始说，这时路面平一些了，车走得比较平稳，可是风仍旧顽强地吹得油布的边哗喇喇响。

“我又何尝愿意？唉，我很不愿意。等着我的不是快乐的事情。

冬天就在眼前了，养牛场没有修好，——宝贵的时间都在盖饲料车间的忙乱中浪费了。饲料仍旧不多，可是牛增加了，而且还是优种牛。曼苏罗夫把事情搞得一团糟，可是得由我来收拾局面。你反正奈何他不得，他将住在城市里，听关于辩证法发展的讲课。而库尔甘诺夫为了扭转情况，每一件小事都将抓得紧紧的。那时候要是向他发牢骚，他马上就会堵住你的嘴说：既然干了，就干到底……”

“那你就不要答应，叶高雷奇。我们住在农庄里，努力把农庄搞好。”

“住在农庄里？……要是叫齐平娜当第一书记，或者从别处派一个柯尔松诺伏区的事情与他不关痛痒的人来怎么办？不，萨沙老弟，这又是怕担风险。这不对。”

“可是万一到冬天出了大乱子，要你把党证交出来怎么办？”

“党证？”伊格纳特笨重的身子动了一下，以生气的目光看了萨沙一眼，把从肩上滑下去的油布雨衣拉上一点。“党证……尽管来拿。我不会那么容易就交出去。”

卡车开进一座公路边的小村庄：一座座屋顶、镶着白色框板的窗子、带棚檐的小门在眼前掠过，几只鸡从路上四散惊飞，一条狗吠着跑出来。伊格纳特把身子翻来转去，怎么也不能恢复刚才那个舒适的姿势。村子落在后面了，接着又是湿漉漉的庄稼从两旁向石子公路弯下穗头……

“尽管来拿。我可不是费道西·穆尔根，不会急忙跑去找绳子上吊。一定要争一个是非分明……”

“那么以后谁当我们农庄的主席呢？”萨沙问。

“这件事最伤脑筋。不瞒你说，我一心想培养你做接班人。我常这样想：有朝一日，老态龙钟的伊格纳特爷爷将坐在墙脚下——吃饱穿暖，有养老金，想到培养这个小伙子总算没白费心血，他现在把农庄领导得比我更好，——那时候心里有多舒坦。可是没料到这样……我没来得及……”

伊格纳特沉吟了半晌，突然兴奋地向萨沙转过脸去，说：

“有这样一位女农庄主席——伏洛格达省的齐亚静娜，你听说过没有？……”

“也许听说过，可是没记牢。”

“她当选农庄主席的时候是个才满十九岁的姑娘。在这以前，农庄搞得很糟，一直勉勉强强地维持着，她也没进过农学院，可是她把农庄给拉了起来，自己也出了名，当了苏维埃代表，得过勋章，区领导也有点儿怕她……得了，过一个时期再说。听听群众的意见……唉，我没来得及……”

伊格纳特在通新拉美尼耶村的岔路口下了车。萨沙继续往柯尔松诺伏镇去看看母亲。

虽然跟故乡分别不久——不是几年，总共只有几天，但是萨沙的年纪还轻，还不习惯远行，所以每次回家对他都很新奇。也许在将来，当前面路的尽头出现柯尔松诺伏镇头几座房子的屋顶时，他的心就不会跳得那么兴奋、那么紧张了。也许他将以寂寞的眼光迎接它们……一切都可能，不过现在还没到这个时候。

就在镇前一个陡峭的沙丘上，渐渐站起一株古老的松树，像一个庄严的卫兵。

司机把车开得很快。萨沙在车厢里摇来晃去。伸展在沙丘上空的老松枝愈来愈近，愈来愈看得清楚了。

从柯尔松诺伏镇迎面开来一辆卡车。两辆车在互相驶近的时候都减低了速度，等到相遇了，两辆车的驾驶室互相挨着停了下来。

司机之间有他们自己的友谊，自己的交情，自己的新闻，这些新闻都是藏不住急着要告诉别人的。一包纸烟从一辆汽车的驾驶室传到另一辆车的驾驶室里。潮湿的空气中开始散发出纸烟味。

旁边那辆车的车厢里挤满了乘客。萨沙挺直了腰，摸摸在石子一般硬的葵子饼上撞得好疼的身体，突然，他劈面看见了卡嘉。她坐在一只很大的手提箱旁边，小心地拿着搁在膝上的手提包，头上裹着厚厚的头巾，萨沙熟悉的那件蓝色大衣按出门习惯扣上所有的钮扣。自从他们上次见面以后，她的脸略略起了些变化，添上了一层过去所没有的疏远淡漠和感情深藏的色彩。

他们离得很近；不说话、转过头去装做没看见究竟不好意思。于是萨沙问：

“你上哪儿去？”

“我要离开这儿。不回来了。”

“上哪儿？”

“很远。”

“到底上哪儿呢？”

“哈萨克斯坦。”

“为什么？”

“区团委批准的。”

被鼻梁上一撮不很显著的黑色软毛连在一起的两道眉毛还是老样子，目光却比前严肃、冷漠了，嘴唇已经不像过去那么柔嫩，嘴角出现了一种成年妇女的痛苦的神情。萨沙不看也猜得到——最近一个时期她的心情一定很沉重。现在她跑了。似乎应该下车去跟她谈谈，不要当着这么多人的面匆促地谈……

但是卡嘉那辆车的司机在驾驶室里坐好了，传动器的齿轮响了起来。卡嘉仔细整了整手提包下面的大衣衣襟，作好震动的思想准备，她向萨沙点了点头。在这最后的一刹那，萨沙发现她的眼睛怅惘而痛苦地颤动了一下，紧闭的嘴唇张开了。她也想跟他谈谈……

两辆卡车匆匆朝着各自的方向分道开走了。萨沙隔了一会才想起向卡嘉挥手作别。

在陌生的哈萨克斯坦某处，她将开始找寻自己的幸福，安排自己的生活。在她的幸福中，在她的生活中，他——萨沙——对她将像柯尔松诺伏镇对哈萨克斯坦一样地遥远。不是分别一个月，也不是一年，甚至也不是许多年——而是永别了。

萨沙在最近几星期中很少想起卡嘉，这时他忽然感到喉咙里好像给什么东西卡住似的，胸口也隐隐作痛。得马上跳下车追上去喊住她，去喊叫，拼命地喊叫！……

但是卡嘉坐的那辆车已经在拐弯的地方消失了。松树在旁边掠过，它把嶙峋的树枝弯弯曲曲地耸向灰溜溜的天空；这株老当益壮的松树还在继续它的生命，微微摇晃着树梢上潮湿的针叶……

路上的坑洼

［苏联］田德里亚科夫　著

1

昏昏沉沉的阴霾低垂在一座叫“密松林”的小城市上空。风吹得潮湿的树叶簌簌地响，已经很旧的铁皮屋顶闪着水汪汪的亮光，潮湿的木条墙壁变成了黑色——整个城市、城市所在的土地、空气，一切都渗透了潮气。

对于这样一座离铁路有五十公里的小城市来说，连绵不断的雨总是造成极大的不便：商店里食盐和煤油都告售罄，文化宫没有新的影片放映，信件和报纸都要迟到，因为邮件得有顺路的马车才能送来。逢到这种日子，密松林几乎跟外界失去了联系。

区消费合作社接到一份电报：有一批熏青鱼运到了火车站。要是在别的时候，这份电报不会引起特别的注意，只要到车站去装来分配给各商店销售就完事了。但是现在，区消费合作社主任拉里昂·阿法纳西耶维奇·夏姆仁，一个有心脏病、不喜欢为了一些琐碎小事激动的人，却着急了起来：

“怎么办呢？车站上又没有冰箱。鱼要坏掉！唉，来得真不是时候！唉，这简直是惩罚！……叫瓦西亚·捷尔加乔夫到我这儿来。快！叫他立刻就来！”

司机瓦西亚·捷尔加乔夫正打算到扎乌斯吉扬村去，他经常去找那边的一个图书馆管理员格露妮雅·贝斯特丽雅克，这事已经足足有一个月了。现在他穿着一件蓝色的雨衣来见夏姆仁，一顶哔叽帽子歪戴在后脑勺上，衣服穿得像过节模样，脸上却闷闷不乐。

“又要出差了吗？”他问了一声，一边愁眉苦脸地凝视着自己脚上一双靴筒挤成皱裥的小牛皮靴子，靴子外面紧紧套着一双簇新的、只沾着一点点泥巴的套鞋。

“希望全在你身上了，瓦西里[①]，只有指望你了。道路给雨冲得稀烂。别人在街上也没法儿开车，逢到第一个水潭就会抛锚。可是你不是普通的司机，我一点不加夸张，你是个天生的驾驶员。天才！”

“唉，这日子真不是人过的！不管有道没道，都要逼你去开车。”

“谁也没有逼你。老弟，我是在求你啊。”

“可是，假如我不同意，您恐怕硬要派我去吧？”

“我要派的，亲爱的，要派的，但我总是尽可能启发你的自觉性。我要你从思想上同意去。”

“得了，”瓦西亚把手一挥，“开提货单吧。”

二十分钟后，他戴了顶旧便帽，穿了件破得不能再破的皮茄克，一双脚在其大无比的防水靴筒里晃来晃去，他带着一种司机特有的深思神情，摇摇摆摆地在他的载重一吨半的卡车周围来回走着。

汽车的年龄不是根据时间而是根据公里计算的。迈路表上指着三万公里——这可以说是一辆车的青年时代，生活还刚刚开始。可是瓦西亚·捷尔加乔夫这辆卡车却像个老太婆：挡泥板撞瘪了；两侧的车厢板破破烂烂，摇摇欲坠；缓冲器弯曲了；排气管吐出一缕缕势头不妙的蓝烟——这是很灵验的征象，说明这辆车患着普通的汽车哮喘病；活塞涨圈也磨损了。密松林这一带的道路使它受尽了颠沛。现在它停在那里，引擎啪啪地响着，忍受了不少苦楚的车身，微微颠荡着，仿佛在害怕经受新的、严重的考验。

瓦西亚用铅丝把左侧车板的插闩拴紧，——以防万一，要不然在颠动的时候车板翻倒了，那就非倒霉不可——然后坐到驾驶室里。

---

① 瓦西里就是瓦西亚，前者是正名，后者是小名。——译者注

他并不直接穿过区水力发电站的堤坝向车站行驶，而是到茶馆门口去打一个转。哪个司机也不肯放过机会“搭几条黄鱼”的。

2

“搭黄鱼”就是让顺路乘客搭车的意思。

对于汽车司机来说，只有一个严厉的法官，那就是公路运输监察局的监察员。但是这种监察员难得来到这里的偏僻道路上。因此，密松林的司机只要一出停车场，离开了他的工作单位，立刻不受任何法律的约束。他已经成为一个小小王国——汽车车厢——的统治者、小皇帝。到这里来的每一个人都得纳税。

诚然，三年前区执委会主席仲迪舍夫也曾试图向那些在路上非法收费的司机发动进攻。为此，在密松林市和车站之间设下了三处拦路杆，这三个地方都是绝无办法绕行的要道。计划是这样的：司机让乘客搭上了车，但是无法通过拦路杆，拦路杆旁有检查员站着出售合法的车票给乘客。所有的钱不是装进司机沾满油污的口袋，而是充作修路的经费。密松林区的生活应该这样正常进行，计划就是这样。但是事与愿违……

司机们照旧“搭黄鱼”。每个司机在还没有到拦路杆的地方，就把车停下来，向乘客们讲几句话：

“公民们，请下车步行一程。我把车往前开，过了拦路杆我等你们。到那边你们再上车。重的东西——手提箱、袋子，可以留在车上。要是谁不同意，我也不勉强。他可以另外找车，最好干脆步行。”

空车开到拦路杆前。不肯轻信的检查员向车厢里看看，问道：

“小伙子，你把乘客藏到哪儿去了？”

“藏在口袋里，可是车颠得厉害，他们都跳出来跑了。”

“别打哈哈。我问你，这些手提箱、袋子是谁的？”

“我丈母娘来住几天。她把行李放在车站上。我刚去装来……”

“丈母娘？嗯……看来你的丈母娘挺有钱。这么多手提箱。”

检查员虽然很希望能揭穿他的谎言，但是证据呢？……司机却处之泰然：抽着烟，若无其事地吐出口液，他知道检查员找不到岔儿。

“黄鱼”乘客们友好地聚在一起步行两三公里，一路上谈论着司机的进款，他们找到了等在拐弯处的汽车，就爬上车厢，一直坐到将近下一道拦路杆的地方。

检查员们不久就接到撤销检查岗的命令。向上翘起的拦路杆还在路旁呆了很久，仿佛在呼吁司机们拿出良心来，后来连拦路杆也被拆去当柴烧了。

瓦西亚·捷尔加乔夫跟所有的司机一样，认为向乘客收费是他名正言顺的权利，是嘉奖他与密松林的道路辛辛苦苦地维持着友谊的合法奖金。

“黄鱼上钩”最多的地点是茶馆。就近各村要去乘火车的人都会到茶馆门口来，从邻区来的人经常坐在茶馆里，当地的居民也常跑来打听：“车走不走？”茶馆就是汽车站，在这里候车可以用一杯啤酒或清茶打发时间。

由于连日下雨，这几天汽车几乎全部停驶，现在那里一定有大批“黄鱼”。

瓦西亚把卡车停在茶馆的窗下，刚走出驾驶室，就有人在高高的台阶上喊他：

“喂，捷尔加乔夫！”

那人把靴跟在潮湿的台阶上敲得橐橐响，摇摆着身体，不慌不忙地走下来，瓦西亚认识他是乌特里亚霍伏拖拉机站的站长克尼亚日夫。他走到瓦西亚跟前，伸出一只手，说：

“夏姆仁答应我，说你可以把我送回家去。”

克尼亚日夫从敞着的雨衣里挺出一个大腹便便的胸膛，他那胖乎乎的脸像个女人，嘴唇抿紧，现出一条条皱纹，他用嘶哑的假嗓音说：

“我自己的汽车在来的路上就抛了锚。整个后轴套都得拆换。等路上干了，我就把它拖回乌特里亚霍伏去。”

他那魁梧的身材和虚胖的脸上坚硬的鹰钩鼻跟他的声音很不相称。

“驾驶室里有座吗？”他问。

“有座。只我一个人。”

一个瘦小的老太婆，带着一只用褪色的头巾包着的大篮子，她仿佛是从车轮底下钻出来的。她一把抓住瓦西亚的皮茄克袖子，拉着调子开始哭诉：

“好人哪，救救我吧。我等车已经是第三天了。三天来，怎么也没走成。你别把我这苦老太婆丢下。看在基督分上，你让我随便在哪个角落里挤一挤。我要永远求上帝保佑你。”

怪可怜的、皱纹累累的脸上，一双灵活的小眼睛以狡黠、敏锐的目光滴溜溜地注视着瓦西里。

“老太太，你还是在家里坐坐吧！”

“我巴不得在家里坐坐啊，亲爱的。巴不得啊。我这一把年纪在车上颠来摇去可不是好受的。可是你要知道，我想去看看儿子。我的大儿子是在铁路上当一个什么长的。我想带这么百来个鸡子儿去给孙子孙女吃。”

“当心你跟你的鸡子儿一起摔破。得了，上车吧，坐前面一些。”

“喔，多谢，我的亲人！喔，你救了老太婆！谁来托一下，好人哪，谁来推一把……”

篮子先放到车上，接着，老太婆一边哼哼哦哼地叫着，一边感谢上帝和小心地在下面把她往上托的瓦西里，她也爬上了车。

两只簇新的、镀镍的锁闪着亮光的手提箱，从另一边放进了车厢。它们的主人是个少尉，他的装束也是簇新的，肩章和擦得雪亮的钮扣光彩夺目，挺括的军官帽戴得向一边倾斜，他走到瓦西亚前面，咔嚓一声打开烟盒，说：

“朋友，抽支烟。我要两个座位——我跟我爱人。”

他个子不高，他身上的一切——从钮扣、柔韧的皮靴，一直到雪白的小手和长着一个尖削鼻子的孩儿面——一切都齐齐整整，没有一点不合式的地方。

“娜塔莎，到这儿来。这位就是咱们的司机。现在总算可以走了。真见鬼，要离开这个鬼地方比登天还难！老兄，我是鲍尔舍节尔斯克人，离这儿四十公里。我是来度假期的，才结婚不久。娜塔莎！你在那儿看住汽车干吗！我们不上车它不会跑掉的。过来……我们乘车到这个小城来的时候，几乎连五脏六肺都颠了出来。可是我还得乘很久车呢。我在波罗的海沿岸服役。在欧洲的正中心。娜塔莎，你过来啊！”

由于穿着肩章璨璨发光的军服，由于年轻的妻子在旁边看着他，少尉挺着肩膀，玩着烟盒，漫不经心地把烟卷从这边嘴角移到那边嘴角。可是瓦西亚却把脸转到另一边去。尽管他现在穿着又脏又破的茄克和沾满泥巴的大靴子，尽管他貌不惊人——鼻子扁平，一绺像涂了柏油似的黑发搭拉在额前，——但他现在是这里头等重要的人物。甚至管理着几百部机器的拖拉机站站长克尼亚日夫也以尊敬的目光看着他——汽车司机瓦西里·捷尔加乔夫。不是随便哪个司机都敢在这样的天气里在被雨水冲坏的道路上开车的。所以，那个少尉最好还是别过分装腔作势，只要瓦西亚说一个不字，他就只得带着他的手提箱和漂亮的爱人在这茶馆门口淋雨。

……车厢里开始就座了。老太婆旁边坐着一个瘦削的、不惹人注意的人，不是畜产品采购站的采购员，就是保险公司的经办员。他穿的一件粗油布雨衣里，足足可以躲藏像他这样三个采购员。风雨帽里只露出一个尖尖的鼻子和一双睡意惺忪的眼睛。老太婆把一篮鸡蛋搁在自己膝盖上，不客气地挤着邻座的人，说：

“瞧你这大模大样！人这样瘦，可是占的地方像个胖婆娘。让过去些，让过去些，亲爱的。”

采购员顺从地裹在他那件宽大的雨衣里让过去了一些。

准备去投考工艺学校的四个姑娘，坐在许多包裹和手提包中间，嘴里含着水果糖。那个少尉在车厢中央左顾右盼，搬动着那两只簇新的手提箱，竭力想让他的爱人坐得舒服些。

“娜塔莎，你就在这里坐下。脚伸到这里来。喂，漂亮的姑娘们，请挤紧一点！不，不，咱们这样坐……咱们把箱子竖放。”

娜塔莎长着一张善良、朴实的脸，看样子她相当疲倦，她很听话地站起来，眼睛从睫毛底下注意而耐心地望着她的丈夫。

车厢里又爬上了三个女庄员和一个男孩子，这小家伙戴一顶很大的帽子，帽圈靠两只竖起的耳朵顶着，帽檐老是滑到鼻子上。他们也在喧嚷声中开始安放自己的包裹和篮子。

一个怀抱婴儿的女人跑到车前，开始在车边徘徊，思量着怎么爬上车去。可是瓦西亚挡住了她：

“嗳，大嫂，别在这儿转了。说什么我也不能让你上车。”

“好同志！这儿还有个座呢。”

“抱小孩儿的我不带。”

“我又不想揩油，我给钱好了。我知道不能白坐车……”

她用牙齿解开一个手绢包，抽出一张卷做一团的钞票，开始往瓦西里手里塞。

“收下吧，收下吧。别不理呀。我晚上一定得赶到火车站。”

“抱小孩儿的我不带。大嫂，你疯了不成！在这样的路上还带小孩儿乘车。万一车颠得厉害，把小孩儿给摔死了谁负责？”

“你不用担心，我抱紧了不放手。”

“我说不带就是不带！下一次走吧。”

“怎么也不能等到下一次。没有要紧事我干吗要去呢？这段路真该死……你收下吧，收下吧，我再加一点。这儿是二十五卢布。”

她又想把那张沾着手汗的钞票塞给他。

“别啰嗦了！”瓦西里生气地喝了一声。

正在这时候，一个帽下露出一绺亚麻色头发、穿一双翻统靴的小伙子大踏步走到车旁，问也不问一声，就翻过了车板，向已经坐好的乘客中间挤进去，一边费力地把给衬衫领子扣得很紧的粗脖子转过来，咧开一口洁白的大牙，微笑着说：

“别着急，等雨停了，让风把道吹干一些，那时再坐车走吧。”

“哼，你倒开心！像你这样的小伙子正应该用两条腿跑路。看你的眼睛就不像个规矩人！”那女人冲着小伙子骂。“你要小心，”她回过头来对瓦西里说，“他出不了多少钱。这种人乘车都是揩油的。”

瓦西里向那小伙子瞟了一眼：女人的话说得有道理——这条“黄鱼”的确不太可靠，也许会在通往柯普左伏村或蚊子湾的岔路上跳车跑了，那时你只好对他望望。这种事情是常常碰到的。但是，瓦西亚对这位乘客宽阔的肩膀打量了一下以后，心想：“随他去吧。这家伙的力气一定跟熊差不多，要是车陷在坑里，倒可以叫他帮忙推一把。”

瓦西里以严峻的目光向挤得满满的车厢里看了一遍，说：

“全都坐好了吗？走吧！要是车在哪儿陷住了，大伙给帮忙推一把。”

他在驾驶室里等得心焦的站长克尼亚日夫旁边坐下，踏动了油门。车轮滚过水潭，泥浆四溅；滚过凹地，把乘客颠得摇来晃去；卡车离开了茶馆，直向火车站而去。

3

道路啊！唉，道路啊！

深深的轮辙，有些简直是泥浆山里的峡谷，小湖一般的洼潭中浑浊的水下满布险恶的陷阱，一公里接着一公里的道路上印着橡皮轮胎的痕迹，——从这一切可以清楚地看出，来往经过的汽车是多么愤怒而又无可奈何。

道路啊！唉，道路啊！你一直是密松林区的不幸。在这里的路上，一代一代的汽车都是未老先衰，都是被坑洼和泥浆折磨死的。

密松林有一个专门的机构——道路管理局。这个局也有局长——加符里拉·阿努弗里耶维奇·培宾。他对自己的职务有点惭愧，在跟过往的人们见面时，只得用辛酸的玩笑话掩饰自己的窘态。握手时他连手掌也不好意思伸直，他总是这样自我介绍：“无路可走局局长。”

但是，去年修路的经费总共只拨下五千卢布，你叫这位加符里拉·培宾能做些什么呢？五千卢布怎么能修这五十公里任性的泞道？

培宾唯一能做的，就是用石子铺砌区执委会门前的一条街，以及把倒下的俄里路标换上新的公里路标。

现在，这些新刨的木头上漆着黑色条纹的路标，竖在从密松林直到火车站的路上，好像把司机的痛苦一公里一公里分段打上记号。

唉，道路啊！每公尺都得经过战斗才能通行。

瓦西亚·捷尔加乔夫对它的脾气非常熟悉。譬如说，这个水潭看起来很浅，不像有什么危险，咖啡色的水面上露出一些山脊似起伏的淤泥，可是切不可一鼓作气冲过去。必须慢慢地、像把小孩放到温水浴缸里去那样小心翼翼地把汽车趟下去，温和缓慢地驶过水潭。遇到轮辙纵横凌乱、稠泥浆如波涛起伏的路段，就得开足马力疯狂地冲过去，否则就会在路中央抛锚，汽车就会怒吼着从车轮底下溅出一块块泥巴，开始慢慢地一公分一公分陷下去，直到传动轴陷没为止。

在将近尼左夫卡村的地方有一大片水潭泛滥。它的外貌委实可怕——这里那里有几根木棒和一束束沾着泥浆的枯枝露出水面。司机们管这个水潭叫“鬼池子”。要通过它只能从右边走，但也不能存太大的侥幸心。

过了尼左夫卡，还没到松树林，路实在糟透了，宁可离开大路，沿着田野边缘一道新的轮辙行驶。不过再往前直到松树林的尽头都是沙地了。雨水冲不烂沙地，只会把它敲得坚实些。到那里可以把车开到最高速度，松一口气仰靠在椅背上，脚踏在油门上……看两旁的松树靠近了又唰唰地飞过去，这是一种莫大的享受！可惜只有三公里的精神轻松，几分钟的休息，接着又是盛满了水的坑洼，又是深深挖到地下的车辙，又是险恶多诈的水潭。

挡风玻璃上溅着一点一点的泥浆。透过玻璃望出去，道路像一条河慢腾腾、懒洋洋地迎面流过来。瓦西亚·捷尔加乔夫伸长了脖子，帽子歪到脑后，眼睛紧张地盯着道路。它是敌人——狡猾、无情的敌人，冷不防就会遭它暗算。每秒钟它都可能跟你捣乱。瓦西亚奋勇作战，他紧张得浑身发热，头发汗湿了粘在额上。

方向盘、变速杆、各种踏板——就靠着这些武器一公尺、一公尺地向道路夺取阵地……

前面是一道像舐过一般泞滑的斜坡。要是在别的时候，它是不值得注意的。沉重的靴子踏在油门上。引擎啪啪地响起来。驾驶室震荡着，汽车加快速度：加油，加油，老太婆[①]！斜坡近了。车轮已经到了坡脚下。加油！沉重的靴子把油门踏到底：加油！加油！散热器朝天竖起。在阴云密布的天空中，一只乌鸦漠不关心地鼓动着翅膀……

汽车一鼓作气开到了泞滑的斜坡半路，有这么一秒钟，甚至不到一秒钟，你会觉得车好像要停了……要是真的停了，那时连刹车也没用，——卡车将像一架不灵便的小雪橇似的滑下去，第二次再想爬上来可就不那么简单了。

在这一秒钟内，甚至不满一秒钟，瓦西亚踏紧联动板，把变速杆尽量往身边扳，加油，加油，加油！汽车狂吼着，驾驶室的玻璃震得格唧唧直响，慢慢地、慢慢地、紧张地、一寸一寸、一分一分地前进，前进，前进！爬上来了……噢！瓦西里松开了握紧方向盘的手。

驾驶室颠荡着，每一次晃动，拖拉机站站长克尼亚日夫就昏昏沉沉地点一点头。每隔一些时候，就有围在路旁湿淋淋的灌木丛中的公里路标渐渐移近，打旁边浮过，这些路标都是簇新的，还看不出风吹日晒的痕迹。

在第九与第十公里之间，卡车第一次陷住。瓦西亚在绕坏路的时候，怎么也没法把车重新开上大路，后轮在一条长着野草的浅沟里光打转不移动。克尼亚日夫从驾驶室里走出来，从车厢里跳下了穿翻统靴的小伙子和缩在宽大的雨衣里的采购员。少尉舍不得弄脏他的小牛

① 指破汽车。——译者注

皮靴子，他把上身探出车板，在车上指挥：

“去拿铁铲！铁铲在哪儿？……得把车轮下的土挖去一点。喂，那边的人！挖车轮下面的土！”

他们挖了一阵，在轮下垫了两块石头，一边喊着加把劲，总算把车推到路上。

第二次在“鬼池子”陷得很深——车经过这地方总是要耽搁一会的。瓦西亚发现穿翻统靴的小伙子是个得力助手。那小伙子不知从哪儿拖来一棵松树的残株，满不在乎地在水潭里走来走去，把它插在轮下，用铲子把轮子周围的土弄平。他一直嘻嘻哈哈，一双大手沾满污泥，冒着大汗的脸上也溅着点点泥浆，人家跟他说话他总是大声兴奋地回答。

“得了，得了！你指挥吧！”他对少尉喊着，“只要你的军装不弄脏就行了！喂，司机！你去坐好，别开得太快！我在后面推一把……您，首长同志，别在驾驶室旁把水搅得更浑了，坐到您的座位上去吧。我们凑合着能对付过去……”

克尼亚日夫站长听话地坐到瓦西亚旁边，不好意思地微笑着，摇着头说：

“这小伙子真不赖。好大的力气，简直可以代替牵引机拖汽车。”

卡车驶过了尼左夫卡，经过了松树林……

在写着数目字“20”的公里路标附近，瓦西亚把车停下，走出驾驶室，带着那种司机特有的深思神情，摇摇摆摆地绕着卡车走了一圈，担忧地踢踢轮胎，抬头对坐在车厢里的人说：

“同志们，前面就是蒂尔金山了。车要是爬上了这座山，你们就可以算是到火车站了。剩下的一段路咱们好歹能对付过去，”说着，他钻进了驾驶室，叹了口气，“唉，这是个给上帝诅咒过的地方！”

汽车动了，它绕过路旁紧紧聚成一堆的枞树丛。

前面出现了一座坡身歪斜的山岗。它的右坡长着一片枝叶拳曲的小桦树林，急陡地向下倾斜。污黑、泥泞的道路蜿蜒而上，通往山顶，通往斜坡的顶端；山顶上灰色的天幕前隐约可见几株光秃秃的灌木。

汽车渐渐驶近蒂尔金山。

4

瓦西里靠到椅背上，脸色冷漠而严肃，凭着老练的目光在泥泞的道路上挑选比较适当的路。他的手缓慢、谨慎、只是比往常较急躁地转动着方向盘。

在这以前，克尼亚日夫一直在泰然打盹，只有当车身剧烈颠簸的时候抖去睡意振作一下；现在，他把上身向前探出，像承担着极大的痛苦似的皱起眉头，嘴唇扭成一个紧紧的小揪，他的神气显得那么紧张，仿佛他自己在帮助汽车攀登陡削的高地，由于热心地使劲而累得筋疲力尽。

汽车小心翼翼地往上爬，引擎老停在一个低音音符上啪啪地响。

路边插着一根根黑色的矮桩。它们是为防止汽车失事而插着的。不过，这些安全桩之间的空隙相当宽，任何一辆卡车可以不碰木桩通过；而且它们很久以前就竖在这儿了，木头腐朽得很厉害，有好多根被粗心的司机撞倒了；它们插着仅仅是因为比不插总好一点，是以防万一的。

瓦西里偶尔向旁边看看，他看见下面渐渐展开一片旷野。山坡下有一条狭窄的小河在潺潺地流，潮湿的小桦树林矮下去了，树梢已经遮不住小河闪着微光的水面。小河对面就是一片惨绿色的亚麻田，再过去是没有光泽的燕麦田，麦海中有一个小村庄，只有寥寥几座简陋的农舍，而在很远很远的地方，潮湿的蒙雾中伸展着一大片模糊、阴暗的针叶林。

每在路特别难走的这几分钟内，瓦西里的背脊好像看得见坐在车厢里的乘客。他感到他们个个都从自己的座位上向前探出身子，每个人除了愿望之外，还想通过精神上的努力帮汽车的忙；现在他们同样怀着无法解释的不安心情注视着下面渐渐展开的旷野：绿油油的两岸中间浑浊的河水、田野、小村庄、模糊的森林。

任何一条上山的路上，都有一处司机们熟悉的危险地带。通常这种险隘总在离山顶不远的地方，在陡坡接近尽头、山路即将变得比较平坦的地方。临近这危险地带的时候，汽车必须使出浑身解数，在这里汽车要经受一次衡量强弱的、困难的考试。

在驶近蒂尔金山时，看得见山顶上有几株光秃秃的灌木，现在到近处一看，原来是一些不高不矮的赤杨树。其间竖着一根白色的路标——这是一直为司机们诅咒的第二十一公里。

离路标约莫还有一百七十公尺。这一百七十公尺路足足有一半被可怕的坑洼损坏得百孔千疮，凌乱的车辙纵横交错，地上散落着木档、粗棒、辗碎的新砍下来的小桦树干，犹如战场上白骨狼藉。这就是蒂尔金山的危险地带，一处极其难走的山隘。难得有汽车不在这儿一连几昼夜抛锚不动，全区没有一个司机不用恶毒的字眼詈骂这个地方，借以发泄心头的盛怒和绝望的怨毒。

这段路损坏得最轻的是沿斜坡边缘的一部分。只有从这里过去还有一线希望能不陷在坑中，否则是怎么也过不去的。

瓦西里把汽车紧靠边缘，沿着它往前开，车轮差点儿碰到了路边黑色的木桩。

路从山顶上簇拥着路标的几株赤杨树那边对准汽车的散热器慢慢地紧逼过来——这是一条宽阔的、满盛泞滑的稠泥浆的河。克尼亚日夫依旧从座位上向前探出身子，布满皱纹的嘴唇把小揪扭得更紧了。瓦西里跟刚才一样靠在椅背上，伸长脖子，脸好像石雕，眼睛一眨也不眨地凝视着前方。

谁能想到他这时候竟在幻想。是的，他在幻想。他想像着他的一吨半卡车一点一点地靠近牢牢陷在道边的那块覆着青苔的巨石，到那边他就向左拐弯，渐渐加快速度横穿道路，向右边翻过来……在那边的沟里，长着一株小得可怜的、永远满溅着泥浆的桧柏。它对瓦西亚是无比珍贵的。这株小小的灌木标志着苦难的尽头，过了那地方，引擎将响得均匀有节，不再发出惊心动魄的吼叫，汽车走起来将如释重负地轻松得多。没到路标那儿就可以加快到中等速度……他幻想着全身将感到习惯的疲倦，同时心里将感到一阵愉快、骄傲的轻松：让你领教领教我瓦西里的能耐，这样糟的路鬼见了也要发愁，可是我们通过了。为着纪念一下这次胜利，他一定要停车走出驾驶室，兴奋地宣布：

“我说朋友们，咱们抽一支烟休息一会吧。”

乘客们将从车厢里向他露出感激和愉快的微笑。

……钝顶隆起、全身披着青苔的古老的巨石在散热器下消失了。现在它应该在前轮的正对面。瓦西亚急剧地转了一下方向盘，他突然觉得有点不对头。怎么回事？他一下子闹不清楚。汽车缓慢而紧张地移动着，并没有停下来，但是它不听方向盘的指挥……好像在歪歪斜斜地继续移动。

“后轮在往下滑！”瓦西里想到这里顿时凉了半截。他下意识地踏动油门。引擎大吼一声，车停了，微微倒退了一些，开始下陷。瓦西里汗湿的手死死地抓住方向盘，石雕似的脸上直冒汗，他使劲踏着油门。车继续在陷下去，把散热器往上翘起。车厢里发出一声女人没命的尖叫。

“还坐着干吗？等死吗？！快跳下去！”瓦西里对吓得缩做一团的克尼亚日夫狂喊。

克尼亚日夫挪动身子，两手慌张地去抓车门的把手，但已经晚了……

地面从挡风玻璃中消失，灰溜溜的天空浮到旁边去了，但见绿色的桦树梢像一柄巨大的扫帚在空中扫过。克尼亚日夫肥硕的身躯压在瓦西里身上，但随即就离开了他。瓦西里的头在驾驶室的顶板上碰得好痛，胸脯撞在方向盘上，克尼亚日夫反被他压在下面。咔喇一声，玻璃豁啷啷响了起来……接着一切都归于沉寂。

脑门里给撞得嗡嗡直响，胸口隐隐作痛。压在下面的克尼亚日夫动弹了一下，他开始发出呻吟，说：

“看来咱们还活着。”

瓦西里跪在连声哼哧的克尼亚日夫软绵绵的身上，自己慢慢地抬起身来，开始去摸车门，他找到了把手，旋了一下，用头在门上一撞。门开了。

“我爬出去了就来扶您起来。”他对克尼亚日夫说。

“不知死了哪一个？……”他一边从车门里钻出去，一边想，“年纪轻的也许能跳出来，可是那个拿着一篮鸡子儿的老太婆……唉，反正是死路一条——够了，瓦西里·杰连季依奇，你在熟悉的路上奔驰得够了，现在人家会给你找一个地方——你可以在那边摆脱烦恼休息休息。”

5

不过老太婆倒活着。瓦西亚第一个看见的就是她：头巾歪到后脑上，白发搭拉在额前，她叉开两腿，伤心地捶着自己的腰，对着篮子痛哭：

“仁慈的主啊！这些鸡子儿是我一个一个积起来的，自己舍不得吃，要省给孙子孙女吃！现在叫我老太婆拿什么去见他们？叫我拿什么去哄孩子呢？”

一个高大的、没裹头巾的女人，顾不得害臊，撩起裙子揉着摔痛的膝头。她生气地打断了老太婆的话：

“算了，你也哭够了。你没摔死还得谢谢上帝哩。”

“哦，不错，大嫂，你说得对。上帝没让我死。他救了我的命。”

跟三个女庄员一起上车的那个男孩子翘着下巴，从压到眼前的帽子底下仔细地研究那辆侧身躺着、无耻地露出肮脏的肚子的汽车。

去投考工艺学校的姑娘们挤成一堆，惊恐地望着从驾驶室里爬出来的瓦西里和克尼亚日夫。拖拉机站站长的帽子丢了，从额上沿面颊挂下一道擦去皮的深红色伤痕。

一些贴身内衣、男人的衬衫、女人的花衣服，有的散落在草上，有的挂在潮湿的矮树枝上。一条浅蓝色的棉毛裤温柔地抱住一株枝条怒竖的小枞树。少尉两只簇新的大箱子有一只被抛在公路和汽车之间的半路上大敞着。少尉和他的妻子弯身在箱子旁边。

上面路边站着一个茫然若失的人，——那是裹在宽大的雨衣里的采购员，他的雨衣在风中微微飘动。

散落在四周的衣服有各种各样的颜色，不高的小白桦树和一些灌木的叶子发出安静的沙沙声，在这些树木中间突然出现这么多人，——瓦西亚觉得这好像是一件怪诞的、不可能的事，是另一个世界的一幅图画。仅仅在一分钟以前，这一切明明都不存在，只有窄小的驾驶室，溅着泥浆的挡风玻璃，迎面慢慢地浮过来的道路……

他掠了掠头发，手碰到头顶觉得很痛，等神志恢复常态后，他茫然问道：

“全都活着吗？”

少尉听到他的声音回过头来。他突然从箱子旁挺直身子，怒冲冲地把他的靴跟踩在坡路的草地上向瓦西里跑来，他头上的军官帽不知去向，军装也扯歪了。

“是谁让你搭乘客的？！”他高声嚷了起来，“你没有资格当司机！你这种人连赶马车都不行，别说开汽车了！”

“嗳，嗳，朋友，嚷什么？”克尼亚日夫想劝阻少尉，他小心翼翼、生怕触痛地抚摸着颊上的伤痕。“已经有不少麻烦够这小伙子受的了，你就少说几句吧。”

“不，您要明白！这里有孩子、妇女，可能闹出命案！……”

少尉的妻子丢下敞着的箱子，跑到丈夫身边，说：

“得了，米嘉！他又不是故意的。干吗大叫大嚷的？米嘉！”

“光审判他还不够。连让这种废物开车的人也要审判！”

“米嘉，你怎么不害臊？……”

“娜塔莎，你一点也不明白！”

“军官为他的箱子生气了。”一个女人从旁边插嘴说。

米嘉的妻子涨红了脸，她抓住丈夫的衣袖，说：

“这是意外的不幸！你怎么不害臊？大家都不作声，只有你一个人大吵大嚷。我替你害羞。我！”

这时候，在翻倒的汽车后面，从一棵被车身撞折的桦树下面传来微弱的呻吟：“嗯——，嗯——，嗯——！……”始终站在篮子旁边的老太婆迅速地穿过灌木丛，只听见她在那边念着急口令似的哭叫起来：

“圣徒啊！主的仆从！圣母啊！这儿有一个小伙子摔坏了。天哪，真的摔坏了！我的好孩子，你好好躺着，亲爱的，好好躺着，别动……好人啊，你们快来呀！”

瓦西里分开众人，向车后跑过去。

一个小伙子躺在地上，头在灌木丛中，脚叉开着，穿着一双沉重、肮脏、翻统已经破旧的靴子，两手捧住腹部，这就是帮助瓦西里通过“鬼池子”的那个小伙子。

当瓦西里听到呻吟声和接着而起的老太婆的哭喊声时，着实吃了一惊，他首先想到的是自己：“出了人命案件了！这下逃不过了，这下要吃官司了……”但是，他刚一跪到地上，弯下身去，撂开灌木的树枝，看到小伙子变了样的面孔，——两颊呈嫩红色，额上冒出细小的汗珠，太阳穴凹了进去，目光模糊而困惑，——瓦西里立刻忘了自己的恐惧，关于吃官司的念头立刻丢在脑后了。

别人的不幸——目前还不十分清楚事情严重到什么程度，但肯定是很可怕的不幸——通过这模糊的目光直逼逼地盯着他看。瓦西里感到的与其说是怜悯（这个字眼太轻了），毋宁说是一种反常的、痛心的绝望——他闯下了什么样的大祸啊？！

瓦西里呆呆地看了足足有一分钟，不知道怎么办才好，也不知道怎样救他。可是救是必须救的。他愿意把自己的力气全部给那个小伙子，愿意把痛苦承担在自己身上，但是怎样才能呢？……怎么办呢？

“亲人哪！他一定有个娘在什么地方哩！一定也是谁家的命根

子……唉，正是天有不测风云，人有旦夕祸福！”老太婆一边说，一边嚎啕痛哭。

小伙子异样嫩红的脸上深紫色的嘴唇牵动了一下，露出一口紧咬着的、洁白的大牙。小伙子从牙缝里迸出了一句话：

“扶——我——起——来……”

瓦西里连忙伛下身去，一只手托住他的肩膀，另一只手想插到他背下去。但是那小伙子身子刚抬起一些，就大声喊痛。瓦西里茫然失措地又把他放下。

“不要紧，不要紧，也总还活着，”瓦西里头上响起克尼亚日夫冷静的声音，“应该想办法送他进医院。至少先得把他弄到我们村里的医疗站去。”

瓦西里立刻站起身来，以恳求的目光望着密密站成一排的乘客们，说：

“朋友们！克尼亚日夫同志！帮帮我的忙吧。咱们来做一付担架……”

“我们难道是无知无觉的木头？我们一定帮忙。”克尼亚日夫对在场的人打量了一番，说：“可惜这儿男人不多。”

“你们瞧，这种不负责任的现象造成了什么后果！”少尉又开始发怒，“把人弄残废了！”

“米嘉，你嚷这些干吗？”他妻子想使他平静下来，她两颊涨得通红，尽量不对任何人看，“光嚷嚷对事情没有好处。”

“不，这是不可容忍的现象！不能对犯罪行为熟视无睹！”

“米嘉！我求求你！”

瓦西里突然离开原地，顾不得衣服被树枝钩破，连绊带滚跑下山去，到了河边，从一排栅栏里抽出两根木档，掮到汽车跟前。采购员连忙脱下他那件宽大的油布雨衣，这时大家都看到，他穿着一件半大孩子的上装，这件上装甚至对于他这样瘦小的身材也嫌太紧，颜色已经有些泛红。木档穿在反卷进去的雨衣袖管里，把雨衣的搭钩全部扣上。雨衣上面还铺上一块发出汽油味的旧油布，那是从车厢里拿来的。有些地方用绳子胡乱扎好……做成了一付既不灵便又不雅观的担架。

瓦西里和克尼亚日夫一边温和地说着：“忍耐一下，忍耐一下，老弟……”一边尽可能小心地，一个架着两个胳肢窝，另一个抬着肮脏的靴子，把那小伙子放到担架上。他不呻吟，也不叫喊，只是透过咬紧的牙缝大声地吸了口气。

“咱们先说妥了好不好？……”克尼亚日夫向挤在担架周围的人们看了一下，“抬担架要使力量平均。我跟谢尔盖·叶符道基莫维奇一起抬。”克尼亚日夫指指缩在窄小上装里的采购员，“捷尔加乔夫，你跟少尉凑一对抬。”

“我认为……”少尉咬着每一个字眼说，“咱们不应该把他抬到任何地方去！必须立刻去请医生和派出所的民警**到这里来**。”

瓦西里这些时间以来，第一次怏怏地回嘴说：

“我不会逃跑的，请放心……可是跑去请了医生再回来——时间不允许。”

“法院重视一切保持现场状态。”

“米嘉，你真糊涂！我的天哪，这多么糊涂，多么可耻！”

“娜塔莎，你不明白！”

始终只是唉声叹气表示同情的妇女们，这时也七嘴八舌地说开了：

“他懒得抬是真的。”

“舍不得弄脏靴子。”

“人眼看快死了，可是他……”

“姊妹们，这有什么奇怪的——这叫别人嘴里的牙不疼。”

“受过教育，年纪轻轻……”

“如今有些年轻人心肠真硬。”

“米嘉，你抬！”娜塔莎瘦削的肩膀一耸，两手焦躁地在胸前扭绞着丝头巾的角，一片绿色的树叶掉在她的鬈发上，白净的鬓边溅着一滴泥浆，已经干了，像一颗痣，纯朴可爱的脸上泛起朵朵红晕，一双孩子般坦率的灰眼睛里噙着眼泪，现出哀求的目光。

“米嘉，你抬！你不应该推辞。”

“娜塔莎，你不明白……”

“不，我全明白，全明白！米嘉！你抬！要不……”

“‘要不’怎么样？”

“要不我就回家去。我不跟你一起生活！我不能！你原来是这么个人！你简直恶劣！”

“娜塔莎！”

她把紧握着的两个拳头压在眼睛上，从一个拳头里露出头巾的一角，像一只发愣的兔子竖起的耳朵。

“娜塔莎……”

少尉把一只手搁在她肩上，可是她把他的手撤开。

“别碰我！我恨——你！我不愿看见你！你原来是这么个人！……”她把手从脸上挪开，连同揉皱的头巾一起贴在胸前，她向克尼亚日夫跨近一步，说：“我抬！我！请放心，我力气挺大。我能行……不过您不要再去求他！用不到！不用求他！他原来是这么个人！是这么个人！”

克尼亚日夫带着歉疚和困惑的神情摸着颊上的伤痕，跟他并排站着的瓦西里皱起了眉头。这时候他对一切痛苦的感觉特别灵敏。

妇女们中间又起了一阵窃窃私语的声音。

“这姑娘挑错了对象……”

“她将永远为那个傻瓜红脸。”

少尉站在大家面前，他的上装有两颗钮扣连布一起撕下了，余下几颗擦得雪亮的钮扣依然闪着湿润的亮光。他的耳朵像小孩子那样倔强地竖着，又红又热，好似两张被秋霜冻坏的枫叶。

“多说有什么意思，”瓦西里毅然说，“我们能对付。”说着弯下身去抬担架。

克尼亚日夫抬起担架的另一头，他吃了一惊：

“哦！这小伙子重得很哩！”

伤者发出一声呻吟。

他们侧着身子，竭力不使担架钩住树枝，竭力不震动伤者，一步一步慢慢地把担架抬到路上。

采购员和用头巾角伤心地擤着鼻子的少尉妻子跟在担架后面走。妇女们低声商议了一阵，摇摇头，然后喊道：

“要不要我们来帮忙？”

“你们留在这儿吧，我们能把他抬到！”克尼亚日夫费力地回答。

“那么我们在这儿收拾收拾，也许还能赶上来。”

少尉继续站在翻倒的汽车旁边，眼睛看着下面，用靴尖挖着地上的泥土。

他们一行数人，在路边休息片刻，然后慢慢地沿着坡路往上走。起先，路边的草把他们遮到齐腰，后来遮到齐肩，最后完全遮没了……只有那块黑色的石头在灰溜溜的天幕前隆起钝平的顶部。

天色显著地开始变黑。河上飘来一阵潮湿的轻风，微微拂动树叶。妇女们把携带的东西从车厢里拿出来，低声交谈着，对站在那儿挖土的少尉理也不理。

忽然，他抬起头来，看了一下散落在草上和灌木丛中的衣服，开始神经质地转来转去，在自己周围寻找着什么，大概在找帽子。他没找到，于是把手一挥，向大路上跑过去。他在山坡上将近大路的地方绊了一跤，但随即爬起来，一跛一拐地向抬担架的人去的方向奔去。

“这年轻人思想通了。”

“到底天良发现了。”

“他娶到了一个好心肠的姑娘。”

“好姑娘常常给这种傻小子挑到。”

老太婆叹息着把空篮子用头巾扎好，站起来，走到开着的一只箱子前面。

“哦！这小两口的家私都倒翻了。亲爱的，得给他们收拾一下。人家也是像鸟儿做窝那样一点一滴攒积起来的，哦！……”

6

脚在泞滑的泥浆里踉跄地移动着。虽然瓦西里挑了最细的两根木档做担架，但它们的两端还是太粗，很难抓牢，手指握不住。伤者身体又重。任何轻微的震动都会使他大叫起来。

走在头里的瓦西里才走二十来步路，就觉得如果不马上停下来，就无法握住木档了，那时伤者就要掉在泥里。

“尼古拉·叶高洛维奇，”他有气无力地对克尼亚日夫喊了一声，“到旁边停一下再抬。我已经没有力气了。我怕握不住……”

他们小心地把担架放在路边微遭践踏的湿草上。克尼亚日夫喘过一口气来，说：

“这小伙子重得厉害。我在后面好像只抬他的一双靴子，可是已经累得够呛了。”

瓦西里揉摩着痉挛的手腕。

那小伙子朝天躺着，腿的膝关节微微弯曲，两手捧住腹部，他的脸依旧是嫩红色的，好像刚在澡堂里洗过蒸汽浴。

采购员脸上的鼻子尖削，眉细目小，胡子好久没刮，他并不掩饰怜悯的神情，一双灵活的黑眼珠端详着伤者。

“两个人怎么也抬不了，”他说，“还是四个人一起抬。”

“可是第四个人在哪儿呢？”瓦西里问，“总不能叫姑娘来抬。”

“不，不，我能抬。咱们抬着走吧，我请求你们。”

“算了吧。我们不会把他扔下不管的。”瓦西里已经准备向担架弯下身去重新抓起木档的顶端。

“别做傻瓜，捷尔加乔夫。人家倒是一片好意，”克尼亚日夫阻止了他，“我们知道，你现在不惜自己的一切，但硬拼是不解决问题的。来吧，姑娘，你去抬脚边的一端……抬右边，抬右边——那里容易握些。我抬头边的，跟瓦西里一起。谢尔盖·叶符道基莫维奇，还等什么？来，一、二、三！……抬起来了……小心，小心……不要紧，小伙子，忍耐一下，我们说什么也要把你抬到地方。齐步走……”

但是在泥泞的路上四个人抬着担架齐步走更加困难。才走了几步，担架就晃了一下，病人叫了一声“哎唷”。

“小心点！后面别推得太快！”

第二十一公里的路标渐渐靠近了，已经看得清上面的数目字。

担架旁突然出现一跛一拐的少尉，他默默地跟妻子并排走了一会儿。娜塔莎两手努力抓牢木档的顶端，一步一步费力地从泥浆里拔起胶皮套靴，头垂得很低，不理她的丈夫。

“娜塔莎，让我来……”

娜塔莎不理他。

“你听见没有？让我来抬。你不行。来……”

“别妨碍我们。”

“刚才我一时冲动……好了，让我来抬吧。”

少尉抓住了木档的顶端。担架震动了一下，病人又是一阵呻吟。

“走开！还要到这里来妨碍人家。”

“娜塔莎……”

“嗳，谁在哪儿推？让开！”克尼亚日夫喝了一声，他并不回过头来。

“同志们，同志们！”少尉急忙走到担架前面，“请你们停一停。让我来抬。”

“走开，走开，”瓦西里生气地喝道，“别在这儿碍手碍脚。”

“我不跟你说话！”

“不跟我说话就别来纠缠。”

四个抬担架的人集中注意力，神情忧郁地在泥浆里走着。少尉头发蓬松，上装歪歪斜斜，苍白的脸上神色沮丧，他一会儿跨在水潭里，一会儿在旁边一跛一拐，眼睛始终看着妻子。

“娜塔莎……是我不对。说真的，刚才我是想……娜塔申卡[①]，我觉得惭愧。原谅我吧。听我说，原谅我吧……”

娜塔莎并不回答，她这时根本顾不上他：揉皱的头巾挂在一边肩上，眼睛紧张地睁得圆圆的，凝视着握住木档顶端的两手。她前面，伤者朝天竖起的两膝在有节奏地晃来晃去。

“娜塔申卡，来吧，给我，让我来抬。刚才是我的错，没有半点对的地方。”

“你求我干吗？你得去求他们……你对不起大家。”

“我对不起大家。是的，是的，我对不起大家。”少尉高兴地在妻子身边踏起步来。

娜塔莎不理他。于是少尉跑到担架前头，一会儿看着克尼亚日夫的脸，一会儿看着瓦西里的脸，说：

“同志们，请原谅……鬼知道我怎么会说这样的话……请停一停，同志们。我请求你们……只要一分钟就行了。让我来抬吧。”

“好吧。”克尼亚日夫同意了，他把担架往路旁抬去。

病人给放在路标下面。

娜塔莎松了口气，她挺了挺腰，把挂在额上的头发掠了掠。

“那么你抬吧！”瓦西里生气地吩咐少尉，“要是这样走三五步就停一下，到明天天亮也到不了乌特里亚霍伏。”

“对，对，得赶快一点。我马上就好，马上就好……好在并不太远。现在咱们有四个人抬了。”少尉怀着感激的心情，开始手忙脚乱地接替娜塔莎，突然，他抬起头来对瓦西里看了一眼，说：“我说朋友，请原谅我吧。说真的，我是个傻瓜。让我在前面抬。来，咱们换一下。”

“算了，算了，还是接替你爱人吧。”瓦西里回答说，他已经不生气了。

“不，不。你累了。还是我在前面抬，你去替娜塔莎。”

---

① 娜塔申卡和娜塔莎都是娜塔丽雅的小名。——译者注

“别讲价钱了。到自己的位置上去，”克尼亚日夫口气生硬地命令说。

少尉就跟采购员凑对儿一起抬。

担架重又开始在泥泞不堪的路上摇晃。四双靴子——第一双靴子的防水靴筒很宽大，踏在泥浆里咕叽咕叽地响，这是瓦西里的；另一双很坚实的牛皮靴子是克尼亚日夫的；第三双已经很旧了，又皱又瘪，这是采购员的；还有一双很漂亮的靴子，紧紧裹住腿肚子，这是少尉的，——四双靴子缓慢而顽强地重又在泥浆里走着。

娜塔莎在旁边走，一边把头巾在头上裹好。她手的动作软弱无力，不慌不忙，流露出一种安闲的疲乏和精神的轻松。

从他们刚才经过的那根路标到有医疗站的乌特里亚霍伏村，有九公里路。

路旁的灌木已经很难跟地面分清。死灰色的、低沉的空中暮色更浓了。路上也暗了。只有铅色的水潭睒着暗淡无神的眼睛。

7

昏黄的灯光透过花边窗帘，透过淌着泪珠的玻璃从窗里射出来，向潮湿的黑夜输送住人的房间里的暖气。在灯光中，银色的尘粒在疯狂地跳着舞蹈——真是细雨霏霏愁煞人。

在窗子里边的房间里，一切都很宁静，一切都很习惯：人们只穿一件贴身衬衫，脱去了靴子，在干燥的油漆地板上走来走去，坐下来吃晚饭，谈着长得过高的青草，谈着天气，谈着家常琐事：一只生蛋鸡不生蛋了，篱笆冲坍了……那里的生活在照常进行，只有站在旁观者的立场，只有在患难之中，才能体会到这种生活的美妙……

四个人累得脚步踉跄，偶尔有气无力地骂几句，抬着沉重的担架在乌特里亚霍伏村里慢慢地走，经过一扇扇安闲地射出灯光的窗户。少尉的妻子详细问清楚了医疗站的女医务员住在什么地方，已经往前跑去通知她了。

前面山岗上是围在灯光中的拖拉机站，它仿佛统治着一座座村中小屋的零零落落的灯火。

“就是那座房屋……拐弯的时候不要太快。”克尼亚日夫指点着说。

一个姑娘在台阶上迎接了他们，她把一盏煤油灯举到跟眼睛差不多高的地方，肩上披着一件大衣。在她背后开着的门旁站着娜塔莎。

四个担架手又湿又脏，默默无言，在微弱的煤油灯光下看来个个脸色乌黑，可怕得很，他们聚精会神地喘着气走上台阶，一不小心木档顶端撞在门框上，于是病人发出一声微弱的呻吟，跟滂沱泥泞的黑夜告别了。

房间里一盏一百支光的电灯亮得刺痛眼睛，这里充满了药品的气味，一口小橱里的药瓶和镀镍盒子隔着玻璃闪闪发光。靠墙放着一张铺有白色被单的门诊用小床。担架又脏又湿，砍得很粗糙的弯弯曲曲的木档露出顶端，在这洁白耀眼的房间里，这付担架以及它上面的病人，好像是从丑陋可怕的道路上撕下来的一部分。

四个浑身湿透、沾满泥浆的担架手脸色憔悴而阴沉，看到这样清洁的所在都感到惶恐，他们各人站在原位上，一动也不动，生怕不小心弄脏了什么东西。医务员是个年轻的姑娘，长着一张并不漂亮的圆脸，脸上满布着大颗大颗的雀斑，鲜红的厚嘴唇这时惊恐地扭曲着，她怯生生地说：

“请各位出去吧。这儿地方太小，转不过身来。我要看看病人……这位女同志请留下来帮助我。”

四个人一个跟着一个高高举起脚步走了出去，好像不是在地板上而是在草上走，怕抖落草上的露珠，他们走到一条宽敞的过道里，那里的长凳上点着一盏暗淡的煤油灯。

克尼亚日夫掏出一包纸烟，接着骂了一声，把它捏做一团塞回口袋里去，——烟卷全湿透了。少尉连忙拿出自己的烟盒。

“请吧。我的没弄湿。”

他的烟盒里只有两支烟。克尼亚日夫拿了一支，少尉把另一支递给瓦西里。

“你自己抽吧。已经没有了。”瓦西里拒绝了。

“我一点也不想抽。一点也不想。请吧。”

街上传来当当的声音——一下，两下，三下，四下……那是在敲钟。克尼亚日夫急忙翻起湿漉漉的雨衣袖子，说：

“哦，十一点了……他们大概在等我呢。区里特地来电话通知队长们留下来。我还以为六七点钟就能赶到。对不起，同志们，我要走了。现在没有我也行了。”

瓦西里握着拖拉机站站长的手，看着他的眼睛，感激地说：

“谢谢您，尼古拉·叶高洛维奇。谢谢您。”

“这又为了什么？……”

“您帮了我的忙……自然应该谢谢您。”

“得了，得了，甭客气。这种事情用不到谢的。”

拖拉机站站长走了以后，瓦西里感到一阵忧郁和孤独。克尼亚日夫在的时候，他总有个人商量、依靠，现在他走了，跟少尉或是采购员都不那么容易一拍即合。很快他们也要走的……那时就只剩下他一个人。做什么都得自己拿主意。“必须去找派出所的民警……”

瓦西里若有所思地捻弄着手里的烟蒂，少尉不耐烦地望着医疗室的门。采购员坐在长凳边上，彬彬有礼地把手放在膝上，仿佛在等首长接见。

门终于打开了，女医务员走出来，一边脱去身上的工作服。

“必须立刻把他送到密松林的外科医生那儿去，”她沮丧地说，“严重的内出血。但愿肝没有损伤。他的腹部碰也不能碰，一碰他就痛得面色惨白。我们那个外科医生很好，他会做好需要做的一切。只要把病人送到……”

那姑娘由于激动、慌乱而涨红了脸，以致她的雀斑在脸上隐没了。

“怎么送去呢？”大家沉默了一阵以后，瓦西里问，“怎么送去呢？白天我们的汽车也过不来，夜里更别想过去了。”

“马车也不行。马车颠得厉害，他在半路上就可能咽气。”

“可以抬着走九公里，走三十公里是不可能的。”

“那怎么办呢？”少尉焦急起来了，“眼看着人死吗？我们救他，抬了他来，怎么能让他死？得把医生请到这儿来！这比把病人送去好办。叫他马上就来。姑娘，您要明白，我们一定要救活这个人。”

“好，我去打电话。不过最好还是送医院，那边有一切设备。我这儿的条件不适宜做复杂的手术。”

“您怕负责任！”少尉发怒了，“什么条件不条件！既然没有别的办法，就得叫医生来，叫他来救人的性命。”

“可是叫外科医生坐什么来呢？”瓦西里问，“你没想到吗？”

“区里总能弄到一辆汽车。没问题！”

“听我说，朋友，我这个司机不是刚干这一行的，你可以相信我的话：夜里没有一辆汽车能开过来。绝对不可能！”

“病人恐怕挨不到天明。”医务员颓丧地插进一句。

“骑马！叫医生骑马来！”

“骑马？您怎么说的！”姑娘轻轻把手一挥，“骑马走三十公里路可以当骑兵了。可是维克多·伊凡诺维奇恐怕一辈子从来没有上过马背。想像起来简直是可笑的。”

大家都沉默了。他们凭着长凳上的灯光凝视着木条墙壁上长长的、奇形怪状的影子。突然，瓦西里拍了一下自己的额角说：

“有了！没问题！运输工具有了！”

“什么工具？……在哪儿？”

“拖拉机！我马上跑到拖拉机站去，现在克尼亚日夫还没走。向他借一台带乘橇的拖拉机。拖拉机怕什么？它很容易开过去。而且在乘橇上又不会震动得太厉害，简直像躺在床上一样安稳。我马上到拖拉机站去！”

“我到邮电所去一趟。打一个电话到医院去，叫外科医生接电话。”

“我也到拖拉机站去，”少尉兴奋地说，“咱们一起去找克尼亚日夫。”

他们谈话的时候，采购员一直坐在旁边长凳上一语不发，这时他动弹了一下，阴阳怪气地说：

“他不肯借的。”

“不肯借什么？”瓦西里向他转过身去。

“克尼亚日夫不肯借拖拉机的。”

“为什么？”

“我知道他这个人。他不肯借的。”

“老兄，你一直不开口，可是一开口就泼冷水。刚才他自己还跟咱们一起抬过担架，怎么会不肯借？尼古拉·叶高洛维奇不是见死不救的人。咱们走吧，少尉。”

“但愿我说错了。”

他们两人迫不及待地连蹦带跳向山岗上快步跑去，那边拖拉机站的电灯像一条发光的锁链。

少尉打了个冷噤，他把上装裹紧些，缩着脖子跑在前面，不时以奇怪的目光望着瓦西里。他似乎想说些什么话，但又说不出口。瓦西里等着他开口，可是少尉始终没吭气，直到拖拉机站办事处门前的台阶上，他才叹了口气，说：

“惭愧……我真该死！惭愧！”

8

拖拉机站站长克尼亚日夫还没有回家。在办公室的门外，就可以听见他的嘶哑的假嗓音在生气地训斥某人：

“你倒有一付慈悲心肠！我们订了合同，有法定的文件，双方都签了字，盖了印。不，我决不破坏合同。难道区里把我骂得还不够？……啊，朋友！出什么事了？”

克尼亚日夫从桌旁站起来。他还穿着抬病人时穿的那件军便服，潮湿、肮脏的雨衣挂在背后墙上。

坐在桌旁的一个男子长着红色的硬髭，沉重的眉额垂到眼前，他抬起头来，好奇地望着进来的两个人，——他大概已经听到了关于汽车在第二十一公里失事的消息，所以猜得到来的是谁。

“尼古拉·叶高洛维奇，”瓦西里开口说，“事情不妙。必须立刻把那小伙子送到密松林的医院里去动手术。医务员跑去给医生打电话了。”

克尼亚日夫同情地咂了咂嘴唇，但是什么也没说。

不知什么缘故，瓦西里这时觉得自己的话仿佛说得不像所想说的那样，而是没精打采，毫不激动，他的话简直完全没打动克尼亚日夫，只引起他一点点淡薄的同情。同时他觉得，克尼亚日夫也不像是跟他肩并肩在泥泞的路上抬粗笨的担架的那个人了。他高高地站在桌边，挺出军便服里肥满的胸脯，脸上有一种俨然是主人身份的、威严的、不可接近的神情。

“尼古拉·叶高洛维奇，”瓦西里更缺乏信心地重复着说，“必须想一个办法把他送去。”

“这倒是件伤脑筋的事情，怎么把他送去呢？……这倒是个问题……医疗站有一辆马车。”

“马车不行，会把他在路上颠死的。”

“这倒的确是个问题。”

瓦西里不是为自己，而是为克尼亚日夫感到不好意思。克尼亚日夫皱着眉尖，故意把目光移开。

“请您借一台拖拉机。这是唯一的办法。”站在瓦西里背后的少尉坚决地说。

“拖拉机？……嗯……朋友，拖拉机不是运输机器，是工作机器。我决不能把国家的财物作不正当的用途。”

“尼古拉·叶高洛维奇！”瓦西里感到血涌上了脸，“人快要死了！这话用不到我跟您说。我们需要一台带乘橇的拖拉机。要是您不借，他就活不成了……”

“的确是这样，不必向我解释，也不必来说服我。凡是我个人分内的事情，我都做了。”克尼亚日夫小心地用手指碰了一下颊上血迹已干的伤痕。“假如拖拉机是我自己的……”

“这样说来，就只能让人死喽？您怎么不害臊，站长同志！”少尉面色苍白，他向前跨了一步。

克尼亚日夫偷眼向他瞅了一下，冷笑一声，说：

“我说亲爱的，你似乎在不久以前还用同样的嗓门唱过另一种调子。”

少尉的脸突然变红，他把手紧紧握成两个拳头。

“不错，我唱过。不错，我方才是个卑鄙的家伙，自私的浑蛋！您高兴怎么称呼就怎么称呼。我不在乎这些！但是您得把拖拉机借出来。您没有权利不借。听见没有！没有权利不借！”

“说得对——我没有权利，”站长回答说，“既然谈话这样激烈，我不得不让你们看一些东西……”

克尼亚日夫拉开写字桌的抽屉，弯着腰在抽屉里翻了一阵，拿出一张纸向他们递过来，说：

“请看。”

瓦西里接过那张纸，少尉在耳边大声喘着气，他也伸长了脖子来看那张纸。

> 查乌特里亚霍伏拖拉机站及密松林拖拉机站区段内有很多集体农庄未完成休闲地翻耕计划。拖拉机在耕地上闲置。此外，还经常有拖拉机作不正当用途的现象：不在田野耕作，却在运输砖头木材。今年6月17日，区苏维埃执行委员会曾作出决议：严禁各拖拉机站站长使用拖拉机作运输工具。特再知照。
>
> 密松林区执行委员会主席
>
> 阿·仲迪舍夫

“事情就是这样，亲爱的朋友。我不是拖拉机站的土皇帝，只不过是个站长。”克尼亚日夫收起了那张纸，“作为一个站长，我有责任服从上级组织的命令。”

“尼古拉·叶高洛维奇！”瓦西里眼看着快要放声大哭，“我们要拖拉机不是为了运砖头，也不是为了运木材。难道您以为会有人责备您把拖拉机借出去救一个人的生命吗？”

“不责备才怪呢。你能担保这台拖拉机在这样的鬼道上不损坏吗？不，你不能。可是人们在等着拖拉机，譬如说‘先进生产者’农庄就在等着。他们要是打一个电话到区执委会或是区委会告上一状——那时我就得提出解释，说明理由。”

“那你就提出解释，说明理由好了，问题关系到一个人的死活，这难道还不容易解释？”少尉又开口了。但是克尼亚日夫把他的话只当耳边风。

“我不能冒险。这样会打乱工作计划。就会有一个农庄派不到拖拉机。不，朋友，这种事是得不到上级谅解的。”

默默坐着的红胡髭男人抬起头来，从沉重的眉额下对克尼亚日夫看了一眼，说：

“尼古拉·叶高洛维奇，咱们为一些零碎事情打乱计划也不是一回两回。咱们老是这样：满地撒高粱，脚下拣芝麻。就借给他们吧，咱们能应付过去，这样就可以把人送到地方了。”

克尼亚日夫胖乎乎的、完全看不出颧骨、长着个鹰钩鼻的脸涨得通红，嘶哑的假嗓音变得更尖了：

“尼基塔，你这个拖拉机队队长怎么老是为别人说话？你一点也不比清扫女工娜斯塔西雅更关心拖拉机站的工作。咱们完不成计划，工作搞得不好，就是因为咱们的心肠软得失了分寸，不管对什么人都帮忙。上次我借了两台拖拉机给‘五年计划’农庄运石头到堤坝那儿去，为这件事我还被骂得不够吗？有些仁人君子告状告到区委会。我吃够了苦头。每次都因为是不好意思拒绝。”

“听我说，站长同志！”少尉侧着身子，挺出肩膀把瓦西里挤开，走到桌子前面，“如果您不立刻把拖拉机借出来！……听着，如果您不借拖拉机，我就回到区中心去找区委书记，去找那个仲迪舍夫主席，不叫您承担法律责任，我就不离开密松林。见死不救是犯罪行为！听着：必须立刻救快死的人！”

“瞧你，变得多么有责任心！不久以前你完全不是这样的，小伙子，你还记得吗？”但是少尉的话对克尼亚日夫显然起了作用，所以他虽然这样说，而胖乎乎的、像女人那样善良的脸上一对灰色小眼睛却一会儿看看瓦西里，一会儿望望坐在旁边的红胡髭男人，希望从他们脸上找到同情，哪怕是一点点也好。但是那个红胡髭的人怏怏地垂着头，瓦西里又苦苦哀求地看着他。

“难道我不是人，难道我没有人心？我头一个说：得把那小伙子送医院，我头一个抬担架。你们要我给病人输血——我给。要衬衫——我脱[①]。可是拖拉机不是我的，我不能支配。好了，朋友，吵架也没有用。我请示一下试试看，要是不答应，请不要强迫我。我在工作上已经有不少事情给记在账上了。再一次把头伸出去挨上面的揍，我可没有这种瘾。”

克尼亚日夫在电话机旁坐下，开始跟密松林通话：

“姑娘！喂！……姑娘！亲爱的，请给我接福米乔夫。我是乌特里亚霍伏的克尼亚日夫，有急事……你问哪一个福米乔夫？你不知道？区委第二书记。第一书记在省里……怎么？没有电话？那么打到办公室去成不成？唉，真倒霉……人不在办公地点，回家了，家里又没装电话，”克尼亚日夫一只手按住话筒告诉瓦西里他们，“姑娘，嗳，姑娘！喂！喂！……那么请给我接仲迪舍夫，亲爱的……”

瓦西里注视着克尼亚日夫的一只又大又白、指甲扁平的手在慢条斯理地解开扭绞在一起的电话线。瓦西里恨那只手。它的每一个动作都显得不可原谅地缓慢。他的手忘记了时间。人家每一根神经、每一根血管都紧张到了极点：医疗站里躺着一个受伤的人，每一分钟他都可能死去，时间在过去，要救他就必须赶快，赶快，赶快！可是那只手还在犹豫地摸着电话线别扭的结节。简直想狠狠打它一下。

---

① 俄文有一句俗语“准备拿出最后一件衬衫”，意思跟我国的“倾囊相助”差不多。——译者注

“真要命！”克尼亚日夫把听筒猛地一扔，生气地说：“仲迪舍夫天黑了还骑了马到农庄去。”

克尼亚日夫靠着椅背坐了一会，把两手互相钩住放在肚子上拨弄着大拇指，薄薄的嘴唇抿紧，挤出许多干巴巴的皱纹，眼睛凝视着区执委会主席仲迪舍夫签字的那张纸。

瓦西里和少尉直盯着克尼亚日夫的脸，等他说话。站长身体动了一下，长叹一声，目光从瓦西里旁边滑过，注视着办公室的门，他说：

“我不能。咱们谁也不要说服谁。我不能。”

“尼古拉·叶高洛维奇！”

“不必说了。”

克尼亚日夫站起来，挺出胸脯，一双冷酷无情的眼睛盯着瓦西里和少尉。他们两人交换了一下目光，知道话已经说完，对站长不能寄托任何希望了。

“咱们走。”瓦西里说。

他们已经转过身去，克尼亚日夫还在后面说：

“我帮着把病人抬到了地方，我已经尽了公民的天职。”

瓦西里在门口回过头来说：

“算了吧！还是别说的好！”

少尉压低了嗓门补充说：

“我还要尽我的天职：我要你对后果负责，你这只啃公文的耗子！”

门砰的一声关上了……

到了街上，两个人不知道赶紧往哪儿去，也不知道下一步怎么办，只是急急忙忙地离开拖拉机站。

“我一点也不明白，一点也不明白！那时他为什么抬担架？为什么？”瓦西里一边走，一边自言自语。

少尉双手捧住了头，说：

“这是什么人?！这也算是人?！世上竟有这种人！我恨不得马上就把这个浑蛋……多卑鄙！多卑鄙啊！”

"咱们在往哪儿跑？"瓦西里问。

两个人都站住了。

雨停了，但是空气非常潮湿。有些地方还有昏黄、温暖的点点灯火，刺破笼罩全村的阴湿的夜幕。人们准备睡觉了。对于他们来说，一天已经结束，他们所操心的事也暂时离开了他们。

"咱们上哪儿去呢？……"瓦西里茫然望着少尉。

必须采取措施，必须设法救人，立刻救人，不能浪费时间。难道就这样走到病人跟前，向他无可奈何地摊开两手吗？断断不可能。

"这儿总该有个领导。"

"有村苏维埃主席。这就是整个的领导。"

"走！找他去。他在这里代表苏维埃政权。咱们就对他说：请你用苏维埃政权的名义下命令！"

脚踩在泥浆里发出叽咕叽咕的声音，他们在黑暗中向村苏维埃跑去。少尉一路嘟哝着：

"用苏维埃政权的名义……对，必须这样！用苏维埃……"

这些话使瓦西里产生了信心——看克尼亚日夫敢不敢拒绝，敢不敢置之不理；苏维埃政权，这是神圣的字眼，谁敢违抗？但愿能找到主席，但愿他别像区执委会主席那样到别的地方去了！

9

村苏维埃主席倒是不用去找。他和家眷就住在村苏维埃旁边一所木条钉成的偏屋里，他一听到敲门声就出来。

"干吗淋着雨说话？到屋里坐吧。"他邀请着说。

屋角分开放着两张桌子，一口漆色剥落的旧橱大得像一个坑，墙上电话机的周围贴了许多春化处理[①]的旧宣传画，地板白天给践踏得

---

① 春化处理是农业技术上把种子在播种前进行加工的一种方法，目的在于加速其成长过程并提高收获量。——译者注

很脏，还有一股办公地点特有的墨水气味……可是瓦西里有一会儿觉得这房间挺舒适——又暖和，又干燥，最好能在椅子上坐下来，叉开酸痛的两腿，舒舒坦坦坐一会。有一会儿他感到一阵可怕的疲乏，但随即就把它忘了……

村苏维埃主席是个身材瘦长、胸脯不宽的人，一颗挺大的脑袋垂得很低，凹进去的一边脸颊上好久没刮的花白胡子粘着一片白色的绒毛（他准是已经靠在枕头上躺过一会了），他认真听完了少尉的叙述，叹一口气说：

“这倒是件不寻常的事……咱们的路真是糟糕，真是糟糕……可是你们要我做什么呢？我怎么也不明白。”

在这以前，少尉气愤地喊叫着叙述了五分钟，现在主席这话很使他反感。少尉说：

“请您帮助我们叫那个家伙把拖拉机借出来！拖拉机！总不能把病人扛在肩上抬走哇！”

“向尼古拉·叶高洛维奇借？……嗳！要知道，我不是他的上级。他是归区里领导的。他会听我的话吗？……”

“您是这里苏维埃政权的代表。您跟我们一块儿去，以村苏维埃主席的身份说：我用苏维埃政权的名义要你救人！赶快救人！”

“唉，亲爱的同志，”主席沮丧地摇摇头，“就算我这样说了，可是他会这样回答我：‘区里也有苏维埃政权，而且比你这村苏维埃的灯芯要粗哩，既然区执委会有指示，我劝你还是别在这儿空冒黑烟。’”

他穿着一件很长的衬衫，没束腰带，从敞开的领口里露出瘦骨嶙峋、灰色皮肤的胸脯，头发蓬松，头低垂着：主席整个瘦长的身躯这时候显示出他安于绝望。

“如果要马……我可以立刻就去弄来……”

“要马有屁用！马我们自己也弄得到。要拖拉机。你有责任帮助病人。快去弄来，不要推辞。”

“你们又不是孩子。我也不是用土耳其话对你们解释：尼古拉·叶高洛维奇是此地有力量的人物，我们连他的膝盖都挨不到哩。只有区里能向他下命令。如果要马，这我一下子就能办到……农庄主席我也能管。”

“难道说，这儿就没人能管克尼亚日夫了吗？”少尉的话里透出绝望的音调。

“要是库曼科夫……”

“库曼科夫？……库曼科夫是谁？”

“是区委会的区段书记……”

“好哇，区段书记也有……周围有这么多领导，我就不信一个也推不动！”少尉兴奋起来了。“那么这个这个……库曼科夫在哪儿？”

“问题就在这里，”村苏维埃主席带着原来那种沮丧的口吻说，“库曼科夫住在密松林，他在那边有自己的房子，家眷也在那边，他有时上这儿来待一个星期，有时待四五天，住在隔壁我的办公室里。那儿有一张小沙发，他就睡在那张沙发上……老是抱怨有臭虫……”

瓦西里服从少尉的毅力，耐着性儿默默地站在他背后，但这时他突然推开了少尉，向主席跨前一步。

“人要救不要救？”他以喑哑的、声泪俱下的绝叫喊了起来，“你们这儿全是木头还是人？照您说，就让他死？！”

这声泪俱下的绝叫，由于疲乏而变成土色的、痉挛的脸，布满黑色伤痕、向前伸出的两手，对村苏维埃主席起的作用比少尉的叫嚷和威吓起的作用更大。主席瘦削的、本来就倾斜的肩膀垂得更低了，他似乎软化了；他的身材高而不匀称，头发散乱，好久没刮的脸上现出跟瓦西里完全相同的痛苦和绝望的神情，就像镜子里照出来的一样。

“我亲爱的，”他开始恳切地说，一只瘦骨外露的大手想抓住敞开的衬衫领子上的一颗钮扣，“我亲爱的，我可以马上跑到农庄去……拔上靴子，披上雨衣——这只要一分钟。农庄主席就住在附近。咱们可以用马车救那个小伙子。咱们挑几个年轻力壮的人陪去，在马不能走的地方，咱们就抬。我自己送他到密松林……可是叫我去跟克尼亚日夫打交道——只会浪费时间。上帝保佑他吧。我没有办法能叫尼古拉·叶高洛维奇把拖拉机借出来，我做不到……咱们还是用马车吧……”

瓦西里的两条腿发软了。他心底下的一根线一直紧拉着，紧拉着，现在断了。他已经不愿再恳请、哀求、解释。

“走吧，少尉。还说什么……”他含糊地说，仿佛用舌头在嘴里转动一块石子。

但是少尉两手紧紧扳住主席的肩膀，少尉的个儿矮小，身子紧张地挺得笔直，他从下面抬起一双狂怒的眼睛向上看，摇着主席的身体，说：

“不，你不用去借马。你带我们去找派出所的民警。让他强制克尼亚日夫把拖拉机借出来。你听见没有，哪怕用武器也行，只要能救人！”

主席给少尉摇得顺从地晃着脑袋，他只以疲倦的声音说了一句：

“小伙子，你们真傻……”

瓦西里和少尉重又在夜色已浓的村里奔跑，一会儿溅起水潭里的污水，一会儿踩在泥浆里。在他们后面村苏维埃的台阶上，好久还隐约看得见主席的白衬衫。当瓦西里回过头去的时候，他在这个模糊的白点上感到一种歉疚、忧郁同时又含有责备的意味。

少尉决定自己去把派出所的民警叫醒。

“见死不救难道是合法的吗？这是非法的！……既然你是法律的维护者，那就劳你驾下个命令。如果不能说服那个死顽固，就把枪口对准他下命令……”他边跑边说，“这是第几座房屋？……第三座跑过了，第四座……好像就是这座……敲门，别怕敲疼了拳头……瞧，全都上床睡觉了！”

四个拳头敲门敲了好久，没人答应。最后，里面好像有什么东西砰的一声掉了下来，可以听见有人在生气地詈骂，接着，一个洪亮的声音问：

“谁在那儿大敲大喊？有什么事？”

“派出所的民警是住在这儿吗？……有一个人快死了，快去救人！……”

“噢。”

这一声“噢”好像斧子清脆地砍在厚实的树上，从这声“噢”里可以感到的不是惊异，也不是懊丧，而是救人和行动的决心。

门闩咯的一声，门打开了，一个身体笨重的大个子在黑暗中跨出一步，在他走过来的当儿又把什么东西掉在地上，他说：

“我马上就去穿好制服。让我把装束弄齐整一些……你们到里边坐一会，怎么样？……”

少尉和瓦西里在黑暗中一会儿撞着木桶、耙子，一会儿钻进张挂在墙上的渔网，好容易穿过了过道，跨进点着灯的房间，民警已经穿好了制服，戴上了制帽，他弯下身去，粗壮的脖子涨得通红，在铺板下面找靴子。

“蠢婆娘把靴子塞到哪儿去了？……杜霞！喂！你把靴子搁哪儿了？”

“在过道里吹着呢。我洗干净了。你把它弄得全是泥巴，拿也拿不上手。”隔着板壁有一个睡得正香被叫醒的女人说。

“你起来拿。在你那过道里不摔得脸青鼻肿才怪……同志们，我听着：在什么地方，发生了什么事情——请顺着次序讲……”

上衣敞开着，制帽雄赳赳地斜压在一边耳朵上，马裤的带结垂摆着，一双光脚牢牢踏住一方小地毯，这位个子高大、脸色红润、具有令人羡慕的健全体魄的派出所民警，以威严的目光看看头发蓬松、服装不整的少尉，对瓦西里却理也不理。

“他的汽车翻倒了……”少尉重新激动地开始叙述。

民警的妻子睡眼惺忪，带着一脸不高兴的神气，稀疏而干燥的头发披散在肩上，她对这两位不速之客看也不看，穿过房间走到过道里去。

“……法律不容许不施急救而听任一个人死去。您应该命令克尼亚日夫把拖拉机借出来。命令他……”

“知道了！”民警截住了少尉热烈的话头，“请听我逐条解释。借拖拉机的职权，上级没有给我。如果密松林民警分局局长毕楚金大尉下一道命令：由于某种需要，责成柯培洛夫同志，也就是我，征用拖拉机若干时间，我就……”

“咱们走，少尉。”瓦西里生气地说。

“没有书面命令，我的行动将是非法的。就是这样！”

“走。”少尉同意地说。

“不，等一下！这件事还需要调查，必须查明该由谁负责。我有责任拘留司机，坐下来，不慌不忙、逐条录下供词……”

瓦西里在门口站住了，可是少尉急遽地转过身去，低声而清晰地说：

“录在你那胖脸上吧……对于你，重要的是供词，不是人……走！”

不知是由于看到少尉不整的外貌，看出他那抑压着的怒火呢，还是仅仅因为自己脚上没有靴子，总之，民警既没有叫住少尉，也没有叫住瓦西里，也没去追他们。

依然是那么潮湿的夜笼罩着村子。跟刚才一样，几点温暖的灯光刺破某些地方的黑暗，只是灯火显然少了。跟刚才一样，山岗上亮着拖拉机站的电灯。瓦西里和少尉在泥泞的街心徘徊：上哪儿去，向谁求助——真是一筹莫展。

突然，仿佛有一只巨大的手掌悄然无声地遮住了村子。本来已经很浓的夜色变得黏泞到令人窒息的程度。拖拉机站的电灯、村里房屋窗户里稀稀落落的昏黄灯光——一下子全都熄灭了。离此三十公里，密松林的区水电站结束了一天的工作，要到第二天傍晚再发电。这就是说，除了医疗站，还有大概就是邮电所的女电话接线员，整个村子没有一个人不躺下睡觉了。有的发出均匀的鼾声，有的在向枕上淌着甜蜜的口水，有的也许在辗转反侧，心事重重地动着脑筋：屋后的一小片草地还没割好，篱笆倒下来了……这怎么可能？！……一个跟这时候所有睡在温暖被窝里的人一样的人，也许挨不到明天！这不能容忍！不能见死不救！……可是人们都睡了……

在泥泞的街道上空，高高地掠过一阵轻风，吹动了一家屋顶上一张脱落的铁皮，接着就没有声响了……村里又静又黑，看不见一线光亮，连一个发亮的小点点也没有。周围是死一般的沉寂……

瓦西里和少尉互相一句话也没说，他们霍地拔腿就跑。

病人在等待，病人每一分钟都可能咽气。必须救他！必须采取措施！而且要快，一定要快！

10

医务员告诉他们说，外科医生已经坐上区执委会的戛斯牌小汽车向这里来了，但他不能担保能到此地，他吩咐要用一切办法把伤者迎着他送去。

伤者侧卧在小床上，曲着腿，频频眏着眼睛往房间角落里看。他的脸大大消瘦了，宽阔的颧骨向外突出，起了许多小泡的嘴唇紧闭着。他不哼哼。少尉的妻子和采购员坐在他旁边，采购员以安慰的口吻在讲一件事情：

“……他着实闹了一阵，乱奔乱跑，简直气昏了头。现在伊格纳特·阿努弗里耶维奇喜气洋洋地在浮运站当工长。他调拨的那种木头又粗又长——看了包您吓一大跳。”

克尼亚日夫不肯借拖拉机的消息没有使采购员愤慨。他只是无可奈何地重复了一遍：

“我知道他这个人。他就是这样……刻板得很……”

在过道里，他们聚集在长凳上暗淡的煤油灯旁，重又开始低声商量。

“医生还是坐马车来的好，慢虽慢，可是靠得住，”瓦西里说，“坐汽车准抛锚。区执委会的司机是巴什卡·克里夫卓夫，在城市里柏油马路上开了十年车，他走惯了平滑的路。难怪仲迪舍夫宁可骑马去跑农庄。”

“还说这些干吗？”医务员叹了口气，“人已经离开了密松林，现在打电话去出主意也来不及了……还是再去试试看能不能说服克尼亚日夫。”

“对克尼亚日夫这样的人不能用说服的办法！我恨不得把这个浑蛋押去见检察官！”少尉又发怒了。

“借拖拉机是没有希望的了。克尼亚日夫决不会答应。咱们还是想办法自己把病人送去。”

“想什么办法呢？”医务员绝望地看着油灯的火苗。“汽车不行……再说要借汽车还得去求那个克尼亚日夫。唯一的办法就是用马车试试看。我就是怕震动。这对病人是极大的痛苦。”

最后还是决定把病人用马车送去。

睡意惺忪的达尼拉叔叔（医务员这样称呼他）以低沉、严肃的声音咳嗽着，不戴帽子，大衣里面露出一条白衬裤，裤腿塞在胶皮靴子的靴筒里，他牵出一匹大肚子的马，把它套在车前。他们扔了些干草在车上，再铺上一条粗麻布的垫毯。医务员从自己房间里拿来两个枕头。达尼拉叔叔帮着他们把那个小伙子连油布抬出去。当他们把病人放到车上的时候，他呻吟着，牙齿咬得格格直响。

“忍耐一下，亲爱的，做一个聪明人。忍耐一下，”医务员一边给他盖被子，一边安慰他说，“瞧，我们把你安置得多舒服。你会觉得挺暖和。”

“我要不要去穿衣服，康斯坦金诺芙娜？要不要帮您赶车？”达尼拉叔叔问。

“不用了。你去睡吧。这位司机跟我一起去。还有少尉和他的爱人也准备送我们一程。”姑娘回答说。

采购员重又穿上那件像口大柜子似的雨衣，他准备告辞了。

“小伙子，你别怕。万一要审问你，我们会替你说话的，”他安慰着瓦西里。然后转过头去对少尉夫妇说：“你们二位找到了自己的行李，回到这儿来，可以敲这边第五家的门。那边住着我的儿媳妇。你们可以在那里过夜。好吧，祝你们把病人顺利送到。一路平安……”

瓦西里把缰绳握在手里。少尉的妻子和医务员还为谁坐在病人脚边争执了一会，她们互相谦让这份权利。马车起步了……第一次震动病人就发出呻吟。

马车勉强拖到了离乌特里亚霍伏四公里的一个路旁的小村子巴希扬诺夫卡。瓦西里不忍再听病人的叫喊。那小伙子以嘶哑的声音恳求着：

“停下吧！我反正总是一死！……停下吧！……我求求你们……让我安安静静死去！哎哟，我受不了！哎哟，停下吧！”

马车在巴希扬诺夫卡第一座房屋门口停了下来。瓦西里用袖子拭去了脸上的汗，说：

“我再也不忍听下去了。”

一路上安慰着病人的两个姑娘，这时也沮丧地沉默不言。少尉走到妻子跟前，说：

“娜塔莎，你在这儿等我。我去。”

“哪儿去？”

“回乌特里亚霍伏。我去把那个浑蛋拖出来！说什么也要从他那儿弄到拖拉机！要是他还是不肯借，我就敲每家人家的门。我要把所有的人都叫醒。我要大闹一场！一定要把拖拉机弄到！”

说完，他立刻向黑暗中冲去。

“我跟他一起去。”瓦西里也要追上去。

“不，不，万一发生什么——只有我们两个人不大好，”医务员阻住了他，“他这回一定能弄到……”沉默半晌后，她向少尉的妻子问：“你们结婚多久了？”

“前天刚登记。”

“您真幸福……”

少尉的妻子不作声。瓦西里虽然没看见，但他感觉到娜塔莎怯生生地对他斜睐了一眼——看他会不会不同意。可是瓦西里不知怎的想起了扎乌斯吉扬村的图书馆管理员格露妮雅·贝斯特丽雅克：宽阔、白净的脸，淡淡的眉毛，要是从侧面看过去，眉毛闪着金光，只有短短的睫毛是深黑色的。别的小伙子都说她没有什么特别好看的地方，可是瓦西里喜欢她，她很聪明……当然喽，住在河边的人是很少不会凫水的，——她整天坐在书堆里。想起了这件事，忧郁就紧紧抓住他的心：他将被逮捕、审判。他本来就配不上她，他不过是个司机，七年制学校也没毕业，唯一的本领就是转动方向盘。如今她更不会理他了——哪个姑娘乐意等待一个犯人出狱。他曾经偷偷地幻想有一个妻子，幻想有自己的家，他尽自己的能力希望着，生活着——可是今天全部希望都落了空，他的生活完全被打乱、被破坏了。他不敢幻想，不敢希望。瞻念前途，他觉得沉重和可怕。

年轻的女医务员把胸脯靠在车沿上，若有所思地说：

“是啊，您真幸福……我所认识的姑娘没有一个肯说她们想嫁人。其实又何必隐瞒？找一个好丈夫，跟他安安静静、不吵不闹、好好过一辈子——这难道不是幸福吗？谁会把幸福往回推？”

“您还没结婚？”少尉的妻子问。

“没有。”

“祝您找到一个好丈夫。”

“我上哪儿去找？我长得又不漂亮，满脸雀斑，嘴又笨。有一个拖拉机手巴希卡·米古申向我求婚，可是他并不是什么难访难觅的好对象：一句话要不加上几个肮脏的字眼就说不出来，还常常喝酒。他一来我就撵他……噢，对了，您很累了，瞧您站也站不稳！我送您到屋子里去。走，咱们走，呆在这潮湿的地方干吗？”

她们俩走了。只剩下瓦西里一个人。

直到现在，他才发现天气在转晴了：吹着均匀有力的微风——风吹在穿着潮湿衣服的身上颇有寒意；天上的密云撕破了，透过裂缝看得见几颗朦胧的大星星。在这个小村子的边缘是寂静一片，没有轧轧声，也没有沙沙声，可是，假如你仔细地听，就可以听到四面都有一些莫名其妙的声音传来——也许是大滴大滴的雨水从屋檐上掉下来，也许是水潭里的气泡在破裂，也许是土地吸饱了水而膨胀……

瓦西里抬头望着天上的星星，听着渗透一切的潮气造成的那些声音，心里在想一件很大的、模糊的事情，他找不到任何言语来表达这思想。

瓦西里驾驶他的汽车载过不少乘客，从密松林到火车站，从火车站到密松林。他为什么要载他们？为了捞一点外快。他认为这是天经地义的事。现在他很想做一件大事，做一件好事情使大家惊奇一下。做什么？怎样使大家惊奇？他不知道。只有莫名其妙的愿望，这样的愿望他从来也没有过，它使他不得安宁……

“朋友……”病人以微弱的声音叫他，瓦西里打了个哆嗦，“看来我是完了。”

“你别胡思乱想。拖拉机马上就来。少尉已经跑去借了。这个小伙子有办法——一定能借到。”

“我的五腑六脏好像在裂开……”

“你躺着，不要动……想一些别的事。尽量忘掉病痛，想些别的事情，这样会好受些……唉，你怎么没跳下来呢？连老太婆都跳了下来，可是你竟会出了岔子。”

“车板上拴着铁丝……靴筒给钩住了……所以慢了一步……”

“给铁丝钩住了？唉！”

跟克尼亚日夫谈话，帮着把马套在车前，载着不住喊痛的病人在泥泞的路上走——在所有这些时间内，瓦西里一分钟也没有摆脱极度不安的心情：快，愈快愈好！现在只有他一个人在病人身边，看着暗淡的星星，看着黑夜里轮廓模糊的树木，他忘却了不安，平静了下来……就在这时候，当他向那小伙子弯下身去，望着白枕头上黝黑的脸，看到他眼睛里干燥、反常的微光，瓦西里感到他那颗受尽创痛的心重又激荡起来：“我们等着。我们停了车等着！时间在过去！……可是拖拉机在哪儿呢？唉，这个克尼亚日夫真是该死！”

在车杠边打盹的马儿伸了个懒腰，懒洋洋地开始咀嚼干草。周围毫无动静，人们都入了梦乡。没有别的办法，只有等待，等待，等待！而等待是多么令人心焦！等待是多么叫人难受！

在某一个地方，沿着瓦西里熟悉的道路有一个人在乘车往这儿来，他具有强大的力量，——只有他能救这个小伙子。随着由于自己的无能为力而引起的痛苦，还产生一种敬慕之意，他敬慕那个不相识的、赋有惊人智慧的人。他能起死回生！要是瓦西里能做这样一个人，他将不惜自己的生命，一刻也不闲下来，从一个病人那边走到另一个病人那边，给他们带来健康。这是得不到的、伟大的幸福！

医务员从屋子里出来，走到马车近旁，弯着腰问：

“咱们的病人怎么样了？”

“看他很痛苦。”

“拖拉机怎么还不来。”

瓦西里一动不动地站了一会儿，紧张地倾听着——会不会就在这时候突然传来引擎声？但他听到的只有马儿咀嚼干草和土地饱浸雨水发出的神秘的声息。瓦西里回答说：

“拖拉机会来的。”

“当然，会来的。”

姑娘在屋里待了一会以后，身上发出一股温暖、微微有点儿酸的室内气味。她的头巾滑到脑后，露出了浓密的头发，黑暗中看不清脸部的轮廓。她个子不高，身上好像有一种娴静和使你宽慰的气质，她的模样、她的平静的语调都使瓦西里感到亲切：他们的愿望是一致的，痛苦是共同的，话未出口就能互相了解，想起来简直叫人纳闷，总共四小时以前他们还各不相识。

“您救过不少病人了吧？”

姑娘略加思索后回答说：

“一个也没有。”

“这怎么会呢？”瓦西里心里为她不平。

“来找我的都是些小毛病：不是流行性感冒，就是卡扎契哈老大娘来看风湿病。开一些药粉，一瓶松节油——怎么能算是救人？”

“那么那位外科医生呢？……”

“您问维克多·伊凡诺维奇？他救过很多人。您知道费奥多尔·叶菲莫维奇·列斯尼亚柯夫这个人吗？他在粮站工作。他差点儿患胃溃疡死了……这是什么声音？……”姑娘突然沉默下来，侧耳倾听。

但一切还是跟刚才一样，只有一阵微风拂动树叶发出轻轻的沙沙声，接着又归于沉寂。

时间拖延着。天空中被撕成一片一片的云彩已经看得清楚，泥泞的路上可以看清凹凸不平的地面，房屋的墙上可以看清每一根木条——天将破晓了……

瓦西里第一个听到隐约可闻的引擎声。

拖拉机来了，沉睡的小村边缘立刻热闹了起来。前灯强烈的灯光直射空旷的村道深处，引擎兴奋而坚决地响着。像铁道上载货的平车那样又重又阔的乘橇上跳下两个人来——一个是少尉，另一个不认识，他肩膀不宽，身体很灵活，面色微黑，穿一件短短的雨衣。

“我们大闹了一场！老兄，我打听到了党支书住的地方。我把拖拉机站所有的党员都叫起来。这回克尼亚日夫没有办法了！咱们早就该这样做……”少尉兴高采烈地说着，带着一点夸口的意味。他把瓦西里拖到那个面色微黑的人跟前。“谢谢他。伊凡·阿法纳西耶维奇帮了我的忙……”

但是伊凡·阿法纳西耶维奇走到马车跟前，向病人看了一眼，问：

“还活着吗？……嗳，他这是怎么啦？好像在嘟哝着什么……”

医务员走过来，弯下身去听了一会，她说：

“他开始神志昏迷了。得赶快走。”

从拖拉机上走下那个瓦西里已经认识的红胡髭队长，他点起一支烟，一边说：

“还活着就好。时间都耗在克尼亚日夫身上……”

“娜塔莎在哪儿？”少尉四下环顾着问。

“她在屋里睡觉。她太累了。”

“你们走吧。我在这儿等她醒过来。马车留下，回头我们把箱子装到乌特里亚霍伏去。我碰见了那个拿一篮鸡蛋的老太婆，她说箱子已经给我们拿到一个村子里去了。那个村子叫什么？大概是奥尔霍夫卡吧……”

瓦西里想跟少尉道别，谢谢他，但是少尉急急忙忙到屋里去了。这个人就这样离开了，连普通的“再见”也没说一声。

他们把干草从病人身体下面扒开，铺在乘橇上。病人没有苏醒，他依旧在胡言乱语：

“朋友们，快带了渔网来啊……到岸边来，到水湾的岸边来……”

瓦西里和医务员坐在病人脚边。面色微黑的伊凡·阿法纳西耶维奇在对红胡髭作最后的叮咛：

“尼基塔，把人送到了不要在那边耽搁。立刻回来，听见了吗？小心，记住，你不是在运木头。走吧……好了，同志们，祝你们一路平安！”

拖拉机小心翼翼地拖动了乘橇。笨重的乘橇的滑木开始沿着像涂了油一样滑溜溜的泥浆道滑去。

11

天愈亮，就愈能明显地看到大地被罩上了一层浓雾。起初，这雾仿佛是灰色的，很不干净。

拖拉机把散热器紧抵着这堵密密的、浑浊的雾墙，看起来它好像停着不走，只有它的履带在细细咀嚼着路上的烂泥。

很快，奄奄一息的薄明徐徐复活了。慢慢地、羞怯地从道路侧旁开始筛出一团团紫色的微光。这微光渐渐扩展，渐渐浮开，冲洗着地面上无色的沉淀物。终于，庄严、灿烂的光之海洋，包围了紧张地哆嗦着的拖拉机和笨重的乘橇。在某一个看不见的地方升起了太阳，阳光在浓雾中溶化了。

在霪雨烂泥中憋了好多天的大地，这时正在如释重负地从水牢中解放出来。太阳升起后，雾似乎更浓了。

拖拉机努力工作着。乘橇平稳地滑着，只在某些地方软绵绵地一会儿向这边，一会儿向那边倾侧。道路昨天还是苦苦消耗你力气的阴险的敌人，现在变得很顺服了。既没有淘气的坑洼，也没有险恶的陷阱。拖拉机的履带像旋紧发条的钟表那样冷酷、呆板地把驯顺的道路连撕带剪，然后送它到沉重的橇木下，让橇木把它熨平……

可是瓦西里正受着最痛苦的煎熬。他不敢去看那沾满稠泥浆的履带，他觉得拖拉机几乎不在移动，坐在操纵杆旁的红胡髭队长简直在犯罪——他是那么过分地谨慎。坐在病人身旁看履带蹒跚地转动委实是受罪！瓦西里实在忍不住了，从橇上跳下来，向前跑到拖拉机旁边喊道：

“亲爱的，请你开快一点好不好！简直像一个虱子在胡须上爬。”

“应该早一点着急。你对克尼亚日夫没嚷出名堂，现在就甭嚷了，”队长生气地回答说，“这不是急救车。”

拖拉机并没有走得快些，履带依旧那样慢吞吞地咀嚼着烂泥。瓦西里努力不去看它。

病人则每况愈下。他翻来翻去，不时发出骇人的绝叫，他的叫声一离开乘橇就像撞在棉花里那样消失在浓雾中。医务员请求拖拉机暂停一下，她手忙脚乱地在小药箱里翻了一阵，拿出几个小瓶子和一枚注射器，由觉得自己笨手笨脚而不好意思的瓦西里帮着给病人打了一针。

病人平静了一些时候。他侧卧着，两腿向腹部蜷曲，闭上了眼睛。颧骨上泛出两朵圆圆的红晕。

瓦西里和医务员并排坐着，什么也不说，只偶尔交换一下目光，同声发出疲乏的叹息。现在天已经亮了，在瓦西里看来，那纹状似乎跟以前不同，不是那么熟悉了。微带红色的黑发呈波浪形倔强地从头巾里钻出来，轮廓模糊、平凡质朴的脸和柔软的大鼻子，如果没有密麻麻的雀斑简直是不能想像的。甚至孩子气地噘起的、鲜红的嘴唇上仿佛也有几颗雀斑。她裹着头巾，穿着卷起袖子、露出格子布里子的男式雨衣，满面愁容，若有所思，由于疲倦而脸色略略有些苍白，随着乘橇软软的晃动摇摆着身子。瓦西里对她充满了感激的心情，因为她为病人担忧，因为她比他更懂病理，甚至仅仅因为她坐在旁边。

病人动弹了一下，开始呻吟，把一只手撂在一旁。它掉在铺在肮脏的木板上面的垫毯上——那是一只宽大的手，筋骨暴起，指节突出，衰弱瘦瘠，好像是老人的手。额上一绺蓬松、干燥的淡黄色头发下面又冒出了大汗。

“情况很严重，”医务员说，“连打针也没用……看样子来不及把他送到了。”

瓦西里望着病人，他在想，这个素不相识的小伙子现在对他可以说像弟兄一样亲切，甚至比弟兄更亲。他是最亲近的人。如果这个小伙子死去的话，那么，不管瓦西里遇上怎样的好运气——不要他赔偿损坏的汽车，或者不把他交法庭审判，让他留在原单位工作——他都不会高兴。这小伙子不应该死！不应该！假如克尼亚日夫马上借出拖拉机，他们早就到了密松林，那小伙子也已经躺在手术台上了……克尼亚日夫这个该死的东西，他使瓦西里遭受无穷的、可怕的折磨！

病人突然伸直他的四肢，痛苦地露出牙齿，头使劲往枕头里挤，他把上身挺起来，两手紧紧抓住肚子。

“亲爱的，亲爱的！你怎么啦？……好好躺下，躺下……”姑娘吓得没了主意。

瓦西里绝望中也慌了手脚。

“哎哟——哎哟——哎哟！”病人迸出了一声，就全身瘫软了。

在刚才这阵剧痛时泛青的脸，渐渐变得苍白中微带绿色。一双紧紧抓住肚子的手松开了，慢慢地放下来，直到胳膊肘碰到垫毯。头侧在一边，灰白的睫毛下一双微眯着的淡蓝色眼睛凝视着什么地方，目光从瓦西里脸旁滑过。

医务员自己也面色惨白，神经质地卷起滑下来的雨衣袖子，她抓起病人虚脱、顺从的手，按他的脉息。这时候她那布满雀斑的脸望着被雾遮住的空间，显得坚定、严肃，简直可以说美丽。瓦西里屏住呼吸，等着……

拖拉机的引擎单调地响着，沾满泥浆的履带转动着。把乘橇和拖拉机联起来的铁索由于拉紧而微微颤动。蒙在雾中的树木像幽灵的影子在路旁浮过。

姑娘小心地放下病人的手。

“怎么样？”瓦西里低声问。

“不好。恐怕来不及送到了。”

病人再也不发出呻吟。他们把他的头放到枕头上，把干草在他的腰间塞好。病人一动也不动，方方的下巴向上翘起，神秘地眯起眼睛望着弥漫大地的浓雾。他还剩下奄奄一息……

在泛滥大地的雾海中失去了任何空间和时间的概念。甚至路标浮过也不引起注意。

瓦西里后来记不起他们这样坐了多久。他的注意力集中在小伙子抓住垫毯的那只手上。扭曲的手指紧紧捏住那块磨旧的粗麻布，它们仿佛是石做的，手指的关节变得惨白，手背上的皮肤呈现出毫无生气的蜡黄的颜色。

瓦西里碰了一下姑娘的肩膀，用目光示意叫她看那只手。医务员凑近病人，把耳朵贴在他胸前，一动不动地听了片刻，好像在小伙子胸前打盹了，然后挺直身子，给他阖上眼皮，很轻很轻地说：

“完了。”

他们叫拖拉机停下。红胡髭队长走到橇旁，向死者的脸上瞟了一眼，小心地给他把上装歪斜的衣襟整整好，说：

“唉……没把他送到……”

瓦西里站在乘橇旁边，呆呆地望着那小伙子。在他的一绺干燥的头发下，僵硬的额上还看得见汗珠，宛如石上的露水。医务员坐在原来的地方，两手绝望地叉叠在膝上，一双充满忧悯和悲痛的眼睛抬起又垂下。

“现在怎么办呢？送到医生那儿去好像已经没意思了，啊？”队长问。

“得送去解剖……走……”姑娘以微弱的声音说。

雾在慢慢地消散。灌木从雾中钻出来蹲在路边。太阳呈一个肉红色的圆圈挂在空中。脸上和手上都能感到阳光的温暖。

突然拖拉机又停了。前面出现一个高身材的人，他小心地踩着滑腻腻的泥浆在走过来。

“这是维克多 · 伊凡诺维奇！”医务员声音微弱地叫了起来，“他走来了……”

外科医生的帽子歪戴在脑后，手里提着一只小药箱，裤腿卷到膝上，一根手杖扛在肩上，手杖上摇摇摆摆吊着一双鞋，他打着光脚，不时滑着走到乘橇跟前，摘下帽子，用手帕拭去了额上和开始秃发的头上的汗。

“我来迟了吗？”他问，一边向躺在乘橇中央的身体看了一眼，“你们怎么这样慢？……我坐的汽车一出城就抛了锚。步行又走不快。年轻人，劳驾拉我一把。好！……”

瓦西里帮着医生爬上乘橇。他又戴上帽子，面孔狭长，颧骨隆起，薄薄的嘴角挂着聪明而微含讥诮的皱纹，这个高个子、身材不匀称的知识分子现在光着脚，泥巴溅到雪白、柔弱的小腿上，模样非常奇怪。

他把帽子推到后脑勺上，撩起死者腹上的衬衫，仔细看了一会，用手摸摸。那小伙子翘着倔强的下巴，仿佛在侧耳谛听医生在对他做些什么。

“给他打过强心针没有？打多少？”他突然急躁地向姑娘提出一连串的问题。

最后他坐下来，向驾驶拖拉机的人挥了挥手：走吧。

拖拉机重又开始它那单调的工作——履带像一条无穷长的泥带向上涌流，铁索开始颤动……

“医生，”瓦西里嘶哑地问，“要是早一点送到，您能救活他吗？”

“可能，”医生回答说，“完全可能。朋友，你们来得太慢了。这简直是犯罪！你们不能忘记应该对人命负责。嗳，嗳，您怎么啦，年轻人？这又是什么花样？……”

瓦西里的脸上突然起了痉挛。良心的谴责、对死者的怜悯、未曾合眼的一夜、神经的紧张、精神的疲乏——这一切开始总爆发，使他精力耗竭。沿着被风吹日晒变得粗糙的面颊零零落落地淌下大滴痛苦的热泪——这是一个不习惯流泪的人的眼泪。

“我的天，您这是怎么啦？安静一下……您需要躺一会。”姑娘把瓦西里一只粗糙的手握在自己一双柔软、温暖的手里，一边看着他，她自己眼睛里的泪花也夺眶欲出。“他疲劳过度了，维克多·伊凡诺维奇。他一直东奔西跑，张罗一切。偏偏碰上了这样的事……”

于是她一会儿看着瓦西里，一会儿看着医生，开始急急忙忙、不很连贯地叙述克尼亚日夫拒绝借拖拉机的事。医生听着，嘴角出现了严肃的皱纹。

“一个官僚主义者！”说罢沉吟半晌，接着又说，“这是一个发展成为杀人凶手的官僚主义者！”他向瓦西里转过脸去，用目光指指死者，问：“您认识他吗？”

“不。”

瓦西里用皮茄克袖子擦擦眼睛，抑下一声长叹，转过头去。

雾消散了。路边稀疏的灌木沐浴在柔和的阳光里，愉快地竖起绿色的叶子。鸟儿在灌木丛中啁啾争鸣。两只燕子——大概是一双爱侣——仿佛刚从朦胧的蓝天中生出来出现在头上，只见它们雪白的胸脯一闪，又飞走了，消失得无影无踪，只留下一个印象——好像是两个极小的、富有弹力的球儿，它们是坚强、矫捷、朝气的化身……

拖拉机沿着浓浊的泥浆道，穿过水潭和坑洼，稳稳地拖着宽阔的乘橇。

3、7、A[①]

［苏联］田德里亚科夫　著

① 作者把这篇小说题作《3、7、A》引用了普希金的小说《黑桃皇后》的典故。伯爵夫人的幽灵告诉一心想发财的青年军官赫尔曼：在3、7、A这三张牌上依次下注，可以连续赢钱。赫尔曼如法炮制。他押了3和7都赢了，便把所有的钱都押在A上。不料翻开的牌竟是一张黑桃Q（公爵夫人年轻时有“黑桃皇后”的雅号）。结果，输得精光的赫尔曼发了疯，整天念叨着：“3、7、A！3、7、A！”根据普希金这篇小说改编的同名歌剧（柴可夫斯基作曲），则让赫尔曼输钱后饮弹自尽。

一

几百条，也许有几千条小河、小溪和倔强的小细流（反正谁也没数过究竟有多少条！），透过腐烂的落叶和松针在树根丛中夺路而出，从蒙着一层锈膜的沼泽地把水带入这条大江。因为这个缘故，江水浑浊，泛着暗红色的气泡。因为这个缘故，逢到阴雨天，江面就呈现出特别的颜色，不是一般的青灰色，而是一种年深月久的青灰色。

江里的水一直很充沛。两岸极少浅沙滩。江水随心所欲地绕着弯子，经由不见人烟的荒野僻壤流向北极的海洋。而江面上不说话的运输工作却日夜川流不息。伐倒的原木日以继夜地沿江浮运。

木材经历的路程颇不轻松。浅滩（任何河流都有浅滩，即使滔滔大江也不例外）、静止的水湾乃至岸边的冰檐——一一都是陷阱，随处都会搁浅。水流从容不迫，总是那样缓慢地前进。那些“江上漂流客”中间有许多禁不住这般磨难。木头泡得膨胀起来，一端沉了下去，只有经过整削的冠梢露出水面。但它们顽强地挣扎，拖动愈来愈沉的尾端擦着江底继续往前爬行，直至身重不堪，悄悄地躺到江底为止。慵懒的山鲶鱼夏日里将躲在它们下面，泥沙将把它们困住。而另一些漂流的原木则愈漂愈远，直至落进转运站的拦木河埂。到了那里，有人把木材推上岸，开始分类：这是建筑用材——送锯木厂；这是纸浆材——做纸张；这是坑木——供给煤矿；这有共鸣——可以制作乐器。分门别类登记入册，堆放整齐。躺在江底的“死者”再也无人过问，有能耐走到终点的则获得新生。

这条北方的河流是赶羊流送[①]原木的大动脉。在一些地方它那慢条斯理的古板性格会变得暴躁狂怒，在石头之间翻腾，喷溅黄色的飞沫。那是急滩。江上有好几处这样的地方。最湍急的要数奥斯特罗日险滩。

二

其实，那里是两个石滩：一个叫大头滩，另一个在其下游不远，大约相距两百米，叫小头滩。淹没在水中的好些巨石上方翻滚着永不停息的湍流，潮湿的空气里唯有不绝于耳的轰响。

正对大头滩的岸上设有一个小小的居民点——总共五所房屋，连卖面包、食糖和罐头的小店也计算在内。

森林把房屋挤到紧挨江岸的边沿，只见灰蒙蒙的天空和险滩上汹涌的湍流……这条江是唯一的通道，每星期一次，江上有船运食品到此地来。

这五所房屋属于以工长杜比宁为首的流送段。居民共三十二人：流送工人二十五名、清洁女工一名、青年食堂女工三名、小店女售货员克拉莎、汽艇驾驶员吉洪，还有工长杜比宁本人——他是这个居民点的首脑。

散运的原木漂流着，互相摩擦，在水湾里挤做一团，在浅滩上搁住不动。

每天早晨，流送工人们带着篙子和斧头坐上小船，分头前往有号桩标明的各作业区。被冲到矮树丛中的原木于是滚回江里去，水湾和浅滩得以一一出清……这小小居民点里的人存在的目的就是为了让江上无穷尽的木材流送进程不致停顿。

---

① “赶羊流送”即把原木一根根放入江河散运，亦称“单漂流送”。有别于“木排流送”。

三

工长亚历山大·杜比宁就住在办公室里。在他签发计工单的瘸腿桌子旁边铺着一张单人床。墙上装有电话。这电话的铃声沙哑，跟牛的叫唤差不多。由于在同一条线路上不知装了多少这样的电话机，几乎每分钟都会响起牛叫似的铃声。铃响一下，表示有人要总机；两下，那是在叫克罗托夫的工段；三下，是叫木材采伐处……此外还有戈尔什科夫的工段、迪姆谦柯的工段……杜比宁对于叫别人的铃声置若罔闻，能够在牛叫一般沙哑的电话铃声中酣睡。如果铃响四下，他就会醒过来——那是他的电话！

杜比宁身材不高，肩膀也不宽，走路慢慢腾腾，摆摆摇摇。流送工人一个个都是彪形大汉，整天把粗大的原木翻来滚去，——然而他们却异口同声地佩服他的臂力，说："他能把随便什么人的颧骨扭歪……"

大伙都管他叫萨沙[1]，尽管他的职位最高，恐怕年龄也最大。蹙紧的双眉底下一对小眼珠子常带几分惺忪的不悦，微呈棕红色的胡子楂儿掩藏着一个挺大的下巴颏儿，下唇松垂，上面随时叼着一支阴燃的自卷烟，足登翻筒胶皮靴，身穿一件鼓鼓囊囊的无名色上衣，一顶便帽的鸭舌檐拉到齐眉处……。他这副模样本来就不太合群，偏偏从上衣的襟下还露出一把套着皮鞘的猎刀。这并不是杜比宁的武器，他用此刀剖鱼，切面包，削木头做钩鱼的尖角，劈柳条自己编鱼篓。在一个大家安分守己、和睦相处的小小居民点里，谁也不会想到备一件武器防身。

星期六通常人去屋空。流送工人们脱下胶皮靴，换上小牛皮靴子，坐船摆渡到对岸，沿着冷僻的林中小径去各自的村庄。他们都来自附近的村庄：库列涅沃、扎库特诺耶、亚列姆诺耶。星期日晚上，

---

① 萨沙是亚历山大的昵称。对尊长一般不用昵称。

他们再回来——一个个都接受过蒸汽浴和老婆的温存，大多数高高兴兴，也有几个为家里的糟心事犯愁。不少人回到流送段，身上假日的醉意往往尚未散尽。段上不兴喝酒，售货员克拉莎也不卖酒。

杜比宁在扎库特诺耶村也有自己的家。他每周和老婆、孩子团聚一天，六天都在工段上。在家里他是客人，他真正的生活，是在流送工人中间。

伊万·斯都普宁的弟弟托尔卡·斯都普宁在流送工人中素以好读书著称，自己要求到城里去上学。临行时杜比宁为他搞到一笔奖金，把自己的一双几乎没有穿过的小牛皮靴子送给他，还经常给他写信，掏腰包悄悄寄钱给他，叮嘱他要帮助哥哥。

流送工人们提起他们的工长时都说：

“萨沙是条挺不错的汉子……是跟大伙打成一片的自己人……”

四

工人们都住在宿舍里。二十六张由胶合板小柜隔开的单人床围着一只砖砌大炉子。逢到天气不好，这炉子总是生得极旺，压根儿没法靠上去——烫得厉害。

流送工人干的是粗活。翻动泡得发胀的原木，把它们推入水中，使之继续漂流，——似乎不需要什么技巧。有带钩的篙子、斧头、牢固的滚杠和结实的肌肉就行。然而，在流送工人中间也有他们这一行的艺术家。

有一次，售货员克拉莎一反不卖酒类的常规，店里进了一箱香槟。大伙凑钱买了一瓶。伊万·斯都普宁把酒瓶放在一根原木的一端，自己站上去，使着篙子渡过江去又回来，没让湍急的水流把他拖进大头滩这口沸水锅，也没让酒瓶掉入水中。找这样的乐子本身须冒很大的险，何况伊万·斯都普宁尽管一辈子在江上谋生，却差不多不会泅水。

这瓶酒他不时啐着唾沫一个人喝了下去。

“乱弹琴——跟克瓦斯[1]一个味儿。都说香槟香气扑鼻，其实尽是瞎吹。真犯不着为了它搞玩儿命的表演。”

任何一种心情——喜悦也罢，懊丧也罢，惊讶也罢，轻蔑也罢——他都用一个自己也把握不住究竟是什么意思的词语来表达，那就是：乱弹琴。

“奥谢林河绠决了口。这活可就够咱们干的了。”

“唉，乱弹琴……”

“电台广播说：又一颗人造卫星上了天，有一吨多重呢……”

“嚄，乱弹琴。”

“库列涅沃附近一个娘们让熊给折断了骨头。人送到医院去了，不知活得成活不成。”

“喔，乱弹琴。”

除了伊万·斯都普宁，还有两位艺术家——叶果尔·别都霍夫和耿卡·沙马耶夫。

叶果尔生就一张松软的女人面孔，光突出一个尖鼻子。他的嗓门很细，也像女人，没有丈夫气。叶果尔穿好了衣服并不起眼，甚至有点儿可怜巴巴。但脱去衣服却是一副扎扎实实的宽肩膀，稍一动弹，胸脯的腱子立即活跃起来，硬邦邦的二头肌在皮肤下面滚来滚去。

叶果尔的小气是出名的。他老是觉得食堂揩他的油。

“一顿正餐要收五个卢布，可给咱们吃的是什么？……简直是清水汤。”

“为了省五个卢布，你恐怕宁可吃自己拉的屎吧？”

“别人也许钱多不在乎，我可没有印五卢布钞票的机器。每一个戈比我都得掂着分量花。”

他是个熟练的流送工，收入相当好，挣的钱比工长还多。大家都知道叶果尔没有孩子，他老婆在森工局工作，自己有工资。叶果尔把

---

① 用黑麦面包或黑麦面粉加麦芽发酵酿制的一种酸味饮料。

没来得及存入储蓄所的钱藏在手提箱里。这只形状像柜子的手提箱用一把大挂锁锁着，其实，甚至像伊万·斯都普宁这样的老土地，也不记得段上什么时候失窃过钱物。

你要是见到叶果尔腰背略微有些伛偻，面带无精打采甚至老大不乐意的表情，站在一根木头上通过急滩前一处叫做“小开锅”的地方，你会感到十分奇怪。水像开了锅似的翻腾着，木头剧烈摇晃，而叶果尔在上面站得稳固牢靠，但见他懒洋洋地点起篙子，不慌不忙地撑离石块和四处漂来的木头。他绝对不会失手，不会失足；靠了岸，照例带着满腹牢骚开始抱怨：

“瞧，一共扒开了多少木头，回头倒要看看，工是不是全部都给记上……哼，我知——道……”

耿卡·沙马耶夫个儿高、肩膀宽，蓬蓬松松的头发垂到眉前，一张脸久经风霜，此人胆大包天。食堂里的姑娘们打给他的蔬菜汤总是特别稠，油水特别足。但是，耿卡每天傍晚都坐上小船，使劲推动双桨划到对岸，把船留下，自己消失在树林里。大约六公里外有个伐木场，卡嘉在那里工作。她顶多不过二十五岁，可已经做了寡妇。据说，她丈夫是波莫尔人[①]，上一个春天死在海上。

耿卡有几遭去推木头稍事耽搁，那时就有人看见卡嘉裹着披巾走到江对面的岸上，在蒙蒙细雨中直等到天黑。

耿卡过江去总是很晚才回来。有人把木柴和棍棒塞到他床上的被褥下面，他一一扔去，然后躺下，睡得跟死猪似的。

翌晨，大伙一齐高声怪叫，狠狠地拿他开心，这种玩笑大概能教房顶上的桁条也羞得通红。耿卡随和地含笑伸伸懒腰，让关节格格作声——但见他身上皮肤白净、体态柔软、面有得色。

段上流传着关于一个老流送工人杰连季·克立亚普的神奇故事，说他站在一根原木上能从头到底通过整个大头滩。有一回，耿卡驾一

① 波莫尔人原先指十二世纪起在白海东南岸及西南岸定居的俄罗斯移民的后裔，后来泛指在整个白海沿岸和科拉半岛从事渔业和航海的俄罗斯居民。

段粗木头也想直接冲进急滩。但他第一次扎入水中就被摔出去给浪头吞噬。大伙以为他卷进旋涡非在巨石上撞死不可；可他光着脚湿漉漉地游了出来，窝着一肚子火——一双胶皮靴拖着两条腿直往水底沉下去，只得脱了扔掉。

“那班畜生说，克立亚普怎么有能耐，敢情全是撒谎。压根儿别想冲过去……”

五

对于上述那三个人，廖什卡·马林金在心底里个个都羡慕。他不久前刚满二十周岁，在段上才工作了一年半。他从邻近一个村里来的时候还是个圆脑袋的孩子，一点也不麻利，见了杜比宁胆怯得厉害。最近，他身量变宽阔了，把杜比宁走路时摆摆摇摇的样子学了过来。还不光是步态……在言谈中他竭力像萨沙那样少开口，还像萨沙那样严厉而又意味深长地皱眉蹙额，一心想望着：“我再干上一两年，就要求去培训班学习，回来的时候也是那样的一名工长了……”他想象着：身强力壮的流送工人们都将听他的话，在背后用尊敬的口吻说他是“跟大伙打成一片的自己人”，他将在段上成为办事公正、要求严格的当家人，和萨沙一样。在廖什卡的心目中，没有比这更高大的形象了！

廖什卡有生以来第一次感到两臂有了力量，这使他又惊又喜。倘若有人看到廖什卡绰起的篙子太重，叫嚷起来：“嗨，你们得帮那小伙子一手！别让他硬拚受了伤！”——那时，一向文静的廖什卡会带着一股孩子气咬牙切齿地骂道：

“去你们的，谁要帮忙！……我自己能行……”

晚上，当耿卡·沙马耶夫划船到对岸、消失在树林里的时候，廖什卡总要拖着自己的篙子，鬼鬼祟祟地四顾张望着朝岸边食堂后面的堤坝走去，一个人在那里苦练像伊万·斯都普宁和耿卡·沙马耶夫那样在木头上保持平稳的功夫。回到宿舍里往往下半身完全湿透，一副狼狈相。

一天傍晚，他手提篙子，从一块石头跳到另一块石头，又往堤坝那儿走去。

太阳落到树木覆盖的陡岸后面去了，但是，犬牙状的黑色树冠上空的云彩却给染得血红，从大头滩溅起的浪花看上去像是玫瑰色的。

对岸，几乎就在湍流开始翻腾处，停着耿卡的小船，船身向一侧倾斜，一半给拖出了水面。

廖什卡骤然站住，惊异地张开嘴巴定睛细看；只见有一个人打着趔趄、一步一滑、双手攀住矮树从陡岸上向耿卡的小船那儿走下来。

这个人能是谁呢？想必从村子里或伐木场来。无事不会有人来到这荒僻所在。

那陌生人刚把小船推离江岸，笨手笨脚地把桨板插进叉架，廖什卡立即明白：此人船划得不好，不谙江性，一下子就会给水流冲向急滩。大头滩对于船上的人并不可怕——顶多颠晃一阵，吓出一身汗来，但总能安然通过，只要顺着水流，用桨稍微调整一下方向，避免船尾歪向一边。上帝保佑，千万别跟急滩较量——要是船的首尾掉转，浪头打上来，非落水不可，那时可就挣脱不出来了。

小船载着不速之客在波浪上跳起舞来，那人开始神经质地乱划，桨板擦水打滑，飞沫四溅。

“把桨扔下！”廖什卡冲他喊道，“喂，听见没有？你想找死吗？我说你快把桨扔下！”

但是，由于急滩的喧嚷，廖什卡的声音给淹没了，没能传到江心。陌生人晃悠个不停，船被湍流向着激浪滔天的最险处推去。

“喂——喂！！桨——板！！嗨！……”

船的首尾倒了过来，接着是两支桨无能为力地朝上挥动一两次，一个装饰着玫瑰色飞沫的浪头打在船身上，把小船掀了起来，夕照中只见船底不祥地一闪……

廖什卡吓得浑身冰凉，有几秒钟直愣愣地眼瞅着掀翻的船旋转、颠簸，随即他从一块巨石跳到另一块巨石，磕磕绊绊向住地撒腿飞奔，靴筒宽阔的翻口啪哒啪哒响个不停。

有一条小船停在食堂下的岸边。廖什卡边跑边把船推下去，顾不得一只靴筒进了水，身子翻过船尾，紧张地划动双桨……

水流赶着小船自动奔向大头滩。廖什卡划一下，身体就朝后一仰，用力之猛，压得桨架格格直响……

石坝、岸上的林木、刺破火也似满天残阳的犬齿状树冠，——一切都开始摇荡、颠晃，忽而上浮，忽而下沉。小船插进了急滩……

廖什卡把桨提起来，环顾左右前后，脖子因为伸得老长而酸痛，可是什么都看不到，连船也不见影踪。浪花溅到面孔、肩膀、胸膛上。上衣一下子就湿透了。河岸起伏不停，水的怒吼声震得头昏脑涨……

很难想什么办法，什么都看不见，连船也看不见……且住，瞧——湿漉漉的船底不是在夕照下闪着反光吗？它已浮过激浪，正随波逐流向小头滩漂去。

波谷浅了一些，船尾不再翘得像刚才那样高，浪花已不往脸上直溅。一两分钟以后，大头滩把廖什卡的小船也从口中吐了出来。可以划桨了。

几根原木神经质地晃晃悠悠在水面漂浮，仿佛还没有从意外的震荡中恢复过来。船下的水黑糊糊的，无数片黄色的泡沫在打旋。这时有一支桨映入廖什卡的眼帘……

看到这孤零零的一支桨，廖什卡不禁毛骨悚然。刚才一个人还活着——一下子没了。在七零八落地漂浮着木头的黑色水下深处，潜流想必正懒洋洋地挪动着一具气绝的尸体。完了。事情就发生在你眼前。真教人不寒而栗……

前面是一锅滚水似的小头滩。倾覆的小船已在那里被浪头抛来掷去。

突然，廖什卡在一根木头滑溜溜的拱背上看见一只湿漉漉的衣袖、一只黄色的手。

“嗨！……”他急忙大叫，但声音嘶哑，喊不出来。于是他抓起浆板……

一张没刮胡子的黑黢黢的脸因痉挛而变了样，失去了理智的眼睛睁得老大，仿佛由于恐怖还失去了颜色。

“嗨，朋友！你松手！我把你捞起来……嗨！”

但那人用胡子拉碴的一侧腮帮紧贴木头，从粘在额上的头发底下举目仰视，却不答话。一只瘦骨嶙峋的手死死地抓住木头。

“快松手啊，死鬼！”廖什卡哭着向他喊道，“快松手！你我马上又要进急滩了……”

小头滩愈来愈近，船又开始颠晃。倘若首尾掉转，那么，尽管过了大头滩，他俩也能葬身在小头滩。

廖什卡跳上船时习惯地把自己的篙子也扔进去。要是没有篙子，他是不可能把落水者捞起来的。现在他用篙子钩住那根木头往自己这边拉过来，生气地对准那只发僵的手打了一下，一把揪住溺者的头发……

陌生人躺着人事不省，头搁在廖什卡的一只胶皮靴上，一条腿别扭地蜷曲在自己身下。

登岸后他苏醒过来，倒在地上，呕吐了半晌的水……

六

到宿舍里他给放在以前托尔卡·斯都普宁睡的床上。托尔卡是廖什卡的好友，如今到城里培训班进修去了。

陌生人的脑袋搁在枕头上，胡子没刮的下巴颏儿向上翘起，结喉旁的胡子碴儿下面看得出一根血管在搏动，双目紧闭，细长的胳膊伸直在身体两侧，十指不由自主地弯曲着——这是一双筋疲力尽的手。宿舍里热得很，毯子只给他盖在腿上，让扁平而肋骨隆起的胸部裸露，只见上面刺着这样的字句：“岁月流逝，幸福无着。”

流送工人们麇集在周围，压低了嗓门议论纷纷：

“看来这汉子尝过铁窗风味。还刺着字儿当装饰：‘幸福无着，……”

“我看他这一回的福气就不小。要不是廖什卡凑巧在岸上，他早喂了鱼啦。”

“他把木头抓得也够牢的——从这样一锅开水里冲出来居然没有松手。”

“恐怕他进过劳改营……”

叶果尔·别都霍夫忧心忡忡地说：

“这人靠不住。没准儿他会恩将仇报——把咱们偷个精光。”

“哦，眼下他可顾不上你的箱柜。今天夜里你尽可以安心睡觉。”

宿舍的角落里，廖什卡神秘地压低了嗓门，正在作不知已经是第几遍的叙述：

“……我一看：妈的，——船头掉了过来。我急忙大叫。妈的，可是急滩的水声实在太闹……”

杜比宁双手深深地插在兜里，下巴抵着前胸，眼睛从拉到额上的鸭舌帽下打量那位不速之客。

细长的脖子上结喉却挺大，两条胳膊疲惫地伸直，一双制作相当粗糙的皮鞋湿淋淋地给扔在床下，还有这文身的字样……杜比宁嚼着熄灭的自卷纸烟加以仔细观看，愈看就愈是对这个陌生人产生强烈的怜悯之心。

要是在路上遇到这样一个人，也许头也不回就打他身旁走过去。现在杜比宁却在思考：他有没有亲属，世上有没有人——哪怕只是一个人——打心眼里怜惜他？若非凑巧抓到一根木头——这人早就报销了，既不留下姓名，也不会引起别人对他模模糊糊的同情，反正跟世上从来没有这个人一样。如今他死里逃生，——躺在别人的床上，一群不相识的人在对他围观，这固然有些唐突，但态度是同情的……

杜比宁勉强把视线从刺在瘦骨嶙峋的胸前的字样上移开去。

“伙计们，”他问道，“谁给他脱的衣服？在他身上有没有发现证件？”

"有。全浸湿了。都搁在炉子上烤着。兜里有十五个卢布——不算富。"

"都拿到这儿来。"

杜比宁小心翼翼接过浸湿的证件和钞票，用肩膀分开众人，走出宿舍。

七

他过去当流送工，后来成了工长；他说不上自己的经历中有什么重大事件，亦未曾遭到厄运的无情打击，连前线也没去过——亚历山大·杜比宁的一生就是这样平平淡淡度过来的。他没有养成读书的习惯，不曾通过书本点燃起崇高的激情之火，未尝为自己开拓出什么了不起的思想境界，不知道（即便知道也十分模糊，只是听说而已）世上有这样一些胸襟磊落的伟人：为了他人的幸福，不怕登上火堆被活活烧死，或者甘愿忍受酷刑，哪怕隔着刑讯室的墙壁也要使后代听到他们的呼声。

过去当流送工，后来成了工长——仅此而已。

大约十六年前，发生过一件不愉快的事情……

在离幽暗的洛博夫深潭不远的一处激流石滩上，有两根木头给卡住在石头中间，水流又把一大堆原木冲到那里搁了浅，这叫做"插垛"。

那地方不算太危险，插垛形成的时间还不长，所以当时代理工长职务的亚历山大没有亲自前往，而是派了三个小伙子去"拆垛"。想必他们对付得了，又不是赴汤蹈火……其中有个刚满十七岁的孩子，名叫雅沙·索罗金——颧骨高高的，鼻梁两侧的一双碧眼眶距很宽。拆垛的时候，木头塌下来，把他的两条腿都压断了……

亚历山大用船把他送往医院。雅沙·索罗金一路直哭，倒不是因为疼，而是因为他父亲在前线牺牲了，母亲身边还有两个小女孩——雅沙·索罗金的妹妹，大的一个才十岁，母亲又经常闹病。雅沙是唯一养家活口的人，如今儿子残废了，还有谁帮助她呢？

亚历山大默默无言，深感内疚：派人的时候一甩手就算完事——“想必对付得了”……瞧，这就是“想当然”的结果！现在怎么办？能不能自己挑起担子赡养他们全家——一个老娘、一个残废的儿子、两个小女孩，为了他们而活着？可是他自己也有老婆和一个儿子……究竟该如何处置？

谁也没有想到指责亚历山大·杜比宁。出了一件不幸的事故，那也无可奈何……大伙对雅沙表示同情，甚至薄责他几句：“唉，老弟，你也太大意了……”最后，亚历山大也确信自己完全没有过错，事情已无法挽回，反正问心无愧就是了……

有一次在篝火村附近清理壅塞在一个沙尖嘴上的木头。大伙集体坐下就餐，熬了鱼汤，铺开一方巾帕，把面包、盐、土豆、煮熟的鸡蛋摆在上面。一个小女孩出现在近旁——两只光脚的皮肤花花搭搭，晒黄的头发蓬蓬松松，一件连衣裙破破烂烂，透过裂口露出骨瘦如柴的小身体，——她望着巾帕上的食品，像着了魔似的。

“想吃，是不是？”亚历山大招呼那小女孩，“给，别害怕。”

他把一块面包、两只冷土豆和一个熟鸡蛋递过去，向她定睛一看，竟愣住了……稀脏而憔悴的脸上也是一双眶距很宽的碧眼，一个塌鼻子像枚钮扣，颧骨高而不尖……

小女孩把面包紧贴在肮脏的连衣裙上——一双手又黑又瘦，却像林中小兽的爪子牢牢地揪住不放，——她没说一声谢谢，撒腿就往村子里跑。亚历山大望着她的背影……

流送工人们围成一个圈子坐下就餐，谈论着战争的风暴把男人都扫光了，单靠妇女干不了地里的活，村边出现一个饥饿的孩子并不稀奇……

江水在太阳下闪出刺目的反光，清新的空气里荡漾着鱼汤熬得挺浓的香味，湾畔郁郁勃勃的柳树丛把枝条垂向水面。这一派辉煌夺目的景象，这鱼汤的诱人香味，这一丛弯腰笑迎浮萍的垂柳，无不洋溢着似乎破坏不了的宁谧气氛，使人感到生活是稳定而健康的。然而，此时此刻，远处某个地方，炮弹却在撕裂本来已经满目疮痍的大地，硝烟弥漫的废墟散发着腥臭，来不及掩埋的死者尸横遍野。远处某个地方……而附近，就在背后的村子里，则有饥饿的孩子。

亚历山大没喝一勺鱼汤，就站起来走到自己带去的一只口袋前，把里边的面包统统掏出来，一句话也不说，径自迈步往村里走去。走到第一所村舍门口就问："雅沙·索罗金是不是住在本村？""是的，就在本村。"人家指给他看一座构造相当牢固、样子并不破败的大木屋……

他原以为大不了让沉重的枷锁套到自己脖子上，反正拚着日复一日地为养活两家人鞠躬尽瘁；然而，事实上却得进行一系列斗争。他到区社会保障局去为雅沙争抚恤金，到集体农庄去为一个阵亡军人的家属力争优抚照顾，而最多的力气却花在跟雅沙·索罗金本人的斗争上。

"啊，你害怕啦！想要赎罪！受到了良心的责备！你花钱不能把两条腿还给我！我倒要瞧瞧，你能耍些什么样的把戏！……"

亚历山大自己招来了造成他人不幸的罪名，这也是始料所未及。不管他怎样出力，不管他如何认错——都得不到宽恕！

"拿钱来，畜生！有多少全拿来！现在我只有死路一条。要死就死得快活。我要喝酒，我要作乐！"

有一回，亚历山大一把揪住他的衣领。

"蠢货！你习惯于人家把你当一条狗看待，真是不识好人心。你且听着：我决定把你的两个妹妹收养到我家里去，让她们做我的女儿。你一个人爱怎么过就怎么过。"

于是那小伙子不再胡闹，并同意由集体农庄送他去会计培训班学习。

有的人工作只是为了富足，为了独自享福——头上有牢固的屋顶，炉旁暖烘烘的，家里有体贴的老婆，——一面享乐，一面又提心吊胆地四顾张望，生怕别人在一旁瞧着眼红，会觊觎他的福分。殊不知也可以换一种方式做人。把跌倒的人扶起来，给绝望的人以安慰，保护弱者，而在这样做的同时意识到自己能使别人快乐，意识到自己是慷慨的强者——这难道不是幸福吗？

如今雅沙·索罗金在农庄里已当了多年的会计，结了婚，有两个孩子。他的两个妹妹也都长大，离开了村子，一个嫁了人，另一个在学习，准备当一名医士。

亚历山大·杜比宁忙于日常事务：要注意把工作分配均衡，使报酬与劳动相当，让食堂把伙食搞好，要使宿舍里保持整洁，床单每个星期都要换……

这五座被森林挤到湍流喧嚷的江边的房屋，是整个广袤无垠的世界的一小片。人们在这里劳动，他们的劳动是艰苦的，但正对大头滩的这个小小居民点，毕竟自成一片乐土。而步态略有些摆摆摇摇的亚历山大·杜比宁，脸上常带几分不悦之色，平时寡言少语，——便是这片乐土的主宰。

回到自己办公室里，他把落水者浸湿的证件在桌上铺开。一些证明文件如今变成了烂纸团。身份证保存得比较好。既然有身份证，那就说明它的主人享有法定的公民权。

杜比宁用刀尖小心翼翼地挑开粘在一起的身份证册页，见上面写着："布舒耶夫，尼古拉·彼得罗维奇，一九一九年出生"。身份证的末尾盖有印章，墨水字迹已经漫漶，只能大致猜测身份证的主人被判过刑，现已服刑期满。

他躺在别人的床上，处在不相识的人中间，整个面貌呈现着死里逃生以后的疲惫和麻木……此人过去的生活道路量必复杂而又坎坷。年轻时看来曾想捞取幸福——廉价的、花十卢布就能买到的幸福。他伸手到别人兜里去捞这十个卢布，给当场逮住，扭送公安部门。就算姑念初犯而饶了他，可是幸福没有到手，还得去找。他找来找去……岁月流逝，幸福无着……

八

上午，等工人们分赴各作业区以后，杜比宁到宿舍里去看了一下。那位不速之客睡的床上没人，被褥铺叠齐整。

“生命力倒是挺旺盛。已经跑了。是不是继续瞎闯去了？可是身份证在我这儿，没有证件他跑不了……”杜比宁不慌不忙地往自己屋里走去。

办公室所在的房屋是该工段唯一的两层楼房。楼下一间是办公室，另一间住着汽艇驾驶员吉洪·马扎耶夫和他的妻子——宿舍清洁工娜斯佳。楼上是文娱室，那里有一台收音机、一架书和一张铺着褪色红布的桌子。流送工人们晚上聚集在这里听听广播，玩玩多米诺骨牌。

杜比宁在通往文娱室的扶梯旁边经过时，听到一个男人的声音在吉他伴奏下轻轻地唱着：

为什么有的人生活这样美，
逍遥自在、神迷心醉；
有的人日子没法过，
多的是痛苦、绝望和眼泪……

杜比宁登上二楼。那人身穿借来的干净衬衫（衬衫的主人肩膀很阔），精瘦的颈脖从宽大的领子里探出来显得可怜巴巴，脸仍然未刮，他坐在那里，膝上抱着一把吉他，这件乐器挂在收音机旁的墙上不起作用已有好多年了。

为什么有的人能避开
命运的每一次打击……

他一见工长，马上挺利索地站起来。

“祝头头健康。”他装出一副大大咧咧的姿态招呼道。

脸型是狭长的一种，眼神躲躲闪闪，微笑时在一口结实的细齿中间看得出缺了一颗牙。

杜比宁在一把椅子上坐下。

“你也坐下，你的姓名是……尼古拉·布舒耶夫。咱们谈一谈。”

“对。本人就是尼古拉·彼得罗维奇·布舒耶夫。我本想去下游的托尔缅加，不料来到了你们这儿。请原谅我事先没有通知你们来接我。”

“别装疯卖傻。你打哪儿来到此地？”

“我原来在伐木场工作……”

“是逃跑的？……”

“那边的头头是个畜生。压根儿不当我人看待。反正认定你蹲过班房，是刑事犯罪分子、骗子、渣滓。我跟他性格合不来。”

“真的是性格合不来吗？”

“为了这个混蛋，不得不掉头转向。眼不见为净……我连已经挣下的二百卢布也没拿……”

“你蹲班房为了什么事情？”

“说是作了案。我也不否认，作案就作案吧。”

“湿手的[1]？”

“上帝保佑，没有的事。”

“那么是盗窃？”

“咱们不去细谈这些，头头。我只说一句：是陷进去的。”

“当真？”

“信不信由你，我已经不是二十来岁的小伙子。再也没有兴致东闯西荡。”

“你原籍在什么地方？干吗到伐木场做工，不回家里去？”

“我的家在帽子底下。我在哪儿把帽子戴上，哪儿就是我的家。”

“对故乡家园也不向往？”

尼古拉·布舒耶夫用眼睑遮住一双玻璃一般透明的浅色眼珠子，

---

① 指命案。

苍白而又没刮胡子的脸有一瞬间变得毫无表情、讳莫如深、十分乏味。偶然问一句话便把做作的欢喜赶跑了。

“向往又有什么用？”他略一迟疑后答道，“我知道两手空空回到故乡是什么滋味。”

“可我听说：蹲在里边的人也都有活干，出来的时候带着钱。”

“兜里本来有几张钞票，只是在火车上跟一个人玩牌给缴销了……”

杜比宁稳坐在椅子上，上衣前襟敞开，鸭舌帽檐拉得很低，他以平素那种略带愠色的姿态从容端详着对方。

“如今你打算去哪儿？”他问。

“去哪儿？……去托尔缅加。到那儿的转运站能找到活干。”

“有什么专长没有？”

“我干什么都是能手：掘树桩子、挖地基坑、推滚木头……”

“这么说，你没有专长？”杜比宁在椅子上挪动一下身子。“听着，”他侧着脸向旁边说，“你可以留在我们这儿。跟大伙一样干活。每一个流送工人一个月好歹总能挣上两千左右。你没有家庭负担，你一个人的伙食和衣着从工资中顶多花掉五百卢布。一年就能挣上一万五到一万八。那时你乐意继续留在我们这儿也行，乐意到天南地北也行。我是可怜你没头脑才这么说的。你不愿意——我们也不强留。”

“有什么不愿意的？待在你们这儿就待在你们这儿，对我说来在哪儿混都一样。”

杜比宁把一只短短的手搁到桌上，握成一个拳头——这个覆着棕红色寒毛的拳头虽小，却像一块给江水磨得光溜溜的圆石，颇有分量。

“混？不，朋友，你得干活。给钱不是叫你混日子。别打错了算盘，让别人背着你走可不行。我们这地方非常偏僻，离民警局很远，治安靠我们自己维持。你瞧见我们这儿的工人没有？他们能把任何人揍扁。你要逃也逃不了——四周都是树林和泥塘，当地的居民也不敢深入这些地方。从此地走有三条路：一条去伐木场，那儿想必不会对你热诚欢迎；一条通各村庄，那儿你躲不过任何人的眼睛；还有一条就是从江上经过其他工段顺流而下。我只要打一个电话，就能及时把你老兄扣起来。请好好记住，奉劝你不要耍花招。我收下你，并不是因为对你特别信任，而是因为在我们这儿不怕你飞上天去。就这样吧，朋友。”

杜比宁站起身来。

九

尼古拉·布舒耶夫在宿舍里占的是原来托尔卡·斯都普宁的床位。每天早晨，他腰插斧头、手执长篙跟着别的流送工人一起上船去出工。杜比宁向工人们了解那人干活怎样。大伙耸耸肩膀表示——磨磨蹭蹭的，说不上勤快。

廖什卡·马林金睡在布舒耶夫旁边的一张床上，干活时和他在同一个作业区。如果某一个人成为你一生中重大事件的缘起，甚至可说是英雄行为之由来，你对他不可能毫无感情。救了人家一条命，这可不是闹着玩的！故而，干活的时候廖什卡尽量在一旁指点、帮助布舒耶夫，有时干脆代替这位体力较差的邻铺伙伴推滚沉重的原木。

挂在文娱室里的吉他之所以会买来，是因为有那么一笔群众文娱活动的经费，现在这把吉他乔迁进宿舍去了。晚间，布舒耶夫懒洋洋地倒在床上，拨动琴弦弹唱失去自由的苦闷、对待爱情的不忠和争风吃醋的命案。

> 也许，系缎子领带的少年郎
> 会在大门口亲你的嘴唇……

流送工人的文化需要并不太高。如果曲调忧伤，他们就合着节拍摇头晃脑；要是觉得可乐，便扯开嗓门哈哈大笑。为了表示友好，不时有人用沉重的手掌拍拍布舒耶夫的肩膀。

“你这个狗娘养的！想不到这儿会添上你这么一件活宝！……”

杜比宁有时也来听听。他坐一会，抽几口烟，不说什么，但似乎默默表示赞许。

当布舒耶夫弹腻了吉他把它撂到一边时，廖什卡便怯生生地伸手去拿。他在床上把屁股挪来挪去折腾半天调整姿势，头垂得很低，然后开始用粗糙而僵直的手指小心地拨弄琴弦，可是吉他只发出一些怕羞的、不连贯的声音。廖什卡诚惶诚恐地放下乐器，耸耸肩膀，天真地表示难以理解：

“真怪，我这样坐着，又不是干活，可腰酸得厉害。”

耿卡·沙马耶夫晚上照旧划船到对岸，消失在树林里。叶果尔·别都霍夫照旧在他的箱子里摸索一阵后，挂上一把沉甸甸的大锁，接着便坐下来开始唠叨：

“在这儿再待一些日子以后，我可要撇下你们走了。你们在江岸上磨磨蹭蹭地过吧。我要到区中心去买一所房子，搞一些带温室的瓜菜地，再找一份轻松的工作以防万一。比如，可以到某个单位去当夜间警卫。这档子差事一点儿也不费劲……”

别人不理会他，或者懒洋洋地喝住他：

“又唠叨上了……你就让人家耳根清净一会儿吧！……”

星期日，流送工人们照例到各村自己家里去。工段上冷冷清清。布舒耶夫和汽艇驾驶员吉洪·马扎耶夫在一起消磨时间。吉洪总是藏着一瓶酒，以备在这样的场合享用。

吉洪个儿矮小、肩膀狭窄，久经风霜、皱纹纵横的脸上耷拉着一个软乎乎的鼻子。他老是有所不满。他气鼓鼓地什么都骂——骂天气、骂江河、骂这个把他泡在此地当一名汽艇驾驶员已有四年多的流送段。

“唉，亲爱的！”他扯住布舒耶夫的上衣翻领向他倾诉衷肠，“要知道，我是个机械师，开过康拜因、拖拉机……不知是什么鬼使神差，我竟会到这么个窟窿里来！这难道不是个窟窿吗？四周全是树林，光剩气眼一线天。”

在这样的时刻，布舒耶夫总是没精打采，不言不语，望着在雨中淌泪的窗户，听窗外的大头滩有节奏地、气呼呼地喧嚣不已，他叹道：

“是啊，吃官司也比这日子好过。”

有时候，也许是灌下了伏特加，也许是一时想吐心曲，他会不胜感慨地缅怀过去：

“我的老家在库尔斯克州。我们那儿阳光充足，全是田野，没有什么树林。本来我已经忘了自己的村镇。可是到了这儿，动不动就像有什么东西压在心上……”

突然，他又添上两句：

“我受不了，非从你们这儿逃跑不可。我盼望自由已经盼了五年。自——由……”

十

一天晚间，布舒耶夫取下挂在钉上的吉他，拨弄了几下琴弦，然后用手掌捂住。

“去它的！能唱的都唱了，可弹的全弹了……”接着他又补上一句押韵的下流话，然后从兜里掏出一副很旧的纸牌，挺利索地洗了洗，向廖什卡·马林金建议道：“咱们来玩二十一点解解闷，怎么样？”

廖什卡畏缩不前，难为情地说：

“我不会。”

“没玩过——我教你。新学的人手气都不坏。别害怕，我不会把你扒个精光。我出一个卢布做庄，你押多少听便，哪怕十个戈比也行……”

事后谁也说不上布舒耶夫这副纸牌是哪儿来的。他从急滩上被捞起来的时候，上衣兜里除了泡烂的身份证和十五卢布零票，明明什么也没有。

布舒耶夫舒舒坦坦地坐在廖什卡的铺位上，耐心地教他：

“别冒进，别冒进，小老弟。牌不喜欢急性子的人。要不要补牌？……要。给……瞧见没有，你又赢了。我说过，开始时你的手气一定很好……”

廖什卡的牌运很好，他激动得面红耳热。伊万·斯都普宁走过来，掀动黄色的睫毛眏眏眼睛，摇摇头。

“罪过啊，罪过……。庄家有多少钱？才八十个戈比！好吧，给我发一张玩玩，我就博你这八十戈比。”

他拿起牌来，不太有把握地细细看过，拉长调子说：

“乱——弹——琴！来两张，一起发。啊哈！……好，现在你给自己发牌……我赢了！”

还有一些人从邻近的几张铺位上走过来，紧紧围成一圈坐下。叶果尔·别都霍夫眼睛盯着纸牌，生气地撇嘴道：

“十个戈比，十个戈比——一眨眼就是整整一个卢布。所以我一辈子纸牌不沾手。”

“你不沾手就得了，”布舒耶夫马上接过话茬，“牌局不欢迎小气鬼。”

将近十点钟时，最后一“庄”宣告结束。计算结果：廖什卡赢了二十卢布，伊万·斯都普宁和另外几个人有输有赢，数目都不大。布舒耶夫把账一一付清。

“手气极其重要，哥儿们。”他用一双透明的眼睛望了一下廖什卡的脸，带着一丝几乎看不出来的冷笑接下去说，“不过，我的小老弟，你可别一心想跟我比，我能把你的骨头都啃光的。瞧见没有？”

他让廖什卡看一张牌。廖什卡因为赢了布舒耶夫的钱挺不好意思，还没有从幸运的震荡中定下神来，只是尴尬地点点头表示：“瞧见了。”

“你把这张牌记住。要记牢！……注意，我可没看这张牌。你把它夹在其余的牌中间。现在洗牌！……多洗几遍，好乖乖。瞧你这双手——简直跟草耙子一个样……洗透了没有？切一下。再切一下……

现在把全副纸牌放到这里来……”

布舒耶夫一双灵活而并不太大的手长着扁平的白色指甲，上面有新近在推滚原木时抓伤的痕迹；他用这双手迅速拨动纸牌，眯着一只眼睛现出嘲弄的表情。

“是不是这一张？……”

廖什卡惊讶得连嘴都合不拢来。

“是——这张。”

围观的人都含笑连连摇头。

“真有两下子……”

“本来嘛，”布舒耶夫最后说，“我能从反面看牌。你还是别坐下来跟我较量。”

十一

然而，第二天晚上，还是有五个人坐在布舒耶夫的铺位上玩牌——为的是解解闷儿，算不上真赌。这五人是：廖什卡、伊万·斯都普宁、布舒耶夫自己以及另外两个——瘦高个儿哈里东·柯兹洛夫和红头发彼得·萨瓦节耶夫。周围站着好些瞧热闹的，其中也有叶果尔·别都霍夫，他看到钱从甲的衣兜转到乙的衣兜，总抑止不住内心的激动。

赌注很小，仅值几个戈比的幸福，时而光顾甲方，时而来到乙处。廖什卡又明显地走运。他砸了一个庄。叶果尔·别都霍夫在一旁啧啧称羡：

“真有这等走运的人！”

伊万·斯都普宁叹道：

“乱弹琴……哼，你们老是十戈比、十戈比地干，我可要押全庄。运气大概喜欢敢冒险的人。”

赌注逐渐逐渐增大，在坐皱的毯子上簌簌作声的钞票不光是一卢布的，也有面值十卢布、二十五卢布甚至一百卢布的。

廖什卡赢了，伊万·斯都普宁赢了，布舒耶夫不动声色地从衣兜里掏出钱来，满不在乎地扔给他们。

“这算不了什么！……这难道称得上赌钱？……哥儿们，庄家有上万卢布的场面我也见过。”

另外一些人也陆续加入牌局。日前刚发了工资，大伙身边都有钱，每个人都认为可以让自己得到一点乐趣——反正为数不多，输也罢，赢也罢，都算一乐。

只有叶果尔·别都霍夫冷冰冰地撇着嘴注视牌戏的进程，眼睁睁看赢了钱的手把钞票藏进衣兜，频频摇头大不以为然，但又不离开那些打牌的人。谁也不去理他。

伊万·斯都普宁的大爪子把庄家的钱全扫了过来。他得意非凡，脸红得像蒸熟的龙虾。见此情景，叶果尔在廖什卡腰间捅了一下。

“喂，你把身子挪一挪，让我坐下，我的腿又不是铁打的。”

“你也想玩？”布舒耶夫问。

“怎么？我就不如你？”

“你会输光的。牌局不欢迎小气鬼。”

叶果尔还犹豫了很久，坐在那儿撇着嘴唇作壁上观，后来终于忍不住了。

“给我也发一张牌瞧瞧。”

但是布舒耶夫冲着他的脸咧嘴冷笑，同时露出牙齿中间的一个缺口。

“你得先下注。”

叶果尔发作了。

“你这来历不明的野小子！你竟信不过我？要说谁不可信，第一个就数你。”

“既然你信不过我，干吗要来？”

“给牌！要是我输了，我比你这条野狗更付得起赌账。”

“拿钱来下注，要不就滚开！”

“喔，你这绞刑犯。我还不希罕跟你玩呢。呸！”

叶果尔站起来，走到自己铺位上躺下。

“你不该得罪人，”伊万·斯都普宁责备布舒耶夫道，“我们这里彼此不干丢脸的事。他要是输了——会拿出来的。”

“会拿出来？老兄，我了解这号一钱如命的守财奴。他宁可上吊也不肯掏一个子儿。这号人到了冷地方[1]，可就够他们受的。很快会把他们的五脏六腑全挖出来。”

“我倒要摸一摸你的五脏六腑，只是不愿脏了我的手。”叶果尔头也不抬地嘟哝了一句。

“你想打架，咱们较量较量，怎么样？你的拳头像石锁，怕什么？”

“别吵了，简直像小孩子！你瞧瞧是不是过了点？你这已经是要第四张牌了。”

“过点了，真他妈的……”

牌局在进行，人们发出的声音时而克制地有所期待，时而紧张，时而惊讶。牌局在进行，可以听到钞票簌簌作响。叶果尔从床铺上下来，搬出他的手提箱，开了锁。

他把肩膀一挺，脸上带着一种酸溜溜的鄙薄神情走到玩牌的人那边。

“瞧，野小子，这可不是白桦笤帚上的树叶，是钱。给我发牌。”

布舒耶夫呵呵笑道：

“才掰下这么一小块！你想要用这张五卢布的钞票盘剥多少金币？”

“回头再瞧你龇牙咧嘴的贼相！我愿意下多少注，就下多少注。给牌。”

“全张钞票一起押？”

“押一卢布。”

---

① 指劳改场所。

“别零敲碎打吧，反正要输光的。”

“押一卢布。”叶果尔赌气执拗地重复一遍。

“唉，姑娘实在太抠，嫁妆用衣襟兜。”

布舒耶夫很利索地动手分牌。

发给叶果尔的牌在他皮肤通红、指甲断损的大手中显得极小，他目光锐利地盯着掌心，嘴唇缩拢，似乎惊讶得马上就要吹起口哨来。布舒耶夫略带揶揄的神情眯着一双透明纯净然而不怀好意的眼睛，同时露出结实的牙齿中间那个缺口。

叶果尔一坐下来入局，牌戏顿时起了变化。在这以前，大伙有说有笑，无伤大雅地抬几句杠，纵声乐上一阵，输了钱也不太难受，可以感觉到他们打牌还是为了消遣，尽管赌注提高了。自从叶果尔入了局，赌注没有增大，反而缩小了，可是不知怎么的，大伙一下子不再有说有笑，忽然变得严肃起来，对那些揉皱的钞票也不敢正视，而是侧目斜睨，似乎感到亏心。

布舒耶夫依然面带冷笑，但动不动就咬一咬下唇，那时在这张下巴扁平的狭长瘦脸上会出现一种引而不发的阴险表情，像是猫儿准备纵身一跃逮住一只麻雀。

叶果尔·别都霍夫紧张地挺了一下肩膀，开始分牌坐庄。可是他这个庄不知怎的很快就告解体。布舒耶夫在把一堆皱巴巴的钞票往自己身边扒的同时向叶果尔瞥了一眼。

“开路吧。你的五个卢布完了。”

叶果尔入局时带来的五个卢布是在不知不觉中输掉的，他也不觉得特别心疼。留下的只是一种没有抓住幸福的感受。

叶果尔生气地哼了几声，站起身来。

“等一等，别开始。”

他重新搬出手提箱，开锁关锁咔嚓了一阵，又把一张钞票放到充当牌桌的床上。伊万·斯都普宁整个脸盘都笑了起来。

“你这个人哪，真是乱弹琴。又拿出一张五卢布的钞票，像是给要饭的开眼界。”

布舒耶夫什么也没说，只是把牌洗了又洗，接着往铺上扔下一百卢布。

“哪位有胆量？可以押全庄。”

牌戏开始具有豪赌的味道。站着的人中间不知哪个提议：

“喂，哥儿们，把床搬到通道里去，咱们都可以坐下。”

“何必搬动家具，干脆坐地上也行。”

“说得对，干吗挤挤插插的！又不是穿着节日的新衣裳，反正不怕弄脏。”

十二

大伙就在两排床铺间的通道里围坐成一个圈子，有的背靠炉子，有的席地盘腿。没有一个人躺在床上——参战的超过一半。庄本愈来愈大。从衣兜和褡包里掏出来的都是皱成一团的十卢布、二十五卢布、五十卢布面值的钞票。

“下注吧！”布舒耶夫宣布。

宿舍里掠过倒抽一口气的声息，打牌的人纷纷活动起来，直一直酸麻的腰背。这是最后一轮牌。如果庄倒不下来，一堆钱便是布舒耶夫的了。

叶果尔·别都霍夫到目前为止还算走运。他从庄家那里时而啃掉五个卢布，时而拉去十个卢布，一次也没有失手。此刻他汗涔涔的掌中握有一张好牌——红心 A。即使跟着来一张 J 或 Q，也可以放胆补牌。万一鸿运高照，来第二张 A 或 10，岂不妙哉！手上这张牌太好了！

叶果尔望着那一堆钱——有黄澄澄的一卢布小票，也有绿油油的五十卢布大票。真是五颜六色的一堆！其中几张一百卢布的，以其尺寸之大和设色之华丽显得卓尔不群。

坐庄的布舒耶夫轻咬下唇，微眯眼睛，利索地分着牌。瞧瞧这一堆钱和这一双手！指关节上留有新近的抓痕，灵活细长的手指仿佛给砍去了尖端，指甲扁平，呈白色。此人长着一双叫人无论如何信不过的手，谁知道他究竟是哪路货？这种人是什么都干得出来的。准是个骗子，他吃官司八成也是因为犯了诈骗罪。

可是，哦，上帝啊！那家伙旁边的地上有多少钱哪！再看看自己手上，确是一张好牌——红心A。这已经是叶果尔·别都霍夫第五次分到红牌。前四次他都赢了，始终没有失过手，难道眼睁睁放过这一回……

一堆钱。这堆钞票真美，有这么一堆玩意儿近在咫尺，身上禁不住一阵燥热、一阵寒冷。大伙都用目光向它扫去……一张好牌！

"你怎么样？……押多少？"布舒耶夫口气生硬地问，他的眼睛隔着稀疏的睫毛冷冰冰地注视对方，没有嘲笑的味道，叶果尔却感到了敌意。

"这儿共有多少钱？"他压低嗓门问，同时觉得手里握着的一张牌正在给汗沾湿。

"莫非你打算押全庄？"

"你管不着。我问庄上有多少钱？"

"没数过。"

"数一下。"

"廖什卡，"布舒耶夫满不在乎地把头一歪，"你数一数，现在庄上有多少钱。我记不太清楚。"

廖什卡皱着眉头跪在地上开始数钱，手忙脚乱地把钞票忽而叠在一处，忽而移到另一处。

周围的人都不吭声。叶果尔用衣袖抹着额上的汗。

"七百四十五卢布。"

叶果尔再次用衣袖擦了擦脸，勉强驱使枯焦的舌头说：

"押全庄。"

"没门儿，老兄！"布舒耶夫一侧面颊上的肉扯动了一下，"你当着大家的面把七百四十五卢布押在这儿角上——我才相信。"

"我会押上的，你怕什么……"叶果尔回敬道，语气却不太坚定。

“那就押上吧。别耽误人家打牌。把你的箱底抖一抖。”布舒耶夫的眼睛此刻不像通常那样微微眯着。

叶果尔感到自己必须站起来。布舒耶夫等待他这样做，大伙都等待他这样做——紧张地、默默地等待着。

“嗨！……”

叶果尔费力地站起来。他坐得两腿发了麻，迈步很困难，腿肚子像是有针在扎。汗湿的手揉着一张牌。牌确实好，但拿到任何牌都可能栽跟斗。万一马上来一张6怎么办？……布舒耶夫自夸能从反面看牌。何况这副牌又是他的……谁检查过了？

叶果尔走到自己床前，把箱子拉出来。箱上挂着一把沉重而可靠的锁，钢弧穿过两个很粗的环孔。这两个环孔是他亲自铆上去的。一碰到这把锁，叶果尔立刻赌兴索然。可是箱子已经打开，手习惯地伸到内衣底下他藏钱的秘密角落——钞票有好几沓，那是三个月的工资。叶果尔早就想在星期日抽空到区中心去把这些钱统统存入储蓄所。这儿有五千是每张一百卢布的大钞，另外约三百卢布是小票。现在他必须抽出一千来，从中数七百四十五个卢布！……为了谁？为这个劳改犯！这可是自己的血汗钱哪！平时一个卢布也不给老婆，甚至不吃食堂里的伙食。难道把七百四十五卢布放到一个骗子的手里？！

“算了，”叶果尔好不容易把脑袋转过来，可是眼睛却望着地上，“我才不希罕你这个庄呢。我押五十卢布。”

“这就对了，”布舒耶夫拉长调子用挖苦的口吻说，“刚才还吓唬人呢。”

叶果尔从他的语气中似乎听到如释重负的意味。那家伙也担心庄给砸了。现在他将得到身旁偌大的一堆钱。而叶果尔只能赢五十卢布。才五十个卢布！眼瞅着其余的钱将由这个流浪汉心安理得地拿去大吃大喝、快乐逍遥……而叶果尔手上却是一张好牌……

箱子打开了，双手摸索着包在一方巾帕里的几沓钞票。

“喂，爬过来呀！怎么在那边卡住啦？”布舒耶夫催促道。

“押全庄！”叶果尔以走调的声音喊出了口“钱在这里，畜生！”

叶果尔使劲拔出用老婆的巾帕裹着的积蓄，从中拿了一千卢布，啪的一声把箱子关上。那张红心A掉到箱子背后去了，让他找了好一阵子。

在找牌的过程中，他又失去了信心。

“押全庄……”

一只手握着牌（那确实是张好牌——但愿上帝保佑，上帝保佑！），另一只手握着一沓每张一百卢布的钞票。这是辛辛苦苦劳动所得、勒紧裤带撙节下来的血汗钱哪——他甚至舍不得天天吃正餐……

“瞧见没有，混蛋？这下你信了吧？”

“信，”布舒耶夫严肃而简短地答道“坐下。”

大家都不作声，亮闪闪的眼睛从四面八方射来亢奋的目光。而叶果尔却陷入了绝望：这是怎么搞的？他会掉进布舒耶夫设就的圈套。瞧那张贼脸拉得多长！在这以前他一直龇牙咧嘴，可现在变得那么严肃。

但是布舒耶夫已经把一张牌发给他。叶果尔拿了起来。不要吧，已经晚了。既然牌拿到了手，就不能不要——那是会动众怒的，不光是惹恼布舒耶夫一个人……

来的是一张方块K。

布舒耶夫的一对锐利的眼珠子瞄着他。

“再要一张？”

可以听到周围的人喘气的声息。

“让我自己来抽。”叶果尔提出要求时嗓子都哑了。

他用粗笨而毛糙的指头从递过来的一副牌中抽了一张。上帝保佑，上帝保佑！……叶果尔什么也看不见，汗从脑门子上淌下来，刺激着眼睛。

“怎么样？！”布舒耶夫整个身体在前倾。

继 K 之后又来一张 A——过点了。

布舒耶夫伸出一只不惯于劳动的狭小手掌按在钱上，一声不响地把钞票移到自己的一堆那儿。

“找头拿去。”他说着扔给叶果尔几张钞票。

叶果尔乖乖地收下找头……

跟往常一样划船过河去的耿卡 · 沙马耶夫，回来时第一回发现宿舍里的人还没睡……大伙都在一盏灯下席地而坐，屋子里烟雾腾腾。

耿卡走到自己铺位前，掀开被子。

“我看得出，你们真刀真枪干起来了。回头给萨沙知道了，大伙一起倒霉！”

他的话没有引起任何人注意，因为叶果尔正在输掉那一千卢布余下的钱。

十三

晦冥的早晨，阴云给岸上云杉的树梢挂住，天正下着蒙蒙细雨。流送工人们把皮带束在茄克和帆布外套外面，走出闷热的宿舍时都有些缩头缩脑。他们脸上睡意未消，也听不见谈话声。每天早晨，大头滩的喧嚷照例显得格外响而且凶。

叶果尔 · 别都霍夫拱腰曲背、低首垂目跟大伙一起走向小船。一夜之间，他的脸浮肿了，两腿简直迈不开步，篙子拖在地上。

尼古拉 · 布舒耶夫站在船只附近，先到的流送工人们在那里等候磨磨蹭蹭的落后者。布舒耶夫在上衣外面包一件鼓鼓囊囊的帆布茄克——是瘦高个儿哈里东借给他的。尽管布舒耶夫跟大家一样束着皮带，跟大家一样腰里插一柄斧头，手里执一把篙子，然而他的模样总不像个工人，总有些不伦不类。

叶果尔眼望地上、侧着身子走过来，用靴脚扒了扒泥土，以认错的口吻说：

“我说，小伙子……你不必……昨儿晚上咱们是闹着玩儿的……。说来也可笑，是我开的头……。听我说，你把钱还给我，咱们就算没有这回事儿……”

布舒耶夫牵动一侧脸颊作一冷笑，眼睛又眯了起来。

“别说傻话吧，老兄。江水是不会倒流的。”

“听着，我说，你把钱还给我。否则别怪我不客气。”叶果尔已摆出咄咄逼人的架势。

“去，去，退后去。”布舒耶夫也不示弱。

“畜生！我打断你的胳膊腿！！”叶果尔把篙子举过了头。

布舒耶夫纵身跳开一步，拔出腰间的斧子。

“来吧，来吧！瞧我把你的胖头颅劈开！”

耿卡·沙马耶夫身穿短茄克，足登高到腹股沟的胶皮靴，把一绺从帽下钻出来的干硬额发冲他们那边一甩，喝道：

“我可不能由着你们撒泼胡来！”他向叶果尔跨前一步，抓住篙子，“你这个傻蛋，倒霉也活该，往后别缠进去，不就结了？上船吧！”

叶果尔蔫了下来，顺从地扭过头去。

到目前为止，流送站一直过着宁静而单调的生活——今天和昨天一样，明晚跟今晚相似，没有任何恐慌，没有任何新闻。甚至娱乐也是始终不变的——听听广播，玩一两盘“接龙”的骨牌游戏。这样的消遣很快就催人入睡。第二天早晨又是上船出工，推木头，吃饭，如此循环不息。

可是如今——一个挤得紧紧的人圈子席地而坐，脸上表情紧张，眼睛亢奋地发亮，说话短促生硬；钱，胡乱集成堆的钱，从甲的衣兜转到乙的衣兜；侥幸得手和希望落空都在顷刻之间，这给他们带来了强烈的刺激……而叶果尔竟掏了自己的箱底，这难道不是新闻吗？尽管羞于承认，但是，说实在的，在这样的气氛中打发一个晚上比临睡前打打骨牌带劲得多。

到了晚上，宿舍里所有的人坐成密匝匝的一圈，有的想赌钱，有的想瞧瞧，在一旁领略一番激动的滋味。不参加的只有两个人：一个是耿卡·沙马耶夫；还有一个是叶果尔·别都霍夫，他脸朝下和衣躺在自己床位上。

牌局一下子输赢就很大。传到叶果尔耳际的是一阵阵压低的惊呼。他躺着，恨得紧握拳头。布舒耶夫现在已碰不得，全体打牌的人会群起卫护他。一千卢布算是完了，要不回来的了。

可是阵阵语声频频触动他心头的创痛：

“来吧！……”

“再发一张……”

“啊，见鬼！这下砸了锅！”

短暂而紧张的间隙同样触痛创伤。某人正在走运。而他——叶果尔——独自躺着，遭人算计，无人理睬，谁也不会想到对他表示同情。要是再去试一试怎么样？不是盲目胡来，而是运用头脑、步步为营、小心谨慎地干。没准儿能把自己的钱捞回来。下大注失了手，冒一点小风险也许不妨……

叶果尔从床上爬下来，小心翼翼地搬出箱子，取了钱，抽出一张一百卢布的钞票……

他仗着自己吃了亏这一点，别人都得让他三分，所以粗鲁地推开坐着的人。

“喂，挤过去点儿！”

他坐下后，眼睛不看任何人，便拿起牌来。

十四

在工段住地后面的石坝尽头，杜比宁安放了好些捕鱼的篓子。他每天晚上要去看一下。现在他正提着一只桶回来，桶内泼剌剌地挣扎着几尾鲈鱼。

杜比宁踩着巨大的石块在坝上走。这道几乎有两人高的石坝，长达二百五十米，从食堂门口开始斜着插入汹涌的江面。

杜比宁这个工段两年前是整条江上从源头到出口最艰苦的一段。大头滩老是把原木抛到多石的地方搁浅，一个夏季总有好几次在那里形成严重的阻塞。流送任务繁忙的时节，往往一昼夜得工作十二个小时。及至秋天将临，流放工人都已累得筋疲力尽。所以那时决定自力更生修一道坝，不让原木搁浅。

这是用表面有许多小孔的巨石一块一块垒起来的！总共该有多少块石头！这四分之一公里长、两人高的堤坝也不知有几千吨重。所有这些石头都是二十多人冬天靠普通的杠棒、绳子和唯一的一匹马垒起来的。几千吨石头哇！也就是说，平均每一双手得抱起并搬运好几百吨哪！……

当时杜比宁跟大伙一道搬石头，在严寒中冰冷的石头隔着帆布手套仍冻得手指麻木。此刻他踩着一块又一块石头，心想，假如这里的全部工作——拆除插垛、清理抛上江岸和浅滩的原木——在某种奇迹的作用下忽然变成一块块垒起的石头，那么，亚历山大·杜比宁担任工长以来的六年中，在这个工段上已巍然崛起一座雪峰直插云端的高山。堤坝确实令人惊异，可这是捎带着干的。流送工人们对它已经习惯，犹如对大石滩持续喧嚷的水声已经习惯一样。亚历山大·杜比宁不时为他所带领的这一班人隐约感到自豪："是些肯干的汉子，没话说。不是白吃饭的……"

堤坝走完了，圆石铺面的斜坡尽头就是食堂的墙壁。从食堂转角后面映出宿舍窗里的灯光。时间相当晚了，可是那里还没睡……

原先认为一切正常，日子过得挺好，这种自豪和踏实的感觉消失了。"又在那里打牌！……"

一个落泊者，像被生活撇去的浮沫，现在却摆布着二十个身强力壮、理智健全、懂得自爱的成年人。而他，工长杜比宁，在工段上一向说得到做得到的人，想要走到宿舍里去说："够了，伙计们。结束胡闹吧！"——却不那么简单。

一切都好，一切正常……然而真的一切都好吗？吃饭不愁，高枕无忧，甚至太安稳了——睡眠和工作，工作和睡眠……

杜比宁可以在天寒地冻的日子里让他们去搬沉重的石头。因为必须这样做！他可以命令绝非向来不贪杯的流送工人：在工段上不准喝酒。因为必须这样做！这“必须”二字便是亚历山大·杜比宁的力量所在。但如果现在去没收他们的纸牌，他们马上会大叫大嚷：

“难道我们没有自由，什么都得听你的？你也管得太宽了——连牌也不让玩。这对工作有什么妨碍？没有。那就少管闲事。”

而事情并不会仅止于此。要知道，凡是赌钱的地方，必定有酗酒和吵架，什么样的乱子都会出现。随它去。等他们殴打起来——那时他再出场说“够了！”，那时看他们有什么理由提出异议，有什么理由不听正告！

一只小船靠了岸。耿卡·沙马耶夫跳出来，使劲一扯把船拉上石滩，脚下像装了弹簧似的纵身几个箭步就跑上堤坝。

“你有什么高招制止他们？”他问，眼睛也盯着射出灯光的窗户。

“我在盘算。”

“那狗娘养的准把哥儿们的皮都扒下来，然后滑脚溜之大吉。”

杜比宁不作声。

“萨沙，只要你不挡住我，我能把钱从他身上全抖出来，然后把他撵走。”

“先不忙。”

耿卡站在原地倒脚，他把自己的脸凑到杜比宁面前。

“你这样婆婆妈妈是对谁？那家伙把手伸到别人兜里去寻找他的幸福。对这号人光拖出门槛还不够，而是要在他们探头露面的时候，狠狠地揍他们的脑袋……”

“那就得揍好多人的脑袋……即使跟布舒耶夫并非一路的老实人，也往往侵犯人家的利益。”

“你的话叫人费解。谁侵犯人家的利益？”

“我担心，甚至你也如此……”

“我？……”

“你已经有好几个月一直在把一个女的迷得晕头转向。等玩儿腻了，然后一扭头不理她。你满足了，可是她哭了。所以……不能光对别人严厉……”

耿卡把身子挺直，头发底下的一双眼睛在黑暗中闪光。

“狗拿耗子，多管闲事。”

他从堤坝上跑开去，一路把石头蹬得咚咚响。杜比宁又站了一会，然后不慌不忙开始下坡。

十五

在围成一堆席地而坐的人们头上，层层烟雾缭绕。许多人惊恐地斜睨着布舒耶夫：不要诡计不可能赢这么多钱，照他这样贪心，输家饶不了他……大伙不再打趣，笑声也已消失，在充满烟味的浑浊空气里，不祥的危机感一分钟比一分钟在增长，大家都等着瞧这桶火药爆炸。

尼古拉·布舒耶夫把贴身的衬衫从裤子里边拉出来，按土耳其人的方式盘腿坐在钞票旁边。他已把钱往身上各处衣兜里塞了好几次，可他膝旁的钱又不断增多。当布舒耶夫站起来走开去喝水的时候，所有的脑袋一齐向他这边转过来，数十双眼睛以怀疑的目光注视着他的一举一动。布舒耶夫慢条斯理地从桶内盛了一铝杯的水，怪渴地喝着，然后回来重又按土耳其方式盘腿坐下。

叶果尔·别都霍夫两只手颤颤巍巍地洗着牌；浮肿的脸上现出一种豁出去的表情，这是平时所没有的；眼皮红得厉害。他的手提箱干脆拉出来放在通道里，箱盖打开，看得见里边几件白色的内衣给揉成一团。叶果尔正在输光他剩下的最后一点钱。

“押全庄。”布舒耶夫恶狠狠地说。当天晚上，这几个字他已经不知重复多少回了。

押全庄！叶果尔把脑袋往肩窝里一缩，双手发抖。他发了一张牌。布舒耶夫从容地拿起牌来瞥了一眼，把手伸向未发的一沓牌。

“我自己来摸。”

叶果尔的手在颤抖，一沓牌在颤抖，张开的嘴唇在颤抖。

有人在布舒耶夫背后不友好地说了一句：

“又赢了！”

叶果尔忽然把牌往地上一扔，隔着散乱的钞票扑向布舒耶夫，嗓音嘶哑地骂道：

“你作弊！我掐死你这个坏蛋！”

布舒耶夫简直像弹簧反跳一般霍地站起来。叶果尔在紧紧挤成一团一齐发呆的人丛中笨拙地转动身躯，深红色的脸上犹如野兽张开血盆大口，一边吼叫着：

“瞧我把你碾成肉酱、砸个稀烂！你这畜生！”

他站起来，笨重的身躯一晃，向肩膀狭窄、身上的衬衫显得分外肥大的尼古拉·布舒耶夫压去——眼看就要把对方压垮、轧扁、造成残废……但布舒耶夫以柔软的动作突然猫腰下蹲，对准叶果尔猛地一撞。叶果尔挨了他脑袋这迅雷不及掩耳的一顶，啪的一声重重地倒在地上。

这事发生得那么快，谁也来不及考虑。没有人拉住叶果尔，也没有人拦阻布舒耶夫。

布舒耶夫扑到自己床铺前，掀开垫褥，一把斧子已执在他手里……

宿舍里一下子静了下来。窗外唯闻大头滩殷殷的轰鸣。

迄今为止，大家对布舒耶夫虽则有强烈的、隐隐约约被疑心激起的反感，也毕竟只是反感；但就在他们看到他拿起斧头的一刹那，立刻明白他是敌人。这一点布舒耶夫自己也意识到了，无怪乎他在铺位上预先藏好一柄斧子。

“瞧吧，”布舒耶夫把斧头一晃，“有种的上来……我一下子就把他干掉——我反正丢不了什么。”

白衬衫的下摆散在裤子外面，敞开的衣领下明显地突出尖尖的锁骨，脖子像鸡足一般又细又长，苍白而略有几根黑胡碴儿的脸上长着一对玻璃珠子似的眼睛。

一个人与所有的人对峙。可以肯定，每一个流送工人力气都比他大。流送工人有二十多个，整整一大帮。布舒耶夫手中有柄斧子又算得了什么？走廊里有的是斧子，冲出门去每人抓一柄有何难哉？……

湍流隔着关严的窗户在喧嚷。谁也不动弹，大家站在原地裹足不前，一齐瞧着布舒耶夫。眼前可能发生的可不是一场挥拳头的殴斗，不，斧子随时都可能举起来。毋庸置疑，此人能对准任何一颗凑手的脑袋砍下去而不眨一眼。无论良心还是做人的法则，对他都没有约束力。而叶果尔·别都霍夫即使此刻因仇恨和绝望而失去了理智，也不敢抓起斧子砍别人的头颅。二十多条壮实的汉子面对一个力气不大、膀狭腰窄的人竟束手无策。大家站着一言不发……窗外江声浩荡。

坐在地上的叶果尔开始动弹，他用两手支地勉强站起来。大伙凝神注视着他。布舒耶夫也冷冷地注视着严阵以待。

叶果尔站起来，晃晃悠悠地走到自己床前倒在铺上。其余的人也开始活动。紧张的高潮已过，但戒心并未消失。大伙侧目瞅着布舒耶夫，默不作声。

布舒耶夫坐到铺上，脊背往枕头上一靠，把斧子放在身旁，不慌不忙地掏出烟卷来点了一支，脑袋后仰，向着天花板吞云吐雾。其余的人也纷纷上各自的床。

门开了，耿卡·沙马耶夫在门楣下低头走进来，愠怒的目光扫过一张张铺位，脚给什么东西绊了一下；他捡起来一看——原来是一把大而坚固的门锁，——便把它扔进叶果尔的手提箱，只见箱盖开着，里边的内衣给抖得乱七八糟。

“地上的钱总该收起来吧。”耿卡皱眉蹙额说着脱去上衣。

钞票和散乱的纸牌撒落在炉旁。没有一个人动手去把它们捡起来。

十六

最近两天，廖什卡·马林金给一堆堆钞票、一会儿得手、一会儿失利以及站在他背后冲他的脑勺子呼出热气的人们搅得神不守舍。他隐约感到目前正在发生的一切非常不妙、相当可怕；他乐于退到一旁，可是又做不到。萨沙决不会称赞这种事。这像是个深水潭，一头扎了下去就甭想钻出来。有时候他简直停止了心跳在想，事情将如何了结？果然，叶果尔发出了嘶嗄的吼叫，在一阵短促的交手之后，布舒耶夫手执利斧站在自己床铺旁边……

和大家一样，廖什卡也对这个居心叵测的人产生了仇恨。他期待着伊万·斯都普宁、叶果尔·别都霍夫这几条天不怕、地不怕的汉子扑向布舒耶夫，迫使他就范。然而没有人扑过去，大伙跟他廖什卡一样站着发愣。足见这个眯着一双浅色眼睛的人确实可怕。大家伙儿在他面前一齐着了慌。

廖什卡提心吊胆地走到与布舒耶夫躺在那里抽烟的床紧挨着的自己床前，急急忙忙开始脱衣。他只想尽快蒙头盖脑钻进被窝，扭脸不去看布舒耶夫，忘掉这个人。廖什卡的脑袋刚与枕头接触，立即感到隔着枕套抵在一件硬邦邦的东西上。他正欲用手去摸，但是布舒耶夫咄咄逼人的目光迫使廖什卡向他那边转过脸去。

“你……”布舒耶夫咬着牙透过齿缝说，声音几乎听不出来，“到外边去一趟……”

廖什卡睁大眼睛瞪着他，莫名其妙。

“我叫你到外边去一趟。就做出好像要解手的样子……你在那里等我……去！……”

布舒耶夫漫不经心地扭头不再看他，朝着天花板喷烟。廖什卡还是莫名其妙。

“去……”布舒耶夫随着烟雾吐出这一个字，声音只能勉强听见。

廖什卡不敢违拗。他把腿伸进胶皮靴筒，两手提着裤衩向门外走去。谁也不注意他。

从树林后面升起一轮几乎无缺的圆月。黑糊糊的江上始终那么均匀地传来水的轰鸣，它对人间的一切纷扰完全无动于中。廖什卡站到墙下暗处，由于只穿一条衬裤难禁夜寒而瑟缩不已，只得勉强抑制牙齿打架，开始等待，并不时四顾张望，似乎有一双不信任的眼睛从旁监视着他。廖什卡留神谛听，注意在江水的喧嚷中有没有脚步声趋近……

他等了很久。仅其一侧略被修去些边缘的皓月，照亮了宽敞的院子和院子中央的一只铁桶。办公室的一扇窗户里有灯光。萨沙坐在那里。要不要立即跑去告诉他：布舒耶夫在打坏主意？……萨沙是不会退缩的……

廖什卡站在原地倒脚，全身瑟缩，不敢拔腿奔跑。

台阶发出轻微的嘎吱声，布舒耶夫出现了，他穿一件白衬衫，衣裾没塞进裤腰，胳膊肘夹住斧子。他用不拿东西的另一只手抓住廖什卡的胸部，把他拉到自己面前，喷着呛人的烟味气急败坏地悄声说：

“你枕头里有十撇[①]……星期六你带到自己村中家里去。藏严实些，我会去登门拜访的。是不是很快就去，那没准儿，反正一定去……你家住在亚列姆诺耶，右边第三座房，我全知道。你想要耍滑头——就别想活。要是事情顺当——给你两撇买糖吃。明白了吗，小老弟？他们做梦也不会想到钱在你那儿。让他们搜我的身也不打紧。”

布舒耶夫从牙齿的缺口中吐出一口唾沫。

“去吧！”

廖什卡的牙齿直打小鼓。

“你把钱还了吧，”他向布舒耶夫提出请求，“哥儿们都气极了。”

---

① “一撇”即一千。“十撇”即一万卢布。

“不用你教我，你的乳臭还没干呢。”

“那……那么你马上离开此地。拿了钱离开此地。”

“嗬，狗东西，你的牙齿在打鼓……离开此地？没有身份证怎么离开？……萨沙把我的身份证扣在他那里……去，去，不然他们对你也要撇嘴了。记住：你只要露半点口风——我就宰了你！”

十七

廖什卡回到人多热气高的宿舍里。有人已发出无忧无虑的鼾声。耿卡·沙马耶夫在抽烟想心事。钞票依旧散扔在地上。

叶果尔·别都霍夫靴子也不脱，和衣俯卧在自己床上，听到开门的声响打了个寒战，蓦地一震，遽然昂起头来——目光异常，眼皮通红，面孔浮肿。

“你到那边去了？看见他了？”他声音嘶嗄地问。

“看见谁？”廖什卡反问时的语调有些情虚。

“谁，谁！……还装蒜。你先出去，他跟在你后头。你跟他串通好了。”

“你疯了，”耿卡转向叶果尔道，“钱已经把你搅得精神错乱。也许，你跟我也想干一仗？廖什卡，你去睡觉。”

廖什卡的双膝直打颤。他拖着两条腿走到自己床前，钻进被窝。他的脑袋才触及枕头，立刻又感觉到塞在里边的一包钞票。有一刹那他曾产生一种强烈的愿望，想蹦起来大喊：“哥儿们！钱在这儿！他把钱塞在我枕头里了！”大伙都相信他。怎么能欺骗自己人呢！可那家伙刚才威胁说：“你只要露半点口风——我就宰了你！”这号人心狠手辣，的确干得出来。

廖什卡把两腿向腹部蜷曲，躺着不动——他怎么也睡不暖和，只觉得怕冷。

而叶果尔则用啼哭的音调哀叹着：

“他会逃跑的……等他带着我们的钱过了河，到哪儿再找他去？……”

“那就跟不穿裤衩出门差不多。他这副模样——谁见了都会起疑的，”耿卡懒洋洋地表示异议，“明天你留神看着他点儿就是了。”

“那他待在外边干什么？依我看，他准是在把我们的钱藏起来……”

“非叫他还出来不可。”

有人抬起头来说道：

“得了，哥儿们。明天七点就得起床。”

伊万·斯都普宁从自己那个角落里发出一声喟叹：

“乱弹琴……”

宿舍里静了下来。叶果尔的床铺响起吱吱嘎嘎的声音——他也上了床。

廖什卡耳朵隔着枕套贴在钞票上一声不吭。畏寒的感觉过去了，但一种复杂、陌生而痛苦的心情攫住了他。布舒耶夫很快就要回到他旁边那个铺位，可在并不太久以前，那是托尔卡·斯都普宁的床铺。托尔卡经常把从书上读到的东西告诉廖什卡，给他讲大城市、高等学校、专家学者以及能把流送段上所有的人带上天的飞机。廖什卡听托尔卡讲的时候，觉得他们流送段以外的天地仿佛是一个住着许多强者和好人的童话世界。现在他第一次认识到：在那个大千世界里也还有尼古拉·布舒耶夫者流。托尔卡讲的事情与这个黑心的人怎么联系得起来？大千世界错综复杂、难以理解……

廖什卡紧闭双目躺着，觉得自己在生活面前无限渺小、一筹莫展、愚蠢透顶，而那个生活却像汪洋大海包围着他熟悉的小岛——给森林挤到江边的一个小小居民点。这是延续太久的童年时代的第一回失望，第一番惶惑，第一阵恐惧，第一次天真的省悟。

叶果尔·别都霍夫没法平静下来。他磕磕绊绊撞着床架子走到布舒耶夫铺位前，横眉怒目地动手搜挂在钉上的上衣，拿起枕头揉了一通，再把褥垫掀开……

“他在找钱……”廖什卡想着，身子已凉了大半截，“他马上要对我说：喂，起来！……”钞票隔着枕套抵在太阳穴上，“怎么办？说吧？……布舒耶夫会怎样呢？……他们会对他怎么样？把他赶走，揍他一顿，就算给他结实的一顿打——他还是能活得好好儿的。他连我住在哪一村哪一家都知道——哪怕我上天入地，他也能找到。”

廖什卡躺着，太阳穴紧贴在钞票上。在这个当儿，他觉得把布舒耶夫的被褥乱掀乱翻的叶果尔不像他平素见惯的那个叶果尔。过去，叶果尔也是寻常的人，也许比别人吝啬一些，如此而已……。可现在，他一脸凶相，似乎横了心，眼睛血红。倘若叶果尔此刻知道廖什卡的脑袋枕在钞票上，——没准儿会扑上来把他掐死。叶果尔已变成一个不可理解的陌生人！然而，廖什卡不是明明和他朝夕相处了一年多吗？

廖什卡屏息凝神从被窝里望着叶果尔。叶果尔把布舒耶夫的床铺抖得乱七八糟，骂了几句，然后走开。

十八

杜比宁把捕到的鱼挖去内脏，垫上些荨麻连桶晾在过道里阴凉处，然后上衣也不脱就坐到办公室里，在夙夜不懈的电话机沙哑的铃声中陷入深思。

他回想起布舒耶夫刚从湍流中被捞起时躺在床上面色发青、胡子拉碴的形状，隔着被子隆起尖尖的膝盖，瘦骨嶙峋的双手与身体平行疲惫地伸直，胸前刺有文字……

你这个狗娘养的，你抱怨没有幸福！人家伸出手拉你，让你爬上来，跟着我们好好做人。尽管我们自己也没有了不起的幸福，但还是愿意与你共享。更大的幸福恐怕你也不配。

你诈骗别人的钱财。你以为这样日子好过？没门儿！你不是跟泥土、不是跟水、不是跟兽类作对，是跟人为敌。人是固执的，从不凭空轻易拱手出让自己的幸福。正因为如此，你——尼古拉·布舒耶夫——才落得钱物既不多、名声又不好；正因为如此，生活才迫使你不得不承认："岁月流逝，幸福无着。"

但是，布舒耶夫之流也有走运的。这种人不知有多多少少！世界虽大，可他们总觉得太挤，总想把别人推开，骑在别人头上。太挤？……这话简直想想就可笑。这里流送段上只住着三十二个人，所以条件很差，连电影也没有。倘若有三十万人，就会把急流截断，让轮船通航，修建剧场影院，每天晚上乐声悠扬……世界地大物博——足够让所有的人幸福顺遂。

水声喧嚷，墙上的电话响个不停。杜比宁站起来。

在初次相见时他曾告诫布舒耶夫：想要从流送段溜走是很难的。其实，真的那么困难吗？要溜不必徒步行走，也不必划船——可以坐汽艇。汽艇随时都停在岸下，驾驶员吉洪从来不把马达从汽艇上拆走。如果晚间登上汽艇，一夜工夫顺流而下可以把所有的流送段抛在背后。而前面是转运站，那里有好几百工人，很容易混在他们中间；那里有铁路支线，还有公路……过后布舒耶夫完全可以因为自己甩掉了一群笨蛋而洋洋得意。

树木覆盖的陡岸默默地、神秘地临江屹立——它像一堵巍峨的城墙，把小小的居民点和世界的其他地方分隔开来。江水漆黑，只有月光在江心剧烈地晃动，跟随着水流奔腾向前而又无法挣脱出来。

杜比宁把马达从汽艇上卸下来放到岸上，在巨石中间伫立许久，凝望着水面上欢蹦乱跳的月影，谛听急流的吼叫和江水轻轻打着小船的拍溅声。

他能做些什么呢？讲道理？用言语进行教育？杜比宁自知口才不怎么样。干脆把他撵走？把湿布衫从自己身上脱下来扔给别人，从此天塌下来也不管——这种做法倒颇有一点子布舒耶夫的味道……

杜比宁把沉重的马达扛上肩，看自己短短的影子踩着石块往上爬，沿江岸朝办公室有灯光的窗户那边走去。

离目的地还差十米左右，他发觉亮着灯的窗内有条黑影一闪。"谁在里边？……都这么晚了……"

杜比宁扛着马达微微弓起背脊，小心翼翼地走到窗前。

布舒耶夫正弯腰站在桌旁从文件堆里翻寻着什么。一柄斧头就放在桌上。

“他这是干什么？他在找什么东西？……”接着，杜比宁恍然大悟：“身份证！我没把身份证还给他……”

身份证不在抽屉里，而是在皮带文件袋内——现在挂在墙上电话旁边，恰好在布舒耶夫的背后。他没有注意到文件袋。

想必是杜比宁把重心从一只脚换到另一只脚时不小心，布舒耶夫猛抬头向窗外一看——脸上不动声色，注意力集中，两只眼珠子却惶遽地滴溜溜转个不停。

十九

他们在黑暗的过道里相遇。

“萨沙？是你？我来找你……”话声中既无恐惧，也无窘意。杜比宁在黑暗中扼住他的胳膊肘把他拉到门外台阶上。

“走。”

“哪儿去？”

杜比宁没有回答。

宽敞的院子在月光下显得分外空旷。在去宿舍的半路上可以看到一只黑糊糊的旧铁桶。宿舍的窗内灯火通明，虽然时间早已过了午夜。这窗内的灯光、闯进办公室的布舒耶夫以及绝非毫无企图夹在他腋下的斧头——一切都说明已经出了事情，该采取行动了。

将近走到铁桶那里的时候，布舒耶夫停下来问：

“你要把我带到哪儿去？”

“走，别说话。”

“等一等……你要我把钱还出来？那你就说嘛。”布舒耶夫用的是完全可以商量的语气。

“你得还出来。不过我先要跟大伙谈一下。”

“等我把钱放到桌面上的时候，谈起来更省事。他们的态度会好一些……”

“那你就拿出来……”

“我藏起来了。”胳膊肘被扼住的布舒耶夫扭过头去望着杜比宁。

“藏在哪儿?”

“横财不富命穷人，有什么办法……走，我带你去拿。”

杜比宁迟疑了一下，旋即下定决心。

“你前边带路。”

布舒耶夫把工长从宿舍那儿引开，向岸边食堂后的堤坝那边走去。

“你该记得，萨沙，”他仍以商量的口气说，“你曾经问我想不想回家。我离家已经十七年了，打从战争爆发一直没去过……近来我一直在想：最好到那里去娶一个带房子的老婆。有了钱，哪个娘们都愿意接受。真想过和大家一样的日子。我对于到处流浪已经腻了，我讨厌背后有看守站着……”

“只要老老实实干一个时期，就可以走你的路。我们会好言相送的。”

“萨沙，我亲爱的头头，对于你们的森林我也腻了。我待在这里就好像仍旧没有自由。潮湿、乌云、急流——呸!我们家乡四周全是田野，既舒畅又暖和。本来我并不想逗你的部下，可这班傻瓜自己送上门来。为什么不试试他们的能耐?瞧着这江岸，瞧着这班坐井观天的蠢货，简直令人恶心……”

“得了，聪明人，别说了。钱藏在什么地方?”

“稍等一会。今天你好像特别性急。我可不着急。”

“快一点!”

“别神气!”布舒耶夫甩开杜比宁扼住他胳膊肘的手，站到杜比宁的对面，衬衫的下摆散在裤外，脚上穿着流送工人的胶皮靴：看下半截——笨重肥大；看上半截——肩膀狭窄，颈脖细长。

他背后耸立着那座用巨石垒就、由柱子加固的堤坝，坡势伸向月色虚幻的夜空。大头滩就在旁边喧嚷，可以感觉到它湿润的气息。

布舒耶夫把斧头拿得更凑手些。

“你要当着众人的面谈，我可喜欢密谈。妙极了，四周一个人也没有。”布舒耶夫以嘲弄的目光端详着工长。

“钱到底在什么地方？你这个狗娘养的！”杜比宁向他跨前一步。

“退后去，退后去。你的部下休想看到钱。”

“你甭扬斧头，你吓唬不了我！”

“哦，头儿，我劝你少管闲事。咱们还是客客气气讲个条件：你告诉我，我的身份证放在哪里，然后不声不响放我走；这样，我当然也不会碰你。”

“把斧头扔下！”杜比宁紧握双拳。

但是布舒耶夫反而把斧头举起来，压低了嗓门，用疯狂的咝咝声说：

“拳头对斧头——你是找死！我把你劈了，拖去往江中一扔，那里有的是地方……把身份证给我，混蛋！你的抽屉里没有，你随身带在衣兜里。把身份证拿出来，王八蛋！”

杜比宁跳到一边，想俯下身去捡一块石头。

“啊，你这个狗杂种！”布舒耶夫立刻向他逼过来，“难道你带着护身符不成？所以不怕。你只要敢挥一下护身符，我就劈了你！”

杜比宁本来完全忘了挂在腰带上的猎刀。现在他拔出那柄短刀……但是，拳头也罢，短刀也罢，同样难以跟一个手执斧头的人搏斗。杜比宁握着短刀向江边倒退，同时又担心给石头绊一下摔倒在地。

他的一只靴脚从石头上滑到水中——背后是江，再退就没有路了。

“你完啦！快把身份证拿出来，否则……”

杜比宁向前冲去。他总算把身子偏开了些，一只手护住头部。那柄斧头大概比较钝，斧刃给衣袖挂住了从手腕子滑向胳膊肘。但是杜比宁的这只胳膊此后立即抬不起来，像木头似的再也不听使唤。

而咧嘴露出牙齿缺口的一张脸就在近旁，五官已彻底变了样，一双疯狂的眼睛睁得老大。斧头又抡了起来。杜比宁索性直接向斧下扑去，——在贴身肉搏中斧头并不可怕，——试图把布舒耶夫抱住，但一只被砍伤的胳膊不听使唤。布舒耶夫抽出身来，斧子仍举在头上。

杜比宁什么也顾不上考虑，只担心已经抡起的斧子马上就要劈头砍下来，他用短刀自上而下向布舒耶夫的胸膛戳去——一刀，两刀，三刀!

斧子掉在石头上发出沉闷的响声，布舒耶夫身子一挺，翘起下巴颏儿，软绵绵、悄悄然朝后倒下。

江水在急流处咆哮。除了水的喧嚷，什么声音也听不见。巨大的石块沉重地互相挤压着像一堵墙拔地而起。布舒耶夫摊开双手躺在那里，身穿宽松的白衬衫，笨重的胶皮靴往上竖起平头靴尖。水声浩荡……

杜比宁对短刀瞅了一眼，在泛着月光的刃锋上看到斑斑黑点——那是血。他扔下刀子，打着趔趄向布舒耶夫跨近几步，俯身一看，先是吓得向旁边一跳……布舒耶夫眼睛睁开，而喉咙一收一放，血成一条黑色的线从口中往外淌，他正在打着嗝儿咽气。杜比宁重新俯身想把他的头扶起来，但手在后脑勺上碰到了黏糊糊的东西。布舒耶夫跌倒时似乎软绵绵无声无息，这仅仅是别人的错觉，其实他在石头上碰碎了脑壳。衬衫上一摊油光光的深色血迹自胸前左侧漫漶扩散……杜比宁直起腰来。

他向房屋那边走去。胶皮靴的翻口互相挂住。水在喧嚷，靴脚踩在沙子上吱吱有声；每走一步，胶皮翻口就簌簌地响，置身事外的月光俯视着人间……

到了办公室里，杜比宁摘下电话听筒。刚才还忙得不亦乐乎的通话线路现在安静得吓人。左手举不起来，只得借助于肩膀夹住听筒，用右手转动电话的摇柄。

区民警局里值班的是一名准尉，姓奥西波夫。

“我是第五流送站的杜比宁……杜——比——宁！我刚才杀死了

一个人……对，是我杀死的……说来话长，详细情况你们会了解的……明天一早派汽艇去接？我一定派……”

他挂好听筒，坐到椅子上，把受伤的一只手轻轻搁在大腿上……

二十

次日，将近十一点钟，驾驶员吉洪用汽艇接来了三个人——一名预审员、一名法医和一名派出所民警。

小小居住地的全体居民默默地集合起来迎候前来勘查的人员，和他们一道向堤坝走去，布舒耶夫的尸体就横在岸边的石头上。

法医是位年纪已不轻的妇女，面容枯萎，看上去不大像公职人员；她把布舒耶夫身上的衬衫从下摆到领子剪开，用指尖轻触胸部察看伤口，再把死者的头托起来检验破碎的脑勺子。预审员拾起短刀，皱着眉头加以端详，然后要派出所民警把斧头也带走。

到了办公室里，法医解开大衣扣子，把头巾褪下来披在肩上，坐在杜比宁的桌旁开始填写表格。她那种埋头工作的姿势，给这间半为办公室、半为独居人住所的屋子平添了一派宁谧的气氛。当杜比宁瞧着她的时候，自己心里就觉得：已经发生的一切并不那么可怕。

预审员是个年轻人——两只招风大耳支着一顶制服帽，帽下的脸盘圆圆的，鼓着腮帮子，嘴唇成鸡心形状。他跟杜比宁谈话的语调十分客气，也十分冷淡。

“您知道死者赢了钱吗？”

“知道。”

“您对于死者可能把钱藏在什么地方是否有所了解？”

“如果我了解，就不会跟他一道去找了。”

杜比宁回答时大吃一惊地意识到——预审员在怀疑他为了谋财而杀死布舒耶夫。杜比宁正欲发作，准备向他大喝一声：“你这个娃娃，竟敢疑到这上头去！”后来他想通了：他——亚历山大·杜比宁——自己在同样岁数时并不比那位预审员更聪明、更通达。上级派他来审讯罪犯，既然杜比宁杀了人，那么，预审员在登舟时已经有了框框，当然信不过他。大喊大叫也罢，好言好语也罢，都改变不了这种人的先入之见，只得忍着点儿。

杜比宁顺从而简短地回答每一个问题。

“我想再问一问别人，找一找钱，”预审员说，“如果钱找不到，很遗憾，我不得不把您逮捕。请在门外台阶上少坐，未经许可不要到任何地方去。”

杜比宁走了出去。

布舒耶夫的尸体被移到办公室门口。他躺在台阶旁，下巴朝天翘起，血污的衬衫给剪破了，露出扁平的胸部：“岁月流逝，幸福无着。”

二十一

昨晚与布舒耶夫的谈话。钱。大清早就有人喊——出命案啦！这下把廖什卡的头脑彻底震昏了。哭吧，扯头发吧，叫妈妈吧……。无法理解！眼前一片漆黑！

整整一宿，钞票一直藏在枕头底下。这钱太可怕了！真想大声疾呼：“钱在这里，快来解除我的负担，这该死的祸根！”

钱就在这里！……可是叶果尔·别都霍夫一定饶不了他：“我找得好苦，可你躺在旁边，一声不吭！”只要想一想，当时叶果尔的脸色有多么反常、多么可怕……岂止叶果尔一人，所有的人都饶不了他：勾结歹徒，为了钱出卖伙伴！

那么萨沙呢？……杀人犯！这三个字廖什卡甚至不敢说出声来，哪怕想一想血液也会停止流动。萨沙现在的心情又怎样？全都是他——廖什卡——招来的祸殃……他把那个布舒耶夫从急流中拖了起来（早知今日，何必当初！），昨晚他又不敢跑去找萨沙和盘托出……现在这钱……要是萨沙知道……

萨沙会不理他，大伙都将不理他，把他从流送段赶走，那时村里谁都知道：“廖什卡·马林金是贼！”比起这一切来，布舒耶夫的恫吓已不在话下。可怕，费解。怎么办？

廖什卡在整理床铺的时候悄悄地把钱从枕头下取出。钞票是包在一方脏手绢里的。廖什卡先把手绢包塞进裤兜，裤兜立刻鼓起，这就更可怕了——现在每一个人都看得出来。廖什卡到木板钉就的厕所里去解开手绢包，把钞票分成两沓，深深地塞进胶皮靴筒——每只靴筒里塞一沓。

他和大伙一起迎候预审员，和大伙一起走到杀人现场，一起挤在办公室门外台阶旁，可是没有一秒钟不在考虑——怎么办？把钱藏到乱石堆里某个地方，然后装做偶然找到了——行吗？或者设法让别人（比如让叶果尔·别都霍夫）去发现——岂不更好？但只要一想到他得偷偷摸摸先把钱藏到那里去，廖什卡就开始发抖。干脆扔到江里去拉倒，把它忘掉，只当从来就不知道！

流送工人们聚集在宿舍里，在这里有人第一次说出这样的话——萨沙·杜比宁被怀疑谋财！廖什卡惊呆了。他坐着，恨不得把脸埋到地下去，眼睛竭力不看藏着钞票的靴筒。以前怎么没想到萨沙可能蒙受嫌疑？萨沙本来就老是谴责自己，如今又背上这谋财害命的黑锅！这哪能行？必须把一切都说清楚，毫无保留，把钱交出去，替萨沙昭雪冤枉！……

派出所的民警来要求大家暂时不要走散，并且先把耿卡·沙马耶夫叫到预审员那里去。

“司法部门都是些大公无私的人，他们一定能谅解……我可以请求预审员不对任何人说。我告诉他：钱已找到——事情就结了。除了布舒耶夫，谁也没有罪；至于钱是在哪里找到的，这跟谁都不相干……”廖什卡寻思着。

在叶果尔·别都霍夫之后他就被叫去，这可吓了他一跳。叶果尔对谁都不相信，他可能向预审员胡说八道。如果预审员立即开始怀疑，而偏偏接着又看到廖什卡交出来的钱——试问，那时还有什么办法为自己辩解。

“不管怎样，我还是要说，不管怎样……”廖什卡在心里重复着，一边小心翼翼地迈步挪动塞在靴筒里的布舒耶夫那一万卢布。

离台阶不远躺着布舒耶夫身穿血衣的尸体。杜比宁坐在台阶上；民警在他旁边倚柱而立。

杜比宁坐得很直，眼望着大头滩那边汹涌澎湃的江浪，留神扶住搁在大腿上的负伤的胳膊。在廖什卡看来，他此刻显得弱小孤单。萨沙·杜比宁已不再是发号施令的人，他现在和廖什卡一样无能为力。

目下主宰着流送段的是一个陌生人：头戴漆皮檐儿的制服帽，胸前有亮闪闪的扣子，漆皮帽檐下的一双眼睛看起人来从容而冷漠。他一见面就警告廖什卡只许说真话，否则“将追究责任”，还提到“刑法第……条第……款”。什么是“刑法”，什么是“条款”——廖什卡不知道，但想象得出一定是非常可怕的东西。可他一心想得到谅解、同情、宽恕……

漆皮帽檐下的眼睛审视着他。不，这个人不会相信的，一定说他跟布舒耶夫穿连裆裤！那么萨沙呢？……万一他也不相信怎么办？有什么办法能证明？如何揭开真相？真相只有布舒耶夫一个人知道。想到这里，廖什卡第一次为布舒耶夫已死感到惋惜，因为再也没有人能迫使他说话，甚至这个制服扣子闪闪发光的陌生人也不可能从他口中盘出真相。

预审员不会相信……萨沙·杜比宁不会相信……大伙都不会相信……当问到廖什卡能不能说出已死的布舒耶夫把赌博赢的钱放到哪儿去时，廖什卡回答说：

“不知道。”

他重又打杜比宁身旁，打民警身旁，打朝天翘起下巴的布舒耶夫身旁经过，头也不抬。他同样步步留神地搬动两腿，每一秒钟都紧张地惦记着靴筒里的钞票，不是朝宿舍的方向，而是朝江边走去。他一路走，头也不敢回，注意听后面是不是有人喊：“喂！你上哪儿去？”但是没有人把他叫住……

二十二

同志们一个接着一个打旁边经过——这些都是与杜比宁生活在一起的人，杜比宁活着也是为的这些人。他们向他投来同情、尴尬的眼光，旋即匆匆低首垂目。如此一个接着一个——走进办公室去，又从办公室里出来……

而背后则默默地站着派出所的民警，地上躺着他亲手杀死的一个人。

他没有罪！当时除此以外别无他法。他问心无愧！当他望着旁边浮沉在大头滩的原木、树林覆盖的陡岸、低空荡漾的云彩时，相信自己是无罪的。但视线会自行落到地上：蜡样的胸膛、后仰的脑袋、血迹斑斑的破衬衫、被践踏过的草上一只僵直的黄手……

是的，当时出于自卫，用刀子对斧头，是的，如果不杀死这个人，那么此刻横陈在台阶旁的便是他自己……事实确是如此，然而，这后仰的脑袋、衬衫上褐色的斑斑血迹、五指痉挛地扭曲的手——对于造成死亡的直接责任者来说，终究无可原宥。

大头滩翻腾着，抛扔着原木，郁苍苍的云杉和松树顺着陡岸往天上爬，而低垂的天空似乎很平静，预示着不久将有短促的阵雨。这些景象布舒耶夫永远也看不见了。一刀戳进胸膛——世界便告消失。

白刀子进，红刀子出……还是那个古已有之的老故事——人跟人合不来。十万年、二十万年、好多好多万年以前，就有这样的布舒耶夫们举刀抡斧要杀别人，从而迫使别人也拿起刀来对付他们。难道这是万劫不复的魔障，难道永远无法摆脱？

亚历山大·杜比宁弓腰坐在台阶上，望着林木茂密的两岸，望着江水，望着天空。一切都是熟悉的，他每天都看见这江水和两岸。这一带的地面多石，土质硗瘠，但生命从地下每一个罅隙中往外冒。在被踩得像铁板一样坚实的小径上，车前子照样钝皮老脸地撒开叶片——我们就是这样生活着，不怨命！可是就在近旁，却有一只皮肤毫无血色的、直僵僵的手……

杜比宁坐着，脸上表情呆滞。同志们打他身边走过都低下头来，眼睛瞧着地上。

二十三

汽艇驾驶员吉洪通常每次出航前都要发一通牢骚，现在却无谓地空忙着，只是沮丧地叹道：

“啊，我的上帝……”

马达半天发动不起来。

“啊，我的上帝，我的上帝……”

马达终于响起来了。预审员、法医、杜比宁、民警一一登上汽艇。

流送工人们在岸上默默无言地挤做一团。杜比宁向他们点点头，说：

“没关系，伙计们。事情会弄清楚的。”

“萨沙，”耿卡·沙马耶夫向前走出人群，“我有话要说……等一下，吉洪，别解缆……我们即使掘地三尺，也要证明你是没有罪的。”

“会弄清楚的。”

“至于那一次你责怪我的话……就是为了卡嘉，还记得吗？……你错怪我了……等这场风波平息下来，我一定请大家喝喜酒。”

“那好，既然这样，就请原谅。”

汽艇驶入江心，开始在大头滩上跳舞，一忽儿没入浪花，一忽儿翘起船头，及至过了小头滩，便消失不见，只在江面上留下一缕淡淡的蓝烟……谁也没有吭一声。

流送工人们个个低头看着自己脚下，默默地往宿舍里走去，默默地散归各自的铺位。

只是不见叶果尔一人。他在暮霭中沿着江岸踽踽独行，时而翻起石头来看看，时而朝灌木下瞧瞧——依然希望能找到钱。

宿舍里，首先开腔的是耿卡：

“你们赌牌把一个人给赌输了！而且输掉的是多好的一个人哪——是咱们的萨沙！”

“得了，别再往伤口里擦盐，已经够难受的了。”

“哥儿们，咱们最好还是动动脑筋，有什么办法能尽快把他救出来。”

“钱，该死的钱！要是钱找到了，马上就能洗清他的罪名。”

“那咱们来凑这笔钱，就说是找到的。”

“有道理！钞票又没做上记号。”

“这不是什么了不起的妙计——人家会识破的。结果只会使事情变得更复杂、更糟糕。”

“别胡思乱想吧！钱不可能跟随布舒耶夫的灵魂一起飞走。应当在这里！咱们把整个流送段的每一块石头、每一根原木都翻遍，把整个宿舍抖一抖底——总能找到！”

这时响起了一直给强抑着的啜泣之声。大伙抬头望去，见廖什卡·马林金正把脸埋在枕头里哭。

墙外大头滩在翻腾喧嚷。廖什卡索性毫无顾忌地公开嚎啕大哭。大伙面面相觑，默不作声。只有伊万·斯都普宁茫茫然拉长调子说了一句：

“乱——弹——琴……”

(1960 年)

审　判

［苏联］田德里亚科夫　著

一

锈红色的林中小河上架着一座摇摇晃晃的小木桥。两只狗夹起尾巴，提心吊胆地踩着细圆木往前爬。走在头里的一只身材较矮，毛色浊黄，它几次停下来郁悒地四顾张望。狗的主人、猎熊老手谢苗恩·杰杰林以好奇的目光注视着它。

“瞧，这畜生害怕了，”老猎人觉得有些蹊跷地沉吟道，“卡琳卡会害怕，真是怪事儿！……走，你这不长角的小母牛，走！你怎么啦？……”

“大概对这里的环境不习惯。”医士米佳京说，那口气似乎颇有见地。

“有什么不习惯的？即使掉下去，也没什么大不了。比这宽得多的河它也能游过去。作为一条猎狗，它这一辈子真可说见多识广。不知为什么这一次会昏了头……”

第三位狩猎者只是默默地看看那两只狗，又默默地瞧瞧狗的主人。

他们把猎枪卸下来在一棵老白桦坑坑洼洼的树干上靠好，然后坐到给一天的阳光晒得暖烘烘的草上。两只狗过了小桥，精神抖擞地跑过来，吐出舌头在杰杰林沉重的靴脚旁趴下。

这两只狗——卡琳卡和玛琳卡——是母女俩，却完全不相像。女儿玛琳卡个儿比母亲大，毛色较深，看起来反倒神气些、年长些。主人却一直单夸其貌不扬、背脊上不整饬地竖着一片片毛的瘦狗卡琳卡。到目前为止，这似乎有点奇怪。但是，现在两只狗并排趴了下来，便可以看到：卡琳卡的嘴型狭长，它伸出湿漉漉的舌头，张着黄牙黑唇，给人一种残酷无情的印象。你如果仔细观察大狗鱼的嘴，它也有那么一股异乎寻常的冷血和凶猛劲儿，能使你愣吃一惊。卡琳卡一双细小的、似乎皮肤给耳朵紧紧绷住的眼睛，把三位狩猎者的脸一一看过来，目光阴沉淡漠，通常狗向人表示亲热的姿态半点都没有。想必旁人也决计不会有闲情逸致伸手去友好地拍拍这皮肤干巴巴、脑门子舔得光溜溜的狭长嘴脸。性格固然不讨人喜欢，但也不可小觑——这只狗给人的印象是：它不会在狼的面前退缩，还会奋不顾身地向熊扑去。而毛色光滑、骨架宽大的玛琳卡和它的母亲相比，简直是忠厚老实的化身。

这块不大的林中旷地上耸立着两棵高高的白桦。一棵苍劲雄健，枝叶繁茂，把狩猎者头上的天空全部遮住。另一棵比较靠边，长在河岸下，由齐腰的灌木簇拥着。蛀孔很多的躯干有一人半合抱那样粗，毛糙的树皮随时会一块块脱落，枝柯犹如因拘挛而扭曲的皮包骨的手臂，上面一片叶子都没有。它也许是那棵雄健的白桦的母亲，或者是一丛生机蓬勃的树苗的老祖宗。数十年前，它的树根已停止从地下通过树干输送维持生命的汁液，可是树依然顽强地站着，死而不倒。

太阳向云杉林的树梢那边偏过了些。晒热的空气里有蘑菇和腐烂针叶的味儿。周围的景物令人产生某种困倦、安谧的感觉，就跟饱餐之后昏昏欲睡差不多。云杉懒洋洋地垂着它们沉甸甸的树枝，那棵伸展在半空中的白桦树上的叶子一片也不动。只有藏在柳树丛中的一处秘密浅滩汩汩地唱着催眠曲，只有蚊子在头上嗡嗡叫——此外万籁俱寂。

狩猎者就在芳草萋萋、人迹罕至的林中道路上躺下，享受着模模糊糊的、令人陶醉的自由。无牵无挂，无忧无虑，只消这样活着，让阳光照在脸上，吸着蘑菇的芳香，觉得自己跟这些郁郁苍苍的云杉是同类，自己是周围还处于原始状态的大自然景物的一分子，但愿整个儿无保留地融化在其中。只是蚊子讨厌，还有一重意识轻轻撩拨着神经，那就是他们要去做一件不寻常的事情——夜间猎熊。怪不得白桦树下几支猎枪的枪筒都擦得油光光的，在那里闪闪发亮。

二

密松林区的市镇、村庄、田野、草地、牧场——一切都淹没在森林里。乡间土路怯生生地穿过森林，腐水浑浊的小溪蜿蜒林中，沼地的湖泊像一面面黑色的镜子在密林深处闪光。针叶的汪洋吞噬了人们的生活，甚至这一带为数不少的猎人在森林里也觉得自己是客，不敢远离道路。唯独当地猎人中名气最大的谢苗恩·杰杰林有资格说了解森林，因为他一辈子都是在林中度过的。在幽暗的湖畔，在终年不见人影的神秘的林中洼地，都有他用亲手砍倒的松树搭建的小屋。这种小木屋就被各村的人叫做“杰杰林卡”，例如：柯舍尔杰杰林卡（在柯舍尔湖畔）、古宾杰杰林卡（在古宾沼地旁）、黎帕杰杰林卡、莫霍杰杰林卡、普罗科申杰杰林卡等等。不管谢苗恩闯到什么偏僻的所在，也不管是在滴水成冰的冬夜还是大雨滂沱的秋天，他都能走到最近的杰杰林卡，生起简易的石灶，烤干身上的衣服，熬一锅面糊充饥，如同在家里一样。

如果说，谢苗恩·杰杰林在某种意义上统治着森林，那么，躺在对面的那个人迟早要推翻他的统治。这个人名叫康斯坦丁·谢尔盖耶维奇·杜迪辽夫。

才一年以前，狄姆基还是个不出名的小村庄，跟别的村庄——库兹明基、捷米扬诺夫卡、帕辽内戈尔基——毫无区别。村里几座年久变黑的木屋从河岸上望着一片片被浮萍覆盖的水湾，全村总共一条巷，经过那里的一条道路雨天尽是泥浆，晴日尘土飞扬。那里和别处一样，清晨公鸡吊嗓；夕阳西下，母牛从放牧地返回穷巷。谁能料到，不寻常的命运偏偏等待着这个不起眼的村庄。决定兴建一座大型木材加工联合企业的地点既不选在库兹明基，也不选在捷米扬诺夫卡。旧木屋旁出现了组装的房子，开始打地基准备盖两层楼的砖房；在高低不平的草丘放牧地上，挖土机翘起铲斗已动工挖巨大的基坑。一批又一批工人从别处到来——里边各色人等都有，整天听到大喊大叫。甚至狄姆基这个羞人答答的名儿也不用了，取而代之的是神气十足的狄建工程局。

担任该工程局局长的便是杜迪辽夫——一个什么都办得到的人物。

密松林区的领导人多年来一直梦想从区中心修一条公路连接火车站。铺上五十公里坚实的路面，汽车就不致损坏得那么厉害，密松林这座小城市到了多雨之秋也就不致跟外界隔绝。对于这一设想曾作过计算，发过征询，结果是两手一摊——不行，力量不够！而杜迪辽夫一上任，不仅立即把公路修好，还铺了一条铁路支线。过去，这是别人连做梦也不敢想的事情……他开辟了从狄建工程局到密松林，从密松林到火车站的公共汽车线。他撼醒了区里昏昏欲睡的生活，把大批外地人调到这一带来。区委书记和区执委会主席见了杜迪辽夫恭而敬之，各集体农庄主席，甚至像多纳特 · 博罗维柯夫那样声望颇高的农庄主席，也经常围着杜迪辽夫转，竭力讨好他——兴许大餐桌上有些碎屑抖下来，兴许他能答应批一些水泥、钉子或铁皮，这些东西如果向农业物资供应局要，哪怕泪如雨下苦苦哀求，也休想要得到。

杜迪辽夫的摊子还刚刚铺开。他还要把“触须”伸向密林深处——敷设窄轨铁路。他要辟出许多界道来把森林纵横切开。他的联合企业将由四个木材采运中心和数十个新的伐木场供应原料，它们将分布在目前只有“杰杰林卡”孤零零独处的那些地方。集材拖拉机的吼声、电锯的尖叫、内燃机车的汽笛，将把熊全都吓跑。到那时，谢苗恩 · 杰杰林的统治也将结束。

前景是肯定无疑的，但也不是今天或明天就结束。眼下谢苗恩 · 杰杰林和杜迪辽夫把猎枪靠在白桦树干上，互相紧挨着一道休息，挥手驱赶蚊子。

在人前，谢苗恩 · 杰杰林没有什么出众之处——他身材不矮，既不瘦弱，却也不壮实得引人注目。他的一侧久经风霜的颧颊上结着一道毛糙的疤痕，所以他的右眼看人视物总好像板起脸微眯着。疤不是熊留下的，尽管谢苗恩一生猎到的成年大熊不多不少有四十三只，还有一岁上下的幼熊和熊仔二十来只。这疤是战争留下的：德军一发迫击炮弹的碎片擦伤了谢苗恩·杰杰林，当时他和别的工兵一起正在架一座横跨杰斯纳河的桥。

杜迪辽夫样子像他工地上的一名工人。晒得掉了色的鸭舌帽拉到脑门子上，旧上衣的翻领皱巴巴的，下身穿一条粗呢马裤，足登一双胶皮靴。他把簇新的、黄皮子还会吱吱作声的弹带解下来扔到白桦树下枪支旁边。他有一张棱角并不圆整、地地道道的工人宽脸盘，不过，一双往脑门子下面深深眍进去的灰色小眼睛目光沉着而坚定，说明此人头脑不是那么简单。

第三位狩猎者、医士米佳京是谢苗恩·杰杰林的邻居。他秃顶，体态笨重，在卫生院里穿着白大褂还挺神气的呢。从附近各村庄来看病的老太婆见了他都有些害怕，甚至背后也用本名连父名敬称，认为他很有学问。“从区里来的女医生哪里比得上咱们的瓦西里·马克西莫维奇。那一位到底还是姑娘家，不是往鼻子上抹粉，就是在嘴唇上涂口红，头脑里尽想男朋友……”不过，除了那些老太婆，别人对瓦西里·米佳京谁也不怀敬意。他的一帮孩子穿着破裤子满街乱跑，他自己又好杯中物。如果有头有脑地喝，倒也罢了，可他酒下咽喉就非说大话不可：“我们是实干家，比那些大学毕业的人不知高明多少倍……”总之，这是个不大有头脑的人。

米佳京早就央求谢苗恩·杰杰林看在他们是街坊分上带他去猎熊，说自己年轻时也喜欢打猎，并一再保证不坏事。谢苗恩把自己一支旧的单筒枪交给他，告诫道：“别往前瞎闯，咱们可不是去打野兔子。得处处听我的，每一句话都不要放过……”

现在米佳京既不注意四周的寂静，也不谛听浅滩的汩汩水声，大概并不感到自由的喜悦，只记住自己和受尊敬的人坐在一起，脸上一副煞有介事的表情。他竭力要显得胸有成竹的样子，甚至拍秃顶上的蚊子时也很持重。

三

谈话渐渐入港，大家心平气和，内容无关宏旨，无非因为已经沉默得有些腻了。话先从卡琳卡说起……

“狗有它的本能，用通常的说法就是习惯，”米佳京郑重其事地解释道，眼梢频频望着杜迪辽夫，“刚才在木桥上它害怕了，这就是恐惧的本能露头。巴甫洛夫称之为条件反射。唔……”

“照你这样说，卡琳卡有害怕的习惯喽？真是！”谢苗恩淡然一笑。

“不是一般的习惯，而是一种特殊的、生来就有的……”

“别扯淡了，还说生来就害怕。那为什么不光是咱们这一带的猎人来求我，甚至有人从七十公里以外的日梅霍沃附近来找我情商：看在基督分上，卖一只卡琳卡生的小狗给他们？难道他们就是要买天生的恐惧？卡琳卡下的一窝崽全都是好样的——没有更勇敢的狗了。”

“老哥，问题不能从所谓狗的立场高度来看。我可以提出科学依据……”

但这时杜迪辽夫开腔了，米佳京说到一半，立即恭恭敬敬地打住。

“勇敢……胆怯……前两个字好比一张奖状，后两个字等于下令记过……”

“正是这样。”医士为稳妥起见谨慎地附和道。

杜迪辽夫仰卧在草上，一只手枕在头下，另一只手懒洋洋地驱赶蚊子。

“我记得，战时我们有一位侦察兵军官说过：可怕的不是开枪的人，而是埋伏着的人。开枪的人可以理解，他要打死你，怕自己被你打死，他也是跟你一样有生命的人。可是不声不响埋伏着的人你不知道、不了解。而不了解的、神秘的事物是最可怕的。由于害怕不了解的事物，人们臆造了神，也臆造了鬼……”

“正是这样。”米佳京又附和着。

“你倒说说看，”杜迪辽夫面朝谢苗恩，用一只胳膊肘稍稍支起身子，“你经历过各种各样的危急关头，猎到六十多只熊，你有没有着过慌，有没有吓得魂灵出窍？”

谢苗恩·杰杰林想了想。

“着慌的事没有过。要是着了慌，现在我也不会跟你们一起坐在树荫下了。”

“你不可能一次也没有害怕过。”

“害怕的事当然有过，我也是跟大家一样的人。”

“那就讲讲吧……”

“也没什么可讲的。各种情况都有过。马克西梅奇[①]，你该记得，在我嫁克拉莎的那年夏天，我把一只多大的黑瞎子拖回来？”

“怎么不记得。那真是独一无二的孤本。”

“是啊，是‘孤本’。可是这‘孤本’可以把我撕成无数块晾在每一株灌木和小枞树上。我是从飞桥[②]上打的枪。可是这么大的个儿，难道一枪就能把它打倒？子弹打在肩膀上。只听得它大吼一声就往树林里跑。我从树上下来追上去。我们俩照例玩起了一场有趣的捉强盗游戏。它拚命逃，整个树林里一片噼噼啪啪的响声，就像着了火似的。我浑身湿透，直想把棉袄脱下来甩掉，可是没有时间：先得解开皮带，而皮带后面还插着一柄斧头……我在一小片桦树林里追赶，把枪里的第二筒弹药也送进了熊的身体，它霍地竖立起来……。二位朋友，我见过的野兽老鼻子了，可当时也吓呆了。那片白桦林子还年轻，而熊的脑袋竟高出树梢。我把枪身折弯，打开弹膛往里嵌子弹，

① 这是对米佳京的称呼。单叫略加简化的父名是一种不太正式的敬称，一般用于比较熟悉而又上了年纪的人。

② 猎人架在树枝上守候野兽的瞭望哨。

不料子弹卡住了，枪怎么也关不上。可是熊在走过来，它张开两只大爪子，真他妈的要命，眼看就要把我抱住……我扔了枪，拔出插在腰带后面的斧子……然而斧子压根儿不管用，因为我的头顶只够到它肚脐上边一点点。这畜生足有一所房子那么大，要是这所房子，不，要是这座活动的钟楼从上面压下来——那么我这么一个大活人肯定只会在草墩中留下湿漉漉的一摊。我抡起斧子大声喊叫……只要你珍惜生命，总会喊叫起来的。我喊的是：我砍死你，你这个什么什么的东西！还骂了娘，恐怕整个树林都听得见……我这一阵咋唬想必是够厉害的，那熊啪的一声四肢着地，又离开我跑了。我简直不相信自己的眼睛，每一根骨头都在哆嗦，手不听使唤，斧头柄插不到腰带后面去……”

谢苗恩·杰杰林讲到这里打住。在皮肤因风吹日晒而变得粗黑、颧颊给疤痕绷紧的脸上浮动着一丝难以捉摸的浅笑。杜迪辽夫和米佳京也不则声。他们不由自主地想象着这么一番情景：阒无一人的森林之夜，比坟墓更深沉的寂静被一声狂叫所划破。这一声叫喊尖厉凶猛，直钻受伤的野兽已被痛苦、绝望搅糊涂的大脑。暴怒与暴怒对峙，力大无穷的动物遇上了力量更强的人。

杜迪辽夫打破了沉默：

“到底还是把它打死了？”

“它能往哪儿逃？我把它逼到波米亚洛夫沟谷附近。在那里枪不再跟我开玩笑了。我把死熊拉回家，剥下的一张皮，钉在墙上从房顶一直挂下来，即使这样，两只后脚掌还是碰到地上的草。乡亲们都傻了眼……”

“独一无二的孤本，没说的。”米佳京叹道。

这时从旁边传来手风琴的声音。不知是谁的一双不太熟练的手在拉一支单调而浅薄的歌曲《开了再关……》。这琴声质朴、平淡，就像灌木丛中浅滩的水声，跟森林十分般配。

“哦，不知哪一个爱拉琴的闯到这里来了，”谢苗恩心里很是纳罕，“八成是波日尼约夫卡村的。”

一个小伙子走到树林边缘，他穿一身不合节令的黑色粗呢套装，干净衬衫的翻领散开在上衣外面，肥大的裤腿罩在靴筒上端，一架手风琴在他手中锃亮生辉，圆圆的脸盘泛着汗光。

“果然是波日尼约夫卡村的，”谢苗恩说，“生产队长米海洛的儿子，拖拉机手……嗨，小伙子！你打扮得齐齐整整上哪儿去啊？莫非到沼泽地跟女妖精成亲去？”

小伙子没料到会在这里遇上人，起先怪不好意思的，随后挺持重地整了一下肩上的手风琴皮带。

“上哪儿去？自然是去苏奇科夫卡。”

“是不是那里的姑娘们举行跳舞晚会？”

“可不是嘛。”

“怪不得，年轻人嘛。从波日尼约夫卡到苏奇科夫卡大概有十俄里地，没准儿有十五俄里。恐怕要在心上人那儿过夜吧？”

“哪能过夜，明儿一早七点钟就得上班。”

“到底小伙子精力充沛！”

谢苗恩·杰杰林毫不掩饰歆羡的目光，如同看到了自己的青年时代。米佳京面露“谅解”的微笑。杜迪辽夫多少有些好奇地打量着那个小伙子。他穿着这身与森林极不相称的节日服装，在某一点上使杜迪辽夫联想起手工制作的玩具摆设——那种上了光的俗艳小塑像中的一尊，其模样庄重得可笑，如今在城市里却很时髦。

“我们倒要往你们那一带去。”谢苗恩告诉小伙子。

“知道。我爹说了。”

“你们没有把那只畜生从食品仓库吓跑吧？”

“谁也没有靠近过那里。”

“这才对……你走吧，别耽误你太久了。”谢苗恩仁慈地放了他。

“来得及……祝你们成功。”

“也祝你成功。”

小伙子把手风琴的背带扯高些，继续往前走。不一会，隔着小木桥在河的那一边响起了质朴的琴声《开了再关……》。

谢苗恩·杰杰林从地上站起来……

“咱们也该走了。太阳已经不高。到那里时间正合适。”

两只狗挺精神地一骨碌爬起来。狩猎者分开了架在一起的枪支。

四

三天以前，波日尼约夫卡村的生产队长米海洛·雷斯科夫来到谢苗恩家里告诉他：一只熊在他们的放牧地转悠已有一个多星期了。到目前为止只是压坏些燕麦，吓唬去刈草的妇女，可前天夜里把一头一岁的小牛给撕了。一部分吃了下去，一部分照例藏起来，盖上些草皮和地衣，准备等牛肉开始有点儿发臭变味，再去痛痛快快饱餐一顿。

“你到我们村来，我亲自带你去那个地方。”生产队长向他许诺。

“我要别人领路干吗？你只要对我说了，我就能明白。你们那一带地方我熟得很，就和自己家里的院子一样。”

于是生产队长介绍说，熊的“食品仓库”在离林缘二十来步的沟谷尽头，并且说，在燕麦地里和在一片火烧迹地上长出来的树莓丛中都有可能遇见它。

“‘仓库’、燕麦地、树莓丛——都挨得很近。看来它不打算离开那儿。你准能找到，错不了。要是能把它除了——我们得安生，你也可以得到一注收入。”

“我带了狗去。”谢苗恩当即决定下来。

夏天猎熊通常用三种方法：设机关、搭飞桥、带猎狗。

谢苗恩·杰杰林瞧不起设机关的猎法：“乘野兽给铁夹子缠住的时候把它打倒——这算什么能耐！铁夹子是用链条拴在一根木头上的。让野兽拖着木头累得筋疲力尽，然后走上前去贴近它开枪。这种猎法简直丢人……”

从飞桥上猎熊比较困难。这是在附近有熊出没的地方找一棵树在上面搭的木架。猎人在日落前躲在飞桥上守候。但决计不能指望一枪就把野兽打翻。打不中——它会逃跑；打伤了——必须追赶。而受伤的黑瞎子是很危险的……

谢苗恩·杰杰林认为带狗猎熊比搭飞桥利索、把握大、有意思得多。带着狗任何时候都不会失去踪迹；狗能把熊缠住，也能把熊引开。一只训练有素的好狗在猎熊人心目中比一头奶牛更宝贵，而卡琳卡更是无价之宝。它的名气之大几乎不下于谢苗恩·杰杰林本人。

谢苗恩估计，正是在今夜黑瞎子要去看看它贮存补给品的“仓库”。现在他颇有信心地带领另外两个狩猎人前往，但并不着急。宁可稍晚一点到达那里（狗反正能发现熊的踪迹），也不要过早闯去惊动了野兽。万一把它吓跑了，在偌大的树林里盲目寻找，那就全靠运气了。

森林之夜照例是自下而上从树根底部爬起来的。残阳的一抹嫣红还没有从滞云上褪去，路上几乎已看不清自己的靴脚。冥色愈来愈浓，地面每一个孔隙都在沁出黑土般油腻腻的幽暗。这段时间的森林万籁俱寂——没有鸟鸣，没有风响，完全是一片无声的荒漠。然而，这儿附近有一只毛茸茸的巨兽在独自转悠——它力气大、性子野。此事既不是神话，也不是臆想。

米佳京落在后面，不时给树根绊倒，或者面孔撞在云杉带刺的树枝上，口中频频低声骂鬼，心里已在后悔自讨苦吃。

杜迪辽夫自以为狩猎颇有经验：他不仅打过野兔和野鸭（这类野味并不稀罕，只要懂得哪一头是枪筒，哪一头是枪杆子的人都能猎到），还在草原上参加过捕猎高鼻羚羊，在乌拉尔的湖面上打过飞行中的大雁，有一次曾得到许可同一伙人一起围赶一头大驼鹿。他早就盼望能去猎熊，可一直没有机会。

现在他走在谢苗恩旁边，一步也不甘落后，力图仿效这位熊把式轻松而又悄没声儿的步法，但是寂静的森林也使他感到压抑。此刻在朝哪个方向走，不明白；野兽在什么地方，不明白；在这漆黑的密林里怎样才能和熊相遇，不明白。什么也闹不清楚，就像盲人跟在向导后面，一切都由别人作主。

前面经常可以看到两只狗的身影。它们在等候谢苗恩；只要他一走近，狗又溶化在树林的幽暗之中。

谢苗恩站住。杜迪辽夫也止步。米佳京从后面撞到他背上，并习惯地骂了一句。

“别作声，马克西梅奇！”谢苗恩厉声低语发出命令，“一句话也不许再说了。”

“咱们走得对不对？”杜迪辽夫以轻得几乎听不见的声音表示怀疑。

“可以说已经到了。现在注意听狗的声音。它们一叫起来，立刻跟上，不能落后。”

谢苗恩走在头里。三个人步步留神，只要有一根枯枝在某人的靴脚下发出断裂声，熊把式立即严厉地扭头回顾。

阴暗的森林豁然开朗，狩猎者走上了一片庄稼地。此处明亮、寂静、安谧。燕麦地犹如围在怒发冲冠的林岸中间一个毛玻璃作镜面的湖泊。这里已不是熊的野蛮王国，而是人类开拓的熟悉境界。米佳京和杜迪辽夫都情不自禁地感到精神振奋。

到目前为止一直走得很快的谢苗恩·杰杰林忽然放慢步子，昂首挺胸，身体笔直，先前微呈伛偻的模样连一点影子也没有了。此刻他像一只狗正在逼近有野鸭藏身的芦苇丛。

他们这样穿过了整个麦地，重又碰到黑压压一片怪吓人的树林。一道摇摇欲坠的疏篱把麦地和树林隔开。谢苗恩在樊篱旁站住，伸长脖子、左右摆动着下巴颏儿凝神谛听。

天上开始显现一大点一大点苍白的星光。老远老远有一只秧鸡在呼唤，鸣声疲惫而悲凉。从一堵厚墙似的云杉密林透出阵阵潮气。熊把式神经高度紧张地谛听着，周围是一片昏沉沉、懒洋洋的寂静，只有那只秧鸡在不愉快地履行它夜间的职责。

从树林的方向传来轻微的喀嚓声——三人一齐朝那边转过头去，

但出现在樊篱后面的是两只狗。它们郑重其事地跑到谢苗恩跟前，熊把式并不压低嗓门，悻悻然骂道：

“活见鬼！……要么我出了纰漏，要么米海洛搞错了……咱们看看去。‘仓库’是不是在那儿？”

谢苗恩翻过樊篱，仍踏着原先那种轻快的步子朝树林深处进发。狗顺从地冲在前头，消失在黑暗中。杜迪辽夫赶上了谢苗恩，又问道：

“是不是这个地方？说是有一道沟谷……”

“这不就是沟谷吗？”谢苗恩生气地甩了甩脑袋，“给杞柳长没了。这里是沟谷的尽头，即使大白天一时也不容易发现。”

丛林中响起狺狺吠声。谢苗恩来一个急转弯，开始劈开枝柯径向前闯。

“嘿，这娘儿俩一双捣乱的畜生！高兴得什么似的！”说话的是谢苗恩·杰杰林。

杜迪辽夫和米佳京总算穿过了树丛，见谢苗恩站在一小块林中空地的边上，用一只靴脚若有所思地在刨土察看。

“库存没有动。”他说。

“它没来过？……”

“也许给吓跑了，或者……”

“或者怎样？……”

“或者吃得太饱了，这狗娘养的。现在不是闹饥荒的季节，这当儿覆盆子和牙疙瘩都熟了，燕麦又刚好抽穗，够它把肚皮撑破的，也许在别处吃得快活，忘了这‘仓库’里还有存货。”

“那咱们怎么能找到它呢？”杜迪辽夫问。

谢苗恩怏怏地默然不语，一边用靴脚尖翻拨地衣。在湿润而又异常新鲜的空气中透出一股令人作呕的臭味。

“已经有味儿了。这正是它最喜爱的好东西。”谢苗恩再次表示费解。

“这么说，是咱们运气不好？”杜迪辽夫追问不舍。

熊把式直起腰来，把双筒枪在肩上背好。

“到树林里去搜……你们趴下干吗？开步走！”他向狗吆喝一声。接着比较心平气和地添上一句：“咱们先把树莓林子找遍开个头。”

又是密密的树丛，又是尽往脸上扫来的云杉树枝和长在当道儿的树干，地上盘根错节，多的是坑洼草墩，四周暗沉沉、静悄悄。湿润、冷漠的森林跟半小时以前一模一样，但此刻它不压迫脑神经，不那么吓人。附近没有野兽，神秘的气氛已告消散，灵魂没有了，只剩下躯壳。可以感觉到谢苗恩·杰杰林如此赶紧是出于固执、赌气。杜迪辽夫和米佳京则习惯地听从他的指挥。

高大的乔木林换成了较矮的灌木丛，这里比刚才稍亮些，然而树坑和水洼比比皆是。大约五年前这里曾发生一场火灾，枯死的、烧焦的松树纷纷倒下，地面渐渐变成沼泽，开始长出赤杨和树莓丛。

忽然间，谢苗恩出其不意地站住，竟使杜迪辽夫撞在他宽阔而坚硬的背脊上。

树林深处响起了犬吠之声，两只狗的嗓门分明：毛糙带沙、干涩生硬的是卡琳卡；神满气足、夹着尖音的是玛琳卡。

“到底发现了，”谢苗恩低声说道，一边继续静听，一边慢腾腾地去拉肩上的枪，“到底给它们发现了踪迹……快……紧紧跟上……”

他没有朝吠声的方向跑，而是稍稍偏向一边。杜迪辽夫急忙跟上，但一下子就看不见他了。

“你们在哪儿？”一个生气的声音传到他耳边，“得跟着我，别磨磨蹭蹭！”

杜迪辽夫直奔话声的方向，追上了熊把式。抽打面孔的枝柯、丛生的灌木、老是绊脚的烂树桩，——五分钟后就叫人浑身发热，血在两侧太阳穴里打鼓，但杜迪辽夫还是拚命朝前闯，竭力捕捉杰杰林的脚步声，紧随不舍……

五

可是米佳京立即掉了队。他闯到一条相当宽的土径上，路面凹凸不平，泥浆干后形成许多嵌有石块的小丘。在土道上跑毕竟比在丛林中开路省力。于是他撒腿奔去，同时努力捕捉像隔着一堵墙那般隐隐约约的吠声。吠声愈去愈远。米佳京加快速度，指望赶到在树林里跑的杰杰林和杜迪辽夫前头。

但是，树枝又开始抽打面孔，树干又开始碰撞肩膀。米佳京闯进了密层层的丛林，便停下来喘一口气。心怦怦直跳，仿佛响彻整个树林。他骤然感到，自己的心跳是坟墓般深沉的寂静中仅有的声音。狗的吠声却听不见。

米佳京转身往回跑；他多次撞在小白桦的树干上，给湿漉漉的带刺云杉不客气地扎了几回之后，滚到一道不太深的沟谷里。及至伸腰站直，这才明白迷了路。土径已在脚下隐没。这条道大概是由牲畜踩出来的，直通树林深处，然后消失不见。

伸手不见五指。高处是风吹针叶树梢冷漠的飒飒之声。眼下，这茫茫大海似的森林之中只有他一个人。离此五六公里的某个地方，有一座给田野包围的小村庄波日尼约夫卡，可是究竟在什么地方，在哪个方向？奔跑中错过那个村庄的可能性极大，然后又是延伸数十公里甚至数百公里的森林、森林和森林。孤零零一个人在里边，就像从钓丝上脱落的匙钩掉进了万顷大湖：即使找几个月也休想找到。

风吹针叶飒飒作声，黑魆魆的树梢间隙中有一颗星在鬼睐眼似的作嘲弄状。

“谢……谢——苗——恩！”米佳京叫了一声。

喊声微弱，带着哭音，一下子就被夜间潮湿的空气所吸收。此刻谢苗恩正循着猎狗的吠声在追熊，哪能听见这叫唤！凭叫唤又哪能冲破这松香一般浓得化不开的黑暗！

“谢……谢——苗——恩！”

风在高处呼啸。

米佳京盲目乱跑，一路折断树枝，不时跌倒又爬起……

厚实的林墙从一侧现出缺口。米佳京折向那里。也许他已经绕了一个大弯子，结果又回到那片燕麦地也难说。

但这是给树木挤得很窄的一块林中旷地，还长满了又高又硬的草。旷地中央稀稀落落的一丛云杉泡在像果子冻那样稠的灰色浓雾中。一切都呈现着一派不祥的荒凉景象。米佳京特别害怕长高的青草——刈草季节快结束了，而镰刀压根儿还没有光临过此地，天晓得他怎么会阴错阳差来到这个鬼地方！……

就在这个时候，他似乎听到了犬吠之声。米佳京顾不得思索，朝狗叫的方向拔腿就跑。

吠声从远处逐渐趋近。可以分辨出卡琳卡短促而生硬的狺狺之声。米佳京在拍打他大腿的湿草中奔跑。贴地的浓雾中一棵棵幼嫩的云杉在他眼前跳舞。

突然，有一棵黑魆魆的杉树拔地而起，变成一团不可名状的短尾巴怪物迎面滚来。米佳京直接向着它跑去，但忽然想了一想，竟在原地粘住不动了。这不是熊吗？！他把熊完全给忘了！

熊扭着笨重的躯体，屁股一撅一翘地跑着急步。米佳京紧张得手指僵硬地开始卸下背着的枪，一脚踹空跌倒在茂草中，吓得不敢动弹……只听见柔软的脚掌踩在地上的剧烈震动，还有大喘气的哼哧之声……

狗吠叫着飞奔而过……

米佳京在草莽中摸到了枪，站立起来。先是一个身影，接着又有一个身影从雾中钻出。根据所戴的宽檐毡帽，他认出前面一个是谢苗恩·杰杰林，杜迪辽夫相距十来步跑在他后面。

他们没有注意仿佛从地下钻出来的米佳京，只是气咻咻、急匆匆地打他身旁冲了过去。米佳京赶紧跟上。现在他拿定主意，一步也不敢落后了。

六

祖先的本能开始显示力量。杜迪辽夫不再是一般的人，他自己变成了野兽——一只凶猛、嗜血、拖不垮的野兽。汗水蒙住眼睛，树枝抽打面孔，杈柯撕扯上衣，可他还是跑啊跑，既不觉得疼痛，也不觉得胶皮靴的沉重，一路跨越许多草墩、倒下的树干和残留的树桩。他只听到狗叫，还没看见熊，但全身的皮肤都感到：熊就在近旁并且已经走投无路。熊是逃不脱的，狗迟早要追上它，然后……

汗涔涔的手紧握猎枪。谢苗恩·杰杰林冲在头里。他的整个身体前倾得那么厉害，你眼看他就要跌倒，可是他并不跌倒。他奔跑时轻快如飞——怎么也赶他不上。

落在后面不知什么地方的米佳京忽然不知怎的又和他们在一起了，并且紧跟着跑上来，几乎踩到杜迪辽夫的脚跟。

吠声变成了疯狂的尖叫。在高高的茂草上飞翔的谢苗恩·杰杰林似乎给什么东西绊了一下，挺腰站直以后已不再奔跑，而是踏着有点像舞蹈的步子端枪往前走。杜迪辽夫缓过一口气来，用袖子抹去脸上的汗水。他明白：狗已经追上了熊，一场遭遇战就在眼前。怒不可遏的吠声从森林边缘的旷地那一端传来。虽然眼睛对黑暗已完全适应，杜迪辽夫起先还是压根儿分不清哪儿是狗，哪儿是熊。他只看到树木中间好像有物体晃动。一棵小白桦像童话里那样迎着端枪走近的谢苗恩·杰杰林鞠一躬、直一下腰。不过，杜迪辽夫终于分辨出草丛中两只狗的背脊，旋即清楚地看到了全景……

他最初只当做林缘上一个黑窟窿的东西，原来是用后脚掌作支撑站着的熊。狗狺狺狂吠，似欲扑向野兽，但毕竟不敢过于逼近。熊用两只前掌抓住一棵小白桦的树干乱晃乱摇，使它忽而弯向一边，忽而弯向另一边，仿佛在挥动一柄巨大的扫帚驱赶猎狗。

杜迪辽夫刚赶上谢苗恩，熊把式就举枪站住不动，有一秒钟工夫好像靠在枪托上睡着了……随着红色的火焰一闪，树林跳了一下，声音沉闷的一枪猛烈地撼动耳膜，在背后什么地方远远地激起回响……枪声尚未落音，还在旷地的一端回荡，就已经可以听到熊的咆哮，其声短促，病态地凶猛，犹如拼命逼出来的咳呛。两只狗发出撕心裂胆的尖叫向它扑去，旋又跳到一边……

“啊，你这浑虫！”谢苗恩懊恼地骂了一句。

熊仿佛掉入地下去了。丛林中传来孤零零一只狗的尖叫声。已折断一半的小白桦树在悲哀地悬空摇晃。

谢苗恩谨慎地一步一步走到小白桦树下，跪在草上俯下身去。跟着跑来的杜迪辽夫，这才看清楚有一只狗的身体瘫在草上。

“唉，你呀，真要命……偏偏自己去送死。蠢哪，到底太嫩了……卡琳卡就不会落到熊的手里……那混蛋把它的内脏都抖了出来。这不是好兆头，很不好……喂……”谢苗恩转向杜迪辽夫，“你给补一枪吧，别让它受罪了。我下不了手。”

他急忙跳起来退到一边去。

杜迪辽夫把枪抵在狗的脑袋上，见它毫无戒心地把头抬起一点点，还分辨出一只狗眼睛在昏暗中闪着微光，杜迪辽夫自己却禁不住合上眼皮，急忙摸索着扣动扳机，从双筒枪的一支筒里射出子弹。

硝烟沿着湿草散开。谢苗恩已不在近旁。米佳京站在一边不动。横遭摧折和扭绞的小白桦还在摇晃。卡琳卡的尖声吠叫向树林深处越去越远。它在跟踪追赶那野兽。

米佳京先撒腿奔跑。杜迪辽夫来不及把双筒枪重新装弹，仅在一支筒里带着一发子弹追上去。狩猎在继续。

七

熊受了伤，已无法摆脱狗的追赶。吠声有几次被狂怒的尖叫打断，接着是一秒钟的沉默。随后吠声又起，而且变得更凶猛、更有力、更倔强。那是因为熊试图向狗发动攻击，卡琳卡在东躲西闪。

他们发现前面是一道深谷，便顺着此谷追赶那野兽。忽然间，卡琳卡沙哑的尖叫拔高成幸灾乐祸的欢呼，然后声音变闷，仿佛狗掉到地下去了。

“恐怕是熊滚进了沟谷……”谢苗恩骤然止步。“果真是这样！”他扭头转向杜迪辽夫，口中的热气直喷到后者脸上。“我绕到沟谷上面去断它的后路。你们从这里下去。要是听到它在向你们走过来，你们就从远处吓唬它。朝天放枪。注意，不能让它靠近。要不然，这里又窄又暗，没准儿它能把你们压扁的。好了，走吧！”

谷坡上长着密密的赤杨丛，从沟底透出一股潮湿的腐臭，像是存放隔年土豆的地窖子里散发出来的气味。尽管眼睛在暗处已经习惯，但沟谷里的黑暗异乎寻常，又浓又陈。世界消失了——这里是阴曹地府。小石块在脚下窸窣作声，干硬的枝丫尽往脸上扫来，肩后则是惊恐万状的米佳京在那里急促地喘气。

“这个鬼地方，”他说得很轻，但还是掩饰不住内心的战栗，“跟坟墓一样。”

完全出人意料，在这以前闷声闷气的狗叫冲破了壁障，变得清晰可闻。但在这个被黑暗和陈年潮气捂紧的地府里，没法弄明白狗到底在远处还是在附近吠叫。

“要不要打枪？”米佳京还是用战栗的耳语声问。

杜迪辽夫没有回答。要不要打枪？会不会太早？距离太远的枪声也许唬不住野兽，反而引起它的警觉，结果它不是毛毛腾腾往回逃，而是顺着沟坡向上爬？那时谢苗恩会怎么想呢？老远就乱打枪，不敢放熊走近些！还是等一等为好……

狗叫声听得很清楚，可还是搞不懂熊是不是在朝这边走近。杜迪辽夫克制着神经质的颤抖：万一熊突然冲上来，恐怕脱不了身，不是给压得稀巴烂，就是被折断胳膊腿；要知道，熊受了伤，正火冒三丈。

杜迪辽夫想起——枪内只有一发子弹。要是打不中，可就完了——总不能挥舞枪托把野兽赶跑。他把双筒枪弯成两截打开弹膛，开始用一只手瞎摸子弹，可是子弹夹滑到一边去了，怎么也解不开上面的搭扣。

正在这个当儿，前边有什么东西喀喇一声塌了下来。沙哑的狺狺吠声，大喘气的呼哧声——熊就在近旁，可是枪弯成两截还没关上！米佳京急忙向旁边逃窜，肩膀在杜迪辽夫身上猛地一碰，差点儿把他撞倒。枪还没关上……杜迪辽夫一只手攀住灌木，两个膝盖着地顺着沟坡往上爬。

树枝的断裂声、嘶嗄而急促的喘气声、凄厉的狗叫声（其实近乎咬牙切齿而又无法泄愤的哀哭声）。又是断裂声、愤恨的狂吠，但已经远了些……

卡琳卡的叫声变闷了。杜迪辽夫这才明白，并且惭愧得差点儿哼哼出声。自己心慌意乱，竟让出一条路来，野兽甚至没有发现他便走过去了。

双筒枪还开着弹膛。杜迪辽夫懊恼地喀嚓一声把它关上。多年来一直梦想这样的狭路相逢竟落得一场空。多么愚蠢！多么荒唐！太丢人了！杜迪辽夫在黑暗中皱紧眉头。

谢苗恩·杰杰林大发雷霆：

“好样儿的得力助手！放熊往沼泽地里逃！这下可够咱们受的了……那就到树洼泥塘中间去爬吧！明明已经到了手！我只要你们唬它一下。唉，一对饭桶！你！……”他向自知有错胆怯地缩在一边的米佳京兴师问罪，“难道你忘了手里拿的是枪，不是一根烂木头？需要的时候便该放枪，要不就滚回家去，别在这里碍手碍脚！而你，康斯坦丁，自吹在草原上打过大山羊。现在看出来了——你打大山羊和臭野兔的确是把好手……”

谢苗恩骂着，杜迪辽夫顺从地保持沉默，并不企图为自己辩解。

他们跑到沼泽边缘。苔藓丛生的草丘中稀稀拉拉冒出一些瘦弱的小杉树。只有最近的几棵看得见，其余的被黑夜隐藏着。尽管如此，还是可以感觉到，这道由瘦树排成的樊篱有好几公里长。甚至夜幕也无法遮盖沼泽的荒凉凄清。

卡琳卡的吠声继续在这一大片沼泽的腹地回荡。这只又矮又瘦、勇敢得奋不顾身、固执得近乎疯狂的狗，还在孤军穷追一只轻轻一拍即可把它劈成两半的凶猛巨兽。卡琳卡哀号般的吠声紧紧地揪着杜迪辽夫的心。

八

他们出沼泽地的时候，夜已开始由漆黑转为晦冥，苔藓丛生的草丘轮廓逐渐显现。

卡琳卡叫破了嗓子，传来的已不是暴怒的狂吠，而是像车轱辘没上油那样嘎吱嘎吱的刺耳尖音。上下都是泥、浑身湿漉漉的狩猎者累得精疲力竭，却逼着自己奔跑。现在他们每一个人都恨透了那只熊：它害他们跑了多少路，吃了多少苦，在泥塘里打滚，还要忍受耻辱的折磨——总之，积下的怨毒已非一般打猎的狂热可比，而是要严重得多，到了你死我活、不共戴天的地步。

熊自己想必也累得够呛。它跳上大路就奔，只觉得跑起来省力些，不考虑在这里狩猎者会更快追上它。

这条路通往林中小河的岸边，仅仅五个小时以前，这三位狩猎者曾在那里一座小木桥附近歇脚、聊天、驱赶蚊子。

瞧，在那棵白桦树下倚放过他们的猎枪。那道缓坦的斜坡是走向小河边的。那棵被灌木包围的枯树在暗沉沉的微明中无力地保持着枝杈僵硬的拘挛姿态。

昏头昏脑的熊闯到小木桥前。桥肯定承受不起它的重量，泅水过河也来不及了，狩猎者已经追到岸边。于是那野兽竖起身子，索性迎着狩猎者走过来……

在灰蒙蒙的冥暗中，在伸得很开的灌木以及凌驾于灌木之上的白桦枯枝背景前，熊顺着斜坡走来，轮廓模模糊糊，因而更显得威严和庞大，像是没有血肉的幽灵。它并不咆哮；卡琳卡一再冲上去狠狠地咬它的大腿，咬一口跳回来一次，熊也听之任之，——它在默默地走向死亡。

三支枪同时举起来对准它。三个人都俯首靠在枪托上……

这时，谢苗恩·杰杰林听到灌木丛后面有手风琴声，拉的是快乐而浅薄的曲调《开了再关……》。

“别开枪！”谢苗恩喊道。

但已经晚了，两支枪同时轰然打响，卡琳卡发出嘶嗄的尖叫向朝前晃了一下的熊脚下扑去。懒洋洋的微风带走了有些陈腐味的硝烟。

熊倒在地上，成了一堆黑色的肉。卡琳卡在它旁边疯疯癫癫地跳踉。枪声沉闷的回响渐渐消失在远远的林莽中。杜迪辽夫和米佳京端着还在冒烟的枪，站在那儿一动也不动。好像缺少了什么似的，好像有什么东西从这个光线微弱的世界里消失了。

枪声的回响终于沉寂下来，卡琳卡仿佛噎着了似的突然停止沙哑的尖叫，灌木丛中一处浅滩的汩汩水声清晰可闻……谢苗恩伸长脖子侧耳静听——什么也没有，只有浅滩在柔声细语。

谢苗恩撂下猎枪，冲向小木桥。

一条林中小河冒气的浑水潭上架着三根细圆木，固定在一束束木桩上。微波不兴的小河、枝叶静止的灌木、草草架就的小桥——在这安然沉睡、人迹罕至的森林一角造成不受干扰的宁谧气氛。四周一片阒寂。唯有浅滩在旁边的矮树丛中絮叨不休。

铺着作桥面的细圆木在谢苗恩身体的重压下嘎吱嘎吱提出抗议。他四顾张望，在浮动着一团团灰色雾气的浊水中发现一件黑色的物体。谢苗恩从桥上跳下去，溅起的浪花几乎把自己震聋；他连脑袋一起没入水中，用双手和双脚够到淤泥沉积的河底，然后站起来，哗刺刺地大声蹚着齐腰的水朝那件黑色漂浮物走过去。够着了便把它抓住——原来是一架手风琴！

他把手风琴高举过头，靴脚仔细地踹入泥底继续往前走。一步，两步，三步……他恐怖地感觉到，某一件大而很轻的东西亲热地难为情地靠到他身上。

谢苗恩把手风琴扔开去，两只手伸入水中，立刻摸到柔软而又有些毛糙的呢料……水慢腾腾地分开，露出一只肩膀，随后是搭拉的脑袋，湿淋淋的头发粘贴在一边。

谢苗恩托起这搭拉的脑袋，推开水面的浮萍，把落水者拖到岸上。

九

小伙子被放到白桦树旁，几乎就在他们出猎之前歇脚的那个地方。杜迪辽夫俯身向他一看，急忙站起来，扔下子弹带，迅速脱去上衣和一件套领衬衫，把另一件贴身的衬衫就在身上哗的一声撕开。

“打在脖子上。”他用低沉的声音说。

自从两支枪同时打响以后，这还是说出口的第一句话。

米佳京站在一旁，双手仍然握紧膛内已无子弹的猎枪。谢苗恩顿时腰背大大弯曲，湿衣裳簌簌作声，向周围散发河水令人战栗的寒气；他冲着米佳京跨前一步，很不客气地夺去他握着的枪，把他朝躺在地上的小伙子那边一搡。

“你好赖总是个医士——该起点儿作用！”

米佳京跪倒在小伙子跟前，从杜迪辽夫手中接过撕成布条的衬衫，忙了起来——把小伙子毫无反应的脑袋转过来，自己像近视眼似的身子弯得很低很低，看了一下伤口，说：

“要一块浸湿的布。最好把伤口洗一下……”

杜迪辽夫抓起一块衬衫布条，瑟缩地耸耸袒露的肩膀，赶紧向河边跑，并在灌木丛中发出树枝折裂的响声。

“唉，要命，脖子上给子弹撕去了一大块，”米佳京喃喃地连声叫苦，“唉，你说这不是要命吗！……”

“你快想想办法，先不要哭鼻子！”谢苗恩催促着。

“摊上这档子事，有经验的大夫也没办法，我就更甭提了……即使在医院里的条件下也难办……”

杜迪辽夫来了，站到米佳京背后，小心地捧着一块滴着水的碎布。蚊子猛叮杜迪辽夫丰满的胸脯和肩膀，他扭动着身躯，瑟缩不已。

“有脉搏没有？”他问。

米佳京放下碎布，慌忙抓起小伙子的一只胳膊，在手腕子上东按西摸。

“啊，老天爷，老天爷！我怎么也号不出脉来——我的手指头直哆嗦……”

“那就贴在心窝上听。”谢苗恩给他出主意。

米佳京跟刚才一样顺从地摘下秃顶上的帽子，把耳朵贴在小伙子胸前。

“咳，简直变傻了！”谢苗恩悻悻地把他推开，“有隔着呢上衣听心脏的吗？”

熊把式动作粗鲁而利索地双手扯开小伙子湿淋淋的衣裳，让他露出胸膛。

“现在你听吧……”

蛋形的秃脑袋凑了半天的部位，然后一动不动地伏着……谢苗恩·杰杰林也一动不动地弓腰站在米佳京旁边，杜迪辽夫同样一动不动地继续当宝贝捧着那块湿布。米佳京的秃顶又开始不安生地移来移去。谢苗恩和杜迪辽夫屏住呼吸等待着。

“听不出。”米佳京抬起头来有气无力地说。

“我来！”谢苗恩把米佳京推开，自己贴到小伙子胸前听了很久，然后默默地站起来。

“怎么样？……”杜迪辽夫抱着希望问。

“好像一点声音也没有——没有心跳，也没有呼吸。”

“颈动脉……他在水中待了一段时间，等到拖上岸来，可想而知流了多少血。”米佳京喃喃地说着。

“给他做人工呼吸试试看，怎么样？”杜迪辽夫建议，“也许还能……”

他蹲下来抓起小伙子摊开的两只手。但是，他触及这双手的时候，感觉到它们是冰凉的，几乎比他刚才捧着的那块湿布还要凉。杜迪辽夫放开手，凝视着小伙子苍白的、似乎在幽暗中被抹去了一切特征的脸，迟疑了一下，勉强站起来，打着寒颤耸耸肩膀，使劲弯下身去从地上捡起自己的上衣和套领衬衫，默默地穿起来。

早晨按照惯例依头顺脑地徐徐来临。暗淡的星星显得力乏而恍惚。针叶树冠不整齐的边缘上方正在漫开一道微光，暂时还朦朦胧胧，有点像肥皂水——这不是朝霞，只是灿烂霞光的遥远先兆。天色还相当暗——看不清灌木上的露水，然而可以感到潮湿的树叶分外沉重。鸟儿尚未醒来……这是早晨吗？不，这是衰老的黑夜正在死亡。

在怯生生的薄明中，小伙子穿着黑呢上衣躺在草上，胸前的衬衫被扯碎。他的身体显得扁平，像是给碾过似的，只有靴尖翘起。引人注目的是一条裤腿塞在靴筒里，另一条散在靴筒外面。

三个狩猎者低首站着。他们疲惫的脸上胡子拉碴，两颊深陷，面色就像通常在微弱的光线下所呈现的那样惨淡、苍白。米佳京长圆形的秃顶又湿又亮。杜迪辽夫愁眉紧锁，这时没法看到他的眼睛，凸出的前额下只见两个阴暗的眼窝。谢苗恩 · 杰杰林弓着背脊，仿佛承受不了无精打采往下垂的两条大胳膊的重量。

谢苗恩第一个开始动弹。

“是啊，我的朋友，玩儿够了，现在该喝醒酒汤了。康斯坦丁，”他向杜迪辽夫说，“你快到区里跑一趟。把事情向管这事儿的部门如实报告……而你，”谢苗恩严厉的目光射向米佳京，“赶紧到波日尼约夫卡去。告诉生产队长米海洛，说他的儿子……我得守在此地熬着。扔下一切大家走开总不妥当。”

杜迪辽夫绷着脸点点头，米佳京则缩做一团。

“谢苗恩，你自己去说吧……我不行……”他用变哑的嗓音提出请求，“不要勉强我，怎么能去告诉人家这样的……”

谢苗恩抓住米佳京的肩膀，正色注视着他。

“猫儿是不是知道自己吃了谁家的肉？”

“开枪的可不是我一个人……”

“两个人开了枪。一个打死了熊，另一个打死了人。我认为：你使枪的本领差点儿。去吧！”谢苗恩把米佳京轻轻一推，不过这一推有着命令的意味。

医士搭拉着秃脑袋顺从地往林中走去，既不把枪也不把帽子从地上捡起来。杜迪辽夫皱眉点头作别，拿起双筒枪和弹带朝另一个方向出发。

从死熊那边传来汪汪的叫声。卡琳卡站在熊身上，背上的狗毛竖起，充血的狗眼视而不见地朝谢苗恩一扫，重又盯着下面。这只矮小精瘦的猎狗恶狠狠地撕扯着熊的颈皮，庆贺打倒强敌的胜利，为女儿的死向咽了气的野兽报仇。

“滚！没心肝的畜生！”谢苗恩怏怏不乐地把它赶开。

他走近些一看，惊讶地晃晃脑袋。

“真是……”

熊的脖颈子被咬得血肉模糊。

十

到了时候，鸟儿在灌木丛中活动起来，开始啁啾作声。到了时候，老白桦的树梢映出鲜红的霞光。河面的雾气已升到灌木之上……一轮旭日从树棘背后腾起——金灿灿、暖洋洋，泽被天下有情。阴影覆盖的草上露华正浓。

一小块绿色的土地到了一定的时间照例会发生变化，此刻正经历着每天早晨都要重演一次的小小更迭。

奇怪的是躺在地上的两具尸体，这是出格的现象，是与这个生机勃勃、欣欣向荣的世界不相容的。熊的嘴脸埋入草中，身体在缓坦的岸坡上形成一块褐色的地表肿瘤，露珠在它致密的毛上迎着朝阳晶莹闪光。赶早的苍蝇已在它头上盘旋。小伙子摊开四肢倒在潮湿的背阴处，脑袋向一侧倾斜。

隔着小木桥的河对面有一只杜鹃谄媚地开始啼叫，据说这是某人可获长寿的吉兆。

太阳慢慢地、慢慢地往上爬。夜里曾跳入河中的谢苗恩却没有设法把自己身上弄干。旁边躺着一个被打死的人，发生了这样的飞来横祸，哪儿还顾得上自己，哪儿还有心思把湿衣服一件件脱下来晒在矮树上。

“咕——咕，咕——咕，咕——咕！”无知的杜鹃在用啼声计算某人的寿数。

死人的事谢苗恩·杰杰林见得多了。他的伯父瓦西里·杰杰林——也是猎熊的一把好手——就是让一只母熊给撕裂的，那时谢苗恩才六岁。谢苗恩的父亲把母熊打死了，这并不难，因为母熊已经浑身是伤。猎人死在野兽之手是自然的，甚至是光荣的。人们死于疾病，死于衰老；战场上每天都有人被打死；但死得这样窝囊的事谢苗恩还是头一遭碰到。小伙子去跟心上人相会，兴许已打算结婚、成家——偏偏赶上这档子事。既未生病，又不打仗，也没去猎熊。从前人们说：这是生下来就注定的。瞎扯！无非是生活在要把戏捉弄人。

太阳已经升高，开始烤得一切都发烫。杜鹃或者叫得力乏，或者飞到别处去了。谢苗恩估计小伙子的父亲米海洛马上就会来到。其实，不该这么早就去惊动他。在预审员到来之前，不能把死者运走。而预审员不会来得那么快。等杜迪辽夫跑到区中心，报了案，等主管部门召集人员，进行谈话，再动身上这儿来——至少也要傍晚才能到，早不了。米海洛得眼睁睁瞅着儿子，在此地枯守到晚上。这一着实在考虑欠周到。

谢苗恩看看将近中天的日头，无可奈何地等待从波日尼约夫卡那边传来大车的辚辚声。

但结果还是区里的人先到。河对岸响起了发动机相当吃力的隆隆声，然后引擎熄了火，接着可以听到几个人在用办事的语调高声交谈：

“再往前过不去了。”

“就在这儿附近。”

“下车吧，咱们走过去。”

几个人开始从摇摇晃晃的小木桥上鱼贯而过：一个身材瘦长、肩膀狭窄的人谢苗恩并不认识，他穿的竖领制服上衣每一颗扣子都扣严实，胳肢窝里夹着个公文皮包；他后面，用一根粗手杖拄在圆木上走路一瘸一拐的是检察官捷斯托夫本人，一头鬈发上没戴帽子，浓眉黑脸，穿一件绣花衬衫，有几分像城里人跑到大自然中来避嚣休息路过此地；接着是一位身穿花连衫裙、提一只小箱子的年轻妇女；第四个是杜迪辽夫，衣服又皱又脏，不挎猎枪，不束弹带，但已经另有一种气度，仿佛换了一个人，——举止洒脱，身份显赫；走在最后的一个小伙子穿的是工作服，脚上一双油布靴已经走了样，想必是开车送他们来的司机。

杜迪辽夫走到谢苗恩跟前，绷着脸说：

“我把人带来了。”

“真快。我不明白，你怎么回来得这样……”

“我步行到苏齐科夫卡，打电话到工程局，叫他们放一辆车到检察署，然后我直接跟检察官联系上，请他坐车来，顺道把我带走……”

谢苗恩点点头。他忘了，杜迪辽夫只有在森林中打猎的时候才是凡人模样，到了外界可就不同了：一个电话打过去，甚至检察官也撂下所有的事情亲自赶来。这可不是米佳京。生产队长米海洛大概一清早就跑到大田或刈草地里去了，想必米佳京直到现在还在等他。

检察官瘸着在前线致残的一条腿，使劲拄着拐杖径直走到死者跟前，默默地站着，以犀利的目光察看了一分钟左右，喀嚓一声打开烟盒点了支烟卷，然后用完好的另一条腿作轴很快地向谢苗恩转过身来。

“这是怎么搞的，啊？”

谢苗恩两手一摊。

“偏偏有这等阴错阳差的事情……这儿别说夜里见不到人，就是白天一整天也难得有一个人经过。这地方不是什么通衢大道。”

“你是有经验的，应该考虑到。”

“考虑到了。要知道，一眨眼的工夫压根儿来不及拉住胳膊。我向他们喊了一声，可是祸已经闯了……”

“你喊了一声？……”检察官黝黑狭长的脸在一头浓密的鬈发下顿时现出警觉的表情，一双灵活的黑眼睛目光更犀利了，“喊了什么？”

“当然喊了。我听到手风琴的声音，马上喊道：‘别开枪！’可是看来他们过于紧张，没有立刻领会……”

挟公文包的瘦高个儿跨前一步注意听着。检察官和他交换了一个意味深长的眼色，转而面向杜迪辽夫。

“他确实这样喊了没有？”

“我现在回想起来——他是喊过一句什么话的。”杜迪辽夫回答说。

“您也听到手风琴的声音了？”

“手风琴的声音我没有听到。难道这对于调查工作就那么重要？”

“很重要，”检察官非常严肃地答道，“足以使整个局面改观。既然一个人能预先知道，别人也完全有可能预先知道同样的情况。干我们这一行半点也马虎不得。如果确实喊了，那就有人可能坐牢。否则只不过是一桩不幸的意外，用我们的话来说叫做偶然事故。”

他周围的人一个个默不作声，神色沮丧。

在谈话进行的时候，谁也没有注意一辆大车从波日尼约夫卡到来。坐汽车来的五个人加上谢苗恩·杰杰林以及坐大车来的米佳京和米海洛——共有八个人。在别处算不上一大群，但这偏僻的林中一角恐怕自从开天辟地以来还没有一下子看到过这么多人。

十一

光天化日之下，他们开始把发生在黑夜和凌晨之交的晦冥中的那段经过情形一丝不苟地从头再演一遍。

瘦长的预审员吉佳基切夫脱去制服上衣，卷起袖子，露出两条多毛的细胳膊，开始极其过细地盘问谢苗恩·杰杰林和杜迪辽夫：枪响的时候，三个狩猎者各人站在什么位置。

“好，当时您站在这里……那么，杜迪辽夫同志是在这里……啊，稍稍靠边一些。好，那么第三个人……第三个人在不在此地？”

“在。”米佳京胆怯地向前跨出一步。

“好。请回忆得准确一些，当时您站在什么位置……这里。好极了！”

吉佳基切夫站到米佳京的位置上，好像自己在用枪瞄准似的眯着眼睛朝熊趴倒在地的方向看了一下。熊后面是高出灌木丛的一棵枯树，它粗大的躯干树皮都已剥落，弯曲的枝杈耸在半空中。

“好极了！……您是不是记得起来，那野兽是应声倒地的呢，还是往前走了几步再倒下？我们有必要知道：枪响的时候，它究竟站在什么地方。”

“好像是立刻倒下的。”谢苗恩答道。

“立刻。好吧。不过，它究竟是不是立即倒毙，我们会弄清楚的。请注意，”吉佳基切夫转向检察官说，“这位同志……您贵姓？……啊，米佳京！是这样，当时米佳京所站的位置略低于杜迪辽夫，而杜迪辽夫的身材还比他高……”

检察官把阴郁的目光越过死熊投向老白桦的树干。

“这棵树把小木桥遮住了一部分。”他简短地说。

预审员当即会意地弹响舌头，说：

“嗯，嗯，嗯！……”他向米佳京那边退后些，仔细看了看，“而从这里望过去，视线较少给挡住……”

“不忙下结论。要尽可能准确地确定，小伙子是从什么地方掉到河里去的。”

这时，女法医拿着她在死者身旁填写的几张纸走过来。检察官和预审员站在她面前俯首听着。法医年纪尚轻，一张非常白净的俏脸庞一点也没有给晒黑；她聚精会神地皱紧细绒毛似的金色双眉，开始讲解：

“子弹从颈部左侧穿过软组织。飞出来的时候造成了裂伤。颈动脉被打断了。颈椎骨没有受到损伤。死亡时间估计不会迟于中弹之后十五分钟。必须考虑到死者还掉到河里，喝了水……”

“明白了，明白了，”检察官打断她的话，“拖到岸上的时候已经死了。请等一下，您和吉佳基切夫一起把死熊也检查一下。但愿打死熊的那颗子弹还在它身上。”

预审员小跑步往桥那边奔过去。检察官站到杜迪辽夫开枪时所在的位置。他们俩开始互相叫唤。

“我在走过来，阿列克赛·费尧多罗维奇！”吉佳基切夫从灌木后面喊道。

“我看不见！”检察官应道。

“现在看得见不？”

“看不见！”

“我在桥的正中央！”

“看不见！矮树把您全挡住了！根据声音我感觉到，您大概正好给大树的树身挡住。您找一根木杆或者树枝往上举起，我可以知道您所站的确切位置。”

过了一会儿，预审员把一条系在木棍上的手绢举过灌木丛。

检察官站到杜迪辽夫开枪时所在的位置，吩咐道：

“向前走两步。”

手绢在灌木丛上方朝前移动。

“再走一步！……再走一步！……停！……如果死者走在小桥正中至少可以走两米一直处于大树的掩护下。”

“不止，阿历克赛·费尧多罗维奇！可以走三米！”预审员从灌木丛后喊道。

“换一个角度再核对一下。”检察官移到米佳京开枪时所在的位置。

系在木棍上的手绢又在灌木丛上方慢慢地浮动。

“看到了……看到了……”检察官说。

“再走四步——桥就到头了！”

“停！……”

“离岸三步。几乎全程都没有遮蔽！”

“咱们不忙下结论。先仔细看一下桥面，有没有血迹留下。”检察官命令道。

年纪已经不轻的瘦高个儿吉佳基切夫匍匐在桥面上，顺着摇摇晃晃的细圆木爬过去，仿佛在嗅上面有什么味儿，时而停下来仔细研究。他这样从一边河岸走到另一边河岸，然后站起来，掸去膝盖上的土。

“没有痕迹。”他走到谢苗恩跟前，“您是从什么地方跳进水里去的？”

“好像是从小桥的半中腰。我一看见手风琴，马上就跳了下去。”

“当时手风琴在哪里？”

“在水里呗。”

“当然不是在天上。我是问在水里哪个位置？”

“桥的半中腰下面，稍远一点点。”

“那么又是在哪里发现人体的呢？”

“离这边河岸大约四步。小河在这里可以说并不流动，是个静水潭。我才跨出几步，就感觉到有东西靠到我身上……”

“好。一切迹象表明：在枪响的一刹那，小伙子所在的位置大致在桥的半路上，而不是靠近这一边或那一边的河岸。”

“这些复杂的玩意儿先放一放。还是去察看一下死熊，把子弹找到。找到了子弹，一切都清楚了。”检察官建议。

于是大家都来到死熊周围。法医在熊脑袋旁边蹲下来，一大群苍蝇嗡的一声飞向空中。

“这是怎么回事？”法医惊讶地指着熊的颈后部问。

“是狗咬的……”谢苗恩答道，“在我们把小伙子从水中拖起来想对他施行急救的时候，该死的猎狗便在熊身上放肆胡来。”

“为什么恰恰撕扯这个部位？”

“谁知道它。大概它喜欢这样。”

法医皱着眉头，用纤细的白手小心翼翼地转动那野兽毛茸茸的、轮廓粗壮的大脑袋。

“我看不到子弹孔，你们说怪是不怪？”

“再瞧瞧，再瞧瞧。根据当事人介绍的情况，熊是在枪响的同时倒毙的。”

“也许在心脏区。你们想办法把它背朝下翻过身来，我再检查一下它的胸部。”

四个人——谢苗恩、吉佳基切夫、杜迪辽夫和汽车司机——抓住腰部浓密的熊毛，用肩膀互相推动，共同努力把死熊沉重的身体翻了过来。

法医皱眉蹙额的俏脸庞集中注意察看野兽的胸部，一只小手一寸又一寸慢慢地扪触熊的胸部、腹部和腰部。

“有了！一只爪子受了伤！但这并……并不是致命的创伤。熊不会因此立刻死亡。”

“这是我干的。是第一处枪伤……”谢苗恩赶紧解释，“那还是在波日尼约夫卡的刈草地，我们追上它的时候我开枪打中的。我瞄准的是脑袋，看来它在那个当儿用爪子挡了一下。它带着这伤差不多跑了三个钟点，想从我们手中逃脱……”

“我不明白，那个致命伤又到哪儿去了呢？”法医惑然不解，手继续在毛茸茸的熊身上摸索。

“会不会它的心脏出了毛病？我听说熊也有死于心脏病的。”检察官提出他的设想。

“大概也有这种情况，尽管很少见，”法医勉强表示同意，“在这样的条件下，凭我所带的几件器械解剖这么大一只死熊，可不是一件引人入胜的工作。还是再找找看。”

“您找吧。我们也希望知道，熊大叔是中弹死的，而不是因为它自己心力衰竭。如果两颗子弹都没有打到它身上，那就没法从这团乱麻中理出个头绪来……”

“等一下，等一下！”法医双手抓住熊脑袋，使劲掰开它的大口。“啊，果然如此！我怎么早没料到呢？瞧！是打死的！子弹正好命中张开的大口。请看，门牙给打掉了，包括一颗獠牙。好像……子弹是从咽头下面穿过去的……”

“切开！找子弹！”检察官发布命令。

法医为难地摇摇头。

“这么坚硬的骨头和关节，而我带的器械又……”

“找吧！”

预审员在法医旁边蹲下身来。

熊躺在烈日下。空气热得纹丝儿不动。从死熊身上散发出一股邋遢的森林动物特有的触鼻臭气，其中还杂有凝固的血那种令人作呕的腥味。大家都退到一旁，在背阴处坐下，只有预审员留在法医身边帮忙。还有司机也在那里转悠，怀着好奇心惊异地观看那只被打死的野兽。

检察官把不能弯曲的一条腿在草上伸直，在沉思默想中吸烟。杜迪辽夫看起来也还平静，但是他那过于不动声色的脸（胡子没刮，显得有些憔悴）、从饱满的天庭下直视前方的呆滞眼神、急促地一口口使劲抽纸烟的神态，毕竟流露出内心的激动。

与他们相距几步，医士米佳京和死者的父亲米海洛·雷斯科夫并排坐着默不作声。米佳京的脑袋不由自主地搭拉在胸前。米海洛有气无力地眨巴着眼睛，视线越过在死熊旁边忙碌的法医和预审员，不知落在什么地方。这是个身躯瘦小的农民，温顺的脸上皮肤粗糙，深深地刻着许多皱纹。他是个安分守己的老实人，通常说这种人掉进了泥潭也不会把水搅浑。他一直待在不显眼的地方，不哭不号，不向任何人问这问那，人们似乎把他忘了。

一向比较自信、一向沉得住气的谢苗恩·杰杰林，这一回却莫名其妙地感到精神上老大不自在。死熊旁边的忙碌景象使他心烦，杜迪辽夫的汽车司机使他恼火——老是在野兽周围转来转去，像参观什么稀世奇珍似的。就在附近还躺着一个跟他一样的小伙子呢。难道熊比人更有意思？应该知道，这样睁大眼睛瞧热闹是非常不文明的，至少也得做做知趣的样子。此外，耀眼的阳光、死熊的气味、瘦长的预审员、年轻的女法医——也都惹谢苗恩生气。他没有一会儿不感觉到米海洛在此地，始终不敢朝他那边瞅一眼……谢苗恩甚至小时候也不哭。有时候他也挨母亲的揍，而母亲老是抱怨："这孽种，你怎么也打不出他一滴眼泪。"可现在他五内如焚，热泪盈眶，马上就要夺眶而出——而且是在大庭广众之间！人们一定大为诧异：熊把式谢苗恩居然掉了眼泪……

大家心里想必都不好受；检察官虽然与事件的发生并不相干，到这里是来办公事的，但连他也慨叹道：

"世上的事就是这样：没法料到会在什么地方赶上祸灾。纯属偶然。"

他这话是冲杜迪辽夫说的，后者没有吭声。

这时，预审员和女法医从死熊身旁站了起来。检察官费力地用手杖和树干作支撑，喘吁吁地也站起来。

"怎么样？……"

预审员把两只长长的胳膊一摊。

"没有子弹。"

"熊大叔不可能把子弹吞下去吧？"

"子弹从另一边飞了出去。狗撕扯脖颈子也是因为那里本来有子弹的出口。什么地方有血，它就在什么地方乱咬乱撕。"

"您能肯定子弹飞了出去吗？"

"医生表示肯定，而我没有权利不相信她。"

"要是在周围找一找的话……"检察官不太坚决地提出建议，但他看了一下死熊后面长满青草和赤杨幼苗的斜坡，瞅了一眼顺着河岸向上伸展的灌木丛，只得把手一甩。"找也没用。把事情告一段落以后回家再说……”

法医脱下橡皮手套，收拾好器械，到河边去洗手。她满脸是汗，累得够呛。

十二

所有的人家里都有事情要处理。甚至米佳京家里也有事。林中小河的岸上只剩下谢苗恩和米海洛。

只有被践踏的青草和扔在这里那里的烟头表明，此地刚来过一帮不速之客。

熊的姿势也改变了。它现在侧卧着，不知哪位把一只熊掌举起来略事遮盖破损的嘴脸。苍蝇已经重又盘旋在它的上方。

谢苗恩走到正在把一匹马从树林里牵出来的米海洛跟前。

“要不要帮你把小伙子送回去？在沟谷里你一个人怕拉不住——会翻倒的。”

“好吧，要是不太麻烦你的话……”

他们把死者抬上铺好干草的大车，把他老是向一边斜垂的脑袋安置得好一些。米海洛拿起缰绳，两人默默地向森林进发。

可是，车走了还不到二十步路，米海洛就把缰绳脱手，让到一旁坐在地上。

“我这是怎么搞的……两条腿站不稳。”

这个身材矮小、肩膀狭窄而又长着颗大脑袋的庄稼人，把终年辛劳累扁的一双手叠在膝上，眼窝下面鼓着两只“口袋”，厚实的大鼻子沮丧地搭拉下来……眼看别人毫无怨言地承受这种无法挽回而又未经倾吐的悲痛，谢苗恩·杰杰林的喉咙哽住了。他又感到心烦意乱，只想一个人走开，躲进树林，到没人看见的地方——不是去哭，哭有什么用！——干脆去昏然沉睡，忘掉一切。谢苗恩站在米海洛身旁不知如何是好，只得有礼貌地眼望别处，从脸上的表情看得出他心里有多么沉重。

米海洛断断续续发出一声深沉的长叹，垂头丧气地移动身躯从地上爬起来。

“你先上车坐一会，”谢苗恩劝说道，“把缰绳给我。”

“没事儿。现在好些了……我能走到。”

米海洛重新拿起缰绳，用不太响的声音诉说：

“我的两个大儿子都在战争中牺牲了……车上这一个是最后的一根苗苗……”

他们又默默地往前走。米海洛手执辔头略略靠前，谢苗恩在他后面保持五步左右的距离。

一副溜肩膀，晒淡的衬衫下尖尖地隆起的肩胛骨，棕黑色的颈项，走路不是大摇大摆，但步子相当快，劲儿都使在刀口上，正像所有这辈子还用过犁耕地的老农一样。谢苗恩走在后面，望着从衬衫下显现轮廓的肩胛骨……

他又想起刚才对死熊老是看不够的司机小伙子。熊引起那人很大兴趣，可是米海洛的不幸被忽略了！也许他压根儿没注意到不声不响坐在一旁的米海洛，还安之若素地自得其乐：“真稀奇，好大的野兽躺在地上！……”你应该悲愤，应该替他人感到痛心——那儿有个活人正在心痛如绞。他和你一样也是有血有肉的活人。你应该把他的痛苦当作自己的痛苦。能帮助就帮助；不能帮助也该体恤人家。体恤——这恐怕是最重要的。要拯救世界完全免于不幸和灾祸是做不到的——不幸和灾祸过去有，将来还会有！不管有识之士考虑得多么周到，想把世上的生活安排得妥善些，给所有的人增添快乐——即使得到了新的欢乐，即使生活安排得有条不紊，孩子还是要痛悼死去的父母，美丽的姑娘还是会因为意中人另有所爱而流泪，类似的无妄之灾也仍将发生，造成意想不到的死亡或伤残。糟糕的是有难独当！如果世界能永远忘掉“有难独当”这一说法，那么，横祸飞来就比较容易对付，临到不可避免的事情也比较容易忍受。

谢苗恩不可能意达句顺地说出自己的想法，他只感觉到：某种意义重大、非言语所能表达的复杂道理此时沉重地压在他心上。

路上没有遇到多少麻烦就到了波日尼约夫卡。生产队长米海洛·雷斯科夫的家在另一头，大车不得不穿过整个村庄。

村民们纷纷出来。孩子、妇女和老太婆们保持阴郁的沉默，跟在大车后面缓慢地走向生产队长的房屋。

米海洛的妻子跑下台阶，稀疏的头发散乱，上衣的领襟敞开在干瘪的胸前。她用力分开众人挤到车前，伏在儿子身上放声大哭：

“我的心头肉啊！我的命好苦啊！你撇下了我，叫我伶仃孤苦怎么活哟！还是让我替你这样死吧！……”

别的村妇们也跟着她哭起来。人群中发出埋怨之声。

“没见过这样打猎的！”

“咱们请人帮忙，这下可帮了大忙，没说的！”

“该死的害人精！”

发生了不幸的事情，人们想不出更好的办法，只会拿肇事者责怪一通。

谢苗恩·杰杰林站着低下头来。

十三

米海洛跟大伙不一样，并不把事故归罪于谢苗恩，还一定要借一匹马给他。

“你总不能自己把熊扛回去吧。别客气……要是那只熊白白糟蹋掉，我跟我老伴心里并不会好受些……”

好心和怨气一样能感染他人。不友好的呼声当即平息下来，有两个小伙子自告奋勇愿助谢苗恩一臂之力。

在回去的路上，谢苗恩向两个小伙子吐了苦水。他怪自己不该鬼迷心窍去跟米佳京缠在一起，那个废物恐怕从来没拿过猎枪，可是自吹说过去也喜欢打打猎……谢苗恩原先倒是考虑过，保护一个生手免遭野兽的伤害估计问题不大；可万万没有想到，正是应该提防他伤害别人，压根儿不能让他参加这种危险的游戏……安慰自己最简单的办法莫过于戳着另一个人的脊梁骨，说：不是我，都是他的过错。谢苗恩就这样一路发牢骚，痛骂米佳京不是玩意儿，逐步对他产生怨恨。波日尼约夫卡村的两个小伙子以同情的态度听着他说，频频点头称是。

往日谢苗恩把猎到的野兽带回村子无异于一场凯旋式。全村老少奔走相告，帮着把打死的野兽拖下车来，仔细观看，用手摸摸，纷纷表示惊诧，连连发出赞叹。这一回，车到家门前已是深夜，死熊就扔在柴草棚里。帮忙的两个小伙子告辞上车。谢苗恩叫醒老伴，胡乱吃了点儿东西——他没吃没喝已经超过一天一夜，——便倒在铺上睡着了，睡得很熟很熟。

翌晨，他按老习惯很早起床，才洗了把脸，就往放着死熊的柴草棚里走。卡琳卡已在柴草棚门口放哨，一见主人，连忙站起来，很克制地摇摇尾巴。

熊的脑袋被女法医划了好几刀，一块块皮从上面挂下来，一些骨头露在肉外。谢苗恩决定先把熊头割下来切成碎块扔给卡琳卡——那猎狗照例坐在洞开的门口，并不吠叫，耐心等待着该归它的一份。

谢苗恩在使刀的过程中感觉到，连接颈与颅的脊椎上部给打断了。他用刀一挖，有一小块状似河中卵石的黑色物体掉出来，落到他铺在自己膝下的麻袋布上。谢苗恩把它捡起来。那东西体积虽小，却颇有分量。子弹！正是法医要找的那颗子弹！轧扁了的一小段铅锭，谢苗恩总是自己把这样的铅锭搓圆后塞进弹壳的。

谢苗恩放下刀子，把子弹握在掌心中站起来，赶开了卡琳卡，关上柴棚门，往屋里走去。

在台阶旁他被米佳京的老婆纳斯塔西娅截住。这个胸部扁平的瘦女人怒冲冲地瞪着一双不转动的眼珠子，一个鹰钩鼻气势汹汹地向前突出，——怪不得村里人给她起了个外号叫“夜猫子”，——她当道儿一站，两个瘦拳头抵在腰间。

“你们这是弄的哪门子鬼？明明几个人一起闯的祸，干吗尽往一个人身上推？”她一开腔声音就刺耳，而且嗓门愈来愈高，几乎像在没命地叫喊。

“够了，别大吵大嚷！”谢苗恩拳头里攥着子弹，想从她身旁走过去。

但医士的老婆不肯放过他。

“你眼睛不敢朝前看！亏心哪！可是你瞧见他们没有？……”她把裙裾一抖，只见米佳京最小的两个孩子抓住母亲的衣角藏在那里：稀脏的圆脸盘、凸出的浅色眼珠子——活像两只小猫头鹰。“你们想夺走他们的老子！把一个人打死了——可不是闹着玩儿的。你们害怕了，嗅到了冷班房的气味，所以就合计着把老实巴交的绵羊塞进衙门去，自己可以脱清干系。偏偏他一下子就蔫了，由着别人摆弄。你们欺他向来不敢跟别人顶。可是我不让你们欺负他！不，没门儿！……”纳斯塔西娅不住口地高声数落着。

听惯了母亲大叫大嚷的两个小孩，继续从衣裾后面睁大眼睛望着谢苗恩。而谢苗恩深知村里没有哪一个娘们比夜猫子纳斯佳[①]更会吵闹的，所以，站在原地不知如何是好，只是皱紧眉头尴尬地望着他们娘儿仨，偶尔说上一句：

“你发这么大的火干吗？眼下还不知道究竟！”

“我全知道！你八成可以躲在一边儿——反正你没开枪。另一个又是官儿，位高势大——可惹不起。除了让我那个傻瓜做替罪羊，还能叫谁去抵罪！……”

“你说到哪儿去了……”

纳斯塔西娅的嗓门突然破了音，她用头巾角捂住鼻尖哭了起来：

“你们的良心不知哪儿去了……他得养活五个孩子啊。照这样看来，如今我们只有一条路——去敲别人家的窗户要饭……我这又是受的哪门子罪啊？千不该，万不该，不该嫁给这么个窝囊废，为了他一辈子苦不出头……”

纳斯佳的眼泪，从她语调中流露出来的绝望，而最主要是那两个小孩毫无意义地睁得老大的眼睛，使谢苗恩心里难受得直想呕吐——

① 纳斯佳是纳斯塔西娅的小名。

就跟昨天法医在死熊身上找子弹时他所感受到的完全一样。

“别哭了！谁也不打算坑害你的瓦西里，压根儿就没这么想过。”说完，他用肩膀把纳斯塔西娅推开，打她身旁走了过去。

在炉灶旁谢苗恩找到两只煎盘——一只大的，另一只小些。他拿了煎盘，把自己关在挂猎枪的一间侧屋内，通常他在那里准备打猎需要的各种用品。他把轧扁的子弹放在大盘里，用小盘从上面挤压，开始滚搓那一小段不圆整的铅锭。

谢苗恩一边滚搓，一边心想：此时他的每一个动作都在把米佳京引向灾难。前不久检察官说过——事情很糟糕，有人要坐牢。如果他——谢苗恩——把子弹放到桌面上，说是从熊体内取出来的，——米佳京就没法脱身了。

昨天跟着米海洛走在大车后面的时候，谢苗恩产生过某种崇高的、善良的感情：糟糕的是有难独当！如今灾难临到米佳京头上。这是一场飞来横祸、无妄之灾，而且并不是某人制造出来的。纳斯佳怕要守活寡，孩子们将成为孤儿……自从在波日尼约夫卡受到不友好的接待，自从听到有人喊出“没见过这样打猎的！”“该死的害人精！”之后，谢苗恩甚至没想起米佳京的日子也难过，甚至还痛骂他不是玩意儿，戳着别人的脊梁骨，给自己解心宽。现在他把子弹搓来滚去，好像这颗子弹能为谁造福似的……米佳京也可怜……

然而，谢苗恩还是继续滚搓。那一小块铅渐渐变得比较圆整、光滑，已不在小盘子底下发出咚咚响了。

谢苗恩借给米佳京的那支折筒式旧枪被预审员带走了。但谢苗恩的双筒枪和杜迪辽夫的双筒枪口径相同，用自己那支枪试子弹也行。谢苗恩从墙上取下自己的双筒枪把子弹凑近枪口的窟窿眼……意想不到的事情发生了。子弹塞不进枪口。谢苗恩不相信自己的眼睛，又试了一次——不，口径不符！打死熊的那颗子弹是从米佳京那支十二号口径的枪筒里飞出来的。

谢苗恩在箱凳上坐下，把枪夹在两膝之间，仔细察看掌上那颗子弹。如此说来，小伙子是被杜迪辽夫打死的。但谢苗恩也不愿杜迪辽夫倒霉。藏起来？扔掉？不行，这样他们会归罪于米佳京，而杜迪辽夫反正有办法卫护他自己。必须去找他，把子弹给他瞧，把一切都告诉他。对，找他商量最合适。得好好拿个主意……

谢苗恩把子弹揣在衣兜里。

十分钟后，他已经迈步走在通往狄建工程局的公路上。

十四

建设工程没有把狄姆基村从地球表面抹去。村子还在老地方——两排不整齐的原木农舍被紧紧地挤到河岸边上。过去，你不觉得它们特别破旧和简陋，跟一般农舍一样，不知经受过几番风雨，都变黑了，但称职地顶住了时间的考验。可是现在，它们背后出现了带有大窗户的组装式房子，而且一律髹成轻佻的湖绿色，相形之下，所有这些东歪西斜、又矮又暗的农舍就像一个患佝偻病的、衰朽不堪的部落！对这个部落没有加以消灭，而是仁慈地任其自行消亡。

最靠边上的一座农舍附近停着一台拖拉机，不是集体农庄耕地用的一般拖拉机，而是一台推土机，它端起沉重的、沾着干泥块的钢板推土刀直逼务实的墙根土台。土台上却有个老太婆把皱缩成拳头大的深色小脸盘朝着日光在那里晒太阳。谢苗恩认识这个外号叫“山羊”的老婆婆。她大概有九十岁了，也许还不止，——至少，谢苗恩从来没看见过她年轻时的模样。山羊婆婆一辈子住在狄姆基村，跟公鸡同时起身，跟母鸡同时就寝，并不太久以前，她听到的最大响声还只是春天淌凌时节河冰发出的崩裂和呻吟之声。可现在，屋顶后面不断传来隆隆声、轰鸣声，还夹着叫喊声，而沉重的推土机还蛮横地对准带墙根土台的房屋。

从屋里走出一个小伙子，身上的衬衫袖子卷起，一件上衣搭在肩后。他刚吃早餐，一边还在咀嚼，一边向推土机走去。这大概是山羊婆婆的一个孙子。他看见了谢苗恩，便站住打招呼，嘴里还在咀嚼。

“有事吗，谢苗恩·伊万诺维奇？”跟所有的本地人一样，小伙子也认识这位著名的熊把式。

“我是到你们工地上来的。你们这儿去办公室怎么走？”

“哪个办公室？办公室多得很，每个工段都有自己的办公室。你要去哪一个？”

“鬼知道究竟在哪一个办公室！到你们这儿我就像羊闯进了矮树林子。我要见杜迪辽夫本人。”

小伙子吹了一声口哨，说：

“找杜迪辽夫！……你何不早说。你别找办公室，要找指挥部。你上去，我把你带到基坑前，再给你指路。”

谢苗恩笨手笨脚地爬进驾驶室。小伙子一本正经坐到许多操纵杆旁，马达发出震耳欲聋的轰鸣，谢苗恩有一会儿感到害怕起来：这咆哮的怪物会不会往前一拱，把房屋连同坐在墙根土台上晒太阳的山羊婆婆一古脑儿铲平？但是推土机就像士兵操练时那样利索地原地转过身来，晃动着前面那把巨型推土刀，沿着村道驶去，把路上的鸡吓得四散惊飞。

“工程会把狄姆基吃掉的！”谢苗恩大声说。

“非吃掉不可。”小伙子欣然点点头。

“你就不心疼？常言道，金窝银窝，比不上老家暖和……”

小伙子不屑地把手一甩，然后凑到谢苗恩耳边回答说：

“等我在新大楼里分到了房，我就驾着这台机器在我家的宅基地上开过去！”他快乐地哈哈大笑，“把所有的蟑螂全部压死！”

“你就耐点儿烦吧，傻小子，至少也该让老奶奶在她待惯的地方寿终归天！”谢苗恩没好气地说。

他懂得老婆婆的心理。工程也搅乱了谢苗恩的安宁，搅乱了在一个对森林、孤独、寂静已习以为常的人心中牢牢扎根的安宁。谢苗恩平生第一遭怀着对明天的恐惧感觉到自己老了，老得厉害，几乎跟山羊婆婆差不多年龄。

到了基坑边，他从推土机上下来。这里是工地的正中心。许多自卸卡车打他身旁驶过，喷得他一身都是刺鼻的废油气，把山也似的一大堆一大堆砂子慢慢地倒在不太远的什么地方。一辆接着一辆，一辆接着一辆，一律都是塌鼻子、大嗓门、翻斗里装得沉沉的，威严地吼叫着，简直走不完。这些大家伙压根儿不把沼泽地放在眼里，森林、河流统统不在话下——都可以把它们填平，毫不留情。在基坑的一角，有个庞然大物长着一条共有好几节的铁臂膀，因为自己太笨重，总觉得地方太小，转悠不开。那巨怪扭过来、转过去，把铁臂伸到地下去。塌鼻子的自卸卡车排队挤到它身边。土像水似的从一处流向另一处，这些奇形怪状的机器在把熟悉的世界兜底翻过来。自古以来，童话故事里的森林总是让树精、女巫、出没在沼泽地的妖婆居住，然而，所有的妖魔巫婆跟这些长着弯臂的庞然大物比起来又算得什么！

“喂，阿乡！你愣在那儿干什么？”有人喊道。

谢苗恩急忙闪过一旁。一辆挂拖车的载重汽车装着钢筋混凝土的桁架开了过去，排出大量臭废气。一个还完全是男孩模样的小青年在旁边咧嘴露出一口洁白的牙齿，他只穿一件肮脏的背心，头上的鸭舌帽沾满油污，戴着帆布大手套在拖一根钢缆的末端。

“小师傅，”谢苗恩不太大胆地向他问道，“上指挥部找杜迪辽夫怎么个走法？”

“一直走过去，可别瞪着眼睛发愣。小心别让卡车把你撞倒了……”

谢苗恩沿着路边走去，注意看清前后左右。卡车吼叫着不断打他身旁驶过，车上装的一忽儿是一岁多的小熊也钻得过的管子，一忽儿是每个都有一人高的不知什么卷筒，一忽儿是起重机，一忽儿是稠得像灰色奶渣一般向车帮外飞溅的水泥浆。怎么走？往哪儿走？他，一个猎熊的老手，对于森林中最远的角落也都了如指掌，即使陷入偏僻的林洼也迷不了路，——可是在这儿他糊涂了，晕头转向了，而且明明就在一个村子附近。过去这里是一片草丘起伏的放牧地，长着一丛丛的桧柏，稀疏的小白桦间以几棵山杨，羊肠小道蜿蜒伸向森林的边缘。且慢，过去究竟有没有这一切？他有点不敢相信自己……

谢苗恩想象得出此刻自己的模样——斜领衬衫外面穿着一件棕色的上衣，鸭舌帽檐遮住前额，在这里显得何等渺小、可怜、多余……到底有多少机器车辆，到底有多少人，天知道怎么数得清，而所有这些都归杜迪辽夫管。那个人曾经在树林里谦恭地和他交谈，而谢苗恩·杰杰林在火头上曾骂他是饭桶。现在，头昏耳聋的谢苗恩要去找他，拳头里攥着一颗铅弹。此去将要进行的不是一席愉快的谈话……

这时，谢苗恩想起了卡琳卡提心吊胆地东张西望、踩着摇摇晃晃的细圆木过小桥的情状。当时谢苗恩就觉得蹊跷：狗为什么害怕？大概是昏了头。现在他才理解：狗有预感……

他固执地迈步向前，而脑海里老是出现卡琳卡站在小木桥中央张皇四顾的形象……

十五

杜迪辽夫从办公桌后面走过来相迎，同谢苗恩握了握手，把他让到沙发前。

“坐下。”然后，他用一双眍进去的眼睛从饱满的天庭下直盯着谢苗恩的脸，问：“怎么样？……”

一件单薄的针织品衬衫紧紧裹住杜迪辽夫隆起的胸部和扎实的肩膀，他还是那样平易近人，与这间开着一扇大窗户的宽敞的屋子不太相称。室内摆着好些椅子，还有几把软圈椅、一张沙发、两张桌子——一铺红色台呢，一铺绿色台呢。简直难以相信，这个从森林里出来以后变化不是很大、并不显得陌生的杜迪辽夫，竟操持着如此奇异的世界，这个世界宏伟壮阔的规模和惊天动地的景象已经使谢苗恩晕头转向。

“有什么不愉快的消息？”

谢苗恩叹一口气，探手到衣兜里掏出那颗子弹，把它递给杜迪辽夫。

“瞧……”

杜迪辽夫困惑不解地把子弹放在手掌上滚动了几下。

“是从熊体内取出来的，”谢苗恩说，“那些人和法医要找都没有找到。”

“从熊体内？……”

杜迪辽夫不看猎人，而是紧锁双眉继续细看自己手掌上的那颗铅弹。

“在颅骨下面卡住了……”

一辆辆重型卡车在窗外经过，震得玻璃发抖。谢苗恩双手按住分得很开的两个膝盖，曲着腿坐在沙发最边上，屏息注视杜迪辽夫聚精会神的脸。

电话铃响了，杜迪辽夫抖去沉思的表情，把子弹握在拳头里走到桌旁拿起听筒，以平稳而持重的语调跟某人通话。

“是的，我记得……好吧，您可以来找我，不过现在别来，稍晚一点。是的，我料想又是谈基本建设问题。我不能拿几百万卢布做人情……您晚一点来，现在我不空……”

他放下电话，回到谢苗恩跟前，摊开手掌。

“谁的？”

“跟你的枪筒口径不符，康斯坦丁·谢尔盖耶维奇。”谢苗恩坚定地回答。

“你试过了？”

“试过。是米佳京打死了野兽……”

接着是一阵静默。汽车震撼着玻璃在窗外驶过。杜迪辽夫让子弹在掌上滚来滚去，自己又陷入深思。

“康斯坦丁·谢尔盖耶维奇，”谢苗恩又开言道，“得想一个通情达理的解决办法。米佳京的过错和你的过错是一样的。这是意外的事故，每个人都可能出纰漏。我来找你的目的就是想和你一起商量商量。”

杜迪辽夫又是一声不吭，眼望着自己的手掌。谢苗恩愣愣地等着他回答。

“拿去。”杜迪辽夫终于把子弹递给他。

谢苗恩顺从地收回子弹。

“你要我回答？”杜迪辽夫问。

“我来就是为了这个。我这颗脑瓜能想出什么办法来？”

“你为我设身处地想一想，要是有人把一颗子弹放到你的面前，说：‘这就是证据，你杀了人。你是凶手！……’你能乖乖地认账吗？”

“这么说，就让米佳京担罪？对他是不会客气的。检察官说过——按照法律总得有人坐牢。”

“在法律面前我和米佳京是平等的。”

“在法律面前是这样，在人们面前可不一样。康斯坦丁·谢尔盖耶维奇，别把自己跟米佳京等同起来。坐在法律旁边的那些人对你硬是恭而敬之。”

“这么说，你是建议我用自己的身体来掩护米佳京？”

“我什么也不建议。我把打死熊的那颗子弹带来。这是米佳京的子弹。也就是说，你的子弹打死了那个小伙子。我只知道这些，其余的由你凭良心去决定该怎么办。你的脑瓜比我灵。”

杜迪辽夫站起来。谢苗恩注意到，他的太阳穴上有一条脉管在紧张地搏动。

“你把找到子弹的事去告诉预审员，”杜迪辽夫毫无表情地说，“我既不能帮自己的忙，也不能帮米佳京的忙。”

谢苗恩从杜迪辽夫那儿出来。挂拖车的载重汽车打他身旁驶过。在基坑边上有几台刮土机在爬行，把一堆堆的砂子铺平。一台挖掘机把戽斗举到排队的自卸卡车上方。子弹好像在谢苗恩的掌心燃烧。小小一块铅包藏的这个秘密要是不揭开，法庭可能将米佳京判处徒刑。这是不公平的！……既然杜迪辽夫不能帮忙，那好吧……不管愿意不愿意，只得去找预审员。让杜迪辽夫自己卫护自己吧。

十六

预审员吉佳基切夫侧着耳朵挺大的脑袋，把子弹拿在手里留神摆弄了一会儿，然后放到桌上。

“您把它从熊体内取出来的时候就是这样圆圆的吗？”

“取出来的时候稍有些给轧扁，我滚搓过了，想知道是从谁的枪里打出来的。”

“滚搓过了再拿给我们……”预审员用犀利的目光直盯着谢苗恩的瞳孔，突然问：“您和米佳京做邻居很久了？”

“做邻居？……是的，怕有十来年了，也许还不止。他搬到我们那儿是在战后的第三年。”

“嗯……您凭什么理由带他一起去打猎？”

“这有什么理由？他早就央我带他去了。”

“您没有拒绝？”

“我拒绝过好多回，后来实在不好意思了——人家求之再三。”

“嗯……您和米佳京没有发生过口角，没有吵过架？”

“上帝保佑，”谢苗恩不知道预审员要把谈话引向何方，心里有些害怕，“老娘们有时候也许会发生一些争执，可是我们自己没有吵过架——一直和睦相处。”

“嗯……您不否认你们相处得挺和睦？”

“这是事实，干吗要否认？”

“嗯……”预审员冲着稳放在沾了些墨水迹的台呢上的一小块铅点了点头，“十年的邻居，一直和睦相处，您没有考虑过我们会形成一个印象：您是看在和米佳京十年的交情份上浇铸这颗子弹的？我们首先会想到，您打算救有罪的朋友，陷害杜迪辽夫……”

谢苗恩目瞪口呆地望着预审员。

“您可明白这是什么性质的问题？”吉佳基切夫不紧不慢地往下说，“提供伪证，目的在于迷惑司法机关。您大概不知道，干这种事是要追究刑事责任的。一颗子弹……您这个人真幼稚，伪造这样的子弹本身就构成某种犯罪的行为。”

“听我说，好同志，”谢苗恩气得在椅子上坐不安稳，“对于你们那些讲究我不在行。不过这子弹可不是伪造的，否则可以砍我的脑袋！是今天早晨我亲手从熊体内取出来的。这是您和女医生的疏忽，你们看漏了。”

“您可以坚持这一点。可以坚持！但是，您想一想：谁能相信您的话？在死熊脑袋里找子弹的不是旁人，而是一位专业的法医。请注意，她找得很仔细，我可以作证。她找了，但没有找到，还就这一点写了正式的报告，并且毫不犹豫地签了字。不光是口头上这样说，而是用书面形式担保子弹并不存在。现在您忽然把这颗子弹拿来放到我们桌子上。您这颗子弹是滚圆的，一点没有变形，也就是说，没有撞扁，没有压瘪，根据它的形状现在无法断定：它是从死熊碎裂的脊椎中而不是从猎人的褡包里取出来的。请回答：为什么您不把子弹按取出来时候的原样交来？”

“我想试一试口径。”

“试一试！等不及了！像个好奇的孩子！恐怕小孩子也会考虑到——不能毁坏对于查明案情如此重要的物证……”

谢苗恩皱紧眉头默不作声。在滚搓子弹的时候，他考虑的是米佳京，想确定一下：人到底是不是医士打死的。当时预审员在谢苗恩心目中是遥远的局外人。甚至在发现人不是米佳京打死的以后，他考虑的仍不是预审员，而是杜迪辽夫，一心想不去惊官动府，妥善了结。怎么想得到人家会找起这样的碴儿来——滚搓子弹，毁坏物证。咳，要是知道会在什么地方摔倒，早就在那儿铺上稻草了。

“请听下去，”预审员继续说，“您坦率地承认和米佳京朝夕相处住了十来年，而且这十年中你们之间没有发生过任何争吵，一次口角也没有。承认这一点也就是承认：您和米佳京是十年的老朋友，而您和杜迪辽夫相识才几天工夫。一切迹象表明，您想救朋友而愿意付出任何代价，为此目的即使要把过错推给杜迪辽夫也在所不惜。事情看起来便会是这样！现在您坚持自己的说法吧，然而未必有人相信您，因为种种事实都对您不利。”

预审员沉默下来，谢苗恩·杰杰林也保持着阴郁的沉默。

“你们又怎能证明米佳京有罪呢？你们自己兜里也不见得装满证

据吧。”

“您正是想利用这一点，”预审员从容不迫地回答说，“是的，我们没有不利于米佳京的直接物证，但有间接的……”

“直的没有，就用曲的凑合。好哇，没说的。”

“您对我们的做法不满意，因为我们不同意包庇您的朋友而生气。但是，请问：米佳京一生从来没有拿过枪，这一点您知道不知道？”

“他说年轻时也喜欢打打猎，究竟怎样——谁知道？我没有见过。”

“可是一小时以前，他自己在这里承认从来没有打过猎。而杜迪辽夫却有多年狩猎的经验。”

“老手失误的事也不少见。”

“我同意。一切都可能发生，杜迪辽夫也可能失手。然而，米佳京打枪不行，没有经验，而杜迪辽夫是个有经验的射手这一事实，我们不能不考虑吧？”

“自然，一切都应当考虑。一切！正因为这个缘故，所以也不该把子弹撇在一边。”

“您明明看到我们是怎样找这颗子弹的。我们找过，就是找不到，现在您突然拿来了，没有充分的证据就要我们相信……请听我说下去。我们在命案发生的现场进行调查的时候，您也在场。您自己指出了杜迪辽夫和米佳京开枪时所站的位置。从当时的情况看，米佳京站在坡度较小、稍稍靠边的地方，他身材又比杜迪辽夫矮，他要打中熊更难。还不止这些。从杜迪辽夫开枪时所站的位置看，小桥的很大一部分——恰恰是中间部分——都被一棵老树挡住。而从米佳京的位置看，河上这座小木桥几乎一览无余。您自己说，小伙子大致是从桥中央掉进水里去的。即使杜迪辽夫没有命中那熊，他也会把子弹打进树身的。十成之中有十成是米佳京的子弹没有命中目标，却……”

“却还是到了熊体内。您说得头头是道，然而事实偏偏不是这样。”

预审员像公鸡看洒在地上的黍子似的从侧面向谢苗恩瞅了一眼。

“我奉劝您不要过于放肆。在整个这一事件中，您所扮演的角色本来就不太光彩。很难说，也许我们还不得不对您也提起公诉。”

“嘎！难道说，调查结果是我打死了小伙子？真有办法，我看得出，事情朝什么方向发展，全掌握在你们手里。”

“我们打算审讯的是什么案子？是预谋杀人，故意杀人？不是。我们要审的是过失杀人案。如果一名司机驾驶疏忽，撞倒了行人，致使行人严重伤残甚至死亡，那么，这名司机要受法律制裁，这是人所共知的。子弹没有打中熊的那个人，也犯有完全相同的过失。如果凭良心分析起来，那么，您……是的，是的，您比米佳京疏忽的过失更大。”

“嘎！”

“您别‘嘎’呀‘嘎’的。带一个从来没拿过枪的人去猎熊，难道不是疏忽？他硬要参加而且去了固然有错，可您是有经验的猎人，那些不惯于使用火器的人可能发生什么危险或不愉快的事情，您知道得很清楚，您的过失恐怕更大。既然我们对失职的司机、失职的挥霍公款者、失职的领导人要追究法律责任，那我们也不能放过失职的猎人。记住，您自己也不是无辜的！”

预审员站起来，瘦长的躯干挺得笔直，比弓腰曲背离座起身的谢苗恩·杰杰林高出半个头。最后，吉佳基切夫一字一句咬字清楚地说：

“今天我没有对您进行传讯。我们的谈话可以说是偶然发生的。就在这几天之内，您将接受传讯作为证人来见我。我们还会提到这次谈话。再见。”

谢苗恩默默地望着预审员：颈脖细长；一张坐惯办公室的脸很少血色，毛孔毕现；两只耳朵挺大；嘴型软软的像个老太婆。刚才谢苗恩对他的看法比较简单，认为他是个极普通的人，只是受过相当教育，比他自己有见识。现在，谢苗恩从他身上看到了某种特殊的东西，看到了一股能加罪于人的力量。连预审员那双眼皮皱巴巴、不引人注意的灰眼睛，现在好像也能直窥胸臆，在你心中寻找歹念。谢苗恩顶不住他的目光，低下了头转过身去。

“您怎么，把这东西留给我？”预审员将他叫住，指着放在桌上的子弹问。

谢苗恩顺从地回去拿起子弹放进衣兜。

他拱肩缩背匆匆离开有这个使他害怕的人坐在里边的检察署。将近拐角时，他不由自主地回顾了一下，见一辆汽车到检察署台阶前停下，从车上下来的是杜迪辽夫。

谢苗恩·杰杰林第一次感到无法宣泄的憎恨，他既恨杜迪辽夫，也恨预审员：“他们自然会唱同一个调子……他们有的是办法蒙混过关！谁倒霉呢？……唉！”

十七

杜迪辽夫喜欢黎明前静止的湖泊，那时警觉的芦苇还在沉睡，缠住在芦苇丛中的雾黏滞不动，湖里盛的仿佛不是水，而是沉重的液态金属。他喜欢紧张、刺激，只要知道野味就在近旁，这种感受便能永保新奇；他喜欢在晶莹闪烁、仿佛笑脸迎人的雪地里循着蓝色的狐狸脚印滑雪追踪。杜迪辽夫喜欢狩猎。

然而，任何狩猎对他来说都有一个永远是不愉快的时刻。为了搜索鸟兽的踪迹差不多已经心力交瘁，及至左盼右等的野物出现了——几只野禽扑棱一声飞向微露一抹彩霞的天空，或者在寒气森森的雪堆之间突然有件狐裘像个火球一闪，——枪立即举到肩上，在理性引退、本能当家、心驰神往的瞬间之后，在枪响和得手之后——不得不看到鲜血，不得不用手去提那奄奄一息、令人恶心的热乎乎的躯体，它的生命愣是被你的一声枪响折断了……享受之中免不了残酷，诗意浓处毕竟有粗俗！只要熬过去，不在意，不当一回事，然后又重新开始——沉睡的芦苇、雪地上的脚印、枪筒瞄准飞起来的野禽、胜利的得意……杜迪辽夫喜欢狩猎。

但最近这一次狩猎留下的回忆糟心到了极点。不得不由杜迪辽夫补上一枪的玛琳卡之死，它那一只在昏暗中痛苦地闪着微光的眼睛；杜迪辽夫自己在沟谷里感到的恐惧和无地自容的羞愧；在沼泽地折腾了半天之后对熊产生的怨毒和私愤（那只野兽的过错仅仅在于不顾一切地想要逃生活命）；——而这一切又是为了什么，其结果如何呢？黑夜消亡时浑浊的微明中，一具身穿黑色套装的尸体横陈地上……这就是跨越密林和灌木丛、穿过泥泞的沼泽地彻夜追踪的结果，一场赛跑的终点！野兽之死交织着人的死亡！两者的景象都怵目惊心，回顾起来犹有余悸——自己都嫌恶自己，不能原谅自己！

杜迪辽夫不信正是他开的那一枪没有命中熊而打死了人。本来就够糟心的，偏偏还要认为自己是杀人者！决计不能！八成是米佳京闯的祸。“是他，不是我！”然而，他还是不能摆脱和他幼年时的体验相似的一种奇怪的感觉。他们家黑洞洞的走廊里摆着一只大立柜，柯斯佳[①]·杜迪辽夫每次经过那里，总觉得立柜后面藏着一个神秘莫测的家伙，一个没有脸也没有身体的怪物。它埋伏在那儿伺机发动袭击。柯斯佳知道并不存在鬼怪，可还是害怕。

现在杜迪辽夫也对潜伏在前边的未知数感到恐惧。但这种恐惧并没有盖过强烈的内疚。在现场勘查之后回去的路上，检察官和预审员曾尝试用谅解的口吻同他交谈，说是任何人都可能碰上类似的情况。他们似乎没有注意到缩在车厢角落里的米佳京。他们没想过要安慰他……

杜迪辽夫不仅是区里的头面人物，他还是有办法的人，是奇迹创造者；他能修公路，开辟公共汽车路线，把生活从昏昏欲睡的停滞状态中唤醒。而米佳京呢？……指责他太容易了！

不，杜迪辽夫不想包庇自己。不管发生什么事情，不管未来可能给他带来什么样的麻烦，他将始终保持不偏不倚的态度，光明磊落地承认自己也有一部分过错。一部分！米佳京的过错有多少，他也承担

---

① 柯斯佳是康斯坦丁的小名。

多少！用自己无所不能的权势作掩护是卑劣的。庄矜自重应当高于一切！

可是，当谢苗恩·杰杰林来把子弹放到他面前的桌上时，所有这些高尚的想法统统从头脑里飞了出去。猎人还没有开口，杜迪辽夫已经唬得魂不附体。瞧，这就是那个迄今为止一直没有面孔、没有躯壳、没有声音的怪物，现在它实实在在地出现了，显露了形相。谢苗恩·杰杰林尽管感到为难，眼睛并不正视对方，可毕竟还是无情地宣布了："康斯坦丁·谢尔盖耶维奇，人是你杀的！"

绿色台呢上的一小块铅滚搓得圆圆整整的，跟其他猎熊的子弹毫无区别。它具有决定意义的一个特征就是口径。它和米佳京的枪筒口径完全一致，而和他——杜迪辽夫——的双筒枪口径不符。

杜迪辽夫望着铅丸，只觉得自己身上每一个细胞都在反抗这一证据。杀人者！他把全部精力、整个生命都献给更好地安排人们的生活。凡是他所到之处，便能修通新的道路，建成新的居民点，竖起一排排电线杆子，昏昏欲睡便会被热火朝天所取代。杜迪辽夫自己所需极少：有房子住就可以了，对伙食也不太挑剔，作为一种奢侈的享受，只要一个月有一天空闲，以便带着猎枪到大自然中去休息休息。不眠的夜晚、紧张的白天、经常性的伤脑筋——一切都为了别人。可别人竟要他承认犯了世间最可怕的罪——杀人罪。

天色朦胧的黎明时分，灌木载着露水的叶片沉得不能动弹，一个身穿黑色套装的人摊开四肢躺在地上，一条裤腿从靴筒中散出来，米佳京的秃脑袋贴在死者胸前……即使过上几年、几十年，回忆起这幅景象还是会不寒而栗。幸亏存在着一个秘密，甚至可以说存在着一种信念，他确信不是他闯的祸；如果他——杜迪辽夫——承担一半过错，那纯粹是出于义气。这是一种漂亮的、高尚的行为，能使良心得到安慰。只有在这种情况下，日子还能过下去而不叫自己活受罪！

眼前是一颗铅弹，还有熊把式阴郁的脸……不，他无法相信！他不承认！不，不，决不！除非违背自己的意愿，除非通过强制手段，除非被逼得走投无路，否则决不。

谢苗恩走了，带走了那颗该死的子弹……

因谢苗恩·杰杰林来访而被打断了大约十五分钟的工作日程，又照常进行。

杜迪辽夫还是以他原来那种坚定的音调接电话，发命令，内心一直在等待糟心的时刻过去，他可以重新恢复自信。但是，“糟心的时刻”始终赖着不走。

于是他决定去找预审员。这种影影绰绰的状态再也无法忍受下去，到那里有些问题也许能得到澄清……杜迪辽夫吩咐备车。

十八

预审员的语调彬彬有礼而又体贴入微。大夫在重病人床边说话用的就是这种语调。

“请相信，我们不是死抠法律条文的形式主义者。我们明白，无论米佳京还是您，显然都是无辜的。但您设身处地为我们想一想。就算我们把这件事掩盖过去，不提交法院审理，可是只要死者的家属提出当时曾有人叫喊不要开枪，认为这次不幸本来是完全可以避免的，那么我们马上会陷入非常被动的境地。我们将遭到责难，说我们掩盖罪恶的疏忽行为。”

“我不打算促使你们采取不符合法律的行动，”杜迪辽夫不以为然地说，“不过我要提醒一点：不应当单单处罚米佳京，也应当处罚我，否则是不公平的。我在同等程度上负有责任。”

吉佳基切夫不动声色地搭拉着的眼皮底下双目深处掠过一丝表示谅解的微笑。这个笑影没有被杜迪辽夫忽略：预审员已料到他处在惶惑之中。这次突然的来访，在吉佳基切夫看来是万能的杜迪辽夫心虚的表现。让他见鬼去吧！他爱怎么想就怎么想。杜迪辽夫需要明确的意见：保持什么态度，采取什么做法？他不能拿米佳京做挡箭牌，因为实质上米佳京和他自己一样也是无辜的，但他——杜迪辽夫——也不能满不在乎地说自己杀了人。怎么办？……

“现在谈处罚为时尚早，”吉佳基切夫婉转地避开正面回答，“我们并不作定罪判决，这是法院的事。”沉默片时后他用说知心话的口吻补充一句：“我想，法院会宽大处理的。”

“谢苗恩·杰杰林来找过您没有？”杜迪辽夫单刀直入提出问题。

“刚刚走。”

“您对他所申述的情况怎么看？”

“关于那颗子弹？……”

“是的。”

“我认为这是很不高明的花招。”

“为什么？……”

“他企图搭救他的老朋友。可他本性是个老实人，不擅长撒谎，所以这套手法显得十分拙劣。他打的是这样的算盘：‘杜迪辽夫是有影响的人物，咱们把责任推到他身上，对他反正什么都可以豁免。’但只要向这个杰杰林讲清楚他的行为是犯法的，他马上就打退堂鼓了。这进一步证明我的推测是正确的。”

“打退堂鼓就是证据？”

“您大概不会否认杰杰林性格果断。他的职业本身就在一定程度上说明问题。既然这个并非胆小怕事的人不敢坚持自己的说法，乖乖地收回了子弹，那么，我可以毫不犹豫地肯定——他不相信自己是正确的。这就是说……”

“这就是说，子弹是伪造的？”杜迪辽夫脸色阴沉地打断他的话头。

“对。”

“杰杰林不是胆小怕事之辈——这话不假。但是，军官和士兵在战场上不怕死，刀山敢上，火海敢闯，而在和平环境里面对根本不穿军装的官员却往往心慌意乱，手足无措，您难道不知道？不要过早下结论，认为勇敢的熊把式向您服了输。”

“好，我同意认真对待他的子弹。但是，这样一来我恰恰会使杰杰林狼狈不堪。如果他那颗子弹果然是伪造的，他就不得不对提供旨在迷惑侦查机关的伪证一事负责。至于这个案件对于我们自己也会变得更加错综复杂，那就别提了。”

“您担心问题复杂化？”

“我想，您处在我的位置，也宁愿看到情况是简单、清楚的。”

杜迪辽夫皱眉凝神注视着吉佳基切夫。预审员坐在那里，向前伸出搁在桌上的两只长胳膊，瘦削的肩膀向耳边拱起，——这个人摆出一副很有礼貌的客观态度，深信自己是正确的。他容忍杜迪辽夫的不同意见只是出于对他本人的尊敬。

“请允许我提醒您一下，有这样一个古老的笑话。”杜迪辽夫说。

吉佳基切夫低头表示：“我洗耳恭听……”

“一个醉汉在街灯下爬着。人家问他在找什么？他说：‘我的钱包丢了。’问他在哪儿丢的。他朝街对面一扭头，说：‘那边。’人家问：‘那你干吗在这儿找，不到丢失的地点去找？’他回答说：‘这儿亮些……’”

他们之间的谈话开始以来，吉佳基切夫第一次惑然不解地望着杜迪辽夫。

“我究竟哪一点像那个醉汉？”

“您怕复杂，就在比较亮、比较方便的地方探求真相，而不到真相所在的地方去找。”

吉佳基切夫皱起眉头。

“我认为您的比喻并不恰当，”他回答的时候带着一点儿委屈的口气，不过很难觉察，“一切情况表明，杰杰林想把问题搞糊涂，把侦查工作引入歧途。但是，如果他坚持自己的说法，那么，无论问题会怎样复杂化，我决不回避。”

这次谈话似乎毫无结果。杜迪辽夫坐到汽车里还在恼火。“杰杰林的子弹不仅对于我是可怕的，对于他来说也可怕。因为预审员将不得不揪住我的衣领，而这会带来跟区委、跟州里发生冲突的危险。让米佳京担罪对他说来比较省事。灯下找失物！真卑鄙！怎么办？保持沉默？袖手旁观？默默地为吉佳基切夫充当帮手？……卑鄙！下流！”

不管怎样，恼恨和愤怒还是压倒了恐惧和困惑。现在杜迪辽夫较少考虑自己。

汽车走在田野间。前面出现一小片树林——苍翠茂密，笑容可掬，俨然到了森林边缘。但杜迪辽夫知道得很清楚：这一小片树林只是一道布景。当初浓荫匝地的一大片丛林如今只剩下很窄的一小块，其余的部分都被砍掉划为工地。冬天和早春，当树木尚未披上绿叶的时候，从这里隔着树干已经看得见工人新村的家家灯火。

汽车冲过小树林，立即来到新村所在地。在丛林残留下来的伐根之间盖起了许多棚屋，全部都是簇新的，还没有风干的木板散发着树脂的清香，但似乎光秃秃的单调得很，排列成整整齐齐而又没精打采的一行行。可以感觉到人们在此地只是临时居住，不讲究美观，带有野营性质。整个新村划一的兵营气氛叫人很不痛快。

联合企业将要建成，在它周围将盖起许多楼房，也许设备齐全，也许漂漂亮亮，但棚屋还是会在附近留下来。即使它们已东圮西歪，即使几经修补，也一定有人住在里边。这个秘密很简单：将来接替他——杜迪辽夫——位置的建设者在规划住房的时候，肯定会把这些棚屋考虑进去。既然还没有倒塌，那就是说还可以住人，至于不美观和不方便的地方世界上多的是——不求窗明几净，只要能住就行。他们同预审员吉佳基切夫一样，认为多一事不如少一事，总是驾轻车走熟路，怎么省事便怎么办。

预审员的处事之道使他愤慨。然而他自己又怎样呢？……他坚持建造的不是正规住房，而是棚屋，还提出种种有分量的理由——速度快，花钱少，又省事……主要是省事！无须乎想方设法节约资金，无须乎考虑从哪儿抽调劳动力，无须乎担心完不成经过批准的计划。省事！省心！这又何异于灯下找失物？

道路向基坑那边逐渐下坡。下面是被翻腾和撕裂的土地。在这遍体鳞伤、此时总算得到片刻安静的大地上空，鸥鸟浴着血红的夕阳飞去飞来。

杜迪辽夫这才开始明白：真理和人们的幸福是不可分割的，而幸福又是非常严肃的事情，不可能轻易得来；在比较亮、比较方便的街灯下是找不到幸福的——说也奇怪，这个道理以前他竟没有想过。

十九

从熊体内取出的一颗子弹成了对谢苗恩·杰杰林的惩罚。在这以前他日子一直过得挺安稳，谁也不怕，敢于毫不畏缩地正视任何人。可现在，他每次从自己屋里出来走到院子里，总要四顾张望——生怕撞见米佳京或纳斯佳，生怕遭到责难或盘问。甚至只要看到整天在屋前小巷里吵吵嚷嚷、嘻嘻哈哈的那帮米佳京的孩子，他就感到惭愧、心慌。

背着邮件袋在各村之间小跑步的葛拉什卡·波波娃，也成了谢苗恩害怕的人。每次见葛拉什卡从村那头跑来，他的心就往下沉：女邮递员会不会折入他家，还是跳过他家？可是等到葛拉什卡跑了过去，不知什么缘故他反而更加心神不定——还是把传票送来的好。谢苗恩想象着预审员吉佳基切夫那张没有什么表情的脸、柔软的薄嘴唇、灰色的招风耳、从容而冷峻的眼神。一想到这个人将要对他注视、审问、盘诘，谢苗恩先已觉得自己成了罪犯。“子弹！好吧，请你证明这正是打死熊的那一颗。我们知道，你要救米佳京不是没有私心的：如果他有罪，你自己脸上也不光彩——把一个门外汉带去猎熊，你的疏忽造成了人家的不幸。”而预审员迟迟不传讯这一情况，在谢苗恩看来也是不祥之兆。他们背着他在想什么点子，设什么圈套？……

最初几天谢苗恩担心米佳京会使他不得安宁——每天来找他诉苦。但是米佳京只有去上班才离开家门。早晨，谢苗恩从窗户里总是看到医士像在找丢失的东西似的眼睛盯着地上，拖着两条腿往卫生院那边走去。若是有人叫他，他会惊恐地回顾，同时加快脚步。

有一次，谢苗恩和他面对面碰了个正着。他的两侧太阳穴凹陷，大鼻子紧紧绷着一层皮，目光凄惨，眼睛底下现出黑色的晕圈——唉，简直换了一个人。见了谢苗恩，米佳京顿时拱肩缩背，两眼直眨巴，看着旁边不知什么地方。

“要命，真是祸从天降……谁想得到……”他负疚地嘟哝着，竭力避开对方的目光。

于是谢苗恩明白了，医士自己不愿照面儿，他还一无所知，相信人是他打死的，所以精神上备受折磨。谢苗恩的心突然收紧，他直想和盘托出：“你的子弹打死的是熊，不是人……”但是，只要一说，米佳京立刻会叫嚷起来，会要求采取行动救他摆脱祸灾！谢苗恩倒是乐于救他，可是怎么救呢？吉佳基切夫的一关是绕不过去的，而这位预审员定能迫使米佳京和他——谢苗恩——就范。

谢苗恩无言以对，只说了一句：

“朋友，你就……别太难过吧……”

可是米佳京像是颈项给衬衫领子卡住似的勉强晃了一下秃脑袋，把手一甩。

“要命！你说这不是要命吗！……咳！”

两人就此分手。

谢苗恩近来有了新的消遣，不过这种消遣有时会使他感到恶心。他避开老伴，一个人躲在侧屋里，把全部子弹库存统统倒在一张木板桌子上，再把从熊体内取出的那颗该死的子弹放在它们旁边。然后翻来覆去摆弄好半天，仔细加以比较——究竟有没有特征？不，没有。如果把这颗子弹扔进那总的一堆——就捡不出来了。奇怪，小小一颗没有任何特征的铅丸，是件无生命的东西，但其中却有会作祟的魔力！它搅得你心乱似麻，寝食不安，可是又不能把它扔掉，无法摆脱它。看起来好像只要把它轻轻推向另外那一堆子弹，以后就根本无法辨认：究竟哪一颗是从熊的颅骨下面取出来的。那就推吧……可是明天米佳京的孩子跑到街上，你瞧着他们，会觉得亏心——真相掌握在你手中，本来可以帮忙的，你却害怕了。一方面想推过去，另一方面又不能推。

谢苗恩把子弹揣入衣兜，但每次都觉得放进衣兜里去的不是那颗，而是另一颗。他每次都感到一种无可奈何的怅恨——反正所有的子弹彼此都这样相似，那就把随便哪一颗拿去宣称：其中藏有真相。谁相信？既然没有人相信，那又何必郑重其事地对待这颗子弹，何必自寻烦恼？……

谢苗恩把秘密对自己的老伴瞒得最紧。娘们毕竟是娘们——头发长、目光短。要是告诉了她，准保憋不住，马上会在村里传开。那还是向米佳京直说来得干脆。然而，总想跟谁商量商量，听听旁人的忠告。独自面对这颗应该诅咒一百回的子弹简直能使人发疯。

村里最受尊敬的人是集体农庄主席多纳特·博罗维柯夫。他当农庄主席已经很久，大约有十五年了。但是，其中足有十年他本人和他的集体农庄跟人家相比一点也不出众。他是在不太引人注目的情况下脱颖而出的：新建了一座养猪场、一座养牛场、一座带孵化设备的养禽场，局面就打开了。过去多纳特瘦得风都刮得倒，如今气宇轩昂、嗓音深沉、举止从容，他的名字多次上报，区里开大会他经常坐主席台……

因为是故交，谢苗恩不时上多纳特家串门。多纳特总要摆上半公升酒招待熊把式，跟他一起坐到午夜过后，谈谈打猎的事情，谈谈林中偏僻的角落和产鱼的湖泊，尽管他自己对于狩猎和钓鱼都说不上有什么爱好。

谢苗恩把心事告诉了他。

“是——啊，这倒是件伤脑筋的事儿。”多纳特拉长调子说。他只穿一件贴身衬衫坐在桌旁，一杯下肚以后有些面红耳热，显得脾气挺好。

“岂止伤脑筋，简直糟透了，”谢苗恩接口道，“你倒说说：你相信不相信我？”

“相信什么？”

“子弹真是从熊体内取出来的，不是假的。”

“这我相信。不过我要奉劝一句：你得把这颗子弹自己藏好，不要随便说出去。”

多纳特在桌旁调整了一下坐的姿势，以更有说服力的语气开导对方：

“真理？……这两个字是什么意思，你琢磨过没有？举例说，我撤了加甫里拉·乌沙科夫乳牛场场长的职。他说：‘我在这个位置上干了半辈子，把全部精力都放在工作上；要是一头母牛下崽难产，我总是一连几宿不睡，守在那里悉心照料。’这是不是真实情况？没说的，他确实卖力气，常常夜里不睡觉。可我还是不能买他这种真理的账。加甫里拉是个肚子里没有墨水的老头儿，什么都想照爷爷和奶奶的做法去干。我们给他买了各种电动挤奶器，搞了自动喂水装置，架设了空中运料线，可这些玩意儿老是不凑他的手——不是给弄坏，就是搁着不用，让它生锈。我估摸着，两年中间加甫里拉的领导方法至少白白糟蹋了三十万卢布集体农庄的资金，没准儿可达四十万。你瞧，这里就有两种真理——他的和我的。要是我买加甫里拉那种真理的账，咱们这个集体农庄就甭过日子了！”

“多纳特，你这话的意思是？……”

“谢苗恩，我的意思是：除了你从熊体内跟子弹一起挖出来的那种米佳京的真理，还有另一种真理。我对那些法律条文不太清楚，不过看来是有这样的规定：既然打死了人，想必一定要进行处罚，才能儆戒别人。你会说这是愚蠢的。我同意！我本人也愿意宽大为怀。然而法律不是你我凭空想出来的。所以，咱们先这样假定：总得有人受处罚。就算你出来证明杜迪辽夫有罪，应该严格按照法律把他关进班房，撤他的职。我高兴不高兴呢？不！为什么？因为我担心替换杜迪辽夫的也许是个马大哈，那时工程建设就会变成狂欢赛会：砸玻璃的砸玻璃，敲竹杠的敲竹杠。这对我有好处吗？绝对没有！我做梦也盼着有朝一日这个联合企业在咱们农庄近旁建成，那时工人阶级将在企业周围定居。前年我还把七十吨卷心菜喂了猪。这些卷心菜种是种了出来，可是想卖出去——没门儿。咱们的地方这样偏僻，交通又不便，好不容易把卷心菜运到热闹的所在，成本不知高成什么样子，这么贵的菜消费者肯定连瞧也不愿意瞧一眼。往后我在附近就有经常的主顾。我向他们提供卷心菜、黄瓜、温室里种出来的西红柿，请吃吧，工人阶级，我给你维生素，你付给我卢布。我的庄员们拿了这卢布还会到你的商店里去买自行车、摩托车……只要工程能顺利进行，不砸锅，不垮台，杜迪辽夫不丢乌纱帽——这对任何一个妇女、任何一个小伙子都有利，无论你用手指头点哪一个人，对他都有好处。所以，你们这档子糟糕的意外事故其实不光使杜迪辽夫一个人栽跟头，连我们大家都要倒霉。”

谢苗恩一眼不眨地端详着多纳特·博罗维柯夫酒酣耳热的脸。他跟这个人已认识多年，好像对他里外都了解得十分透彻。他不是个狠心肠的人，这一点无可指摘，要是有困难来找他，他不会把你撵走，然而，照他的说法，为了喂饱别人，可以把无辜者研成粉末。把实惠建筑在不幸之上！……

“多纳特，难道你不可怜米佳京？你好好想一想，他有一大帮孩子。”

“我把加甫里拉撤职的时候也觉得他可怜。”

“可你不是把加甫里拉送进监牢，而是安排他担任另一个职务，这对加甫里拉并不是什么苦差使。”

“唉，要是给我这样的权力——我真想妥善安排所有的人，让大家都称心如意。可我没有这样的权力。没有！只好胡乱凑合，勉强应付，恐怕难免会在无意中把某人推倒。不是为自己，而是为了大家的利益。”

“你说话不凭良心，多纳特。”

“我是按生活的需要说话。而生活并不是蜜糖夹心的酥饼，有时候嚼起来会把你的颧骨都扭歪，可照样得咽下去。”

谢苗恩把宽阔的胸部贴着桌子，举目仰视多纳特的眼珠子，说：

“咱们现在算是两个知心朋友在一起喝酒，我知道——你跟我无冤无仇。你没有理由对我怀恨在心……你说：为了大家的利益，你会不会把我像米佳京一样往坑里推？啊？”

多纳特向着盘子里一条咬过几口的黄瓜大声喘气，半晌不开口，然后语气很坚决地回答：

“为了大家的利益，我把自己往哪儿推都行。既然我连自己的脑袋都舍得，还会舍不得你的？……”

谢苗恩离座起身——桌上响起杯盘的震动声。

“你可以推你自己，不过推我之前你得先问一声：你愿意不愿意？”

“你要上哪儿去？……”

谢苗恩没有回答。

二十

任何不幸临头，总是森林援救谢苗恩渡过难关。逢到心境最坏的时刻，不管近黄昏还是大清早，他都会带着猎枪离开家门，前往老远的柯舍尔杰杰林卡或者位于他的“领地”最边沿的格鲁霍夫杰杰林卡。有时睡在饱含烟熏味的木棚里，有时睡在沉陷的干草堆下；黑水湖里他可以钓鱼；打了野鸭子按猎户的办法用黏土或稀泥涂抹羽毛放在炭火上烤。谢苗恩从森林里回去总好像年轻了几岁，内心干净了许多。森林能冲洗胸中的积垢，森林能给他力量，每次接受森林的抚慰之后，他觉得明天似乎在招手致意。谢苗恩没有比森林更好的朋友了。

所以谢苗恩决定躲开一切——躲开预审员、米佳京以及那颗该死的子弹带来的种种烦恼，——跑到森林中去。

柔媚的朝霞为屋顶和墙壁搽上薄薄一层胭脂。村巷里空荡荡，几只寒鸦在尘土厚积的大路上无谓地叽叽喳喳。跑在主人前头的卡琳卡把它们吓得愤恨地尖叫着纷纷飞向空中。谢苗恩迈开大步出了村子，离开大路，沿着黑麦地旁边的一条小道向林缘走去。这条路他走熟了：前面第一座小树林子已被涌到那里去采蘑菇和浆果的妇女小孩兜底儿搜遍，穿过小树林子有五公里地是田野，然后又是一段树林和刈草地相间的路程，一直要到走完刈草地，才是地地道道的森林……

谢苗恩走路几乎踩到兴冲冲跑在头里的卡琳卡的尾巴。让一切都见鬼去吧！米佳京、杜迪辽夫、预审员、子弹、啃蚀心灵的愁绪——统统抛在脑后！露湿的草地像蒙着寒霜一般没有光泽，太阳的一道窄边刚刚破卵而出，林缘顿时仿佛点着了火，树木纷纷投下潮润的影子。空气活泼清新，使人精神振奋，吸着这样的空气，你会觉得自己在往上长。鸟儿啁啾争鸣，螽斯开始抖翅试声，在凹地里积了一夜的雾气也懒洋洋地蠕动起来。这般美景他不知见过多少回，也不知多少个清晨迎来了朝阳，似乎已经习以为常，可是一路走，一路还是惊异不迭，同第一次看到差不多。让一切都见鬼去吧！此刻睡在热被窝里的人多么可怜，他们看不到晓雾徐徐膨胀、太阳冉冉升起这些异常的奇观。睡觉错过了日出、一下子钻进日常事务堆的人真没出息，整天让种种烦恼牵着鼻子团团转——无非是母牛病了，生产队长熊了他，还扬言要请他吃官司，诸如此类。统统见鬼去吧，过去了的一笔勾销！谢苗恩·杰杰林快步向森林中走去……

太阳升起来了，露水已经晒干。早晨告终，白天来临。而谢苗恩还是走呀走的，步子并不放慢。他只顾走着，不知道去哪儿，没有目的，没有思想，反正远远地离开村庄——只要跑进森林去，愈深入愈好。

阴影缩小了，露水未干前滋润悦目的树叶现在不那么苍翠欲滴了。大白天已经开始，万物各就其位——周围的一切又显得熟悉、平常、乏味。但谢苗恩驱策着自己，生怕一股子冲劲松弛下来。

中午，他来到了沼泽地。

世界上恐怕没有比晴天中午的林中沼泽更凄清的地方了。黑夜还在遮遮掩掩地藏匿它那吓人的荒凉面目。此起彼伏的草丘和坑坑洼洼的凹地表面覆盖着苍苔碧藓，因过于潮湿而佝偻枯萎的矮杉树仿佛排成无穷长的篱桩。它们的树干精瘦而毛糙，彼此都很相像。从矮杉之间的空隙中望过去，视线最终会给灰蒙蒙的迷雾粘住，那是远近几千株树干混成一团棕色的糊状物。生长这等没出息的树木的土地真该遭到诅咒。别说是人，连野兽也从旁边绕过沼泽地。只有愚蠢的秧鸡在酸果蔓和牙疙瘩丛生的草丘上愈长愈肥。

谢苗恩刚一停步，立即感到走得累了，——挂在肩上的枪直往下沉。这就是森林，已经到了……接下来干什么？……卡琳卡看看它的主人，蹲在一旁待命。

寻找野兽，跟踪追赶，飨以铅弹？这是为什么？以前他从来没有向自己提过这个问题。既然来到森林里，那就干吧，显一显打猎的本领。现在他沉思起来了：在林中转悠回旋，寻踪觅迹，拚命追赶，直到把野兽置于死地。为了什么？……为了兽肉？为了兽皮？……什么都不需要。

挂在肩上的枪直往下沉，他觉得周身乏力得反常，只想找个比较干燥的地方躺下。过去他从来不知道什么是疲倦，能在森林里转上几天几夜，能一口气跑几十里地追逐野兽。只有在停下休息的时候，疲倦才和睡眠一起到来。

周围是死气沉沉的荒泽，全仗瘦得可怜的矮杉点缀风景。空气闷热，鸟儿停啼，螽斯不唱。空荡荡。只有卡琳卡蹲在一旁等待命令。他是孤零零的一个人。

他离开了人们。而人们照常过日子。养牛场前，挤奶的妇女们大概在把一桶桶牛奶装上开到门口的吨半小卡车，一边嘻嘻哈哈地跟司机嚼舌拌嘴。小河对岸的草地上，刈割机嘎嘎地响得正欢，农民们想必在堆草垛。孤单单一个人独对卡琳卡泡在沼泽地里难道好受些？应当回去……可是回去又如何？白天黑夜尽想那颗该死的子弹，坐在家里，把自己拘留在四堵墙壁之中——但求不要见到米佳京，不要见到纳斯佳，不要见到他们的孩子……

细想起来，要说多纳特·博罗维柯夫有多少过错，那么，他——谢苗恩——也有多少过错。但这个多纳特此刻多半坐在自己办公室里核实各生产队送来的进度报表，既不考虑米佳京，也不考虑昨天谢苗恩给他瞧的子弹。他的宏论是：可以把自己往坑里推，也不怜悯别人……他自己没有遭遇过大不幸，所以看待别人也是那么满不在乎。

不过，多纳特毕竟是局外人，而杜迪辽夫……难道杜迪辽夫也心安理得，把什么都忘得一干二净，忙着在电话里大叫大嚷？恐怕这个人的灵魂才是污黑的灵魂，这个人的心肠才是铁石心肠……

谢苗恩站在酸果蔓的叶子长得密密匝匝的草丘中间，紧紧握着两个沉重的拳头。这个杜迪辽夫身居高位，别人奈何他不得；倘若他不是那么权势显赫，谢苗恩一定要教训教训他，使之懂得什么叫羞耻。

骤然间，他自己恨起自己来了。多纳特·博罗维柯夫不考虑，杜迪辽夫不内疚，而他——谢苗恩·杰杰林——偏要胜过别人，嘿！居然想把自己装扮成悲天悯人的耶稣基督。要说沾亲带故，米佳京同他的关系并不比别人——例如同多纳特——更密切。人家都挺自在，事不关己的不幸就像鹅毛上的水，一抖便干干净净，半滴也沾不到他们身上。可是你忧心如焚，揣着一颗子弹，一会儿把它摆在杜迪辽夫面前，一会儿塞到预审员鼻子底下。你真是个傻瓜，谢苗恩，傻得要命。按说你做了一辈子的人，可直到现在仍然不懂得胳膊扭不过大腿这个道理。杜迪辽夫和预审员不是熊，凭你在森林里练就的那套功夫摔他们不倒。小家犬不应该冲大灰狼乱叫。在米佳京面前也不必羞得无地自容。能帮忙的地方帮着点儿，帮不了忙就闪在一旁过你的日子。可是，子弹呢？……唉，真是业障！

谢苗恩伸手到衣兜里掏出那颗子弹，皱紧眉头对它作最后一次仔细的察看，然后往边上一扔。注视着主人一举一动的卡琳卡，纵身跃向子弹掉落的地方，在那儿嗅了一阵之后，怪不好意思地走开去。

现在谢苗恩即使猛然省悟过来，开始寻找，怕也未必能在绿藓有青草一般高的小丘之间再找到它。包藏着真相的一小块铅，对于人们来说从此不复存在。

谢苗恩转身就走，迈开坚定的步伐，朝着村庄的方向。

二十一

杜迪辽夫对于米佳京的情况几乎一无所知。通过狩猎时短暂的交往，这个人给他留下的印象模糊得很——毫无特点，毫无趣味。对米佳京虽也怜悯，但这种怜悯过于一般，过于抽象，正如从报纸上看到火车失事的消息怜悯罹难的乘客那样。不，不是怜悯迫使杜迪辽夫相信谢苗恩·杰杰林的话，不是这种感情催促着他：行动起来，不能安之若素，要弄清事实真相。杜迪辽夫主要是不愿让一个缺乏自卫能力的弱者做自己的挡箭牌——一想到这一层，他就感到恶心。往后叫他还怎么能看得起自己？在永远蔑视自己的情况下过日子——这难道叫生活？

在另一次会见预审员的时候，杜迪辽夫开始心平气和而又坚定有力地论证自己为什么相信谢苗恩·杰杰林。如果这位老猎人抱着无论如何要救邻居这一目的，他会采取比较审慎的做法。他可以将子弹做成必要的形状，而不是加以滚搓。老猎人也不会带着子弹来找他——杜迪辽夫，一定直接去找预审员。天真的信任态度与一个存心弄虚作假的人的性格是不相容的……诚然，那棵枯立木的位置……但它毕竟不能遮蔽小桥的全部。没有直接的证据可以确定小伙子落水的地点正好在河中心。这无非是推测……

正当杜迪辽夫向吉佳基切夫逐点说明看法的时候，检察官捷斯托夫笃笃地拄着拐杖走进办公室，在一把圈椅里坐下，伸出一条不能弯曲的腿，微眯着一双黑眼睛从干枯的鬈发底下注视说话的一方。

杜迪辽夫习惯于在区里受人尊敬，习惯于别人认真对待他的意见。但这一回，他态度固执、语气坚决地提出的种种论点，并没有收到预期的效果。吉佳基切夫脸上的表情和往常一样有礼貌而无热情，检察官则好奇地眯视前方，在他粗硬的睫毛下一对黑色的眼睛里掩藏着俯就的暗笑。一俟杜迪辽夫讲完，预审员当即开始不动声色而又头头是道地发表相反的意见：

“您的推论不无意义，然而……把法医的鉴定弃置不顾，毫无保留地接受猎人十分可疑的说法，这……何况我认为他与当事人并非没有利害关系……他是米佳京的朋友……”

在这以前一直凝神注视杜迪辽夫的检察官，则转过脸去望着别处。

他们不同意也不打算同意他的看法。杜迪辽夫发表不利于杜迪辽夫的见解，——无非是某种有趣的反常现象，无非是一个受尊敬而又确信自己绝对安全的人的乖张之举。于是杜迪辽夫明白了，他们有些替他感到不好意思：何必如此言不由衷、矫揉造作，何必显得比罗马教皇更加神圣？

可是检察官捷斯托夫在区里不是有着颇为不俗的名气吗？他嗜书如命，能背诵勃洛克和叶赛宁的诗篇，据说他在作起诉发言方面表现得比较宽厚，比较好说话。按说他应该理解，杜迪辽夫不是故作姿态，不是假惺惺，这样做是符合一般行为准则的。他应该料到，即便不是自己干，而是假他人之手干了卑劣的勾当，也不可能再看得起自己。

杜迪辽夫跟杜迪辽夫过不去。他在跟全区都知道的他自己的名望作对。名望是无形存在的声音，但它的威力很大，能震慑检察官、预审员，迫使他们力避“复杂化”，寻找方便的途径，“在灯下”找事实真相。甚至杜迪辽夫本人，凭着他的固执和坚定，只要暂时与自己的名望分离，同样处于无能为力的状态，什么都办不到……

“我还是希望你们好好听一下……”他正色道，“好好听一下，不要为我可能处于不利地位担忧。我为自己的过错承担责任，也比躲在别人背后好受。”

他说末尾两句话的语气沉郁而执拗，致使检察官惊讶地抬起头来，而吉佳基切夫毫无表情的脸也为之一震，并且稍稍拉长了些。他们终于明白这不是在开玩笑，不是演戏扮圣人。

检察官答道：

“好。我们再问一下那个杰杰林……请放心，我们一定不抱任何偏见。”

“这正是我所要求的。”

杜迪辽夫走了出去，检察官和预审员默默地坐了有分把钟。直至从台阶那儿传来杜迪辽夫的汽车起动的轻吼声，吉佳基切夫才开口说：

“鬼知道他想的是什么，真有点像堂吉诃德。”

检察官朝角落里眯着眼睛若有所思，在沉默片时之后提出不同的看法：

“倒是更像聂赫留道夫[①]……。有时从一个俄国人的心中会迸发出不可遏止的内疚，其力量能驱使着他追随一个被判处流刑的妓女前往西伯利亚。”

二十二

第二天，吉佳基切夫传讯了谢苗恩·杰杰林。预审员竭力把语调放和婉些，请谢苗恩·杰杰林讲一讲，子弹是怎样找到的，在什么情况下找到的，能不能举出在子弹被滚搓之前看到过那颗子弹的证人。

谢苗恩饱经风霜的面色更阴暗了。

“没有子弹。”他答道，声音是低沉的。

“怎么没有呢？您找到了子弹还是没有找到？”

“就算没有找到。反正没有子弹——完了。”

预审员紧闭双唇轻蔑地打量着老猎人。外表有时很容易迷惑人。杰杰林此刻弯腰弓背坐在他面前，结实的肩膀斜垂下来，脸色沉郁、严峻，颧颊上的伤疤更为他增添一股特殊的粗犷豪气——面貌如此古朴、诚实，可是眼睛不敢正视，回答时悻悻然的语气也颇可疑，先前说过的话现在又否认。

“我需要确切地知道：您在法医检验之后从死熊体内发现了子弹还是没有发现？”

熊把式半晌不则声，后来总算迸出一句话：

“没发现……”

---

① 托尔斯泰小说《复活》的男主人公，文学中企图通过忏悔、赎罪达到“道德自我完成”的著名典型。

“那么，上次您对我撒了谎？”

又是沉默。

“撒谎了没有？”

“你说我撒谎，就算我撒谎……”

吉佳基切夫从谢苗恩那里什么也挤不出来。

而谢苗恩在步行回家的路上想起预审员开始审问时的口气是多么和婉，几乎十分亲切。哼，装模作样，其实想逼我承认子弹的事，可是目的何在？不难猜想，准是他们拿定主意把我谢苗恩·杰杰林跟米佳京一起整治：你们素来有福共享，那就有难同当吧。唉，你啊，谢苗恩·杰杰林，真是个土包子，除了森林什么也不懂。他们都是有学问的人，脑袋瓜儿灵，想摆弄你还不容易？不过，没门儿！子弹已经埋在森林之中，他们休想从我口中套出一句话来，哪怕用老虎钳也钳不出来。可是，即使没有子弹，他们也可以挑你的刺儿。要是给他们牵扯进去，你这把年纪还得准备面包干，路远迢迢去作公费旅行。多丢人哪!

从这一天开始，折磨着谢苗恩·杰杰林的已不是内疚，而是恐惧。他总觉得有人背着他在搞可怕的、无法理解的阴谋整他，对此他无法抵抗，无法与之公开搏斗，无法用拳头自卫。谢苗恩感到无能为力，有生以来第一次觉得自己软弱可怜、束手无策，简直像个婴孩。

二十三

夏天已经过去，开始频频下雨，道路变成一片泥浆。这年秋季没有金色的好天，看不到桦树林子在温柔的阳光下辉煌耀目的美景，看不到山杨丛如火如荼的奇观，也没有簌簌作响的落叶把大车的轮辙覆盖。谁也没留意树林是怎样变秃的，最初的霜冻是怎样出现的。

整个秋季都在为夺粮而战斗。区中心好些机关关了门，工作人员纷纷前往各集体农庄。杜迪辽夫也从工程局抽出一批工人去支援大田作业。

在忙忙碌碌和心事重重的过程中，人们完全忘掉了仲夏猎熊时发生的不幸意外。即使有谁无意间提起此事，也没有人感兴趣，都不爱听这等老生常谈。

米佳京和过去一样蔫不唧地过日子，只有去上班才离开家门；他变得苍老、委靡、憔悴，似乎个儿也缩小了些。他不再喝酒，在家里不是为孩子们忙碌，就是种自留地，对于纳斯佳的吵闹詈骂，一概逆来顺受。他们家里出现了自从他结婚以来大概未曾有过的和平与安静。

米佳京和谢苗恩·杰杰林彼此避开对方，见面时只交谈两三句可说可不说的话，只字不提打猎的事。

谢苗恩和大家一样帮集体农庄干活——修理烘干机，参加打场。偶尔也到森林里去，但这年秋季他不走运——总共才猎获一只红狐带回来。在一次这样劳而无功的出猎过程中，卡琳卡折了一条腿，骨头一直长不好——年龄也不饶狗啊，按它们的平均寿命来说，卡琳卡毕竟老了。

有时候谢苗恩也会忘掉不幸，接连几天不想子弹的事。然而，在这样平静的几天之后，忧虑总是更加猛烈地向他袭来。当官儿的不声不响，把他忘了，毫无动静！暴风雨来临前总有一段时间的沉寂。他们不可能忘得一干二净，法院总要开庭审理的。霹雳一声响，总有人遭殃。诚然，预审员没有再找过他，他们也没有要他——谢苗恩——签字保证不从本地外出，而米佳京则办了这样的手续。其实，签字也罢，不签字也罢，反正他们知道谢苗恩哪儿也去不了。到时候总要开庭审案，那时他们一定要问子弹的事，当着大众的面开始追究。没有子弹——没有就是没有！他可不愿遭池鱼之殃。

想起杜迪辽夫的时候，他仍旧怀恨在心。最使他恼怒的是人们异口同声赞扬这位工程局长：说杜迪辽夫打算拆除棚屋，给每户人家一套住房；说他把后勤人员精简了一半；说他平易近人、心地善良……谢苗恩可是知道他的善心的。哼，人们得到一星半点好处，就被收买过去！……

在霜冻初现的日子，葛拉什卡·波波娃跑到谢苗恩家里，送来了法院的传票……

谢苗恩被单独带到法庭隔壁的一间屋子里。他一个人坐在那里，谛听从墙那边传来的瓮声瓮气的话音，想象着米佳京的处境——人们从旁听席上盯着他瞧，一边交头接耳，指指戳戳。世上最可怕的事情大概莫过于这样站在大庭广众之间丢人现眼。谢苗恩宁可赤手空拳挺身走向一只暴怒的母熊，也不愿落到米佳京此刻所处的境地。

杜迪辽夫想必也坐在米佳京旁边。预审员无论要什么手段，大概也不能把工程局长遮得严严实实——他毕竟与命案有牵连。不过人人都很清楚：杜迪辽夫坐在那里只是做做样子。米佳京的枪法既差，熊后面那棵枯树的位置也对他不利——过错全在他身上，自当唯他是问。杜迪辽夫只要坐一会，也许还会稍稍红一阵脸，然后脱清干系——他一定会被确认无罪。

谢苗恩等了很长时间，给惶惑的心情折磨得疲惫不堪。后来，门终于开了。

“证人杰杰林出庭！”

他走到一张桌子跟前站住，侧面向着旁听席，瞥见多纳特·博罗维柯夫坐在第一排，农庄主席目不转睛地盯着谢苗恩，眼神庄重严肃，有些冷漠，并无同情。谢苗恩也不想看清楚其余的是些什么人，但感觉得到大家都以等待的目光冷冷地看他。

审判长名叫叶甫多基娅·巴甫洛芙娜·捷普里亚柯娃。谢苗恩在区里经常遇见她。有一次在河岸上等渡船时，他们还互相交谈过。记得当时的交谈纯粹属于闲聊——话题是那年长得特别盛的蘑菇。捷普里亚柯娃是位文静的妇女，家里人口多，要她操心的事没完没了。现在谢苗恩看到她把手放在一些文件上——这是一双主妇的手，皮肤粗糙，指甲剪短，看来，她既要给孩子洗衣服，又要擦地板、刨土豆。一个妇道人家，身边没有丈夫，也真难为她。

捷普里亚柯娃以及围桌而坐的其他审判员，都是和大家一样的人，量来并非狠心肠，在一定的情况下也会动恻隐之心，也能表同情，也能扶危济困。在一定的情况下，而不是现在。现在他们和谢苗恩·杰杰林之间隔着一张红色的桌子。

捷普里亚柯娃以六亲不认的目光很快地看了他一眼，从桌上拿起一张纸。

“证人杰杰林，谢苗恩·伊万诺维奇，一九〇五年出生。职业：猎人。居住地点：密松林区沃洛克村……证人杰杰林，是否有人告诉过你，你如果提供伪证，是要依法追究刑事责任的？……”

叶甫多基娅·捷普里亚柯娃的声音，一点也不象她跟谢苗恩谈蘑菇时的声音。

“证人杰杰林！”跟他说话的语调是庄重的，对他使用的称呼是严肃的，“现在由你把今年七月十四日夜里到十五日凌晨在打猎的时候发生的事情向本庭陈述。要尽可能把全部经过回忆起来。”

谢苗恩强作镇定用拳头掩口咳一声嗽，开始结结巴巴地叙述如何出发去打猎，如何追熊，如何把熊赶到小木桥那儿，当时他——谢苗恩——听见手风琴的声音，急忙叫喊……

“证人杰杰林，你有没有看见被告米佳京在这以前什么时候打过猎？”

谢苗恩的心往下一沉：“果然不出所料，他们不会放过这一点。”

“没有。”他承认。

“你是否知道他不会使用猎枪？”

“不知道……他说他以前也喜欢打打猎。”

“你就相信了？”

“我相信了。”

“证人杰杰林，你曾经向预审员出示一颗子弹，说是你从死熊体内找到的。你声称法医要找这颗子弹没有找到。你是否确认这一事实？”

果然要问这件事……谢苗恩的手掌在出汗，他不作声，弓腰曲背，皱眉看着地上。最可怕的事情发生了，最难堪的时刻来临了。好多日子，好几个星期，他一直生活在恐惧之中，怕的就是这一时刻来临。所有的人都默不作声，等着他说话。他也保持沉默。如实承认？说真话？接下来势必要问：子弹在哪里，拿出来看看！可是子弹已经扔进草丘间的绿藓之中，在荒凉的沼泽地里消失了，现在连魔鬼也无法把它找回来。

“证人杰杰林，刚才的提问你听明白了没有？”

“没有子弹。”谢苗恩硬着头皮回答。

“你肯定没有向预审员出示过子弹？”

“我不知道什么子弹。”

“可是这里白纸黑字记录在案：今年七月十六日，也就是出事的第二天，你把一颗子弹带去给预审员吉佳基切夫看，据你所说子弹是从死熊体内取出来的，与米佳京使用的枪口径相符……七月十六日，紧接着打猎那天，你有没有把一颗子弹带去？带去了没有？”

“不。”

“你说的‘不’究竟是什么意思？你把子弹带去了还是没有带去？”

“带去了。”

“据杜迪辽夫向侦查机关反映，你还曾经把这颗子弹给他看过？”

“还给他看过。”

“可是在以后的供词中你否认你有这颗子弹，否认你从死熊体内取出了这颗子弹？”

“我否认了。”谢苗恩承认道，同时把头垂得更低。

“这么说，子弹不是死熊体内的，你带去的只是自己储备中的另一颗子弹？是不是这样？”

谢苗恩不开口。他感到自己被彻底压垮了，身体变得笨重、不听使唤，两腿软绵绵的，膝盖紧张得直哆嗦。他从头到脚给卷进去了，已无法脱身。倘若他如实回答，子弹是从死熊体内取出来的，是在颅下颈脊中找到的，并且亲自把它滚搓复圆，那么一定要问：以前为什么躲躲闪闪？究竟相信你哪一次说的话？为什么要欺骗法院和侦查机关？子弹在什么地方？为什么把它扔了？盘问将没完没了。而真相反正已随子弹一起埋葬。

法庭在等待，不可能无休止地沉默下去，于是谢苗恩深深吸一口气，勉强迸出一个字来："对。"——这个字是一句声音低沉的违心之言。

"不是死熊体内的？"捷普里亚柯娃追问。

"对……"

"你把它带去是想救米佳京免受处罚？"

谎还得撒下去，谢苗恩又勉强迸出一个字来：

"对……"

庭上出现片刻难堪的冷场。谢苗恩垂头丧气站在那里。

"起诉的一方有没有问题要提？……辩护的一方有没有？……没有。证人杰杰林，你对自己的供词还有没有需要补充的？"

谢苗恩·杰杰林没有什么要补充的，他几乎站都站不稳了。

"证人杰杰林，你可以走了。你可以到旁听席上去听审。"

谢苗恩磕磕绊绊、对什么人都视而不见地向旁听席走去。有人——谢苗恩没看见是谁——瞧他可怜，让了一个座位给他。谢苗恩的身子沉甸甸地落到长椅上。他低头坐在那里，眼睛始终盯着地上，直至听到杜迪辽夫说话的声音，才抬起头来。

杜迪辽夫穿一件柔软的皮茄克，脸刮得光光的，两腿分开，在审判桌前站得很稳，显然既不感到窘迫，也不觉得紧张，回答问题简短、准确而从容。他是否听到谢苗恩·杰杰林的警告？是的，听到了，但他已经来不及住手，几乎在喊声发出的同时开了枪。他是否听到手风琴的声音？不，没有听到……

审判长提出了例行的最后一个问题："你对自己的供词还有没有需要补充的？"——这时杜迪辽夫稍微昂起沉重的脑袋，坚定地说：

"有，我需要补充。"

注意力本来就高度集中的旁听席在谢苗恩·杰杰林背后顿时鸦雀无声，以至于谢苗恩听到了自己紧张的呼吸。

“我知道，”杜迪辽夫疾徐有节、照旧从容不迫地开始说，“侦查机关注意到的一系列旁证会加重米佳京的过错，减轻我的责任。因此现在，当着法庭的面，我要声明：我不认为自己的过失比较小。我们是同时开的枪。我的枪法比米佳京好，但这不能绝对保证我不会失误。有人指出枯树的位置把我和木桥的中心遮断。但是，只要受害人往前跨出半步，而子弹只要从树干旁一厘米左右的地方飞过去，对米佳京的指控就可以推翻。证人杰杰林现在否认子弹的存在。我既不打算揭发他，也不打算责怪他反复无常。由于没有子弹，人究竟是我们之中哪一个打死的——对我来说至今还是个谜，对大家也是一样。我们俩都有过失，两人程度相等！……”

旁听席上响起赞许的喧嚣。

“但这并不意味着，我心甘情愿地承认有罪。我想，谁也不至于指控我或米佳京预谋杀人。对我们只能从过失的角度进行审判。但这种过失是不是罪恶呢？我们是在森林里开的枪，那里既没有任何法令对开枪加以禁止或限制，也没有提出任何具体的告诫。我们不可能预料到灌木后面会有活生生的人。我们开枪的地方非常冷落，一天大约只能看到一次有人在那里路过，至多两次。我和米佳京都没有听见手风琴的声音。杰杰林听见了，他打猎的经验比我们俩不知要丰富多少。杰杰林的叫喊几乎与两声枪响同时发出，我们的生理机能根本来不及反应过来。我想，任何人都不至于作这样的假设：我们是在听到了叫喊、明白其意义的情况下决定扣动扳机的。我不认为自己犯了罪，因此也不认为米佳京是罪犯。如果法庭不同意我的论点，认为必须作出处罚的判决，那么，我应该在同等程度上和米佳京一起受罚。”

谢苗恩听着杜迪辽夫发言；他坐在那里，上身挺直，脸绷得紧紧的，简直像一尊石雕；眼睛微眯，隔着被疤痕扯高了些的颧颊射出严峻的目光。此刻即使有人盯着他瞧，也无法看清楚，这个面如石雕的人内心正羞愧得无地自容。

二十四

检察官并不坚持判罚。人民陪审团商议的时间也不长。

考虑到谢苗恩·杰杰林警告有危险的那一声叫喊发出时已经太晚，法庭宣告米佳京无罪。

谢苗恩和所有的人一起站着听完这一判决，和议论纷纷表示赞扬的人们一起离开法庭走到了街上，这才把帽子戴起来。

人们并不急于散去，他们站在刚下了雪的地上倒脚取暖，高兴地交谈着。每个人都觉得：一件漂亮的好事完成了。这时，大家挤在灯柱旁，头上一盏带铁皮罩的街灯在微风中晃荡，人们相互之间有一种亲近感，都愿意延长这一洋溢着节日气氛的时刻。

米佳京刚和妻子一起走出法庭，立即被团团围住。人们拍拍他的肩膀，向他表示祝贺，或者开几句不伤脾胃的玩笑：

“怎么样，老兄？八成已经在收拾行装了吧？”

“这次长途远行没有去成，他倒不伤心。”

“恐怕魂灵到现在还没有回窍呢！”

“要是让你摊上这样的倒霉事儿，大概也不会特别高兴的。”

米佳京晃着歪戴在秃脑瓜上的一顶毛茸茸的护耳帽，含着眼泪感动地不断重复同一句话：

“唉，要命！你说这不是要命吗！……”

看起来，这句话最近一个时期以来已牢牢地印在他的头脑里，成了他的口头禅。

他的纳斯佳站在他身边，扬起裹着毛皮头巾的脑袋，得意地环顾向他们围拢来的人群，整个神态在代替她说：“本来嘛！我们又不是什么囚犯。谁也别想同真理作对！”

人们突然沉默下来，向两边分开。检察官和预审员手挽着手走了过去。预审员个子比较高，躯干挺直；检察官只够到他肩部，走路瘸得厉害。他们多少有些矜持地迈着庄重的步伐，由此可以明白——他们看到不急于各自回家的人们那种真诚的喜悦之状，自尊心完全没有受到损伤。职务使他们不能不严格从事，他们尽了职责，现在也为事情有了个好结局而觉得满意。

杜迪辽夫踏着很快的步子也走了过去，一路向左右两边的人们点头作别。

多纳特·博罗维柯夫大摇大摆地走过来，分开两条短腿站在米佳京面前，显得很敦实，好像谁也推他不动。他用摆老资格的口吻说：

“你大概做好了思想准备，以为人们会把你吃掉。才不呢！人们也随时会谅解你，必要时也会伸手拉你……我们大家还不够互相信任。信任是最最重要的。确实是这样。”

“唉，要命，你说这不是要命吗！……我做梦也没有想到……”

独自一人站在别处的谢苗恩有一种自己被偷得精光的感觉。他本来有一点可聊以自慰——尽管很微小，靠不住，也寒伧，但毕竟是安慰。原先他以为所有的人都是坏的，像杜迪辽夫那样的人只顾保全自己，不怕良心谴责。“我又何必显示自己比别人高尚，何必强出头呢？”这就是他可以给自己解心宽的一点理由，现在没有了。刚才杜迪辽夫为米佳京作了辩护，并愿意和他分担责任。谢苗恩已没有理由为自己辩护，没有人可供他与自己作比较。现在他难道不想和大伙一起高兴，不想为米佳京庆幸？大家感到满意，彼此亲切友好，人人兴高采烈。所有的人都像在过节，但他不是这样。

群情激奋中有一个悲凉的声音促使谢苗恩转过身去。生产队长米海洛·雷斯科夫——猎熊时被打死的那个小伙子的父亲——裹着一件磨乏了的皮袄站在那里瑟缩不已，眼睛越过谢苗恩直勾勾地望着挤在米佳京周围的人群。

“巴什卡反正没法再活过来，”他向一个敞着棉袄衣襟的彪形大汉说，“不应该再闹得人家鸡犬不宁。别人受罪，我心里也不会暖和些。”

“说得对，心狠治不了心痛。”大汉连连称是。

按说，米海洛似乎难免怀恨在心，憋不住对所有人的冲天怨气；可是你瞧，他硬是不怨恨，硬是不丧失良心，依然是一个通情达理的人。他——谢苗恩——要做到问心无愧应该容易得多，几乎无法相比。可是他说假话，怕招来是非，出卖了米佳京……米海洛的声音仿佛烧穿了谢苗恩的胸膛。他扭转身躯，避开众人，向暗处迈步走回家去……

恰恰在同一时间，汽车载着杜迪辽夫行驶在白雪皑皑的田野间格外分明的黑色道路上，他坐在汽车里想谢苗恩这个人。

杰杰林否认了曾经找到子弹的事，但是杜迪辽夫总觉得对此不可全信。不管怎样，老猎人刚才在法庭上说假话也罢，以前把伪造的子弹带来时向他——杜迪辽夫——说假话也罢，在两种情况下做得都不光彩。

谢苗恩·杰杰林！有名的熊把式！似乎是人民的化身。而杜迪辽夫对人民自幼就养成不自觉的崇敬、几乎是顶礼膜拜的习惯。

他——杜迪辽夫——要求于谢苗恩·杰杰林的比要求于自己的更多。一个祖传的熊把式，没有沾染上自我反省的风气，具有浑成的性格、原始的力量——对于这样的人，大学毕业的知识分子杜迪辽夫怎能不倾慕呵！倾慕之余，便忘了自己在建造新的工厂，运来新的机器，不管他愿意不愿意，反正使生活变得复杂起来。自己把生活搞复杂了，偏要大惊小怪地慨叹。谢苗恩·杰杰林离开森林及其虽说严酷却无矫饰的生存法则之后，慌了手脚，乱了章法，举措失当。

人们的变化比生活本身要慢。把联合企业建成了，密松林的生活就会大大变样。一个联合企业可以在三四年内建成，一个人的性格却是几十年中形成的。兴建联合企业、修筑道路、让人们搬进设备完善的住房——这都是必要的，但是还不够，还不是全部。应当教人们如何生活。

盲目崇拜并不是爱。真正的爱应是积极的行动。

二十五

家里老伴在炉灶旁为母牛搅拌稀饲料；她一见谢苗恩跨进门，急忙站起来，在小帘幔上擦了擦手，忧心忡忡地问：

“那边怎样了？判得重不重？”

谢苗恩什么也没回答，只是脱去身上用士兵制服呢作面料的皮袄。老伴误解了他的沉默，举起一个瘦骨嶙峋的拳头抵在一侧皱纹纵横的脸颊上，凄恻地连连摇头，低声呜咽着说：

“可怜的人，他把孩子撂给谁呀！老子不在家里，这一帮没人管束的小祖宗不知会野成什么样儿……上帝啊！好端端的，谁料到会飞来这么一场祸灾！……”

“别叨叨了！”谢苗恩喝住了她，“你给我到西兰齐哈那儿去跑一趟！”他见老伴欲加反对，便用嘶哑的嗓音威吓道：“听见没有？快去！”

老伴顺从地披上头巾。

西兰齐哈是个单身娘们，跟谢苗恩家相隔三家院子；她瞒着派出所民警马雷什金和农庄主席多纳特·博罗维柯夫私酿白酒，偷偷地卖给需要者。

谢苗恩走到自己的侧屋里，不点灯就在桌旁坐下，胳膊肘支在桌上，双手捧住脑袋。窗外跟墓穴里一样：黑沉沉，静悄悄。只听得见前屋外边檐棚底下一条母牛在慢腾腾地转动身子喝刚给它拿去的稀饲料。

忽然，窗外的寂静被一阵狗叫划破。卡琳卡发出凄厉的哀号。它不是觉察到主人的悲哀，不是出于忠心向漆黑的夜空长吠当哭；它有自己的悲哀，有自己的无法挽回的不幸。腿伤始终长不好，最近一次出猎时它三次迷失踪迹，常常躺下——精力不济了，它凭狗的本能感觉到这一点。

谢苗恩明白：他不能再带卡琳卡去打猎，卡琳卡的时代已经过去，它垮了下来。

他坐着，一双大手紧紧捧住脸盘。

究竟是怎么搞的？……他从懂事以来，一辈子没在人前红过脸，知道什么叫自重。如今落到这般田地：最近几个月简直过着像野兔一样的日子。他难道是这样的人？倘若真有大祸临头倒也罢了，可是压根儿没有这回事！竟然把稻草人当作了大老虎。怕丢人。这下可好，丢尽了人，现够了眼。往后记住这个教训。吸取教训？……如果在十七岁的时候得到这样的教训就好了，可他已经不是小青年，——老头儿了，四年以后就过六十啦。现在从头学起不是太晚了吗？……

谢苗恩捧住脑袋，真想跟卡琳卡同声号哭。

最严厉的审判莫过于良心对自己的审判。

(1961 年)

六十支蜡烛

[苏联] 田德里亚科夫 著

我们谁也不知道自己伤害过多少人……

卡·恰彼克[①]

① 卡列尔·恰彼克（1890—1938），捷克作家。主要作品有长篇小说《鲵鱼之乱》，剧本《白色病》、《母亲》等。

一

堂内灯光熄灭，餐厅小乐队的三位乐师——一个拉小提琴，一个弹钢琴，一个管打击乐，城里给他们一个总的外号叫做“三个若尔卡”——奏起了庆典序曲。从幽光微微的洞开的门外，像一束炽热的礼花向气氛庄重的黑暗中漂进来一座点亮了蜡烛的大蛋糕。小蜡烛的金色火苗神经质地晃晃悠悠，近似洞窟里的反照红得不大自然，吊灯的玻璃坠儿在空中闪着不安的回光，一名上了年纪的服务员长着个苏格拉底式的脑门子……

生日蛋糕上共插六十支蜡烛。这可真壮观哪！

脑门子像苏格拉底的服务员把颤动不已的蛋糕放在我面前。我重又惊诧于六十支蜡烛集中在一起的那一派炽热丰美的景象！

昨天走在青春大街上的还是一个寻常的人。戴一顶灰色细毡帽，穿一件藏青长大衣，年事已高，受人敬重，但小卖部的女售货员到了午饭休息时刻照样冲他的鼻子吧嗒一声关上小窗，说：“你们人多，我可只有一个人！”昨天我只是一个普通的教师，这样的教师在我们城里数以千计。

今天却在本市报纸的第一版上刊登了我的照片——鼻子大大的，挺有气派，两撮浓眉作困惑不解状，皱巴巴的腮帮子像垂着两只口袋。六十年来，谁也没有对我另眼相看，可是一星期以前忽然发现，我不是一个普通的教师，而是本市最老的居民，不是跟大家一样，而是独一无二的。

我们的城市卡拉西诺年轻得很，非常年轻。它经历过好多年动荡的诞生期和动荡的成长期，到处是脚手架、无法通行的稠泥浆、横七竖八的水泥板、胡乱散扔的管子和碎砖堆。后来，施工场面连同人车难行的满地泥浆终于推向郊区，城市有了自己的面貌。也许，它算不上十分漂亮，不过，任何城市应有的一切它也不缺：多层楼房带有阳台，甚至带有敞廊，商店的橱窗几乎紧挨着马路，街道宽阔笔直，有红绿灯，有人行横道线，有腰束白皮带的交通民警。我们有两座文化宫、近十家电影院、一个水上运动场，在十分体面的“水晶宫餐厅”里可以听到超现代化的爵士音乐，乐队由舒布尼可夫三兄弟组成，一般都管他们叫“三个若尔卡”。

卡拉西诺作为一个城市已经兴起，无论对于国内其他城市还是对于它自己来说，这都是明摆着的事实；现在它只缺少自己的传统和自己的英雄。倒不是缺少英雄的建设者——如起重机手、推土机手、安装工人、砌砖工人之类，而是缺少英雄居民、英雄市民。

于是，我，一个普通的教师，尼古拉·斯杰潘诺维奇·叶乔文，便成了英雄。

我刚满六十周岁。市教育局向有关的部门呈报了有关的材料：报请举行庆祝、表彰、授予称号。上面在翻阅所报有关我的材料时，大概有比较细心的人感到惊讶，说：

“嚄！这儿写着，他是在卡拉西诺出生的……”

“对，他是本地人。”

“他这六十年一直住在此地？”

“只有在师范学校读书的几年除外。”

“这儿写着，他在学校里不间断地工作了四十年。他以前在哪个学校工作？难道卡拉西诺以前也有学校？”

“有，而且说来您也许不信，还是全俄闻名的哩。从某种意义上说，这学校至今还在。”

敢情卡拉西诺这座年轻的城市也并非没有来历，这不是该城历史的活见证和参加者吗？想不到我竟是该城的始祖，是它的第一个市民。

我的相片上了市报，一些显要的领导、该城的“长老们”纷纷来到“水晶宫餐厅”向我祝寿。三个若尔卡为我奏起了庆典序曲。

六十支蜡烛集中在一处。每支蜡烛代表一岁，岁月沿着一生的道路伸展至今。

二

庆祝活动结束了，登在报上的我的相片——两道浓眉、一条白嘴鸦式的鼻子——被遗忘了。在这以后，我想必只得怅然宣告：“我的生活又循着老的河道流去。”

确实如此，一切照旧。我同往常一样七点钟起床，从容不迫地梳洗，仔仔细细地刮脸，在我那多病而又发胖的妻子家兔般驯顺的目光下若有所思地吃早点。然后我脱去睡衣，还是那样从容不迫、仔仔细细地穿戴起来——在上浆的衬衫领子下面系上领带，穿上背心和洗过多次、线缝已经发白的上装，灰色的帽子戴了很久还没走样，藏青的大衣旧虽旧，但质地厚实，颇有分量。

我住得离学校不近，却难得坐车。早晨我喜欢不慌不忙地步行，一路上已有好多年总是遇见那几个人……一个拄着根很粗的手杖、穿着件制服上衣的胖男人，唇髭像莫泊桑那样往上翘；一个身材瘦长、蓄着棕红色胡须的小伙子，他那双柔情如水的眼睛总叫人不敢信赖；一个鸭嘴姑娘牵着一条口水直淌、瘦小精悍的德国种短毛狗出来散步……我遇见的人多得很，要一一述说也不容易，反正我记得他们，并且从他们的表情可以看出，他们也记得我。

每当我跨进校门，在穿堂里从行举手礼的少先队员石膏像旁经过时，衣帽间门口的挂钟照例指着九点差七分。

生日蛋糕上六十支蜡烛点完了。每支蜡烛代表一岁。

过去我也没有妄自菲薄，没有！我是不可缺少的，但我的功用就像轴承螺栓的功用，这样的螺栓多得很。

但如今我被发现了——发现我并不是最寻常的大路货。我让自己相信了这一点。每个人都有跟别人不一样的个性。但愿每一个人偶尔都能听到别人提醒他："你是独一无二的！任何人、任何东西都不能代替你！"

如同我们之中任何一位一样，我也为人所讨厌（我不愿说他们是我的敌人——这太过分了！）。要是认为他们一下子全都成了我的忠实的朋友，那是天真的想法。过去我经常跟他们发生冲突，伤害了自己，也伤害了他们。现在我可以轻而易举地对他们视而不见，似乎什么都可以一笔勾销……

庆祝活动结束了，报上对我的颂扬被遗忘了，但心中却仍然喜气洋洋。我想，这种情不自禁的喜洋洋的感觉将温暖着我，直到我生命的终结。

三

过了一个月多点儿。才一个月！我还继续收到贺信和贺电。在我国的某些角落，我过去的学生也知道了他们的中学老师满了六十周岁。

晚上，我桌子上面的一盏灯亮着。旁边放着几封信，我不急于把它们拆开。先得把乏味的工作咽下去，然后再来品尝可口的好东西。

我面前堆着一叠十年级学生的作业。

我教的是七年级到十年级的历史课。

我喜欢历史。……当年，我看待过去千百年的事件有一股年轻人的血气。我切齿痛恨天杀的斯维亚托波尔克①，狂热崇拜斯维亚托斯拉夫·伊戈列维奇②。每一个世纪都有无数我个人的朋友和仇敌。好

---

① 斯维亚托波尔克（约980—1019），古代罗斯公爵，因在争夺权势的内讧中残杀三个兄弟而获"天杀的"诨号。

② 斯维亚托斯拉夫·伊戈列维奇（？—972），基辅公爵，曾多次率兵远征北高加索，并夺得亚速海沿岸地区。

恶上的偏颇实在幼稚得很，甚至一些享有盛誉的历史学家也往往犯这个毛病。

现在，天杀的斯维亚托波尔克对我个人说来早已无所谓。要问他这个人是好是坏未免太天真了。他无非是那个时代、那种邈远的生活以及你我从中生长出来的那片土壤的一部分。倘若伊万·卡里塔[1]是个品德高尚的人，他未必能在鞑靼铁蹄下缔造强大的莫斯科公国。厚颜无耻地奉承拍马、不择手段地玩弄权术乃是卡里塔的法宝，要是没有他，谁知道鞑靼统治还会延续多久？谁知道现在我们的俄罗斯会是怎么个样子？

我喜欢历史的本来面貌！我、国家、全世界无论遇到什么情况，我反正已经知道，因为再大的事情历史上也都发生过，无论什么事情在我眼里都不奇怪。我喜欢历史，并且要使我的学生认真地、非同儿戏地喜欢历史。

他们每周必须做一篇作业交给我。题目可能是最出乎意料的。按教学进度你正学到一九〇五年的俄国革命，可是我却请你做一篇关于伊凡雷帝[2]的作业。一九〇五年这次革命以前好几百年内发生了些什么事情，你都得知道，甚至看起来跟它风马牛不相及的事情也得知道。

我被认为是个不讲情面的老师，不过我可以毫不吹牛地说：我的学生在考试时总是以知识的渊博使人震惊。

十年级甲班的一叠作业本子在我桌上。大体上每一篇作业都老老实实地断言："伊凡雷帝对豪门贵族所进行的斗争具有进步意义……"

廖瓦·博恰罗夫的作业。说实在的，我对他老是怀有戒心。

如果说别的学生通常缺乏才智的话，那么，廖瓦的不幸恰恰在于

---

① 伊万·卡里塔，一三二五至一三四〇年的莫斯科公爵，一三二八年领大公衔。

② 伊凡四世（雷帝）（1530—1584），莫斯科和全罗斯大公（1533—1584）。一五四七年加冕称沙皇。

才智横溢，才智惊人。当老师还在竭力要让大家都明了的时候，廖瓦已经闲得发慌。他上课既不好好听讲，布置的家庭作业又不做，两分得了一个又一个他也不难为情，甚至挺得意，然后在短时期内一鼓作气以胜利者的姿态把分数刷新。他把这称之为“下让子棋”。他给自己找到一种缺德的娱乐：在家里读学术性专著，然后到课堂上提一些乍看起来并无恶意的问题，把老师置于狼狈不堪的境地。有的老师简直恨透了博恰罗夫，甚至打算在考试时故意给他吃苦头——平心而论，这也不是光明正大的做法。可是出人意料的是，廖瓦·博恰罗夫与大多数学生不同，他喜欢考试，就像相信自己不可战胜的运动员喜欢参加比赛一样。

去年，博恰罗夫把自己对功课满不在乎的放肆态度传染给了全班，弄得纪律松弛，成绩下降，非采取十分果断的措施不可。廖瓦的家长来了：母亲是个打字秘书；父亲是当会计的。两人都很胖，两人都安分怕事，皱巴巴的脸上都是同样暗暗担忧的表情。他们属于从来不以大胆的奇想惊人的那种类型，从来不因精力过剩而胡作非为，甚至在心底里也从来不把自己看得高于别人。他们对我说的是些寻常话：“离毕业总共只有一年了，大学想必考不上……”可是我能理解他们没有说出口的意思：“万一儿子不及格，活着还有什么意思……”

博恰罗夫的作业……这一回跟别人一样，毫无特色：“伊凡雷帝对豪门贵族所进行的斗争具有进步意义……”四平八稳、枯燥无味。

下面是卓雅·泽布柯维茨的本子。这是怎么回事？……总共只有半页女孩子的字迹。

> “在他（伊凡雷帝）那个时代，传说他（伊凡雷帝）曾从一个大臣那里……霸占了人家的妻子，后来大概得悉她丈夫有怨言，便下令把被奸污的妻子绞死在大臣家门口，并让尸体挂在那里两个星期；另一个大臣的妻子则被绞死在他的餐桌上方”

（尼·柯斯托马罗夫[①]：《俄国史大人物传记汇编》第一卷第四一八页）。

这样的人不可能善意待人。如果说他压制贵族，那不过是为了泄私愤。如果说在他那个时代有什么进步的话，那也不是伊凡的功劳。

完了。就这么多。

卓雅·泽布柯维茨，一个戴眼镜的姑娘，并不漂亮，跟博恰罗夫不同，她学习认真、刻苦、沉默寡言，但是……资质平常。

如果这篇作业出于博恰罗夫之手，倒不足为怪，可是卓雅写出这样的东西！……这可真用得着“死水潭里出妖怪”这句老话。请看：“如果在他那个时代有什么进步的话，那也不是伊凡的功劳。”

还搬出柯斯托马罗夫书中的话作挡箭牌……

柯斯托马罗夫者流的历史学家可以指责伊万·卡里塔前额不高，品德不佳，而忘了推动历史前进的绝非高脑门子的努力。

教育工作者常常不得不自己跟自己斗争。就拿现在来说吧，好像又到了进行这种斗争的时刻。

我把卓雅的作业本子放下……

看来，卓雅是在按照柯斯托马罗夫的路子进行思考，这是已经过时的观点。

如果“不按照我的路子”进行思考——那是你的权利。但如果想法过时、不符合时代精神、不按照我们的路子……

也许可以认为，没什么大不了的事情。不妨原谅甚至不妨鼓励一下独立思考的精神。但下次卓雅又会去把某人发了霉的见解发掘出来，会习以为常地把“非我们的”观点当作自己的观点，长此以往，卓雅的看法会开始与别人不同，想法与别人不同，做法与别人不同。那就成了一个与社会对立的人。那就是逆着潮流生活。

---

① 尼古拉·柯斯托马罗夫（1817—1885），俄国历史学家、人种学家。

说某某老师心肠好这样的话自然是很动听的，尽管基本上人人都知道：老师软心肠和好说话等于犯罪。

必须给卓雅打两分，明天在课堂上必须训她一顿，让她产生一种最不足为怪的感觉：受点儿委屈，免得今后重犯。就是不能做好好先生！

但是……这样的“但是”不止一个，而是有好多个。

但是你这样一来会不会扼杀卓雅对历史的爱好？……从短短一篇作业可以看出，她读的不仅仅是教科书，这说明她感兴趣，说明她爱好。

会不会把卓雅推到你的对立面位置上去，以致她仅仅为了对着干而故意跟别人想得不一样，故意向柯斯托马罗夫者流靠拢？

但是，归根结蒂都怪柯斯托马罗夫，卓雅的过错仅仅在于她碰巧读了他的书。

自我斗争只持续一分钟。这一分钟的斗争并不像乍一看可以产生的印象那样无足轻重。也许有人会说：“打两分还是不打？——这也算是哈姆雷特的问题[①]？”是的，它关系到一个人的命运！

我决定不打两分。明天再讨论讨论，弄弄清楚。

四

晚上一份乏味的工作已经吃掉——作业看完了。现在我面前放着的是信。

一封我已看过了。此信是随邮包来的，邮包里是……一柄海军军官佩带的短剑。向我表示祝贺的人却早已不在人世。

我不认识的一位海军中校别什涅夫在信中写道：

---

① 《哈姆雷特》第三幕第一场哈姆雷特有一段脍炙人口的独白：“生存还是毁灭，这是一个值得考虑的问题……”（《莎士比亚全集》，人民文学出版社 1978 年版第 9 卷第 63 页）。后人在表示举棋不定、难下决断的心情时往往套用这段独白的第一句。

亲爱的尼古拉·斯杰潘诺维奇!

这柄短剑从前是我的朋友和您的学生布哈洛夫海军中尉佩带的。二十三年来，我一直把它保存在自己身边。说实话，现在我跟这件对我说来十分珍贵的纪念品还是难舍难分。但是您教育了格里果里·布哈洛夫，而我全亏有了他，才得以活下来并且成为一名作战军官。归根结蒂，我应当感谢您，尼古拉·斯杰潘诺维奇。别的任何东西都无法表达我的感激之情，我只能把唯一的纪念品割爱，因为它所纪念的是我最好的朋友、对我始终比兄弟还要亲的那个人。请接受我和格里沙[1]……

我已经忘了自己的许多学生。这四十年中我教过的学生有三千多，哪里都能记住。格里沙·布哈洛夫……格里沙我却记得……

在卡拉西诺镇连工人新村的规模都还没有具备的那个时期，街上出现了一个小家伙——鼻子在流涕，帽子的皮毛蓬松，褴褛的大衣下摆拖在地上，一双过大的树皮鞋破烂不堪。这个被人嫌弃的小家伙是破鞋莫琪卡的儿子，也不知父亲是谁。莫琪卡本人去给木材流送工人烧菜做饭后就不回来了。乡下孤儿的命运照例都一样：去当牧童赶牛放羊。

不能就这样拉起衣袖把他带到学校里，叫他坐在课桌旁边，在普及教育规定必须入学的儿童名单上编为第一号了事。先得把这个第一号彻底洗一洗，让他接受一次蒸气浴，得给他衣服鞋袜，得给他找个地方住下，得管吃管喝，免得他重新变成野孩子，这样才能用功读书。

当时我结婚才一年左右，妻子正怀孕，我们住在人家的农舍里。但妻子比我更早对那个孤儿动了恻隐之心，我们便把格里沙·布哈洛夫收留在自己家里。

“你们是在白白为我操心，我这个人命该倒霉，反正只能去

---

① 格里沙是格里果里的昵称。

放羊。”

“命该倒霉的人”那时节还不到九足岁。

冬天，我送妻子去分娩，回来不见格里沙，他跑了。后来他在远处一个村子里被发现——他正在挨家要饭。

“你这是怎么啦？”

“你们现在自己有孩子了，还要我干吗？”

两年以后，在邻区奥布耶德科沃村一座过去的地主庄院里办起了跨区的孤儿院。格里沙自己坚持要我们把他送到那里去，那时我们的第二个女儿快出生了……

他后来长成一个漂亮的小伙子，脸色红润，发肤黝黑，脾气生硬：“我这个人命该倒霉。”老天爷！这该是多久以前的事啦……

战前他就应征参加了海军，战时已经指挥一艘炮艇。他在自己的最后一次战斗中曾击沉几艘运输船，一条胳臂给弹片打断了，还坚持指挥炮艇冲出火力圈，人家把他抬到岸上时已经气绝。后来他被追认为苏联英雄。

如今我们学校的少先队就以他的名字命名，少先队活动室内挂着他的相片——一顶海军帽带有蟹形帽徽，年轻的面庞眉目端正、神态呆滞，修底版的师傅太卖力气，把原有的一些跟格里果里·布哈洛夫本人相似的痕迹也给修掉了。

我从桌子抽屉里取出海军军官短剑。

狭窄的剑鞘由擦得锃亮的黄铜小圈收口，剑柄挺粗，上面的铆钉像抛光的小眼睛。我将剑柄一拔，露出镀镍的剑锋。这毕竟是件兵器，而不是满足男子虚荣心的漂亮玩意儿。短剑看起来还是簇新的，很像刚从刀剑工场里打造出来，难道四分之一世纪之前就牺牲的格里沙佩带过它？不过，这件武器主要是装饰性的，并不经常佩带。

战争的风暴是从我旁边刮过去的：我既没有听到过子弹的啸叫声，也没有蹲过战壕。早在少年时代就发现我是平足，虽然直到六十岁的现在，我这双不正常的脚仍忠实地为我服务——到学校去我总是步行，不过步子显然比较沉重。但是，部队可不要我，因为我不能适应队列勤务。这指的是在和平的日子里，而不是在战争时期；军事委员部的体检小组还是作出决定——把我派往建设兵的一个营。

可我当时刚担任校长不久。而且，区教育局长也上了前线，除了我，没有人接替他的工作。区里需要我，不放我去挖窑洞、扛木头……所以没有耳闻子弹的啸叫声，没有目睹在前线死人的情况，然而这种事情我听到的恐怕比别人更多。

我经常听说："某人牺牲了！"我照例立刻会想起一个男孩子在课桌旁边的模样，头发蓬乱的或者剪得短短的，胆大好动的或者怕难为情的，认真读书的或者吊儿郎当的。哦，他们中有不少人跟我的关系并不融洽，但每一个牺牲者的名字都会使我产生一种困惑的内疚，他们每个人都变得十分了不起：自己献出生命，让别人——包括我在内——活着。看来我无须感到羞惭——我没有保自己，没有逃避上前线，没有过错。然而，人真的能问心无愧吗？

不过，格里沙·布哈洛夫的死没有引起内疚。我感到的是那种近乎失子之痛的心情，它使往昔似遭洗劫，未来显得空虚。格里沙是我造就的，格里沙是我的一部分，是我一生中最美、几乎是最重要的篇章。我没有对不起他的地方——凡是能给的，我都给了他。

格里沙·布哈洛夫死后给了我非常丰厚的报酬，那就是自豪的权利！

我的学生牺牲的很多，简直没法数，但关于他们牺牲的经过，却一个也不知道。按照一般的公式，无非是在战斗中"英勇牺牲"。可是格里沙·布哈洛夫的死不能套用一般的公式。他胆略过人，出类拔萃，他的英名遍播全国。我当然要把他引为骄傲，也就是以此自豪。格里沙是我的一部分。

格里沙以自己的死踢开了死亡之后，继续活在我的身旁。活着并支持着我。感谢命运使我们碰在一起。

我把短剑放在桌上随时都能看到的地方。当然，我要把它交给学校，学校会在苏联英雄、共青团员布哈洛夫海军中尉遗像近旁专门摆一张玻璃小柜恭谨地陈列这柄短剑。孩子们见了将肃然起敬，大气也不敢喘……我要把它交给学校，但不是马上送去，先让我自己欣赏够了再说。

格里沙·布哈洛夫向我这个老头儿祝了寿。

在拆开印有索契[1]风光的信封时，我心想，寄这封信来的大概是个偶然相识但很客气的人，不外乎：“请允许我衷心祝贺……”

> 您未必记得我（信的开头这样写着），而我将近二十二年来却没有一天、没有一个小时不想起您。
>
> 我是谁？我是个酒徒，这是我最鲜明的特征。在其他一切方面我一无足道：一个没有专长、没有家庭的人，甚至不是小偷，不是罪犯……

怪哉。这是寄给我的吗？……莫名其妙。我看着信封。信封上印着索契的风景，所写学校的地址和我的姓名一点不错。

> ……甚至不是小偷，不是罪犯，尽管我很可能成为这号人。我只不过是人类渣滓的一个代表，而这一点与其说应当归功于我自己卑琐的性格，毋宁说应当归功于您——尼古拉·斯杰潘诺维奇·叶乔文！是您把我毁了！然而，要是只毁了我一个人倒也罢了！可怕的是，您竟成了景仰的表率，成了要别人认真学习的榜样。
>
> 我想，我至少应当向人们提供一次帮助，以此证明我这令人恶心的一生毕竟没有白活。我不能大声疾呼：“善良的人们，当心哪！”谁会相信我这么一个可疑的泡小酒店的哲学家？我找不到别的办法促使人们倾听我的声音，除非**杀了您**！那时将举行审判。让对我的审判变成对您的审判。您也许会提出异议，说这是

[1] 苏联高加索地区疗养城市，在黑海东岸。

通过犯罪的手段揭露真相！……然而，消灭一处为害多年的社会病毒孳生地——这怎么是犯罪呢？我对得起良心，其余的我不在乎。大不了我将丢掉一个谁也不需要的醉鬼的一条命。既没有老婆为我悲恸欲绝，也没有孩子为我号啕大哭。

就这样吧，请作好准备！

您从前的一个学生

下面还有几句：

我不需要保全自己这条命。这使我的任务完成起来要容易得多，因而我甚至敢于拿出这样的气魄来——写信告诉您：您是个什么样的人，等待着您的是什么下场。

这封信写在划线练习本的一张纸上，横宽的下蹲式字体系用一支蹩脚钢笔草草涂就。乍看起来寻常得很，似乎貌不惊人，不会使人晕头转向。

此刻是黄昏时分，还不是太晚。窗外楼下有摩托车驶过的哒哒之声——这在卡拉西诺市是颇为流行的一种消遣方式。门外是老伴走动时沉重的脚步声。过一会她就要到厨房里去，那时可以听到碗锅乒乓作声，接着她会叫我吃晚饭。然后各自就寝——她进她的房间，我进我的房间。

海军军官的短剑在眼前闪耀着黄铜的热光——格里沙·布哈洛夫向我这个老头儿祝了寿。

安适的台灯光照着我的一双大手，这双手指骨暴突，筋络虬结，汗毛呈金黄色。我的手搁在信上……

五

八成是一次下流的恶作剧。有人存心跟我的寿辰捣乱，就像俗话所说的那样：往一桶蜜里加一勺柏油。

随随便便写一个“杀”字太不负责任了……

成年人不大敢开这样的玩笑，只有头脑里缺乏主宰的人才干得出来。

学校里最喜欢捉弄人的要数廖瓦·博恰罗夫。他对老师们进行快乐的战争由来已久。这又是什么新花招……“我是个酒徒……”——应当承认他颇有独创性。没说的。

“杀……”——必须有刻骨仇恨才能写出这个字来。

为什么恨我？！

就为了我想要防止这个傻瓜为自己的愚蠢所误。

愚蠢？……才不呢，他自以为绝顶聪明：“我解包含两个未知数的题目就跟嗑花生一个样。”简直老子天下第一！

“杀了您……”不把那个老笨蛋吓得半死才怪呢。廖瓦·博恰罗夫决心痛痛快快乐上一乐。他当然能料到这玩笑有点越出容许的限度，但要知道廖瓦本人就不是一般的框框所容纳得了的。“杀了您……”他对所有的人都不大瞧得起，偏偏认为所有的人都得用爱来报答这种宽厚的轻蔑。

一个人自以为老子天下第一，就很难理解人们可以用憎恨来回答你。憎恨可能来自四面八方！那时可就顾不上开玩笑，也顾不上瞧不起了，那时自己必将染上狂暴的仇恨。“杀了您……”这个念头并不奇特，为什么不能把它变成行动来保卫自己？……

狂妄产生仇恨，从仇恨到流氓的匕首只有短短的一步之隔。

这正是我想要防止的事情！

我没能防止。恶作剧的货色就在桌子上。更下流的手法很难想得出来。

我经常向廖瓦作一些小小的让步，我总是这样想：“他才智惊人，大脑发达，有点儿怪脾气就由他去吧……”

去年，他曾有步骤地把数学老师逼得歇斯底里发作起来。当然，那位老师水平既不高，性格又软弱，回答问题也不机警，在他上课的时候，廖瓦·博恰罗夫故意设法让全班看白戏。我一方面责备廖瓦，一方面为他辩护："他的才智是惊人的……"那位数学老师则不得不转到另一所学校去。

前不久，我没有勇气对廖瓦的家长说"不"。他们的胆子实在太小，父母之爱实在太深，就这么一个儿子嘛——算了吧。

几乎每一个人年轻时都有几分像廖瓦·博恰罗夫。青春几乎总是冒失、狂妄、自私、不克己的。老师出于软心肠而纵容年轻人的恶习——那就是犯罪！

我从一叠练习簿中找出卓雅·泽布柯维茨的本子，在那篇作业下面打上一个粗大醒目的两分。不是明天再讨论讨论吗？……行，就讨论讨论！

同时我把廖瓦·博恰罗夫的作业本也找了出来……

六

一篇平淡无奇的作业和一封耐人寻味的信并排放着。矮矮的下蹲式字体……笔迹毫无相似之处，这是不难理解的。

"杀了您……"用词不多，语气平稳。诚然，这几个字下面匆匆划着一道线，但不像是为了给人以强烈的印象，倒像是写信人表示他得出了一个重要的结论，等于说：我别无他法。

这时出现了一个清醒的念头：写信人既然想用恶作剧的办法把我吓死，他一定要大做文章，信上一定充满恫吓和威胁。

然而……"我是个酒徒"。这似乎太高明了，不像年少气盛的学生所为。简直是老奸巨猾，缺德之尤。

还有，"可怕的是全世界都瞎了眼"。关心全世界，代表整个社会提出控诉，这一切难道只是为了开个玩笑？

还有那段附言……"我不需要保全自己这条命。这使我的任务完成起来要容易得多……"这是处心积虑、经过周密思考的结果，并非即兴的游戏文章。如果这一点同"我是个酒徒"可以连在一起的话，那么，跃然于这张用蹩脚钢笔胡乱涂写的纸上的人物倒是足以令人胆寒、不敢正视的。

看来，我把平淡无奇的作业和耐人寻味的信并排放在一起是没有道理的，一怒之下把廖瓦·博恰罗夫当作目标也是没有道理的。也许，这不是动一时之怒，应该说纯粹是欺骗自己，因为这太不真实了，使我没法相信，而假定这是开玩笑则方便得多！于是怀疑手边最先排上号的人，便认定是廖瓦·博恰罗夫捣的鬼。

那么，他到底是谁呢？“既没有老婆为我悲恸欲绝，也没有孩子为我号啕大哭。”署名是：“您以前的一个学生”。他承认：我是杀你的凶手。

我可能这样大大地得罪过谁呢？我没有当过检察官，没有把任何人投入监狱，我干的是教书，不是坐堂。这一点他也知道，不信且看：“您以前的一个学生”。

当然，有一些人不喜欢我，非常讨厌我，同样，——说句老实话，——也不是所有的人我都喜欢。但我从来没有产生过这样的愿望：要是把某某人杀了该有多好。想必讨厌我的人也没有到这种程度。“您以前的一个学生”。真是学生吗？……

我想起了那个信封，赶紧把它抓起来。信封上印着索契的风景。还是用那支破钢笔写着学校的地址、我的姓名。邮票上的戳子相当清晰，是某一个火车站的站名，离本市大约半昼夜的行程。信是昨天投寄的。

信到了，写信的人也能到了。

信封上印着索契的风景，那是一个遥远的、阳光灿烂的城市，是度假、休养的地方，是延年益寿的地方。

“杀了您……”

为什么？！

我并不感到恐惧。比恐惧更强烈的是疑惑。

我毁了某人的一生，我本人竟如此可怕，通过被我毒害的学生可以知道我是多么可怕，连我的气味也是可怕的……写信人加在我头上的罪名太大了，大得难以置信。

“卓越的……忘我的……我国教育界的智慧和良心……”这当然言过其实！我不会自我陶醉到这种程度，不会昏头昏脑地把我过生日期间随处可以听到的揄扬溢美之辞信以为真。但我没有杀过人，没有害得人家日子没法过，既不盗窃，又不受贿，也没有腐蚀儿童，更没有让高龄的老岳母挨饿。人非圣贤，孰能无过？……如果对我也要进行审判，要杀死我，那么，恐怕只能让绝无仅有的圣人活在世上。

为什么？

既然你作出判决，而且判的还是死刑，就请你也详细介绍介绍具体的罪行，不能仅仅用一些笼统的字眼了事，什么可怕啦、毒害啦、气味要不得啦。

“郭里亚[①]！”从厨房里传来老伴的呼唤，这声音已经听惯了，“来喝茶。到时间啦。”

我把信放进印着索契风景的信封，往桌子抽屉里一塞。

我站起来走到窗前，朝黑洞洞的楼下看了一眼，那里充满了无忧无虑的话声、笑声、沥青路面上细碎的脚步声、引擎的工作声和轮胎的擦地声，那里洋溢着蓬勃的生机。我朝楼下深处一看，但从暗沉沉的窗玻璃上看到的却是自己的映象——扁平的脑门子、深陷的眼睛、楔形的鼻子。

他可能守在楼下笑语丛中，此刻正从闹盈盈的生活深处窥伺着我的窗户，他——我以前的学生、如今要杀我的凶手。

我用心地掩上窗帘，随即莞尔失笑：他一定料到被他判处死刑的尼古拉·斯杰潘诺维奇·叶乔文会把窗帘仔仔细细拉好，把门严严实实关上。

狭小的厨房明亮而整洁，餐桌上一切都摆好了，老伴坐在一张太窄的凳上，虚胖的身体直往下沉。她那头发花白的大脑袋气度不凡，眼睛近视的宽脸盘上现出心事重重的表情——对我来说，她就像老是

① 郭里亚是尼古拉的昵称。

重复的梦一样熟悉。

我们马上就要每人喝一杯茶，互相说几句无关紧要的话，然后各自就寝——老伴进她的房间，我进自己的房间……

“要不要给你加柠檬？……”

我家厨房的窗上却原来压根儿没有窗帘，从对面一幢房子高处的几层朝这里望，能把我们看个透亮。

七

我从睡梦中听到——有人在窗外咯嚓作声。

房间里仿佛弥漫着肮脏的烟雾，正像半小时前开过教务会议的教员休息室那样。人都走了，可是烟雾不散——灰蒙蒙的，说不出所以然地寂寞。

有人在窗外咯嚓作声，这不用怀疑。而窗户在五楼。

心跳在头脑里激起回响。我屏住呼吸。

“这是梦……我还没有醒来……”清醒的念头以及过于清醒的黎明本身——灰蒙蒙的，说不出所以然地寂寞。心不是在胸膛里而是在脑袋里扑腾腾直跳。窗外的声音像是铁器刮在铁器上。窗户在五楼！

要不要叫喊？……

隔壁的老伴会被我叫醒，可是邻居一时惊动不了。

不是梦，不是幻觉，明明是铁器刮在铁器上的声音。有人在窗外，有人高悬在五楼的窗外，下面是铺沥青的路面。

我用不听使唤的手掀去身上所盖的被子。弹簧床垫发出似乎震耳欲聋的尖叫。我一动也不动……

那一位也不动了，但只停止一秒钟。接着又是铁器刮在铁器上的声音，小心翼翼，战战兢兢，鬼鬼祟祟，有夜间作案的味道。

光脚踩在冰凉的地板上就跟被烫着了一般。弹簧发出最后一次尖叫。我下了床。

我在冰凉的地板上踮着脚，顺着墙壁，又是一面墙壁，挨近窗户，到了窗前，伸手去拉窗帘……倏忽之间，就在一秒钟以后，我将面对谋杀我本人的凶手。此时此刻，我们将在灰蒙蒙的黎明中相遇：他不顾死活地趴在五层楼高的天与地之间，我在屋里，我们之间只隔着窗子的玻璃。

拉呀！……手麻木得厉害，身体不由自主，心跳在脑袋里发出石破天惊似的巨响。而在近处，在很近很近的地方，奇怪的声音表明有人正在谨慎而固执地要闯到我这里来。这外来的人乃是我的死神。

拉呀！……窗帘拉开了一点点……

恐惧像个硬邦邦的皮球泄了气，我顿时全身软瘫，膝盖骨乏力地哆嗦起来，我用棉花似的手扶住窗框，以免摔倒。

窗外有几只鸽子在檐板上走来走去，一边用锐利的爪子抓住墙檐的包边，于是发出像铁器刮在铁器上的声音。

我倒抽了一口冷气，毅然决然拉开窗帘。鸽子震动了一下，但没有飞走。我将一把椅子挪到窗前，疲惫地瘫倒在椅子上享受一番。

空荡荡的街道直至屋顶都像包在蓝幽幽的死水中，犹如盛得满满的一只杯子，一不小心就会泼翻。路灯有气无力地亮着，灯光酣睡沉沉，如同城市本身一样。鸽子在不干净的、泪痕模糊的玻璃窗外客客气气地攀亲家、叙友情。黑色的嫩枝沐浴在浓得化不开的蓝色烟霭里。秃树蒙着春天清晨的霜华。再过几个小时，它们将被太阳照暖，凝滞的汁液将开始颤动。不久，叶芽将膨胀、绽青！

也许，还来不及等到它们绽青……

他——那个不露脸的、匿名的、以前的学生——反正在某一个地方……

他是存在的，并怀着积聚数十年而我百思不得其解的仇恨。芽苞还来不及绽开露出绿叶，仇恨将先胀破……

城里静悄悄，我的房间里也是静悄悄、暗沉沉。靠墙壁安放着一些厚厚的大开本书。上个世纪的史学家们著述既多且详。老伴在隔壁睡得挺安稳。

我把光着的两只脚缩到椅子底下，悠然自得地望着窗外。之所以悠然自得，是因为窗外的街上空无一人。他没有站在那里，没有埋伏起来伺机行事，这就是说，至少这几分钟不用害怕。之所以悠然自得，是因为我看到了窗外正在苏醒的世界，而这样的世界谁知道我还能看到几回？

鸽子扑棱一声纷纷从窗边飞走，于是万籁俱寂。那种不可动摇的宁静和难以排遣的惆怅，不禁使人产生这样的念头：“仿佛已经到了**那一边**……”倘若**那边**也是这样安宁平静的话，本人……毫无意见，一点儿也不怕。

忽然，我冒火了：“他竟敢如此胆大妄为！我究竟干了什么？！干了什么？！”令人气愤的甚至不是他扬言要杀我这一点，而是把我说成社会病毒孳生地——太不公平了！他竟敢如此胆大妄为！我做了什么坏事？我哪一点不好？教了四十年书，受过我业的学生有三千多。这四十年来，我为自己攒积了财产没有？我卖力是为了自己舒服吗？我这一辈子容易吗？幸福吗？其中有什么需要划掉的吗？病毒孳生地——这是天大的冤枉！

城市在我面前沉睡，路灯有气无力地亮着。我的城市，我眼看它诞生和成长起来的城市，它是地球上容我栖身的一块地方。我望着它，让自己的一生在眼前重演。

八

我这一辈子容易吗？幸福吗？……

首先，在我记忆中排在第一位的是新的皮革那股挺开胃的气味和一个盛满水的大玻璃球。球放在不通外界的一扇小窗矮矮的窗台上。

现在我从五楼的高处望得见一段宽阔的街道，两旁栽种树木，一幢幢装饰着悦目小阳台的五层楼房就跟玩具铺货架上的木偶妈妈那样相似。这是本市的中心街道，被骄傲地命名为青春大街。我出生在这一溜儿，离此不远。只能说这里附近。如今谁还能指出当年皮匠斯焦普卡·叶乔文的小屋的确切位置？卡拉西诺镇变成了卡拉西诺市，不少尘土纷扬、青草蔓生的胡同陋巷已被笔直宽阔的青春大街无情地压在身子底下。但在这一溜儿近在咫尺的地方，当年我父亲敲着鞋楦，同时尽量让玻璃球从模糊的小窗外收集来的光线落在锤子下面。在这一溜儿，六十年前有一个婴儿第一次哭出声来，并在春天的尼古拉节[①]前夕受洗。

是六十年前吗？不是三百年前？……我小时候卡拉西诺镇只知道用犁，不知有拖拉机；交通靠围杆作帮的大车，汽车连听也没听说过，只风闻有“装上轱辘的大茶炉子”似的火车，但铁路还没有铺到这里来；镇上既不通电报，也不通电话，尽管地方不算太偏僻——通莫斯科的大路在旁边经过，一年一度周围一带都上这儿来赶集，有的做买卖，有的玩儿，有的喝，有的唱，反正各显所能，或者心怀忧伤，或者胡天胡帝纵情放荡。

生活容易吗？幸福吗？

我是吃酸菜和土豆长大的，看见过许多人家的靴子，但自己的鞋破烂不堪；每当父亲喝醉了发酒疯的时候，我就躲着他；我经常听到母亲惊心动魄的叫骂：“糟蹋粮食的畜生！你们这些天打雷劈的！我的血全给你们喝干了！”

然而，说实话，酸菜、破靴、父亲发酒疯并没有造成我的不幸。童年时代平平而过，我也曾有自己的欢欣，根本没想到生活可能换一种样子。

革命前不久，我跨进了附近一带最高（上下两层还带顶楼！）、最漂亮的一幢房子的门坎，这是造在镇外的格劳贝学校。我进了这所学校，便再也不离开它。十年前，昔日的那所学校被拆除，取代它的是一栋宏伟轩亮的大楼——第五学校。至于伊万·谢苗诺维奇·格劳贝的名字远比这更早就被忘记得干干净净了。

然而，当年他的名字和他的学校却是全俄国都知道的。

---

① 俄历五月九日。另有冬天的尼古拉节（十二月六日）和卷心菜尼古拉节（六月二十七日，那时卷心菜开始结球）。

当时它称为国民学校。格劳贝不把它看作自己的私产，不收学费。建造校舍的费用和老师的薪金由伊万·谢苗诺维奇的哥哥提供，后者乃是俄国的百万富翁、铁路巨头、画家和马匹的保护人、教育事业的赞助人阿列克塞·谢苗诺维奇·封·格劳贝。

他住在很远的地方，但是关于他的传说也传到了卡拉西诺。据说，在他的马厩里，每一匹马前边都放着一面大镜子；据说，他娶过七个老婆，农民们称他手面阔绰："只要你一开口，他就送给你一头奶牛！"又据说，革命后他走村庄乞讨度日，村妇们用小扁豆汤招待百万富翁，还纷纷流下怜悯的眼泪。

伊万·谢苗诺维奇不知何故光姓格劳贝，不带"封"①字，也不富有，自己也从他哥哥那里领教师的薪水。他毕业于巴黎大学，自愿来到他哥哥还没有来得及把铁路铺到那里的一个小镇。

他瘦得像有痨病，但个儿相当高，秃顶的脑袋也很发达。隔着金丝边眼镜的目光有些心不在焉，为棕红色胡须所掩盖的嘴唇线条显得优柔寡断，从这些表情，甚至从微呈伛偻的体态经常可以感觉到某种痛心的歉意，几乎是修道士的形象。他仿佛时时刻刻在克制自己，差点儿就要用忏悔的口吻说出："宽恕我吧，兄弟。"但只要他一开口，单是他的嗓音便能使每一个人都为之愕然。他的嗓子出人意表地雄浑、深沉，音质致密，低回处如丝绒般柔润。什么忏悔的歉意、修道士的顺从——嗬，才不呢！你听着他说，自会心悦诚服。我从来没有听到过他提高嗓门。出自他口的最高级责备只是："唔，是啊！"短短的一声感叹，扭动一下背脊和尖尖地从粗呢上衣里边往外突出的肩胛骨，如此而已。你是学生也罢，上了年纪的老师也罢，听到这一声"唔，是啊！"都会像被钉在那块地方一样。

伊万·谢苗诺维奇给最困难的人买毡靴过冬，有时甚至买皮袄。伊万·谢苗诺维奇经常为某人申请补助，接济某人，派某人到城里

---

① 从姓氏看，这个百万富翁是俄国化了的日耳曼后裔。德语中带"封"的姓氏往往表示贵族世家。

去，设法在学校里供应免费午餐。奇怪的是，谁也没想到为此向他道谢。一般向人家道谢是因为他们做了不寻常的事。伊万·谢苗诺维奇跟任何人不一样，无论做什么都好像应该是那样，所以，普通的一声“谢谢”，不知怎么的冲他说来就是不相称。

我也没有产生过感激的心情，尽管不知什么缘故他对我一直另眼相看。我不仅从他那里得到毡靴、皮袄、书，还得到他的关怀：“家里好吗，叶乔文？”而我家里总是老样子——父亲喝醉了就砸坛坛罐罐，母亲的叫骂和号哭整条街都听得见。我出身于最穷苦的家庭，读书相当用功——这就足以使格劳贝对我另眼相看。我没有产生过感激的心情，要说敬意是有的。

伊万·谢苗诺维奇有一个独生女儿塔尼雅，和我同年。她是在父亲的藏书堆里长大的，性格富于幻想。

我和塔尼雅刚满十四岁的时候，上面新派来一位校长姓苏可夫，而格劳贝成了普通教员。

伊万·苏可夫年纪还轻，面貌开朗，两颊红润，模样应该是乡下姑娘最注目的小伙子，他却当上了学校的负责人。脸色红润，军便服已经褪色，靴子塌了后跟，一条胳膊在华沙附近负伤后肘部不能伸直。他的善良也许不下于伊万·谢苗诺维奇，哪怕脱下身上仅剩的一件军便服也不吝惜，但对“资产阶级残渣余孽”怀有刻骨仇恨。而伊万·谢苗诺维奇·格劳贝是富家子弟，贵族出身，毕业于外国大学，又有一个百万富翁的哥哥，接受他的礼物，不管带“封”字还是不带“封”字，在伊万·苏可夫看来反正是一只披着羊皮的狼。

伊万·苏可夫，继格劳贝之后，他为我创造了一切条件成为一名“无产阶级的教师”。是他把我送去进修的，是他从区教育局长那里争来的一次性补助，使我不致赤脚光腚去进修班报到。也是他——苏可夫——设法使我进修结业后没分配到别处去，而是回到母校来。苏可夫把我放上了轨道，我这辆车在此轨道上运行了四十年，直到今天还在滚动。

还有什么可回忆的呢？……

车轮周而复始地转动。一天又一天，像一匹套在传动装置上的马：家里——学校——家里，从星期日到星期日，只有寒假暑假期间中断。假期里日子不容易打发，总是焦急地等待习惯了的生活规律重新开始：家里——学校——家里。一天又一天，整整四十年。我当过教务主任，也当过本校的校长，但没有放下过教历史课的工作……

车轮才转了最初几圈，我就结了婚，一个接一个生了三个女儿。日子一直过得紧巴巴的。直到小镇发展为一个城市为止，我始终自己种宅旁园地，土豆对于不太丰厚的教师薪水来说不无小补。到了现在，家里只剩下我和老伴两个人，对付起来才不觉得太费劲。历来花每一个戈比都得精打细算。诚然，我们不能说过得十分苦，即使在饥饿的战争年代也没有断过炊，还总有些热的东西吃。前线没有去，因为是平足……

生活容易吗？幸福吗？不，平平而过。到我满六十岁的时候，人们才决定庆贺一番。

“您以前的一个学生……”

如果学生砸起老师的脑袋来，人类简直将不复存在。还能有什么比这更可怕的罪行呢？除非是弑父。

九

街上已不是空荡荡的了，一些黑色的寒鸦俨然以主人的姿态在泛出紫色的沥青路面上踱来踱去。此刻连树也在凝神等待第一道阳光从高楼后面落到它们身上，那时僵化状态便可结束，木质将趋于柔软，汁液将输向叶芽。

半个小时以前，我无非想看到叶芽绽青。半小时以前坐在窗前的是一只被追逐的野兽。没有别的，只想活下去。现在却怀着一腔怒火，现在我准备搏斗，准备拼命。一个狂人企图践踏神圣不可侵犯的公理，学生竟敢谋杀老师。

墙檐上几只鸽子居然把你吓出一身冷汗——真丢人！“我是个酒

徒，这是我最鲜明的特征。”你怎么可以怕他？你太妄自菲薄了。会撑你腰的有整整一个卡拉西诺市！何况，仅仅是一个城市吗？

“社会病毒的孳生地……”

而把布哈洛夫中尉的短剑寄来的那位我不认识的海军中校别什涅夫却在信上写道：“……别的任何东西都无法表达我的感激之情……”

短剑本身也富有说服力地在眼前闪闪发光。

还有来自全国各州、来自四面八方的贺信和贺电……

难道全都因为我是“病毒孳生地”？！

只要敢张口说出“病毒”两个字，立刻会引起爆炸。管叫你这个丧心病狂的无政府主义单干户像烈焰上的蚊子一样被人们的愤怒烧死。以前的学生，奉劝你不要亵渎神圣吧！

我定下神来，感觉到有了力量和支持。一支正常人的大军将奋起做我的后盾。学生竟敢谋杀老师——其危险性人人一目了然！这是违反理性的，是威胁到整个人类的灾难。

但是不能忘记，狂人盲目的仇恨犹如扳开了保险装置的地雷，一不小心就可能引起致命的后果。在战争结束之前，步步留神乃是第一信条。但愿这不是一场持久战。

在街上大模大样地踱来踱去的寒鸦骤然飞了起来，响声如瀑布直泻深渊。窗玻璃发出一阵轻微的呻吟。第一辆自卸载重卡车声势汹汹地吼叫着疾驶而过，一路震荡着街道和两旁的房屋，笨重的对轮碾压着寒紫色的沥青路面，一点也没有什么不好意思地把钢铁的空车帮晃得格啷啷直响。

我们的城市还在热中于建设。新的建筑工程已经推向郊区，但建筑机械还是从早到晚在我们的中心街道、漂亮的青春大街上经过。刚才那辆车是最早的。

墙下只见第一个行人的身影一晃。阳光从楼房之间的空隙中喷出，窗子倏地像起了火，幼树投下淡淡的阴影。

卡拉西诺市的一天诞生了，这是一个春光明媚的艳阳天。

十

“早上好，郭里亚。你睡得好吗？”

我的每一天照例从这句问话——家里人表示关切的口号——开始。

老伴迈着软绵绵、沉甸甸的步子走进来。她那发胖的体态蕴含着堪与大象媲美的好脾气，洗过无数次的罩衫掩盖着从少女时代保存下来的庄重气派。她高大、肥硕、矜持，而当年却以白皙的皮肤、娇羞的红晕和天真的蓝眼睛引人注目。第一次见面给人这样的印象：这才是家庭安乐、舒适、平稳的化身。然而，几乎不出一个星期，便发现她的性格是跳跃式的：你只要不留神有一句失言，或者只要无意间沉默不语，便足以使她从婉顺转为孤僻，从快活转为哭泣，从多情转为任性。那时我跟她之间就开始了一场多年的战争。这场鸡毛蒜皮但是耗费精力的战争以无聊的媾和而告终。索尼雅渐渐失去了冲劲，随之也失去了娇嫩的面色和苗条的身段，开始戴一副窄边眼镜，这给她那皮肤稍嫌松软、红润得像在冒热气的脸上增添了一种顺从的、无可奈何的表情。不，她爱我之心没有改变，我也始终爱她，但我还爱上了在家里独处一室的那份清静。

“早上好。你睡得好吗？”

她走进我屋子的时候，我已经在系领带。她以机械的动作收拾起我撂下的睡衣，把它整整齐齐地搭在床架上，然后叹息一声坐在靠窗的一张圈椅里。我就是在那张圈椅里坐了一个清晨。

“夜里我想过了……”她从侧面望着我的一边颧骨，小心翼翼、轻声柔气地开始说，“我想过了，郭里亚……你不要这样跟薇拉……”

夜里她在想薇拉，我可有理由想别的事情。我们为小女儿薇拉受的气着实不少，我们之间的关系极其复杂和紧张。现在哪是解决问题的时候？……我必须摆脱一切，这时候老伴只能妨碍我。在迈出家门之前，必须给民警局打电话。这次电话最好不要让索尼雅知道。得把她支开几分钟。

“对不起。你能不能现在就到卓洛托夫家去一次？这位读书迷上星期六从我这里借去了一本扎贝林的《家常生活》。现在我急于用这本书。”

住在下面一层的钳工卓洛托夫是个一切学问的忠实崇拜者，他曾带着几分酒意来找我借一本内容扎实的书给他看看。而内容扎实与否他是根据书的厚薄来衡量的，所以总是挑分量最重的大部头，至于书究竟是大仲马的卷帙浩繁的长篇小说，还是历史方面的学术专著，则不计较。

老伴隔着眼镜以责备的目光对我的一边颧骨注视良久，然后叹一口气，默默地站起来。当然，她动气了，这无言的埋怨当然是责备我冷酷无情、铁石心肠，但我顾不得在细节上多讲究。我把她支开也是为她着想；那封信没有必要让索尼雅知道。

我听见她出去把外面一扇门关上的声音。于是，我不等系好领带便从抽屉里取出那封信放进衣兜，赶紧跑到过道里去摘下墙上的电话听筒。

看起来挺简单：只要拨通民警局的号码，把全部情况向他们报案，如何确保安全则是他们的事情。

我拿着嗡嗡响的听筒迟疑起来了。报案该怎么个报法呢？……原来还不那么简单。要是说：“您好，我收到一封信……”我先就感觉到，接电话的人嘴上不说，心中一定莫名其妙。见多识广的民警局这样的案例恐怕也没有碰到过。少不了要提一些问题，态度客客气气，其实什么都怀疑：怎么会、为什么、由于什么原因？……鬼知道由于什么原因！可是报案时这一切都得向值班人员解释。值班人自己并不作出决定，只向上级汇报。至于他怎么个汇报法，只有天知道。

要不要问一下分局长福明少校的电话号码？说起来他也是我的学生。但正因为如此，福明对这件事必然会产生特殊的好奇心，必然会表示不同于职责所在的关切。他一下子肯定不相信存在什么危险，因为太荒唐了嘛！他必定跟我一样先产生这样的念头：“下流的恶作剧。”我得说服他打消这个念头，而这样做却是再可笑不过、再屈辱不过的了，势必引起对方莞尔一笑：“嘿，瞧把一只熊吓成这么个样子。”倘若平安无事呢？……这莞尔一笑难免泄露出去：“十足的捕风捉影。”风声迟早会传到学校里。对于一个教师来说，最可怕的事情莫过于成为笑柄。四十年来，我从未扮演过一次丑角，一分钟也没有！最理智的办法是让大家看到我满不在乎，不当它一回事：“谁说危险？扯淡！”这样，人们就没有理由暗暗发笑，谁也不好意思说：“捕风捉影……”

我把嗡嗡响的听筒在原处挂好。不，打电话不是办法。难道写信人这一点也预先料到了？难道他算定我要采取谨慎的方针不是那么容易的？索性把门打开，跨到楼梯平台上，下楼去，从大门口开始日常的路程走向学校。然而每一步路上都可能有他等在那里。他不打算保全自己一条命，即使人最多的地方对他也无所谓。

要不要称病请假？……我的家是我的堡垒。但总不能困守到死啊！我得出去，一切后果自己承当。

全世界、一切正常的人都站在我这一边，可是没有一道保护我的屏障。于是我怀着依恋的心情想起清晨窗下的树木，想起笼罩在烟霭中的秃枝。叶芽不久即将绽青……

这时，门外传来老伴沉甸甸的脚步声。我急忙回到自己房间里，开始用不听使唤的手指打领带的结。

老伴走进来，默默地把一本书放在桌上，然后到厨房里去准备早餐。

我总算系好领带，穿好上衣，走进吃饭间，按老习惯在穿衣镜前逗留片时。黄黄的脸，腮帮子像两只松软的口袋往下垂，斑白的鬓发略带银灰色的反光，大鼻子显得不可收买地坚定——这就是他，尼古拉·斯杰潘诺维奇·叶乔文，一个赢得尊敬的人，而有人却想要夺走他的余生。经过了一个思绪如潮的不眠之夜，镜子里的眼睛在大鼻子上方闪着严厉而骄傲的光芒。这一回我对自己的形象感到满意。

好吧，上战场就上战场。硬一硬头皮走出去。上帝保佑能安然无恙也难说。

十一

门在我背后砰的一声关上了，把我放到仇者出没的危险地带。

我在干什么？……

仅仅为了免得遭人莞尔一笑，仅仅为了免得被人说一句“捕风捉影……”而去迎接死亡，去冒生命危险！忍受一些不够尊敬的暗笑难道就那么困难？生命和暗笑——除非是神经错乱的白痴才不懂得这是多么不等价的交换。回去，趁现在还不晚！

我懂得价值的悬殊，然而不能回去，因为门已经关上，因为我对老伴说过急于出门，因为又得去站在电话机前，因为我不愿忍受莞尔一笑，因为上帝保佑能安然无恙也难说，还有，因为我已迫使自己的身子离开了门，那一双仿佛戴着铁镣的脚已经顺着梯级向楼下走了几步。

在下面一层，我看见钳工卓洛托夫的妻子提着一只垃圾桶从屋里出来走到楼梯平台上，说来也惭愧，我竟违背自己的意志摆出一副超然而又岸然的神态。可见，不要让这个披头散发、相识不相熟的女人从我的外貌看出什么破绽，对我来说是很重要的。她向我说了一声“您好”，我多少有些矜持地答了礼，从她身旁经过。宁可死也不可不受人尊敬。

洞开的大门外是人多而危险的世界，灿烂的太阳射得眼睛疼痛。要不是卓洛托娃跟在我后面下楼来，我在大门口也许会迟疑片刻，但现在只得紧张地屏住气迈步向前，一头扎到喧闹和阳光中去。

城市笼罩在空气稠密、香味馥郁的天穹下。街上行驶着一辆辆重型自卸卡车，车身直到驾驶室的顶盖都溅满了泥浆。它们威风凛凛、大大咧咧地吼叫着，提醒已经忘掉檐下垂泪的冰锥、忘掉稀脏的雪堆、忘掉浊流沿着路面淌成小河的城市：春天没有结束，春天方兴未艾。瞧我们身上有多脏！这都是郊区春光烂漫的泥浆。瞧我们的冲劲儿有多大！这是春天在我们心中喧嚷、歌唱，震荡着我们的机械内脏。便道上行人熙来攘往，像过节一般喜气洋洋。

“嗳，您是不是愿意
跟我手拉手走在一起？”
“当然愿意，亲爱的。
愿意，愿意！”

忘却了的印象从遥远的青年时代闯了进来，那时我还读读诗歌，还能被一行深情的诗句激起满怀愁绪、燃起一腔烈火。

自卸卡车使劲地吼叫着，茫茫人海紧张地期待着。就在热气腾腾的街道某处徘徊着我的死神。

六十个年头已经过去，不算少了。但是，六十年来我对生活只是更加依恋。正是到了六十岁，如果不是衰朽龙钟、百病丛生的话，才更加相信不可能的事情——相信自己不会死。

“嗳，您是不是愿意
跟我手拉手走在一起？”

我害怕，但我感到的既非不敢动弹的恐惧，亦非手足无措的困惑。我只有一种强烈的窘迫感，好像自己一丝不挂来到大庭广众间，一心想躲起来。还有一种神经质的焦躁心情——快些，快些行动起来！尽管我要做的只是唯一的习惯动作——循着熟路向学校走去，而且走得太匆忙也没有必要；如果我到达教员休息室的时间比往常早，将是奇怪和可疑的。

比较安全的办法是坐公共汽车，这样不太显眼，在拥挤的公共汽车上凶手也不太好下手。但坐车先得排队等候，站着不动，这可受不了——快些，快些，现在我好不容易克制自己没像一匹马驹似的撒腿飞奔，要我像根柱子那样站着不动怎么也办不到。

我没有奔跑，甚至不许自己走得稍快，而是挺直肩膀庄重大方地沿着大街走去。宁可死也不可不受人尊敬。可是一种感觉始终甩不掉——我个子太高，动作太不灵巧，到哪儿都引人注目。我留神察看遇见的人：哪一个，究竟是哪一个？我拚命集中注意力，几乎像抱着某种希望。

奇怪，我每天在这条路上经过，没看见过迎面涌来的人流，留在记忆中的只是匆匆掠过的几张面孔。现在我惊诧于人群的纷沓：宽边帽、鸭舌帽、四方头巾、三角头巾、心事重重的脸、莫测高深的脸、蹙眉的、快活的、冷漠的、红润的、苍白的、皱纹纵横的、睡眠不足的……究竟是哪一个？！瞎猜未免可笑——人流迎面涌来，你就得在里边游泳。

瞧，这位就是我所说的“莫泊桑”，肥胖笨重，唇髭往上翘。跟往常一样，我们目光相遇，跟往常一样，互相认出了对方，跟往常一样，彼此都为打招呼的愿望所冲动，然而没有招呼就各走各的道……直到明天早晨再见。

明天的早晨还有吗？……人流迎面向我涌来——各式各样的脸、许许多多的脸。究竟哪一个呢？……我过去的一个学生，现在是一个酒徒。我确信，要是也像跟唇髭往上翘的“莫泊桑”相遇时一样跟那个人四目对视的话，我一定能认出来，一定能回忆起他学生时代是怎么个人，他为什么记我的仇也就揭晓了。只要彼此目光相遇……然而人流迎面向我涌来，我在人流中游泳。城市的人口增多了，我们所在的是中心街道，毋怪乎它与众不同，自豪地拥有大街之名。

倏忽间，只见棕红色的胡须唰地一闪，原来是那个柔情如水的眼睛叫人不敢信赖的年轻人。在陌生人中间看到这张脸，简直像见到了亲人。

别神经错乱，定下神来，冷静地好好想一想：这样任凭流水把你往哪儿推你就往哪儿涌对不对？

确实是这样。我这个被判处了死刑的人，却要到课堂上去讲十九世纪六十年代俄国平民知识分子在革命运动中的作用。我没能打电话向民警局报案，为什么？无非像个大姑娘一般怕招人笑话。在需要采取紧急行动的时刻你却优柔寡断、举棋不定。快去找一处自动电话亭，向民警局报案！

电话亭给某人奇宽的背脊填得满满的。我等它从里边出来可太难了，我怀疑周围所有的人，包括这背脊在内，它实在宽得出奇……

最后，一位身材魁伟的汽车司机，不知跟谁通了一次火气挺大的电话后汗涔涔、气呼呼地总算腾出亭子，向停在路边的一辆卡车走去。我一头钻进电话亭，把门关严实了。

我自己也感到意外地拨了学校的电话号码，要教务主任接电话。

“娜杰日达 · 阿列克塞耶芙娜，现在我不能来……不知有没有人愿意把最后几节课跟我的头几节课对调一下？……”

“尼古拉 · 斯杰潘诺维奇！尼古拉 · 斯杰潘诺维奇！”教务主任像只老母鸡咯咯地叫个不停，“您放心，尼古拉 · 斯杰潘诺维奇……必要时我自己去，我自己去……”

我亲自到民警局去一趟，这样总比在电话里多费唇舌好。让所有的人看到我没有失魂落魄，我将对那封信一笑置之，然而……这是讹诈，请采取必要的措施。这样，谁也不好意思在我背后说：“捕风捉影……”

十二

我从青春大街折入莱蒙托夫街，这条上坡路固执地通向一座老教堂。街上从容不迫地走着稀稀落落的行人，间或有一辆卡车费劲地往上爬。沥青路面挺干燥，晒得暖洋洋的，但空气里悬浮着潮湿的味儿，这是沥青路面底下还是冬天的、没有晒热的泥土味儿，从拱门和庭院里透出一股发自地窖的凉意。忙碌已经过去，早晨的安静困倦地弥漫在莱蒙托夫街上。我感觉到自己正在慢慢地恢复成一个正常大小的人。

前面就是教堂——卡拉西诺镇唯一完整地保存下来的遗产。它隔着道路俯瞰伸展在坡下的新城卡拉西诺市。鳞次栉比的铁皮屋顶凝结成深褐色的一大片一大片；几何图形的轮廓线条颇不柔和的楼房一色都是由大型预制件组装的，犹如孪生孩子一般相似，这些建筑物挡住了视线，看不见当年自由自在地缓缓流淌的小河卡拉辛卡；水上运动场的外墙髹成漂亮的奶油色；再往远处，透过微微泛青的稠密空气，可以望见联合企业巍然而立的蓝色厂房——它是这座城市的父亲，又是这座城市的乳娘。

老教堂坐落在好多老松树中间。当年，这座教堂傲慢地与小镇保持一段距离，像一个牧人傲岸而威严地隔着一片空地守望畜群似的小屋。当年，这里别有一个独特的小天地，在教堂和苍松的荫庇下隐藏着一所简陋的圆木房子，住在这里的安菲洛希既是敲钟人，又是看门人，兼管教堂的法器，他年纪很老很老，通常都称他为菲尔卡爷爷。背后，在教堂的砖墙之外，卡拉西诺公墓的十字架像一个个醉汉从松树下边钻出来，一溜歪斜地逃往晒得光秃秃、热辣辣的小丘。在某一座这样的十字架下，长眠着我所不知道的远祖——相隔好几代的爷爷和奶奶。

公墓早已消失，一个住房街区埋葬了一座座坟墓。装饰得金灿灿的十字架在火红的夕阳下似欲熔化的日子早已过去，葱头状的圆顶早已变黑生锈，教堂墙上刷的白粉靠不住，这里那里不时龇牙咧嘴地露出有了缺损的砖头。小镇什么也没留给城市，只有这座教堂和这些松树。一切都被拆除干净、兜底翻掘、盖起了新房子。那些松树在我看来丝毫也没有长高。它们在我小时候也是这样苍老、遒劲。我甚至怀疑树上的老鸦窠也还是昔日的那一些。

垒砖为柱的螺旋杆铁栅栏几乎完整地保存了下来，只是锈得厉害，带花纹的栅栏门没有了。当然，安放在那扇门旁的一张木条长椅也久矣乎不见踪影。

从这张插入土中的长椅所在的地方看卡拉西诺镇别是一番景象：汞一般重浊的黑水河躲进了茂密的灌木丛，松垂的板条房顶并不显得寒酸，使人感到它们经受了几百年风霜没有坍塌，没有变样，始终不可战胜地安详，夕阳如炽热的海水泛滥在小镇上空，一条条玫瑰色的小径唱着歌儿在地上向各处散开……

有的夕阳娴静而柔顺地在小镇上空逝去，有的夕阳在灰色的房顶上洒下斑斑血迹，在缓缓流动的河中燃起熊熊火焰。

菲尔卡爷爷时常出来看看我们，他又瘦又直，活像菜园子里的稻草人，深陷的眼眶里夜色沉沉——简直无血无肉，只有影子；不是人，而是坟场的鬼魂。他每次都用同样出奇地平和、几乎像哄小孩入睡的音调说同样的话：

“你们在相爱，孩子？好事情。经书上写着：‘你们要生男育女，繁殖后代。’”

说罢，就无声无息地消失不见——无血无肉，只有影子。

前不久我听说塔姬扬娜[①]·伊万诺芙娜·格劳贝又回到我们城里来了。不用说，我的照片登在报上她看见了，有关我六十岁生日的那一番热闹她听到了。既然客观情况向她提起了我，我倒愿意知道，现在她对我有何想法？

忽然，我好像在沥青路面上扎了根，一个荒谬的念头闯进我的脑袋。

但我随即对自己大发雷霆：“你疯了！有什么理由？……”接着，一个隐秘的、清醒的声音冷冷地向我提示：“你明明知道她有理由。”

腰部一阵作痛，我突然觉得累了。得坐一会，歇一口气，把我白发斑斑的脑袋里纷乱的思绪整理一下。必须反驳自己心中那个隐秘的声音。塔尼雅有足够的头脑明白和谅解一切……

我从砖头缺损、灰泥剥落的柱子之间走过去，来到教堂栅栏里边的松树荫中。我知道这里松树下面有一张笨重的普通花园长凳。别人没能想得周到些，把它放在紧靠栅栏的砖柱旁边，那里曾有一扇镂空

---

① 塔姬扬娜即塔尼雅，后者是前者的昵称。

的栅栏门，从前我们的长椅就摆在那里插入土中。现在从这里看焕然一新的卡拉西诺非常差劲，只能望见联合企业的烟囱和水塔在蓝幽幽的远方……

十三

塔尼雅有足够的头脑明白和谅解一切……

她即便不十分美，至少并不难看，而且聪明，读过大量的书——俄文的和法文的。她——卡拉西诺人不可企及的伊万·谢苗诺维奇·格劳贝的独生女——为什么唯独垂青于我这个大鼻子小伙儿？我穿的是粗布裤，笨嘴拙腮的，用她挑剔的眼光来衡量怎么也算不上聪明……为什么？……

这道题我在心中解了好多好多年。

垂青于我……她在卡拉西诺也没有太大的选择余地。我鼻子大、不机灵、土里土气，可是别的小伙子丝毫不比我强——也是粗里粗气、土头土脑的。

而大老粗在那些年月就像贵族出身在古代一样被看重。也许，塔尼雅自幼从她父亲——一位民粹主义者的教师——那儿接受了这种影响。

再说，她不仅仅是酷似自己父亲的女儿，她本人身上也有教育家和诗人的宽阔胸怀，她热切地要求别人分享她所拥有的一切。在具有教育家气质的人心目中，没有比为人仰慕更高的奖赏了。而她从卡拉西诺一个皮匠的儿子郭尔卡[①]·叶乔文那儿获得了这样的仰慕，应当承认，还是如饥似渴、真心诚意的爱慕。

天哪！我已经六十岁了，可还记得她那离我很近的脸庞在昏暗中像大理石墓碑一般泛白，乌黑的眼睛里闪烁着微尘似的点点星光，她的声音如淙淙溪水，耳畔犹闻松声喧嚣……正是这几棵松树发出的声

① 郭尔卡也是尼古拉的小名。

音。它们此刻也在喧嚷……

我闭上眼睛坐着听远昔的松针的喧嚷。难道我至今仍然爱她？……

塔尼雅有足够的头脑明白和谅解一切……

事情是从新校长伊万·苏可夫把我叫去开始的。

他坐在原来格劳贝的办公室里一张很大的校长办公桌后面，桌腿雕成狮爪的形状抵着地板。苏可夫正从一只洋铁缸子里喝茶，一片黑麦面包细心地放在报纸上权充清苦的下茶糖块。

“我似乎不应该像娘们那样好管年轻人的事情，这纯粹属于感情问题，”他用阴沉而果断的语调开始说，“但我担心，你——一个无产者——为了一双美丽的眼睛别把跟自己血肉相连的革命事业出卖了。”

“你这是指的什么？”我问。

我是学生，伊万·苏可夫是校长。我刚满十四岁，苏可夫快三十了。但当时的规矩就是这样——不论年长年幼，大家一律平等，每个人都有权称校长为“你”，否则对方会认真地生气：“你别跟我来贵族老爷那一套礼数。现在不是旧社会。”

“你自己也猜得到是指的什么。老弟，历史上有的是可供借鉴的例子。回顾一下斯杰潘·拉辛[①]。多硬的一条汉子，可是喝醉了酒也差点儿没蹈覆辙——他对波斯郡主产生邪念，激起了群众的义愤，群众说他‘卖掉我们去换一个娘们’。事情就是这样。幸亏他及时猛醒过来，把阶级异己分子的波斯郡主抛入了汹涌的波涛。”

“这跟波斯郡主有什么相干？”

“大资本家的狗腿子、你的暗藏的敌人的女儿，可以说就是波斯郡主。”

“伊万·谢苗诺维奇哪会是我的敌人？他教我念书，帮助我。父亲从来没给过我一双皮靴或毡靴，可是伊万·谢苗诺维奇第一年就给

---

① 斯杰潘·拉辛（？—1671），俄国农民起义领袖。

我买了一双。”

“毡靴……是他自己压制的吗？压制毡靴的是像你父亲一样的收税人[1]。格劳贝从工人身上榨取的血汗自己吃不完、花不了，就拨一点点给他的弟弟，对他说：为了让你的和我的灵魂得救，你拿去买些识字课本给小孩子们，还可以给最穷的买双把毡靴，好让你我脸上显得光彩，好让天真的人们赞扬我们。这个强盗家族，在冰天雪地里把人家的衣服剥光，然后从衬衫上摘一颗扣子给你，说道：拿去暖暖身子吧，亲爱的，你得一躬到地向我表示感谢。唉，你真糊涂啊，你身上连半点阶级仇恨也找不到。”

伊万·苏可夫严厉而直率地注视着我的眼睛。

我自己也明白：我没有站稳立场，我闭眼不看伊万·谢苗诺维奇对于革命不完全是自己人这一事实。然而，我父亲又给了革命什么帮助？从前他怎样缝靴子，现在还是这样缝；从前怎样酗酒，现在还是这样喝。但苏可夫并不找我父亲的岔子。于是我把这个看法尽自己所能向他陈述。伊万·谢苗诺维奇从容不迫地反驳道：

“你父亲对革命态度不积极，为什么？因为他觉悟不高。只要启发他，开导他，使他睁开眼睛，便是我们的自己人。可是那个格劳贝不积极又是为什么——是觉悟不高，还是没有文化？问题在于他自己想开导我们。不是我们教他，是他想教我们。”

“那就让他教呗。这有什么大不了？”

“嗬！他会教得你爱起他的哥哥来！说他哥哥心地好，送毡靴给穷人，而你们这班蓬头垢面的穷小子却要革他的命。我看，你现在也愿意相信他。像你这样的人全校都是。我们能听任学校里培养出革命的敌人吗？你是拥护革命还是反对革命？”

“当然拥护。”

---

① 苏可夫想说的显然是“穷苦人”。他想当然地用了一个和 мытарство（受苦、漂泊）词根相同的名词 мытарь，殊不知 мытарь 是古代犹太国和古代罗斯的收税人。

“那就不要为格劳贝辩护。”

我不作声。伊万·苏可夫微微眯起眼睛注视着我。

“不作声？拿不定主意？‘卖掉我们去换一个娘们’？”

我扯开走了调的公鸡嗓门喊道：

“她有什么过错？她又不教书，她自己还在念书！难道也是敌人？！……”

苏可夫没有因为我喊叫而生气，只是使劲抹了抹胡子没刮的一边脸颊。

“当然，关于她的情况还不完全清楚。她年纪还轻，不过，父亲已经对她……未必跟我们一条心。”

“如果是一条心呢？”

“让她用事实来证明。”

“怎样证明？”

“跟父亲划清界限。光明磊落！直截了当！毫无保留！那就可以证明这姑娘跟我们是一条心。你去做做工作！”

“做做工作”，叫她跟亲生父亲干！

只有不道德的人才好意思向一个少年说出这样的话。伊万·苏可夫不道德吗？……绝不是！尽管伊万·格劳贝是个心灵高尚的人，但在道德上丝毫不比伊万·苏可夫更纯洁、更有忘我精神，也不比他更善良。

苏可夫过着像天上的鸟儿一样的生活，睡在办公室里宽阔的皮沙发上，有时就在学校门房的木板床上，吃饭没准时间，有什么吃什么，往往一路走一路啃一块从兜里掏出来的面包。全部财产就是身上穿的，还有一只木工小箱子，里边藏着仅有的一身打了补丁的换洗内衣和一架珍贵的德国蔡司牌望远镜。一位师长把望远镜送给他的时候对他说：“苏可夫同志，你收下用它一辈子，要用它看清楚革命的敌人。”

这个朴实直爽的小伙子从偏僻闭塞的俄罗斯乡村被投入了沸腾的阶级斗争最前线，投入了如火如荼的世界大革命。他勉强能拼读印刷体字母，但全心全意地接受从法文搬过来的一句口号——“剥夺剥夺者！”。这个直肠子直性人不知道什么是动摇，什么是犹豫，因而就像笃信祈祷文一样相信：人类分裂成寄生虫和劳动者两大阵营，此外地球上没有别的人。《国际歌》的歌词：

是谁创造了人类世界？
是我们劳动群众。
一切归劳动者所有，
哪能容得寄生虫！

对于他成了神圣的法律。由于他——伊万·苏可夫——本人小时候很早就干繁重的庄稼活，当然把自己列为拥有充分资格的地球的主人。无论去见哪一位上司，他都抱着坚不可摧的信念：全国的财富，包括上司本人和他的办公桌，无不为他——伊万·苏可夫——所有。他不咋呼，不发怒，只是微微眯着一双有点乡气的浅蓝色眼睛，用开导的语气提醒对方：“唉！冷静地想一想吧，亲爱的同志。你这是叫谁碰钉子，拒绝谁的要求？你拒绝的是一个主人的要求，你是在迫使无产阶级主人向你打躬作揖。”

他从来不为自己要求任何东西，可是为别人，即使办不到的事情也要争取办到：学校的门房尼卡诺尔领的工资忽然比苏可夫本人、比任何一位老师还多；聋婆婆雷奇可娃的孙女儿、一个十二岁的小女孩竟被批领取特种抚恤金，理由是她是“一个被剥削者过早夺去了生命的乡村无产者的女儿”。苏可夫曾把许多人扶持成材，给许多人发了走向生活的通行证，也包括我在内。

“做做工作……”。我根本没有考虑过为这句话向伊万·苏可夫提出责问，也没有对这句话的正确性产生过怀疑。

没有提出责问，但也不同意他的话，不愿意相信他。

我母亲从来不疼我，没在我的头上抚摩过一回，经常提醒我是“糟蹋粮食的畜生”、“填不饱的无底洞”、“讨厌的孽种”。父亲喝醉后就把我往死里打，我不记得他什么时候给我买过一个浇糖酱的薄荷饼。是伊万·谢苗诺维奇·格劳贝使我相信自己不是“糟蹋粮食的畜生”，不是“填不饱的无底洞”，而是可以做些好事的人。从他那里我生平第一次得到礼物，他送的不是浇糖酱的薄荷饼，而是毡靴和皮袄。由于他的缘故，连我父母也开始抱着希望瞧我：“郭尔卡将来定能出人头地。”

却原来毡靴、皮袄、使徒般崇高的善行无不事出有因……

“这个强盗家族，在冰天雪地里把人家的衣服剥光，然后从衬衫上摘一颗扣子给你……”

我不愿意相信苏可夫的话，但他迫使我陷入了沉思。

伊万·谢苗诺维奇用他哥哥的钱办学，自己的生活也仰给于哥哥。

这位哥哥、有名的百万富翁资本家，为什么出钱让穷人读书，甚至给他们买毡靴和皮袄？

是心地太善良吗？

难道说，他是由于心地善良发的财，而不是由于压榨劳动人民？

我不知道自己对伊万·谢苗诺维奇应当爱还是恨。我不时用伊万·苏可夫的声调自己向自己提出一个无情的问题：“你说，伊万·谢苗诺维奇·格劳贝和革命，哪个更可贵？”

“做做工作……”

心怀重重疑虑而又瞒着塔尼雅，就是对她不信任，就是先把她归入敌人之列。我必须一劳永逸地跟她把一切都彻底澄清。快刀斩乱麻，不必“做工作”！

分散在坡下镇上的一座座屋顶被夕阳映得通红，夹在两岸中间的河水汞一般重浊。

塔尼雅听着我说，头垂得很低。她的黑发中间笔直的平分路——一条石灰般白的头皮——看得分明。

生活仰给于哥哥……哥哥是出于好心？……是由于心地善良发的财？……为什么革命把这样的好心人横扫一空呢？……塔尼雅听我说

这番话，并不反驳，低头坐着。

“塔尼雅，你必须划清界限！”

她等待片时，看我还有什么要说的没有，然后眼看地上问道：

“跟谁划清界限？”

“真要命！我不是说过了吗！……”

“跟父亲划清界限？”

“塔尼雅，你必须作出抉择！”

她抬起头来，眼睛阴郁地闪闪发光，声音低沉：

“告诉我，我是个诚实的人吗？”

我没有立即回答，我怕上当。

“不作声？是不是你怀疑我的诚实？”

“不！不！我不怀疑！”

“那么，我善良不？”

“是的。”

“那么，我聪明不？”

“是的。”

她迟疑了几秒钟，然后声音还是那样低沉地问：

“你……爱我吗？”

这个字第一次说出了口！我吐出一句沙哑的回答：

“是的。”

“那你就听着：我身上的一切都来自父亲！诚实、善良和我所有的聪明都是从他那儿来的。如果子女不认这样的父亲，那么……世界一定退化。”

说完，她站起来，显得柔弱、单薄，跟地面的联系似乎不太牢固，肩膀耸起，一条细辫子垂在女孩儿家狭窄、瘠瘦的背上，鼻子尖尖的脸骄傲地扭向一边。她再也不愿跟我说话，她马上要离开我，离开我们！……于是我大声嚷道：

“你说，父亲和革命，哪个更可贵？！”

“告诉你……挑衅性的问题我不回答。”

“挑衅性的……”当时我还不知道这个词儿，她在我面前一次也没有说过。

如果子女不认父亲，世界将要退化。这是四十五年前说的话。

可今天轮到了我自己愤懑地说：“如果学生要杀自己的老师，人类将不复存在。还能有什么比这更大的罪行呢？除非是弑父！”

想不到四十五年之后，我重复了塔尼雅的话。

不！不！她太聪明了，她一定会明白，一定会谅解我。

十四

我当时十五岁，我和伊万·苏可夫一起神圣地相信：农民的真理在穷人中间，任何一个人只要跟财富沾点儿边的，都不干净。

伊万·苏可夫鼓吹的是把“旧世界打个落花流水”这一充满决心的口号。伊万·格劳贝提倡的则是不那么响亮的信条：“学则明，不学则昧。”

塔尼雅离开我到父亲那一边去了，到他们那一边去了！

道理很简单，比乘法口诀还简单：靠富人养活嘛。而发财致富可不那么简单，非得施加暴力，非得掠夺和欺骗人民不可。“旧世界打个落花流水……”

塔尼雅离开了……你说，哪个更可贵，塔尼雅？……

我对她恨不起来，无论哪个伊万·苏可夫都不可能强迫我对她持这样的态度。我对她父亲伊万·谢苗诺维奇·格劳贝也恨不起来。我甚至对他那个为富不仁的哥哥也没有仇恨。但问题这样摆着：对于我，是他们更可贵，还是革命更可贵？……

塔尼雅到他们那一边去了……

亲生母亲管我叫“糟蹋粮食的畜生”，酗酒的父亲打我，我从很小很小的时候起就通过背脊和脑袋感觉到什么是暴力。“旧世界打个落花流水……”塔尼雅到他们那一边去了。革命对于我更可贵。

是的，甚至比她更可贵！

伊万·苏可夫还不可动摇地相信集体的力量，相信集体是洞察秋毫和主持正义的。一人不及二人智，二人不及五人，五人不及十人，而整个集体的智慧更是永远错不了。任何一件重大的事情伊万·苏可夫都要全校大会通过，会上，在知识领域里白了头发的老教师和昨天刚刚坐到课桌后面的拖鼻涕小家伙有完全平等的发言权。

伊万·苏可夫就把伊万·谢苗诺维奇·格劳贝的问题交给大会讨论。跟资本主义的亲缘关系、知识分子的派头、脱离群众，等等，等等——这一切统统归纳在四个字的习惯用语中："个人问题"。

在这样的会上，我不能不发言，不能用沉默回避表态。我不会因此被开除学籍，但人们会说我丧失了阶级嗅觉，跟异己分子一鼻孔出气，"出卖我们去换一个娘们"。

不妨请每一个人回忆一下自己十五岁时的情形，请他回答：对于这样年龄的人来说，还有什么指责比这更可怕？

在最大的一个教室的天花板下面，在呼吸蒸腾并杂以摄取粗劣食物散发出来的各种怪味的空气里，一盏五分灯[①]昏暗的玻璃罩子罩着有气无力地渐燃渐逝的火苗。只有坐在前边的人面孔在灯光下泛出沉着的青铜色，稍远便都是憧憧人影在黑暗中晃动、呼哧、叹息……伊万·谢苗诺维奇·格劳贝坐在第一排，他和别人一样隐约只见青铜色的面孔和青铜色的秃顶，还有鼻梁上的眼镜射出寒森森的反光。

我向神情淡漠的青铜色面孔群讲述已经对塔尼雅说过，也是这段时间内我一直在想的一切，这是一条道理并不复杂的逻辑线路。青铜色面孔群——学校的老师们——保持沉默，但是在他们后面洞窟似的黑暗中，影子群对我的每一句话都连连称是。青铜色面孔群想必认为我的逻辑过于简单化，可是孩子们却觉得十分明白、非常亲切。

我的发言对世上的一切都抱毫不妥协的态度，首先对自己不妥

---

① 分是十分之一英寸，指灯芯的宽度。五分灯就是灯芯宽半英寸的煤油灯。

协。为了革命，我牺牲了自己心目中最可贵的——塔尼雅！“抛入汹涌的波涛！”这样的壮举只有歌谣中传颂的斯杰潘·拉辛的壮举可以相比。

大会要伊万·谢苗诺维奇·格劳贝作出回答。他走到灯光下，转身脸朝青铜色的面孔群和人影憧憧的黑暗。闪着反光的大脑袋沉得使他挺不直腰杆。他半晌没开口，只是心不在焉地把鼻梁上的眼镜扶扶好。

会场上喘气的声音很响，大家等待着。紧张的时刻来到了——被追逐的狮子已走投无路，但还是强悍的，难免有一番搏斗！

跟往常一样，他最初的话音以出人意表的雄浑、镇定和丝绒一般的柔润使听者不由自主地感到惊讶。

“叶乔文曾是我的学生，”他开始说，“我教过他如何区别谎言和真理，可是没有教会。我教过他嫉恶敬善，也没有教会。我是个可悲的破产者！我白活了，白白地践踏了大地，白白地吃了面包。刚才有人高呼要对我进行惩罚。唉，不用劳你们驾，我已经受到惩罚——更重的惩罚是不可能的了。”

他站了一会，给自己脑袋的分量压得弓腰曲背，然后转过身去，在一片严肃而困惑的沉默气氛中走了。

第二天早晨，他被发现已经冰凉地僵卧在床上。茶几上有一封信：“请不要责怪任何人……”——以及一把放化学试剂的柜子上的钥匙。

想不到全镇的人都出来给格劳贝送葬。妇女们流泪，男人们脱去帽子默默地站着淋雨。我躲在最末尾的人群背后。

伊万·苏可夫问心无愧，他不躲避任何人，甚至还认为有必要在死者棺材入土前发表演说：照例是号召人们相信世界革命即将来临，腐朽的资产阶级末日已近。

那天，我父亲喝醉了，闯回家来打我，那是我已经很久没有挨过的一顿打。

“呜——呜，你这个兔崽子！真丢人哪！人家都在说：恩将仇报！呜——呜，真叫人恶心！我非把你的脑浆打出来不可！有朝一日你会把亲爹也卖了换一个子儿！……”

我默默地弯腰忍受父亲的拳头。

塔尼雅在一位老师家里住了一段时间，后来不知到什么地方去了。

过了二十年左右，已经在战后，我去参加一次州里的教师代表会议，正坐在会场里听某一篇报告。忽然，我的一侧太阳穴感受到从旁边投来专注的目光。我转过头去，见一位脸色苍白得近乎透明的妇女，穿一身蓝色哔叽西服——这是区级学校女教师的标准服装。她把视线移往别处。我认出了她——是塔姬扬娜·伊万诺芙娜！

休息时，我不好意思走过去招呼她。是不好意思吗？……不！她有足够的头脑明白和谅解一切。

十五

松树在我头顶上方喧嚷。可敬的苍松，它们比城市的年龄大，也比我的年龄大。

塔尼雅——塔姬扬娜·伊万诺芙娜·格劳贝——今年也该满六十岁了：我们是同年的。

我疯了！我在想，会不会是她耍弄不可捉摸的女人诡计，自称“我是个酒徒”，并署名“您以前的一个学生”？塔尼雅——格劳贝的女儿——会以死来威胁我？简直荒谬绝伦！……

“卓越的……忘我的……我国教育界的智慧和良心！”庆祝活动搞得真够热闹！尼古拉·叶乔文简直征服了世界！

可是，塔尼雅何尝不能把我看作杀死她父亲的凶手？而且必定是用暗箭伤人的凶手。

但是，不，不！她太聪明了……

她的聪明足以使她理解，即便我是凶手，也是出于无知，而不是为了钱包。

出于无知？……塔尼雅的父亲连续几年天天教我，我也不算笨得不可救药……为什么她必须为我辩解，说我不知道自己干了什么？

我的过错在于创造了一套像顺口溜一样明白易懂的逻辑演绎法：给你钱的是富人，每一个富人都是敌人，这就是说，你也是敌人！我十五岁的时候哪能知道，过于简单的逻辑最能坑害人。

她，著名俄国教育家格劳贝的女儿，本人也是教育工作者，她不可能不认为，必须具备干净的双手和晶莹的良心才能教育孩子。

如果学生要杀自己的老师，人类将不复存在。我的上帝啊！在她的眼睛里，我正是这样的凶手！

可我胜利地度过了寿辰。

世上是否还有人具备如此过硬的理由恨我？恨我，并且认为我对于社会是个危险人物。

然而……“我是个酒徒……人类渣滓的一个代表……可疑的泡小酒店的哲学家……”

自然，你设想你收到的信笔迹是假的、用了障眼法的，那么，可以同样自然地设想，它的作者在信上所作的自我写照应该和笔迹一样，也是故弄玄虚。

再说，安知塔尼雅没有找到一个助手，而这个助手也许可以了无愧色地自称“我是个酒徒”，甚至是“您以前的一个学生”。我先后教过的学生有三千多，他们并不个个都是格里果里 · 布哈洛夫。

塔尼雅？……不！毕竟难以置信！简直不可思议！太荒唐了！……

我站起来，从喧嚷的松树下走出去。我的城市重又伸展在我前面的山坡下：被太阳晒热的铁皮屋顶和砖墙堆砌得斑驳纷呈，狭窄的小巷既深且密，广场犹如一汪汪沥青湖泊。不久以前，简陋的小屋群还在菜园丛中昏昏欲睡，就像牧场上的一群羊……简直无法相信，在不足一个人整整一生的时间内，竟能运来这么许多砖头，一层又一层地在平地上垒起这么许多建筑物。

我的出生地变了样，跟过去毫无相似之处。我也变了，但是否变得一点也不像了呢？……

十六

我好比一篇不高明的科学幻想小说中能轻而易举地作时间旅行的主人公，从“往事国”钻了出来。我站在阳光下的便道上，全身每一个毛孔都感觉到生活在我身旁奔腾，它熟悉得令人生腻，可怕得足以导致神经错乱。那封信呢？……是的，信在这里，在兜里贴近心脏的地方。甚至在往事国中我也没有忘掉它。

熟悉的生活在身旁奔腾，必须跳进它的洪流。刚才我好像要去民警局求救……面对着民警的制服帽总觉得自己也犯了过失。那边会问：“那么，尊敬的叶乔文同志，您觉得什么人可以怀疑呢？”

我怀疑塔尼雅，哦，对不起，我说错了，我怀疑塔姬扬娜·伊万诺芙娜·格劳贝。听说，前不久她突然回到自己出生的城市来了，我觉得可疑！……

于是塔尼雅会被传去……而塔尼雅会这样想：“你从前是怎样，现在还是怎样。照旧用暗箭伤人……”

市民警局的现任头头是瓦夏·福明……他没有从我视野中消失过很久，从前线回来后结了婚，工作中逐步得到提升，如今头衔是少校，可是担当的职务一般要派上校去充任——也可说是卡拉西诺这座簇新的城市的一大显著特点。当初他是个体格结实的短发少年，不声不响，有条理，工心计，学习成绩则稳居中游……

我认识他多少年了，可现在却惊异地感觉到无法回答一个对我说来如此重要的问题：我以前的学生福明如何看待他以前的老师？尊敬不？爱戴不？……好吧，就算他爱我。老师不一定个个忘我无私，学生也不一定个个感激不尽。知识不是甜果，而是苦根。老师愈是卖力地喂学生吃这种不易消化的苦根，他得到学生爱戴的希望就愈少。当然，福明会客客气气地接待我，甚至表面上亲亲热热——敬重老教师嘛；然而，安知他不会作如是想：“现在轮到猫儿向耗子掉眼泪了……”以前的学生……

“您好，尼古拉·斯杰潘诺维奇。”

一个胖胖的女人，穿一件走样下垂的短外套，双手提着两只鼓鼓囊囊的方便网兜，脸上泛着激动的红晕，仿佛蓦地里跟藕断丝连的往昔旧情人不期而遇。原来是廖瓦·博恰罗夫的母亲。我预先就知道她会问：

“廖沙怎么样，尼古拉·斯杰潘诺维奇？”

“这回一切正常。”

此刻我觉得自己对不起所有的人，真想赎偿自己的过错，追悔一下，诉几句苦，辩解一番。真想进入自我感动的状态……可是，从教育学的观点来看，这是不可取的，所以我在自己那句答话之外没有添加一个字。但就是这样一句冷冰冰的答话也使做母亲的感到幸福。

“他向我们作了保证，尼古拉·斯杰潘诺维奇。我跟他父亲都对他说：你要跟大伙一样，万一出了什么问题，我们只当没生你这个儿子，你就去找份工作做。我们真的这样说了。而且，我们也真的会这样做，请相信我的话。他明白了，并且提出了保证。”

我不置可否地咿咿唔唔了一通。不知什么缘故，我听到家长表示支持并不感到高兴。可是做母亲的心里欢畅，脸上像年轻姑娘一般红艳艳地乐开了花。

“谢谢您，是您点醒了我们，给了我们力量。太感谢了，尼古拉·斯杰潘诺维奇。”

“唔……不敢当。”

我们分了手。她手提重物弯着腰走她的路，两只网兜给面包、几小袋杂粮、几瓶牛奶塞得满满的，——这位慈爱的母亲沉浸在做家长的幸福之中，因为儿子作了保证要跟大伙一样。

我想起廖瓦最近的一篇作业，此刻正放在我的皮包里。跟大伙一样，甚至还不如……

我忽然想要去跟塔尼雅见见面。不是跟我记忆中的那一个，而是跟今天的、实际上我并不认识的那个人见见面。见了面，当面听她指责。但这是空想，而生活在奔流，我得跟上去。

去民警局我认为没有意思，那就去学校。

十七

拆除格劳贝学校是在并不太久以前。原来的一座大圆木两层楼房带有高高的荷兰式瓷砖火炉，楼梯也是木头结构，教室狭小，油漆地板已经损坏。旧校舍的墙壁保持着小巧安适的风格，屋子里随时都可以感觉到一股特别的、复杂的气味——墨水、存放很久的书、积了几十年的尘埃，各种味儿混在一起。最后几年我们苦于校舍太挤，但那是人丁兴旺的大家庭的拥挤。

旧校舍拆除了，在它的旧址开设了一家不大的鞋铺，新校舍造在略略偏离大街的地方。

新校舍简直没什么可挑剔的。它有气派很大的门面——红砖嵌着白色水玻璃的间条。正面开着一排排同样轩敞的窗户，玻璃比窗间的砖壁还大。进了宽阔的正门，在穿堂正中央，一座石膏雕塑的号手无声地吹着号角，召唤你上搂梯。走廊像医院里一般明亮。白色的门上没有“五年级”、“六年级”……的牌子。这里没有教室，只有活动室——物理活动室、数学活动室、地理活动室、历史活动室、生物活动室、文学活动室、俄语活动室……这些活动室也就是教室，里边的黑板上可以张挂白色的幕布放电影，尽管我们并不放电影，因为没有教学片。有大礼堂，很容易把它变成剧场。有宽敞的室内操场，可以进行除足球以外的各类球赛。新校舍有旧校舍五倍那么大。新校舍里没有特别的气味，但是也没有自己独特的面貌——它和市内其他新建的学校一模一样。

我承认自己的学校既漂亮又方便，我在里边已经工作了十年，但不知怎的始终觉得自己好像刚刚搬到那里去。

课间休息才结束。走廊里空荡荡，门冷漠地关着，从门内隐约传出正在上课的老师的话音。各扇门内各不相同的语调和各种不清晰的、低沉的声音造成充实的工作日气氛。这种气氛总是使我振奋，进入这种氛围，我就变得年轻。

在开门进入教员休息室之际，我听到了语气激烈的对话，不由得皱起眉头来——其中有高年级的文学教员叶甫根尼·谢尔盖耶维奇·列杰尼约夫乌鸦叫似的声音。

老的格劳贝学校已寿终正寝，鞋铺便是它的墓碑。但有些东西从老校舍搬进了新校舍。有些物和有些人。

阳光充足而宽敞的教员休息室内放着一张铺绿色台呢的长桌。还在革命以前，伊万·谢苗诺维奇·格劳贝也召集老师们在这张桌子四周开会。在过去的四壁之间，这张长桌显得令人丧气地庞大，它不光是占去整个狭小的教员休息室，可以说它本身就代表着教员休息室，担当起把当时还不太壮大的教员集体团结成一家人的作用。当年，在这张桌子旁边，从来听不到吵架，有争论也是彬彬有礼、客客气气的，老师从体现着教育工作者支柱的桌旁站起来的时候心里踏实而且明确，事先知道什么是要得的，什么是要不得的。

在新的教员休息室里，桌子不显得太大，只占去屋子的一部分，开教务会议时早已坐不下所有的教师。在这张桌子旁边，和睦与一致遭到破坏的次数却愈来愈多，不时爆发意气用事的激烈冲突，这些争吵实在不合为人师表者的身份。

闹摩擦的急先锋便是列杰尼约夫。他毕业于莫斯科的高等学校，带来了首都最最时新的观点和首都过于自信的作风。他不但敢于公开大骂经过批准的教学大纲（其实小骂是人人都在骂的！），而且对整个教育制度都加以痛斥：班级体制过时了，课堂教学法还是老古董，沿用迄今的教育学还是扬·阿莫斯·夸美纽斯[①]那一套，他已经死了三百年！

我既讨厌他那些骠劲十足的高论，也讨厌他本人。我对他的声音抱有极大的反感——老是那样刻薄、那样尖利，从来不用正常的声音

---

① 夸美纽斯（1592—1670），捷克教育家。他尖锐地抨击中世纪的学校教育，号召“把一切事物教给一切人”，认为地上的生活只是永生的一种准备，《圣经》是智慧的源泉。

说话。他那棱角毕露的面部肌肉像猴子一般好动，鼻子细，嘴唇薄，乌溜溜的眼珠子不怀好意地闪闪发光。他具有最轻量级运动员的精干体态，服饰故意蔑视一般公认的准则——不穿白衬衫，不系领带，穿着色彩远比女式服装更花里胡哨的高领毛衣到学校里来。

这时，列杰尼约夫正在空落落的教员休息室里跟教务主任娜杰日达·阿列克塞耶芙娜争论。这场争论从列杰尼约夫跨进我们的校门那时就开始了，看来必将随着为人极其方正的受气包娜杰日达·阿列克塞耶芙娜去世而告终。不过，有人设陷阱，就会有野兽自投罗网。到时候，列杰尼约夫会找到新的目标。

"我不能容忍孩子们在课堂上听颂扬酗酒的不道德歪诗！"娜杰日达·阿列克塞耶芙娜费劲地说，声音已经像在哭诉。

可是列杰尼约夫不动声色。列杰尼约夫态度冰冷，穿着招摇过市的时髦裤子，漫不经心地跷起二郎腿坐在那里。他有自己的一套进行争论的招数——保持近乎冷漠的镇定，把对手加温到白热化的程度。等到失去自持力的对手走嘴说了蠢话，措词不当，列杰尼约夫就像点着了药线，开始作慷慨激昂、义愤填膺的表演。

"孩子……"他冷笑道，"娜杰日达·阿列克塞耶芙娜，这些孩子有十六七岁。我敢向您担保：他们都早已知道，婴孩不是在卷心菜里发现的。这是第一点。"

"也许，您准备建议把这列为一门课程？"

"也许，将来会有必要开这门课。"

娜杰日达·阿列克塞耶芙娜无言对答，只得向枝形吊灯举起双手。

"其次谈一谈您所谓的歪诗……对不起，莪默·伽亚谟的《鲁拜集》不是歪诗，而是伟大的诗篇。[①]这是第二点。第三点，把世界古

---

① 莪默·伽亚谟（1048—1123），波斯诗人、数学家、天文学家。在著名的四行诗集《鲁拜集》中，否定来世和宗教信条，谴责僧侣的伪善，肯定现实生活。诗中充满哲学意味，含有唯物主义因素，但不少诗篇带有悲观厌世色彩。

典抒情诗的杰作视为不道德——这不是假道学就是极端的不学无术！”

“尼古拉·斯杰潘诺维奇！”娜杰日达·阿列克塞耶芙娜把我当作天上掉下来的救星一般向我呼吁，“尼古拉·斯杰潘诺维奇！您听听！”

我讨厌列杰尼约夫，但这一回娜杰日达·阿列克塞耶芙娜也引不起同情。俗话说得有理：无知比黑心更坏。这样急急忙忙地指责列杰尼约夫向学生们朗读没列入教学大纲的莪默·伽亚谟的诗，还有这乡下娘们式的哀叫：“救命啊，尼古拉·斯杰潘诺维奇！”何苦呢？！

“我不能同意您的观点，娜杰日达·阿列克塞耶芙娜，”我生硬地说，“伽亚谟不朽的《鲁拜集》不是不道德，相反，是道德高尚的。”

列杰尼约夫漫不经心地把二郎腿换了一下左右，淡然一笑。他这淡淡的一笑既意味着，我这个在他看来不仅年老而且守旧的人，未必真能欣赏莪默·伽亚谟，又意味着，卡拉西诺教育界的一对罗密欧与朱丽叶居然发生意见分歧——哈哈，真是妙不可言！

而娜杰日达·阿列克塞耶芙娜却由于绝望而几乎语不成声：

“尼古拉·斯杰潘诺维奇！您不是不知道，叶甫根尼·谢尔盖耶维奇只顾把不朽的大文豪往课堂上抛！一忽儿莪默·伽亚谟，一忽儿莎士比亚的十四行诗……”

“您应该为如此丰富的教学内容通报表扬我才对。”列杰尼约夫提示道。

“可是考试的时候，您的学生应该回答的问题不是轻松愉快和——请原谅——毕竟带点儿酒精成分的诗，不是新近走红的女诗人的创作！……”

“您要我把他们的注意力仅仅集中在考试的分数上，不许年轻人左顾右盼？您要我禁止他们看人类文化的大千世界？……”

“如果您班上的学生把时间消磨在含酒精和不含酒精的作品上，毕业考试通不过怎么办？……您是在毁坏他们的生活，叶甫根尼·谢尔盖耶维奇！生活！为人最起码的一点诚实应当唤醒您身上的责任感！”

列杰尼约夫终于从椅子上跳了起来。

“啊，诚实……您居然也谈起诚实来了。这是‘悉听尊便’原则指导下的诚实！这是一切照办的诚实！只要有另一项指示下来，这种诚实就可以换掉，如同换去一件穿破的衬衫。似这般原则性的诚实，同懦怯的无原则性有什么两样？！”

今天我一点也不想挺身保护娜杰日达·阿列克塞耶芙娜。我向校长办公室走进去，撇下她承受列杰尼约夫的作践。而列杰尼约夫在我背后大谈其官样文章的方正和方正的官样文章，大谈其不知羞的假道学和羞答答的独立性——激昂慷慨，义愤填膺。

校长办公室几乎老是空着的。我们的校长在办公室里坐不住。他虔诚地相信，他负责的学校里有一个经验丰富、完全可以信赖的教员班子，不用自己整个儿陷入事务堆中。夏天，我们将成为本市最早完成校舍修缮工作的一所学校，所有家庭困难的学生都将得到安排参加少先队夏令营，许多教师暑期中将获得去疗养院度假的许可证……

我在校长办公桌旁坐下，打开皮包，取出一叠批好的作业本——伊凡雷帝对豪门贵族所进行的斗争……

十八

泽布柯维茨的作业：“这样的人不可能善意待人……如果说在他那个时代有什么进步的话，那也不是伊凡的功劳。”粗大醒目的两分——这就是我们的观点……

什么是我们的，什么是非我们的呢？

奇怪的问题，跟一首儿歌如出一辙：

儿子有事

　　　　把父亲找，

小不点儿问道：
“什么叫做
　　　　好，
什么叫做
　　　　不好？”

在我的青年时代，相当于二十年代末期，对任何一代沙皇一概加以痛恨和谴责，沙皇是老爷们的头儿，是最高的压迫者，是天字第一号的吸血鬼。任何一代沙皇都不例外，包括年代久远的伊凡雷帝在内。在那个时候，我就不会对卓雅说：“这不是我们的观点。”

现在，谁也不会对高度赞扬控制论的说法表示惊讶，然而不久以前还骂它是资产阶级的假科学，是与我们格格不入的。

当初，僧侣孟德尔①不也被置于非我们的敌对地位吗？！现在他完完全全是我们的，受到尊敬，享受荣誉。

伊万·谢苗诺维奇·格劳贝也不是我们的，要是他多活几年，一定能成为我们的。

什么是我们的，什么是非我们的呢？“什么叫做好？什么叫做不好？”我能充当裁判吗？

其实，我是什么人，我能做什么呢？

忽然，这间熟悉的办公室怪吓人地强行射入我的眼帘。我从到过前线的人那儿不止一次地听说：在致命的危险时刻，会看到在一般情况下不可能注意到的现象。有一个人十分肯定地告诉我，在他自己发生挫伤休克之前不久，他从坐在身旁的一个战友脸上看到了某种现象——那是生命的终结。两分钟后，这位战友被一发炮弹爆炸的碎片当场打死，而我认识的那个人则因受到气浪的严重挫伤而休克。他看

① 孟德尔（1822—1884），奥地利遗传学家、遗传学的奠基人。原是天主教神父。一八六五年撰文提出遗传单位（现在叫做基因）的概念，并阐明其遗传规律，以后称为“孟德尔定律”。

见了未来。

此刻，我不是通过普通的视觉，而是通过某种特殊的洞察功能感受到办公室的面貌。我不单单看到光滑宽阔的办公桌和桌上的电话、屋角的软椅，我看到的不是可见的、实实在在的物件，更主要的是这些物件相互间的联系。我看到的是联系，不是实物，不是外部世界的面貌，而是它的脱离形态的内在表现——东西的灵魂。

我所坐的这张桌子气派不小，摆在相当于王位的地方，但坐在这张办公桌旁并不方便，光线从窗外斜照右手，写字时会在纸上投下阴影。几把软椅深深地塞在角落里，位置对称，但来找校长的人决不会想到使用它们。布置办公室的主人好虚荣地把柔软光洁的家具引为骄傲，其实只是重复别人通常不加思考做的事情。在这样的办公室里大概永远产生不了大胆的设想。

在这以前我没有过这样的感觉……现在我从自己身上看到了许多过去意想不到的东西。

什么是我们的，什么是非我们的？什么叫做好？什么叫做不好？我是一个教师。如果我回答不出这些问题，那我怎么去教别人？怎么教，教什么？……而我已经六十岁了，生命已成为过去……

一篇异常简短的作业放在我面前。我亲手在作业下面打了个粗大醒目的两分。我是裁判……

无人的办公室收拾得干干净净，家具闪着锃亮的漆光。可是讨厌地钻进我眼帘的却是它浮华而孤单的灵魂。没有舒适的感觉。真想站起来往外走。可是到哪儿去呢？现在我在哪儿会感到舒适？

门开了，娜杰日达·阿列克塞耶芙娜走进来，脸上除了涨得通红的两颊什么也看不见，薄薄的细麻布上衣抵挡着气鼓鼓的胸脯的压力，泪汪汪的眼睛直盯着我。我极需要理一理自己头脑里的一团乱麻，可是不得不恭听痛哭流涕的诉说。

“我受不了！再也受不了啦！这个自命不凡的利己主义者！他眼睛里什么都不是神圣的！置学生于不顾！置集体的利益于不顾！……”

水闸打开了。

我一边听，一边瞧着娜杰日达·阿列克塞耶芙娜，瞧着她涨红的脸、气鼓鼓的胸脯。她是确信自己能充当裁判的。什么叫做好，什么叫做不好；什么是我们的，什么是非我们的；什么是真理，什么是歪理——她事先都知道。

“您也看到了，我们的法律对他说来是不存在的！劳动纪律对他没有约束力。爱怎么干就怎么干！还蛮不讲理，还要恶意嘲弄。这样可以忍耐多久？……”

可是，娜杰日达·阿列克塞耶芙娜老多了，可怕地发福了，胖得吓人……

大约二十年前，一个女大学生分配到学校里来，她是在饥饿的战争年代里上的学：脸瘦得发青，苍白的手几乎透明，臂膀细得可怜，头发经过可保持半年的电烫。当时我已经做过老师，当过校长，担任过区教育局长的职务，并坚决要求返回学校教书。我眼看她的体格像样地丰满起来。她在我的指导下学会了懂得什么叫做好，什么叫做不好。这道理她直到现在还牢记不忘，可称是个勤奋用功的学生。

忽然，娜杰日达·阿列克塞耶芙娜发出一声抽噎，并急忙从口袋里掏出一条手绢。

“天哪！他，他还指责我……您可知道指责什么？说我不老实、无原则！……尼古拉·斯杰潘诺维奇，您是了解我的。二十年来，我不辞辛苦地忙忙碌碌——白天上课，晚上做社会工作，夜里改孩子们的作业。虽然不到四十年，不能跟您比，可我被钉在中小学教育这条奴隶船上也已经整整二十年了！而那一位……他刚刚在我们旁边坐下来和我们一起划桨，就指责说：‘您划得不老实……’你也划上跟我一样多的时间试试看！……尼古拉·斯杰潘诺维奇，您怎么不开口哇？但愿您对我的看法不至于跟列杰尼约夫一样……”

“我不这样看，”我说，“您是个诚实的人，娜杰日达·阿列克塞耶芙娜。”

她瞬息之间安下心来，如释重负地叹一口气，用手绢按了按眼睛。

“跟我自己一样诚实。”我补充一句，带着伤感的语调向放在我胸前口袋里贴近心脏处的那封信表示一点异议。

娜杰日达·阿列克塞耶芙娜的身子抽动了一下，她正想愤懑地告诉我，说有些明明白白的道理毫无必要重申，——这时铃声响了。

我把卓雅·泽布柯维茨的作业本塞进皮包，走出办公室，让娜杰日达·阿列克塞耶芙娜独自待一会。

列别尼约夫坐在空落落的教员休息室里，专心致志地看一本书，一边揪着自己又黑又硬的头发。

十九

我脸朝窗、背对门坐着。

窗外可以看到学校的一片小院落，那里种着几棵刺槐，这时候挺安静。两个小姑娘先跑出来，她们穿着规定的褐色连衣裙，外罩黑色围腰。这是从一节课的宁谧中苏醒的整个学校最先飞来的两只燕子。再过一会儿，院子里将是密密麻麻的孩子，大家都要出来见见阳光。

而在我背后，宽敞的校舍笼罩着休息时那种熟悉的空室回音，教员休息室里则充满着老师们的话语、搬动椅子的响声和淡淡的烟草味。

我毋须转身也可以知道进来的是什么人。根据门声、话声、脚步声，甚至根据衣服的窸窣声，我想象得出，进来的是哪几位老师，就跟看见他们一样。

比如，知趣地小声喘着气，在圈椅里舒适地坐下来的是地理老师柯列斯尼可夫，他一定在用亲切的目光扪触我的背部，等着我转过身去，以便向我亲切地问好。他年纪还不大，但已经肥软虚胖，举止显得懒散怕动，不过这种姿态与他挺相称。他来此工作不久，但一下子就在学校班子里落了户。他跟我合得来，跟娜杰日达·阿列克塞耶芙娜合得来，跟列杰尼约夫合得来，可是城府颇深：不声不响、避免招摇地干着奇怪的事情——不布置家庭作业，不搞课堂提问，让学生们写什么旅行日记，还打分数。

又比如，随着双绉衣料的沙沙声飘然进门的是化学老师蓓尔塔·阿诺尔多芙娜。紧接着响起了沉重的脚步声，那是身材矮壮、模样像男人的数学老师安娜·格里果里耶芙娜。她俩马上就会碰在一起，关切地谈论刚刚打下的、新鲜火热的分数：

“郭什金又得了我一个两分。我简直对他没有办法……”

全部生活对准一个目标——让一页页班级日志看上去像样一些。

以低沉而烦躁的咳嗽声宣告自己来临的是校内另一位数学老师格奥尔吉·伊格纳季耶维奇·卡什坦，孩子们给他起的诨名叫若尔卡·若鲁季[①]。他只比我小两岁，战前在沼泽地区一个偏僻村落里的综合学校工作，战时打过仗，曾三度负伤，挂满勋章。据说，他在战场上勇敢得惊人，可在学校里既没有显示勇敢的奇迹，也没有作出积极的榜样，常常为一些小事闹别扭，但还是要看看领导的眼色，唯恐把他调回沼泽地区的穷乡僻壤。他熟悉业务，书教得不坏，可是不知为什么对自己缺乏信心，我觉得他不喜欢当教员，对于上课病态地感到厌倦，目前正眼巴巴地盼望着可以领退休金的那一天。

基本队伍中还有一位物理老教师瓦西里·叶梅良诺维奇，脾气好到极点，什么都能忍受，什么人他都喜欢。不过，也不是喜欢所有的人。他在心底里不喜欢两个人——廖瓦·博恰罗夫和阿尔伯特·爱因斯坦[②]。爱因斯坦的相对论足以把人搞得精神分裂，而廖瓦·博恰罗夫在课堂上偏偏老是提这类纠缠不清的问题。

嗓门挺大的说话声、间或溅起的笑声、移动椅子的响声——教员休息室可以这样活跃不多不少的十分钟，到下一节课开始为止。

我背对教员休息室站着，可是那里的全部细节我都看得一清

---

① 若尔卡是格奥尔吉这个名字的法国化昵称，“若鲁季”是“柞树果实”的意思，孩子们用以代替这位老师的本姓（“卡什坦”是“栗树”或“栗子”的意思）。

② 阿尔伯特·爱因斯坦（1879—1955），物理学家。生于德国，一九二一年获诺贝尔物理学奖，一九三三年迁居美国。他建立的相对论的观念和方法无论在科学上，还是在哲学上，都具有重要的历史意义。

二楚。

“尼古拉·斯杰潘诺维奇，亲爱的，您好！您干吗摆出一副拜伦的姿态？就像他在诗剧中所写的那样：‘讨厌这捉弄人的生活……’”①

瓦西里·叶梅良诺维奇走到我跟前，他的眼镜、秃顶和口中的一颗金牙都在闪闪发光。

“您猜，昨天我在街上遇见了谁？您想象一下……”

瓦西里·叶梅良诺维奇老是带来最近的新闻，老是会意外地遇见什么人，转达什么人的问候。

“还记得安东·姚尔金吗？……他曾经使我们大家都伤透了脑筋……”

“姚尔金？”

“他就像书上说的那样，回到家乡故土来了。告诉您，他给我的印象很不错。跟从前好像换了一个人。身上衣着也很大方——如今是个熟练的旋工，结了婚，有两个孩子……”

“安东·姚尔金？……”

“正是他！我们在大街拐角上碰巧遇见。要不是他自己招呼我，我一定认不出来。我们边走边谈了一会，他从报上看到了关于您的消息……”

安东·姚尔金……

二十

我永远不相信他会变好。“跟从前好像换了一个人……”是啊，他从来不重复玩过的花样，从来不像他自己。

---

① 拜伦（1788—1824），英国浪漫主义诗人。他于一八一七年所作的诗剧《曼弗雷德》写孤傲的伯爵曼弗雷德企图解脱由于幻想破灭所带来的痛苦，反而陷入更大的失望，终于走向自我毁灭。

安东·姚尔金……

每一个教师如果在学校里工作有年，教过为数可观的学生，恐怕迟早会碰到这样的人——大概几百甚至几千人中间只有个把。这样的学生能引起强烈的、几乎是病态的憎恨或者厌恶，有时候可以达到恐怖的程度。无论凭借意志的力量，还是依靠训练有素的职业修养，都无法从自己身上排除这种感情。只能掩盖起来，装做若无其事的模样，但决计摆脱不了。

战前某一年的九月一日，我到由几所四年制小学的学生合并编班的五年级去上第一课。因为新学年刚刚开始，我穿上一条熨得笔挺的白裤子（当时相当流行），一双白色的帆布鞋特地用牙粉刷过。我跟全班同学互相问过好，请大家坐下，然后自己多少带有典礼仪式上摆架子的味道坐在一把椅子上。

我一坐下去就发现自己那条没有一个斑点的雪白的裤子在椅子上粘住了，而且粘得那么牢固，堪称平服熨帖，可以逐渐感觉到那可恶的热乎乎的胶状物质在慢慢地渗透衣料。我还感觉到一股熟悉的树脂味、缝鞋用的麻线味，这才明白我的黑色椅面被人涂上了一层在学校附近扔做一堆一堆的沥青。即使我能够悄悄地从椅子上站起来，我那条白得耀眼的裤子后部也将结着一张乌黑油亮的沥青痂皮。这在旁人看起来一定够瞧的，也就是说，能把肚子笑疼。

我坐着向全班察看。同学们天真地等着听新老师说些什么。我明白：这个可乐的主意不是集体创作。

这时我看见了恶作剧的作者。我凭第六官能[①]察觉到是他，并且不由自主地打了个寒颤，因为我怀着忧伤的心情预见到，从这一分钟起，他向我发动了一场无情而持久的游击战。屁股粘在椅子上仅仅是他第一次出击的战果！

是的，他的面貌与众不同。整个面孔好像紧随在鼻子后面——短短的上唇遮不住阔板牙，下巴颏儿坡度很小……这小家伙使我联想起

---

① 指视觉、听觉、味觉、嗅觉、触觉以外的直觉。

一条牙齿锋利的幼鲨，虽则不是公然横行无忌，但生性凶残。他仅用一只好奇地瞪圆的小眼睛从自己课桌旁瞧着我，我觉得他的目光含有某种残酷的快乐表情。

“请你站起来。对，对，是你。”

他挺痛快地站起来，一对调皮的钮扣状眼珠子直盯着我，意思是：“你猜对了，但有什么证据呢？”而我像给一滴蜜粘住的苍蝇在椅子上无法动弹，不得不承认他有得意的权利。

“你叫什么名字？”

“托什卡[1]，咋？……”

他干的这样的好事，竟然还敢装蒜戏弄我。

“在五年级以前，没教过你应该怎样回答老师的问话？”

“咋？……应该怎样？我不知道。”

这时憎恨开始从我心中涌上来。是的，是憎恨！而且一下子就形成了！

未经大吵大闹，就产生了一种非同小可的严肃的感情，对象则是个不严肃的、总共才十二岁左右的小家伙。

“回答老师的话必须不折不扣：我叫某某某。把你的名字和姓全部说出来。”

“我叫托什卡·姚尔金。”

“算了，托什卡就托什卡吧。托什卡·姚尔金，我请你到教员休息室去一趟，把校长请来。”

他又很痛快地按照我的请求去跑腿。

他去了很久很久没有回来，我坐着，屁股跟椅子牢牢地粘在一起，胡乱凑合着上课。我开始意识到自己与之打交道的不是一般调皮捣蛋的学生，而是一位别出心裁的艺术家。

然而，我还是低估了他。

是的，他不仅带来了校长，而且把所有不上课的老师也都带来

---

① 托什卡是安东的小名。

了。他们脸带紧张的表情闯进我班上来。课桌的盖板发出乒乒乓乓一阵响，学生们纷纷从座位上起立，而我却坐着不动，宛如一座塑像。

“尼古拉·斯杰潘诺维奇，出了什么事？……”校长问，“您的学生说您觉得不舒服……”

我用不客气的语调恼火地说：

“请随便哪位把全班人都带出去，带到……就带到院子里去也行。让我们两个人留下！”

校长耸耸肩膀，莫名其妙，但不便多问，只是点了点头，表示：照办！

少不了又是一阵忙乱，桌椅声、说话声响成一片。有人抱怨道：“我脚疼。”有人问道：“书包要不要带走？”孩子们你推我搡，老师们厉声叱喝。我像狮身人面的斯芬克司石雕一般坐着。校长提心吊胆地斜着眼看我。

门终于关上了，教室里只剩下我们俩。

“到底发生了什么事情？”

我用胳膊肘抵住椅背，喀喇一声使自己脱离椅面。

“就这么回事儿！……先请人弄一条裤子给我暂时穿一下。”

当时我们的校长是一位前教育人民委员部的下放干部——身材高大、肥硕庄重、头发花白。他连笑容也难得显露，这时面孔涨红，眼睛睁大，身体摇晃起来。

“哦！对不起！……我明白了……可是，哦！哦！……看在上帝分上……我简直没法！……”

安东·姚尔金……

我们之间的战争持续了两年有余。他也跟别的老师捣乱，大家都吃过他的苦头，但他特别看得起我。

我打开班级日志，低头准备看一遍学生名单，不料竟……猛烈地、大张旗鼓地打起喷嚏来。事后弄清楚，原来班级日志的页间洒了一种极细的粉末，大概是胡椒面和烟草末子混合起来的鬼玩意儿。

我拉开皮包的拉链，顿时哆嗦起来——一只虾蟆跳到教师桌上。

对于其余的学生来说，我是一个不苟言笑、要求严格的老师，跟我开不得玩笑，然而对于他来说则是打趣开心的合适对象。为什么？可能唯其因为我不苟言笑、要求严格，不是开玩笑的材料，所以他更乐意露一手刁钻促狭的艺术天才。

做老师的要进行自卫，那是最丢人、最危险不过的了。必须采取攻势，我也这样做了。课堂上，我在安东·姚尔金最不提防的时刻把他叫起来，对他挑毛拣刺，但还是公正的：如果他答得不错，照样给好分数；但只要稍有疏忽，就决不放过。他这个人杂乱无章，读书既不用功，又不聪颖过人，起初还力图顶住我对他带有偏见的关心——完成布置的家庭作业，课堂上注意听我的每一句话，——但没能持久，随后就垮了下来，开始一个接着一个吃两分。

一天，我照例在上课铃响之前几分钟走近校门。忽然有一件东西飞来，在我鼻子前边呼啸而过。一个脸上雀斑很多的六年级女学生凑巧走在我旁边，她困惑不解地望着落到地上的一块砖头。我立即明白：砖头是从屋顶上扔下来的，目标是砸我的脑袋。

他在屋顶上被当场抓住。调查过程中，面带雀斑的六年级学生西玛·鲁奇可娃成了人证。

“是的，我看见它掉下来的……老大老大的一块砖头。”

安东·姚尔金只有母亲。“我一个人把他拉扯到这么大，从小没有父亲，看在基督分上，请把这一点考虑进去。”这个未曾正式出嫁的女人、独自挑担的母亲，不仅为了衣食住行含辛茹苦，还为她那“马基雅弗利[①]式的”宝贝儿子饱受折磨。看在她分上，我本来愿意宽恕这个少年恐怖主义分子，可是，有什么办法，教务会议作出了意见一致的判决——开除！

姚尔金的母亲哭着苦苦哀求，而他自己固执地眼望着旁边，跟鲨

---

① 马基雅弗利（1469—1527），意大利政治思想家和历史学家。他认为，为了达到政治目的，可以不择手段（所谓“马基雅弗利主义”）。后来他的名字成了玩弄权术者的同义语。

鱼头部有几分相像的脸向前凸出，短短的上唇遮不住不整齐的阔板牙……。他看着旁边，什么都没有听进去，也不觉得母亲可怜，就是不愿放弃他的仇恨，真是不可救药。

安东·姚尔金和突如其来的这封信……

而我却作了孽，天哪！对谁？对塔姬扬娜·伊万诺芙娜·格劳贝——一位跟我自己一样受尊敬的教师。今年她也将满六十岁了！

安东·姚尔金！我怎么竟把他忘了！……

教员休息室在我背后活跃如常。铃声又严厉地响了起来——课间休息结束了。

某人的一只手软软地碰了一下我的肩膀。我回头一看——是面有忧色的娜杰日达·阿列克塞耶芙娜。

“尼古拉·斯杰潘诺维奇，我刚才留神看了您一会……您有点儿不自在。今天您是不是就别去上课了吧？最好回家去休息休息。”

不去上课——多么诱人哪！

我不知道该如何评价伊凡雷帝，不知道泽布柯维茨包括她引用的柯斯托马罗夫对不对，不知道该如何解释昨天打下的两分，不知道该如何对待孩子们。昨天走进教室的是一个充满自信的人，认为自己说的每一句话都是真理。现在一点信心都没有，心里又乱又怕。

要是能躲起来，借口莫名其妙的病一个人留下——多么诱人哪！

娜杰日达·阿列克塞耶芙娜怀着真诚的不安注视着我。

“不，为什么不去？……我没病。”

我竭力不看任何人，夹起皮包就去上课，这堂课犹如生平第一堂课那样使我害怕。

二十一

十年级甲班的三十八个人正处在由童年向成年过渡的阶段，姑娘们的体态已经发育，小伙子们长出了乌茸茸的小胡子。三十八个人在中学生的课桌旁坐这最后的几十天已经不大耐烦了。

这是我的班级，我在这里已经当了四年班主任。

三十八双眼睛同往常一样用期待的目光注视着我，准备听课——好多堂课中的一课。谁也没有料到，他们的老教师尼古拉·斯杰潘诺维奇·叶乔文来上这堂课没有作好准备，此刻乐于听到别人的提示。

我慢条斯理地在作业本子里翻寻，抽出卓雅·泽布柯维茨的作业放在我自己面前，然后环顾全班。三十八个人等待着……

“我给你们念一念……”

我念了引自柯斯托马罗夫的那段话以及简短的总括语：“这样的人不可能善意待人……如果说在他那个时代有什么进步的话，那也不是伊凡的功劳。”

全班听完这篇作业时怀着疑团和戒心——老师把它念一遍不是无缘无故的，不是准备狠啄一口就是抚摩一番。卓雅·泽布柯维茨低首垂目，一侧肩膀紧张地微微耸起，拘谨的姿态表明她在痛苦地期待：狠啄一口还是抚摩一番？

“昨天我给这篇作业打了两分。昨天打了，今天我有些拿不定主意。我们来谈一谈。”

我完全愿意承认，这是不符合教育学原理的。但我维护自己的威信已有四十年，雄赳赳地固守防线已有四十年！让我歇一口气吧，打一分钟白旗也可以。

问题提出了，但全班都不作声，不相信我：“你在耍花招。”

好吧，我可以迫使他们回答。

“韶罗霍娃！”

我从最好的开始。

“要走到黑板前来吗，尼古拉·斯杰潘诺维奇？”

“不用，可以在原地回答。”

莲娜·韶罗霍娃浓密蓬松的头发好像充满了阳光和空气，清秀的面庞始终带着自豪和胜利的表情，匀整的双眉有一种幽暗的美。

“我不同意卓雅的观点。伊凡雷帝处决过人，绞死过人——这些我们都知道。但我们知道，他征服了喀山汗国，他在位时开始开发西伯利亚，他在位时俄国出现了印书业，他在位时俄国通过白海开始逐步和欧洲沟通。”

莲娜·韶罗霍娃是最好的学生，是班上回答问题的冠军。她总是事先知道我希望听到什么，而且几乎从不出错。现在我也喜欢她那自豪的面庞、响亮而坚定的声音。是的，假如我自己向卓雅提出反驳，我要说的正是这些，一句也不差。真是个有才能的学生。

“那么，什么更重要呢？”莲娜继续说，“杀掉一些个大臣的妻子更重要呢，还是那些具有历史意义的大事更重要？”

莲娜·韶罗霍娃胜利地坐下。全班听完她的回答没有任何惊讶或钦佩的表示。全班摆出一副不感兴趣的样子保持沉默，意思是说：“本来嘛，一切都是意料中事。”

“杀掉一些个大臣的妻子……”——说得满不在乎。

“大臣的妻子”想必年轻貌美，否则英明的沙皇伊凡·瓦西里耶维奇不会对她们产生邪念。

年轻，貌美，就像韶罗霍娃。

莲娜红润清秀的脸上写着：不要夸我，不要，没有必要！浓密、松软的头发，健美的肩膀，两道眉毛大概现在已经使小伙子们神魂颠倒。

“杀掉一些个……”在她的年龄，即使想到杀死一只耗子也应当觉得恶心。倒是陷入姑娘家多愁善感的通病对她来说会更自然些。可是那脸上胜利的表情，还有全班不感兴趣的沉默。这有什么可奇怪的？应该如此。“杀掉一些个……”。莲娜·韶罗霍娃即将毕业，我不久要给她写评语——才能出类拔萃，品行堪称模范，勤奋好学，积极肯干，当然还得加上：是一位好同志……对，对，是位好同志，这一句我不会忘记写上。一切都是最高级的用语，每一个字都不含糊——不可能有更好的人了，她是最理想的。她将带着这样一份鉴定走向生活。

自豪的双眉，健壮的、富于弹性的身躯——她生来就为了爱别人和让别人爱、生孩子、做母亲。但是，“杀掉一些个……”实在糟糕。

莲娜·韶罗霍娃自己可能连一只耗子也不会杀死，会感到恶心，但是杀人——不是杀妈妈、爸爸、弟弟，而是杀一个完全不相识的人，——如果必要的话，为什么不……

我惶惑了，而全班保持着有点困倦的沉默，他们什么也没有注意到。

“博恰罗夫！”我叫了一声。

廖瓦·博恰罗夫一跃而起——他个儿不高，动作灵活，乱发蓬松，头大额宽，细脖子上凸出尖尖的一个喉结，鼻子像只鞋，眼睛天真、无邪、碧蓝。

“你怎样看？”

天真的眼睛变得更天真了——真是碧空如洗，而且容不得你想象这样一双眼睛后面隐藏着什么恶作剧的鬼主意。

“怎样看，尼古拉·斯杰潘诺维奇？韶罗霍娃已经回答了，我们哪能……”

微笑开始在班里游荡，空气里可以嗅到一点娱乐的味儿。博恰罗夫的一双碧眼以忠诚老实的目光望着我。

“你同意她的观点？”

“尼古拉·斯杰潘诺维奇，您没有必要把我想得那么坏……”

“也许这一回我对韶罗霍娃的印象不佳，那又怎样呢？”

微笑继续在班里游荡，但博恰罗夫的眼睛变成了蓝灰色，目光紧张起来。

而莲娜·韶罗霍娃的脸依然平静安详——“不要夸我！”——并且傲慢地侧向博恰罗夫那一边。她丝毫不怀疑自己答错了，并确信到最后我还是会夸她。她等我走一步马，好使她变成王后。[①]

---

① 国际象棋中“王后”是战斗力最强的。“卒子”如能在挺进中沉底，可变成“王后”。

“嗯，怎么不说话？”我提醒博恰罗夫。

“说什么呢？”博恰罗夫的语调包含挑战的意味，“您提示，我来说。需要什么就说什么。我随时准备着。”

“好吧……不愿意就算了。坐下。”

但是博恰罗夫站起来就打算反其道而行之：问他不回答，要他坐下偏不坐下。他不喜欢感到自己是被战胜的。

“如果要说心里话，我和泽布柯维茨的意见一致，尼古拉·斯杰潘诺维奇。”

“为什么？”

“伊凡雷帝开发西伯利亚当然是一件大事业，但即使为了这件大事业，我也不愿帮他的忙。韶罗霍娃愿意，可我不愿意。”

鼻子像一只鞋，脑门子在挑战，眼睛失去了碧蓝的色泽，变灰了。坐在博恰罗夫身旁的赫雷诺夫还堆着憨态可掬的笑容，这位个子奇高的健壮小伙子、博恰罗夫的忠实副官，时刻等着他的好朋友开个什么可乐的玩笑，并且为了玩笑愿用沉重的拳头忠实地为他效劳。

赫雷诺夫在憨笑，但班上却笼罩着一片沉默，那已经不是莲娜·韶罗霍娃回答以后出现的困倦、淡漠的沉默，而是注意集中、神经紧张的沉默。

大家似乎都捉摸到刚才说出了一些严肃的、值得重视的话。

“什么更重要呢？杀掉一些个大臣的妻子更重要呢，还是那些具有历史意义的大事更重要？”

赫雷诺夫眯缝着眼睛。

“好，”我抑制着嗓子眼里的些许沙音说，“你和泽布柯维茨的意见一致，同意她的观点，那你为什么做了一篇和韶罗霍娃相似的作业？”

博恰罗夫生气地红着脸，颜色变深的眼睛里射出带刺的目光，说明他横了心。

“尼古拉·斯杰潘诺维奇，我根本不把伊凡雷帝放在眼里。可是不能不把您打在日志上的分数放在眼里。”

全班默不作声。赫雷诺夫面露期待的浅笑。韶罗霍娃并不正眼看博恰罗夫，只是轻蔑地撇着滋润的嘴唇。她在指望我走马。

“坐下，博恰罗夫。”

他坐下了。

全班默不作声，我也不作声。

史称雷帝的沙皇伊凡·瓦西里耶维奇生活在很久很久以前，他一生让不少人流过血。过去的已经成为过去，接受历史对伊凡雷帝的评价得了。

我以清醒的、不抱成见的态度喜欢历史，不迁就好恶。他血腥？……是的，这没有争议！但是这血有营养。“杀掉一些个大臣的妻子……”有什么了不起！一个俄罗斯泱泱大国却像发酵似的从波罗的海到太平洋、从冰天雪地的北极到炽热滚烫的库什卡沙漠耸立起来了。我喜欢历史……

我，一个教师，没有培养出对杀戮的愤慨。

“伊凡雷帝所进行的斗争具有进步意义……”历史可以不通过心灵冷冰冰地照单全收吗？很久很久以前所流的血今天不应该跟鲜红的热血一样使我们感情冲动吗？

全班默不作声，我也不作声。

韶罗霍娃脸上出现了不安的神色，看来她开始领会到那一着马不会走了。赫雷诺夫收敛起笑容，莫名其妙地斜眼望着好朋友廖瓦。而好朋友廖瓦却生气地避开他的目光。

二十二

放学后，我要莲娜·韶罗霍娃陪我走一段。我想要从近处仔细看看这个人。我教了她四年。她一直表现突出，一直是拔尖的——佼佼者中的佼佼者、大地之花。

经过我手的学生有三千多。大概有六十个班级。每一个班上一定有自己的莲娜·韶罗霍娃，有时甚至两三个——佼佼者中的佼佼者……

我喜欢各班的韶罗霍娃，而跟各班的博恰罗夫都相处得不好，对于泽布柯维茨那样的学生我并不留意。

她和我并排走着。天哪！她那红艳艳的两腮多么柔美，多么滋润！乌黑、惶惑的双眸深处有金色的火花闪烁。大自然母亲哪，你真慷慨！人确是美啊！

中午的街道被已非轻描淡写的春天的阳光烤得发烫，蒸发出汽油的废气和白杨的苦味——莫非附近的街头小公园里有叶芽绽青了？……行人不少，但这时候他们并不行色匆匆，倒是有些懒洋洋的。

现在，不知什么缘故我在街上并不害怕，虽然我时刻惦记着身上口袋里那封信。按理说，我这份野味在街上最容易遇上猎人——“您以前的学生”，见到您很荣幸！

“你最喜欢哪一门课程？”我向莲娜提一个老生常谈的问题。

尽管如此，她却不马上回答，两道黑貂皮似的浓眉弓到法国帽下边，作思考状。她各门课程都得五分，究竟最喜欢哪一门呢？

“历史你喜欢不？”

“是的，尼古拉·斯杰潘诺维奇。”

“那么制图呢？”

“制图？”她感到惊讶。

我打破了规矩。历史是我自己教的（你必须理解，这是最最主要的！），可是紧接着，我忽然问起制图来。

“喜——欢。”莲娜语气不太肯定地说，这样稳当些。

“那么数学呢？”

“喜欢。”

“那么文学呢？”

“喜欢。”

“那么生物呢？”

“也喜欢。”

“那么你不喜欢什么呢？”

莲娜为自己如此多情感到不好意思，所以小心翼翼地修正道：

“尼古拉·斯杰潘诺维奇，刚才我对您说的不完全正确。制图我不太喜欢……这工作讲究的是细致耐心，光费时间，智慧、思想都用不上。”

“那你打算干什么呢？”

“具体的打算暂时还说不上……大概去考一所工科大学。”

“工科大学？……可是你又不喜欢制图，而在那里这是一门主课。你考工科大学做什么？你不是喜欢历史吗？”

“是的，我也不反对考历史系……”

“或者考物理数学专业？那里不需要制图，那里培养的不是技术员，而是理论家。”

“我也愿意到那里去，但不是每个人都考得上的……”

“那么生物学……哦，我们大概到了。我得往右走……祝你顺利，再见。”

“再见，尼古拉·斯杰潘诺维奇。”莲娜喃喃地说，她有些摸不着头脑。

“制图你还是应当喜欢它……这样稳当些。”

“好的，尼古拉·斯杰潘诺维奇。”

天哪！她的腮帮子多么红润！眉毛多美啊！

我走在春天劲头很大的太阳光下，身穿太热的长大衣，踩着沥青路面上我自己奇矮的影子。我需要在什么地方坐一会，定神听一下，理一理自己纷乱的思绪，给自己解答一个问题：在人世间活了六十年的尼古拉·斯杰潘诺维奇·叶乔文是谁？他是怎么样一个人？

我折入青春大街后面一幢大楼下的小公园，在那里的一张长椅上坐下。

园里的树苗仅及钓竿粗细，栅栏外面行人往来不绝，公园本身冷冷清清，里边除了我只有俩——一个十来岁的男孩和一只狗。

男孩头上的学生制服帽歪戴在脑后，掉了扣子的小大衣敞着前襟，脸上发热冒汗。那只狗矮小难看，不是什么良种，两耳下垂，表情机灵、恭敬，像一位好秘书，名字倒是挺吓人的，叫“海盗”。

“海盗！嗯！……蹲下，海盗！……听见没有，叫你蹲下！对！……好样的，海盗！真聪明！给……”

秘书一般恭敬的海盗兴致勃勃地吃掉了一块白糖。

莲娜·韶罗霍娃……其实，她在人们中间属于相当普遍的一种类型——勤奋学舌的鹦鹉。她善于熟背死记，善于“带着感情、有条有理、抑扬顿挫地”重复背熟的东西。喜欢什么，不喜欢什么；爱什么，不爱什么——她根本不应该有所偏好或嫌恶，否则就会破坏她作为一个全优学生的和谐与圆满。要是对什么喜欢的程度略高一些，在这上头花的时间稍多一些，也许就会顾此失彼，捞不到五分，那时看起来就不那么圆满了。

尼古拉·斯杰潘诺维奇·叶乔文，人家在指责你：“可怕的是，被您毒害的学生——这样的人有的是！——将来会产生一种自信，继续放毒，繁殖有毒的后代。您的气味也是可怕的！如果不加以阻止，谁知道您的气味会比您的寿命长多久。”

我就那么可怕？……卡拉西诺人在庆祝我生日的时候说过了头：“卓越的……忘我的……智慧和良心”，而这位“以前的学生”、“酒徒”、“泡小酒店的哲学家”所陷入的错误跟他们可谓异曲同工。莲娜·韶罗霍娃以及等而下之者流不是按照我的意愿，也不是通过我的努力产生出来的。人们中间总是会产生占一定百分比的鹦鹉和冷血者。这应当归咎于上帝，而不应该夸大尼古拉·斯杰潘诺维奇·叶乔文的作用！

“海盗！蹲下！……对，我可爱的小海盗！对……怎么样？……你在瞧什么？……我没有糖。没有。全给你吃了……”

小家伙故意说得很响，并且相当露骨地看着我。这位狗教练指望什么呢？莫非他以为我身边带着糖专门应付这种情况？

“老伯伯，现在几点了？”

“小朋友，你该在什么时候上学？”

“今天我们不上课。我们的老师娜塔丽雅·伊万诺芙娜病了。”

“你是哪里的？”

“我是河滨路的。”

河滨路在城市的另一端，不是我们学校的。

“你怎么会到这儿来的？”

“我来看它。”小家伙指指狗——海盗已经做出怪亲昵的姿态在望着我，“它住在这儿。我有空就来看它。得教教它。它完全没受过训练。现在大有进步……海盗！蹲下！……喂，海盗！……这会儿它知道我已经没有糖了。平时它是很聪明的。”

“为了吃糖接受训练？”

小家伙为贪嘴的狗感到难为情，可是两耳下垂的海盗满不在乎，它乖巧而恭敬地望着我，犹如一个训练有素的衣帽间管理员在等收小费。

“十戈比一百克。”

“一百克什么？”

“糖呗，一小包砂糖……”

“真拿你没办法，给你。”

小家伙有礼貌地但好像理所当然地接受了一枚硬币，很快解下身上的腰带，做成一个圈，用它套住狗的脖子，把腰带的一端交给我。

“您得抓牢，别让它跑了……我很快就回来，不排队……”

我一个人留下看管由于缺糖而没有通过全部训练教程的狗。

海盗带着谅解的表情蹲在我脚边，时常和我视线交接，一边知趣地贴在沙地上摇动尾巴。可爱的狗，你对我毫不怀疑，你充分信任我，为此我得谢谢你。

我在干什么？我抱怨起不信任来了！我！前不久刚被捧到天上的我，既不缺称号，也不少嘉奖，甚至被尊为本市的第一公民——这可不是开玩笑的！我居然会抱怨人家不了解、不信任我！太没良心了。

是的，我备受赞扬。是的，我备受信任。但赞扬的是我吗？信任的是我吗？恐怕是另一个臆造的尼古拉·斯杰潘诺维奇·叶乔文吧？得到赞扬和信任的是某一个理想的英雄。我不是那个人，我的一生并不理想，并非一帆风顺；我不比别人好，尽管也不见得比别人坏。

四十年来，我尽自己所能给孩子们讲解过去的事情，并且神圣地相信，将来这对他们会有用的。在光明的未来一定有用，而未来必定是光明的！我一直认为自己是光明的未来的建设者。

莲娜·韶罗霍娃……

总的来说，有人曾企图通过“杀掉一些个人”、通过煤气灭绝营来建立“新秩序”，他们的努力最后落得怎么个下场，作为一个历史教员，我知道得很清楚。

二十三

一个影子落到我脚下。海盗抬起聪明的嘴脸，友好地摇动贴在地上的尾巴。有人站在我旁边。

首先进入我视野的是一双很有气派的男式厚底皮鞋，接着是一件藏青薄大衣的下摆、一双青筋暴突的大手，最后是一条颜色鲜艳的方格围巾。我打了个寒战——方格围巾裹着一个歪斜的下巴颏儿。几颗前突的门牙露在咧着的嘴外……

站在我旁边咧嘴含笑的是……安东·姚尔金。

他头上戴着一顶簇新的帽子，略略偏向一边，其实他全身上下似乎都是簇新的样品，活像外省商店橱窗里打扮得并不怎样别出心裁的模特儿。不过，作为一件陈列品，姚尔金的脸并不光洁，并不令人难忘，而是变黑、起皱了，跟过去一样随着尖尖的鼻子前冲，上唇跟过去一样遮不住凶相毕露的门牙。

“尼古拉·斯杰潘诺维奇，您不认识我了吗？”

除了知趣而无聊地蹲在地上的海盗以外，小公园里没有第三者。经过修剪后稀稀朗朗的灌木外面，隔着一道不太宽的沥青路面，一位年轻妈妈推着一辆摇篮车向一家商店门前走去。一辆伏尔加牌轿车疾驶而过……“我不需要保住自己这条命。这使我的任务完成起来要容易得多……”写信人相信自己一定能成功。这些年来，安东·姚尔金究竟成了怎样一个流氓？……

“当然，您是认不出我了，尼古拉·斯杰潘诺维奇。您教过的学生大概有好几千吧。”

我坐在长椅上呆若木鸡，默默地瞪出一双眼睛，死死地抓牢拴住其貌不扬、闲得无聊的一只狗的皮带。知道自己处境尴尬的感觉反而给了我力量，我的声音不像是自己的，显得低沉，毫无表情：

“像您这样的可不多……姚尔金。”

他得意地露出所有的牙齿，说：

“您认出来了！总算没有白费工夫！……我这已经是第二天在学校附近转悠，心想，也许碰巧能……尼古拉·斯杰潘诺维奇，我最希望遇见的就是您，比任何人更想遇见。”

“好哇，现在……遇见了。”

“总算没有白费工夫！真走运！”

他还在原地磨磨蹭蹭，可是任何一分钟都可能有人走进园里来，去买糖的小家伙也快回来了……

“我知道，知道您不喜欢我……为什么呢？！我太混蛋了，我后悔！”

不单从他的声调可以听到不可理解的喜悦，而且，说来奇怪，他的眼睛也流露出难为情的神态。

“但现在我变了，尼古拉·斯杰潘诺维奇，完全变了！我变成了一个人。我在莫斯科附近的科学实验设计局工作，是六级旋工。”

“很高兴。”

“我从报上看到了关于您的报道，心里难受得要命……过去我竟拿这样一个人开心，我是十足的混蛋！我的良心不得安宁：我对不起您，可是……信不信由您，是您——对，对！——是您治好了我恶意捣乱的劣根性。”

“姚尔金，现在您不必再挖苦人了。我对您毫无办法。”

“唉，尼古拉·斯杰潘诺维奇！您以为我不知道吗？您为我辩护过，希望学校不要开除我……只有您为我说过话，其余的老师都给气昏了。而我对他们干的坏事可没有对您的多……”

这个我以前的学生自己已经在走向老年，我无论如何没法称之为得意门生。在我们那次怎么也算不上好离好散的分别和此时此刻之间，隔着厚达数十年的一堵墙，也就是他独立生活的全部岁月——看，他脸上已经皱纹纵横！现在，我看到他紧挨着鼻梁的一双眼睛似乎有些湿润，龇牙咧嘴的笑容毫无凶相，而是茫然不知所措。

“难道您想起过我？”我由衷地感到惊异，心中还是不敢相信。

“尼古拉·斯杰潘诺维奇！”声音充满激情，有些发颤。“后来我一步一步回忆过去的情形：您在课堂上鞭策我，要是我答对了，给我好分数，否则就钉桩子①……都是公平合理的木桩，尼古拉·斯杰潘诺维奇！我一步一步地回忆，您是怎样拚命争取我这个畜生的。看起来是跟我作对，其实是争取我！对，对，我确实想把您……对，用一块砖头！砸您！……哦—哦！后来我已经是个大人了，可是只要一想起这件事，就像给浇了一头开水似的。可耻啊！可耻！我也为白裤子的事害臊……”姚尔金俯身向前，呼吸变得急促起来。“要是可能的话……请宽恕我——统统一笔勾销！”

天哪！宽恕以往，宽恕过去的事情不但容易办到，而且是很愉快的。

“我早就宽恕您了。”

姚尔金高兴得什么似的，在原地踏起步来，摆动着簇新的薄大衣的袖子。

“我知道，知道您会宽恕的！像您这样的人难道会记仇？……要是我……啊，我一直想为您做点儿什么，哪怕是一件小事，但必须是件好事！可是，谈何容易……没有机会。”

“您已经做了，姚尔金。”

---

① 指5分制评分法的最低分——1分，因为“1”这个数字像根木桩。

“做了什么？”

“您说了充满善意的话。而且说得非常及时。”

他沮丧地把手一甩。

“对您？我说的话？……算了吧！您想必从四面八方听到的尽是表示感激的话。都是有文化的人说的，我哪能跟他们比……还有，报上登了多少赞美您的话……”

“可是您的话更可贵。”

“哪里！……”

狗高兴地跳了起来。

“我来了……谢谢您，老伯伯。”

小家伙跑得气急脸红，手里幸福地拿着一只纸袋——里边浓缩着一条狗未来的智慧。

“给您十戈比找头，请收下……海盗！过来！”

我看着的狗被领走了，于是我站起来，向姚尔金伸出一只手。

“您简直无法想象，刚才您给了我多大的帮助。”

“哪里！……”姚尔金恭恭敬敬握住我的手。“您对我这样的混账东西也做了偌大一件好事，那么，能够吸收的好学生得益就更难估量了！真是……”

他由于充满敬意而激动非凡，不过临了还是稍稍破坏了我的好情绪。好学生……诸如莲娜·韶罗霍娃。是的，他们把我给予的一切都吸收了。莲娜·韶罗霍娃将来会感谢我吗？那个写匿名信的以前的学生，是否也属于好学生呢？……

但是，多么灿烂的春日拥抱着这个城市啊！街道被彻底晒暖，受到了充分的爱抚。这条街比较清静，由巍巍然一排楼房像路障似的同喧闹的青春大街隔开。行人不知是给明媚的阳光照得懒洋洋地眯起眼睛呢，还是由于春天带来了幸福在向偶然相遇的你微笑。对于小家伙不去上学来看一条好说话的狗也可以理解，——这样的日子待在屋里实在受不了，都想到无底的天空下呼吸自由的空气，来看看善于作出反应的朋友，无忧无虑地享受一点小小的欢乐。活在人世间真是幸福，世界是美好的！

对我恨得最厉害的一个学生刚刚向我道了谢。语声中带着颤音。可是当初他曾用砖头砸我的脑袋……他向我道谢——不可思议，不合情理。

真是这样吗？其实有什么可奇怪的呢？我有没有为争取这个性情乖张的糊涂少年而奋斗过？我有没有为他辩护过？……有过！有过！他长大了，变聪明了，懂道理了。这不是什么奇迹，一切都合情合理。

确实如此，尼古拉·斯杰潘诺维奇·叶乔文，人家相信你，而你却不相信自己，谴责自己的过失，忘了自己的美德。你身上毕竟是有美德的。过失当然也有。谁能没有过失？你的过失比别人更多吗？

莲娜·韶罗霍娃是你的过失吗？就算是吧。但这过失难道就那么可怕，要以此来无情地折磨自己？轻飘飘地说出“杀掉一些个人”，你就吓慌了，认为她毫无心肝！满不是那么一回事。鹦鹉说了话是不认账的。她一辈子任何时候都不会杀任何人——这怎么能怀疑呢？她将爱别人，也将为人所爱，一切迹象都表明这一点。令人销魂的双眉、朝气蓬勃的体魄召唤的方向是生活，不是死亡。在这艳阳天里，何苦让莲娜·韶罗霍娃的一句话煞了风景，应该为安东·姚尔金的脱胎换骨尽情欢乐。

可是匿名信……它放在你胸前口袋里贴近心口的地方。信不是安东·姚尔金写的，可是搜遍记忆的每一个角落都找不到更大的仇人，没有人对你怀有要用砖头砸脑袋那么大的仇恨。这封信到底是谁写的呢？什么人把仇恨的矛头对准了你？该如何解释这种仇恨呢？

辉煌的春日不耐烦细思量，答案简直像从蓝天里掉下来一般落到我头上，而且非常简单，恰如醍醐灌顶，茅塞顿开。

信中有几句自我写照曾使你震惊：“我是谁？我是个酒徒，这是我最鲜明的特征。在其他一切方面我一无足道……”可疑的泡小酒店的哲学家……你光会震惊，可是看不到——答案就在其中！

不用说，在你数以千计的学生中肯定有不得志者和神经错乱的卑微小人。这未必能过分责怪你。生活嘛，总要把浮沫撇掉。

难道就承认自己的渺小，不恨别人的顺利？从报上看到庆祝你的寿辰，能不妒恨交加？……何况他是个酒鬼，惯于用伏特加浇灭妒忌的火焰，同时用可疑的哲学毒害自己——他自己不是承认了吗！在酒醉的半昏迷状态中愈想愈恼怒，竟把自己想象成复仇天使。答案简单得很：信无非是醉后的呓语，酒一醒便会忘得一干二净。

我面前是晒得暖洋洋的街道，光秃秃的苗条小树在烤干的沥青路面上投下网绣般的影子，沐浴在阳光中的一幢五层楼房的墙下，一位干瘦的高龄老头儿坐在一把硬铝折椅上悠悠然无目的地凝视着欣欣向荣的世界。当我忽然笑出声来的时候，连这位超然物外的老爷爷也紧张而困惑地盯着我瞧。

可我怎能不笑呵！

吓昏了头的兔子自追自逃。倒是值得想象一下这只被追逐的兔子的形象：道貌岸然，背着活了六十个年头的包袱，竭力维持自己的尊严，宁可死也不可不受人尊敬。正是这样一只兔子在慌慌张张地自追自逃，一心一意想摆脱自己，拚命耍花招，东躲西闪，搞得晕头转向。

唉，恐惧会产生多少疑神疑鬼、想入非非的怪念头呵！甚至把极其善良的、仁爱待人的塔尼雅·格劳贝——如今已是一位上了年纪的知识妇女——也设想成……哦，上帝啊！塔尼雅会杀人?！你彻底疯了，兔子！试问，怎能不放声大笑。生活真会开有趣的玩笑。

谢天谢地，总算还没有跑去求民警局保护：救命啊！要民警局从你自己手里救你的命……人们在你背后不笑掉了牙才怪呢。嗯，够了！

我毅然决然从清静的街道折向热闹的青春大街，走向刚才我还像兔子一样害怕的人们。我迈着大步，惊讶于自己的糊涂，不住摇头：你啊，竟会上一个醉鬼的当。

啊，这时在春意盎然的城市里真好。身在人群中间心情舒畅、轻松愉快——我是跟大家一样的人，是许多人中间的一个。跟人们一起，围在人们中间走啊，走啊，永远走下去……

我到了自己家的大门口。我的家对我来说不是世上最可爱、最安适的地方，但我总是乖乖地躲在里边。现在我也不能过门不入，我得登上五楼……

二十四

家里——学校——家里——学校。我主要的生活在学校里，通常我把十分之九的精力放在学校。学校是我举着十字架直到进坟墓的生活之路，家里只不过是从一天换到另一天的中转候车室。

我用自己的钥匙开了门，一只脚刚迈进门坎，就听到不太响的说话声——家里有客，但不是会带来欢欣的客人。是最小的女儿薇拉……

我家白色的小厨房里气氛安适，像在过节。桌上铺好浆得硬邦邦的台布。高挂在屋顶上空的太阳射进我们的窗户，裂成无数碎片溅在茶杯、茶壶、糖缸上——这套古色古香的金边瓷器茶具是我老伴娘家的传家宝。

老伴疲软地把身子挤在椅子里，转动不大灵活，眼镜一闪，带着歉意向我投来顺从的一瞥，虚胖的脸上早已准备好恳求的表情："看在上帝分上，郭里亚……"

薇拉纤细的身材挺直得不大自然，像一根绷紧的弦，她让视线从我耳边擦过不知落向哪里，只点一点头。她的脸色黄得像害疟疾，脑门子相当高，但被两侧太阳穴挤得很窄，她的瘦削甚至从鼻尖上也可感到，眼睛睁得老大，然而空空然莫测深浅，不容他人的目光进窥。她的衣着跟往常一样寒酸，叫父母瞧着糟心：终年不换的灰色短外套腋下总是太紧，印着臭虫般小花的连衫裙快洗破了，皮肤粗糙发红的一双手自细细的腕部以下露出在太短的衣袖之外。这两只纤弱的姑娘家白腕子总是引起我一种火辣辣的刺痒感，使我想起妙龄期的薇拉，想起根本不知道什么叫不幸的招人疼的薇拉。

她陷入不幸至今已有很久，而且是传染性的不幸，不但自己倒霉透顶，连父母也为她连遭颠踬而喝够了苦酒。

我们夫妇俩没有从孩子那里获得多大的欣慰。

我竭尽全力要两个大女儿把书读好。也许花的力气太大了。她们习惯于家里有个严厉的父亲经常钉在她们背后：“你作业完成了没有？你功课记熟了没有？你书读了没有？”她们做作业，记功课，学校里成绩不坏，不丢脸，但这是付出了多大的代价换来的！

我希望她们继承父业。我在幻想中已经看到自己是叶乔文教师世家的老祖宗。女儿不反对考师范大学。不反对，但也不特别向往——既然要她们去就去，去哪儿都一样。大学里没有要求严格的父亲钉在她们背后：“你记熟了没有？你准备好没有？”大女儿好歹总算勉强领到文凭，分配到一个偏僻的林区小镇工作。她在那边急急忙忙嫁给林业站长、一个老光棍，生了好几个孩子，书也不教了，如今写来的信读起来味同嚼蜡：“我们都平安无事，身体健康……”

二女儿进大学第一年便退了学，到医院里去当护士。奇怪，她从来不特别心软或善表同情，相反比较沉默和落落寡合，但可能成为一个细心的护士，不依赖他人，而且一定懂行。她以冲刺的方式为自己的生活打开局面——先是在手术室里给一位外科名医当助手，接着从他那里冲到某个医务训练班进修，在那里没待太久，便考取了州里的医学院，一年后转到列宁格勒，要求就教于医学界某权威，一边在什么地方找些活干，一边生活、学习。毕业后，权威请她留在自己医院里工作，可是她拒绝了，争取分配到她开始当护士的那个外省医院去。现在她是那里的院长，对全体医务人员要求相当苛刻，包括那位老医生——当初她在手术室当助手时的顶头上司——在内。她的医院在州内享有声誉。我似乎应该为女儿的成就感到高兴。可是我不能，也没有资格——她这条路是违背我的意愿自己闯出来的。她自己也不大愿意想到父母，一次也没有来做过客，也没有邀请我们去做客，信也不写，只是过年、过生日的时候从不忘记表示祝贺。她在婚姻问题上不大顺遂……

两个大女儿简直令人生气地像我——大鼻子，宽骨架，剪裁不大讲究，缝制倒挺结实。小女儿薇拉的模样却是少见地俊——她长得纤细、娇柔，棕色的头发、碧蓝的眼睛。像母亲？……也许如此。不过是个出色的修订版，丝毫没有那种肉体还生、灵魂已熟的痕迹。薇拉轻巧、爽朗、可笑、嘴凶。

而且她读书很好，不需要别人钉在背后。

有时候，瞧着她棕发梳成偏分头的脑袋在伏案用功，瞧着她白净纤柔、招人心疼的脖梗子，我觉得自己简直载不动对她的爱，上气不接下气，心跳快要停止。也不光是爱她。我开始不加区别地什么都爱——爱她的母亲、我那虚胖善哭的妻子，爱明媚的阳光（如果天气晴朗的话），爱阴湿天家里的安适气氛（如果窗外在下雨的话），爱街上遇到的任何人，因为他和薇拉生活在同一个时代、同一个天空下。

在她身边我甚至觉得自己好像是不朽的。我这样一个怪模怪样、绝非完美的人最终要从地球上消失有什么了不起，反正有从虚无中再生的我的血肉和我的青春坐在那里。我的“我”将衰朽、解体，但永远不会彻底消失。她，这个娇嫩、纤柔、一点也不像我的白脖子姑娘，这个改良种和修订版，乃是我向无垠的永恒迈出的一步。

足足有十六个年头，我深信她来到世上的唯一目的是让我这个无德无能的人得到幸福。

可是到了九年级……

这桩不幸是逐步爬到我们家里来的——连带着街谈巷议，连带着同事老师专注探究的目光，连带着薇拉性格上的变化、哭得红肿的眼睛、异乎寻常的顺从、无缘无故的歇斯底里以及种种难以置信然而明明白白的迹象。

我们一下子无法相信这事，有很久一直躲躲闪闪，忍气吞声，对造谣中伤的无耻之徒怀着满腔义愤……最后不得不相信——尽管骇人听闻，但这是事实！

薇拉在九年级上怀了孕。十六岁！

棕发碧眼的宝贝、爱和欢乐的旺盛源泉、我的再生的青春、不朽的化身……整整十六年我始终相信这一点，整整十六年我陶醉在自己宁静的幸福之中。

她在我们学校读书。那时我在并不卸去教课负担的情况下还拉着教务主任这辆大车。

现在一般对待这类事情好像不那么痛心疾首了——尽管处理比较棘手，但不认为是大灾横祸。可是那个时候，人们对道德的卫护即使不说无情得多，至少也要严格得多。虽然堕胎已不算刑事犯罪，但事情不可避免会传扬开去。

这事倘若发生在任何一名女学生身上，都会闹得满城风雨，殃及全校。家长们会认为受到莫大的侮辱，为自己的孩子忧心忡忡，区教育局会专门组织调查组，州教育厅会发出咄咄逼人的质询，市内各团体会加以干预。在学校内部发生道德败坏的行为，这是闹着玩儿的吗！

发生在任何女学生身上都糟不可言，何况是教员的女儿。我拥有无可指责的三十年教龄，被认为本市最优秀的教师之一。偏偏这位最优秀、最有经验、最有威信的老师却教育不好自己的女儿，怎么能把教育他人子女的工作托付给他呢？

我每走一步，都会发现人家欲语又止、戏言暧昧，都会听到背后传来呵呵的笑声，我仿佛在来自四面八方的黏滞滞的目光逼射下洗澡。

我们的校长是个性格刚强的年轻妇女，她从来没有真正当过教师，一贯只当领导，她见了我也总是现出牙疼难忍的表情，天天跑区教育局请示："说真的，是不是应该把叶乔文解职？……"

我得避开女学生们的家长，如果他们的孩子已进入或接近情窦初开的年龄的话。

而家里时常有不知趣的邻居来访，他们用同情和善意的伪装掩盖强烈的好奇心，故意要跟我一起解决我们这个扰攘、罪恶的时代里世风日下的全球性问题。

我妻子在太太平平的时候也经常担心出事，这下病倒了，冷罨热敷统统用上。屋子里的药味令人窒息。

送走了邻居，关上房门，筑好工事，我这个失职的教育者、糊涂的父亲便开始逼问女儿：

“他是谁？”

我冲着她变得难看的、哭肿后红一块、白一块的脸说：

“你这个不要脸的丫头，他是谁？”

反应是木头人似的沉默，浮肿的脸上保持着死一般的冷漠，哭红的眼睛在逼视下侧向一边。其丑无比，麻木不仁——一句话也不回答。

棕发的宝贝！透明的乳白色皮肤、明净碧蓝的眼睛、永不枯竭的快乐源泉……过去的一切都是幻觉。真正的面貌——请看吧：其丑无比，麻木不仁。

谁？……他突然自己到家里来找我。一副削肩膀、拳击手的发式、苍白得泛青的面容、躲躲藏藏的眼神。

“我爱她。我们相爱……”语无伦次的感伤派胡话，八成是从拯救灵魂的小说中批发来的，他居然表示愿意正式结婚，“祝福吧，好爹爹！”

原来是体育教师！这是从背后来的又一次打击。如果是学生，在已有的耻辱上不会再添加什么——道德败坏反正木已成舟，现已彻底查明。可是教师！……

我想象得出，我们的女校长会像沸水的喷泉冲着我迸射。她脚下的土地将燃烧起来：学校里不单单学生道德败坏，连教师也！……校长势必设法使自己跳出火焰圈，把我推进去。

愿意结婚，这个超龄的混蛋！仿佛他不知道这样做违反一切成文的和不成文的法律。新娘才十六岁，任何一个民事登记处都不会给办结婚手续。哼，你啊，了不起的忘我精神。眼神躲躲闪闪，嘴唇在哆嗦——馋嘴的猫知道偷吃了谁家的肉，趁为时不晚，认错请罪来了。

“我爱她……我们相爱……”

算这位拳击手发式的卡萨诺瓦[①]走运。区教育局、女校长，还有我一致同意决定不让事态扩大，故所卡萨诺瓦被解除体育教师职务的理由措词虽不客气，但也不是致命的。对他提出了永远离开新兴城市卡拉西诺的建议，他欣然从命。

“我爱……我们相爱……”

这根本不在话下。他从此杳无音信。

我自己坚决要求学校开除薇拉。不这样做怎么办？她还能在课桌旁重新坐下？同学们会像看淫秽的化身一样看她，带着轻蔑和欲念。我也得用某种方式表示自己不溺爱女儿，相反，我严厉谴责她的放荡行为。“我坚持这样的态度，决不改变！”

我不能，而且，说实话，也不愿改变态度。幸福的源泉……我是多么爱她啊！……她往我心灵深处吐了一口痰……我再也不跟女儿说话。

婴孩生下两个月后死了。薇拉到汽车运输场去当了一名统计员。

我曾经梦想建立叶乔文教师世家。我的一个女儿做了家庭主妇，另一个违背我的意愿成为医生……城市建设局所属的汽车运输场是司机们的粗人世界，他们为车辆空停争吵起来会脸红脖子粗地骂街，那里经常有跑外快、揩油建筑材料的事情捅出来。

而她却曾经从我的藏书中读过普卢塔克[②]的著作，能背诵荷马史诗《伊利昂纪》的好些个片断。

妻子再次病倒使用敷罨，我家的屋子里再次散发出刺鼻的氨水味。薇拉不仅落实了工作，还在工棚宿舍里搞到一张铺位。这样一个乳白色颈脖的棕发女孩子……

---

① 卡萨诺瓦·德·赛恩加尔（1725—1798），十八世纪一个多才多艺而又诡计多端的意大利冒险家。他的名字往往意味着“风月场中的老手”。

② 普卢塔克（约46—约120），古希腊传记作家、散文家。代表作《列传》内有彼此对照的希腊罗马名人传数十篇。

十年过去了。这十年中间哪一天不被薇拉的命运罩上一层阴影？……

她跟谁也不商量就嫁了人。丈夫是个司机，民警有时要剥夺他开车的资格，他打薇拉。偏偏他们生了一个儿子……

薇拉的挫折从来不是她个人的事，总是会辗转扩散到父母家中。这是传染性的不幸！

二十五

薇拉时常来看看母亲，她总是选择我在学校里的时间这样做。最近，女儿似乎不是单纯为看母亲来的。

比如现在……朝后梳光的头发在后脑勺上扎成一束，脸上的皮肤看上去绷得那么紧，所有的骨头都凸了出来，活像代替全人类受苦受难的圣母。

目光从我脸旁滑过。老伴怕事的眼神在说："看在上帝分上，郭里亚！"

"这就给你倒茶？……"老伴叹一口气问道，她好像在把一块很重的大石头从一个地方翻到另一个地方。

"倒吧。"

"爸爸！……"薇拉开口道，声音意外地清脆。

老伴正要伸过去取茶杯的一只肥胖的手哆嗦了一下。

"爸爸！你已经把我偷得精光，别再把最后的一点也偷走了。"

"薇珞琦卡[①]……我怎么跟你说的？"

"妈妈，你老是退让，可我已经给逼到墙角，我没地方可退了。"

眼睛里那道空空然无法穿透的障壁哪儿去了？这双眼睛现在干枯、深蓝、炽热，面孔如铜铸的一般。她已经不是逆来顺受的殉道

① 薇珞琦卡是薇拉的昵称。

者，别指望这样的人会听任摆布。

“我偷了你的？”我问，“你还是承认自作自受吧。”

“我自己的账已完全付清。别再逼人太甚！”

“哦，薇拉，薇拉，你是在砍自己坐着的枝杈。”母亲嘀咕道。

我们之间的一场战争已迫在眉睫。我们亟须好好谈一谈，不要大哭大闹。我想正面看看她，我想听听她的反对意见。

去年，薇拉给我们表演了一个新节目。

我早就怀着无能为力的恐惧预料，工棚陋室里的生活、丈夫的酗酒和殴打迟早会把她逼疯。我担心她自己会开始酗酒。

不，她没有开始喝酒，而是成了一个浸会[①]教徒。一个教师的女儿，在绝对不信神的家庭里长大，曾经很爱读书，清楚地知道人起源于猿，而不是亚当的后代，知道信教者的灵魂不会飞往天国。

卡拉西诺市有两座文化宫，却没有一座正式的教堂。当年为卡拉西诺镇忠实地服务过的那座老教堂，还在三〇年郑重其事地弃钟的同时就关闭了。以前这里从未听说过浸会教友。他们是战后不声不响冒出来的。

起初根本不理他们，后来对他们开展了斗争——在他们举行祈祷式的时候搞突然袭击，报纸对他们进行谴责。城里传播着种种流言，说浸会教友集会时光着身子跳舞……还有，他们拒绝服兵役……

有一位浸会教徒开了窍，宣布脱离该会，并在文化宫里现身说法反对宗教。最后对浸会还是听其自然，允许他们公开集会——既然你们一定要这样，那就祈祷吧，法律不加禁止。市民们对他们也逐渐失去了兴趣，尽管在一个正常的卡拉西诺人心目中浸会教徒仍然是一匹黑马——即使他们在集会时不光着身子跳舞，毕竟不跟人们一样地生活，想法也是“非我们的”，反正是神经错乱。

---

① 基督教（新教）的一个主要宗派，反对给婴儿施洗，认为仪式应在受洗者懂事后以浸水法施行。

薇拉刚进入青年时代就打上了对于姑娘家是一大耻辱的烙印，后来嫁给一个酒鬼，挨骂挨打，真是命比黄连苦，如果要按人“爱人如己”[①]的教条施加怜悯的话，没有比她更合适的对象了。而“上帝就是爱”[②]！

由于吃够了苦头，由于信仰坚决，可能还由于有文化，卡拉西诺的浸会教友选她当头头，用他们的语言叫做司祭。

而司祭不仅是头头，还是外交代表，类乎浸会经常派往地方当局的大使。关于薇拉的这些情况大家都知道了，那时我和老伴方始得悉。

又是新的谈助。又是新的耻辱临到我白发斑斑的头上……

不过，这一回对我的同情多于责怪。在道德上堕落过一次的她，第二次堕落已不再使任何人吃惊。大家认为，加入浸会的是一个不可救药的女人，她早已同父亲没有任何关系。

我也不指望父亲的劝说会对她起作用，正像丈夫的拳头对她不起作用一样。可她的丈夫倒是一位坚定的无神论者。他在酒醉状态中曾一再使劲说服老婆：“上帝是没有的，你这母狗！”

但薇拉有儿子——我的外孙……

我能眼睁睁看着别人把一个六岁的孩子变成信徒不管吗？……

我早就期望能把他从肮脏、穷困的环境中拔出来，使他摆脱酒鬼父亲的拳头和满口骂娘的脏语。但我缺乏过硬的理由可以在法律的帮助下把外孙领走。他父亲酗酒撒野，——这还得提出证据！——而母亲的行为表面上无可非议，不能对她施加剥夺母亲资格的惩罚。

可现在母亲自己提供了理由。

我本来不愿再一次委屈薇拉，不愿再一次使她痛苦。

本来不愿这样做，但是……薇拉照例扮演了跟自己作对的敌人的角色。而且，照例是由于我从中插了手！

---

① 见《圣经 · 旧约 · 利未记》第十九章第十八节。

② 见《圣经 · 新约 · 约翰一书》第四章第八节。

往一个小孩的头脑里灌输关于上帝、天国、灵魂不死之类的神话！……而被灌输者将要生活在这样的时代：那时人们可以从一个星球飞往另一个星球，思维高度发达的人可以从他们创造的会思维的机器那里得到帮助，那时人也许终于能做出自古以来只归功于上帝的事情——用无生命的物质创造出生命来，已经不是生命的仿制品，而是生命本身！……向这样的全人类无所不能的世界里塞进一件崇拜圣父、圣子、圣灵的古董，塞进一个卑顺地自认为上帝的奴仆、怕遭天谴的怪物……岂不是把一个精神上的畸形儿塞进世界？！

这个畸形儿乃是我的外孙、薇拉的儿子。

我知道，他是薇拉被毒化的生活中唯一的安慰。她爱儿子，也是害儿子。

我看到了这种情形。看到了，可是不去挽救。

为什么？

因为我不愿伤害已经饱受伤害的女儿。因为我可怜她。让她聊以自慰吧。

这安慰的代价是一个人的全部生命！

薇拉——自己跟自己作对……由于我插了手。

二十六

干枯、深蓝、不正面看人的眼睛。

我竭力向这双眼睛里边瞧。

“我错在哪里，薇拉？”我问，“错在当时我谴责了你？我能不谴责吗？……”

薇拉不作声。

“或许，你认为，我，一个教师，应当支持女学生的这种……这种……姑且说是并非无可指责的行为？……或许，你认为，规范算什么玩意儿，这样的道德规范会使我们的社会腐烂、生锈！……”

薇拉不作声，眼睛看着旁边。

“难道我应当置公共利益于不顾?！只要女儿不出丑?！为了亲属背叛一切?”

她用缓慢的语调开始说：

“你可记得，你曾经给我讲过多神教徒的故事，他们为了神而杀人……杀人讨好神……”

“你是不是想从中找出跟我相似的地方?”

“那些野蛮人认为：宰了一个人——对整个部落都有好处。公共的利益要求这样做……”

“啊……多神教徒的父亲抛出亲生女儿作为祭品！……”

薇拉不作声，眼睛看着旁边。

“也许，你还是能够相信，我比抛出你更愿意抛出自己作为祭品?……”

薇拉不作声。

“为大家牺牲自己……难道你不信?”

薇拉把嘴一撇。

“我信……牺牲别人，也牺牲自己。你对谁都不发善心，爸爸。甚至对自己。”

“不发善心?……薇拉，有害的善心、裹着糖衣的毒药比什么都可怕。”

“难道有这样的东西?……无油的油、真空的空气、有害的善心?”

“只要想一想，母亲的善心反而害了孩子的事还少吗！”

“不许碰这个问题。”

“你毁了自己的一生，有什么能保证你不把儿子的一生也毁了?”

“郭里亚……看在上帝分上，郭里亚！”

“索尼雅，想必薇拉自己也不愿让辽恩卡的一生像她吧。难道我说得不对?”

“你说得对。我不愿！所以儿子应当和我在一起，而不是和你在一起，爸爸。”

“可是你能给他什么呢？安宁的童年？你自己也知道，在一个经常发酒疯的父亲身边，他的童年安宁不了。知识？……他处在不学无术的环境包围之中。干大事业的志向？……可你们的志向是倒退——退向基督，退到他两千年以前的教义。”

她上身挺直坐在那里，威胁性地绷着脸，她的眼睛闪耀着不正常的、狂热的光芒。

“别不作声，薇拉，你说：你能给儿子什么？”

“什么？……”她用喉音重复了一遍，“把我的爱给他。世上没有因为得到爱而不幸的人，爸爸。”

“就算我没有爱的才能，但这里坐着你的母亲。她能爱还是不能爱？难道你对她也信不过？”

“我会把辽恩卡当作心肝宝贝，薇拉。”

“妈妈！你把我也当作心肝宝贝，可结果怎样呢？你的爱会被爸爸吃掉。”

干枯、深蓝、狂热的眼睛……我是爱过薇拉的，也许现在还是爱的。这是我生平唯一重大的爱。我对塔尼雅·格劳贝的爱是一个少年的感情，还不成熟、不慎重。对妻子的爱又太清醒、太平稳……

“让辽恩卡待在我身边危险，让他待在你丈夫身边不危险。”我几乎是在怄气地说。

“他比你好，爸爸。根本不能比。”薇拉的口气十分坚决。

我开始感到气急。

“原来这样……比我好……你问问你母亲，她是否记得我喝醉过一次，是否记得我什么时候打过她……”

“他是出于爱打人，而你要把人闷死……也是出于爱。”

我一下子觉得什么都无所谓了——善与恶，正与邪，爱与恨，一切都在蓦地燃烧起来的怒火中蒸发了。我死不改悔，我可恶至极！是的，老天爷，你们爱怎么想都可以！于是，我用未经润滑而叽叽嘎嘎的嗓音说：

“到此为止。反正我们彼此都无法理解。我要做所能做到的一切把外孙领来。”

片刻的沉默。这一回薇拉用咄咄逼人的目光直盯着我的鼻梁。我爱过她？现在还爱？胡说！我恨她！就像她对我一样地痛恨。

“你能做到……”她的声音低沉，有些发黏，“你是受尊敬的人，人家会听你的。你能做到，但奉劝你不要这样做！”

“你威胁我？”

“是的！”

“薇拉……看在上帝分上，薇拉！”

“妈妈，我不是保护我自己。”

“看在上帝分上，薇珞琦卡……”

薇拉站起来。她的身材修长，这是一个痛苦的女人的细挑体态，精干而多棱角。

我明白了她在用什么对我进行威胁。我只觉得心往下一沉，呼吸发生障碍——难道她干得出？……感情内向、线条变硬的面孔——是的，她干得出来，连遭颠踬的人生在她看来不是那么可贵的。

“薇——拉……”我费力地想要控制自己不听调度的嗓音，“你毕竟知道我是爱你的，薇拉。”

她把上下颌合拢，不说话。

“你知道，到那时我也活不成……因为我是爱你的，薇拉，爱的！……”

“别管我。”声音低沉，向着一边，像是旁白，没有翕动嘴唇，没有牵动任何一条筋肉。

“你的意思是不要爱你，把你忘掉？……我能命令自己这样做吗，薇拉？”

哦，又是固执的、拒人于千里之外的沉默。

“我大概很坏，薇拉，但你比我更坏。你对于爱的回答是恨！你横下一条心：自己宁可死，但也要报复……”

沉默。无法穿透的沉默。我已心力交瘁。

“去吧……”我疲乏地表示同意，“高兴吧——你胜利了。”

但我还是在等，等待她说一句怜悯的话，哪怕一句也好——她应该天良发现！不，她没有……

“别了，”口气是无情的，心肠是铁打的，“我再也不来求告了。”

她足登沉重的男式皮靴，走起路来履声橐橐，颇有分量，有母亲的气派。

门啪的一声响，她走了。

“郭里亚……看在上帝分上，郭里亚！”

二十七

老伴发出呼吁和平的一声轻喊后，此刻上身挺直坐在杯碟没有收拾好的桌旁，犹如一尊大而无当的家庭偶像。

不知为什么，我忽然想起有一次我们到茹里比诺草地后面去采蘑菇的事来。当时薇珞琦卡已有十岁或十一岁。

茹里比诺村至今还在，村外的牧草地和一大片长蘑菇的杂树林也保存着。只不过现在这一切——村庄、灌木丛生的草地、树林——已被一条新公路在多处截断，这条碾压平整直至泛出深青色的公路是卡拉西诺与外界联系的纽带。如今采蘑菇往往是整个单位坐大客车集体去的，带着整箱整箱的啤酒、唱机、手风琴……

我喜欢采蘑菇。我喜欢林中空气不太流通的寂静、湿润的树根味、泥土和腐叶味以及蘑菇本身那股淡淡的、难以捉摸而又不可名状的味儿。我喜欢覆着薄霜的硬草上枯黄的落叶、草丘上铁青色雨点似的牙疙瘩、绯红色火焰似的酸果蔓，当眼睛发现一只藏而不露的蘑菇丝绒般的帽盖时，我的心每次都会轻轻地往下一沉。

薇拉当时十岁或十一岁……

那年的蘑菇也说不上特大丰收。特大丰收年可以看到车队从树林里接连不断地把重得叫饶的箩筐往外拉。只不过时值旺季，而且我们的运气大概也比较好——恰恰赶在采蘑菇爱好者大批涌到之前进入树林。我们不时从草中根下拔起年龄不同的蘑菇来，有蜷缩着的、小砝码一般硬邦邦的少年，也有松软的帽子像张着大伞的老者。每一只蘑菇都有不同的面貌！

我记得自己心中并不十分平静。那时校长休假去了，由我代理职务，我得向区里转呈一份重要的报告。文件的底稿没有给我准备好，因而在宁静的树林里我总觉得责任未了，有些牵肠挂肚。

我们在一处阴凉的草地上铺好台布，摆上几只红熟的番茄、黄瓜、一大根油光光的熏制香肠。树叶在头顶上方簌簌地响，一条小溪在生机蓬勃的草木丛中，在幽深的峡谷里，在地面底下不停地潺潺流动。妻子眯着眼睛笑容满面，薇珞琦卡相反聚精会神地绷着脸，皮肤晒得黑黑的，显得很瘦。她才十岁，可已经成为一个狂热的采蘑菇迷，在树林里她的小脸蛋上总是现出“我不是到这里玩儿来的”那样一副表情。

这一切多么好，可就是那份该死的报告！……

我们吃着汁水四溅的番茄，喝着保暖瓶里发出桦树枝笤帚[①]香味的茶，而我们的视线在左右两边徘徊了一阵便又回到篮子上去。这次的收获着实可观——带来的篮子都给一顶顶厚实的小帽盖装得满满的！溪水在地面底下忙碌地流动……

忽然间，薇拉把脑袋一昂，她整个瘦细精干的身躯摆出嗅到野味的猎狗即将一跃而起的姿态。她站起来，什么也不说，像一个梦游者走到一丛灌木旁，停住脚步，俯下身去……压低嗓门发出一声呼喊跪倒在地。

“瞧！”薇拉脚下像装了弹簧似的跳起来，双手拿着一件东西高举过头。“瞧！”

她的脸变了样。我们看着，自己也渐渐为一阵强烈的惊喜所感染。

---

① 俄国人洗蒸气浴时有用桦树枝笤帚互相拍打身体的习惯。

“瞧！我发现了什么！”

像一只山羊几蹦几跳，薇拉已经到了我们跟前，伸出给太阳晒黑的一双小姑娘的细手……她捧着一件形状很奇特的、给践踏得不成样子的东西。

妻子先叫起来，跟薇拉压低嗓门的一声喊完全一样。我也发出一声惊呼。

小姑娘瘦弱的手中捧着一只蘑菇……不，这简直不是蘑菇，而是大自然宏伟的巨构、一个人们不知道的世界的模型。帽盖宛如地图上的大陆，有七弯八曲的海岸线，有海湾、盆地和高原，有隆起的山脉和干涸的湖泊——那是蜗牛啃食的结果。帽盖是大陆，而柄脚是大肚子的阿特拉斯[①]，疙疙瘩瘩地好像巉岩嶙峋，还有沟道纵横。大地母亲竟会产生出这等奇迹来！

在这样的奇迹面前，我们本来挺神气的几篮蘑菇一下子变得可怜巴巴，原先取得的成绩顿时黯然失色，连没有及时呈上去的那份紧急报告也给忘了。竟会产生出这等奇迹来！……上帝啊！一切都不在话下了！……

薇拉把这只蘑菇像举神幡似的捧回家去。路上遇见的女人们纷纷发出惊叹，男人们意味深长地默默目送着我们。

我们乘坐的公共汽车像一窝受惊的蜜蜂闹哄哄地驶过正在施工的街道。人们对奇迹从来不会无动于中。

第二天，刚刚从区级小报改成市级大报的本地报社便派了一名摄影记者来采访薇拉。

小姑娘和那只精怪似的蘑菇合拍的一张不甚清晰的照片刊登在第四版：“十岁的薇拉·叶乔文娜在树林里采蘑菇时发现……当地的老居民也不记得有过这样的……”

那年秋天，我们的薇拉把市内很大一部分居民都发动起来了，每个星期天都有大队人马到树林里去。人们对奇迹不会无动于中。

---

① 希腊神话中遭谴顶天的巨神。

这件小事当时曾带来一种轻松的、促进生活新陈代谢的气氛。

可是报告……我迟送了两天照样平安无事。

但是，跟往常一样，我们这份小小的欢乐还是给煞了点儿风景。妻子不知什么缘故害怕起来，一再说出迷信的话：

“哦，恐怕凶多吉少！哦，采蘑菇得手总会招来大祸！”

为什么我现在忽然想起那桩时隔多年而且一般地说也是不足道的事来？

这大概是薇拉生平最幸福的一天。也是我生平最幸福的一天……

刚才她发出威胁性的警告后离开我走了。

也许我误解了她的警告……

薇拉的丈夫完全有资格自称：“我是个酒徒！”甚至可能他曾经是我的学生，是我先后教过的三千学生中的一个……

薇拉素来爱走极端，为了不让我夺走她的儿子，她什么都干得出来。

而那只轰动一时的奇迹蘑菇跟别的蘑菇一起给吃掉了……

二十八

老伴上身挺直坐在杯碟没有收拾好的桌旁，透过眼镜固执而尴尬地望着我。

“郭里亚。”她声音不大地说。

我猛地一怔，她的声音在这个时刻未免太镇定了。

“怎么，索尼雅？”

“说真的，你是个善心人还是狠心人？”

肥胖的身躯坐在椅子上巍然不动的老伴是我背的十字架，也是我的支柱。我们相依为命将近四十个年头。我没有背叛过她，她也没有背叛过我。四十年互相忠于对方——这也许不近情理，也许是忍耐的伟大结果，也可能其中确有心灵的近似性，谁知道？上帝保佑千万别让她先死。否则我身边将是一片空虚，像无底的深渊一样可怕的一片空虚，我再也没有什么可加以填补。四十年相依为命，但我早就喜欢在自己家里独处一室……她向我提出了一个问题。奇怪吗？……不，寻常得很，这个问题她四十年前就该提了。

我叹一口气答道：

“你痛痛快快地打吧，索尼雅，别不好意思。”

“你错了，我不会说‘不’。你是善心人。”

“你适宜于扮演和事老的角色。青年时你可不是这样。”

“青年时？……我现在恰恰想起了青年时代。想起你曾怎样督促我。我坐不安稳，你说：‘要克制自己。’我心浮气躁，你说：‘读一些严肃的书，要做如此这般的人。’可我做姑娘的时候很想去跳跳舞，很想读读《基度山伯爵》，而不是想读马克思和普列汉诺夫。于是我就撒野，大哭大闹。哦，天哪，这是多久以前的事啦，简直没法相信真的有过……你善意待人，这是没有疑问的。难道不是这样？……”

我不作声。

“结果怎么样，郭里亚？我变得知书达理了没有？……根本没有，我成了一只关在屋子里的老母鸡。严肃的书始终没能啃得动，下厨房系的围腰整天解不下来，还长出一身脂肪……

“索尼雅，别说了……”

“你督促两个大女儿读书，简直气也不让她们喘一口，头也不准从书上抬起来，结果呢？……你把薇珞琦卡……难道可以认为这是出于狠心，出于憎恨？……不，当然不是……”

“别说了，索尼雅。”

“你一辈子打算做好事情，可魔鬼老是在你背后捣乱，把你的蜜糖变成柏油。我不是指责你……你的行为无可指责，但别人并不因此而日子好过些，郭里亚。”

她费力地站起来，出现在满窗夕阳红彤彤的背景之前——笨重而庄矜。她的声音依旧镇定得吓人：

“郭里亚，我要对你说的是：你曾经善意待我，善意待两个大女儿，善意待薇珞琦卡，你就别同样对待辽恩卡吧——够了！你就饶了这一个，别用你的善意待他吧。”

二十九

我一个人关在自己房间里。布哈洛夫中尉的短剑在我桌上闪着崇高的光芒。

我是个善心人还是狠心人？

格里沙·布哈洛夫会不假思索地回答：是的，是善心人，不可能有另一种看法。出乎我意料之外，跟格里沙极不相像的安东·姚尔金也这样说！

可是薇拉的看法却不是这样。

还有匿名信的作者……

已经在世上活了六十年的尼古拉·斯杰潘诺维奇·叶乔文到底是怎么样一个人？

我不是趋炎附势向上爬的野心家。我把生命的很大一部分花在并不轻松的劳动上。我一天工作十二至十四个小时，有时甚至达十六小时！我从不追求高官厚禄，辛勤劳动四十年，既没有捞到宫殿般的住宅，又没有捞到显赫的头衔，也没有捞到了不起的声誉。直到六十岁才对我另眼相看，爱抚一番！好几次我曾经有可能走上领导岗位。但我没有利用机会。

如果说格里沙·布哈洛夫“以自己的死踢开了死亡”，表现了自己的品质，那么，我自己漫长而辛苦的一生似乎也证明了我活着不是为自己！

然而这一切没有直接回答问题：我是善心人还是狠心人？

莲娜·韶罗霍娃在课堂上说出了狠心的话，我不得不承认，对于她这种危险的狠心我也有责任。看起来，我这个善心人结出了狠心的果实！

那么我到底是什么人呢？

我怎样才能做另一种人？

昨天我打算给莲娜·韶罗霍娃写一份充满赞扬的鉴定：“才能出类拔萃，品行堪称模范，是一位好同志。”今天我对她睁开了眼睛，今天我不愿写这样的评语。

也许，这就是做另一种人的第一步？

这倒是够简单的。什么时候需要，只消在桌旁坐下，在自己面前铺好一张纸，然后……“低下头来，骄傲的司祭，把你过去崇拜的一切统统烧光……”

窗外的夕照转成青铜的深棕色。外面正在举行宇宙间履行的仪式——我们这个星球的一侧即将背向太阳。那是我的大陆、我的国家、我的城市、我的家和我自己所在的一侧……我，一条幼虫，从暮霭沉沉的书房内，从狭小的蜂房中，注视着宇宙庄严而无情的运动，为一个问题所苦恼：我，一条幼虫，该怎样改变自己的行为？

我想做另一种人，想做另一种事！我自己作不了主，真见鬼！……

莲娜·韶罗霍娃自己不会动手杀任何人，但会投票表示：“我赞成！”

窗外的夕照呈现着青铜色，不安正在爬进我的心房。

在桌旁坐下，在一张纸上写下与原先的打算不一样的词句，用正确的、无情地反映真实情况的评语——留神，她这个人可怕！——以取代错误的鉴定。然后开门让她从学校走向生活。你对这个两道眉毛高傲地扬起的姑娘施加的惩罚未免太残酷了。因为什么？无非因为你施教的结果看不到她的人性和同情心，因为你没有养成她独立思考的精神，而是把你自己冷冰冰的、不偏不倚的历史观传授给她，使她跟着你一样对于曾经把好些个世纪、好些个民族染上不祥之色的血无动于中。你把自己的货色传给了她，而现在又浑身发抖地大叫：留神，她这个人可怕！

够精彩的——想做另一种人。打算把自己稀里糊涂的罪过推给一个女孩子！拥有四十年教龄的老师！不，我不能这样做。

但是对莲娜·韶罗霍娃的评语不得不写。

这是制度，不是我所能废除。这样的评语每年都要写，我已经写过几千次……现在也免不了！寥寥数行，不足一页……

我不把自己漫长而懵懂的一生的错误推给一个姑娘。我不能堕落到这个程度。那我该怎么办呢？照老的写法："才能出类拔萃……一位好同志……？"以前，我怎么想就怎么写，我是表里一致的，不口是心非。但现在我的想法不同了……

夕照呈青铜色，星球正在把我的大陆连同我一起漠然推入宇宙的暗处。幼虫蜷缩在安适、温暖的蜂房里。不，是我自己一动不动地坐在桌旁，是我的可怜的精神缩做一团在我身上悲叹。

我一向乐于伸出指头谴责他人："你下流！你撒谎！你这个坏蛋，你怎么敢？！……"我严于责人，并且认为：只要这些人愿意，他们很容易做到不再撒谎，不再下流。"拯救落水者要靠落水者自己！"自己把自己管住，你就会变好。

我愿意把自己管住，愿意做一个心地纯洁的人，我打心底里痛恨撒谎！但我不得不给莲娜·韶罗霍娃写评语……我将在记忆健全、神志清醒、厌恶撒谎的情况下撒谎。

迄今为止，我总是怎么想就怎么说，怎么说就怎么做，现在我将要想的是一回事，而说的和做的是另一回事。我稍稍变得聪明了些，发现说真话对我是禁忌的。

没有人逼我，没有人强迫我：你得撒谎，把不该称赞的姑娘吹捧一通。

我是自愿地准备撒谎和耍两面手法。

我想做比以前好的另一种人！我由衷地想！

我不能。也不知道为什么。不能责怪任何人，甚至不能怪自己……

善良的人们哪！有一个人快要毁了，他自己也看到这一点，可是没法制止自己，——想想办法吧！

三十

虽然从窗外传来街上的谈笑声和摩托车驶过的哒哒声，但寂静还是紧紧包围着我。我被寂静震聋了坐在那里。

我的生活中正在发生又一次灾难，比起昨天的叶乔文来，此刻的我质量要差点儿。昨天的叶乔文是一个比较完整、比较老实的人。

但他也受到威胁。一个学生打算干掉老师。

总的来说，学生是经常跟老师干的。“柏拉图是我的朋友，但真理更可贵！”[①]唯其有这种情况，才意味着世界没有停滞不前。

不说“杀了您”，而是说“柏拉图是我的朋友”……说这句话的人显示了自己有坚定的信念，他不需要诉诸威胁。那些靠钢刀或断头台维护自己的信念的人，很可能自己也不太相信自己的信念。他们吓唬人，自己却和恐惧抱做一团。

“杀了您……”我的铁面无私的罗伯斯比尔[②]啊，你是克服了何等消耗勇气的软弱性，才写下这句话的？“杀了您！”——这是一只鸡扑向狐狸时的绝叫，是落水者想抓的一根救命稻草。

不多久以前，在风和日丽、大地春回的街上，我战胜了恐惧，嘲笑自己是“一只吓昏了头、自追自逃的兔子”。说真的，设想这样一幅图画确实能笑死人。

但刚才我不想回家不是没有道理的，嗅觉告诉我，家里有我的追逐者、我的第二个无情的“我”在守候着我。再次慌慌张张逃避那个“我”又何苦呢？难道躲得过自己？

格里沙·布哈洛夫的短剑在我桌上。格里沙！格里沙！你是我的一大成就，你是我一生最光明的一面。这样的成就何其少呵，恐怕是

---

① 相传这句话是柏拉图的学生、古希腊哲学家、科学家亚里士多德（公元前 384—前 322）说的。

② 罗伯斯比尔（1758—1794），十八世纪法国资产阶级革命时期雅各宾派政府的实际首脑。他坚决主张处死国王路易十六。

独一无二的。

安东·姚尔金认为我的一生全部由光辉的成就组成。这个学生从前不了解自己的老师：当初在课堂上暗中捣鬼时如此，拿着一块砖头守在屋顶上时亦然如此……现在他还是不了解。我没有为安东·姚尔金做任何事情：既没做足以使他恨我的坏事，也没做值得他敬仰的好事。唉，使他改正错误的不是我，是生活。我们在一块砖头上已经分道扬镳。

格里沙，格里沙……你向我表示了祝贺，你的祝贺我受之无愧。然而，格里沙，你要是知道，我竟怀疑“杀了您”出自塔尼雅之手，出自当年和她父亲一起教我起码的做人之道的那个塔尼雅·格劳贝之手，你要是知道了会作何感想？你一定会说：老头儿疯了。不，格里沙，确切些说是慌了。

刚刚还起了疑心，那更是荒唐至极……这个念头一闪而过！确实有过！不要躲躲闪闪！怀疑“杀了您”会不会是亲生女儿写的。她提出了威胁性的警告，于是恐惧蒙住了我的理性。

她在自己不算太长的一生中始终因为爱情洋溢而受苦——因为爱拳击手的发式，爱不成器的丈夫，爱儿子……爱情洋溢还从来没有把人推上谋杀的道路，更不用说是弑父，但自杀——哦，那可不少见！

格里沙！格里沙！我瞧着你的短剑，我也只相信你。可你早已不在世上。我形单影只，自己跟自己无法相处，又没有人可以依靠。

不管怎样，有人给我寄来了匿名信。威胁是酒醉后还是清醒时发出的——这有什么两样？反正有人扬言要这样干，反正我对某人做了某一件坏事。

他是谁？

不，我记不起来。

在什么时候我撞倒了什么人。记不起来，没注意。

“杀了您！”

你到底是怎么个人，尼古拉·斯杰潘诺维奇·叶乔文？

看样子，现在我开始比害怕杀人凶手更害怕自己了。

三十一

窗外已是暮色苍茫、万家灯火，大街上的喧闹声变成了晚上的那一种。我坐在桌旁寻找解决办法。

我应该把信给某人看。

给人看信并不是为了叫“救命啊”。蒙在鼓里比死更可怕。我对于自己来说是一片 terra incognita[①]，而未知的土地是没有人只身前往的。到目前为止，我一直在自己心中独自徘徊。我需要有个伙伴，需要有个同路人。请他读一读那封信，请他透视一下我的灵魂。我需要旁观者的眼光，哪怕是不友好的也行，但必须精细入微、洞察一切。

信不能给老伴看。四十年来我们已经合二而一——不可能退到一边，不可能从旁观者的角度看问题。

我有不少忠实可靠的同志。例如：娜杰日达·阿列克塞耶芙娜就是一位。给她看信行吗？……她势必大惊小怪、扭绞自己的手、给民警局打电话。这些朋友有了病只会找民警局治……

我现在需要的并不是朋友。我们通常选择志同道合者做自己的朋友，他们的观点、想法、各方面都跟自己一样。但这样的朋友能给你什么启发呢？只有跟你不一样的人才能给你启发。

跟我最不一样的要算列杰尼约夫。

他年轻，而我老了。

我珍惜传统。他要砸烂传统。

他讨厌我，我也讨厌他。

他尖刻、直率到了粗暴的程度。

---

① 拉丁文：未知的土地。

他断乎不会大惊小怪地扭绞双手，不会给民警局打电话。

诚然，凡是由我而起的一切，他对之一概持不信任态度，因此可能会赶紧退到一边。但是，一个六十岁的人夤夜来访，除非是毫无心肝的畜生，否则决不会置之不理。未知的土地是没有人只身前往的。

列杰尼约夫家没有电话，但他住的地方我知道。不太久以前，我曾应校长之请到区苏维埃执委会去为三个没有安顿下来的教师申请住房。交道打了很久，着实费了不少周折，所以地址我记得。

我在过道里摸黑穿上大衣，戴上帽子，关上门，离开静悄悄、暗沉沉的家庭堡垒，老伴正在城堡深处躲着我。

摩托车发出机枪似的哒哒声沿着灯火通明的大街疾驶，打扮得漂漂亮亮的对对情侣在便道上漫步，青年人无忧无虑的笑声在晚来转凉的空气中荡漾。

可能，刺客就在旁边窥伺……他近在咫尺对我并非无所谓，但我已经不像早晨那样惶惶不可终日。我不慌不忙地向车站走去，甚至满意地想象着自己的神态——气度庄重、腰板挺直、鼻子高扬、从容不迫。我现在的模样想必一定能赢得刺客的尊敬。

我站了一会儿队，等公共汽车到站，便钻到车上像沼地里的水那样昏黄的灯光下，在一个空位子上坐下，身子向窗边挪近些，让一个工人坐到我身旁——他穿着破旧的棉袄，带一只帆布包，样子像水管装修工。

湿漉漉的车窗掩藏着正从旁边掠过的市容，黑糊糊的玻璃只映出我没有表情的面孔——坚定的大鼻子从帽檐底下往外拱，紧闭的嘴唇挤出一道陌生的皱纹。之所以陌生，在于上面刻着痛苦的折曲，带着呻吟呼之欲出的迹象。也许我不该担心列杰尼约夫不把我当作一回事，冲我这副尊容倒是应该担心对方一见之下过于认真起来：“请您先躺一会，我去打电话叫救护车！”

坐在我身旁的那位乘客盹儿打得正熟，胡子没刮的下巴埋在胸前，一顶皱巴巴的鸭舌帽檐勉强遮住灰色的眼皮。他嘴角似乎蕴蓄着一丝苦相。反正现在我从任何人脸上都能隐约看到痛苦的折曲、强抑的呻吟。这个人双手安详地搁在放普通工具的帆布包上，他不可能遭到像我那样的灾难。他从事的劳动是看得见的，这意味着，他在生活中的地位也是一清二楚的。今天他大概换去了几个厨房水龙头，花了些时间对付漏水的暖气片，修好了出毛病的下水道，而本来有人为此大伤脑筋，——总之，他做了自己应做的事，尽管工作并不复杂，怎么也谈不上杰出或卓越，但毫无疑问是需要的和有益的。明天有些住户也将急切地盼着他去，他大概根本不会想到把别人需要他这一点引为骄傲。他的劳动是有目共睹的，我却看不到我的劳动。有四十年教龄的老教师，你上了多少堂课为伊凡雷帝辩护，其实不知不觉地在鼓吹对杀人者宽大为怀？……

邻座的乘客合上灰色的眼皮在打盹儿，我真羡慕……善良的人哪，要意识到自己的幸福啊！现在我是多么想领略一下你的坦坦荡荡的疲倦哪！

“火车站到了！”售票员报道，“这里是终点站。”

车站广场上灯火辉煌。商店的橱窗光彩夺目，在向行人提供棍状面包和盒装的“大力神”[①]。新建的现代化咖啡馆内，顾客们喝的喝，吃的吃，跟外面只隔一重玻璃，就像在开展览会。车站广场上人总是很多，总是有许多小轿车和大客车。即使在城市本身入睡的时候，这里的生活也不停息。

但只要过第一个拐角向旁边迈上几步，辉煌的景象立即消失，只有一些灯光暗淡的街道：车站一路、车站二路……再迈上几步便是郊区，行人冷落，车辆稀少。

几个公共汽车的乘客在我后面把脚步使劲踏出声来。等我们走了过去，脚步声去远了，就只有电气机车的嗓门会划破这里的寂静。

---

① 一种特制的燕麦片，用作营养品。

三十二

房屋是新建的，几个月以前才开始住人，可是灯光昏暗的楼梯已经吸足了煎洋葱和尿布的味儿，好像从这些墙壁进进出出的人不知有几十代了。

旧时对楼梯通道几乎比内室更加重视。公共殿堂也好，私人宅邸也好，都有宽阔堂皇的阶梯。来客拾级而上的同时，会不由自主地一步一步感染到庄严崇高的气氛，一步一步意识到即将举行的会晤的重要性。楼梯仿佛使人凌驾于浊世的纷扰之上。如今的扶梯则是最平庸、最讨厌的一段路，为了避免走这段路，就挤进更加平庸的箱笼式电梯；走在现代的扶梯上，人们或者产生一味讲究实际的思想，或者对于日常的老一套干脆感到腻烦。

这座组装式楼房没有电梯，我得靠两条腿登上五楼。我一磴一磴往上走，头脑愈来愈清醒，自己从一时冲动的精神状态中逐步摆脱出来。“我的苦衷去向谁诉？”一个紧张得眼珠子都凸出来的老头儿跑去找一个小青年。在最好的情况下你所能指望遇到的也只是客客气气的冷漠态度，弄得不巧也许是公开的嘲笑。这个小青年难道比你聪明，比你更有经验？多有意思的谈话资料。这无异于把肮脏的内衣张挂到大庭广众中去……

一磴一磴走上五楼。才跨了最初几磴，我就明白自己在干蠢事，但我没有回头。

我毫无热情地按了一下电铃。他立即开了门，没有片刻的耽搁，仿佛站在那里焦急地等着我。他穿着一身廉价的针织运动衫裤，确实像小青年那样修长，神态果断中怀着戒心，犹如一个轻量级拳击选手——虽然没有摆好架势，但随时可以一跃而起。

“对不起，叶甫根尼·谢尔盖耶维奇，我要……我要跟您……”

“说实在的，我正在等另一个人。”他不客气地打断我的话，同时生气地把视线移向一边。

“叶甫根尼·谢尔盖耶维奇！”

他正面看了我一眼，一双黑眼睛微露尴尬的神情。

“请进。”

这是一间灯光很亮的新房间，有一种杂乱无章的欢快气氛。屋子还没有布置停当，好像还没有真正定居下来。床上被褥不整，桌子堆满了书。书籍垒起的金字塔顶上放着一只贴有白兰地商标的酒瓶，瓶颈中插有毛茸茸一副淘气相的一枝爆竹柳。

“请坐……”

列杰尼约夫把唯一的椅子搬给我坐，自己坐在睡过以后没收拾的床铺上，翘起二郎腿，十个手指头有力地抱住尖尖的膝盖，一双乌黑闪光的眼睛注视着我。他那深肤色、浓眉毛的瘦削面孔由于怀着戒心而略略显得不大对称——一道眉毛扬起，一边嘴角抿紧，一侧颧骨耸得高些。

“叶甫根尼·谢尔盖耶维奇……”我窘得慌，便用阴沉而固执的语调开始说，这是老头儿不得不向官运亨通的青年上司提出请求时说话的语调，“我开门见山提一个问题：我像不像一个罪犯？不过一定要诚实地回答。”

列杰尼约夫使劲牵动一道眉毛。

“可是……”

“今天请您忍受一下我的怪脾气，叶甫根尼·谢尔盖耶维奇。我到底像不像？……”

“罪犯？不像。”

“一定要诚实地回答，看在上帝分上，一定要诚实，叶甫根尼·谢尔盖耶维奇！我找您不是听恭维话来的。”

“不像。”

“您怎么突然对我宽容起来了？”

“不要强迫我说出我对您的看法中没有的东西。”

“可是，如果实话实说，我知道您对我的印象不佳。”

“既然如此，我就没有必要冲着您再说这样的话。”

“那好吧，谢谢。说真的，我本来准备听到的要坏得多。”

“自暴自弃……奇怪。您好像一向很自豪的。”

尖尖的膝盖向上耸起，眉毛仿佛被折断了一般，乌黑明亮的眼睛闪闪发光。似乎只要我有一个动作幅度大些，他立刻会像只野猫似的跳开去。

他不相信我，我能为此责怪他吗？倘若他夤夜闯到我家来，我肯定会同样固执而不耐烦地戒备可能的暗算。

我尝试着冲破他的戒心：

“我很难过，叶甫根尼·谢尔盖耶维奇，很难过！发生了一件事情，使我突然开始从反面看到自己。每一个人的反面恐怕都不像正面那么美……今天课堂上有个女学生为了讨好我而帮一个杀人者辩护……要明白——是为了讨好我！”

“尼古拉·斯杰潘诺维奇，您对我说这些又为了什么？……”

“为什么？……您问为什么？……”

“为什么偏偏对我说，而不是对别人、对跟您比较接近的人去说？”

“大概因为您不喜欢我。听到对我本人不加恭维的评价现在对我是很宝贵的，非常宝贵。现在我自己也不喜欢自己。”

“这么说，您打算改正错误了。”

“在您看来是不是没有及时猛醒，应该更早一些，而不是在已经满了六十岁的时候？”

“也许如此。不过，我完全赞同我们那位极其善良的娜杰日达·阿列克塞耶芙娜经常重复的一句话：改正错误永远不晚。”

“叶甫根尼·谢尔盖耶维奇，您是在打落水狗。”

列杰尼约夫果断地向我转过身来。

“对不起，尼古拉·斯杰潘诺维奇，我不明白您的意思。您对自己颇不尊敬，而事实上对您的赞扬只差没抬着您游行，学校里崇拜您，学生们对您的敬重到了诚惶诚恐的地步，家长们满怀着自豪和钦佩，领导上关怀备至。您的同事中大概只有我一个人对您没有仰慕之意。难道您竟如此不知足，以致您在自己荣誉的天穹下连这样小小的一朵浮云也不能容忍？”

我把手伸向放着匿名信的口袋，已经准备将瞒着亲友的那封信交给他——一个对我抱有反感的人……

但这时走廊里的电铃响了。

列杰尼约夫霍地跳起来跑去开门，撇下我一个人独对白兰地瓶子里的一枝爆竹柳。

门外传来了话声：

“总算等到了！……你怎么来得这样晚？……”

语调如释重负。可见他是多么讨厌我。

门口出现一位姑娘。不，我不认识她。她不是我们学校的。带披肩式领子的大衣，很大的扣子光华闪烁，绯红的圆脸上两个羞答答的酒涡怪可爱的。她见了我一愣，显得尴尬、困惑、不快——在这种场合第三者是不受欢迎的。

列杰尼约夫手舞足蹈地围着她转。

“把大衣脱了……快脱下，对！……咦，外边敢是在下雨？”

“在下雨。今年的第一场雨。”回答犹如女低音婉转的歌声。

列杰尼约夫劲头十足而且毫不犹豫地转身面朝着我。

“请您原谅……刚才我对您说过，我在等另一个人……改日随便什么时候我都愿意为您效劳。可现在只得请您原谅……”

对我下了逐客令。

三十三

我一关上门，里边一定会发生这样的对话：

“那是谁？”

“啊——啊，一个老家伙……”下面是我的教名和父名，可能还有头衔。

这一定不是第一次梦寐以求的约会，而是多次中的一次，已经习以为常，否则列杰尼约夫不会穿一身旧的运动衫裤迎接姑娘，总应该打扮得漂亮一些。

一个人找另一个人诉说自己看得天大的不幸！

被一圈虹样的水尘围住的路灯照着湿漉漉的黑色沥青路面。今年的第一场雨。早春的雨同秋雨毫无差别，都是阴冷凄清的。枯守在水尘中的街灯，沥青路面上油污的反光，秋风秋雨，一种好像夏天从你身边被偷走了的感觉。

我意欲告诉他一件最大的秘密，给他看匿名信，向他摊出我的死刑判决书。谈话刚刚开始就被打断了……

“我的苦衷去向谁诉？”夜色沉沉，潮气袭人，夏天被偷走了，最后所剩的也被偷走了。

我慢腾腾地走在凄凉阒寂的街道上。

一个人找另一个人……老头儿找小青年。出于极度的绝望去找最后一个藏身之地。

他是先进观点的拥护者。他认为扬·阿莫斯·夸美纽斯已经变成化石。他喜爱陀思妥耶夫斯基，经常朗诵他的一句话：“我不愿也不能相信恶是人的常态！”他愤慨于“善”这个久经考验的老字眼、各派宗教的武器正在渐渐地被淘汰。冲着“杀掉一些个人”这句话，他不把莲娜·韶罗霍娃踩入地里直至灭顶才怪呢。

一个人来找你诉说不幸。而你竟对他下逐客令：“我不愿意听，滚开！”

在野蛮的中世纪，处决罪犯之前要让教士去接受囚犯的忏悔。尽管你不配活在世上，但你的人性应当得到照顾——你说吧，倾诉吧，我们愿意耐心地听。

下逐客令同满不在乎地说“杀掉一些个人”——不是有些相似吗？两者都是对他人无动于中、麻木不仁的产物。老实说，还是干脆杀人比较合乎人道。行凶者动手，说明他心怀憎恨——这是强烈的感情。行凶者并不无动于中，在他来说是重视对方的。

不文明的中世纪发明了忏悔。甚至宗教法庭的审判官也尽可能聚精会神地力图看透被他们送上火堆的人的灵魂。到二〇〇〇年，列杰尼约夫大概跟我现在的年龄差不多……

我无精打采地走在泛着油光的黑色河流似的街道边上，路灯光下水尘飞舞。沿街房屋有灯光的窗户淡漠地望着我帽子上方的空间。人们急急乎避开我这个彷徨街头的行人，把各自的一份寻常得很的幸福藏起来。关得严严实实的窗子里边开着灯，窗帘拉上，院子入口的拱门下黏糊糊、黑洞洞的，街上空荡荡。只有后面传来某人跟我合拍的脚步声，也是无精打采，不慌不忙。大概也是彷徨者……

中世纪……忏悔……我想起了薇拉。

这不是一个能够听我诉说的人吗？“上帝就是爱！”她不会撵我，她会仔细地听，甚至可能流下女儿的眼泪。何况，我还有一份进见礼：“薇拉，你的儿子不离开你了。”用一个活人作进见礼——让他留在酒鬼父亲、教徒母亲身边……

“我的苦衷向谁诉说？”

我背后的脚步声慢慢腾腾，跟我一样彷徨，但给人一种固执地尾随不舍的感觉。

我回头看了一下。

路灯暗淡的街上春雨潇潇、夜色茫茫。在灯光照不到的夜幕下，在泛着油光的沥青黑河岸边，有一个孤零零的人影。我回过头去使他打了个趔趄。那人感觉到了射向他的视线。

鸭舌帽，旧棉袄，手里拿着一件东西……我还没看得十分仔细，就认出来了——是他！就是在公共汽车上坐到我身旁的那个水管装修工。他一路上尽打盹儿，一路上根本不注意我，我记起了他合拢的灰色眼皮。这对眼睛合拢的神情太忠厚了！我还记起周围长着短胡碴子的嘴唇——痛苦的折曲……当时我还羡慕过他……

夜色茫茫，空气里飘洒着模糊的雨点。

他在我的目光下只打了个趔趄，但没有止步，没有闪开去躲起来。他继续朝我这边走。

在街道的尽头，夜，吞噬了房屋和路灯的夜。淋湿的沥青路面上的脚步声：笃笃，笃笃！……

一步接着一步，愈来愈近，愈来愈近……笃笃！笃笃！……

列杰尼约夫、薇拉、老伴、泽布柯维茨、廖瓦·博恰罗夫、莲娜·韶罗霍娃、安东·姚尔金、老教堂、塔尼雅·格劳贝——一日之内形成的巴比伦塔[1]顷刻倒塌、粉碎。什么都没有了，只有：笃笃，笃笃！……我们马上就要面对面相见。

我忽然吸一口气，拔腿就跑……

没有过去，没有未来，只有他和我之间的一分钟距离。刚才还自以为：生命我不珍惜，死亡我不怕，比死更可怕的是你自己，是起来造反的你的良心……

现在良心也没有了，只有一分钟，只有间隔不到一分钟的一二十步距离。

笃笃笃！……他在我后面追，他想要吃掉那救命的一分钟。笃笃笃——劳动皮鞋蹬在沥青路面上发出的响声。他比我年纪轻，体力好，我以前的一个学生……但愿心脏能顶得住，但愿一口气喘得过来！……

前面是车站广场。那里有人，许许多多人……

笃笃笃！他年纪轻。

但愿一口气喘得过来。到有人的地方去！到有人的地方去！到人多的地方去！到不躲在屋里、有同情心、有血有肉的人们中间去！

笃笃笃！……更近了！救命的一分钟……不！他年纪轻……

刚才你还逞勇来着：他不可怕，可怕的是受良心的审判！……那是因为你还没尝到恐怖的滋味，不知道草食动物面对食肉兽的恐怖。笃笃笃！

心脏快要破裂，气喘不过来。

---

① 见《圣经·旧约·创世记》第十一章第一至第九节。人们要在巴比伦建造一座通天的高塔，震怒的上帝把工匠们的语言搅乱，使他们彼此无法了解而不能施工。“巴比伦塔”便成了“一团糟”、“大混乱”的同义语。

前面已是荧光管路灯的乳白色灯光。广场已经在望，还有行人的憧憧黑影，还有汽车……

三十四

冲出来了。我急转弯绕过街角。

一个妇女慌忙从我面前闪开……

再跑一段，再过去一点……但力气没有了，心在咽喉下面的什么地方猛跳，我没法呼吸，气喘不过来。

我扑到第一根柱子上，嘴巴张大，两膝哆嗦不已，不听使唤的手指拼命想抓住什么东西以免跌倒。

静悄悄，虽然我的心跳得整个广场都被震动。静悄悄，虽然我看到一辆公共汽车在掉头，听到它的引擎声。静悄悄，虽然打旁边经过的人们在说话。静悄悄，听不见笃笃笃!

我回头看看我刚从它后面冲出来的一幢房屋的拐角。拐角后面就是那条路灯稀少、拱门漆黑、不见行人的又暗又湿的街道。他躲在那边，他马上就要露面。

呼救？叫人？……但我连气也喘不过来，呼叫更谈不上。两条腿已支持不住，只要动一动就会摔倒在柱子脚下的地上。

再者，他人也不见，又何必呼叫。静悄悄，全世界都被我这颗用旧了的心脏震聋了。但即使我的心像洪钟长鸣，我还是不会听漏“笃笃笃”的脚步声。静悄悄。

我用手抹一下脑门子，擦去一些汗。帽子不在头上，掉了……

在车站屋顶上黑色的天幕前，炽热的霓虹灯组成“卡拉西诺”几个大字——这是我的故乡城市的招牌。

对面是辉煌耀眼的咖啡馆，它没有窗，整个墙壁从人行道直至二楼全部是玻璃。人们坐在玻璃后面蜜色的灯光下当众吃喝。

一位军人从旁边走过去，霓虹灯的站名像一条镶嵌红宝石的小蛇在他军帽的漆皮帽檐上蜿蜒游过。军人带着优越感向我斜瞅了一眼，表示同情：“你喝多了，老同志！”

军人的脸被一个女人的脸取而代之。那女人顾不上我，思想集中在如何尽快到家这一点上……

在骄傲地打着我的城市名称招牌的车站大楼后面，隔着它那灯光灿烂的宽阔的胸膛，有一台调车机车在心平气和地鸣号。

心跳不再震聋整个世界，心从喉咙口落进胸腔，已经在叩肋骨的门。我开始感觉到使人清醒的潮湿空气，但两膝还在哆嗦。

随着沁人心脾的空气一起回来的还有清醒的思想：“好一位英雄。逞了一整天的勇，在街上晃荡，不去民警局，可这下怎么逃得那么快？……”简直闹不清这究竟是惭愧，还是责怪自己轻率。不，毕竟感到惭愧，但这是一种跟我软瘫、变沉的身体一样软绵绵的惭愧。从列杰尼约夫的住所出来，我以为自己的一切都失去了，再也没有什么可被剥夺，除非已经使我生厌的一条命。眼下命还在，但还是失去了什么……

失去了尊严！

我曾感到自豪，因为我蔑视死亡，因为我把真理看得比生命更可贵。我甚至想跟他见见面，希望自己不至于发抖。结果像一只被追逐的兔子没命地逃……把帽子也丢了……“你喝多了，老同志……”失去的恐怕是最后仅存的东西了，而命还在。

“您好，尼古拉·斯杰潘诺维奇。”背后有人轻声叫我。

我甚至没有吃惊，我似乎在等待着这声音。我慢慢地、慢慢地转过身来。

他站在那里，胳膊肘夹住帆布工具包。裤腿的膝盖处有两个鼓包，淋湿的棉袄走了样，精神委顿的圆面孔长着熟悉的短胡碴，红红的鼻子并不给人深刻的印象——样子不那么可怕。一双眼睛在鸭舌帽下闪出不安而深远的目光。我像中了魔法似的对这双眼睛看出了神。

“您把帽子掉了，拿去吧。”

“谢谢。”我接过帽子，用衣袖揩了又揩。

双方沉默片时。

“您的胆子真不小。我估计您会像旱獭似的躲在洞里。想不到您整天在外面呼吸新鲜空气，甚至在街头小公园里休息。”

“当时您为什么不走过来？我倒是想您来着。”

“回忆我是什么人？”

“回忆不起来。”

“本来嘛，不可能把每一个人都记住，何况时隔多年。”

“为什么直到现在才露面？有过很多下手的时机……在小公园里也可以，在大门口更好……”

“您以为我需要的只是对准后脑勺子来一家伙？我又不想抢您的钱包。我是您的审判官，亲爱的尼古拉·斯杰潘诺维奇，审判官！我要正面看着您，我要听您的申辩。您申辩吧！当然，如果您愿意的话……”

“我愿意，为什么不……”

“那很好。我从来不认为您蠢得不可救药。要是您不反对的话，就到那个咖啡馆里去……那边既方便，又明亮。”

我还无法使肩膀脱离柱子。

“您怎么啦？卡住了？”

“等一下，让我喘口气。我又不是年轻小伙子——这样的越野赛跑哪儿受得了？”

三十五

咖啡馆名叫“小白桦”。市内不久前出现了好几家这样的咖啡馆——以塑料为主的装潢富丽豪华，市饮食公司起的名字堪称抒情杰作：“小白桦”、“燕归来”、“野菊花”。它们取代了木板和胶合板搭就的无名啤酒饮料店，正像五层楼房取代了歪歪扭扭的棚屋一样。

这里光线和空气都很充足，根据空台子很多这一点判断，供应的酒类不会太多。

在穿过道路走向咖啡馆之前，我的保护人说道：

“注意，奉劝您不要打主意……每一步都得听我指挥，就像当初您教导我一样……”

我们占了一张台子，不是在靠墙的边上，更不是在不引人注目的角落里，而是在对准玻璃外壁的正中央。我们一坐下来，立即置身于咖啡馆的橱窗之内，成为样品顾客。

左邻有个人无精打采地在那里吃煎蛋卷，模样像是外乡来出差的，领带色泽暗淡，衬衫也该换洗了。右邻是一伙并不喧闹的年轻人，背朝我的一位姑娘身穿招摇过市的鹅黄色高领毛衣，头发披散在鹅黄色的肩部。

灯光很亮，周围众目睽睽，甚至从街上也有人看见。这地方太不像我想象中发生谋杀案的地方。凶手本人也不给人深刻印象。摘下鸭舌帽他完全是个秃顶，小小的眼珠子呈不鲜明的浅灰色，鼻子有点儿像好惹事的麻雀，在雨中淋久了冻得发红。看起来他有四十岁，说不定有五十岁。不，我认不出来，一点影子也想不起。多少人从我手中经过，一个班接着一个班……

我的刺客以办正事的动作把多余的椅子背靠台转一个身。

“表示有人。”

他以同样办正事的动作从工具包里取出一个灰色的厚纸袋（面包铺里用这种纸袋称小面包圈和香草面包干）。纸袋放到台上颇有分量，但似乎不太牢。

“好吧，”淡淡的眼珠子直盯着我，“我指定您当您自己的辩护律师。”

我心中豁然开朗：总算找到一个能认真听我诉说的人——这一回可以把忏悔做完了。

“法庭上通常由起诉的一方先发言。”

“先起诉也可以。据我看，您始终没认出我来？”

我竭力仔细地端详他的脸——扁平的秃顶，豆荚式的鼻子，嘴唇的折曲依稀似曾相识……在公共汽车上我就注意到这一道痛苦的折曲。

“想不起来。”我喟叹一声承认道。

“我姓克罗坡托夫。谢尔盖·克罗坡托夫。”他生硬地说。

“等一下，等一下……就是那个父亲当过……？”

“对，就是这个人。”

“谢辽查[①]·克罗坡托夫，那个挺文静、挺可爱的男孩子……。简直难以相信。”

他漠然叹一口气。

“二十年后，长篇小说有了续集[②]……”

我端详着他，全力以赴地试图从这副略有些浮肿的铅灰色尊容底下看到一个少年像水彩画上的女孩那样的面庞，浅褐色的头发朝后梳，穿一件晒得褪了色的法兰绒拉链短外套。我依稀发现了相似之处，然而就像把介壳放在耳边从中听到海浪飞溅那样模糊恍惚。

他是我最普通的一个学生：读书成绩不错，画画得也可以，经常为全校的墙报画报头，好几次当选为什么代表或什么委员。我对他从来没有极大的好感，也没有强烈的反感。有一次我救过他得免于开除学籍。

“看来是……谢辽查·克罗坡托夫。您变多了！”

他没有吭声，胡子拉碴的脸上表情严峻而庄重。

“您为什么要把我……？说实在的，我百思不得其解。”

“您太性急了，尼古拉·斯杰潘诺维奇。”他以胜利者的姿态漫不经心地莞尔一笑，并且摇晃了一下桌上那个沉甸甸的纸袋。

看样子他这个清官的角色排练了很久，现在又演得太卖力气，所以过了火。

记得他母亲好像是当办事员或收款员的。他是独生子，衣裳总是熨得笔挺、补得平整，从头到脚干干净净——简直可以当母亲尽心尽

---

① 谢辽查是谢尔盖的小名。

② 这句话多少有些双关的意味。法国作家大仲马的著名长篇小说《三个火枪手》（即《侠隐记》）的续集书名就叫《二十年后》（即《续侠隐记》）。

力的样品展出，显示“我们不比人家差”。不过，那个年头做到“不比人家差”也不太难，战争刚刚过去，大家的生活还是半饥半饱的，穿得都不讲究。

他父亲在四一年就失踪了。那几年如这般不知生死存亡的人为数不少。其中难得有回来的，大多由军事委员部把他们的姓名列入阵亡者名单，好让家属领到法定的抚恤金。

但在战争结束一年半以后，克罗坡托夫的父亲突然来到卡拉西诺。他躲在家里不出门，可是流言蜚语却给他画这样的像：“肉上生了蛆，浑身结着疮痂……看上去像个老头儿……从沃尔库塔附近回来，好一个保卫祖国的战士。”

我已记不清在哪一次全校大会上由什么人发难对谢尔盖·克罗坡托夫表示不信任：“他隐瞒他的老子背叛祖国、为德国人当过伪警察这一事实……”素来文静的谢尔盖这时噙着眼泪大声疾呼：他父亲不是叛徒，是负了伤被德国人俘虏的，他——谢尔盖·克罗坡托夫——把自己的父亲引为骄傲………

我们的校长是位庄重可敬的老者，担任过很高的职务，本性十分善良，练达而且好说话儿，不过极度谨慎，喜欢反复强调：“在我们这个火热的时代，人人都应该当一阵子消防队员。”

起先他装做没看见环绕着小克罗坡托夫掀起的轩然大波，希望这场火灾说不定会自行熄灭。但由学生积极分子组成的代表团来到办公室里找他。他们以摊牌的方式提出问题：谢尔盖·克罗坡托夫包庇他那背叛祖国的老子，要是不把克罗坡托夫从学校开除，他们将不得不撇开校长越级上告。

校长听完了他们的话，夸奖他们警惕性高云云，并且答应采取措施，如此打发他们走后，把我叫去。

“依您看，该不该把克罗坡托夫从学校开除出去？”他问。

“不该。”

“很好。那您想办法救他。”

“怎么个救法？”

“这就看您的了。不过上帝保佑，千万别让人觉得您在为克罗坡托夫的父亲辩护。看样子他确实跟德国人有过勾搭。”

我没有轻举妄动，决定先调查一番。不料老克罗坡托夫的问题简直像一团乱麻：我军撤退时他被德国人俘虏了，经查证是被他们释放流徙的，这就是说，他对德国人有过什么功劳，或者是向他们作过什么保证，那就更糟；但与此同时，有材料表明他跟我们的游击队有联系，提供过很大的帮助。他不是出于恐惧，而是真心实意效过劳，但究竟为德国人呢，还是为游击队，不得而知。由于证据不足，他被解除了监禁，但没有解除嫌疑，结果被遣返居住地点，禁止离开本地，外出必须注册……

放学后我把谢尔盖·克罗坡托夫留下……当然，现在我不记得对他具体说了些什么。像这类拯救灵魂的谈话我一生作过许多次，这是任何一个教师的日常职责之一。具体的话我不记得，但大概的意思不难料想……我说，没有理由认为对他父亲的审讯是冤枉的，所以不应当大叫大嚷、暴跳如雷、把自己和集体对立起来云云，等等，诸如此类。我小心翼翼地进行启发，小心翼翼地加以开导……

我真心想救谢辽查·克罗坡托夫。看来我在这一点上是成功的——他顺利地毕了业。

三十六

一位女服务员走到我们的台子旁边。

“要什么？”

眼睛望着我们头顶上方某个地方，削尖的铅笔对准记事本。

“一瓶矿泉水和……一份煎蛋卷。”克罗坡托夫急忙回答。

“我要凶一点儿的。”我说。

我父亲嗜酒如命，可是我一辈子算得上不喝酒的模范，只有逢到盛大的节日才喝一点。现在我也开始感受到这种心情，纵使这不是欢度佳节，至少是一个特殊的时刻。

“伏特加不供应。有五星白兰地。”服务员告诉我。

“五星一定很贵，不知钱够不够？”我心想，但旋即暗暗一笑，“敢是还需要付账？”

我面前是五光十色的咖啡馆：草绿色的塑料地板，在白色上面洒着黑点仿桦树皮的内壁、黄色的椅背、看得见油光光的黑色路面的玻璃墙有几处凝着水汽变朦胧了。在这里？！这里很快就要出现一片慌乱，背朝我坐的那位穿鹅黄色高领毛衣的姑娘将发出歇斯底里的狂叫，而那位从外乡来出差的同志回去后很有些可以讲讲的。我嘴里感觉到一股铜味。

“白兰地到底要不要？我这是问第二遍了。”

“不要了，”忽然克罗坡托夫断然代替我回答，“姑娘，今天我们不喝白兰地。再来一瓶矿泉水和一份煎蛋卷。”

我不加争议，服务员疲乏地扭动大腿走了。

“别指望把我灌醉。没门儿！”克罗坡托夫盛气凌人地说。

“也许我打算趁最后的机会乐上一乐，不可以吗？……”我淡然一笑，“我醉不醉您反正不计较，对吗？……”

“不，我计较！我不愿跟一个神志不清的人打交道。我再次提醒您——这里是法庭！铁面无私、公正廉明的法庭！……”愤愤然激昂慷慨。

“好了，不要在枝节上争吵，还是谈正经事！开始读您的起诉词吧。”我坐坐好，定神注视着克罗坡托夫。

他把桌上的纸袋又晃了一下，用暗淡的、仿佛镀了锌的眼睛对我一扫，开始说：

“我先从您甚至不一定需要知道的事说起。我父亲……他的确当过一个月伪警察。”

我耸耸肩膀。别人的这条时隔二十多年的旧闻现在跟我有什么相干？

“这一个月他始终和我们的游击队保持联系。队长现在活着，前不久在报上发表文章用怀念的语词提到我父亲。对！证据俱在！那张报纸在我身边！……”克罗坡托夫做一个事先练就的戏剧性动作把手伸进他那件脏上衣里边的口袋。

我阻止了他。

“我相信他没有罪。讲下去。”

克罗坡托夫发作起来：

“没有罪！说得多轻松！当时您为什么不唱这个调？”

“当时我没有受权，现在也不打算扮演审判官的角色。”

“正是这样，您自己不出面，可您强迫我进行谴责。”

“没有强迫，应该说是劝告。”

“那么，老师的劝告又意味着什么呢？要是不进行谴责则亡，进行谴责则昌。这难道不是一个老练的人对一个没有经验的人施加变相的精神暴力吗？！”

这时我也发作了：

“喂！以前的谢辽查·克罗坡托夫！既然您要搞审判，那就审吧，不要用艺术技巧来歪曲事实。我施加暴力？着哇！我当时就存心害您，而不是给您帮助。”

他的眼睛骤然间闪起了光芒，两颊开始颤动，忍不住带着唾沫星子笑出声来。

“嘿嘿！您这样说怎么不害臊的？嘿嘿！……”他胸脯一挺，“请瞧着我！仔细瞧瞧！别把目光移开去！……您看到了，我满载荣誉、备受尊敬、大富大贵！是您崇高而无私的关怀给了我帮助！您是我的恩人！……”

我对这位爱说空话的饶舌家开始感到不耐烦。

我问：

“您想把自己的不顺遂归咎于我？没有我，您也会成为现在这样的人。”

克罗坡托夫——我以前的学生、未来的凶手——沉思有顷，最后郑重其事而又心平气和地说：

“这正是我们需要弄清楚的：没有您，我会不会成为现在这样……刚才谈到，您说服我跟父亲划清界限……您可知道，在这件事情上是谁配合了您？”

“我知道，是您的母亲。”

“不光是这样！我父亲也配合了！我父亲是个心胸极其宽广的人！他认为：他的一生被战争无可挽救地摧毁了，对于他已经出入不大，最可怕的是儿子的一生也给毁掉……总之，他做了您的忠实的、热诚的盟友！……”

“可见，您向我提出的控告也完全可以向您父亲提出。”我说。

他忽然得意到了极点：

“哈哈！我早料到这一着！我就等着这一着！……您在躲避！……”

“躲避？躲避什么人？”

“躲避自己的良心。居然把自己跟我父亲等同起来！……”克罗坡托夫笑得噎住了，然后挺直肩膀，用镀锌似的眼珠子望着我。“您还记得那次大会吗？”

“您指的哪一次？”

“就是儿子为了亲老子公开表示忏悔的那一次。当时会场上鸦雀无声！多么激动人心的场面！……我遵照您的忠告做了，谴责了……”

“要是没有我，您难道不这样做？”

“不做！”克罗坡托夫答道，并且愤激地重复两遍，“不做，不做！父亲、母亲要求过……我本来不会听从他们的要求，我不会接受父亲的牺牲……但后来一位有威信、明事理、无私心的局外人也开始劝说……是的，是的！您的无私发挥了恶劣的作用！……我不再相信自己的良心，我相信了您！当我说到‘我谴责’的时候，会场上是那么静！……看看我吧，看哪！……正是从这些话开始了我的‘被遗忘、被抛弃……’自从说了这些话，我开始变成孤儿。变成孤儿，开始堕落！从此一蹶不振！……”

“一个不顺遂者寻常的牢骚：‘我本来好端端的，是万恶的世界坑了我。’”我生气地说。

他似乎不在听我，自顾眼望着旁边重复道：

“从这些话开始……就是从那时候起！……我说出了这些话，回家去找父亲。我跟父亲住在一起，我没脸正面看他。我知道这是对他的侮辱，但毫无办法。跟一个自己刚刚当众骂过他的人待在一起是很痛苦的。对于父亲来说，只有我做儿子的跟他亲近才是对这一奇耻大辱的唯一报酬。偏偏母亲还夹在里边……她想消消父亲的气，竭力用讨好的口气跟他说话：‘廖申卡，你药片吃了没有？……’对我则尽量粗暴：‘你这个木头人，干吗像根柱子似的站着？快去给父亲拿点水来！’这使父亲感到讨厌，而我这个愣小子更有一肚子委屈：我明明不愿意，是他们俩自己好说歹说要我这样做，现在又瞧不起我。我首先沉不住气，开始冲着母亲大叫大嚷。母亲号啕大哭，说她卖命地干都是为了我们。父亲不作声，脸色阴沉，非常难看……”

克罗坡托夫肩膀没有挺直，下巴没有抽动，这一回他不扮演法官，而只是叙述。他那有些浮肿的脸上泛起淡淡的血色，目光无能为力地在桌上游荡，手不安地握紧又松开，——这是工人的一双粗硬的手。他昂起涨红的脸，眼神软了下来，简直有点儿可怜巴巴；他摆出疑问的姿态等待片刻——看我是不是不以为然。……我没有表示不以为然，我没什么话可说。于是他重又低下头去继续说。想必他跟我一样早就在物色一个能认真听他诉说的人。仔仔细细地听，聚精会神地听……他没有失望，我屏息凝神听着他说。

“您总记得契诃夫的《三姊妹》……您总记得，那个戏里反反复复地说：‘到莫斯科去！到莫斯科去！……’当时我们家里也出现了这样一句不断重复的话：‘走！到切列波维茨找宋尼娅去！……’父亲的姐姐宋尼娅根本不知道我们，也不需要我们，但我们觉得，一切都怪卡拉西诺，只要离开这个鬼地方，一切都会跟过去一样，我们又将相亲相爱，彼此将为对方牺牲自己。我们果然离开了卡拉西诺，虽然没有到切列波维茨去找宋尼娅姑妈……嗳，跟您谈这些细节有什么必要？……那时我跟母亲的关系已经搞得很僵，我学父亲的样也开始喝酒，卷进了一起刑事案件，受到审讯。这是什么样的连锁反应！一条多么令人恶心的项链！一桩事情跟另一桩事情互为因果……而一切都是我在大会上的发言开的头……”

克罗坡托夫伏在台上，双手夹住秃顶，他沉默了。

邻台的年轻人开始喧闹起来，一些拗口的科技术语和响亮的名字在谈话中如战火纷飞：“不变性！……非欧几里得连续统！……德·布劳伊尔！迪拉克！……”

年轻人的声音震得我耳鸣，姑娘披散在鹅黄色肩部的头发使我眼花。

是的，事情就是这样，我有罪，但确实是无意的。今天我花了一整天从事发掘，一层又一层地解剖我的良心，把变成化石的畸形儿一个个挖出来。克罗坡托夫哪里知道，在这些畸形儿中间，我发现有些比他此刻搡到我鼻子底下的那一个要丑恶得多。

不过，人们互相影响的程度确实厉害。二十年前我不幸作了一次帮倒忙的劝说工作。我是想通过劝说救一个人！这个人如今在我面前：“我是个酒徒……人类渣滓的一个代表……杀了您！”活生生的控诉，严厉的谴责！

我问他：

“您毕竟不否认当时我是想帮助您吧？”

他稍稍牵动身子，放下夹住秃顶的手，用疲惫的但又是挑战式的口吻回答：

“不否认？那又怎么样？”

“由此产生一个新的问题：能不能对一个人进行审判，因为他想帮助另一个人？帮助！”

他再次跳了起来：胡子没刮，衣服皱巴巴的，怒火中烧，既可笑，又可怕。

“是的！”他迸出了回答，“是的！那是犹大的帮助！……您敢说这种帮助可以不受审判？！”

“天哪，我怎么是犹大？我又不打算为了三十块银币把您出卖[①]，相反……”

“尼古拉·斯杰潘诺维奇！”我的那位鼻子冻红、衣服揉皱的法官庄严地宣布，“您不是下流东西！不！您若是寻常的下流东西，我也不想要您的命。见您的鬼去吧，世上多一个还是少一个下流东西有什么了不起。”

“难道一个真诚的、就算是迷失了方向的人竟比无原则的下流东西更可怕？”

“迷失了方向的——是这样！迷失了方向的更可怕！”

他的眼睛颜色转深，目光趋于沉重，背脊伸直，肩膀挺起，说话又可以听到原先那种象征法官威严的音调。看来我触动了需要的一根弦。一切迹象表明，他早就练熟了以迷失方向和犯罪作恶为主题的大段独唱，多年来想必拿着一杯啤酒不断加以补充。“迷失了方向的更可怕！”——语带胜利的口气。看样子我马上可以听到“杀了您！”这项判决的哲学依据。

“寻常的下流东西干下流的勾当，比方说诽谤吧，但他内心深处明白自己的行为不好。他充其量不过是违反规则。而另一种人真诚地确信，浇上了果汁的诽谤或者其他这一类的花样对人类是必不可少的，这种人——对不起——已经不光是违反规则，他们是要把规则消灭掉。就是这样，叶乔文！”

他用一双冷酷而没有光泽的眼睛注视着我的鼻梁。他的腮颊有些浮肿，胡子拉碴，鼻子像鸟喙，还有……盛气凌人而又贪得无厌的不妥协表情。

对医生只能说：自己的病自己治！他不是简单的一个人，而是一种思想；不是普通的杀人凶手，而是决心为世界荡涤污秽的献身者。如果在人生道路上迷失方向要处极刑，这个世界会变成什么样

① 据《圣经》福音书载，犹大原为耶稣十二门徒之一，后以三十块银币将耶稣出卖给犹太教当权者。

子？什么是好？什么是不好？谁确切地知道？我们中间谁没有在生活中迷失过方向，谁没有抛弃过自己的谬误，又接受新的谬误？如果说：不许迷失方向——否则处死！大概再也设想不出更可怕的精神专制了。没有光泽的眼睛、胡子拉碴的腮颊、鸟喙形状的鼻子——铁面无私、刚正不阿的法官，以保卫世界为己任，了不起。

把这位自命的法官连同他那可疑的公正性统统推倒并不难。任何没有成见的人做起来都不难，只除了他自己。他肯定不是一年两年，而是花了许多年编造自己的哲学信念，不管这信念是多么不可靠和不经驳，却帮助过他忍受侮辱人格的不幸，忍受周围人们的鄙视，他对自己说：我在干一件意义重大的事情，我胸怀拯救人类的大志。其实他是在自己拯救自己——免于自己看不起自己。如今我对这一点太了解了。不过我还是觉得自己对不起他。反驳是无望的——他根本听不进去，除了争得面红耳赤，不会有任何结果。算了吧，我不愿自贬到那种地步，即使注定要灭亡，我也要努力使自己高于审判我的法官。让他有所体会：他要加害的是什么人。

"如此说来，"我问，"您对我作出判决是为了我的谬误？"

"不是因为偶然的和微小的！"

"仅仅根据一桩……二十年前的事情？"

保卫人类免遭我的荼毒的法官神气得不可一世。

"不，尼古拉·斯杰潘诺维奇，您滑不过去！二十年前的那桩事情只是一份推动力，我早就在注意您，收集您的材料，早就在衡量您有没有权利活在人世间。"

"您收集到了什么呢？"

"有关您的几个学生的情况。"

"举例说。"

"举例说，夏波夫，现任州立农业大学的校长。是您的学生吧？"

"是的，怎么样？"

"您可记得，他是凭什么爬上去的？"

“我怎么知道，我又不留意他的科学著作。”

“其实他根本没有科学著作。他曾参与迫害多尔果夫教授致死，也是靠这一点爬上去的。当初被批得体无完肤的孟德尔—摩尔根[①]信徒多尔果夫死后得到平反和颂扬，他的名字用来为农业大学命名，而这所大学现在的校长却是……夏波夫。”

“就算他——瓦西亚·夏波夫——是坏蛋，这跟我——他中学里的老师——有什么相干？没有我，他也会成为那样的人。”

“请回忆一下不久前夏波夫在庆祝您的生日时所写的文章：《我没齿难忘的良师》……”

“为什么您在我的学生中偏偏挑选夏波夫？您大概知道任尼亚·马卡罗夫，他是个相当有名的病毒学专家，他的学术著作该是不容怀疑的吧。庆祝生日时他也作出了反应，表示感谢……就算这是礼节性的空话，就算不是我帮助任尼亚成为科学家，但我也没有教坏他呀！还有格里沙·布哈洛夫……是的，是的，在我的账上也有一些……”

“在您的账上？难道您把自己看得那么威力无比，能把自然和社会赋予的一切从每个人身上连根拔除？不要过于狂妄！”

胡子没刮的脸上毫不动容的表情，冰封也似的眼睛——俨然以救世主自命！用杀人来伸张正义！我敢担保，他所深恶痛绝的夏波夫一生从未想到过这种办法。我逼视着他的小眼珠子，说道：

“我不仅教会了格里沙·布哈洛夫认字和乘法口诀。还是我第一个向他讲述什么是祖国，而后来他是为祖国牺牲的。您可以夺去我的生命，但要夺去我像格里沙·布哈洛夫那样的骄傲——您办不到。”

我的威严的法官把视线移开，半晌不作声，然后用在我听来似乎表示谅解的口气说：

“我知道您会巧妙地为自己辩护。但是……”法官抖了一下秃顶的脑袋，“您不妨把您的辩护词作进一步的发挥，谈谈您向夏波夫讲

---

① 托马斯·亨特·摩尔根（1866—1945），美国实验胚胎学家、遗传学家。在孟德尔定律的基础上，创立了基因学说。

述祖国的内容有哪些不同于向布哈洛夫讲述的内容。”

“格里沙·布哈洛夫差不多是我的儿子，比夏波夫亲近得多！也就是说，他从我身上得到的也更多。您说，该根据哪一个人来衡量我的作为？”

“对您更亲近，从您身上得到的更多……叶乔文，您就回忆一下自己的亲生女儿吧。”

我急忙截住他的话头：

“别碰这个问题！看在上帝分上！我请求您！”

他沉默下来，凝视着我，在他的眼睛里透过冷冰冰的镀锌层现出了同情。

敢情他还是个好心肠的法官——不但了解我在学校里的情况，而且了解我的家事。不过也没有什么可奇怪的——全城都在谈论薇拉给我带来的不幸。

“我可以不碰，”他表示同意，“不过您为自己辩护也要小心一点。”

服务员走来，在我们面前放下两瓶矿泉水和两盆煎鸡蛋。

“我真有必要在您面前为我自己辩护吗？”等服务员走了以后，我问。

“什么意思？……”克罗坡托夫有些紧张。

“我更关心的是另一件事。”

“具体说？”

“向自己的良心提出申辩。”

克罗坡托夫作了一个冷笑。

“毫无价值的东西。奉劝您别买。不顶事！”

“请问，读了您的信，我应该不应该对自己作一番回顾，在往事中挖掘一下——到底为什么要对我这样干？应不应该？……”

“就算这样。”

“那么，依您看，我有没有想到您？……”

“好像没有。”

“着哇，克罗坡托夫。我看到了自己的更严重、更痛心的罪过。为什么只有您的遭遇值得引起良心的责备，而我首先想到的那些罪过反而不呢？………说真的，现在我顾不上您。”

“想用不抵抗来感动我吗？我不上钩！”

“我想过……没有多少时间以前，我曾期望跟您见面，毫不抵抗地宣布：您可以杀死我，但是请记住，您杀的是另一个人。痛苦已把我累垮！我醒悟了。我已经换了一个人。从昨天起，我和我的同名同姓人之间已毫无共同之处。杀死我吧，但这将是一次没有必要的杀人行动。”

“那时您指望我会软下来，心一动，吻您蜜一样甜的嘴唇？”

“那时我相信自己已脱胎换骨，并指望用自己的信心来影响您。”

“那么现在呢？”

“现在不了。”

“怎么会的？”

“我后来明白，我不能换一种方式行事。比方说，我不能给我的一个女学生写另一种评语！做另一种人我非常愿意，但是办不到……我顶不住自己，所以改变不了。您理解我的话不，克罗坡托夫？”

他没吭声，不安地向我瞪出眼睛。别人也许不理解，可是他，一个瞧不起自己、对自己无能为力的人，能理解我。

“克罗坡托夫，谢谢您的信，同时我也要为这封信诅咒您！行动吧，但不要指望我会请求宽恕。”

“一把眼泪、一把鼻涕的自我鞭挞！”他挤出这么一句，声音沙哑而犹豫。

我冲着他的脸笑了起来。

“怎么样，法官？你晚了一步？我自己已确认自己有罪。这件事有崇高道德意义的部分做完了，剩下的只是一份脏活——充当刽子手。别恼火，朋友，主意是你自己想出来的。”

他的手，一个干粗活的工人的手，放在那个神秘的纸袋旁边握成两个拳头，眼睛像凶狠的困兽有火发不出来。

“你指望我泄气？休想！”

“唉，克罗坡托夫，现在不是我怕您，是您在怕我。”

克罗坡托夫顿时熄火，低首垂目。

“是的……我怕，”他用深沉阴郁、好像不是他自己的声音承认，“把人送到另一个世界去……我不习惯。我怕，我也不愿意。”

“我表示同情。我只能尽量使您的工作做起来方便些——我唯命是从。”

“撒谎！”克罗坡托夫的身子猛地抽动了一下。“你撒谎，混蛋！刚才为什么见了我就逃？……跑得好快啊，像一匹小马驹，忘了自己的年龄！是因为活得不耐烦而逃吗？你撒谎！”

“刚才是逃了，现在不愿逃。人身上有一种可恶的保全自己的本能，它不存在于大脑，而是在胃里的什么地方。我还没有来得及思考，已经像小马驹似的撒腿就跑……不必隐瞒，现在我身上还有这么个浑身长毛的小魔鬼蹲在那里。可以说是不绝如缕吧！没办法彻底摆脱。”

“您在耍滑头！料想我顶不住，会泄气……”

“您也别来这一套，什么耍滑头！您为什么这样坐立不安，为什么这样火烧火燎的？因为您相信我的话。怎么能不相信呢——咱俩可是难兄难弟啊……”

“谈来谈去，竟称兄道弟起来了。”

“你也是自己觉得自己讨厌极了，才想出玩这一场把戏：把自己扔进火堆，反正活得不耐烦了……这个主意非常妙！我们可以说是互惠互利，您通过我可以摆脱您自己的‘我’，同时也把我从我自己的‘我’中解脱出来。对我来说，最容易找到的出路只要忍受一瞬间的不愉快，就像在牙科医生的诊所里那样。”

克罗坡托夫默默地拿起纸袋，凝视着它和自己的一双做工的手，皱眉蹙额，眨巴着眼睛，嘴唇时而朝前嘟出，时而又向两边拉开，整个疲倦的面部神经质地现出各种怪相。我口中又感觉到一股铜味。

“果然老练，你这个畜生，”他说，“想借我的手摆脱自己。”

铜味还在，但是甩不掉的危险感消失了，我一下子忽然觉得很无聊，对这个犹豫不决的人产生一种反感——你算是哪一家的青天大老爷！不严肃的鸟嘴式鼻子，没有光泽的秃顶，眼睛下面出现了松垂的口袋，第一次遇到不幸之后便一蹶不振，想必他抱负不小，可是志大才疏……牺牲品是不配主持审判的。

“这个……你可以拿去。”

纸袋啪的一声沉重地落在我的盆子旁边。

“要是我下不了决心呢？……”

克罗坡托夫脸色变紫，眼睛泛白。

“那你就活下去！在你自己的臭泥塘里苟延残喘吧！”

“那么气味呢？……我的气味怎么办，克罗坡托夫？……您不是打算把它消灭吗？”

“对你的臭味为什么我得比你负更多的责任？”

我笑了，声音不高，很不自然，轻蔑中带着苦味。

“那么人类呢，克罗坡托夫，您不是想拯救人类免遭我的荼毒吗？……您把人类遗忘得太快了！”

“您已经不存在——人去楼空，唯余青烟袅袅。”

“撒谎，克罗坡托夫！跟往常一样，您在对自己撒谎。您明白了一个简单的道理——从我身上您看到了自己。难道我说得不对？咱俩是亲兄弟，虽然不是双胞胎。”

“您在巧妙地开脱自己！”

恶意的亢奋从我身上飞走了，我叹一口气。

“不，我不是开脱自己。为了表明心迹，我愿意收下这份礼物。套用一句滥调，叫做努力不辜负您的期望。”

他俯首凑近桌上快要凉了的煎鸡蛋，面孔躲着我，让不太整洁的秃顶陈列在我的眼前。

五光十色的咖啡馆——白的与黑的，绿的与黄的，使人眼花缭乱。一张张台子坐着顺遂的人们。我对面坐着一个胡子没刮、气色不佳、心怀敌意的人。我可怜他，可怜自己。真想把脑袋往后一仰，直至发出折断颈骨的碎裂声，真想对着袅娜娉婷的现代化枝形吊灯长嗥当哭，为蹉跎的一生表示惋惜，对来日方长的人们表示歆羡。

我拿起纸袋，差点儿失手又把它掉下——没想到它比我的估计重得多。

“克罗坡托夫，”我用报复的口吻说，“你不应该把它送给我。你自己用得着它。”

他没接话头。我转过脸去想叫服务员，准备付一瓶矿泉水和一份没吃的煎蛋的账，这时克罗坡托夫呻吟道：

“快点儿！……别磨蹭！快滚！”

“祝你健康，涅墨西斯[1]。”

我小心地把纸袋按在腹部向门外走去。

三十七

人们知道，路易十六被处死时表现得很勇敢。塔列兰[2]好像把这称为“女人在临盆一刹那的勇气”。我体会到一种阴暗的、醉后放纵不羁的心情，领略到上绞架时的胆量。

我走出咖啡馆，公共汽车把我送回家去，一路上我的脑袋始终在这份醉意的支配下旋转。

不，我并不因为战胜了一个从外地来杀我的人而自豪。这没有什么值得骄傲的，他这样的人在生活中遇到什么人就会败在什么人手里。但是，看样子我战胜了自己。纸袋使我的大衣插兜直往下沉——这件战利品在号召采取行动。

恢复了视力的鼹鼠不能在地下黑暗中生活。既然它睁开了眼睛，

---

① 希腊神话中司报应的复仇女神。

② 塔列兰（1754—1838），法国外交家，曾于一七九七至一八〇七年及一八一四至一八一五年两度任外交大臣。以权变多诈闻名。

就应该见到阳光。可是阳光照耀的世界不是为鼹鼠安排的，鼹鼠适应隐蔽的鼹鼠生活。不管怎样，总得感谢重新睁开的眼睛，为了片刻的光明，请心安理得地收下应付的代价！

公共汽车载着我回家。时间已经很晚，车上几乎没有乘客。

一个流里流气的小青年——裤腿太窄，大衣又太短，不戴帽子——对着黑暗的车窗玻璃顾影自怜："我是多么漂亮。"那喀索斯[①]。

两位姑娘在大声谈论某个叫卡普卡的，说她"装腔作势，叫人恶心"。

现在我有资格居高临下看别人、超然物外发议论了。一路上遇见的人中间，肯定没有一个度过我刚刚度过的那样一天，没有一个经受过我所经受的那样苛刻、那样残酷的良心审判。他们中将来也未必有人会对自己作出如此严厉的判决。纸袋使我的大衣插兜往下沉，它不光是对方自愿给的，它是我连同自己审判自己的崇高权利一起通过战斗赢来的。

我在近家的站上下了车。

一辆摩托车在哒哒声中打我身旁驶过——小伙子背后载着个姑娘。这大概是用业余时间兜风的最后一辆摩托车。

商店都关了门，火车站旁边的那家咖啡馆想必也正在打烊，把还没有喝得烂醉的克罗坡托夫撵到街上。最后一批行人在便道上匆匆赶路。

芽苞鼓鼓的幼嫩椴树，晒了一天太阳之后感觉到汁液的萌动，此时伫立在大街两旁。叶芽快绽青了……

雨还在蒙蒙地下，街灯在湿漉漉的沥青路面上划出一道道痉挛扭曲的光痕。城市已静下来、空出来，即将入睡。在它的街道上已没有刺客行走，你可以放心大胆走近任何一个拐角。但我用一只手托住给纸袋拖着往下沉的插兜。

---

① 希腊神话中因爱恋自己在水中的倒影而憔悴致死的美少年，死后化为水仙花。

就这样吧……

三十八

我不脱大衣，借着朦胧的街灯光穿过吃饭间走进自己的屋子，把房间关紧，仔细听了一会。老伴看样子睡着了……或者继续躲在我们的熄了灯的住所深处避开我。

可能她此刻正望着天花板，在头脑中回顾我和她的共同生活。她和我相处看来的确并不幸福，糟糕的是她的不幸属于那种单调、沉闷的类型。我至少每天都有两个内容：家里——学校——家里。可她只有一个：家里——家里——家里，一片平原，没有谷地。

她睡着了呢，还是在想？……是不是在顺从地等待事先知道的又一个早晨来临？“早上好，郭里亚。你睡得好吗？”——乃是家庭生活的标语口号。对不起，索尼雅，明天的早晨对你将是不好的，你还得穿越一个可怕的深谷。我衷心希望它对你将是最后一个不好的早晨。但愿你鼓足勇气顶下来。

我开了灯。

书桌上一叠叠练习簿和书本中间放着海军军官的短剑。格里沙·布哈洛夫是我的生平中一个光明点。不过，噩梦般的今天也给我带来了礼物——同安东·姚尔金的会见。这样的安东不知有多少，他们都真诚地把我看作社会的精华。贺信和贺电继续从全国各地飞来。这些来信和电报都情深词切，洋溢着感激……你享受着你不配享受的欣慰，还能有什么指控比这更加可怕？

我有唯一的美德——你无法剥夺！——我不是恶棍，不是下流东西，是个诚实的人。这一点连我的审判官谢尔盖·克罗坡托夫也承认。我要诚实到底，我要承认：格里沙·布哈洛夫牺牲了，可是莲娜·韶罗霍娃活着，并将活下去！

我把窗帘拉上，避开全城躲起来。

就这样吧……我伸手到大衣插兜里撕破纸袋。手掌立刻方便地落到令人清醒的、冰冷的把手上。我把它抽出来，扔去碎纸片。一支转轮手枪……

……老式的、有了锈斑的、现在擦得油光光的、凶相毕露的细长枪筒顶端是很大的准星——战利品在号召采取行动。

我用一个指头拨动转轮，发现几个弹巢是空的。难道没装子弹？故意作弄我？跟匿名信配套的恶作剧？一种如释重负的感觉已情不自禁地涌上心头。但就在这一秒钟内，从弹巢深处闪出和颜悦色的光亮。手枪是上了子弹的。总共只有一发，但是上了子弹。

算是神枪手逞能？我对克罗坡托夫又产生一阵新的鄙夷之感。只带一颗子弹打猎。万一射偏呢？……万一不发火呢？……枪在我手中也可能不发火。这种情况可能发生，也可能不发生。这件老古董他是从哪儿发掘出土的？

我把老式手枪拿在一只手上掂了掂。枪的分量相当重，曾多次生锈，因而留下斑斑锈迹，有人把它藏在什么地方，正像隐藏犯罪的念头一样。这不是玩具，向前伸得很远的枪筒凶相毕露。我掂着分量，反复思忖。

它像坟墓一样沉默，而且忠实，只有武器才能这样忠实，朋友却未必。它的来历一定充满秘密。

这支枪早先一定在国内战争中用过，所以看起来旧得很。也许，一名性格豪放、醉心革命的水兵曾把它插在腰带上，用它怒射士官生[①]。也许，一名士官生——昨天的贵族少爷——因为父亲的将军肩章被扯去，祖传的故居老巢被捣毁而气得兽性大发，用它向士兵射击。也许，为饥饿的孩子向农民搞粮食的一名女征粮队员带过它，这位积极分子裹一块红布当头巾，自己食不果腹、衣不蔽体，处在农民们阴郁的仇恨包围之中。也许，一个富农的儿子从角落里用这支枪筒瞄准了她，姑娘应声倒地，鲜血湿透了红布头巾……谁把老式转轮手

---

① 一九一七年十月二十五日，起义的波罗的海舰队的水兵曾参与攻打由士官学校学生担任警卫的冬宫。

枪拿到手，它就为谁效劳，此刻它沉默着。

八成是为肮脏的手效劳的，否则不会落到克罗坡托夫之手。在这以前的漫长的岁月，想必它过着地下生活，用涂油的破布包起来藏在顶楼的房檐上、烟道内、地底下或者箱子里。可能，它曾托庇于黑夜的保护从潜伏的处所出来过几次，它的短途出游是以什么样的血腥罪行告终的呢？……没有被找到，没有被搜获，没有被逮捕，现在它几乎没有牙，但还能再咬一次，再夺走一条命……

谢尔盖·克罗坡托夫认真负责地把它放在帆布包里带来——以前的学生带给自己的老师。

曾为任何人效劳、忠实地效劳的老式转轮手枪默不作声。克罗坡托夫拒绝了它的效劳。

我慢慢地、慢慢地张起獠牙似的击铁，没有发出喀嚓一声，转轮听话地动了一下，隐约闪光的一颗子弹看不见了，被推进了枪膛。我慢慢地、慢慢地把枪筒转过来对着自己。对准我的是油光光、黑洞洞的一个敛了缝的眼珠子。对准我的是一件信得过的武器忠实的目光。

只消一个手指头放在扳机上，轻软地扣动……那颗闪出和颜悦色的亮光、此刻躲了起来的玩意儿便能把脑袋打穿。

我的全身皮肤都感觉到沉睡的房屋比狂叫声更加惊心动魄的寂静。

油光光的眼珠子直盯着我。最后再检查一遍，你做得对不对。最后再问一遍：为什么你不愿下一次在你的生日那天点燃第六十一支蜡烛？

你对生活压根儿就不留恋吗？……

不，从凶狠的枪筒里满极而溢的油光光的黑暗使你感到痉挛。想看见叶芽绽青，想走在空气稠密、香味馥郁的天穹下，想等到树叶满枝、变黄、飘落……还有那第一场雪带来的欢快心情！还有冬天的晚上独自在暖烘烘的房间里与一本好书做伴！……不，生活是美好的，但愿人类在自己的星球上幸福昌盛。你不是愤世嫉俗者，你并不仇恨人类。

那你为何要张起击铁呢？

因为我陷入了奇怪的自相矛盾。我不应当写赞扬莲娜·韶罗霍娃的评语，同时我又一定会这样写……

你究竟是怎么个人？

今天你就这个问题想了很久，可是没有向自己作出回答。与其说狠心，毋宁说善心，你诚实，不卑鄙，想做好事，但带给别人的却是不幸。你这个人究竟怎么样，为什么你对自己不满？

因为你一贯倾向于采取比较简单的办法，一贯向比较省力的路上走，难道不是吗？

同意伊万·苏可夫的观点比为伊万·谢苗诺维奇·格劳贝辩护省事。把塔尼雅抛入“汹涌的波涛”比终生保全她省事。对我来说，写赞扬莲娜·韶罗霍娃的评语比迫使她认真思考省事。谴责薇拉也比跟她一起分担不幸省事……

哦，生活是多么难哪——它全部是由不相容的矛盾组成的！

扣动扳机吧，但先得拟好一句话作墓志铭：“活得差劲，死得没用。”

停！别忙！

差劲？……不差劲、对自己表示满意又算得了什么？各方面都好，挑不出一点儿毛病，从来不会想到审判自己，也不会产生改变什么情况、创造什么新东西的愿望——何必呢？现在不是挺好吗，不是没什么不满意吗！满意了又有多大好处？

差劲……不要昧着良心说话，你明明一向不觉得差劲，正是这一点现在使你对自己不满。你醒悟了，但为时已晚，哦，太晚了！点完了六十支蜡烛！不过并没有全烧光，还留下一些……可怕的是在留下的一些中间发现了对付不了的疑难。的确，莲娜·韶罗霍娃的问题怎么处理？可以撇开她不管，扣动扳机。“死得没用”——有什么值得大惊小怪的？要让自己的一生活得惊人——你试试看做得到不？……

我把对准自己的枪筒转过去，用双手小心翼翼、小心翼翼地放下击铁，把枪放到桌上。这件来历不明的可疑的武器跟另一件历史清白、光明磊落的武器——格里沙·布哈洛夫的海军军官短剑——摆在一起。

格里沙毕竟是属于我的。甚至安东·姚尔金也是……不，不，我不能吹牛说：安东，我把你培养成了一个人。这份功劳我不能照单全收。但你没有忘记我，这不是没有道理的。我确实保护过你。没保住？……这是我的感觉，但不是你的，安东。格里沙·布哈洛夫我只有一个，安东·姚尔金多得很……

克罗坡托夫会以为我胆怯了。

谢辽查·克罗坡托夫，我的学生。他也回避矛盾，也倾向于采取比较简单的办法。拿起转轮枪，发出荡涤污秽的一声响看来挺简单。枪声一响，地球上又出现一具尸体。

老式转轮手枪在桌上跟格里沙·布哈洛夫的海军军官短剑放在一起。

格里沙·布哈洛夫……当时在他背后的是炮艇的指战员和整个国家。格里沙·布哈洛夫“以自己的死踢开了死亡”吗？不，这是对生命的肯定，而不是死。

路易十六死得勇敢，可是活得卑怯。不，到我的生日那天，还是点上第六十一支蜡烛吧。

（1980年）